LA VILLA

Une femme dans la tourmente, 1998 (rééd. 2001)
L'Ultime Refuge, 1999
Comme une ombre dans la nuit, 2000

NORA ROBERTS

LA VILLA

*Traduit de l'américain
par Michel Ganstel*

LE GRAND LIVRE DU MOIS

Titre original :
THE VILLA
publié par G. P. Putnam's Sons, New York.

598

À la famille, qui constitue les racines
Aux amis, qui en sont les fleurs

Prologue

Le soir de son assassinat, Bernardo Baptista s'était contenté d'un frugal dîner de pain, de fromage et de vin. Le vin était encore jeune, Bernardo ne l'était plus. Ni l'un ni l'autre n'allaient avoir le temps de vieillir davantage.

Bernardo avait des goûts aussi simples que lui-même. Depuis son mariage, cinquante et un ans auparavant, il habitait la même petite maison sur les coteaux au nord de Venise. Ses cinq enfants y avaient grandi, sa femme y était morte. À soixante-treize ans, il y vivait maintenant seul, sinon solitaire puisque toute sa famille demeurait à un jet de pierre de chez lui, aux confins du grand vignoble Giambelli où il avait travaillé toute sa vie.

Bernardo avait connu la *Signora* toute jeune et on lui avait appris à ôter sa casquette quand elle passait devant lui. Lorsque Tereza Giambelli revenait de Californie au *castello* pour inspecter les vignes, elle s'arrêtait toujours pour parler à Bernardo si elle le rencontrait. Ils évoquaient leurs souvenirs du temps jadis, de l'époque où leurs grands-pères à tous deux travaillaient les vignes et les faisaient fructifier. Elle ne l'appelait jamais autrement que « *signore* Baptista », marque de respect que Bernardo appréciait car il était toujours resté loyal à la *Signora* et à tous les siens.

Plus de soixante ans durant, Bernardo avait pris une part active à l'élaboration des grands vins Giambelli. Pendant ce temps, bien sûr, l'exploitation avait connu des changements. Les uns pour le meilleur, les autres non, jugeait-il. Il avait beaucoup vu et beaucoup retenu.

Trop, estimaient certains.

Les vignes assoupies par l'hiver devraient bientôt être taillées. Ses rhumatismes lui interdisaient de travailler de ses mains, comme il le faisait naguère encore, mais rien ne l'empêcherait de sortir tous les matins surveiller la manière dont ses fils et ses petits-fils maintenaient les traditions. Les Baptista avaient toujours travaillé pour les Giambelli et, dans l'esprit de Bernardo, cet ordre des choses resterait immuable.

En cette dernière soirée de ses soixante-treize ans, Bernardo contemplait les vignes, *ses* vignes, en évaluant ce qu'il faudrait accomplir dans les jours à venir. De sa fenêtre où le vent de décembre tentait de s'insinuer, il l'écoutait gémir entre les ceps montant en rangs serrés à l'assaut des coteaux. Avec le temps, ces squelettes dénudés reprendraient vie au lieu de dépérir à l'image des humains. Tel était le miracle de la vigne, un miracle aussi vieux que le monde.

La masse imposante du *castello*, qui régnait sur les vignes et ceux qui les soignaient, se profilait dans la pénombre. Bernardo se sentait bien seul, en cette soirée d'hiver. Le château n'était occupé que par des serviteurs, le raisin était encore loin d'éclore. Il avait hâte de voir arriver le printemps, suivi du long été pendant lequel le soleil réchaufferait sa vieille carcasse et ferait mûrir les grappes. Il désirait toujours avec la même ardeur vivre de nouvelles vendanges.

Ce soir-là, Bernardo sentait le froid jusque dans ses vieux os. Il envisagea un moment de réchauffer la soupe que lui avait apportée sa petite-fille, mais son Annamaria était une piètre cuisinière. Mieux valait se satisfaire de fromage et de vin près du feu.

Bernardo était fier du travail accompli au long de sa vie, travail dont il voyait le résultat dans son verre, que les flammes du foyer faisaient briller d'un beau rouge, riche et profond. Ce vin, dont il venait de déboucher la bouteille, était l'un des nombreux cadeaux reçus quand il avait pris sa retraite, une retraite toute théorique, comme chacun le savait. Même ralenti par ses vieux os et son cœur qui battait la chamade, Bernardo ne cesserait d'arpenter les vignobles, de soupeser les grappes, de surveiller le ciel et de humer l'atmosphère que le jour où la mort viendrait le réduire à l'oisiveté.

Il avait toujours vécu pour le vin.

Il allait mourir pour lui.

Assis au coin du feu, ses vieilles jambes enveloppées d'une couverture, Bernardo but son vin en connaisseur, à petites gorgées. Il revoyait par l'esprit les images des vignobles inondés de soleil, de sa femme rieuse et gaie, de lui-même enseignant à son fils la manière de soutenir un jeune cep, de le tailler à sa maturité. De la *Signora* debout près de lui entre les rangs de vigne que leurs grands-pères avaient plantés et soignés. « *Signore* Baptista, lui disait-elle quand ils étaient encore jeunes, nos anciens nous ont légué un monde. Nous avons le devoir de le protéger. »

Et c'est ce qu'ils avaient fait.

Derrière les fenêtres de la petite maison à flanc de coteau, le vent sifflait et gémissait. Dans la cheminée, les bûches qui se consumaient se réduisaient en braises.

La douleur frappa soudain Bernardo, lui étreignant le cœur comme dans un poing serré. À dix mille kilomètres de là, entouré d'amis et de connaissances, son meurtrier savourait un pinot blanc frais et fruité avec un filet de saumon poché à point.

Première partie

La taille

1

La bouteille de cabernet sauvignon *Castello di Giambelli* 1902 fut adjugée cent vingt-cinq mille cinq cents dollars. « Beaucoup d'argent », pensa Sophia, pour un vin dont la valeur réelle était avant tout sentimentale. Car le contenu de cette vénérable bouteille provenait des premières vendanges réalisées l'année même où Cesare Giambelli avait fondé son entreprise viticole sur les coteaux au nord de Venise. À l'époque, le terme de *Castello* constituait soit une tromperie éhontée, soit la marque d'un optimisme délirant, l'humble maisonnette et la modeste cave de Cesare ne ressemblant en rien à un château. Mais ses vins, eux, étaient royaux, et c'est sur leur excellence qu'il avait édifié un empire.

« Avec près d'un siècle de bouteille, même le meilleur des cabernets sauvignons serait mieux à sa place au fond d'un saladier que dans un verre à boire », se dit Sophia, mais ce n'était pas à elle de suggérer à l'acquéreur qu'il gaspillait son argent. Comme toujours, sa grand-mère avait vu juste. Les amateurs étaient prêts à payer n'importe quel prix le privilège de s'approprier une parcelle de l'histoire des Giambelli.

Sophia nota le montant de l'enchère et le nom de l'acheteur pour le compte rendu destiné à sa grand-mère. Dans le cadre des préliminaires aux célébrations du centenaire de la firme, elle assistait à l'événement au titre de directrice des relations publiques, responsable du montage de l'opération et de la préparation du catalogue, ainsi que de représentante de la famille Giambelli.

De sa place discrète au fond de la salle, elle observait le déroulement de la vente. Ses longues jambes formaient une ligne continue d'une élégance parfaite. Elle se tenait droite comme on le lui avait enseigné au couvent. Son tailleur noir à fines rayures, de coupe italienne, réussissait à allier la sobriété convenant à une tenue d'affaires à un galbe suprêmement féminin.

L'image que Sophia voulait précisément donner d'elle-même.

Son visage aux pommettes bien marquées et au menton pointu, formant un triangle d'or pâle ponctué de deux grands yeux noirs et d'une bouche aux lèvres généreuses, lui donnait l'allure d'un personnage mi-lutin mi-guerrier. Quand les circonstances l'exigeaient, elle usait sans scrupules de la fascination qu'un tel visage exerçait sur les hommes. Pour elle, c'était un outil destiné à la servir au mieux, comme tous les outils. Un an plus tôt, elle avait fait couper ses longs cheveux noirs qui lui descendaient à la taille pour adopter une coiffure à la Louise Brooks. Un style qui lui convenait à merveille.

Sophia savait toujours exactement ce qui lui convenait.

Elle n'arborait ce jour-là que le rang de perles anciennes offert par sa grand-mère pour ses vingt et un ans et une expression d'intérêt lointain et d'ennui poli, la même que celle de son père pendant les conseils d'administration. Elle s'anima cependant et esquissa un sourire à l'annonce du lot suivant : une bouteille de barolo 1934, de la cuvée baptisée *Di Tereza* en l'honneur de la naissance de sa grand-mère. L'étiquette de cette réserve très spéciale s'ornait du portrait de Tereza Giambelli à l'âge de dix ans, année où le vin avait été jugé suffisamment mûri en fût de chêne pour être mis en bouteilles. Âgée maintenant de soixante-sept ans, Tereza Giambelli était devenue une légende vivante dont la renommée viticole éclipsait jusqu'à celle de son illustre aïeul. Cette bouteille historique était la toute première distraite du cercle familial et jamais mise en vente. Ainsi que Sophia s'y attendait, les enchères démarrèrent à un rythme soutenu.

Son voisin, la soixantaine distinguée et prospère, se pencha vers elle en montrant sur son catalogue la photo de la bouteille :

— Vous lui ressemblez.

Sophia sourit à l'homme avant de baisser les yeux vers le portrait de la petite fille qui paraissait la fixer d'un regard sérieux.

— Merci.

16

Elle l'avait déjà reconnu : Marshall Evans, promotion immobilière, seconde génération à figurer en bonne place au palmarès de *Fortune*. Son métier voulait qu'elle connaisse par cœur le pedigree des amateurs de vin aux poches profondes et aux goûts dispendieux.

— J'espérais que la *Signora* présiderait cette vente. Elle est en bonne santé, j'espère ?

— Excellente, merci. Mais toujours très occupée.

La sonnerie du téléphone portable vibra dans son sac. Agacée, Sophia dédaigna l'interruption pour se concentrer sur le déroulement des enchères. Un doigt levé avec désinvolture au troisième rang haussa le prix de cinq cents dollars, aussitôt dépassés par un subtil hochement de tête au cinquième rang. Finalement, le barolo fut adjugé quinze mille dollars de plus que le cabernet sauvignon.

Sophia se tourna vers son voisin, la main tendue.

— Félicitations, cher monsieur Evans. La Croix-Rouge internationale fera bon usage de votre généreuse contribution. Au nom de la famille et de la société Giambelli, je vous en remercie et souhaite que votre acquisition vous apporte un plaisir bien mérité.

— Je n'en doute pas un instant, répondit l'heureux gagnant en portant galamment la main de Sophia à ses lèvres. J'ai eu l'honneur de faire la connaissance de votre grand-mère il y a quelques années. Une femme en tout point remarquable.

— Rien de plus vrai.

— Oserai-je espérer que sa petite-fille dînera avec moi ce soir ?

Il avait l'âge d'être son père, mais Sophia ne s'arrêtait pas à ce genre de considérations. Un autre jour, elle aurait accepté et passé sans aucun doute une agréable soirée en sa compagnie.

— Désolée, je suis déjà retenue. Mais nous pourrions peut-être remettre ce dîner à mon prochain voyage, si vous êtes libre ?

— Je ferai en sorte de l'être.

Sophia se leva et mit une certaine chaleur dans son sourire :

— Si vous voulez bien m'excuser.

Elle sortit le téléphone de son sac après avoir quitté la salle, consulta le numéro resté inscrit sur l'écran, le composa en jetant un coup d'œil à sa montre puis alla s'installer dans les confortables toilettes dames, son agenda électronique et son carnet de notes sur les genoux.

Encore hypertendue par la semaine éprouvante qu'elle venait de passer à New York, elle vérifia ses rendez-vous et constata avec satisfaction qu'il lui restait quand même le temps de courir quelques magasins avant de se changer pour dîner avec Jeremy Morney.

La soirée promettait d'être raffinée : restaurant français, conversation tournant autour de la cuisine, des voyages, du théâtre. Et du vin, bien entendu. Puisqu'il appartenait à la dynastie Morney, les puissants négociants en vin fondateurs de Laker Inc. dont il était l'un des dirigeants, et elle à la non moins illustre famille Giambelli, ils ne manqueraient pas de jouer à s'extorquer l'un l'autre quelques secrets de leurs affaires respectives.

Jerry essaierait aussi de la noyer dans le champagne – tant mieux, elle était d'humeur à en sabler des bouteilles – avant de tenter, avec beaucoup de romantisme, de l'entraîner dans son lit. Elle ne se sentait toutefois pas d'humeur à se laisser faire. Il était plutôt séduisant, voire distrayant quand il s'en donnait la peine. Mais s'ils n'avaient pas été tous deux conscients que son père à elle avait naguère couché avec sa femme à lui, l'idée d'une petite aventure amoureuse ne leur aurait peut-être pas paru aussi gênante – presque incestueuse, en un sens.

Depuis, il est vrai, beaucoup d'eau avait coulé sous les ponts...

— Maria ? dit-elle en remisant dans un coin de sa tête la perspective de sa soirée avec Jerry. J'ai reçu un appel de la ligne de ma mère. Pouvez-vous me la passer ?

— Tout de suite, mademoiselle Sophia, répondit la femme de chambre de la villa. Elle attendait justement que vous la rappeliez. Je cours la prévenir.

Sophia l'imagina qui trottait à travers les pièces en cherchant du regard quelque chose à ranger au passage, alors que Pilar Giambelli Avano l'avait déjà fait elle-même. Sa chère maman aurait été si heureuse dans une maisonnette couverte de roses grimpantes où elle aurait pu mener une vie paisible, cuire son pain, faire de la couture et cultiver son jardin. « Elle aurait dû avoir une demi-douzaine d'enfants, pensa Sophia en soupirant. Et elle a dû se contenter de moi. »

— Sophia ? J'étais sur le point d'aller dans la serre. Laisse-moi reprendre mon souffle. Je ne pensais pas que tu me rappellerais si vite, je te croyais en plein milieu de la vente.

— Elle se termine et c'était un triomphe, comme prévu. Je faxerai mon rapport ce soir ou demain à la première heure. Il faut maintenant que je retourne régler les derniers détails. Tout va bien ?

— Plus ou moins. Ta grand-mère a ordonné un sommet.

— Ah, non ! Elle n'est pas encore en train de mourir, nous sommes déjà passés par là il y a six mois !

— Huit, précisa Pilar. Mais à quoi bon compter ? Je suis désolée, ma chérie, elle y tient absolument. Je ne crois pas qu'elle ait l'intention de mourir, en tout cas elle mijote quelque chose. Elle a fait rédiger par les avocats de nouvelles modifications à son testament. Et elle m'a donné le camée de sa mère, ce qui veut dire qu'elle pense déjà à l'avenir.

— Je croyais qu'elle te l'avait donné la dernière fois.

— Non, c'était le collier d'ambre. Elle a convoqué tout le monde pour demain. Il faut que tu reviennes.

Sophia baissa les yeux sur son agenda et en raya mentalement le dîner avec Jerry Morney.

— Bon, d'accord. Je termine ici et j'arrive. Mais entre nous, maman, cette habitude de faire semblant de mourir ou de changer son testament tous les quatre matins devient lassante.

— Tu es une bonne fille, Sophia. Je te léguerai le collier d'ambre.

— Merci, c'est trop gentil !

Avec un éclat de rire, Sophia coupa la communication.

Deux heures plus tard, dans l'avion qui la ramenait vers l'ouest, elle se demanda si elle disposerait elle aussi quarante ans plus tard du pouvoir de les faire tous accourir ventre à terre juste en levant le petit doigt.

Cette seule idée la fit sourire de plaisir pendant qu'elle se carrait dans son siège de première classe, une flûte de champagne à la main et un opéra de Verdi dans les écouteurs.

Ils n'accouraient pas tous ventre à terre.

Tyler MacMillan avait beau ne se trouver qu'à quelques minutes de la villa Giambelli, il accordait plus d'importance aux travaux des vignes qu'à une convocation urgente de la *Signora*. Et il ne se gênait pas pour le dire.

— Voyons, Tyler, tu peux prendre quelques heures…

19

— Désolé, grand-père, pas en ce moment ! Tu sais combien la taille est vitale en hiver, Tereza le sait aussi. Les vignobles MacMillan ont besoin d'autant de soins que ceux des Giambelli.

Impatient de retourner à ses chères vignes, Tyler allait et venait dans son bureau en transférant son téléphone portable d'une oreille à l'autre. Il détestait les portables et passait son temps à les perdre.

— Écoute, Tyler...

— C'est toi qui m'en as confié la responsabilité. Je fais mon travail.

Eli MacMillan savait qu'à son petit-fils il fallait présenter les questions de la manière la plus simple.

— Écoute-moi, Tyler, répéta-t-il. Depuis plus de vingt ans, Tereza et moi sommes aussi attachés aux vignes MacMillan qu'au label Giambelli. Tu en es responsable parce que tu es un viticulteur hors pair. Sache que Tereza a des projets et que tu en fais partie.

— La semaine prochaine.

Eli n'abusait pas de son autorité, ce n'était pas dans sa manière. Mais quand il le fallait, il le faisait sans état d'âme.

— J'ai dit demain. Déjeuner, treize heures précises. Habille-toi en conséquence.

Tyler lança un regard furieux à l'ourlet effrangé de l'épais pantalon qui tire-bouchonnait sur ses vieilles bottes.

— C'est en plein milieu de la journée !

— Serais-tu le seul dans l'exploitation capable de tailler les vignes, Tyler ? Si c'est le cas, tu as beaucoup trop de personnel.

— Bon, j'y serai. Mais dis-moi quelque chose.

— Quoi ?

— Est-ce que c'est la dernière fois qu'elle nous fait le coup de la mort imminente ?

— Treize heures, se borna à répondre Eli. Sois à l'heure.

— Ouais, bon, grommela Tyler.

Il ajouta un juron, mais après avoir raccroché.

Tyler vouait à son grand-père une réelle adoration. Il adorait même Tereza, peut-être parce qu'elle était si contrariante. Il avait onze ans au moment du mariage de son grand-père avec l'héritière du domaine Giambelli. Il était tombé amoureux des vignobles, des coteaux aux courbes voluptueuses, des caves profondes et fraîches.

Il était aussi tombé irrémédiablement sous le charme de Tereza Luisa Elena Giambelli, ce personnage terrifiant, mince et raide comme un piquet, qu'il avait vue pour la première fois arpenter les rangs de vigne en bottes et pantalon semblables à ceux qu'il portait maintenant. Elle avait jeté un regard sur lui, haussé un sourcil et émis un jugement sans appel : il n'était qu'un citadin ramolli. S'il voulait être son petit-fils, avait-elle déclaré, il devait commencer par s'endurcir.

Elle lui avait donné l'ordre de passer l'été à la villa. Nul n'avait eu l'idée d'objecter, ses parents moins que quiconque, trop contents de se débarrasser de lui afin de se consacrer librement à leurs mondanités et à leurs adultères. Il était donc resté, se remémora Tyler en regardant par la fenêtre. Cet été-là et tous les suivants, jusqu'à se sentir plus chez lui au milieu des vignes que dans la maison de San Francisco. Jusqu'à ce que Tereza et son grand-père soient pour lui des parents plus réels que son père et sa mère.

Depuis l'âge de onze ans, elle l'avait taillé comme un jeune cep et dressé pour en faire l'homme qu'il était devenu. Pourtant, elle ne le possédait pas. C'est ironique, pensait-il parfois, qu'elle se soit donné tant de mal à former le seul de ses proches qui ait l'audace de ne pas céder à toutes ses exigences.

Il lui était plus difficile de résister, bien sûr, quand son grand-père se joignait à elle afin de lui imposer leurs vues...

Avec un haussement d'épaules fataliste, Tyler quitta son bureau. Il pouvait délaisser son travail quelques heures, il le savait aussi bien qu'eux. Les vignobles MacMillan employaient le personnel le plus qualifié, et Tyler aurait pu s'absenter une saison avec une pleine et entière confiance en ceux à qui il déléguerait ses fonctions. En réalité, il détestait les grands rassemblements dans lesquels semblaient se complaire les Giambelli. Trop de gens, trop de questions, trop d'arrière-pensées. Impossible de s'y retrouver. Il n'était vraiment heureux qu'entre les rangs de vigne, vérifiant une cuvée aux chais ou discutant avec un œnologue des qualités du chardonnay de l'année. Pour lui, les obligations sociales n'étaient que des devoirs importuns.

Dans la charmante vieille demeure qui avait été celle de son grand-père avant de devenir la sienne, il fit un détour par la cuisine pour y remplir sa Thermos de café. Après s'être débarrassé de son téléphone sur un comptoir, il entreprit de modifier mentalement son emploi du temps pour le plier aux desiderata de la *Signora*.

Avec son mètre quatre-vingt-dix et ses muscles sculptés par les travaux manuels et le grand air, Tyler n'avait plus rien d'un jeune citadin ramolli. Les longs doigts de ses mains calleuses savaient se rendre délicats et précis pour aller chercher la grappe sous les feuilles. Ses cheveux châtain foncé, aux reflets évoquant parfois le vieux bourgogne, avaient tendance à boucler quand il oubliait de les faire couper, ce qui arrivait souvent. Sur son visage osseux, taillé à la serpe, on voyait se former des éventails de fines ridules au coin des yeux, dont le bleu limpide pouvait devenir plus dur que celui de l'acier trempé. Quant à la cicatrice qui lui zébrait la mâchoire, souvenir d'une chute dans les rochers à l'âge de treize ans, elle ne le dérangeait que quand il se souvenait de se raser. Corvée à laquelle il allait devoir sacrifier le lendemain avant le déjeuner, se dit-il sombrement.

Ses employés le jugeaient un homme droit et équitable, bien qu'il eût parfois tendance à porter des œillères. Ils le considéraient aussi comme un artiste, ce qui le déconcertait. Dans l'esprit de Tyler MacMillan, le raisin seul était l'artiste.

Sa Thermos pleine, Tyler sortit dans l'air sec et froid de l'hiver. Il ne lui restait que deux heures pour s'occuper des vignes avant le coucher du soleil.

Donato Giambelli avait une migraine de proportions monstrueuses et la cause de cette migraine avait un nom : Gina, sa femme. Quand la convocation de la *Signora* lui était parvenue, il était engagé dans une joyeuse partie de jambes en l'air avec sa maîtresse du moment, une starlette douée de talents nombreux et variés. Contrairement à sa légitime épouse, elle n'attendait de lui rien de plus qu'une babiole de temps en temps et une honnête séance de fornication trois fois par semaine. Elle ne lui demandait pas, en plus, de lui faire la conversation.

Gina, au contraire, n'exigeait rien d'autre. Elle parlait, babillait, jacassait, sans trêve et sans répit, à lui, à leurs trois enfants, à sa belle-mère, au point que ce continuel afflux de paroles semblait faire vibrer l'atmosphère pressurisée du jet de l'entreprise jusqu'à vouloir en provoquer l'éclatement. Entre les caquetages de Gina, les piaillements du petit dernier, les trépignements de Cesare junior et les sauts de cabri de la jeune Tereza Maria, Donato envisageait sérieusement d'ouvrir la porte de l'avion et de précipiter dans le vide sa famille au complet.

Seule sa mère était tranquille. Mais seulement parce qu'elle avait ingurgité une pilule pour dormir, une pilule contre le mal de l'air, une autre contre les allergies et d'autres contre Dieu sait quoi encore, avec deux verres de merlot pour faire couler le tout avant de mettre un masque sur ses yeux et de sombrer dans l'inconscience. Elle avait passé le plus clair de sa vie, de la partie du moins que connaissait Donato, à des années-lumière de la réalité, sous l'influence des drogues.

Dans son état d'esprit du moment, c'était là une preuve de suprême sagesse. Il ne pouvait, lui, que rester assis et souffrir en silence en vouant à toutes les flammes de l'enfer, voire pis, sa grand-tante Tereza qui avait ordonné à la famille entière de faire le déplacement. Était-il, oui ou non, vice-président exécutif de Giambelli à Venise ? S'il ne s'agissait que de parler d'affaires, sa présence à lui seul était indispensable, pas celle de Gina et des mioches !

Pourquoi Dieu lui avait-Il infligé une famille pareille ? Non qu'il ne les aimât pas. Il les aimait, bien sûr. Mais le petit dernier était gras comme un cochon et voilà que Gina exhibait de nouveau un sein pour lui donner la tétée ! Un sein qui, naguère encore, était une œuvre d'art. Ferme, doré, avec un goût de pêche. Maintenant, il était aussi difforme qu'un ballon distendu et devait puer la bave de bébé – si tant est que Donato ait envie d'y goûter. Et dire que cette femme parlait déjà de fabriquer un autre enfant !

Celle qu'il avait épousée était mûre à point, voluptueuse, sexuellement délectable et pourvue d'une tête vide. La perfection, en un mot. Moins de cinq ans plus tard, elle était grosse, se négligeait et avait la tête pleine d'idées de progéniture. Fallait-il s'étonner qu'il doive chercher des consolations ailleurs ?

— Tu sais, Donny chéri, je suis sûre que *zia* Tereza te réserve une belle promotion et que nous nous installerons tous au *castello*.

Depuis son mariage, Gina ne rêvait que de la grande maison Giambelli, de ses nombreuses et vastes pièces, de son armée de domestiques. Là, au moins, elle élèverait ses enfants dans le luxe et les privilèges. De beaux habits, les meilleures écoles, la fortune Giambelli à leurs pieds. Après tout, elle était la seule de la famille à donner des héritiers à la *Signora*. Cela comptait, non ?

— Cesare, arrête ! enjoignit-elle à son fils, fort occupé à arracher la tête d'une poupée. Regarde, tu fais pleurer ta sœur. Allons, apporte-moi cette poupée, maman va la réparer.

Le regard pétillant de méchanceté, Cesare junior jeta négligemment la tête de la poupée par-dessus son épaule et entreprit d'asticoter sa petite sœur. Hurlant de colère et de chagrin, Tereza Maria ramassa la tête et manifesta sa détresse en courant d'un bout à l'autre de la cabine tout en poussant des cris à terrifier une escouade de *mafiosi*.

— Cesare ! Vas-tu obéir à ta mère ?

En guise de réponse, le délicieux bambin se jeta à plat ventre en martelant la moquette à coups de pied et à coups de poing.

C'en était trop pour Donato, qui alla se réfugier dans le sanctuaire de son bureau privé, juste derrière le cockpit.

Dans tous les domaines, Anthony Avano n'aimait que le meilleur. Le luxe figurait au premier rang de ses priorités. En bénéficier sans se donner de mal venait juste après. Il ne concevait même pas qu'un homme puisse vivre sans ces éléments de base.

Aménagé par le décorateur le plus réputé de San Francisco, son penthouse en duplex avec vue imprenable sur la baie reflétait, des murs tendus de moire aux tapis d'Orient et aux meubles de chêne verni, ce qu'il prenait pour un classicisme de bon ton. Il, ou plutôt son décorateur, avait choisi des teintes neutres rehaussées ici et là de touches de couleurs vives. Des tableaux modernes, pour lesquels il n'éprouvait strictement aucun intérêt, formaient un contrepoint saisissant, lui avait-on dit, avec l'élégante sobriété du décor. Car Tony faisait volontiers appel aux services des décorateurs, antiquaires, tailleurs, joailliers et autres spécialistes capables de le guider dans le choix de ce qu'il y avait de mieux pour constituer son cadre de vie.

Certains, même parmi ses détracteurs, disaient que Tony Avano possédait un bon goût inné. Il ne les détrompait certes pas. De son point de vue, néanmoins, l'argent suffisait à acheter tout le bon goût dont un homme puisse jamais souhaiter être crédité.

Il était toutefois un sujet qu'il connaissait à fond : le vin.

Sa cave était sans conteste l'une des meilleures de Californie. Il en avait personnellement sélectionné chaque bouteille. Et s'il était incapable de distinguer sur pied un cabernet franc d'un sémillon, car il ne ressentait pas le moindre attrait pour la culture de la vigne, il était doué d'un nez exceptionnel. Un nez qui lui avait permis de gravir les échelons hiérarchiques de la maison Giambelli de Californie jusqu'à épouser Pilar Giambelli trente ans auparavant.

Un nez auquel il n'avait pas fallu deux ans de mariage pour commencer à humer le bouquet des autres femmes.

Tony était le premier à admettre que les femmes étaient son point faible – il y en avait tant et tant à savourer, n'est-ce pas ? Bien sûr, il avait aimé Pilar, aussi sincèrement qu'il lui ait été donné d'aimer un être humain autre que lui-même. En réalité, l'objet de son amour était sa position privilégiée dans l'organigramme de la maison Giambelli, qu'il devait à sa condition d'époux de la fille de la *Signora* et de père de sa petite-fille.

Ses « faiblesses » lui avaient coûté son mariage, sur le plan pratique sinon juridique. Pilar et lui étaient séparés depuis sept ans, sans que ni l'un ni l'autre soit allé jusqu'au divorce. Elle, il le savait, parce qu'elle l'aimait toujours. Lui, parce qu'il avait préféré s'éviter la corvée d'entreprendre les démarches – et surtout parce que cela aurait sérieusement déplu à Tereza. En tout état de cause, la situation présente leur convenait à tous deux. Pilar, qui avait toujours préféré la campagne, se disait heureuse de vivre à la villa. Ils entretenaient des rapports courtois, même presque amicaux. Plus important encore, à son avis du moins, Tony conservait sa position de directeur du marketing de Giambelli, Californie, et son siège au conseil d'administration.

Sept ans durant, ils avaient maintenu un équilibre précaire sur cette corde raide. Aujourd'hui, Tony avait très peur d'en tomber.

Car Renée exigeait le mariage. Comme un rouleau compresseur doublé de satin, elle fonçait vers ses objectifs en écrasant les obstacles sur son passage. Leurs discussions laissaient Tony épuisé et en proie au vertige. Elle était tyrannique, avide, d'une jalousie maladive et sujette à des accès d'humeur glaciale.

Mais il était fou d'elle.

Âgée de trente-deux ans, elle était de vingt-sept ans sa cadette, ce qui flattait son amour-propre déjà hypertrophié. S'il savait qu'elle s'intéressait à son argent autant, voire davantage, qu'au reste de sa personne, il ne s'en formalisait pas. Il en concevait au contraire du respect pour elle. Sauf que s'il l'épousait, s'inquiétait-il, il courait le risque de perdre l'attrait qu'elle voyait en lui.

Dilemme ô combien cruel...

Afin de le résoudre, Tony faisait donc ce qu'il avait coutume de faire face aux difficultés de la vie : l'ignorer le plus longtemps possible en espérant que le problème se résoudrait de lui-même. Ce soir-là pourtant, tandis que Renée finissait de s'habiller avant de sortir, il contemplait la baie en sirotant un vermouth blanc et se demandait avec angoisse si son sursis touchait à sa fin.

La sonnette de la porte d'entrée lui fit froncer les sourcils. Ils n'attendaient pourtant personne. Comme c'était le jour de sortie de son maître d'hôtel, il alla ouvrir et son expression s'éclaira en reconnaissant sa fille.

— Sophia, quelle bonne surprise !

— Bonsoir, papa.

Elle se mit sur la pointe des pieds pour l'embrasser sur la joue. « Toujours aussi bel homme », se dit-elle. De bons gènes et des appels judicieux à la chirurgie plastique se conjuguaient pour lui conserver une perpétuelle jeunesse. Son visage lisse exprimait l'insouciance. Quelques fils d'argent sur les tempes rehaussaient agréablement sa chevelure noire. Le regard de ses yeux bleus restait clair. Une « fossette de Vénus » marquait son menton carré et bien proportionné.

Sophia repoussa de son mieux un élan instinctif d'amertume et de ressentiment pour s'efforcer de céder à un non moins instinctif élan d'affection. Dans ses rapports avec son père, elle était toujours tiraillée entre ces impulsions opposées.

— J'arrive de New York et je voulais juste te dire bonjour avant d'aller à la villa. Mais je vois que tu sors, ajouta-t-elle en remarquant son smoking.

Il lui prit la main pour l'attirer à l'intérieur.

— Oui, mais nous avons le temps. Viens t'asseoir, ma princesse, donne-moi de tes nouvelles. Veux-tu boire quelque chose ?

Elle renifla le verre qu'il tenait, approuva d'un signe.

— La même chose.

Pendant qu'il la servait, elle balaya la pièce du regard. « Un décor, pensa-t-elle, aucune substance. Du tape-à-l'œil, comme lui-même. »

— Tu y vas demain, toi aussi ? demanda-t-elle.

— Où cela ?

— À la villa.

— Non. Pourquoi ?

Elle trempa les lèvres dans le verre qu'il lui tendait.

— On ne t'a pas prévenu ?

— Non. À quel sujet ?

Ses fidélités intérieures se livrèrent un combat. Aussi loin que remontaient ses souvenirs, il avait trompé sa mère au mépris des vœux de son mariage et fini par les abandonner toutes deux sans même un regard en arrière. Malgré tout, il faisait encore partie de la famille et la famille entière était attendue à la villa…

— La *Signora* a encore convoqué une réunion au sommet avec les avocats, m'a-t-on dit. Tu voudrais peut-être y aller.

— Euh… eh bien, je ne…

L'entrée de Renée l'interrompit.

S'il existait un poster de la maîtresse type, estima Sophia avec agacement, Renée Fox en serait le modèle parfait. Grande, blonde, toute en courbes que sa robe Valentino mettait en valeur en réussissant à maintenir une certaine élégance discrète. Sa coiffure dégageait un ravissant visage aux lèvres sensuelles et aux yeux verts pleins de ruse. Elle était couverte de diamants qui scintillaient à l'envi. Sophia se demanda de combien ils avaient appauvri son père.

Elle avala une gorgée de vermouth pour rincer un peu de la bile qu'elle sentait lui monter à la bouche.

— Bonsoir. Renée, n'est-ce pas ?

— Oui, depuis près de deux ans. Et vous, toujours Sophia ?

— Oui, depuis vingt-six ans.

Tony se racla la gorge. Rien de plus dangereux, à son avis, que deux femmes prêtes à dégainer. C'était généralement l'homme pris entre les feux qui recevait les balles.

— Euh… Renée, Sophia vient d'arriver de New York.

Affectant une intimité désinvolte, Renée but une gorgée dans le verre de Tony.

— Vraiment ? Je comprends pourquoi vous avez l'air aussi défraîchie. Nous allons à une réception, si vous voulez vous

27

joindre à nous. Je dois avoir dans mes placards quelque chose qui vous irait.

Si elle devait se crêper le chignon avec Renée, décida Sophia, ce ne serait ni après un vol transcontinental, ni dans l'appartement de son père. Elle choisirait elle-même le moment et le terrain.

— C'est aimable de votre part, mais je ne me sentirais pas à l'aise dans une robe trop grande. D'ailleurs, poursuivit-elle avec une suavité étudiée, je dois m'en aller. Une réunion de famille. Bonne soirée.

Elle reposa son verre, tourna les talons. Tony la rattrapa à la porte et lui posa la main sur l'épaule en signe d'apaisement.

— Tu ne veux vraiment pas nous accompagner, Sophia ? Inutile de te changer, tu es très bien comme cela. Tu es belle.

Leurs regards se croisèrent. Celui de son père exprimait une contrition piteuse qu'elle connaissait trop bien pour s'y laisser prendre.

— Non, merci. Je ne me sens pas particulièrement d'humeur à m'amuser, ce soir.

Il ne put retenir une grimace quand elle lui ferma la porte au nez.

— Qu'est-ce qu'elle voulait ? s'enquit Renée.

— Rien. Elle est juste passée dire bonjour.

— Ta fille ne fait jamais rien sans une idée derrière la tête.

— Elle pensait peut-être que nous pourrions aller ensemble en voiture à la villa demain matin. Tereza a lancé des convocations.

Renée lui décocha un regard soupçonneux :

— Tu ne m'en as pas parlé.

Ne songeant déjà plus qu'à la réception et à leur allure quand Renée et lui y feraient leur entrée, Tony évacua le problème.

— Parce que je n'en ai pas reçu, répondit-il avec insouciance. Tu es divine ce soir, Renée. C'est dommage de cacher une si belle robe, même sous un vison. Veux-tu que j'aille te le chercher ?

Renée reposa avec bruit le verre vide sur une table.

— Qu'est-ce que cela veut dire, tu n'en as pas reçu ? Tu occupes chez Giambelli un poste autrement plus important que celui de ta fille ! Si la vieille bat le rappel de la famille, tu dois y aller. Nous partirons demain matin.

— Nous ? Mais…

— C'est l'occasion idéale de prendre position une fois pour

toutes et de dire à Pilar que tu veux divorcer, Tony. Nous rentrerons de bonne heure ce soir pour avoir tous les deux les idées claires.

Elle s'approcha, lui caressa la joue du bout des doigts. Elle connaissait assez Tony pour savoir qu'il fallait un judicieux dosage de fermeté dans les exigences et de récompenses sur le plan physique afin d'en obtenir ce qu'elle voulait.

— Et quand nous serons de retour ce soir, reprit-elle d'un ton câlin, je te montrerai ce que tu pourras attendre de moi quand nous serons mariés. Tu verras ça au lit, ajouta-t-elle en lui mordillant la lèvre inférieure. Tu feras de moi *tout* ce que tu voudras.

— Faut-il vraiment aller à cette réception ? gloussa-t-il d'un air gourmand.

Avec un rire de gorge, elle se dégagea de ses mains, qui commençaient à prendre un acompte sur les délices annoncées.

— Oui, elle est importante. Et cela te donnera le temps de réfléchir à ce que tu auras envie de me faire tout à l'heure. Va me chercher ma zibeline, veux-tu mon chéri ?

Ce soir, pensa-t-elle pendant que Tony s'exécutait docilement, elle était d'humeur à mettre sa zibeline. Ce soir, elle se sentait riche.

2

Une fine couche de neige poudrait la vallée dans son écrin de coteaux. Tels des soldats à la parade, les vignes montaient en rangs serrés à l'assaut des pentes dont une brume laiteuse estompait les contours. Le vignoble assoupi par l'hiver frissonnait sous la pâle lumière du matin. Une scène paisible qui pourtant engendrait une fortune. Une fortune remise en jeu chaque saison, dans une partie sans fin dont la nature était le partenaire tout autant que l'adversaire.

Pour Sophia, le vin était à la fois un art, une science, un facteur économique. Mais c'était aussi, voire avant tout, le jeu le plus palpitant du monde. De la fenêtre de sa chambre dans la villa de sa grand-mère, elle contemplait le terrain où la partie se jouait. Comme elle l'avait prévu pendant son voyage de retour, on était en pleine saison de taille, et la préparation des prochaines vendanges était déjà bien avancée. Elle se félicitait, en fin de compte, d'avoir été rappelée aussi vite. Elle pourrait ainsi suivre le rituel de près.

Dans son rôle de femme d'affaires, elle n'avait pas le loisir de penser aux vignes. La promotion et la célébration du vin absorbaient toute son énergie. Mais à chacun de ses retours, comme celui-ci, elle ne pensait qu'à elles, à ces plantes magiques. Elle ne pourrait cependant pas en profiter très longtemps cette fois. Ses obligations l'appelaient à San Francisco : la nouvelle campagne de publicité et le lancement du centenaire de la maison Giambelli restaient à mettre au point. Après le succès de la vente aux enchères de New York, ces deux opérations exigeaient à présent toute son attention.

Un vin séculaire pour un nouveau millénaire… « Non, pensa-t-elle, trop classique. » Il fallait trouver une approche neuve, des arguments ciblés sur le marché des jeunes consommateurs, ceux qui achètent par impulsion pour une fête impromptue. Eh bien, elle y réfléchirait. C'était son métier, après tout. Et en s'y consacrant, elle éviterait de penser à son père et à cette garce cupide de Renée Fox.

La vie amoureuse de son père ne la regardait pas, bien entendu. S'il avait envie de se laisser harponner par un ancien mannequin de lingerie sexy, doté d'un cœur de la taille d'un grain de raisin, libre à lui. Il s'était déjà trop souvent ridiculisé par le passé, ce ne serait donc pas la première ni, à coup sûr, la dernière fois.

Sophia aurait voulu le haïr pour sa navrante faiblesse de caractère et son indifférence envers elle, sa fille. Mais l'amour qu'elle éprouvait pour lui, en dépit de tout, refusait de se laisser effacer d'un coup d'éponge – ce qui la rendait, supposait-elle, aussi idiote que sa mère. Il se souciait moins de l'une ou de l'autre que de la coupe de ses costumes, et elles sortaient de son esprit deux minutes après avoir quitté son regard. Bon à rien, égoïste jusqu'à la moelle des os, vaguement affectueux quand cela lui convenait, il professait un désintérêt total envers tout ce qui ne le concernait pas personnellement.

Ce qui faisait sans doute une partie de son charme…

Sophia regrettait de s'être arrêtée chez lui la veille au soir, d'avoir cédé à son besoin de maintenir un lien entre eux. Mieux valait continuer à aller de l'avant comme elle le faisait depuis des années. À travailler, à voyager, à saturer son temps et son existence d'obligations sociales et professionnelles.

Deux jours, décida-t-elle. Elle accorderait deux jours à sa grand-mère, deux jours pour reprendre contact avec la famille, les vignes et les chais. Ensuite, elle se replongerait dans le travail jusqu'au cou. La nouvelle campagne de promotion serait la meilleure de la profession, elle ferait tout ce qu'il faudrait pour cela.

Au loin, elle distingua dans la brume deux silhouettes qui marchaient côte à côte. Un homme grand et maigre, coiffé d'une vieille casquette marron. Une femme mince et droite, en bottes et pantalon d'homme, les cheveux aussi blancs que la neige qui l'entourait. Un collie trottinait entre eux. Ses grands-parents faisant leur promenade matinale escortés par la vieille et toujours fidèle Sally.

Leur apparition lui éclaircit l'humeur. Quels qu'aient été les changements survenus dans sa vie, les compromis auxquels elle avait dû consentir, il lui restait des constantes. Des repères. Mieux, des références : la *Signora*, Eli MacMillan. Et les vignes.

Sophia délaissa la fenêtre et courut les rejoindre.

À soixante-sept ans, Tereza Giambelli était de corps et d'esprit affûtée comme un rasoir. Elle avait appris l'art du vigneron auprès de son grand-père. À trois ans à peine, son père l'avait emmenée pour la première fois en Californie changer en vin la riche terre de la vallée. Devenue bilingue, elle avait ensuite fait la navette entre l'Italie et la Californie comme les fillettes de son âge allaient de salle de classe en cour de récréation. Elle avait appris à aimer le pays, ses collines et ses forêts, le rythme des voix américaines. Ce n'était pas devenu sa patrie, ce ne le serait jamais, sa patrie était le *castello*. Mais elle avait choisi d'y faire sa place et décidé de s'y plaire.

Mariée jeune à un homme que sa famille approuvait, elle avait aussi appris à l'aimer. De lui, elle avait eu une fille et, à son profond chagrin, deux fils morts en bas âge. Veuve à trente ans, elle n'avait pas gardé le nom de ce mari ni ne l'avait donné à sa fille. Elle était une Giambelli, et les responsabilités qui découlaient de cet héritage étaient plus sacrées pour elle que le sacrement du mariage.

Elle avait un frère qu'elle aimait beaucoup, curé d'une paroisse de Venise. Elle en avait eu un autre, tué pendant la guerre sans avoir eu le temps de vivre et dont elle révérait la mémoire. Elle avait aussi une sœur, qu'elle jugeait au mieux comme une sotte, qui avait mis au monde une fille encore plus nulle, Francesca, mère de son calamiteux petit-neveu Donato. Il lui incombait donc à elle, et à elle seule, de maintenir la continuité de la famille et de perpétuer son art. C'est ce à quoi elle avait consacré sa vie.

Son remariage avec Eli MacMillan avait été étudié et conclu avec autant de soin et de précautions qu'une fusion, leurs vignobles étant mitoyens et de qualités comparables. Eli avait d'indéniables qualités humaines et, ce qui comptait plus encore pour Tereza, il était excellent vigneron. Il l'entourait d'égards, mais d'autres hommes avaient eu pour elle des prévenances. Elle se plaisait en sa compagnie, seulement elle avait pris plaisir à d'autres fréquentations. En fait, elle le considérait un peu comme un merlot dont la rondeur se mariait à son cabernet sauvignon, plus charpenté et parfois plus rude. Un judicieux dosage de ces deux cépages peut donner d'admirables résultats.

Ainsi en était-il de leur union, dont leurs exploitations respectives avaient toutes deux bénéficié. Mais Tereza, qui s'étonnait rarement, avait cependant été surprise de découvrir un peu plus chaque jour la sécurité, la paix de l'âme et même le simple contentement au fil de ce mariage, qui approchait de son vingtième anniversaire. Bien que de dix ans son aîné, Eli ne semblait pas se laisser vaincre par l'âge. Levé à l'aube quel que soit le temps, il marchait avec elle chaque matin d'une démarche toujours aussi alerte. Elle avait confiance en lui comme elle ne s'était fiée à aucun homme depuis son grand-père, elle tenait à lui comme à nulle autre personne en dehors de celles de son sang. Il n'ignorait rien de ses projets et connaissait tous ses secrets, ou presque.

— Sophia est arrivée tard, hier soir.

Eli posa une main sur son épaule, un geste simple auquel Tereza avait mis longtemps à s'accoutumer, plus longtemps encore pour en arriver à l'espérer.

— Pensais-tu qu'elle ne viendrait pas ?

— Je savais qu'elle viendrait, répondit-elle avec la certitude d'une femme habituée à être toujours obéie. Mais si elle était venue directement de New York, elle serait arrivée plus tôt.

— Elle avait peut-être un rendez-vous, ou des courses à faire.

— Ou elle s'est arrêtée à San Francisco voir son père.

— Voir son père, répéta Eli, oui, sans doute. La fidélité est un trait de caractère que tu as toujours respecté, Tereza.

Malgré toute l'affection qu'elle vouait à Eli, son infinie tolérance l'exaspérait par moments.

— Quand elle est méritée. Anthony Avano n'a jamais rien mérité que le mépris.

Tereza lui avait fait confiance en lui prêtant des qualités qu'il ne possédait pas. Elle ne lui pardonnerait jamais de l'avoir déçue.

— Homme faible, mauvais mari, père médiocre, énuméra Eli en pensant à son propre fils. Pourtant, il travaille encore pour toi.

— Je l'ai trop intimement initié à nos affaires au début. Mais il est doué pour la vente et je l'utilise comme un outil. Le congédier il y a des années aurait été une satisfaction personnelle, mais une erreur professionnelle. Tant qu'il sert les intérêts de Giambelli, je le garde. Ce qui me déplaît, c'est de voir ma petite-fille lui faire des mamours. Mais bah !…

D'un geste impatient, elle chassa l'image de son gendre.

— Nous verrons comment il prendra ce que je dirai aujourd'hui, poursuivit-elle. Sophia lui a sûrement appris que je l'avais rappelée à la villa. Donc, il s'empressera de venir.

— C'est ce que tu voulais, n'est-ce pas ? Tu étais sûre qu'elle lui en parlerait ?

Un éclair s'alluma dans son regard :

— Et si c'était vrai ? répondit-elle avec un sourire froid.

— Tu es machiavélique, Tereza.

— Je sais. Merci.

Eli éclata de rire. Ils se remirent en marche du même pas.

— Tes annonces vont causer du ressentiment chez certains.

— Je l'espère bien ! L'immobilisme pourrit tout, Eli. S'il faut respecter les traditions, il faut aussi explorer le changement.

La brume était froide, humide. Le soleil ne la dissiperait pas de la journée. « Les hivers paraissent plus longs chaque année », se dit-elle en s'arrêtant afin d'examiner un rang de jeunes pieds encore soutenus par des tuteurs. Seuls les plus forts pourraient se développer.

— J'ai planté de mes mains certaines de ces vignes, reprit-elle. Mon père les avait apportées d'Italie ; ces plants en sont issus. Les jeunes doivent avoir de la place pour développer leurs racines, Eli. Et leurs aînés ont droit à leur respect. Ce que j'ai construit ici et ce que nous avons accompli depuis que nous sommes ensemble nous appartient. J'en disposerai selon ce que j'estime être pour le mieux.

— Tu l'as toujours fait, Tereza. Dans le cas présent, comme dans la plupart des autres, je suis d'accord avec tes décisions. Cela ne veut pas dire que la saison prochaine sera facile.

— Oui, mais elle sera bonne, j'en suis convaincue. Une année rare, un millésime d'une qualité exceptionnelle.

Elle se détourna en voyant Sophia gravir la pente en courant.

— Elle est si belle, Eli.

— Oui. Et forte.

— Elle en aura besoin, dit-elle en allant au-devant de sa petite-fille, les bras tendus. *Buon giorno, cara. Come va ?*

Elles s'étreignirent, s'embrassèrent. Sophia s'écarta un peu pour mieux voir sa grand-mère. Un beau visage, dont les traits n'étaient plus jolis et doux comme ceux de la petite fille sur l'étiquette de la vieille bouteille, mais fermes, presque durs. Sculptés autant par l'ambition que par le temps, avait toujours pensé Sophia.

— *Bene, nonna.* Tu as bonne mine.

Elle lâcha Tereza pour embrasser Eli. Avec lui, tout était simple. Il était son grand-père, le seul qu'elle eût jamais connu. Un homme bon, indulgent, solide, sans complication. Il la prit dans ses bras, la souleva de terre. Elle rit quand il la reposa puis se pencha pour caresser Sally, qui attendait son tour.

— Vous faites un beau tableau, tous les trois !

Les yeux clos, elle aspira à pleins poumons l'air pur et frais, auquel se mêlaient le parfum du savon de sa grand-mère et les effluves du tabac qu'Eli avait dû cacher au fond d'une poche.

— Ton voyage s'est bien passé ? demanda Tereza.

— Mes rapports sont prêts. Tu seras contente, *nonna*. Et j'ai quelques idées géniales, je le dis en toute modestie, pour la campagne de promotion et de publicité.

Constatant que Tereza s'abstenait de commenter, Eli tapota la main de Sophia. Les problèmes n'allaient pas tarder, à son avis.

— *Nonna*, veux-tu m'expliquer pourquoi tu nous fais tous venir ? Je suis toujours ravie de vous voir, Eli et toi, d'être auprès de maman, tu le sais. Mais j'ai tant de travail en ce moment…

— Nous parlerons plus tard. Allons prendre notre petit déjeuner avant que les monstres de Donato arrivent et nous rendent tous fous.

— *Nonna*…

— Plus tard, répéta Tereza. Quand tout le monde sera là.

La villa Giambelli se dressait au sommet d'une petite éminence au milieu de la vallée, près d'un bois laissé à l'état sauvage. Ses pierres prenaient des teintes dorées ou ambrées sous le soleil qui faisait scintiller ses nombreuses fenêtres. Dans les chais, copies des originaux en Italie mais modernisés au fil des ans, était aménagée une vaste salle de dégustation où les clients pouvaient choisir les produits de la maison. Des visites guidées étaient organisées sur demande, les clubs œnologiques somptueusement reçus quatre fois par an. Les caves creusées dans les coteaux étaient profondes et fraîches. Les vignobles auxquels la famille devait sa prospérité s'étendaient sur plus de cent hectares et, pendant les vendanges, l'arôme du vin nouveau emplissait l'air.

La villa s'organisait autour d'un atrium dallé de carreaux rouges, au centre duquel chantait une fontaine ornée d'un Bacchus qui levait son verre en souriant. Dès le début du printemps, des dizaines de fleurs et de plantes en pots ornaient et embaumaient cette cour intérieure. La maison comportait une douzaine de chambres et autant de salles de bains, un solarium, trois salons, une salle de bal, une salle à manger pouvant accueillir une cinquantaine de convives, une bibliothèque, un salon de musique, des bureaux privés. Elle abritait une collection d'œuvres d'art et de meubles anciens, italiens et américains, dont la réputation dépassait les frontières de la Californie. Pourvue d'une piscine intérieure et d'une autre dans les jardins à l'italienne, la maison avait été dotée de balcons, de terrasses et d'escaliers permettant aux habitants et à leurs hôtes d'entrer et de sortir en toute liberté. Mais, en dépit de ses dimensions et de sa somptuosité, la villa était avant tout une demeure familiale.

Quand il l'avait visitée pour la première fois, Tyler y avait vu un château regorgeant de pièces immenses et de passages compliqués où l'on risquait de se perdre. Pour le moment, il la jugeait plutôt comme une prison, où il était condamné à rester enfermé beaucoup trop longtemps avec beaucoup trop de gens. Il aurait voulu être dehors au milieu de ses vignes, buvant du café âcre au goulot de sa Thermos, et non se retrouver dans un luxueux salon en train de siroter un chardonnay. Un grand feu crépitait dans la cheminée, des plats débordant de canapés raffinés étaient disséminés sur les tables. Tyler n'avait jamais compris qu'on perde son temps à grignoter d'insignifiants amuse-gueules alors qu'un simple sandwich était infiniment plus rapide à préparer et plus satisfaisant. Pourquoi faire tant d'histoires pour se nourrir ? Il savait, bien sûr, que s'il proférait une pareille hérésie devant des Italiens, il serait lynché séance tenante…

Il avait dû délaisser ses vêtements de travail au profit d'un pantalon et d'un sweater, « tenue habillée » selon lui. Au moins, il n'avait pas été forcé de se mettre en costume-cravate comme – comment s'appelait-il, déjà ? Ah, oui. Donato, le cousin de Venise. Celui dont la femme était trop fardée, portait trop de bijoux et avait toujours un moutard hurlant ou pleurnichard accroché à ses basques. Elle parlait trop, aussi. Mais personne, son mari moins que tout autre, ne semblait prêter la moindre attention à ses propos.

Francesca Giambelli Russo, la mère de Donato, ne disait rien, elle. Quel contraste avec la *Signora* ! On n'aurait jamais cru qu'elle était sa nièce, cette petite bonne femme inconsistante qui restait collée dans son fauteuil et avait l'air prête à piquer une crise de nerfs ou à s'enfuir si quelqu'un lui adressait la parole, ce dont Tyler s'abstenait prudemment.

Le petit garçon vautré sur le tapis – si l'on pouvait décerner l'appellation d'être humain à ce démon vomi par l'enfer – s'amusait à fracasser deux camions l'un contre l'autre en souli-gnant chaque collision de bruyants effets sonores. Terrorisée par le vacarme, Sally, la vieille chienne d'Eli, s'était réfugiée sous les jambes de Sophia.

Des jambes superbes, nota distraitement Tyler. Comme toute sa personne, d'ailleurs. On aurait cru une star détachée d'un écran de cinéma et matérialisée là en trois dimensions. Elle paraissait fascinée par ce que lui racontait le cousin Donato, qu'elle ne quit-tait pas de ses beaux grands yeux chocolat. Tyler la voyait pour-tant glisser des amuse-gueules à Sally d'une manière trop discrète et trop étudiée pour qu'elle fût vraiment absorbée par la conversation.

Pilar apparut soudain à côté de lui, une assiette à la main.

— Goûte donc ces olives farcies, elles sont délicieuses.

De tous les Giambelli, Pilar était à peu près la seule avec qui Tyler se sentait à l'aise. Elle ne lui avait jamais imposé de bavar-dages inutiles pour le seul plaisir de s'écouter parler.

— Merci. Sais-tu quand la conférence va enfin démarrer ?

— Quand maman sera prête, pas avant. Selon mes sources, le déjeuner est prévu pour quatorze, mais je n'arrive pas à deviner qui nous attendons. De toute façon, Eli a l'air content, c'est bon signe.

— Espérons-le, grommela Tyler.

— Nous ne t'avons pas vu depuis des semaines. Beaucoup de travail ? Oui, bien sûr ! ajouta-t-elle en riant. Et à part le travail ?

— Rien qui vaille la peine.

— Tu ressembles plus à ma mère que nous autres. Mais au fait, tu ne fréquentais pas une jolie blonde, l'été dernier ? Pat, Patty ?

— Patsy. Non, pas vraiment. Plutôt… tu sais, quoi, répondit-il avec un geste évasif.

— Mon petit, tu devrais sortir davantage. Et pas seulement pour… « tu sais, quoi ».

C'était lâché d'un ton si maternel qu'il sourit malgré lui.

— Je pourrais t'en dire autant.

— Oh, moi… Je ne suis plus qu'un vieux tableau.

— Le tableau le plus agréable à voir dans cette pièce, en tout cas.

Sa repartie fit rire Pilar. Ce compliment, même dans la bouche d'un homme qu'elle considérait comme un fils adoptif, remonta son moral, qui avait trop tendance ces temps-ci à stagner au plus bas.

— Tu as toujours été gentil – quand tu y pensais.

— Maman, tu accapares les olives !

Surgie de nulle part, Sophia lui prit l'assiette des mains. À côté de sa mère, si calme et si posée, elle semblait comme une boule de foudre. Du genre à flanquer une décharge électrique à qui s'en approcherait de trop près. Telle était du moins l'impression qu'en avait Tyler, c'est pourquoi il s'efforçait par précaution de toujours garder ses distances.

— Parle-moi, vite, marmonna-t-elle. Tu comptais me laisser coincée encore longtemps avec ce raseur de Don ?

— Pauvre Sophia ! Vois les choses du bon côté. C'est sans doute la première fois depuis des mois qu'il peut dire cinq mots de suite sans que Gina l'interrompe.

— Il s'est bien rattrapé avec moi, tu peux me croire, fit-elle en levant les yeux au ciel. Et toi, Tyler, ça va ?

— Oui.

— Toujours beaucoup de travail ?

— Sûr.

— Connais-tu des mots de plus d'une syllabe ?

— Oui. Je te croyais à New York.

— J'y étais. Maintenant, je suis là.

Elle lança par-dessus son épaule un coup d'œil excédé aux deux gamins qui se battaient en hurlant.

— Si j'étais odieuse à ce point, maman, comment as-tu fait pour ne pas me noyer dans la fontaine ?

— Tu n'étais pas odieuse, ma chérie. Exigeante, arrogante, capricieuse, mais jamais odieuse à proprement parler. Excusez-moi tous les deux, ajouta Pilar en mettant l'assiette d'olives dans la main de Sophia, je vais essayer de rétablir la paix.

Sophia suivit des yeux sa mère qui allait relever la fillette en larmes et la prendre dans ses bras.

— J'aurais dû le faire à sa place, soupira-t-elle. Mais j'avoue n'avoir jamais vu de ma vie de moutards aussi déplaisants.

Puis, considérant que le problème ne la concernait pas, Dieu merci, elle accorda son attention à Tyler. « Un homme, un vrai », pensa-t-elle. Il paraissait sculpté dans le roc des falaises qui montaient la garde à l'entrée de la vallée. Si elle réussissait à tirer de lui de quoi alimenter une conversation digne de ce nom, elle pourrait meubler agréablement son temps jusqu'au déjeuner.

— Une idée du sujet de notre petite réunion d'aujourd'hui ?

— Aucune.

— Tu me le dirais si tu le savais ?

Tyler fit un geste évasif en observant la manière efficace dont Pilar calmait la fillette enragée et l'entraînait vers une fenêtre.

— À ton avis, demanda-t-il, pourquoi les gens ont-ils des enfants quand ils sont incapables de s'en occuper ?

Sophia allait répondre lorsqu'elle vit son père et Renée faire leur entrée dans la pièce.

— Bonne question, murmura-t-elle en prenant le verre de Tyler, qu'elle vida d'un trait. Très bonne question.

À l'autre bout du salon, Pilar se figea. Tout le plaisir qu'elle avait pris à calmer la petite fille s'évanouit. Elle se sentait soudain vieille, grosse, laide, amère devant l'homme qui l'avait dédaignée et exhibait sans vergogne la dernière en date de ses remplaçantes, plus jeune, plus belle, plus désirable. Pourtant, sachant que sa mère ne bougerait pas, elle s'imposa d'aller accueillir les nouveaux venus. Son sourire sincère et chaleureux éclairait un visage infiniment plus séduisant qu'elle n'en avait conscience. Sa tenue simple était plus élégante et plus féminine que la toilette prétentieuse de Renée. Sa distinction naturelle brillait de feux plus éblouissants que tous les diamants du monde.

— Tony, comme c'est gentil d'avoir pu venir ! Bonjour, Renée.

Renée fit glisser une main le long du bras de Tony de manière que le diamant à son doigt reflète la lumière. Une fois certaine que Pilar l'avait vu et avait compris sa signification, elle esquissa un sourire.

— Bonjour, Pilar. Vous avez une mine… reposée.

Pilar sentit ses genoux près de la lâcher, comme si Renée y avait décoché un coup du talon pointu de ses escarpins rouges.

— Merci. Mais venez donc vous asseoir. Puis-je vous servir à boire ?

— Pas de manières avec nous, Pilar, la rabroua Tony en se penchant pour lui effleurer la joue de ses lèvres. Nous allons juste saluer Tereza.

— Va rejoindre ta mère, souffla Tyler à l'oreille de Sophia.

— Hein ?

— Trouve un prétexte et éloigne-la.

Remarquant en même temps l'éclair du diamant au doigt de Renée et l'expression blessée de Pilar, elle cala l'assiette d'olives dans les mains de Tyler et traversa la pièce en trois enjambées.

— Maman, peux-tu venir m'aider une minute ?

— Oui, mais laisse-moi un instant…

— Viens, j'en ai pour une seconde.

Tout en parlant, elle l'entraîna dans le couloir et ne s'arrêta qu'une fois derrière les portes refermées de la bibliothèque.

— Oh, ma pauvre maman…

Pilar se passa une main tremblante sur le visage en s'efforçant vainement de rire.

— Je croyais pourtant ne pas m'en être trop mal tirée.

Elle se laissa tomber sur le bras d'un fauteuil. Sophia se hâta de l'y rejoindre.

— Tu t'en es admirablement sortie. Mais je te connais trop bien. Tyler aussi, apparemment. Cette bague est du tape-à-l'œil, comme elle.

— Voyons, ma chérie, elle est superbe. Mais ce n'est pas grave, je t'assure. Ça ne me fait rien du tout.

— À d'autres ! Je la hais, je les déteste tous les deux. Et je vais de ce pas retourner au salon leur dire ma façon de penser.

Pilar agrippa le bras de Sophia. La peine trop visible dans le regard de sa fille était-elle aussi évidente dans le sien ? En était-elle responsable ? L'avait-elle entraînée malgré elle dans ces limbes où elle vivait depuis si longtemps ?

— Non, n'y va pas ! Cela ne changerait rien, ne résoudrait rien. La haine n'a jamais rien résolu, Sophia. Elle ne peut que faire du mal.

« Faux, pensa Sophia. Elle peut aussi endurcir. »

— Réagis, au moins ! Fâche-toi, accable-le de reproches ! Arriver comme il l'a fait, nous jeter à la figure cette créature avec son bouchon de carafe, c'est scandaleux ! Il n'avait pas le droit de te faire ça, maman. À moi non plus.

« Fais n'importe quoi, s'abstint-elle d'ajouter. Sois tout sauf blessée, vaincue, pitoyable. Je ne le supporte pas. »

— Il a le droit de faire ce qu'il veut, c'est la manière qu'il n'a pas eue cette fois-ci, voilà tout. Tu n'as pas à en souffrir, ma chérie. Il est quand même ton père et il le restera, quoi qu'il arrive.

« Encore à lui chercher des excuses », s'avoua Pilar en silence. Depuis trente ans, elle trouvait toujours des excuses au comportement indigne de Tony Avano. Une habitude difficile à perdre.

— Il n'a jamais été un père pour moi !

— Sophia !…

— Je sais, j'ai tort de tout ramener à moi, mais je n'y peux rien. Il ne s'agit même pas de lui, il est inconscient du mal qu'il nous fait. Mais pas elle ! Elle est parfaitement consciente de son acte, elle l'avait prémédité. Je ne peux pas lui pardonner d'arriver chez nous comme en pays conquis et de faire son numéro. Je la hais !

— Tu négliges un facteur, ma chérie. Elle est peut-être vraiment amoureuse de lui.

— Oh, je t'en prie !

— Ne sois pas cynique. Je l'aimais, pourquoi pas elle ?

Sophia aurait voulu briser quelque chose, en ramasser les éclats et lacérer le visage trop apprêté de Renée.

— Amoureuse, oui : de son argent, de sa position sociale, de ses frais de représentation !

— C'est probable. Mais Tony est le genre d'homme à se faire aimer des femmes sans même le faire exprès.

La touche de mélancolie dans la voix de sa mère n'échappa pas à Sophia. Sans jamais avoir elle-même été amoureuse, elle reconnaissait le ton d'une femme qui l'avait été. Qui l'était encore. Et le désespoir que trahissait cet aveu dissipa son accès de colère.

— Tu n'as pas cessé de l'aimer, n'est-ce pas ?

— Si je ne l'ai pas encore fait, je ferais bien de me dépêcher… Promets-moi de ne pas provoquer une scène.

— Je regretterai de ne pas m'accorder ce plaisir, mais je suppose qu'un dédain glacial aura plus d'effet. En tout cas, je vais effacer son odieuse mine satisfaite.

Sophia embrassa sa mère, la serra dans ses bras. Elle, au moins, elle pouvait l'aimer sans arrière-pensée.

— Ça ira, maman ?

— Mais oui. Ma vie ne changera pas pour si peu. Rien ne change dans ma vie, d'ailleurs. Retournons avec les autres.

— Je vais te dire ce que nous allons faire, dit Sophia tandis qu'elles sortaient dans le couloir. Je m'arrangerai pour ajuster mon emploi du temps et me libérer deux jours. Et nous irons, toi et moi, passer ces deux jours dans un institut de beauté. Nous nous baignerons dans la boue, nous nous ferons masser, poser des masques sur la figure et je ne sais quoi encore. Nous dépenserons des sommes folles, nous nous ferons dorloter sans vergogne et nous achèterons des tas de produits dont nous ne nous servirons jamais.

Pendant qu'elle prononçait ces mots, la porte des toilettes s'ouvrit pour laisser sortir une brune entre deux âges.

— Voilà un programme alléchant. Quand partons-nous ?

— Helen ! s'écria Pilar en l'embrassant. Tu m'as fait une peur !

— Désolée, s'excusa celle-ci en rajustant la jupe de son strict tailleur gris. J'ai bu tant de café avant d'arriver que j'ai dû me précipiter au petit coin. Sophia, tu es resplendissante ! Alors, poursuivit-elle, les suspects habituels sont réunis au salon ?

— Plus ou moins, répondit Sophia. Quand maman m'a appris que les juristes seraient là, je ne me doutais pas qu'elle parlait de toi.

« Si Tereza, pensa-t-elle, a fait appel à Son Honneur le juge Helen Moore, c'est qu'il s'agit de choses sérieuses. »

— Parce que Pilar n'en savait rien, et je l'ignorais moi-même jusqu'il y a quelques jours. Ta grand-mère a insisté pour que je m'en occupe personnellement. Elle n'a rien dit à aucun de vous ?

Amie intime des Giambelli, Helen Moore était mêlée à leur vie depuis près de quarante ans sans cesser d'en être fascinée.

— Non. Elle va bien au moins, Helen ? Je suis inquiète. Cette habitude de changer son testament lui est venue depuis un an. Depuis la mort du pauvre *signore* Baptista, en fait.

Helen rajusta ses lunettes et décocha à sa vieille amie un sourire réconfortant.

— En ce qui concerne sa santé, la *Signora* est à ma connaissance plus en forme que jamais. Quant à ses intentions, il ne m'appartient pas de les dévoiler, Pilar, même si je comprends ses raisons. C'est elle qui mène le jeu. Allons donc voir si elle est prête à lever le rideau.

3

Jamais la *Signora* ne perdait le contrôle de la situation. Elle avait elle-même composé le menu du déjeuner et choisi les vins parmi les productions des vignobles californiens Giambelli et MacMillan, à l'exclusion de tous les autres. Elle avait catégoriquement refusé d'aborder les affaires pendant le repas et de permettre, au vif dépit de Gina, la présence à table d'enfants mal élevés, relégués à la nursery sous la garde d'une servante. Tereza comptait lui accorder une généreuse gratification – assortie de son profond respect si la malheureuse survivait plus d'une heure avec ces petits monstres.

Quand elle avait daigné adresser la parole à Renée, c'était avec une courtoisie si glaciale que la tapageuse maîtresse de son gendre avait mérité de sa part une sorte d'admiration. D'autres, beaucoup d'autres, n'avaient pas supporté avec le même aplomb d'être exposés à ce blizzard arctique.

Outre les membres de la famille et Helen Moore, qu'elle rangeait parmi les siens, Tereza avait convié son plus ancien maître de chai, Paul Borelli, qui travaillait depuis trente-huit ans pour Giambelli, ainsi que Margaret Bowers, chef des ventes de MacMillan. L'incessant babillage de Gina ennuyait à périr la jeune femme, qui avait désespérément envie d'une cigarette. Le sourire compatissant que Tyler lui décocha par-dessus la table lui mit du baume au cœur. Car il arrivait aussi à Margaret d'avoir désespérément envie de Tyler…

Le dessert terminé et le porto servi, Tereza prit la parole. Les conversations cessèrent aussitôt.

— Dans un an, *Castello Giambelli* célébrera son centenaire. *Villa Giambelli* produit du vin en Californie dans la vallée de Napa depuis soixante-quatre ans, MacMillan depuis quatre-vingt-douze. Cinq générations des nôtres ont été vignerons et négociants en vins.

— Six, *zia* Tereza, intervint Gina. Avec mes enfants, cela fera six générations.

— D'après ce que j'ai pu constater, vos enfants deviendront plus vraisemblablement des voyous que des vignerons. Ne m'interrompez plus, je vous prie.

Elle prit le temps de humer son porto et d'en boire une gorgée avant de poursuivre :

— Au fil de ces cinq générations, nous avons acquis sur deux continents la réputation de produire des vins de la plus haute qualité. Le nom Giambelli est devenu synonyme de grands vins. Nous avons établi des traditions, nous les avons fait évoluer par l'apport de nouvelles méthodes et de nouvelles technologies, sans jamais sacrifier notre nom ni ce qu'il représente. Il y a vingt ans, nous avons contracté une association de fait avec une autre maison réputée de la vallée. Depuis, MacMillan et Giambelli ont progressé de concert. Ce coupage a bien vieilli. Le moment est venu de le décanter.

Tereza sentit plus qu'elle ne remarqua la soudaine tension de Tyler et lui décerna une bonne note pour savoir tenir sa langue.

— Des changements sont désormais nécessaires pour le bien de nos deux maisons, poursuivit-elle. Les cent prochaines années commencent dès aujourd'hui. Donato !

— Oui, tante Tereza ?

— Giambelli Italie et Giambelli Californie ont été jusqu'à présent des entités distinctes. Cet état de choses a cessé. Tu dépendras dorénavant du directeur des opérations de la nouvelle société Giambelli-MacMillan, basée à la fois à Venise et en Californie.

— Qu'est-ce que cela signifie ? s'exclama Gina en se levant brusquement. À Venise, c'est Donato le patron. Il porte le nom de la famille. Il est votre héritier de plein droit !

— Mon héritier sera celui que je désignerai.

— Je vous ai donné des enfants ! cria Gina, indignée, en se tapant sur le ventre. Trois enfants, d'autres suivront ! Personne n'a donné de descendance à la famille, personne d'autre que Donato et moi. Qui portera le nom quand vous ne serez plus de ce monde, sinon mes enfants ?

— Considérez-vous votre ventre comme un argument ? demanda Tereza sèchement.

— Il est fertile, lui au moins ! cracha-t-elle pendant que son mari essayait de la forcer à se rasseoir. Plus que le vôtre, plus que celui de votre fille ! Une fille chacune, c'est tout ce que vous avez été capables de concevoir. Moi, je peux en faire des douzaines !

— Dans ce cas, que Dieu nous vienne en aide. Vous garderez votre belle maison et votre argent de poche, Gina. Mais vous ne serez jamais maîtresse du *castello*. Le château est à moi. Prenez ce qu'on vous accorde, sinon vous perdrez bien davantage.

— Tais-toi donc, Gina ! gronda Donato, qui reçut pour réponse une claque sur la main.

— Vous êtes une vieille femme, lâcha-t-elle d'un ton de défi. Un jour, vous serez morte. Pas moi. Alors, nous verrons bien.

Sur quoi, elle quitta la pièce au pas de charge.

— Je vous demande pardon, ma tante…, commença Donato.

Tereza l'interrompit d'un geste péremptoire.

— Ta femme ne te fait pas honneur, Donato, et la qualité de ton travail est loin d'être ce que j'en attendais. Tu as un an pour corriger ces deux points. Tu conserveras tes fonctions dans la maison jusqu'à la fin des prochaines vendanges, moment auquel nous réexaminerons ton cas. Si je suis satisfaite de tes efforts, tu recevras une promotion, avec le salaire et les avantages correspondants. Dans le cas contraire, tu ne feras plus partie de la maison que sur le papier. Je ne congédierai pas un membre de la famille, mais tu n'auras plus la vie aussi facile que jusqu'à présent. Est-ce clair ?

Donato sentit sa cravate l'étrangler et son estomac se révulser.

— Voyons, *zia*, je travaille pour Giambelli depuis dix-huit ans…

— Douze. Depuis six ans, tu fais à peine acte de présence, une présence de plus en plus symbolique au fil des semaines. Crois-tu que je ne sais pas ce que tu fais ni où tu passes ton temps ? Crois-tu que j'ignore tout de tes prétendus « voyages d'affaires » quand tu vas à Paris, à Rome ou à New York aux frais de la maison ? Ta femme est peut-être une idiote, Donato, pas moi. Fais attention.

— Donato est un bon garçon, objecta timidement sa mère.

— Il l'a peut-être été enfant. Il pourra devenir un homme valable s'il consent à en faire l'effort. Margaret, poursuivit Tereza en se tournant vers la jeune femme, veuillez excuser ce mélodrame familial, nous sommes tous un peu soupe au lait. Vous superviserez et coordonnerez les activités des chefs des ventes de Giambelli-MacMillan en Californie et en Italie. Ce poste exigera de nombreux déplacements et comportera d'importantes responsabilités, il bénéficiera donc du salaire et des compensations appropriés. Vous devrez vous rendre à Venise dans cinq jours pour y établir votre base et vous familiariser avec les opérations. Décidez d'ici demain si vous voulez accepter ou non ces nouvelles fonctions et, si oui, nous en examinerons ensemble les détails.

— Je n'ai pas besoin de réfléchir pour accepter, madame, et je vous en remercie, répondit Margaret d'un ton précis malgré son cœur qui battait la chamade. Je suis prête à en discuter les détails avec vous à votre meilleure convenance. Je vous suis sincèrement reconnaissante, ainsi qu'à vous, monsieur, ajouta-t-elle en se tournant vers Eli, de m'offrir cette promotion.

— Bien répondu. À demain, donc. Paul, nous avons déjà parlé de nos projets, pour lesquels j'apprécie vos conseils et votre discrétion. Vous connaissez les meilleurs éléments du personnel à la villa et chez MacMillan, vous assurerez la coordination des opérations sur le terrain et dans les chais.

— J'ai le plus grand respect pour Paul, son expérience et son instinct concernant la vigne et le vin, coupa Tyler d'un ton calme en dépit de la colère qui lui nouait la gorge. Je ne puis qu'admirer vos opérations au vignoble de la villa et les gens qui y participent. Je m'incline aussi devant ce que je sais de Giambelli à Venise. Mais les méthodes et les collaborateurs de MacMillan ne sont pas moins dignes de respect et d'admiration. Je refuse de les voir éclipsés ou supplantés par les vôtres, *Signora*. Que vous soyez fière de ce que vous avez accompli et des traditions que vous désirez transmettre, je le comprends et je l'approuve. Mais je suis tout aussi fier des miennes.

— Bien. Alors, écoute. Et réfléchis, dit-elle en faisant signe à Eli de prendre la parole.

— Tereza et moi ne sommes pas parvenus à cette décision à la légère, Tyler. Nous en avons longtemps et longuement discuté. Nous avons soigneusement examiné avec Helen la meilleure manière de finaliser notre fusion sur le plan juridique comme sur le plan pratique. Nous en avons formulé la stratégie afin que toutes les parties concernées en bénéficient, pas seulement pour cette saison mais pour les cent années à venir. Crois-tu, ajouta-t-il avec force, que je me contenterais de moins que toi pour MacMillan ?

— Je ne sais plus ce que tu veux. Je croyais pourtant le savoir.

— Eh bien, je vais te le dire clairement. En réalisant cette fusion, Tyler, nous prenons place non seulement parmi les plus gros viticulteurs du monde, mais surtout parmi les meilleurs. Tu continueras donc à superviser MacMillan avec Paul comme chef d'exploitation. Mais tes fonctions ne se limiteront pas là.

Tereza comprenait et approuvait la fureur exprimée par les yeux de Tyler. Elle signifiait qu'il attachait du prix à ce dont il était l'héritier – et il fallait qu'il y attache désormais le plus grand prix.

— Tu connais le terroir, Tyler, enchaîna-t-elle. Tu connais les vignes, les cuves de fermentation, les foudres de vieillissement. Mais ton travail ne va pas plus loin que la mise en bouteilles. Le moment est venu d'avancer au-delà. Il y a davantage que le raisin dans le vin. C'est pourquoi Eli et moi voulons que nos petits-enfants se complètent.

— *Vos* petits-enfants ? intervint Sophia d'un air soupçonneux.

— Quand as-tu travaillé dans les vignes pour la dernière fois ? répliqua Tereza. Depuis quand as-tu goûté un vin qui ne sortait pas d'une bouteille ? Tu négliges tes racines, Sophia.

— Je ne néglige rien du tout ! Je ne suis pas vigneronne. Mon métier, c'est la publicité.

— Eh bien, tu apprendras aussi à devenir vigneronne. Et toi, Tyler, tu apprendras ce que sont la promotion, la vente, la livraison du vin. Vous vous instruirez l'un l'autre.

— Mais enfin, *nonna*...

— Silence. Tu as un an pour t'y mettre. Pilar, Sophia n'aura plus autant de temps à consacrer à ses activités. Tu la seconderas.

Pilar ne put s'empêcher de rire.

— Voyons, maman, je n'y connais rien !

— Tu as la tête bien faite, il est grand temps que tu t'en serves à nouveau. Pour réussir, nous aurons besoin de tous les membres de la famille. Et même des autres, poursuivit-elle en se tournant vers Tony Avano. Vous continuerez à vous occuper de la vente. Vous conserverez, pour le moment du moins, votre titre et vos privilèges, mais vous dépendrez, comme Donato et les autres chefs de service, du nouveau directeur des opérations. À compter d'aujourd'hui, nos rapports seront strictement professionnels. Ne venez plus sous mon toit ni vous asseoir à ma table sans y avoir été invité.

La *Signora* avait le pouvoir de le dépouiller de tout, il le savait. Il usa donc du seul argument à sa disposition.

— Je suis le père de Sophia !

— Je sais ce que vous êtes.

— Je vous demande pardon, madame, coupa Renée avec une politesse scrupuleuse. Puis-je parler ?

— Invitée ou non, vous êtes mon hôte. Que souhaitez-vous dire ?

— J'ai conscience que ma présence ici n'est pas particulièrement appréciée et que vous désapprouvez mes rapports avec Tony. Il est pourtant un atout pour votre entreprise et, comme j'ai l'intention d'en être un pour lui, je puis vous être bénéfique.

— Je demande à voir. Et maintenant, enchaîna-t-elle, si vous voulez bien nous excuser, Helen, Eli et moi devons nous entretenir seuls avec Sophia et Tyler. Le café sera servi au salon.

— Une fois de plus, tu nous mets devant le fait accompli ! explosa Sophia, frémissante de colère, après que les autres se furent retirés. En as-tu pris l'habitude, *nonna*, au point de croire qu'on peut bouleverser la vie des autres en prononçant quelques mots ?

— Chacun a le choix.

— Qui a le choix ? Donato n'a jamais travaillé ailleurs, sa vie entière tourne autour de Giambelli. Tyler a consacré toutes ses forces et tout son temps à MacMillan depuis son enfance.

— Je suis assez grand pour parler moi-même, gronda Tyler.

— Tais-toi donc ! Tu es incapable de sortir plus de cinq mots à la suite. Et je suis censée t'apprendre à vendre du vin ?

Tyler lui empoigna les mains et en tourna les paumes vers le haut.

— Regarde ! Tendres comme des pétales de rose. Et je suis censé t'apprendre à travailler avec *ça* ?

— Je travaille aussi dur que toi ! Ce n'est pas parce que je ne sue pas comme un cheval et que je ne passe pas mes journées les pieds dans la boue que je ne donne pas le meilleur de moi-même !

— Vous êtes mal partis, vous deux, soupira Eli en se resservant du porto. Si vous voulez vous battre, allez-y, cela vous fera du bien. Votre problème, c'est que vous n'avez l'un et l'autre jamais fait que ce qui vous convenait. Peut-être allez-vous échouer et vous retrouver les quatre fers en l'air en essayant de faire autre chose. De faire mieux.

— Je n'échoue jamais ! lança Sophia d'un ton de défi.

— Tu auras un an pour le prouver, déclara Tereza. Voulez-vous savoir ce qui vous attend à la fin de l'année ? Helen, s'il te plaît.

Helen Moore prit son porte-documents à ses pieds, le posa sur la table et en sortit des dossiers.

— Un bon déjeuner et un spectacle pour le même prix, je ne regrette pas d'être venue, commença-t-elle en ajustant ses lunettes. Je m'efforcerai d'être brève et compréhensible. En résumé, Eli et Tereza ont décidé de fusionner leurs entreprises respectives. La restructuration entraînera une diminution de certains coûts de fonctionnement, une augmentation de certains autres mais, dans l'ensemble, j'estime que c'est une sage décision sur le plan économique. Vous aurez l'un et l'autre le titre de vice-président assorti d'un certain nombre de tâches et de responsabilités définies dans les contrats que voici. Ces contrats sont établis pour un an. Si, au terme de cette année, vos résultats sont jugés insuffisants, vous serez rétrogradés à une position inférieure, à des conditions négociables et à définir le cas échéant.

Tout en parlant, Helen fit glisser sur la table en direction de chacun d'eux une épaisse liasse de papiers.

— Tyler, tu continueras à disposer de la maison MacMillan et de son mobilier. Sophia, tu devras emménager ici, à la villa. Ton appartement de San Francisco sera entretenu aux frais de la société au cours de cette année probatoire, tu l'occuperas quand tes obligations exigeront ta présence en ville. Tyler, tu disposeras d'un logement lorsque tu devras toi aussi t'y rendre. Vos frais de déplacement vers d'autres destinations seront, bien entendu, à la charge de la société. En Italie, le *castello* sera à votre disposition, que vous vous y rendiez pour vos affaires, vos loisirs ou les deux.

Helen s'interrompit et leur adressa un sourire.

— Pas trop mal jusqu'à présent, non ? Et maintenant, après le bâton, la carotte. Sophia, si tes résultats sont satisfaisants à la fin de l'année, tu toucheras vingt pour cent du capital de la nouvelle société, la propriété pour moitié du château et le titre de coprésidente. Toi, Tyler, tu auras également vingt pour cent du capital, l'entière propriété de la maison où tu résides ainsi que le titre de coprésident. Vous recevrez enfin chacun trois hectares de vignoble, pour y fonder votre propre marque si vous le souhaitez ou sinon la valeur de cette parcelle. Pilar percevra elle aussi vingt pour cent du capital, si elle accepte les termes de son propre contrat. En cas de décès de Tereza ou d'Eli, la part du défunt ira à son conjoint. Quand ils nous auront tous les deux quittés, plaise à Dieu que ce soit le plus tard possible, leurs quarante pour cent seront répartis à raison de quinze pour cent à chacun de vous deux et dix pour cent à Pilar. Le moment venu, vous posséderez donc chacun trente-cinq pour cent d'une des plus importantes entreprises vinicoles au monde. Pour les gagner, il vous suffira de satisfaire aux stipulations de vos contrats pendant l'année à venir.

Sophia se voyait offrir davantage que ce qu'elle avait jamais osé imaginer ou demander mais, en même temps, elle avait l'impression d'être traitée de haut, sinon méprisée comme une enfant. Elle dut attendre de s'être ressaisie avant d'ouvrir la bouche.

— Qui nous jugera et décidera si nos résultats sont satisfaisants ?

— Dans un souci d'impartialité, répondit Tereza, Tyler et toi, vous vous attribuerez mutuellement une note mensuelle. Eli et moi vous noterons de notre côté, et ces notes seront ajoutées aux évaluations du directeur des opérations pour calculer une moyenne.

— Qui diable est ce directeur des opérations ? s'enquit Tyler.

— Il s'appelle David Cutter. Il était récemment cadre dirigeant chez Laker Inc. et habitait New York. Il arrivera demain. Maintenant, nous vous laissons lire vos contrats, en discuter et y réfléchir. Café, Helen ? ajouta Tereza avec un sourire en se levant.

Renée refusait de se laisser intimider. Sa carrière de mannequin, sa brève expérience d'actrice et son arrivisme inné lui avaient appris une leçon : s'il faut bouger, c'est toujours vers le haut. Elle ignorerait les insultes de la vieille, la pitoyable détresse de l'épouse bafouée et les regards assassins de la fille. Elle les méprisait, mais elle les supporterait aussi longtemps qu'il le faudrait pour parvenir à ses fins.

Elle avait déjà au doigt le diamant choisi par elle-même, l'alliance devait suivre le plus vite possible. Tony était son sésame dans le monde des obscènement riches et, en plus, elle l'aimait bien – enfin, presque autant que la fortune des Giambelli. Elle ferait donc le nécessaire au cours de l'année à venir pour consolider la position de Tony chez Giambelli, et elle le ferait avec le statut d'épouse légitime.

— Parle-lui maintenant, ordonna-t-elle en prenant sa tasse de café.

Tony haussa les épaules d'un air accablé :

— Renée, ma chérie, le moment n'est guère propice.

— Tu as eu sept ans pour régler la question, Tony. Tu le feras, et tu le feras tout de suite. Sinon, c'est moi qui m'en charge, ajouta-t-elle en lançant un regard expressif en direction de Pilar.

Mieux valait une explication gênante qu'une scène pénible. Tony tapota gentiment la main de Renée, se leva sourire aux lèvres et traversa le salon vers Pilar, qui s'efforçait d'apaiser Francesca, en proie à Dieu sait quelle nouvelle angoisse.

— Pourrais-je te dire quelques mots, Pilar ? En privé.

Elle pensa à une dizaine d'excuses. En l'absence de sa mère, elle devait remplir son rôle d'hôtesse. Le salon était plein d'invités. Sa cousine Francesca avait besoin d'elle. La cafetière était presque vide… Mais c'étaient des prétextes, ils ne feraient que retarder ce qu'elle devrait tôt ou tard affronter.

— Bien sûr, soupira-t-elle.

— Nous pourrions aller dans la bibliothèque.

Quand ils quittèrent ensemble le salon, Renée lui jeta au passage un regard aussi dur et brillant que la pierre à son doigt. « Un regard de vainqueur, pensa Pilar. C'est ridicule. Il n'y a pas de concurrence entre nous, ni rien à gagner. »

— Je regrette que maman t'ait parlé devant tout le monde,

commença-t-elle. Si elle m'avait prévenue de son intention, je lui aurais demandé de le faire plus discrètement.

— C'est sans importance. De toute façon, je connais de longue date ses sentiments à mon égard. Professionnellement, j'aurais espéré mieux, bien sûr. Mais cela s'arrangera.

Ignorer les choses déplaisantes était le point fort de Tony. Croire qu'elles s'arrangeaient d'elles-mêmes venait juste après. Ainsi, il avait jadis cru habiter cette luxueuse demeure ou, du moins, y disposer d'une base permanente. Tout s'était bien réglé, en fin de compte, puisqu'il préférait vivre en ville. Que faire dans la vallée de Napa à part regarder pousser le raisin ?

— Eh bien, Pilar, comment vas-tu ? demanda-t-il en arborant son habituel sourire charmeur.

Elle réprima de justesse un accès de rire hystérique.

— Comment je vais, Tony ? Pas mal, en un sens. Et toi ?

— Moi ? Très bien. Débordé de travail, comme toujours. Mais dis-moi, qu'as-tu l'intention de faire en ce qui concerne la suggestion de ta mère de jouer un rôle plus actif dans la société ?

— Ce n'était pas une suggestion et je ne sais pas ce que j'ai l'intention de faire. Je n'ai pas eu le temps d'y réfléchir.

Il se pencha vers elle avec une expression d'intérêt dont Pilar connaissait trop bien l'absence de sincérité.

— Tu réussiras sûrement, une femme aussi exceptionnelle que toi est un grand atout dans une affaire. D'ailleurs, cela te fera du bien de sortir un peu d'ici, d'avoir une occupation. Une carrière est peut-être ce dont tu as besoin.

Elle avait rêvé d'avoir une famille. Un mari, des enfants. Jamais de faire carrière.

— Allons-nous parler de mes besoins, Tony, ou des tiens ?

Il lui prit une main entre les siennes, de cette manière protectrice qui lui était naturelle avec toutes les femmes.

— Ils ne sont pas incompatibles. Écoute, Pilar, à mon avis, je crois que nous devrions saisir l'occasion que nous offre Tereza de prendre toi et moi un nouveau départ. Il nous fallait ce coup de pouce, je crois. Tu as toujours eu du mal à te faire à l'idée de divorcer, je m'en rends compte.

— Vraiment ?

Elle allait donc ergoter. « Quelle corvée ! » pensa-t-il.

— Mais oui. Le fait est que nous menons nos vies chacun de notre côté depuis des années, tu le sais bien.

En se dominant elle en avait l'habitude, Pilar retira sa main.

— Veux-tu parler des vies que nous menons depuis que tu as déménagé pour t'installer à San Francisco ou de celles que nous menions quand nous faisions encore semblant d'être un couple ?

« L'affaire se présente mal », soupira-t-il en son for intérieur.

— Notre mariage est un échec, Pilar. Cela ne nous mènera à rien au bout de tout ce temps d'en ressasser les raisons, de nous lancer des reproches ou de chercher des responsabilités.

— Je ne crois pas me rappeler avoir jamais rien *ressassé* avec toi, Tony. Mais tu as raison, en parler maintenant n'y changera rien.

— J'admets volontiers, en revanche, t'avoir causé du tort en ne mettant pas fin légalement à notre mariage. À cause de cela, tu n'as pas pu refaire ta vie.

— Ce qui ne t'a pas posé de problème à toi, n'est-ce pas ?

Pilar se leva et lui tourna le dos pour se poster devant la cheminée en regardant distraitement les flammes. À quoi bon résister, pourquoi maintenant ? Cela avait-il une quelconque importance ?

— Au moins, reprit-elle, soyons francs. Tu n'es venu ici aujourd'hui que pour me demander le divorce, les décisions de ma mère n'ont rien à voir là-dedans. Tu les ignorais, d'ailleurs, quand tu as passé cette bague au doigt de Renée.

— Vrai ou pas, nous aurions dû divorcer depuis longtemps, ce serait idiot de notre part de prétendre le contraire. Mais si j'ai tant tardé, Pilar, c'était pour toi, affirma-t-il avec un cynisme désarmant. Et si je te le demande maintenant, c'est avant tout pour ton bien. Il est grand temps que tu puisses enfin vivre ta vie librement.

Elle ne se retourna pas en entendant cette énormité. Quand on le regardait, quand on voyait la sincérité briller dans son regard, on finissait par croire à ses mensonges les plus éhontés.

— Non, dit-elle sans élever la voix, il t'est décidément impossible d'être honnête à mon égard. Si tu veux divorcer, je ne t'en empêcherai pas, je ne le pourrais d'ailleurs sans doute pas. Renée ne se laissera pas manipuler aussi facilement que moi, poursuivit-elle, se retournant enfin. Elle est peut-être la femme qu'il te fallait, après tout. Moi, je ne l'étais certainement pas.

Il ne retint de ses paroles que ce qui lui convenait : elle acceptait une séparation officielle, sans drame et sans problème.

— Je m'occuperai de tout, affirma-t-il. Discrètement, bien entendu. En fait, cela se réduira à signer quelques papiers. Je suis d'ailleurs certain que nos amis et relations nous croient déjà divorcés.

Comme elle ne répondait pas, Tony se leva :

— Nous serons plus heureux quand nous aurons franchi ce cap, tu verras. En attendant, il vaudrait mieux que ce soit toi qui l'annonces à Sophia, de femme à femme. En constatant que nous sommes d'accord, elle en voudra sûrement moins à Renée.

— Prendras-tu toujours les gens pour des imbéciles, Tony ?

— J'estime simplement que nous nous sentirons beaucoup mieux si nous restons en bons termes. En m'épousant, Renée sera intégrée à ma vie sociale et professionnelle. Nous serons donc amenés à nous rencontrer de temps en temps et je préférerais, tu t'en doutes, que Sophia soit au moins courtoise en ces occasions.

— J'espérais que tu serais un mari fidèle. Nous avons tous nos raisons d'être déçus, vois-tu. Tu as obtenu ce que tu étais venu chercher, Tony. Je te suggère maintenant de partir avec Renée avant que maman ne revienne au salon. Il y a eu assez de propos déplaisants dans cette maison pour une seule journée.

— Je suis de ton avis. Je te souhaite beaucoup de bonheur, Pilar, ajouta-t-il, une main sur la poignée de porte.

— Je te crois. Et pour une raison que je ne m'explique pas, je t'en souhaite autant. Au revoir, Tony.

Quand il eut refermé la porte derrière lui, elle s'assit avec autant de précaution que si ses os menaçaient de se briser au moindre choc. Elle se souvint d'avoir eu dix-huit ans et d'avoir été follement amoureuse, la tête emplie de projets et de rêves. Elle se souvint d'avoir eu vingt-trois ans, le cœur saignant du poignard de la trahison et de la perte de ses illusions. D'avoir lutté à trente ans pour sauver les débris d'un mariage en ruine, élevé seule son enfant et tenté de retenir un mari ne se donnant même plus la peine de faire semblant de l'aimer. Elle se souvint d'avoir eu quarante ans, résignée à la mort de ses projets de jeunesse, dont l'éclat était à jamais terni.

Elle savait maintenant ce que c'était d'avoir quarante-huit ans et de se retrouver seule, sans plus rien à quoi se raccrocher, ni illusions, ni rêves. D'être officiellement évincée par une remplaçante jeune et désirable, comme elle l'avait été officieusement si souvent par le passé.

À sa main brillait encore l'alliance qu'elle portait depuis trente ans. On lui disait maintenant de la jeter, de renier les vœux prononcés devant Dieu, sa famille, ses amis. Les larmes lui brûlèrent les yeux quand elle fit glisser de son doigt l'anneau d'or vidé de sa signification. Ce n'était, tout bien considéré, qu'un cercle vide. Le symbole même de son mariage.

Elle n'avait jamais été aimée. Quelle humiliation, quelle tristesse de l'accepter maintenant, de s'avouer ce qu'elle s'était si longtemps refusée à admettre. Aucun homme ne l'avait aimée. Pas même son mari.

En entendant la porte s'ouvrir, elle referma la main sur son alliance et ordonna à ses larmes de ne plus couler.

Helen n'eut besoin que d'un regard pour comprendre.

— Pilar ?... Bien, oublions le café.

Elle traversa la pièce, prit un carafon de cognac dans le cabinet des liqueurs, en remplit deux verres avant de s'asseoir à côté de sa vieille amie.

— Bois, ma chérie. Tu as l'air d'en avoir besoin.

Sans mot dire, Pilar ouvrit la main. La lumière des flammes dans la cheminée se refléta sur l'or de l'anneau.

— Oui, je m'en doutais en regardant cette petite garce faire étinceler son bouchon de carafe, grommela Helen. Ils sont bien assortis, ces deux-là. Il n'a jamais été digne de toi.

— C'est idiot d'être aussi secouée pour si peu. Nous n'étions plus vraiment mariés depuis des années. Quand même, Helen, trente ans... Elle faisait encore dans ses couches quand j'ai rencontré Tony.

— C'est dur à avaler, je sais. Mais quoi ? Elle est plus jeune et elle a de plus gros seins ? La belle affaire ! Dieu sait que cela suffirait pour la haïr, mais vois les choses autrement, veux-tu ? Si elle reste avec lui, c'est elle qui le nourrira à la petite cuiller et lui changera ses couches quand elle aura notre âge.

Pilar laissa échapper un rire qui sonna comme un gémissement.

— Je déteste la position dans laquelle je me trouve et je ne sais pas quelle autre adopter. Je n'ai même pas lutté, Helen.

— Tu n'es pas une lutteuse, et alors ? Tu es une femme belle, intelligente et bonne, victime d'un tour de cochon. Tu n'es pas la seule, tu sais, bien que cela ne soit pas une consolation. Cette porte est refermée sur lui une bonne fois pour toutes, et c'est ce qui pouvait t'arriver de mieux, crois-moi.

— Tu parles comme Tony.

— Ne m'insulte pas, s'il te plaît. S'il te l'a dit, d'ailleurs, il ne le pensait pas. Moi, je le pense.

— Peut-être… Je ne sais pas, rien n'est très clair. Je ne me vois même pas d'ici une heure, encore moins dans un an. Je n'ai pas eu le courage de lui faire payer sa lâcheté.

— Ne t'inquiète pas, elle le fera payer, elle – et au centuple.

Helen se pencha, embrassa Pilar. « Aucun Tony ne devrait vivre sans payer ses méfaits », pensa-t-elle.

— En attendant, si tu veux lui rendre la monnaie de sa pièce, je te mitonnerai un divorce qui le laissera estropié à vie.

Pilar ne put s'empêcher de sourire. Elle pouvait toujours compter sur l'amitié d'Helen.

— Ce serait amusant, je sais, mais cela n'aurait pour résultat que de faire traîner les choses en longueur et de les compliquer pour Sophia. Dis-moi, Helen, que vais-je faire maintenant de cette vie nouvelle qui me tombe dessus ?

— Nous y réfléchirons. Et nous trouverons quelque chose, sois tranquille.

De son côté, Sophia réfléchissait. La lecture du contrat lui donnait la migraine, mais elle en avait extrait l'essentiel du jargon juridique dans lequel il était noyé. Comme à son habitude, la *Signora* gardait le contrôle de tout. Sophia avait un an pour faire ses preuves, ce qu'elle croyait avoir déjà accompli. Si elle donnait satisfaction à son autocratique grand-mère, une part de ce contrôle tant convoité passerait entre ses mains. Eh bien oui, conclut-elle, ce contrôle, elle le voulait. La méthode pour l'obtenir lui déplaisait, cependant elle comprenait le raisonnement de Tereza, et cela lui était pénible à admettre. Elle avait toujours compris les raisonnements de sa grand-mère, sans doute parce qu'elles raisonnaient de la même manière.

Elle ne s'était jamais vraiment intéressée à l'élaboration du vin, c'est vrai. Aimer les vignes pour leur beauté et connaître les rudiments du métier étaient une chose, y investir son temps, ses efforts et jusqu'à ses sentiments en était une autre. Si son destin était de prendre un jour la place de sa grand-mère, il était indispensable de combler cette lacune. Peut-être, devait-elle s'avouer, préférait-elle l'atmosphère douillette des bureaux aux âpres fumets des pressoirs.

Elle lança un regard en coin à Tyler, penché sur son contrat, qui l'étudiait en fronçant les sourcils. Lui, il préférait les pressoirs aux bureaux. Cela ferait d'eux une bonne équipe, selon elle, car même si tout semblait les opposer, l'enjeu était aussi important pour l'un que pour l'autre. Une fois de plus, la *Signora* se montrait aussi ingénieuse qu'impitoyable. Et maintenant que son accès de fureur avait cédé devant la froide lucidité, Sophia comprenait que cet improbable attelage non seulement pourrait fonctionner, mais réussirait à coup sûr.

À moins que Tyler ne flanque tout par terre…

— Ça n'a pas l'air de te plaire, avança-t-elle.

— Tu vois quelque chose de plaisant là-dedans, toi ? Un foutu piège, oui ! Elle nous met le couteau sur la gorge.

— Exact. Le style de *nonna* consiste à donner les ordres juste avant la bataille. Si on laisse aux troupes le temps de réfléchir, elles peuvent être tentées de déserter. Penserais-tu à déserter, Tyler ?

Il leva les yeux, elle y vit la dureté de l'acier.

— Je dirige MacMillan depuis huit ans. Ce n'est pas maintenant que je vais lâcher prise.

« Bon, se dit-elle, il ne flanquera pas tout par terre. »

— Voilà au moins un point de départ. Tu sais ce que tu veux, je sais ce que je veux. La question est de savoir comment l'avoir. Ce sera plus facile pour toi.

— Pourquoi ?

— Je dois abandonner mon appartement pour revenir vivre ici, tu gardes ta maison. Je dois apprendre en catastrophe comment cultiver la vigne et produire le vin, tu n'auras qu'à rencontrer des gens et aller de temps en temps à des réunions.

— Tu crois que c'est facile ? J'ai horreur de rencontrer des gens, comme tu dis, ils me rasent. Et pendant que j'irai à des réunions où il sera question de choses dont je me fous éperdument, un type que je ne connais même pas se permettra de me surveiller comme un gamin.

— Moi aussi, figure-toi. Qui est donc ce David Cutter ?

— Un quelconque costume-cravate, lâcha Tyler avec mépris.

Sophia se leva, fit nerveusement les cent pas. « Non, songea-t-elle. Il est autre chose qu'un costume-cravate », et elle avait les moyens de le découvrir, le plus vite et le plus complètement possible.

— Il est sûrement plus que cela, je me renseignerai. Et il faudra trouver le moyen de travailler non seulement avec lui, mais nous deux ensemble. Ce ne devrait pas être trop difficile, nous nous connaissons depuis toujours.

Elle allait trop vite alors qu'il aimait prendre son temps. Mais Tyler n'allait pas se laisser distancer avant même le départ de la course.

— Faux, répliqua-t-il. Je ne sais pas qui tu es, ce que tu fais ni pourquoi tu le fais.

Les deux poings plantés sur la table, elle se pencha vers lui :

— Je m'appelle Sophia Tereza Maria Giambelli. Je vends du vin. Je le fais parce que je suis douée pour cela. Et, dans un an, je posséderai vingt pour cent d'une des plus grosses affaires de vin au monde.

Tyler se leva à son tour et imita sa pose.

— Pour y arriver, tu devras être mieux que douée. Tu devras te salir les mains, mettre tes belles petites bottines dans la boue et abîmer tes jolis ongles manucurés.

— Tu crois que je ne sais pas travailler, MacMillan ?

— Je crois que tu sais poser ton cul raffiné derrière un bureau ou dans un siège de première classe en avion, mais il ne sera plus aussi confortablement assis pendant l'année qui vient, Giambelli.

Voyant un voile rouge se former devant ses yeux, elle comprit que la colère la gagnait et qu'elle était sur le point de faire une idiotie.

— On parie ? Cinq mille dollars qu'au bout de l'année je serai meilleure en vigneronne que toi en cadre supérieur.

— Qui le décidera ?

— Un juge impartial. David Cutter.

Il empoigna sa fine menotte dans sa grosse patte calleuse :

— Pari tenu. Procure-toi des fringues en conséquence et de vraies bottes de travail. Et sois prête à prendre ta première leçon demain matin. Sept heures pile.

— J'y serai. Fin de la séance à midi et départ en ville pour *ta* première leçon. Je t'accorderai une heure pour t'acheter des costumes convenables, datant de moins de dix ans si possible.

— Qu'est-ce qu'on va faire en ville ? Tu es censée habiter ici.

— J'aurai besoin de passer à mon bureau et toi de commencer à te familiariser avec ce qui s'y passe. Je devrai aussi prendre des affaires à mon appartement. Tu as de bons muscles, ton cul n'est pas mal non plus, ajouta-t-elle avec un sourire froid. Tu m'aideras à déménager.

— J'ai quelque chose à te dire.

— Seigneur ! Toi, quelque chose à dire ? Laisse-moi le temps de m'y préparer.

Tyler fourra ses mains au fond de ses poches. Quand elle prenait cet air narquois, il résistait mal à l'envie de la gifler.

— Je ne supporte pas ta grande gueule, je ne l'ai jamais encaissée. Mais je n'ai rien contre toi.

— Oh, Tyler ! C'est si… touchant !

— Boucle-la ! Tu fais ce que tu fais parce que tu le fais bien. Moi, parce que j'aime ce que je fais et que je n'ai jamais rien voulu d'autre. Je n'ai rien contre toi, Sophia, je te le répète, mais si je vois les choses tourner de telle manière que je risque de perdre mes vignes à cause de toi, je te découpe en lanières.

Intriguée, elle le considéra sous un nouvel angle. Qui se serait douté que le rustre inoffensif qu'elle croyait connaître depuis l'enfance avait des instincts de tueur ?

— D'accord, Tyler, c'est noté. Et je te retourne le compliment. Je n'hésiterai pas à employer tous les moyens pour protéger ce qui est à moi. Nous sommes sur la même longueur d'onde ?

— On dirait.

Elle baissa les yeux vers leurs contrats, les releva pour croiser de nouveau son regard.

— Tu as de quoi écrire ?

— Non.

Dans le tiroir d'une desserte, elle trouva deux stylos-bille, lui en tendit un. Puis, retenant sa respiration, elle tourna les pages jusqu'à la dernière, réservée à la signature.

— On compte jusqu'à trois ?

— Un, deux, trois.

Ils signèrent chacun leur contrat, les poussèrent l'un vers

l'autre, les contresignèrent à titre de témoins. L'estomac noué, Sophia remplit son verre, attendit que Tyler lève le sien.

— À la nouvelle génération, dit-elle.

— À une grande année.

— Nous n'aurons pas l'une sans l'autre.

Puis, les yeux dans les yeux, ils trinquèrent.

4

Un crachin glacial transformait le mince tapis de neige en une boue gluante et les premières lueurs de l'aube en un suaire grisâtre. C'était le genre de matin où une personne sensée reste dans son lit ou, à tout le moins, prend le temps de boire une seconde tasse de café.

Tyler MacMillan, constata Sophia, n'était pas une personne sensée.

Réveillée par la sonnerie du téléphone, elle sortit frileusement une main de sous la couverture, agrippa tant bien que mal le combiné pour le ramener aussitôt dans la douce chaleur du lit.

— Qu'est-ce que c'est ? marmonna-t-elle.

— Tu es en retard.

— Non, il fait encore nuit.

— Le jour est levé. Fais-en autant, habille-toi et arrive au galop. Tu empiètes sur mon temps.

— Mais…

Il avait déjà raccroché.

Elle grommela par acquit de conscience une injure qu'il ne pouvait pas entendre et resta un instant de plus au chaud avant de repousser ses couvertures en bâillant.

Si elle empiétait sur le temps de Tyler, pensa-t-elle en guise de consolation, lui empiéterait bientôt sur le sien.

L'eau gouttait de sa casquette, s'insinuait dans son col et coulait le long de son dos, mais Tyler n'y prêtait pas attention. Il ne pleuvait pas assez pour s'arrêter de travailler.

D'ailleurs, il ne se plaignait pas du temps maussade. Un hiver pluvieux était une bénédiction, la promesse d'une grande année. Ce qui dépendait de lui, travail à accomplir, précautions à prendre, risques à calculer, décisions à assumer, il le maîtriserait. Pour le reste, il prierait pour que la nature veuille bien coopérer avec son équipe. Une équipe, estima-t-il en voyant Sophia s'approcher en pataugeant dans la boue, qui comptait un membre de plus, sinon de trop.

— Je t'avais dit de t'habiller chaudement et de mettre des vieilles fringues.

— Je n'ai rien de plus chaud ni de plus vieux.

Il jeta un regard écœuré sur son élégant ensemble de cuir et ses fines bottes italiennes.

— Ça ne sera pas plus chaud mais sûrement plus vieux quand on aura fini.

— Je croyais qu'on ne taillait pas la vigne sous la pluie.

— Il ne pleut pas.

Sophia tendit la main, recueillit des gouttes au creux de sa paume.

— Bizarre. J'ai toujours entendu dire que la substance humide qui tombe du ciel portait le nom de pluie.

— C'est un simple crachin. Où est ton chapeau ?

— Je n'en ai pas mis.

Avec un soupir excédé, il enleva sa casquette et l'enfonça sur la tête de Sophia. « L'aspect du couvre-chef crasseux et détrempé ne lui enlève rien de sa classe », pensa Tyler malgré lui.

— La taille de la vigne a deux raisons principales, commença-t-il.

— S'agit-il d'un cours magistral ? l'interrompit-elle. Parce que, dans ce cas, il pourrait aussi bien avoir lieu à l'intérieur, où il fait chaud et où nous serions au sec.

— Nous sommes ici parce que les vignes sont ici.

Et parce que c'est moi qui commande, s'abstint-il d'ajouter.

— Y aura-t-il des leçons à apprendre et des devoirs à faire, professeur ? demanda-t-elle d'un ton ironique.

— Tu ne tailleras pas mes vignes sans savoir pourquoi.

— Je le sais déjà.

— Vraiment ? Explique.

— On taille la vigne pour faire pousser le raisin. On fait

pousser le raisin pour faire du vin. Et on fait du vin pour le vendre, grâce à des techniques de promotion et de marketing novatrices et imaginatives qui, je te le rappelle, sont aussi essentielles que tes mains et tes outils à l'exploitation de ces vignobles.

— Bien. Moi je te rappelle que nous sommes dans les vignes, pas dans ton bureau. On ne fait rien ici sans connaître les raisons et les conséquences de ses moindres gestes.

— J'ai toujours pensé qu'il fallait surtout calculer ses chances. Au fond, dit-elle en désignant le vignoble d'un geste large, c'est un jeu de hasard. Les enjeux sont énormes, mais c'est quand même un jeu.

— On joue pour s'amuser.

— Pas de la manière dont je joue, mon chou, répliqua-t-elle avec un des sourires carnassiers de sa grand-mère. Et maintenant, on passe aux travaux pratiques ?

Tyler sortit la cisaille du fourreau pendu à sa ceinture, la lui mit en main. Il écarta des sarments, en désigna certains, se posta derrière Sophia en lui prenant les poignets pour la guider.

— Il faut dégager le haut, expliqua-t-il, afin que le cep absorbe les rayons du soleil. Vas-y, coupe.

Un parfum féminin dominait les odeurs naturelles de la pluie et de la terre mouillée. « Pourquoi diable s'est-elle aspergée de parfum pour venir travailler ? » se demanda-t-il, agacé. Il se retint de justesse de lui poser la question. La réponse lui aurait sans doute déplu.

— Bien. Maintenant, continue. Cep par cep, rang par rang.

Devant, derrière, des travailleurs s'affairaient sur les innombrables pieds de vigne alignés à perte de vue. Sachant que la taille se poursuivrait pendant tout le mois de janvier et une partie de février, elle fut certaine d'être morte d'ennui avant le printemps.

— Nous arrêtons à midi, lui rappela-t-elle.

— À une heure. Tu étais en retard.

— Pas tant que cela.

Elle fit un mouvement pour se retourner, leurs corps se frôlèrent. Elle sentit un éclair électrique passer entre eux. Quand leurs regards se croisèrent, elle lut dans celui de Tyler un trouble mêlé d'agacement qui lui tira un sourire.

— Par exemple, ronronna-t-elle. Qui l'eût cru ?

Il se redressa, recula d'un pas comme s'il se trouvait tout à coup au bord d'un précipice. Mais elle finit de se retourner de telle sorte qu'ils se frôlèrent encore. Il ne recula cependant plus. Un autre pas en arrière l'aurait fait passer pour un lâche. Ou un imbécile.

— Arrête ça, grommela-t-il.

— Rassure-toi, MacMillan, tu n'es pas mon type. D'habitude, ajouta-t-elle avec un nouveau sourire.

— Tu n'es pas le mien non plus. En permanence.

S'il l'avait mieux connue, il aurait su qu'une telle déclaration ne constituait pas pour elle une insulte, mais un défi. Le vague intérêt qu'il lui avait fugitivement inspiré monta aussitôt d'un degré.

— Vraiment ? Quel est ton type, alors ?

— Je ne supporte pas les filles provocantes qui se donnent de grands airs.

— Tu y viendras, dit-elle, penchée sur la vigne. Transigeons, tu veux ? Arrêtons à midi et demi. Nous devrons souvent couper la poire en deux jusqu'à la fin de la saison.

— Va pour midi et demi. Tiens, fit-il en enlevant ses gants, mets-les. Tu ferais des ampoules à tes mains de citadine.

— Merci, mais ils sont trop grands.

— Tu t'en contenteras. Demain, prends les tiens et mets un chapeau. Non, pas comme ça ! s'écria-t-il.

Il se pencha de nouveau derrière elle, lui prit les mains, plaça la cisaille dans la position correcte. Et ne put voir le sourire satisfait qui se formait sur ses lèvres.

Elle eut quand même des ampoules, qu'elle trouva plus gênantes que douloureuses quand elle se changea avant de partir en ville. Pendant le court trajet jusqu'à la maison MacMillan, elle récapitula ses obligations de l'après-midi. Elle disposait de peu de temps pour tout faire et récupérer ce dont elle avait besoin.

Arrivée devant la vaste demeure de pierre et de cèdre, elle donna deux brefs coups d'avertisseur. Tyler sortit sans la faire attendre, ce qui lui valut un bon point. Elle constata avec plaisir qu'il s'était changé lui aussi, bien que son blouson de denim assorti à un vieux blue-jean délavé fût loin de correspondre à la tenue, même décontractée, de rigueur dans les bureaux. Mais elle s'attaquerait au problème de sa garde-robe lorsqu'elle en aurait le loisir.

Tyler ouvrit la portière du cabriolet BMW et se pencha vers elle avec un regard courroucé :

— Tu t'attends à ce que je me replie dans ce joujou ?

— C'est plus logeable que ça n'en a l'air. Dépêche-toi, c'est toi qui empiètes sur mon temps, maintenant.

— Tu aurais au moins pu prendre un des 4 × 4 de la villa, grogna-t-il avant de se caser tant bien que mal sur le siège du passager.

— Je préfère conduire ma propre voiture.

Il avait à peine bouclé sa ceinture qu'elle écrasa l'accélérateur comme si elle s'évadait de prison – sentiment qu'elle éprouvait peut-être, se dit Tyler en l'observant du coin de l'œil.

Les collines sous la pluie formaient des ombres géantes derrière un rideau d'argent. La masse imposante du chai MacMillan, en briques d'un rose fané tapissées de vigne vierge, semblait garder l'entrée des caves pleines de mystère. Ici comme à la villa Giambelli, des travailleurs étaient en train de remuer les bouteilles de champagne ou de transvaser le vin des cuves de fermentation dans les foudres. Partout, dans les bâtiments, les caves et même les vignes en sommeil, le travail s'accomplissait sans trêve. Comme le travail qui l'attendait dans son bureau de San Francisco.

— La campagne de lancement du centenaire constitue notre priorité, annonça-t-elle. Certaines étapes sont déjà franchies, la vente aux enchères de la semaine dernière par exemple. D'autres restent à définir. Nous cherchons une approche neuve et en même temps fondée sur la tradition. D'un côté, un concept raffiné et discret destiné à nos clients haut de gamme et, de l'autre, quelque chose de percutant pour attirer l'attention d'une clientèle jeune ou moins fortunée.

— Oui, bien sûr, commenta Tyler avec ennui.

— Écoute, Tyler, dans cette partie du métier aussi il faut connaître et comprendre les raisons et les conséquences de ses actes. Vendre le vin est aussi essentiel que le produire. Sinon, tu travaillerais pour toi seul, pour te faire plaisir.

— Ça simplifierait la vie, grommela-t-il.

— Tu produis plusieurs qualités de vin, enchaîna Sophia sans relever la réplique. La meilleure coûte plus cher à élaborer, à embouteiller, à stocker et ainsi de suite jusqu'au vin ordinaire en bonbonnes. Les techniques de vente sont donc différentes et doivent être adaptées au produit. Il entre dans ce processus beaucoup plus que le vin lui-même.

— Sans le vin, le reste n'existe pas.

— C'est vrai, répondit-elle avec une patience méritoire, mais une partie de mon travail, qui est désormais aussi le tien, consiste à vendre ces différentes qualités aux consommateurs. Les clients individuels comme les grands comptes : hôtels, restaurants, compagnies aériennes. Les convaincre de mettre le nom Giambelli-MacMillan les uns sur leur carte des vins, les autres dans leurs caves. Pour y arriver, je dois soigner la présentation, vendre le contenant autant que le contenu.

— La présentation est du vent. C'est le contenu qui fait pencher la balance.

— En partie peut-être. La promotion et le marketing augmentent le poids du produit sur la balance.

La sécheresse de sa réponse fit sourire Tyler. Il avait marqué un point.

— Je dois rendre l'image, l'idée même du produit attirante, à la fois luxueuse et accessible, joyeuse et, pourquoi pas, sexy. C'est pourquoi je dois connaître le produit, ce qui est ton fort. Mais je dois surtout connaître le marché et la clientèle. C'est ce que tu vas apprendre.

— Sondages, statistiques, réunions, soupira Tyler. Des parlotes. Je déteste.

— Tu n'en mourras pas, assura-t-elle d'un air réconfortant. Dis donc, tu reconnais ce van ? ajouta-t-elle en ralentissant.

À cent mètres devant eux, un monospace sombre d'un modèle récent s'engageait dans l'allée menant à la villa Giambelli.

— Non.

— Cutter, grommela Sophia. Je parie que c'est lui.

— Nous pourrions annuler San Francisco et aller voir de quoi il retourne.

L'espoir évident de Tyler de couper ainsi à la corvée de l'après-midi en ville amusa Sophia. Pour elle aussi, la tentation d'assouvir sa curiosité était forte. Pourtant, elle n'y céda pas.

— Non, rester lui donnerait trop d'importance. J'en saurai autant en faisant parler ma mère quand nous serons rentrés.

— Tu me raconteras, j'espère ?

— Pour le meilleur et pour le pire, Tyler, nous sommes dans le même bateau. Tu me mets dans ton circuit, je te mets dans le mien.

La route était longue depuis la côte est. Il se sentait maintenant dans un autre monde, un monde peuplé d'étrangers. Il avait arraché les racines qu'il avait réussi à planter dans le béton de New York avec l'espoir de pouvoir les replanter ici, dans les vallées et les collines de la Californie du Nord.

S'il ne s'était agi que de lui, David ne se serait pas fait de souci, au contraire. Il aurait vécu cette transplantation comme une aventure, le genre de défi excitant sur lequel il se précipitait quand il était plus jeune. Mais à quarante-trois ans et avec deux adolescents à sa charge, les enjeux avaient une tout autre importance.

Il avait d'abord cru que la meilleure solution pour ses enfants consistait à rester chez Laker, à New York, quitte à continuer lui-même d'étouffer dans le verre et l'acier de son bureau. Il l'avait cru jusqu'au jour où, en découvrant que son fils de seize ans s'était fait arrêter pour vol à l'étalage et que sa fille de quatorze ans se laquait les ongles des orteils en noir, il s'était rendu compte qu'il avait perdu le contact avec ses enfants et, du même coup, tout contrôle sur eux. Aussi, quand l'offre de Giambelli-MacMillan lui était parvenue, il y avait vu un signe du destin. Une chance à saisir. Un nouveau départ.

Dieu sait que ce n'était pas la première fois. Seulement, aujourd'hui, l'avenir et peut-être le bonheur des enfants étaient en jeu.

— C'est au milieu de rien, ce bled, déclara Théo.

David lança dans le rétroviseur un coup d'œil à son fils assis à l'arrière. À San Francisco, Maddy avait gagné à pile ou face le privilège de s'asseoir à l'avant.

— Comment « rien » peut-il avoir un milieu ? s'étonna David. Je me le suis souvent demandé.

Il eut le plaisir de voir la bouche de Théo esquisser le rictus qui, ces derniers temps, lui tenait lieu de sourire. « C'est fou ce qu'il ressemble à sa mère », pensa-t-il. Une version jeune et masculine de Sylvia, observation que ni lui ni elle n'aurait appréciée. C'était un de leurs points communs, avec le souci farouche d'être considérés comme des individus bien distincts. Pour Sylvia, ce trait de caractère s'était exprimé par son rejet des responsabilités du mariage et de la maternité. Quant à Théo, supposa-t-il, seul l'avenir le dirait.

— Pourquoi faut-il qu'il pleuve ? voulut savoir Maddy.

Vautrée sur son siège, elle s'efforçait de dissimuler son plaisir devant l'apparition de l'imposante demeure au bout de l'allée.

— Eh bien, je crois me rappeler que le phénomène est dû à la concentration d'humidité dans l'atmosphère et…

— Voyons, papa !

Son éclat de rire résonna comme une musique céleste aux oreilles de David. Ici, quoi qu'il doive accomplir ou accepter pour y parvenir, il aurait l'espoir de retrouver ses enfants.

— Allons nous présenter à Mme Giambelli. Et essayons d'avoir l'air d'êtres humains normaux.

Maddy mit lourdement pied à terre dans ses hideuses bottes noires aux semelles plates-formes épaisses de dix centimètres. Ses longs cheveux clairs, ses lèvres boudeuses et ses yeux bleus lui donnaient, selon son père, l'allure d'une princesse excentrique. Son corps menu disparaissait sous un amas d'étoffes noires. Trois chaînes d'argent lui pendaient de l'oreille droite, compromis que David avait réussi à négocier le jour où elle avait décidé de se faire percer le nez ou d'autres parties du corps encore moins appropriées.

Grand, dégingandé, Théo avait un visage aux traits harmonieux qu'encadrait une masse informe de boucles châtain cascadant sur ses épaules osseuses. Ses yeux d'un bleu plus pâle que ceux de sa sœur étaient, trop souvent au goût de David, voilés d'une tristesse maussade. Il était affublé d'un jean décidément trop grand, tire-bouchonnant sur des bottes aussi laides que celles de Maddy, et d'un blouson qui lui tombait presque à mi-cuisse.

Ce sont des modes de leur génération, devait parfois se rappeler David. Rien de permanent. Ses propres parents l'avaient tant harcelé au même âge sur son style vestimentaire et ses habitudes qu'il s'était juré de ne pas infliger la même épreuve à ses enfants. Quand même, ils auraient au moins pu s'habiller à leur taille !…

David gravit le large perron, s'avança jusqu'à la porte de chêne sculpté, se passa nerveusement une main dans son épaisse chevelure châtain clair.

— Les jetons, papa ? lança Théo d'un ton sarcastique.

Un regard de Maddy le réduisit au silence.

— Pas de quoi t'énerver, dit-elle à son père. Ce n'est qu'une vieille Italienne. Tu en as vu d'autres.

David approuva avec un petit rire sans conviction et pressa le bouton de sonnette. Pilar traversait le vestibule à ce moment-là, une gerbe de roses blanches dans les bras.

— Je m'en charge, Maria ! cria-t-elle à la cantonade.

Quand elle ouvrit, elle se trouva face à un bel homme de grande taille qui tenait deux adolescents par le cou. Ils arboraient tous les trois un large sourire.

— Bonjour. Que puis-je pour vous ? s'enquit Pilar.

David se hâta de lâcher les enfants. Au lieu d'une vieille Italienne, il découvrait une femme belle comme un ange qui les dévisageait avec étonnement, des roses au creux d'un bras.

— Je viens voir Mme Giambelli.

— Nous sommes plusieurs, répondit Pilar en souriant.

— Mme Tereza Giambelli. Je suis David Cutter.

— Ah, monsieur Cutter ! Je m'appelle Pilar Giambelli, la fille de la *Signora*, dit-elle en lui tendant la main. Entrez, je vous en prie. Excusez-moi, je ne savais pas que vous arriviez aujourd'hui.

« Ni que vous aviez une famille », s'abstint-elle d'ajouter. Sa mère avait été étonnamment avare de détails.

— Madeleine, ma fille. Mon fils, Théodore.

— Théo, grommela l'intéressé.

— Maddy, s'il vous plaît, l'imita sa sœur.

— Enchantée de faire votre connaissance. Venez au salon, il y a un bon feu et je vais aller vous chercher des rafraîchissements. Quel temps affreux, aujourd'hui. Votre voyage n'a pas été trop fatigant, j'espère ?

— Pas trop, merci.

— Horrible et interminable, coupa Maddy, qui regardait autour d'elle avec curiosité.

— Je m'en doute, approuva Pilar. Donnez-moi donc vos manteaux et asseyez-vous, je vais prévenir ma mère de votre arrivée. Aimeriez-vous du café, monsieur Cutter ?

— Avec grand plaisir, madame Giambelli.

— Moi aussi, déclara Maddy.

— Non, lui dit son père, ce qui la fit immédiatement bouder.

— Un *latte*, peut-être ? suggéra alors Pilar.

— Cool… euh, oui, merci.

— Théo aussi ?

— Oui, merci madame.

— Bon. J'en ai pour une minute.

Théo attendit qu'elle ait quitté la pièce pour se laisser tomber dans un fauteuil et proférer ses commentaires :

— Ils doivent être hyperfriqués, on dirait un musée.

David allait répondre quand on entendit des pas derrière la porte. Il n'eut pas besoin de dire à ses enfants de se lever : lorsque Tereza Giambelli entrait dans une pièce, personne ne restait assis.

David avait oublié qu'elle était si menue. Il avait pourtant eu à New York deux longs entretiens avec elle, mais il en avait gardé l'image d'une imposante amazone plutôt que celle de la petite femme mince qui s'avançait vers lui, la main tendue.

— Soyez le bienvenu à la villa Giambelli, monsieur Cutter.

— Merci, madame. Ma famille et moi-même vous sommes sincèrement reconnaissants de nous accueillir d'aussi bonne grâce dans votre merveilleuse demeure.

Pilar entra juste à temps pour entendre le compliment et le ton cérémonieux sur lequel il était prononcé. Elle ne s'y attendait pas de la part de l'homme qui tenait ses enfants par le cou comme s'il était leur frère aîné. Les enfants non plus, d'ailleurs, à en juger par les regards surpris qu'ils lancèrent du coin de l'œil à leur père.

— Permettez-moi, madame, de vous présenter mon fils, Théodore, et ma fille, Madeleine.

— Bienvenue en Californie, dit Tereza en leur serrant la main à tour de rôle. Asseyez-vous, mettez-vous à l'aise. Pilar, tu restes avec nous.

— Bien sûr.

— Vous devez être fiers de votre père et de tout ce qu'il a accompli, reprit Tereza après avoir pris place.

— Euh… oui, acquiesça Théo.

En fait, il ne savait pas grand-chose des activités de David. Pour lui, son père allait au bureau le matin, rentrait le soir, le tannait à propos de ses devoirs, brûlait le dîner et faisait livrer des pizzas. Ou plutôt, depuis un an, téléphonait pour prévenir qu'il rentrerait tard et disait de commander eux-mêmes le dîner.

— Théo s'intéresse plus à la musique qu'au vin, fit observer David.

— Vraiment ? Vous jouez d'un instrument ?

71

Pourquoi se voyait-il tout d'un coup forcé de répondre à tant de questions ? s'interrogea Théo, agacé. C'était son père qui venait ici pour travailler, pas lui.

— De la guitare, du piano.

— Il faudra me jouer quelque chose, j'aime beaucoup la musique. Quel style préférez-vous ?

— Plutôt le rock. Un peu de techno.

— Théo compose aussi, intervint David. Des choses intéressantes.

— Vous me ferez entendre vos œuvres quand vous serez tous bien installés. Et vous, demanda-t-elle à Maddy, vous jouez aussi ?

— J'ai pris des leçons de piano, mais ce n'est pas vraiment mon truc. Je veux devenir une scientifique.

— Maddy s'intéresse à tout, se hâta de préciser David avant que Théo ne lance à sa sœur une remarque désobligeante.

— Les arts et les sciences, approuva Tereza. Vos enfants vous ressemblent donc, puisque le vin représente les deux. Vous aurez sans doute besoin de quelques jours pour vous acclimater, poursuivit-elle tandis qu'une servante entrait en poussant une table roulante. Une nouvelle situation, un endroit encore inconnu, d'autres relations, sans parler d'une école différente pour ces jeunes gens.

— Je suis à votre entière disposition, madame, dit David en observant du coin de l'œil Pilar qui servait le café et les pâtisseries. Je vous suis très reconnaissant de mettre votre maison d'amis à notre disposition et je suis sûr que nous y serons à merveille.

L'éclair de surprise dans le regard de Pilar ne lui échappa pas. « Je me demande bien pourquoi elle est si étonnée », pensa-t-il.

La conversation se cantonna une vingtaine de minutes dans d'aimables banalités, au terme desquelles Tereza se leva.

— Je regrette que mon mari n'ait pas pu se joindre à moi pour vous accueillir, conclut-elle. Pourriez-vous nous rencontrer demain ?

— Comme il vous plaira, madame.

— Eh bien, disons onze heures. Pilar, veux-tu accompagner les Cutter à la maison d'amis et t'assurer qu'il ne leur manque rien ?

— Bien sûr. Je vais chercher les manteaux.

« Que diable signifie tout cela ? » songea-t-elle. Normalement, rien ne lui échappait. Et voilà que sa mère lui mettait une famille entière sur les bras sans même l'en avoir avertie ! Pour elle qui n'aimait pas voir l'ordre des choses bouleversé sans qu'elle y eût été préparée, trop de changements survenaient en trop peu de temps.

Elle joua malgré tout son rôle d'hôtesse avec sa gentillesse coutumière quand elle rapporta les manteaux au salon.

— Nous n'irons pas très loin. À pied, c'est une promenade très agréable quand il fait beau.

— La pluie est bonne pour la vigne, répondit David en l'aidant à endosser son vêtement.

— Je sais, on me le répète chaque fois que je me plains du mauvais temps. Il y a une ligne directe entre les deux maisons, ajouta-t-elle lorsqu'elle sortit sur le perron. Maria, notre gouvernante, est une vraie fée du logis. Si vous avez besoin de quoi que ce soit ou une question à poser, n'hésitez pas à téléphoner.

David lui ouvrit la portière de la voiture pendant que les enfants montaient à l'arrière.

— La vue est très belle de toutes les fenêtres, poursuivit-elle, tournée vers eux. Il y a aussi une piscine dans le jardin. Vous ne pourrez pas en profiter maintenant, bien sûr, mais il y en a une autre à l'intérieur de la grande maison.

L'humeur de Théo s'améliora :

— Une piscine intérieure ? Cool !

— Cela ne veut pas dire que tu auras le droit d'y piquer une tête à tout bout de champ, l'avertit son père. Ne les laissez pas vous envahir, madame Giambelli, vous seriez mûre pour une psycho-thérapie au bout de huit jours.

— Nous serons très heureux d'avoir des jeunes à la maison. Et appelez-moi Pilar, je vous en prie.

— Avec plaisir. Moi, c'est David.

Dans leur dos, Maddy battit des cils à la manière d'une vamp.

— Tournez à gauche, David. D'ici, on voit la maison. Elle est très jolie, et la pluie lui donne une allure presque féerique.

— Elle est grande, constata Théo, soudain intéressé.

— Quatre chambres, cinq salles de bains. Il y a un salon, mais la cuisine-séjour est plus agréable, à mon avis. Qui prépare les repas ?

— Papa fait semblant, répondit Maddy. Et nous faisons semblant de les manger.

— Chipie ! Et vous, demanda David à Pilar, vous aimez cuisiner ?

— Oui et je le fais très bien, mais rarement. Votre femme se plaira sûrement dans cette pièce quand elle vous rejoindra.

Le silence absolu qui tomba d'un seul coup tira à Pilar une grimace qu'elle ne put maîtriser.

— Je suis divorcé, l'informa David. La famille se limite à nous trois. Entrons visiter, nous nous occuperons des bagages plus tard.

— Je suis désolée, murmura Pilar quand les enfants furent descendus de voiture. Je n'aurais pas dû supposer que…

— Rien de plus normal, au contraire. Un homme, deux enfants, on s'attend à voir une famille au complet. Ne vous tracassez pas pour si peu, dit-il en lui tapotant la main. Ils vont se battre comme des chiffonniers pour choisir leurs chambres. J'espère que les cris ne vous dérangent pas trop.

— Je suis italienne, se borna à répondre Pilar.

5

Italienne et superbe, jugea David un peu plus tard. Sachant à la fois garder ses distances et se montrer chaleureuse, tour de force difficile à réaliser avec tant de naturel. Dans ce domaine au moins, elle était bien la fille de sa mère.

David savait décrypter les gens, don fort utile pour qui veut gravir les échelons glissants de la hiérarchie dans les grandes entreprises. Il avait ainsi perçu que Pilar Giambelli était aussi accoutumée à donner des ordres qu'à en recevoir. Il la savait mariée et avec qui, mais il avait déduit de l'absence d'alliance à son doigt que son mariage avec le notoirement volage Tony Avano était révolu ou dans une mauvaise passe. Il allait devoir s'informer sur ce point avant d'envisager de s'intéresser à elle sur un plan plus personnel.

Elle avait aussi une fille. Nul dans la profession n'ignorait la personnalité de Sophia Giambelli, paquet de dynamite doué d'une ambition dévorante et d'un style ébouriffant. Il ne tarderait sans doute pas à faire sa connaissance. Comment accepterait-elle de dépendre de lui, son nouveau directeur général ? En se posant cette question épineuse, il plongea machinalement la main dans sa poche pour y prendre ses cigarettes et se rappela alors qu'il avait arrêté de fumer près d'un mois auparavant. Il en était d'ailleurs malade…

« Pense à autre chose », s'ordonna-t-il. La musique assourdissante qui s'échappait de la chambre de son fils l'y aida. Il s'était installé à l'autre bout du couloir, Dieu merci. Sa sœur et lui s'étaient battus comme prévu pour choisir leurs chambres respectives, mais plus par habitude qu'avec une réelle conviction. Peut-être parce qu'ils surveillaient leurs manières en présence de Pilar, peut-être parce que les pièces étaient aussi agréables les unes que les autres. Avec ses boiseries de chêne cirées, ses carrelages vernis, ses murs tendus de soie et son ameublement luxueux, la maison était parfaite, à vrai dire. Trop, en un sens, mais les enfants y mettraient vite bon ordre. Si beau que soit le contenant, le contenu y ferait bientôt régner l'anarchie jusqu'à ce qu'ils se sentent tous de nouveau chez eux.

En défaisant ses valises, David regardait de temps à autre par la fenêtre. Pilar avait raison, le panorama était superbe. Ces vignes constituaient maintenant son territoire. Il avait la ferme intention d'y imprimer sa marque.

Entraîné bon gré mal gré dans ce que Sophia qualifiait de séance de *brainstorming*, Tyler sentait pointer la migraine. Il y avait trois autres personnes dans la pièce, deux qu'il supposait appartenir au genre féminin et l'autre au masculin, car ils étaient tous habillés et coiffés de la même manière et répondaient à des noms eux aussi unisexes.

— Il nous faut quelque chose de subtil et de puissant à la fois, déclara Sophia. Une image forte porteuse d'un message affectif, pour ne pas dire sentimental. Tracy, esquisse-moi en vitesse un jeune couple, vingt-cinq à trente-cinq ans, décontracté, sur la terrasse d'une maison de banlieue résidentielle, tu vois ?

Le jeune homme blond coiffé en épis attrapa un bloc de papier et un crayon ; Tyler en déduisit donc que c'était lui Tracy.

— Le soir, soleil couchant, poursuivit Sophia. Un couple de jeunes, prospères mais pas trop, encore sur la pente ascendante. Canapé de rotin, par exemple, coussins très colorés. Chandelles sur la table. Bien, bien, commenta-t-elle en regardant par-dessus l'épaule du dessinateur. Une atmosphère d'intimité. Un moment de détente à la fin d'une rude journée de travail. Contents de se retrouver, de se confier.

— L'un des deux devrait peut-être tenir la bouteille, verser le vin, suggéra la ravissante jeune Noire en gilet rouge.

— Pourquoi pas, P.J. ? Tu veux dessiner cette version ?

P.J. acquiesça d'un signe et saisit son bloc.

76

— Il faudrait de l'eau, intervint l'autre femme, la rousse, qui affectait une mine blasée et bâillait d'ennui avec ostentation.

— Ah ! Je vois avec plaisir que nous avons interrompu la sieste de Kris, dit Sophia d'un ton un peu trop suave.

Tyler ne manqua pas l'éclair de fureur sous les paupières mi-closes de la rousse.

— Cette scène m'ennuie, lança celle-ci. Un plan d'eau dans le décor ajouterait une touche de sensualité.

— Bien, approuva Sophia en continuant de faire les cent pas. Un lac, un étang. La surface donnerait un reflet, un bel effet de lumière. Regarde, Tyler. Qu'en penses-tu ?

Ainsi interpellé, il fit de son mieux pour feindre d'avoir suivi la conversation et de s'y être intéressé.

— Le dessin est bon, mais je n'y connais rien en publicité.

— Allons, tu vois tout le temps de la publicité, même sans le vouloir. Chaque fois, consciemment ou non, tu reçois le message. Qu'est-ce que te dit celui-ci ?

— Qu'ils se reposent sur leur terrasse et boivent du vin. Pourquoi n'ont-ils pas d'enfants ?

— Parce que nous ne pouvons pas mettre d'enfants dans une publicité pour une boisson alcoolique, expliqua Kris d'un air dédaigneux. Article 101 du code de déontologie de la profession.

— Dans ce cas, des indices suffiraient. Des jouets par terre signifieraient que ces gens ont fondé une famille, qu'ils sont ensemble depuis un certain temps et sont toujours heureux de se retrouver à la fin de leur journée de travail pour boire un verre de vin.

Kris allait lancer une riposte sans doute peu flatteuse quand elle remarqua une lueur dans le regard de Sophia et jugea plus prudent de s'en abstenir.

— C'est bon. Excellent. Dessine deux ou trois jouets, Tracy. Laisse la bouteille sur la table, près des bougies. Nous tenons notre couple de jeunes banlieusards cosy mais dans le coup.

— Ouais. Fêtez le soleil couchant, murmura Tracy, absorbé par son croquis. Cet instant est le vôtre. Avec Giambelli, votre vin favori.

— C'est plus cosy que dans le coup, ricana Kris.

— Eh bien, autre dessin. Appartement urbain. Deux couples d'amis passent la soirée ensemble. On voit la ville par la fenêtre.

— Vu, commenta P.J. Deux assis par terre, les deux autres sur le canapé devant la table basse. Les restes d'un dîner improvisé. On bavarde, on rit, on s'attarde, on écoute de la musique. C'est à ce moment-là qu'ils se versent du vin.

— Parfait. « Fêtez le mardi soir », et tu intègres les idées de Tracy.

— Pourquoi le mardi soir ? s'étonna Tyler.

— Parce qu'on ne fait jamais de projets un mardi, répondit Sophia. On en fait pour le week-end, pas pour un jour de semaine. Un dîner entre amis le mardi est improvisé, donc ils achètent une bouteille de vin à la dernière minute afin que la fête soit complète. « Cet instant est à vous. Avec votre vin. » Voilà le message à faire passer. Un mariage, maintenant. Le luxe, le rêve, le haut de gamme.

Un nouvel échange de points de vue occupa une vingtaine de minutes.

— Allez-y, les enfants, conclut Sophia. Créez de la magie. Réfléchissez, nous sommes sur la bonne voie. L'instant privilégié. L'ordinaire et l'exceptionnel. Mais toujours avec Giambelli-MacMillan.

L'équipe se retira. Sophia s'assit, croisa les jambes.

— Pas mal, MacMillan. Pas mal du tout. Tu promets.

— Merci. On peut rentrer, maintenant ?

— Non, j'ai encore un tas de choses à régler ici et des affaires à emballer pour organiser un bureau à la maison. Il me faut une demi-heure. Pendant ce temps, va donc chez Armani, je t'y rejoindrai.

— Pourquoi irais-je chez Armani ?

— Tu as besoin d'acheter des vêtements.

— J'ai déjà largement de quoi m'habiller.

— Mon chou, tu as peut-être de quoi te vêtir, pas t'habiller. Si je t'équipe de façon décente, tu auras le droit de me déguiser en vigneronne.

Elle se leva, lui donna en passant une gentille tape sur l'épaule. Plutôt que de discuter, Tyler préféra ne pas perdre davantage de temps. Plus vite il en aurait fini de cette corvée, mieux cela vaudrait.

— Où est ton fameux Armani ?

Elle le dévisagea, effarée. Il vivait depuis des années à une heure de San Francisco et il ne le savait pas ?

— Ma secrétaire t'indiquera le chemin. J'arriverai juste après toi.

— Un seul costume, dit-il en ouvrant la porte. Compris ?

— Hmm.

« C'est ce que nous verrons », pensa-t-elle. Ce serait amusant de le rendre présentable, comme de modeler un bloc d'argile informe. Mais avant de s'amuser, elle devait travailler.

Elle revint à son bureau, décrocha le téléphone :

— Kris, je peux te voir une minute ? Oui, tout de suite, je n'ai pas beaucoup de temps.

Travaillant avec Kris depuis plus de quatre ans, elle était parfaitement consciente que celle-ci avait très mal pris le fait de la voir débarquer à la tête du service à peine sortie de la faculté. Elles avaient fait la paix, mais Kris n'avait cessé depuis de nourrir contre Sophia une sourde rancune qui, de temps en temps, subissait une flambée. Si Sophia n'y pouvait rien changer, elle devait tenter de régler le problème.

Un bref coup frappé à la porte annonça l'entrée de Kris.

— J'ai du travail par-dessus la tête, Sophia.

— Je sais. Cinq minutes. Ce sera dur de faire la navette entre ici et la vallée pendant les mois à venir. Je suis coincée, Kris.

— Tu n'as pas l'air coincée.

— Tu ne m'as pas vue en train de tailler les vignes ce matin à l'aube. Écoute, ma grand-mère a ses raisons pour faire ce qu'elle fait. Je ne les comprends pas toujours, et elles ne me plaisent pas la plupart du temps, mais la société lui appartient. J'y travaille, c'est tout.

— Hmm.

Sophia interrompit ses rangements et s'appuya des deux mains sur son bureau pour regarder l'autre au fond des yeux.

— Si tu crois que cela m'amuse de jongler avec mon emploi du temps pour me partager entre travailler à ce que j'aime et patauger dans la boue, tu te trompes. Et si tu t'imagines que Tyler cherche à se créer une situation dans ces bureaux, réfléchis une seconde.

— Pardon, il *a* maintenant une situation dans ces bureaux.

— Tu considères qu'elle devrait être la tienne, je sais. Je ne te contredis pas, je te dis simplement que ce n'est que temporaire.

J'ai besoin de toi ici. Je ne pourrai pas venir tous les jours, ni assister à toutes les réunions, ni déléguer tout le travail. En fait, je t'offre une promotion. Tu n'auras pas de titre ronflant, mais je ferai le nécessaire pour que tu sois amplement dédommagée des responsabilités supplémentaires qui vont te tomber dessus.

— Ce n'est pas une question d'argent.

— Mais l'argent ne fait jamais de mal, enchaîna Sophia. La position de Tyler et son titre sont théoriques. Il ne connaît rien à la publicité ou au marketing et il ne s'y intéresse pas.

— Il s'y intéresse assez pour avoir fait des commentaires et des suggestions tout à l'heure.

Sophia pouvait faire preuve de patience et de compréhension, mais jusqu'à un certain point.

— Une minute, je te prie ! Tu voudrais qu'il reste assis sans rien dire comme un imbécile ? Il avait le droit d'exprimer ses opinions et il se trouve qu'elles étaient pertinentes. On l'a poussé sans parachute du haut de la falaise, et il s'en sort. Prends-en de la graine.

Kris serra les dents. Depuis près de dix ans qu'elle travaillait chez Giambelli, elle en avait plus qu'assez de voir systématiquement les précieux membres de la famille lui passer devant.

— Il a un parachute et toi aussi, vous l'avez de naissance. Si vous vous cassez la figure, vous rebondissez toujours. Ce n'est pas le cas de nous autres.

— Sans entrer dans le détail des affaires de la famille, je te dis simplement que tu es un membre respecté de l'équipe Giambelli, désormais Giambelli-MacMillan. Si tu estimes que ton talent et ton expérience sont sous-estimés, je le regrette et je ferai le nécessaire pour que ce soit rectifié. Mais dans l'immédiat, nous devons nous adapter à la nouvelle situation et nous aurons tous à y gagner si nous réussissons. Je dois pouvoir compter sur toi. Si tu n'es pas tentée, dis-le-moi tout de suite afin que je prenne d'autres dispositions.

— Sois tranquille, je ferai mon travail.

Kris tourna les talons, ouvrit la porte :

— Et le tien, ajouta-t-elle.

Elle claqua la porte derrière elle.

— C'était follement drôle, grommela Sophia. P.J. ? poursuivit-elle en décrochant le téléphone, je peux te voir une minute ?

— Non, il te faut quelque chose de classique. Tiens, pour commencer, ce marron foncé avec les fines rayures blanches.

— Bon, très bien. Je le prends et on s'en va.

— Si tu ne t'étais pas contenté de bouder comme un gamin pendant la demi-heure où tu es resté seul, nous serions déjà partis. Essaie ce costume. Et celui-ci, ajouta-t-elle en choisissant un trois-pièces anthracite.

Puis, pour couper court aux récriminations, elle s'éloigna de quelques pas et fit un signe discret à l'un des gérants.

— Shawn ! Mon ami MacMillan aura besoin de vos conseils.

— Je m'occuperai bien de lui, mademoiselle Giambelli. Au fait, votre père et sa fiancée sont venus nous voir ce matin.

— Vraiment ?

— Oui, ils faisaient des achats pour leur voyage de noces. Si vous désirez quelque chose de chic pour le mariage, nous avons un tout nouveau modèle de tailleur smoking qui vous irait à merveille.

— Je n'ai pas beaucoup de temps aujourd'hui, réussit-elle à articuler d'un ton normal, mais je passerai le voir bientôt.

— Prévenez-moi, je serai très heureux de vous faire parvenir des échantillons, cela vous fera gagner du temps. Maintenant, je vais m'occuper de M. MacMillan.

— Merci, Shawn.

Sur ce, elle feignit d'étudier la première chemise qui lui tomba sous la main.

« La garce ne perd pas de temps », pensa-t-elle. Les achats pour le voyage de noces avant même que le divorce ait été prononcé ! Et en prenant bien soin de le faire savoir à tout le monde. Au fond, mieux valait qu'elle s'éloigne de son cercle habituel en ville, sinon elle tomberait tout le temps sur des gens qui lui parleraient du mariage de son père.

Mais pourquoi en souffrait-elle ? Et si cela lui faisait un tel effet, jusqu'à quel point était-ce pire pour sa mère ? « Inutile de te laisser aller à une crise de rage, se dit-elle, tu ne seras pas plus avancée. N'y pense même plus. » Elle se concentra alors avec tant d'application à choisir des chemises et des cravates qu'elle en avait sélectionné une montagne quand Tyler sortit de la cabine d'essayage.

Il avait l'air excédé, mortifié – et beau comme un dieu.

Sortez le laboureur de sa glèbe, et admirez le résultat ! Une star aux épaules larges, aux hanches étroites et aux jambes interminables dans un classique complet italien...

— Par exemple ! s'exclama-t-elle avec un regard approbateur. Tu te dégrossis à merveille, MacMillan. Avec la mode italienne, impossible de se tromper. Faites venir le retoucheur, Shawn.

Elle prit deux chemises dans la pile, les appliqua contre la veste.

— Qu'est-ce qui se passe ? interrogea Tyler.

— Rien. Ces deux-ci t'iront très bien.

Il lui agrippa le poignet et le serra jusqu'à ce qu'elle croise son regard.

— Qu'est-ce qui ne va pas, Sophia ? insista-t-il.

Qu'il ait su discerner sa douleur secrète la troubla.

— Rien, répéta-t-elle. Rien d'important. Tu es superbe, ajouta-t-elle en réussissant à sourire.

— Ce sont juste des fringues.

— Si tu le penses vraiment, MacMillan, nous ne sommes pas sortis de l'auberge. Le pantalon est à ta taille ? ajouta-t-elle en tendant la main vers la ceinture.

Embarrassé, il la repoussa d'une tape.

— Je t'en prie !

— Si j'avais voulu te tripoter, j'aurais commencé plus bas. Va donc essayer le trois-pièces anthracite, maintenant. Tu te feras dorloter par le retoucheur.

Avec un grognement agacé, il battit en retraite dans la cabine d'essayage. Personne ne se permettrait de le tripoter, encore moins de le dorloter, il ne le supporterait pas une minute de plus.

Sophia ne l'attirait pas, ne l'avait jamais attiré. Mais elle n'avait pas arrêté de le regarder, de le toucher, de l'effleurer. Il était un homme, après tout. Un homme chez qui ce genre de choses provoque des réactions parfaitement normales qu'il n'était pas question de partager avec un retoucheur ou un vendeur maigrichon répondant au prénom ridicule de Shawn. Il devait se calmer avant de les laisser prendre ses mesures. Et il achèterait tout ce que Sophia lui imposait pour en finir au plus vite avec cette humiliante corvée.

Que s'était-il passé entre son entrée et sa sortie de la cabine d'essayage ? Qu'est-ce qui avait assombri d'un vrai chagrin ses beaux grands yeux noirs ? Un chagrin qui donnait envie de lui tendre une épaule pour s'appuyer. « Réaction tout à fait normale », pensa-t-il en enlevant le costume marron à rayures pour enfiler l'anthracite. Il n'aimait pas voir quelqu'un souffrir. Compte tenu des circonstances, il allait pourtant devoir s'appliquer à étouffer toutes les réactions, normales ou non, que Sophia lui inspirerait

Il regarda son image dans le miroir et hocha la tête avec incrédulité. Qui espéraient-ils tromper, elle et lui, en le déguisant de cette manière ? Il était un vigneron, un paysan, et fier de l'être.

Alors il commit l'erreur de regarder l'étiquette. Il ne s'était jamais douté qu'une série de chiffres fût capable de provoquer un arrêt cardiaque.

Tyler était en état de choc, et sa libido retombée à zéro, quand Shawn entra gaiement dans la cabine, le retoucheur sur ses talons.

— Considère cela comme un investissement, dit Sophia lorsqu'ils eurent repris la route. Et tu étais éblouissant, mon chou.

— Ferme-la. Je ne te parle plus.

« Qu'il est mignon avec sa moue de petit garçon ! » songea-t-elle.

— J'ai acheté tout ce que tu m'as conseillé, moi, y compris cette horrible chemise de flanelle à carreaux, pour aller gambader dans les vignes.

— Et combien cela t'a coûté ? Avec deux chemises, un pantalon, un chapeau et une paire de bottes, tu en as eu pour cinq cents dollars. Mon addition se montait à vingt fois plus. Me faire avoir de dix mille dollars ! Je n'en reviens pas.

— Pour ce prix-là, tu auras l'allure d'un vrai P-DG. Tu sais, si j'avais fait ta connaissance dans ce costume anthracite, j'aurais eu envie de toi.

Tyler essaya en vain d'étirer ses jambes dans l'habitacle exigu du cabriolet.

— Vraiment ? Je ne portais pourtant pas ce costume ce matin, quand tu m'as dragué.

— Je ne te draguais pas, je cédais à une bouffée de concupiscence. Mais j'avoue qu'un beau garçon dans un costume bien coupé me fait de l'effet. Qu'est-ce qui t'en fait, à toi ?

— Les femmes nues. Je suis un homme simple.

— Oh non, pas si simple que cela ! dit-elle en riant. Je croyais que tu l'étais, pourtant, je me suis rendu compte du contraire. En fait, tu as très bien tenu ta place ce matin au bureau. Je ne t'avais parlé de rien auparavant pour ne pas influencer tes premières impressions, mais je crois que je peux te faire maintenant un portrait rapide des gens avec lesquels tu seras amené à travailler.

— Laisse-moi d'abord essayer. Le garçon – Tracy ? – est dans le coup. Il est doué pour cet emploi et il l'aime. Célibataire sans doute, donc personne ne le pousse à être ambitieux. Cependant il apprécie de travailler entouré de jolies filles.

— Bon, très bon, approuva Sophia. Pour quelqu'un qui déclare ne pas aimer les gens, tu fais preuve de psychologie et tu as un bon sens de l'observation.

— La misanthropie n'est pas synonyme d'aveuglement ni de bêtise. Au tour de P.J. Elle a de l'énergie à revendre. Tu l'intimides et elle fait des efforts pour ne pas le montrer. Elle rêve de te ressembler quand elle aura un peu vieilli, mais elle est encore assez jeune pour changer d'avis.

— Vrai. Travailler avec elle est un plaisir. Elle attrape au vol les idées qu'on lui lance et les met en valeur. Elle sait trouver des approches inédites et ne craint pas de repousser les idées des autres quand elles ne lui plaisent pas. S'il t'arrive des problèmes un jour où je ne serai pas là, tu pourras lui faire confiance.

— Parce que la rouquine me déteste déjà, enchaîna Tyler. Et elle ne te porte pas dans son cœur toi non plus. Elle ne rêve pas d'être à ta place quand elle aura pris de la bouteille : elle veut ta place tout de suite et ne serait pas fâchée que tu aies un accident assez grave, sinon pire, afin de lui laisser le champ libre.

— Tu as appris beaucoup de choses pour ton premier jour à l'école, MacMillan. Kris est très bonne pour trouver des idées, définir une campagne et, si elle y croit, veiller aux détails. Mais elle ne sait pas diriger une équipe, parce qu'elle prend les autres à rebrousse-poil et les traite de haut. Tu as raison, elle te déteste en ce moment pour la simple raison que tu existes et que tu empiètes sur ce qu'elle considère comme son espace vital. Mais cela n'a rien de personnel.

— Faux, c'est toujours personnel. Moi, cela ne m'inquiète pas ; seulement à ta place je me méfierais et je surveillerais mes arrières. Elle n'attend que l'occasion de te planter un poignard dans le dos.

— Elle a déjà essayé, sans succès. Je suis beaucoup plus coriace qu'on ne le croit.

— Ouais, grogna Tyler, je m'en suis déjà rendu compte.

« On verra, pensa-t-il, si elle est toujours aussi coriace au bout de quelques semaines dans les vignes ».

L'hiver s'annonçait long. Et froid.

6

La sonnerie du téléphone réveilla Pilar en sursaut à deux heures du matin. De quoi pouvait-il s'agir à une heure pareille ? Un accident, un drame, une mort ? Le cœur battant, elle décrocha.

— Espèce de sale garce ! éructa une voix de femme. Tu crois pouvoir te débarrasser de moi en me faisant peur ? Je ne tolérerai pas tes minables tentatives d'intimidation !

— De quoi parlez-vous ? Qui êtes-vous ?

— Tu sais très bien qui je suis. Tu ne manques pas de culot d'oser m'appeler la nuit pour me débiter des ordures ! Tais-toi, Tony, je lui dirai ce que j'ai à dire.

Reconnaissant la voix de son mari à l'arrière-plan, Pilar tenta de s'éclaircir les idées, de calmer les battements de son cœur.

— Renée ? Je ne comprends rien à ce que vous dites.

— Ne joue pas l'innocente ! Cela marche peut-être avec Tony, pas avec moi. Je te connais. La putain, c'est toi ma belle, pas moi. Tu n'es qu'une hypocrite, une menteuse. Si tu m'appelles encore…

— Je ne vous ai jamais appelée ! Je ne comprends pas de quoi vous parlez.

— Alors, c'est ta garce de fille, ça revient au même. Maintenant, enfonce-toi bien ça dans la tête : tu es sortie du tableau une fois pour toutes. Tony et moi avons déjà vu l'avocat, il va régulariser ce que tout le monde sait depuis des années. À cinquante ans, tu es finie, tu n'es qu'une vieille fille frigide, une fausse vierge racornie ! Aucun homme ne voudra plus de toi, sauf s'il est après le fric de ta mère.

— Renée ! fit la voix de Tony. Arrête immédiatement et donne-moi ce téléphone. Pilar ? cria-t-il pour couvrir les hurlements de sa maîtresse. Je suis désolé. Une femme a téléphoné il y a un quart d'heure en couvrant Renée d'injures. Elle est bouleversée. Bien entendu, je lui ai dit que tu ne ferais jamais une chose pareille, mais elle est hors d'elle. Il faut que je te quitte, je te rappellerai demain.

— Bouleversée ? murmura Pilar au combiné dans lequel la tonalité résonnait déjà. Il faut la calmer, bien sûr. Mais moi ? Moi ?...

Après avoir raccroché, elle repoussa ses couvertures pour ne pas céder à la tentation de se blottir dessous. Levée d'un bond, elle enfila une robe de chambre, chercha au fond d'un tiroir de sa commode le paquet de cigarettes qu'elle cachait pour les situations désespérées, ouvrit sa porte-fenêtre et sortit dans la nuit. Elle avait besoin de respirer. Elle avait surtout besoin de paix, estimat-elle en traversant la terrasse vers l'escalier du jardin.

Cela ne suffisait pas que le seul homme qu'elle ait aimé, le seul auquel elle se soit donnée, ne l'ait jamais aimée ni n'ait eu la décence sinon de respecter ses vœux conjugaux, au moins de sauver les apparences ? Fallait-il maintenant qu'elle se fasse injurier en pleine nuit par la dernière en date de ses remplaçantes ?

Elle s'éloigna de la maison en restant dans l'ombre pour échapper aux regards éventuels. « Les apparences ! » pensat-elle, enragée de sentir ses joues trempées de larmes. Sauver les apparences à tout prix... Quel scandale, en effet, si une servante surprenait la fille de *la Signora* en train de fumer en cachette derrière une haie au milieu de la nuit ! Nul ne comprendrait que la toujours digne Mme Giambelli fasse appel au tabac pour s'efforcer de maîtriser une crise de nerfs...

Une douzaine de femmes auraient pu avoir envie de couvrir Renée d'injures. D'après le ton embarrassé de Tony, Pilar était sûre qu'il connaissait la vraie coupable du coup de téléphone anonyme. Mais c'était plus facile de laisser Renée croire qu'il s'agissait de l'épouse délaissée plutôt que d'une maîtresse vindicative. Et puis, Pilar avait l'habitude de recevoir des gifles. Alors, une de plus...

Elle sortit une cigarette du paquet, essaya de l'allumer.

— Je n'ai pas cinquante ans, marmonna-t-elle. Et je ne suis pas une fausse vierge racornie.

— Moi non plus, fit une voix d'homme.

Pilar sursauta, laissa tomber son briquet et se retourna. Partagée entre la fureur et l'humiliation, elle reconnut alors David Cutter qui émergeait de l'ombre. Il se pencha pour ramasser le briquet, l'alluma.

— Je suis désolé de vous avoir fait peur, dit-il. Mais j'ai pensé qu'il valait mieux vous signaler ma présence avant que vous ne poursuiviez votre monologue.

À la lueur de la flamme, il vit ses joues couvertes de larmes et lui prit la main qui tenait la cigarette pour l'empêcher de trembler.

— Je ne pouvais pas m'endormir, poursuivit-il. Un nouveau lit, un lieu inconnu. J'ai donc décidé de marcher un peu. Préférez-vous que je continue ma promenade ?

Seule son éducation retint Pilar de partir en courant et de se ridiculiser un peu plus.

— Je ne fume pas, parvint-elle à articuler. Officiellement, du moins.

— Moi non plus, répondit David en humant avec gourmandise la fumée qu'elle exhalait. J'ai arrêté. J'en suis malade, ajouta-t-il.

— Il m'arrive de temps en temps de sortir fumer en cachette, expliqua Pilar avec embarras.

— Soyez tranquille, votre secret sera bien gardé. Cela soulage parfois de se confier à un inconnu… Bien, reprit-il en la voyant faire un signe de dénégation. La nuit est belle après la pluie. Voulez-vous vous promener un peu avec moi ?

Elle aurait voulu retourner cacher sa honte sous ses couvertures. Mais la honte se dissipe plus vite quand on la regarde en face. Elle accepta donc la compagnie qu'il lui offrait.

— Êtes-vous bien installés, votre famille et vous ?

— Très bien. Nous serons vite acclimatés, je crois. Mon fils a eu des problèmes à New York, rien de très grave heureusement ; il prenait de mauvaises habitudes. Il valait mieux les changer.

— J'espère que vous serez tous heureux ici.

Il fouilla dans sa poche à la recherche d'un mouchoir qu'il lui tendit sans mot dire

— Je l'espère aussi. J'ai hâte d'examiner les vignes de près demain matin. Elles sont superbes au clair de lune.

— Vous faites ça très bien, murmura-t-elle. Je veux dire : parler de choses et d'autres au milieu de la nuit avec une femme hystérique en faisant comme s'il n'y avait rien de plus naturel.

— Vous ne me paraissez pas hystérique. Triste, plutôt. En colère, aussi.

« Et belle. »

— J'ai reçu un coup de téléphone, disons… troublant.

— Un accident ? Quelqu'un de blessé ?

— Moi seule, et c'est entièrement ma faute.

Elle s'arrêta le temps d'enfouir sa cigarette dans la terre meuble d'une plate-bande puis, une fois redressée, elle se tourna vers David, qu'elle examina longuement à la lueur de la lune.

Le léger sourire qu'elle vit se former sur ses lèvres signifiait qu'il se savait soumis à cet examen et était assez sûr de lui pour le subir avec patience. Elle se souvint de son autre sourire quand il lui était apparu pour la première fois sur le seuil de la villa, tenant ses enfants par le cou. Un homme qui aimait ses enfants de manière si évidente méritait la confiance. Et puis, comment jouer la comédie et « sauver les apparences » quand on se trouve en robe de chambre au milieu de la nuit avec un tel homme ?

— Alors, décidée à parler ? demanda-t-il enfin.

— Oui. De toute façon, vous allez désormais vivre pour ainsi dire avec ma famille, vous entendrez des allusions. Mon mari et moi sommes séparés depuis des années. Il m'a informé très récemment de sa décision de divorcer. Sa future est jeune, belle, agressive. Oui, jeune, répéta-t-elle. C'est idiot de ma part d'y attacher tant d'importance. En tout cas, je traverse une situation pénible.

— Elle serait beaucoup plus pénible pour lui s'il avait conscience de ce qu'il perd en vous abandonnant.

Il fallut un instant à Pilar pour assimiler le compliment.

— Merci, c'est très gentil.

— Non, ce n'est pas gentil, c'est vrai. Vous êtes belle, vous avez une élégance innée, vous êtes fascinante. Celui qui délaisse une femme possédant un tel ensemble de qualités est un imbécile ou un malade mental. Un divorce est toujours une épreuve, poursuivit-il. Surtout quand on avait pris son mariage au sérieux. Même s'il n'en subsistait qu'une illusion, il est douloureux de la voir voler en éclats.

89

— Vous avez raison. Il ne me reste plus qu'à en ramasser les miettes et à poursuivre mon chemin.

Il posa une main sur son épaule, la sentit se crisper.

— Vous devriez peut-être en balayer d'abord quelques-unes pour dégager le passage. Écoutez, les règles en usage à la lumière du jour ne s'appliquent pas à trois heures du matin. Je vous le dis donc sans détour : vous me plaisez énormément.

Elle sentit son estomac se nouer. De plaisir ou d'anxiété ?

— C'est très… flatteur.

— Ce n'est pas de la flatterie, c'est un fait. Une flatterie, c'est ce que vous dit à un cocktail un type qui veut vous draguer. Je suis bien placé pour le savoir.

Il lui sourit du même sourire franc et joyeux qu'il arborait au moment de son arrivée. Elle sentit dans son ventre une nouvelle contraction, plus profonde et plus prononcée, signe – elle en prit conscience avec stupeur – d'un élan de désir.

— J'ai débité pas mal de flatteries dans ma vie, reprit-il avec sérieux, et vous avez dû vous-même en entendre bon nombre. C'est pourquoi je vous avoue très simplement et très franchement que lorsque vous avez ouvert votre porte ce matin, j'ai eu l'impression d'être frappé par la foudre, au sens propre du terme. Je n'avais rien éprouvé de semblable depuis très, très longtemps.

— Écoutez, David…

Elle recula d'un pas, s'arrêta quand il la retint par la main.

— Je ne veux pas vous draguer comme la première venue, pourtant j'avoue y avoir pensé. C'est sans doute la raison pour laquelle je ne pouvais pas m'endormir.

Sous l'intensité de son regard, Pilar sentit son cœur s'affoler.

— Nous nous connaissons à peine et…

Elle s'abstint d'ajouter « et je suis une vierge racornie de cinquante ans », mais elle ne s'en sentait pas très loin.

— C'est vrai. Je n'avais pas l'intention de vous parler comme je viens de le faire si tôt, mais l'occasion était idéale. Et puis, cela vous donnera un sujet de réflexion.

— Je le crois, oui. Il faut que je rentre, maintenant.

Avant de lui lâcher la main, il la porta à ses lèvres, savoura son léger tremblement, son parfum subtil.

— Voulez-vous dîner avec moi ? Bientôt ?

— Je ne sais pas. Je… Bonne nuit.

Elle s'en voulut de retirer sa main avec la hâte maladroite d'une gamine inexpérimentée et partit en courant. Hors d'haleine, le cœur battant, l'estomac noué de plus belle, elle se sentait presque gênée d'éprouver des sensations qu'elle croyait oubliées à jamais.

Mais elle n'était plus en colère. Et sa tristesse s'était évanouie.

Il était tout juste minuit à New York quand le téléphone sonna chez Jerry Morney.

— Je suis prêt à passer au stade suivant, fit une voix familière.

— Il vous a fallu longtemps pour vous décider.

Avec un sourire, Jerry se versa un verre de cognac. Son correspondant n'était pour lui qu'un outil corvéable à merci.

— J'ai gros à perdre.

— Et plus encore à gagner. Les Giambelli vous exploitent. Vous savez aussi bien que moi qu'ils vous laisseront tomber sans une hésitation si cela leur convient.

— Ma position reste sûre. La réorganisation n'y a rien changé.

— Pour le moment, peut-être. Vous ne m'auriez pas appelé si vous ne vous faisiez pas de souci à ce sujet.

— J'en ai marre, voilà tout. Marre de voir mes efforts sous-estimés. Je n'ai pas envie d'être surveillé et jugé par des étrangers.

— C'est normal. Ils préparent Sophia Giambelli et Tyler MacMillan à prendre leur place, même s'ils ne le méritent pas. Quant à David Cutter, c'est un excellent élément dont Laker regrette la perte. Il étudiera avec soin le fonctionnement de la société, un soin qui risquerait fort de révéler certaines, disons… irrégularités.

— J'ai été très prudent.

— On ne prend jamais assez de précautions. Qu'avez-vous l'intention de mettre sur la table, cette fois-ci ? Il faudra que ce soit d'une autre valeur que ce dont nous avons déjà parlé.

— Le centenaire. Si la fusion ne se déroule pas comme prévu au cours de cette année, cruciale pour eux, l'entreprise sera ébranlée jusqu'aux fondations. J'ai les moyens d'intervenir.

— Comment ? En empoisonnant un vieillard ?

— C'était un accident !

L'accès de panique de son interlocuteur fit sourire Jerry.

— Vous qualifiez sa mort d'accident ?

91

— D'abord, l'idée était de vous ! Vous avez affirmé que cela le rendrait juste malade.

— J'ai beaucoup d'idées, vous savez. Mais c'est vous qui l'avez mise en œuvre, mon ami. Et lamentablement sabotée.

— Comment aurais-je pu savoir qu'il avait le cœur malade ?

— On ne prend jamais assez de précautions, je viens de vous le dire. Si vous vouliez vraiment tuer quelqu'un, il aurait mieux valu vous en prendre à la vieille. Sans elle, ils seraient incapables de boucher les trous si nous percions leurs digues.

— Je ne suis pas un assassin.

— Permettez-moi de penser le contraire, répondit Jerry, mettant ainsi l'autre à sa merci. Je me demande comment réagirait la police italienne si elle exhumait le corps du vieux Baptista et procédait à une autopsie sur dénonciation anonyme. Vous l'avez tué, poursuivit-il après avoir marqué une pause. Vous feriez donc mieux de vous préparer à faire le nécessaire pour vous couvrir. Si vous voulez continuer à recevoir mon aide et mes subsides, montrez-moi d'abord quels services vous êtes capable de me rendre. Pour commencer, vous pourriez me fournir des copies de l'essentiel, documents juridiques, contrats, projet de campagne publicitaire, sans oublier les registres de cave de Californie et de Venise.

— Ce sera risqué. Il me faudra du temps.

— Vous serez dédommagé pour vos risques et pour votre temps. Les deux sont indispensables si l'on veut enterrer les Giambelli. Inutile de reprendre contact avec moi tant que vous n'aurez rien d'utile.

— Il me faut de l'argent. Je ne peux pas me procurer ce que vous dites sans argent.

— Apportez-moi des éléments valables, je vous paierai. À partir de maintenant, mon ami, le contre-remboursement est la règle.

— Du raisin, grommela Théo. La belle affaire.

— Pour nous, figure-toi, le raisin est une belle affaire, parce que c'est lui qui paiera tes hamburgers et tes frites pendant un bout de temps.

— Est-ce qu'il me paiera une voiture ?

David jeta dans le rétroviseur un coup d'œil à son fils.

— Ne tire pas trop sur la ficelle, mon garçon.

— Enfin, papa, on ne peut pas vivre sans bagnole dans un bled pareil ! C'est le désert.

— On verra, on verra.

Maddy gardait le silence. Elle ne rechignait pas à sortir de bonne heure. Se promener dans la vallée ne lui déplaisait pas non plus. Ce qu'elle n'aimait pas, mais alors pas du tout, c'était son inaction forcée, l'absence d'amies à aller voir, à qui téléphoner. Elle priait avec ferveur pour que son père finisse par céder à Théo et lui acheter le véhicule qu'il réclamait avec insistance. Elle pourrait alors harceler son frère afin qu'il l'emmène quelque part. N'importe où.

David arrêta la voiture, en descendit pour regarder les vignes que taillait une armée de travailleurs.

— L'endroit est beau. Et tout cela, mes enfants, poursuivit-il quand ils eurent mis pied à terre à leur tour, tout cela ne sera jamais à vous.

— Il y a peut-être une petite-fille dans la famille, observa Théo. Nous nous marierons et, après, tu travailleras pour moi.

— Tu me terrorises, Théo. Allons voir les vignes de plus près.

Tyler repéra le trio qui avançait entre les rangs de ceps et lâcha un juron. Des touristes, sans doute en quête d'un guide. Il n'avait ni le temps de faire des ronds de jambe, ni l'envie de voir des intrus se promener sur ses terres.

Il était prêt à les éconduire quand il vit Sophia penchée sur un cep dans le rang voisin. Qu'elle se charge donc de ces gens. Les gens, après tout, c'était son domaine. Il s'approcha donc en notant à contrecœur qu'elle faisait plutôt bien son travail.

— Des visiteurs. Prends une récréation et aiguille-les vers le chai et la salle de dégustation. Il devrait d'ailleurs y avoir quelqu'un de disponible en permanence pour les visites guidées.

Elle se redressa, jaugea les nouveaux venus d'un regard exercé.

— D'accord, je m'occupe d'eux, répondit-elle en s'abstenant d'ajouter qu'elle en profiterait pour s'offrir un café bien chaud. Auparavant, un rapide petit tour dans le vignoble et des explications sur la taille feraient une bonne entrée en matière pour la visite des chais et décideraient le papa à acheter quelques bouteilles.

— Je ne veux pas que des pékins piétinent ma terre.

— Ne soit pas si possessif et désagréable.

Un large sourire aux lèvres, elle saisit Tyler par la main et le traîna vers la petite famille, qui les avait presque rejoints.

— Bonjour et bienvenue au domaine MacMillan ! Je m'appelle Sophia Giambelli. Tyler MacMillan et moi serons très heureux de répondre à vos questions. Comme vous le voyez, nous procédons en ce moment à la taille des vignes, opération capitale dans le processus d'élaboration du vin. Vous êtes en visite dans la vallée ?

« Elle a les yeux de sa grand-mère, pensa David. Ceux de Pilar sont plus clairs, avec une touche d'or qui lui adoucit le regard. »

— En un sens, oui, répondit-il. De fait, j'espérais vous rencontrer tous les deux. Je suis David Cutter et je vous présente mes enfants, Théo et Maddy.

Vite remise de sa surprise, Sophia serra la main que David lui tendait. « Il vient nous observer, se dit-elle, c'est de bonne guerre. À nous d'en faire autant. »

Ses recherches ne lui avaient livré que peu de renseignements sur David Cutter. Elle le savait divorcé, père de deux adolescents dont il avait la garde. Il avait passé vingt ans chez Laker et gravi les échelons de la hiérarchie avec une compétence reconnue. Elle espérait se faire de lui une idée plus nette dans un face-à-face.

— Eh bien, je vous souhaite à nouveau la bienvenue à tous trois. Voulez-vous que nous allions au chai ou à la maison ?

David avait déjà senti l'atmosphère : prudence et ressentiment.

— J'aimerais d'abord jeter un coup d'œil sur les vignes, je n'ai pas eu depuis un certain temps l'occasion d'assister à la taille. Vous avez un vignoble superbe, monsieur MacMillan. Et il vous donne un vin remarquable.

— Exact. J'ai du travail.

— Excusez Tyler, intervint Sophia, qui lui happa le bras comme elle l'aurait pris au lasso pour l'empêcher de s'enfuir. Il a un champ de vision restreint et ne voit en ce moment que ses vignes. En plus, il n'est pas très doué pour les rapports humains. Vrai, MacMillan ?

— Les vignes n'ont pas besoin de bavardages.

— Tous les végétaux sont sensibles à une amicale stimulation auditive, déclara Maddy, qui soutint sans ciller le regard excédé de Tyler. Pourquoi taillez-vous les vignes en hiver plutôt qu'en automne ou au début du printemps ?

— Voyons, Maddy, la rabroua David.

Tyler décida que, en dépit de son accoutrement d'apprentie vampire, elle avait un visage intelligent.

— Laissez, c'est une bonne question, dit-il. Les premières gelées forcent les ceps à hiverner. Les tailler à ce moment-là prépare la repousse du printemps. La taille d'hiver diminue le rendement, mais nous cherchons la qualité plutôt que la quantité. Des vignes trop productives donnent du raisin médiocre. Vous ne devez pas avoir beaucoup de vignes à Manhattan, ajouta-t-il à l'adresse de David.

— En effet, et c'est une des raisons pour lesquelles j'ai accepté la proposition de Mme Giambelli. Il y a vingt ans, j'ai passé un long hiver froid et humide à Bordeaux dans les vignobles qu'y possède Laker, il m'est arrivé depuis de travailler sur le terrain pour garder la main. Mais le contact direct avec la vigne me manquait.

— Vous me montrez comment on fait ? demanda Maddy à Tyler.

Sophia eut pitié de lui :

— Venez donc avec moi, Théo et vous. Nous verrons de près comment cela se passe avant de visiter les caves.

— Sophia est très belle, dit David quand ils se furent éloignés. Théo va baver de convoitise. Je ne le lui reprocherai pas.

— Elle n'est pas désagréable à regarder, c'est vrai, grogna Tyler.

— Je suis en âge d'être son père, n'ayez pas d'inquiétude de ce côté-là, le rassura David en réprimant un sourire.

« Cutter est pourtant le genre d'homme qui plaît à Sophia », songea Tyler. Sa tenue rustique ne cachait pas sa classe et son raffinement.

— Il n'y a rien entre Sophia et moi, déclara-t-il d'un ton définitif.

— Profitons-en quand même pour mettre les points sur les i. Je ne suis pas venu vous compliquer la vie, ni me mêler de votre travail. Le vigneron ici, ce n'est pas moi, MacMillan, c'est vous. Cela ne m'empêchera cependant pas de faire ce pour quoi j'ai été engagé et de me tenir constamment au courant de tout ce qui se passe dans les vignobles.

— Vous êtes chez vous dans les bureaux. Moi dans les vignes.

— Pas tout à fait. Je suis chargé de coordonner et de superviser parce que je connais la vigne, moi aussi. Je ne suis pas un simple gratte-papier et, franchement, j'en avais plus qu'assez d'en être devenu un. Je peux ?

Il dégaina la cisaille de son étui pendu à la ceinture de Tyler, se tourna vers le cep le plus proche, l'examina brièvement et trancha un sarment. Ce fut rapide, net et irréprochable.

— Je connais la vigne, répéta-t-il en rendant l'outil. Ce qui ne veut pas dire que celle-ci m'appartient.

Agacé, Tyler rengaina sa cisaille comme il aurait remis son épée au fourreau.

— Bon. Mettons quelques autres points sur d'autres i. Je n'aime pas qu'on regarde par-dessus mon épaule et qu'on me donne des notes comme si j'étais en classe. Mon rôle est de faire du vin, pas de plaire à tout le monde. Je ne sais pas comment ils opèrent chez Laker et je m'en moque. C'est moi qui dirige ce vignoble.

— Vous le dirigiez seul. Maintenant, nous le dirigeons tous les deux, que cela nous plaise ou non.

— Cela ne nous plaît pas.

Tyler tourna les talons et s'éloigna. David le suivit des yeux, amusé. Têtu, jaloux, possessif. « Le combat sera intéressant », se dit-il en tournant son regard vers Sophia, qui occupait les enfants à quelques rangs de là. Même de loin, il percevait les ondes qu'émettaient les hormones sexuelles surexcitées de Théo. « Ce sera compliqué à gérer », pensa-t-il avec résignation.

Il s'approcha, observa d'un regard approbateur la manière dont Maddy coupait un sarment.

— Beau travail. Merci d'être un bon professeur, ajouta-t-il à l'intention de Sophia.

— Tout le plaisir est pour moi. Vous voudrez sans doute me rencontrer afin que je vous mette au courant de mes projets de campagne de promotion. J'installe un bureau à la villa. Cet après-midi vous conviendrait ? Disons deux heures ?

Habile, jugea-t-il. Prendre l'initiative, délimiter son territoire. Quelle famille !

— Cela me convient tout à fait. Maintenant, je vais vous débarrasser de ces deux énergumènes.

— Je veux voir le reste ! protesta Maddy. Je n'ai rien d'autre à faire, je m'ennuie à crever.

— Nous n'avons pas fini de défaire les bagages.

— Êtes-vous si pressé ? intervint Sophia, une main posée sur l'épaule de Maddy. Vous pouvez me confier Théo et Maddy. Je dois regagner la villa dans une heure, je les déposerai chez vous au passage. Vous êtes installé dans la maison d'amis, n'est-ce pas ?

— En effet. Mais à condition qu'ils ne vous dérangent pas.

— Pas le moins du monde.

— Bien. Je viendrai donc vous voir à deux heures à la villa. Pas de bêtises, vous deux.

— Comme si on cherchait à en faire, marmonna Maddy.

— Si vous n'en cherchez pas, fit Sophia dès que David fut hors de portée de voix, c'est que vous ne vous amusez pas assez.

Les enfants lui plaisaient. L'insatiable curiosité de Maddy l'amusait et la forçait à se creuser les méninges. Et se trouver l'objet de la passion aussi subite que dévorante d'un adolescent avait quelque chose d'attendrissant. En plus, qui mieux que ses enfants pouvait connaître un homme, ses habitudes, sa façon de penser ? Cette matinée avec les rejetons de David Cutter s'annonçait non seulement distrayante mais, mieux encore croyait-elle, instructive.

— Allons arracher Tyler à ses chères vignes et lui demander de nous faire visiter les chais, suggéra Sophia en rangeant sa cisaille dans l'étui. Je connais le fonctionnement de MacMillan beaucoup moins bien que celui de Giambelli, nous apprendrons tous quelque chose.

Dans l'antichambre du juge Helen Moore, Pilar faisait les cent pas dans l'espoir de se calmer les nerfs. Sa vie lui échappait sans qu'elle sache comment la reprendre en main. Pis encore, elle ne savait même plus ce qu'elle voulait en conserver. Il y avait des mesures à prendre, de cela au moins elle était sûre. Elle en avait assez de se sentir inutile et dédaignée. Elle avait surtout besoin de réconfort et d'amitié.

Ce matin-là, elle avait évité de voir sa mère et sa fille. Fuir ses proches est une forme de lâcheté, supposait-elle. Mais il lui fallait du temps pour panser ses blessures et prendre des décisions.

Machinalement, elle voulut tripoter son alliance, dont l'absence à son doigt lui causa un choc. Elle allait devoir s'habituer à cet annulaire dépouillé. Eh bien, non ! Elle ne s'y habituerait pas. Aujourd'hui même, elle irait s'acheter une bague ridiculement coûteuse et ostentatoire pour rhabiller son doigt nu.

Ce serait le symbole de sa libération. D'un nouveau départ.

Ou d'un lamentable échec…

Avec un gémissement de défaite, elle se laissa tomber sur une chaise au moment même où Helen entrait en coup de vent.

— Désolée de t'avoir fait attendre, l'audience s'éternisait.

— Ce n'est pas grave. Tu es élégante et impressionnante à la fois en toge.

— Si jamais j'arrive à perdre mes huit kilos de trop, je ne porterai plus qu'un bikini dessous, dit-elle en enlevant la toge, qu'elle pendit à une patère.

Elle apparut non pas en bikini, mais vêtue d'un strict tailleur marron qui la vieillissait. Typique d'Helen, songea Pilar, attendrie.

— Je te suis très reconnaissante de prendre le temps de me recevoir. Je sais que tu es toujours débordée.

— Nous avons deux heures. Veux-tu sortir déjeuner ?

— Pas vraiment. Écoute, Helen, je sais que tu ne t'occupes pas de divorces, mais Tony précipite les choses et je ne sais pas quoi faire.

— Je peux prendre le dossier si tu veux ou te recommander un avocat. Je connais quelques requins qui s'en chargeraient avec plaisir.

— Je préférerais que ce soit toi pour que tout se passe simplement. Et proprement.

— Tu me déçois. Pour ma part, j'aimerais voir Tony pisser le sang par tous les bouts. Enfin… Il me faudra des documents financiers, poursuivit-elle après avoir attrapé un bloc. Heureusement, j'avais réussi à te convaincre de séparer vos biens, mais cela n'empêche pas que tu dois te protéger le mieux possible. Il est du genre à exiger des compensations, de l'argent, de l'immobilier, que sais-je ? Tu refuseras tout en bloc, tu m'entends ? déclarat-elle en lançant à Pilar, par-dessus ses lunettes, le fameux regard qui paralysait les avocats dans le prétoire. C'est toi la partie lésée. C'est lui qui demande le divorce pour se remarier. Il s'en ira avec ce qu'il avait au début, c'est-à-dire rien. Je ne te permettrai pas de le laisser tirer profit de toi. Tu m'as bien comprise ?

— Ce n'est pas une question d'argent.

— Pour toi, peut-être. Mais il mène grand train et ne voudra pas se restreindre. De combien l'as-tu arrosé ces dix dernières années ?

— Voyons, Helen…

— C'est ce que je pensais. Des prétendus emprunts qu'il n'avait aucune intention de rembourser. La maison de San Francisco, l'autre en Italie, l'ameublement des deux.

— Nous les avons vendues.

— *Il* les a vendues, corrigea Helen. Tu ne voulais pas m'écouter à cette époque-là, mais tu m'écouteras maintenant ou tu te chercheras quelqu'un d'autre pour t'assister. Il a gardé le produit de ces ventes alors que c'est toi qui avais tout payé. Et il a aussi empoché une bonne partie de tes bijoux, je le sais. C'est fini, tu comprends ? Fini. Une fois pour toutes.

Elle s'interrompit, releva ses lunettes sur le front. Ce geste transforma son attitude de juge sévère en celle d'amie affectueuse.

— Je t'aime, Pilar, c'est pourquoi je te parle ainsi. Tu l'as laissé te traiter comme un paillasson. Tous ceux qui t'aiment étaient malades et furieux de le voir se conduire de cette manière indigne sans que tu protestes.

— Peut-être, admit Pilar, refoulant son envie de pleurer. Je l'aimais, vois-tu, et j'ai longtemps cru que s'il avait besoin de moi il m'aimerait en retour. Mais il m'est arrivé hier soir quelque chose qui a tout changé. Qui m'a changée moi, devrais-je plutôt dire.

— Raconte.

Pilar rapporta alors à Helen le coup de téléphone de Renée.

— Quand j'ai entendu ses mauvaises excuses, conclut-elle, quand il a coupé court pour consoler sa Renée alors qu'elle m'agressait, je n'ai plus éprouvé que du dégoût pour lui, pour elle, pour moi aussi. Et une fois un peu calmée, je me suis rendu compte que je ne l'aimais plus, Helen. Que je ne l'aimais peut-être plus depuis des années et que je n'étais qu'une pitoyable idiote.

— Tu ne l'es plus. Attends, je commande à déjeuner, coupa Helen en décrochant le téléphone. Je t'expliquerai ce qu'il faut faire et après, ma chérie, nous le ferons. Laisse-moi t'aider. T'aider vraiment.

— O.K., soupira Pilar. En aurons-nous pour plus d'une heure ?

— Pas nécessairement... Carl ? commanda-t-elle au greffier qui répondait au bout du fil, faites-moi monter deux club-sandwichs au poulet, une grande bouteille d'eau minérale et deux cappuccinos. Merci.

— Parfait, dit Pilar. Y a-t-il un bon bijoutier dans le quartier ?

— Oui. Pourquoi ?

— S'il nous reste un peu de temps avant que tu doives remettre ta toge, tu viendras m'aider à acheter quelque chose de symbolique et de voyant à mettre là, répondit-elle en levant sa main gauche dépourvue de bague. Quelque chose qui rende Renée folle de rage.

Helen hocha la tête avec approbation.

— Voilà qui est bien parler.

7

L'arrivée du dimanche fit à Sophia l'effet d'un baume adoucissant sur une agaçante démangeaison. Aujourd'hui au moins, elle ne passerait pas sa matinée en bottes à tailler des pieds de vigne. Tyler ne serait pas sur son dos à l'épier dans l'attente de sa première erreur. Elle pourrait aller en ville, courir les boutiques, voir du monde. Redécouvrir enfin ce qu'était une vie normale.

Elle pensait téléphoner à une de ses amies pour organiser sa journée quand elle se ravisa. Tout compte fait, elle préférait occuper ces heures de liberté avec sa mère. La prochaine fois, oui, elle ferait signe à ses amis de San Francisco, elle les inviterait à dîner dans son appartement, ils finiraient la soirée dans une boîte. Mais pas ce week-end. Pilar avait plus besoin qu'elle de se changer les idées.

Malgré l'heure matinale, elle était déjà dans sa serre. Avant d'aller l'y rejoindre, Sophia fit au passage une rapide inspection de la maison. Les décorations de Noël étaient presque toutes en place. De grands vases d'argent contenant des fleurs rouges et blanches mêlées à des branches de houx décoraient le spacieux vestibule. Des branchages ornés de guirlandes électriques et de rubans rouges encadraient les portes. Sur la table du petit salon trônaient les « anges Giambelli », Tereza, Pilar et Sophia, que les visages sculptés représentaient fidèlement toutes trois à l'âge de douze ans.

Sophia éprouvait toujours le même plaisir à les voir. Comme elles se ressemblaient ! Les liens du sang y apparaissaient de façon évidente sur trois générations. Quelle joie elle avait éprouvée à l'époque de reconnaître ses propres traits sur le gracieux petit corps ailé, une joie qu'elle retrouvait entière chaque année. Un jour, il lui incomberait de commander au sculpteur un ange à la ressemblance de son enfant. Cette pensée la troubla : c'était d'elle que dépendait désormais la génération suivante. La continuité de la dynastie.

Certes, elle était en retard par rapport à celles qui l'avaient précédée. Aimer, se marier, concevoir une descendance ne pouvaient cependant pas s'inscrire sur un agenda. Elle aurait sans doute le bonheur d'accomplir tout cela, mais au bon moment et avec l'homme qu'il lui fallait. Car il était facile de se tromper – trop facile. Et on n'efface pas de sa vie l'amour, le mariage et les enfants comme on annule un rendez-vous de dentiste ou de coiffeur.

Sauf si l'on s'appelle Tony Avano. Un accès de ressentiment lui serrait la gorge chaque fois qu'elle pensait à son père. Dans ce domaine comme dans les autres, elle n'avait aucunement l'intention de suivre son exemple. Quand elle aurait fait son choix et pris les engagements qui le scellent, elle s'y tiendrait. Sans dévier.

Voilà pourquoi les anges devaient se contenter d'être trois. Pour le moment, du moins.

La décoration presque achevée éveilla ses remords. Sa mère, sa grand-mère, les servantes avaient fourni un gros effort pour donner à la maison sa parure de fête tandis qu'elle s'isolait dans son travail. Elle aurait dû, elle aurait pu trouver le temps de les aider. La grande réception de Noël était imminente et elle n'avait pas fait le moindre geste pour participer à ses préparatifs. Une lacune à combler sans tarder.

L'air glacial du matin la poussa à traverser le jardin à toute allure pour se réfugier dans la chaleur moite de la serre.

— Maman ! cria-t-elle en refermant la porte. Où es-tu ?

— Par ici ! Viens voir mes monnaies-du-pape, elles sont superbes ! J'en mettrai quelques-unes au grand salon avec des amaryllis. Ce sera très joli et dans l'esprit de la saison.

Dans un vieux sweater aux manches retroussées qui lui tombait en plis sur les hanches, Pilar s'affairait devant ses plantations. Sophia l'embrassa avant de l'examiner d'un œil critique.

— Tu as maigri.

— Pas du tout ! Maria est convaincue que je vais périr

d'inanition si je ne me goinfre pas trois fois par jour, mais je t'assure, je n'ai pas perdu plus d'un kilo de ceux que j'ai l'intention de perdre.

— Aujourd'hui en tout cas, pas de régime, je t'emmène déjeuner en ville. J'ai pris un retard monstrueux pour mes achats de Noël, il faut que tu m'aides à le rattraper.

— Voyons, Sophia ! Tu as déjà acheté tes cadeaux entre juin et octobre, comme tu le fais tous les ans pour nous couvrir de honte.

— Bon, je plaide coupable. En réalité, je meurs d'envie d'aller me distraire. La semaine a été rude. Tiens-moi compagnie, c'est plus amusant à deux.

Pilar posa ses outils et tourna vers sa fille un regard soucieux.

— J'étais en ville avant-hier, je n'ai pas envie d'y retourner. Ma chérie, sois franche. Est-ce que le nouvel ordre des choses institué par ta grand-mère n'est pas trop dur pour toi ? Tu te lèves tous les jours à l'aurore, tu passes des heures enfermée dans ton bureau, tu ne vois plus aucun de tes amis.

— J'adore être sous pression. Il n'empêche que je ne refuserais pas une assistante. Tu n'étais pas censée remplir ce rôle ?

— *Carissima !* Tu sais aussi bien que moi que j'en suis incapable !

— Non, je ne le sais pas. Donc, je te mets au travail. Tu as réalisé toute la décoration de la maison, elle est superbe d'ailleurs. Je n'ai rien fait et j'en suis honteuse.

— Tu étais trop occupée.

— Je n'aurais pas dû me laisser déborder. Assez perdu de temps, passons aux actes. Je commence par t'aider à porter les fleurs à la maison et ensuite je t'enferme au bureau.

— Sophia…

— Tu es l'apprentie, moi le patron. Et puisque tu m'as demandé si le système institué par *nonna* était trop dur pour moi, la réponse est non – mais tout juste. Je n'ai pas l'habitude de faire moi-même le classement, de répondre au téléphone et de taper le courrier. Comme je n'ai aucune envie de l'admettre devant *nonna* et encore moins devant MacMillan, toi seule peux m'aider.

— Tu cherches à m'occuper, soupira Pilar. Comme Maria me harcèle pour me gaver.

— En partie. Mais cela ne change rien au fait que je perds deux heures par jour à faire un travail de secrétaire. Si je pouvais m'en dispenser, je trouverais peut-être le temps de sortir et de rencontrer des hommes. Ils me manquent, je l'avoue sans honte.

— Comme tu voudras, mais ne m'accable pas de reproches si tu ne retrouves plus tes dossiers. Je n'ai pas mis les pieds dans un bureau depuis l'âge de seize ans, et je travaillais déjà si mal que maman a été obligée de me mettre à la porte.

Pilar remarqua alors que Sophia regardait fixement sa main, les yeux écarquillés de stupeur.

— C'est un peu… voyant, non ? dit-elle, gênée, en cachant sa main dans son dos.

— Je ne sais pas, je suis encore aveuglée par l'éclat de la chose. Une merveille ! déclara Sophia après avoir examiné l'énorme rubis taillé en plateau entouré de brillants.

— J'aurais dû t'en parler avant de l'acheter. Je suis désolée, ma chérie.

— Tu n'as pas à t'excuser de t'être offert une bague, maman. Même si celle-ci tient plus du monument que du bijou.

— J'étais en colère. On ne devrait jamais rien faire quand on est en colère. Helen s'occupe de mon divorce, ajouta-t-elle en rangeant ses outils pour se donner une contenance.

— Parfait. Elle ne te laissera pas te faire voler comme au coin d'un bois. Ne fais pas cette tête-là, maman ! Tu as fait très attention toute ma vie à ne pas me dire du mal de mon père, je sais. Mais je ne suis ni aveugle ni complètement idiote.

— Non, c'est vrai, soupira Pilar tristement. Tu ne l'as jamais été. Et tu as vu et compris trop de choses qu'un enfant n'aurait dû ni voir ni comprendre.

— Si tu le laisses faire, il t'extorquera tout ce qu'il pourra, c'est dans sa nature. Je suis rassurée de savoir que tante Helen veille à tes intérêts. Et maintenant, emportons ces fleurs à la maison.

Pilar la retint d'une main.

— Je souffre que tu doives subir tout cela, ma chérie.

— Tu ne m'as jamais blessée, toi. Lui, il m'a toujours fait du mal. C'est sans doute aussi dans sa nature. Renée s'étranglera de fureur en voyant ta bague, ajouta-t-elle en riant.

— C'est pour cela que je l'ai achetée.

Depuis plus de cinquante ans, les Giambelli de Californie donnaient à Noël de somptueuses réceptions pour la famille, les amis, les employés et les relations d'affaires, dont la liste s'allongeait en proportion du développement de l'entreprise. Selon une tradition établie par la branche italienne, la fête avait lieu le samedi précédant Noël. La villa accueillait la famille et les amis, le chai était réservé au personnel, les relations étaient aiguillées vers l'un ou l'autre lieu selon leur importance. Les membres résidants de la famille et les principaux collaborateurs devaient se partager entre les deux.

Ayant rempli cette obligation depuis l'âge de quinze ans, Sophia savait que la réception au chai était beaucoup plus amusante et, surtout, moins fréquentée par la parenté antipathique. Elle entendait déjà les criailleries des rejetons de Gina. L'arrivée de Donato et de sa horde de sauvages la veille au soir avait fait s'évanouir l'espoir qu'ils seraient retenus en Italie pour une raison ou une autre.

Pour importune qu'elle soit, leur présence serait toutefois moins insupportable que celle de son père et de Renée. Sa mère avait insisté pour qu'ils reçoivent une invitation, au point de tenir tête à *la Signora*, qui s'y opposait. En guise de consolation, ils seraient quand même relégués au chai avec la foule des employés et des simples relations – ce qui, jugea Sophia en mettant ses boucles d'oreilles, ne manquerait pas de piquer au vif la prétention de Renée.

Un dernier regard dans son miroir lui confirma que le résultat était satisfaisant. Sa longue robe de lamé argent complétée d'un boléro assorti lui allait à ravir. Le décolleté mettait en valeur la rivière de diamants qui, ainsi que les boucles d'oreilles, lui venait de son arrière-grand-mère. Elle se retournait pour vérifier le drapé de la jupe quand on frappa à la porte ; Helen Moore apparut en toilette rose givré.

— Éblouissante ! s'écria-t-elle. Tu scintilles de partout.

— J'ai trouvé la robe à New York, répondit Sophia. Mais avec les diamants, ça ne fait pas un peu trop ?

— On n'a jamais trop de diamants, ma chérie. Je ne te dérange qu'une minute. Pardonne-moi de t'en parler juste avant que tu doives te montrer aimable avec des centaines de gens, mais Pilar vient de m'apprendre que Tony et Renée seront ici ce soir.

— Oui. Et alors ?

— Le jugement de divorce date d'hier. Comme Tony voulait aller vite et ne s'est pas lancé dans des négociations financières, ce fut une simple formalité.

Sophia manœuvra machinalement le fermoir de son sac.

— Je vois. Tu l'as dit à maman ?

— Oui. Elle le prend bien ou, du moins, elle encaisse bien. Il est important pour elle que tu réagisses de la même manière.

— Ne t'inquiète pas pour moi, tante Helen. Je ne sais pas ce que maman aurait fait sans toi, ajouta Sophia en lui prenant la main.

— Elle doit maintenant oublier tout cela. Et toi aussi. N'accorde surtout pas à Renée le plaisir de lui montrer que tu en souffres.

— Sois tranquille, je ne montrerai rien.

— Bien. Maintenant, je vais récupérer James. Si je laisse seul mon cher mari, il en profitera pour s'empiffrer au buffet. Tu sais, ajouta-t-elle en ouvrant la porte, Tony n'a pas fait beaucoup de bonnes choses dans sa vie. Tu es l'une d'elles.

— Merci, tante Helen.

Helen partie, Sophia poussa un long soupir et se retourna vers son miroir. Puis elle prit un tube de rouge dans un tiroir de la coiffeuse et se badigeonna rageusement les lèvres en rouge sang.

David Cutter s'efforçait d'ignorer les déchaînements assourdissants de l'orchestre qui enchantaient les oreilles de son fils. Un verre de vin à la main, il cherchait à repérer Pilar dans la foule agglutinée entre les hauts murs du chai.

Dûment instruit du protocole régissant les festivités, il savait que tous les Giambelli y feraient au moins une apparition au cours de la soirée. Il était lui-même censé partager son temps entre les deux lieux de réception – ce qui constituait à la fois un privilège et un devoir, bien qu'on ne le lui eût pas spécifié expressément. Il avait vite appris que les missions dont se voyaient chargés les membres de l'équipe dirigeante relevaient toutes, ou presque, de ces deux aspects.

Il ne s'en plaignait d'ailleurs pas. On lui avait donné un défi à relever, ce dont il avait besoin. Il en était généreusement rémunéré, ce qu'il appréciait. Il était intégré dans une entreprise qu'il respectait, ce à quoi il attachait une grande valeur. Tout ce qu'il avait vu ces dernières semaines lui confirmait que la nouvelle entité Giambelli-MacMillan constituait une affaire familiale, menée avec une efficacité optimale et un minimum de sentiment. Sans froideur, certes, mais sans faiblesse et sans rien laisser au hasard. La qualité du produit primait tout. Le profit méritait la considération, chacun cherchait à le réaliser au mieux, mais l'argent ne représentait pas l'objectif prioritaire. Ce rôle, c'était le vin qui le remplissait, et lui seul – au contraire de ce qu'il avait observé depuis plusieurs années chez Laker.

Aussi, maintenant qu'il voyait son fils s'amuser de bon cœur et sa fille bombarder de questions un vigneron pour lui soutirer son savoir, il pouvait s'estimer heureux. Ce changement de vie était exactement ce dont ils avaient eu tous trois besoin.

— David ! Enchanté de vous revoir, mon cher.

Il se retourna et reconnut avec étonnement Jeremy Morney.

— Bonsoir, Jerry. Je ne m'attendais pas à vous voir ici.

— Je ne manque jamais les raouts Giambelli et je commence toujours par le chai avant d'aller à la villa. C'est très démocratique de la part de la *Signora* d'inviter la concurrence.

— La *Signora* est une grande dame.

— Unique en son genre, certes. Tout se passe bien pour vous ?

— Je n'en suis encore qu'au début, mais tout va bien jusqu'à présent. Je suis surtout très content d'avoir pu éloigner les enfants de la grande ville. Quoi de neuf à New York ?

— Nous nous efforçons de survivre sans votre précieux concours, répondit Jerry d'un ton sarcastique dont il chercha aussitôt à atténuer l'effet déplaisant. Excusez-moi, David. Nous regrettons vraiment beaucoup de vous avoir perdu.

— Rien n'est éternel. Qui d'autre de chez Laker est ici ce soir ?

— Duberry est venu tout exprès de France, il connaît la *Signora* depuis des siècles. Pearson représente l'équipe locale. Il y a aussi des VIP d'autres grandes maisons. Cela nous donne l'occasion de goûter les vins de notre charmante hôtesse et de nous espionner les uns les autres. Vous avez de bons potins croustillants à me raconter ?

Sans perdre son sourire, David se mit sur ses gardes. La chasse aux ragots et les manœuvres sournoises systématiquement pratiquées par Jerry avaient fini par le décider à quitter Laker sans regrets.

— Comme je vous l'ai dit, j'en suis encore à mes débuts. La réception est somptueuse, en tout cas. Excusez-moi, je vois arriver une personne que j'attendais.

« Et que j'ai peut-être attendue toute ma vie », pensa-t-il en se frayant un passage dans la foule pour rejoindre Pilar.

En robe de velours bleu roi, un rang de perles au cou, elle lui parut impériale. Il l'aurait même crue pleine d'assurance s'il n'avait remarqué que son visage prenait une légère coloration en le reconnaissant dans la foule. Penser qu'il était capable de la faire rougir le déconcerta et le stimula à la fois.

— Je vous cherchais, souffla-t-il en lui prenant la main. Je me sens comme un gamin amoureux à son premier bal. Vous devez vous occuper des invités, je sais, mais accordez-moi d'abord une minute.

Elle se sentit balayer par une vague tiède dans une mer tropicale.

— David, je...

Il l'entraîna vers le milieu de la salle, prit deux flûtes de champagne sur le plateau qu'un serveur passait et lui en tendit une.

— Venez, mêlons-nous à la foule. Nous parlerons des affaires, de la pluie et du beau temps. Je vous dirai six douzaines de fois que vous êtes belle, radieuse, sublime.

— Je n'arrive pas à vous suivre, David.

— Moi non plus, je n'y arrive pas. Je vous trouble, je vous déstabilise, je vous agace. Mais si je vous disais que je le regrette, je mentirais. Il vaut mieux être franc dès le début, n'est-ce pas ?

— Non. Oui. Arrêtez...

Elle eut un bref éclat de rire. Avec son smoking et ses cheveux blond cendré qui luisaient dans la lumière tamisée, il ressemblait à une sorte de chevalier des temps modernes. « Quelle sotte idée pour une femme de mon âge », ne put-elle s'empêcher de penser.

— Vos enfants sont ici ? reprit-elle.

— Oui. Ils rechignaient à venir, et maintenant ils sont ravis. Vous êtes éblouissante. Je vous ai prévenue que je le dirais.

Elle faillit pouffer de rire et se rappela à temps qu'elle n'avait plus dix-huit ans, mais bel et bien quarante-huit.

— Oui, en effet.

— Pourrions-nous trouver un coin sombre où nous embrasser tranquillement ?

— Non, c'est hors de question.

— Dans ce cas, dansons et donnez-moi une chance de vous faire changer d'avis.

De l'avis de Pilar, non seulement il en était capable, mais elle désirait qu'il le fasse. « C'est ridicule, se dit-elle. Je suis plus âgée que lui. Qu'est-ce qui m'arrive ? Que suis-je censée faire, dire, ressentir, grand Dieu ?

— Des dizaines de pensées vous passent par la tête en ce moment, murmura-t-il. J'aimerais que vous me les révéliez.

Elle se força à ignorer la boule au creux de son estomac.

— Eh bien… Vous êtes très séduisant, David.

Il ne put se retenir de lui caresser les cheveux.

— C'est vrai ? Mais encore ?

— Tout à fait charmant, aussi. Je suis très flattée de vos attentions, mais je ne vous connais pas. Et puis…

Elle s'interrompit, son sourire se figea.

— Bonsoir, Tony. Bonsoir, Renée.

— Tu es ravissante, Pilar, dit Tony en lui effleurant la joue d'un baiser distrait.

— Merci. Permettez-moi de faire les présentations. David Cutter, Tony Avano et Renée Fox.

— Renée Avano, la corrigea celle-ci en exhibant l'alliance d'or sertie de diamants qui scintillait à son doigt. Depuis ce matin.

Pilar n'éprouva pas le choc auquel elle se serait attendue, mais un simple agacement, comme devant une incongruité.

— Félicitations. Vous serez très heureux ensemble, j'en suis sûre.

— Oh ! mais nous le sommes déjà ! déclara Renée, un bras possessif accroché autour de Tony. Nous partons en voyage de noces aux Bahamas le lendemain de Noël. Ce sera merveilleux d'échapper à ce froid et à cette pluie. Vous devriez vous aussi prendre des vacances, Pilar, vous avez mauvaise mine.

— Curieux, je la trouve resplendissante ce soir au contraire, intervint David en portant ostensiblement la main de Pilar à ses lèvres. Je suis content d'avoir enfin pu faire votre connaissance, Avano. J'ai beaucoup de mal à vous joindre depuis quelques jours, je comprends maintenant pourquoi, poursuivit-il en lançant à Renée un regard peu amène. Ayez l'obligeance d'informer mon secrétariat de vos projets, nous avons à parler travail vous et moi avant votre départ.

— Mes collaborateurs sont au courant de mes projets.

— Pas les miens. Maintenant, si vous voulez bien nous excuser, nous devons remplir nos obligations avant de monter à la villa.

Le charme du flirt avait soudain fait place à la froideur de l'autorité. Pilar jugea que, chez lui, ce n'était pas moins séduisant.

— Vous n'avez pas été très gentil, murmura-t-elle quand ils se furent éloignés.

— Et alors ? Outre qu'il m'est antipathique par principe, je suis le directeur général et j'aurais dû être informé du fait qu'un des vice-présidents de la maison désire s'absenter. Il m'évite depuis plusieurs jours et ne prend même pas mes appels. Cela me déplaît.

— Il n'est pas habitué à dépendre de vous, ni de qui que ce soit.

— Il devra changer ses habitudes. Comme d'autres, d'ailleurs, ajouta-t-il en reconnaissant Tyler dans la foule. Aidez-moi donc à déblayer le terrain : présentez-moi à tous ceux qui se demandent pourquoi diable je suis ici.

Tyler faisait de son mieux pour se rendre invisible. Les mondanités l'avaient toujours rebuté : trop de gens auxquels il était obligé de parler et trop peu qui avaient quelque chose à dire. Aussi entendait-il se tenir à son plan : une heure au chai et une heure à la villa avant de s'éclipser discrètement, de rentrer chez lui et de se coucher.

Pour lui, la musique était trop forte, la foule trop dense et le buffet trop copieux. Non qu'il répugnât à observer les gens, surtout ceux qui faisaient des chichis et arboraient des airs supérieurs en s'adressant aux autres. Il assistait à une comédie, et tant qu'il pouvait rester en sûreté dans le public sans devoir se mêler aux acteurs, il s'amusait du spectacle – un certain temps, du moins.

Le petit drame entre Pilar et Renée ne lui avait pas échappé. Pilar inspirait assez d'affection à Tyler pour qu'il eût envisagé d'abandonner son coin sombre et de voler à son secours si Cutter n'avait pas pris les devants. Cutter l'agaçait par principe, mais

Tyler devait lui accorder un bon point pour la rapidité de sa réaction. Le baisemain, surtout, qui avait réussi à piquer au vif Avano et Renée. Et si Tyler n'avait pas pu les entendre, il avait cependant remarqué que les propos de Cutter avaient vite effacé le sourire idiot des lèvres d'Avano. « Avano est un sinistre imbécile, pensa-t-il en sirotant son verre de vin, mais aiguillonné par Renée il peut devenir dangereux. Si Cutter arrive à le neutraliser, cela vaut la peine de le subir. »

— Pourquoi tu restes seul dans ton coin ?

Tyler baissa les yeux sur Maddy et fronça les sourcils.

— Parce que je n'ai pas envie d'être ici.

— Pourquoi tu es venu, alors ? Tu es un adulte, les adultes peuvent faire ce qu'ils veulent.

— Si tu le crois vraiment, ma petite, tu te prépares de grosses désillusions.

— Toi, ça t'amuse d'être grincheux.

— Non, je *suis* grincheux.

— Comme tu voudras, fit-elle avec une moue blasée. Je peux goûter ton vin ?

— Non.

— En Europe, on apprend aux enfants à apprécier le bon vin.

Son ton hautain et blasé jurait tellement avec son accoutrement que Tyler eut envie de rire.

— Eh bien, va en Europe. Ici, c'est considéré comme une incitation à la délinquance des mineurs.

— Je suis allée une fois en Europe, mais je ne m'en souviens pas très bien. J'y retournerai et je vivrai peut-être à Paris. Je discutais avec M. Delvecchio tout à l'heure. Il dit que le vin est un miracle, mais au fond, ce n'est qu'une réaction chimique, n'est-ce pas ?

— Un peu les deux.

— Il y a quand même de la chimie, et la chimie est une science, pas une religion.

— Tu dis n'importe quoi. Le vin, c'est beaucoup plus que cela.

Et Tyler, sans réfléchir, lui tendit son verre. Elle en prit une gorgée, et la roula lentement sur sa langue avant de l'avaler tout en surveillant du coin de l'œil si son père était dans les parages.

— Pas mal, déclara-t-elle enfin.

— *Pas mal*, un pinot noir millésimé ? s'écria Tyler, outré, en reprenant son verre. Il faut être un sauvage pour dire des choses pareilles.

Comprenant qu'elle avait réussi à percer ses défenses, elle le gratifia de son sourire le plus charmeur.

— Tu me montreras les caves et les machines, un jour ?

— Si tu veux, bougonna Tyler.

— M. Delvecchio m'a dit aussi qu'on fait les vins blancs dans des cuves en inoxydable et les rouges dans du bois. Je n'ai pas eu le temps de lui demander pourquoi. Tu veux bien me l'expliquer ?

« On aura tout vu ! » songea Sophia. L'ours mal léché de MacMillan et Maddy la sorcière miniature plongés dans une conversation à laquelle il paraissait prendre plaisir, au point d'avoir l'air presque aimable.

Le découvrir sous ce jour inattendu effaça ses derniers regrets de n'avoir pas invité de chevalier servant auquel elle aurait dû accorder son attention. Seule, elle restait libre de profiter de la compagnie de qui bon lui semblait si elle la jugeait distrayante. Or, pour le moment et dans ce domaine du moins, Tyler lui semblait bon. Il lui faudrait du temps pour le rejoindre d'une manière naturelle, car elle avait d'abord ses obligations sociales à remplir. Aussi ne le perdit-elle pas de vue tandis qu'elle circulait dans la foule.

— Sophia ! Ravissante, comme toujours.

— Bonsoir, Jerry. Joyeuses fêtes, dit-elle après avoir échangé avec lui le bisou de politesse. Comment vont les affaires ?

Avec une désinvolture étudiée, il la prit par les épaules et l'entraîna vers le bar.

— Nous avons battu les records cette année et espérons recommencer l'année prochaine. Mais dites-moi, un petit oiseau m'a appris que vous prépariez une campagne de promotion sensationnelle ?

— Ces petits oiseaux gazouillent beaucoup trop. L'un d'entre eux justement susurrait que vous lanciez une nouvelle marque ciblée sur le marché de masse aux États-Unis.

— Il faudra que quelqu'un se dévoue pour exterminer ces maudits volatiles. Je vous en veux de m'avoir posé un lapin quand vous étiez à New York, Sophia. Je me faisais une fête de notre petite soirée.

— Nous nous rattraperons à mon prochain passage.

— J'y compte bien.

Ils choquèrent leurs flûtes de champagne, burent une gorgée. Pendant le bref silence qui suivit, Sophia l'étudia d'un œil critique. Il était raffiné, séduisant. Une touche d'argent aux tempes ajoutait à sa distinction ; une fossette au menton à son charme. Ni lui ni elle ne faisaient jamais allusion à Tony, encore moins au secret éventé de sa liaison avec la femme de Jerry. Quand ils se rencontraient, ils maintenaient sagement leurs rapports sur le terrain d'un léger flirt amical.

Mais ils se comprenaient à demi-mot. La concurrence féroce entre Giambelli et Laker avait pour l'un et l'autre un côté stimulant. Jeremy Morney n'hésitait jamais à user de tous les moyens, même les moins avouables, pour prendre ou pousser un avantage, ce qui lui valait une certaine admiration de la part de Sophia.

— Pour me faire pardonner, c'est moi qui vous inviterai à dîner, dit-elle. Avec des vins Giambelli-MacMillan, bien entendu. Nous n'exigeons que le meilleur.

— Dans ce cas, nous couronnerons la soirée par un cognac Laker. Chez moi.

— Voyons, Jerry, vous savez bien que je ne joins jamais l'utile aux affaires. Comment vont les enfants ?

— Bien. Leur mère les a emmenés à Saint-Moritz pour les vacances. C'est pourquoi je pensais rester deux ou trois jours dans la région avant de rentrer chez moi. Pourquoi n'en profiterions-nous pas pour joindre le plaisir à l'agréable ?

— C'est tentant, mais je suis très occupée et je ne crois pas être en état de revoir le jour avant le début de janvier.

Du coin de l'œil, elle remarqua alors que sa mère quittait la salle en direction des toilettes et que Renée lui emboîtait le pas.

— Justement, reprit-elle, je viens de voir quelqu'un dont je dois m'occuper sans délai. Ravie de vous avoir revu, Jerry.

— Moi aussi, Sophia.

« Je le serai bien davantage, pensa-t-il en la suivant des yeux tandis qu'elle se frayait un chemin dans la foule, quand elle sera ruinée avec le reste de sa famille. Et l'exécution de ce projet serait véritablement joindre l'utile à l'agréable. Le très utile au très agréable. »

Renée entra aux toilettes sur les talons de Pilar et s'adossa à la porte refermée afin de décourager les importuns.

— Alors, vous avez réussi à retomber sur vos pieds ?

Pilar avait souhaité deux minutes de tranquillité pour se faire un raccord de maquillage avant d'aller à la villa. Elle ouvrit son sac sans trembler et y prit son tube de rouge.

— Vous avez eu ce que vous vouliez, Renée. Je ne vous pose plus de problème, désormais.

— Les ex-femmes posent toujours des problèmes. Écoutez-moi bien : je ne tolérerai plus que vous nous appeliez, Tony ou moi, pour nous cracher vos injures de folle.

— Je ne vous ai jamais appelée.

— Menteuse ! Et lâche, par-dessus le marché. Vous vous cachez maintenant derrière David Cutter, hein ? Qu'est-ce que vous lui avez fait pour lui soutirer cette babiole ? dit-elle en désignant le rubis.

— Je n'ai pas besoin d'un homme pour m'acheter des bijoux, Renée. C'est une différence fondamentale entre nous.

— Non, je vais vous la dire, la vraie différence. Je vais ouvertement après ce que je veux, moi, sans me cacher. Si vous croyez que je vais laisser Tony m'échapper parce que vous pleurnichez auprès de votre famille, vous vous trompez. Ni vous ni votre David Cutter n'allez congédier Tony comme un malpropre. Et si vous vous avisiez de le faire, pensez à tous les renseignements confidentiels que vos concurrents seraient enchantés de lui acheter.

— Menacer la famille ou l'entreprise ne vous servira pas à consolider la position de Tony. Ni la vôtre.

— C'est ce que nous verrons. *Madame* Avano, maintenant, c'est moi ! Et M. et Mme Avano rejoindront tout à l'heure à la villa les membres de la famille et les dirigeants de la société. Il y a sûrement eu une erreur dans l'invitation.

— Si vous venez à la villa, vous ne ferez que provoquer un esclandre gênant pour tout le monde.

— Il en faut beaucoup plus pour me gêner. N'oubliez pas que Tony détient une part de Giambelli et que, moi, je détiens une part de Tony. Je suis plus jeune que vous et encore plus que votre mère. Quand vous ne serez plus là l'une et l'autre, j'y serai toujours, moi.

Pilar se tourna ostensiblement vers le miroir et entreprit de faire avec soin son raccord de rouge à lèvres.

— Vraiment ? Combien croyez-vous qu'il faudra de temps à Tony pour commencer à vous tromper ?

— Il n'oserait pas ! ricana Renée d'un air supérieur. Il sait que s'il me trompait, je le tuerais. Je ne suis pas la bonne épouse patiente et effacée, moi. Un conseil : si vous voulez garder votre Cutter en laisse, refilez-le donc à votre fille. Elle m'a tout l'air de savoir ce qu'il faut faire au lit avec un homme, elle.

Sur ces mots, Sophia poussa la porte assez rudement pour vaincre la résistance de Renée et la faire avancer de deux pas.

— Alors, on s'amuse bien ? Rien de tel qu'un bon bavardage entre femmes. C'est courageux, Renée, d'avoir mis une robe de ce ton de vert avec la couleur de vos cheveux.

— Allez vous faire foutre, Sophia !

— Toujours aussi distinguée. Maman, on a besoin de toi à la villa. Renée ne nous en voudra pas de la laisser, elle aura besoin d'être seule un bon moment pour se rendre présentable.

— Non, c'est moi qui vous laisse toutes les deux. Comme cela, vous pourrez tenir la main de votre chère vieille maman pendant qu'elle fondra en larmes. Mais je n'en ai pas fini avec vous et je ne suis pas finie non plus, Pilar, lâcha-t-elle en ouvrant la porte. Vous, si.

— Eh bien, voilà qui était distrayant, dit Sophia, les yeux sur sa mère. Tu n'as pas l'air près de fondre en larmes.

— Non. Et moi, j'en ai fini avec ces deux-là, répondit Pilar en refermant son sac. Ton père l'a épousée ce matin, Sophia.

Sophia lâcha un juron qui se termina par un long soupir. Elle prit sa mère dans ses bras et appuya la tête sur son épaule.

— Joyeux Noël, murmura-t-elle.

8

Sophia voulait voir son père seul à seul pour lui dire ses quatre vérités. En attendant, elle circula dans la foule, dansa deux ou trois fois, dont une avec Théo, qui lui fit la cour d'une manière si touchante qu'elle en perdit presque sa mauvaise humeur.

Quand elle eut repéré Renée et Jerry Morney en train de danser, elle comprit qu'elle avait la voie libre.

Elle trouva Tony assis à l'écart avec Kris. Écœurée, mais à peine surprise qu'il fasse du charme à une autre femme le jour même de son remariage, Sophia fut révoltée en revanche de surprendre entre eux les signes révélateurs d'une réelle intimité, frôlements de mains, regards prometteurs. Ainsi, son père trompait Renée avec Kris – et depuis longtemps sans doute. C'était si typique de sa part qu'elle n'en douta pas une seconde. Elle se demanda seulement lequel dans ce triangle vicieux était le plus stupide ou le plus aveugle.

— Désolée de briser ce tendre tête-à-tête, Kris, je voudrais parler à mon père. Seul.

— Ravie de te revoir, ricana Kris en se levant. Tu ne t'es pas donné la peine de venir au bureau depuis si longtemps que j'avais oublié à quoi tu ressemblais.

— Je ne savais pas que je devais te rendre des comptes, répliqua Sophia sèchement, mais je t'enverrai une photo de moi si ça t'amuse.

— Voyons, ma princesse…, commença Tony d'un ton apaisant.

— Tais-toi, je te prie. Disons que l'ambiance des fêtes vous monte à la tête à tous deux et vous fait perdre le sens des convenances les plus élémentaires. Nous parlerons dans mon bureau quand mon emploi du temps le permettra, Kris. Estime-toi heureuse que je t'aie vue avant Renée, je n'aurais pas donné cher de ta peau. Maintenant, laisse-nous. Je dois parler à mon père d'affaires de famille.

— Avec toi à la barre, ta famille n'aura plus beaucoup d'affaires.

Et elle se pencha vers Tony pour lui murmurer tendrement « À plus tard » avant de s'éloigner.

— Tu te fais des idées fausses, plaida Tony. Kris et moi bavardions amicalement, rien de plus.

— Garde tes mauvaises excuses pour Renée. Je te connais mieux qu'elle et depuis assez longtemps pour que tes aventures minables ne m'inspirent que du mépris. Ne m'interromps pas, je te prie, ce ne sera pas long. J'ai appris qu'il fallait te féliciter. N'y compte pas de ma part.

— Écoute, Sophia, je sais que tu n'aimes pas Renée, mais…

— Je me fous éperdument de Renée, encore plus que de toi.

— Tu ne le penses pas, voyons. Je suis désolé que…

— Tu ne regrettes que de t'être fait prendre la main dans le sac. En plus, tu t'es marié ce matin sans te donner la peine de me prévenir.

— Voyons, ma princesse, c'était une cérémonie toute simple, sans invités. Ni Renée ni moi n'avions pensé que…

— Tais-toi, je n'ai pas fini. Tu viens à une réunion de famille, parce que c'est avant tout une réunion de famille sous le couvert des affaires, en t'affichant avec ta nouvelle femme, et une de tes maîtresses par-dessus le marché. Et tu n'as même pas eu la décence élémentaire d'informer maman que tu étais remarié. C'est abject.

Elle avait malgré elle assez élevé la voix pour que quelques têtes se tournent avec curiosité. Gêné, Tony se rapprocha, lui prit le bras.

— Sortons un instant, je t'expliquerai. Il n'y a pas de raison de faire un esclandre devant tous ces gens…

— Oh si ! Je connais cent bonnes raisons de faire un scandale public et j'ai toutes les peines du monde à me retenir. Parce qu'il y a pire, espèce de salaud. Tu as laissé cette femme, pour ne pas dire

117

que tu l'y as poussée, à agresser ma mère, à lui cracher des injures ignobles pendant que tu restais tranquillement dans ton coin à faire le joli cœur avec une autre ! Une autre assez jeune pour être ta fille, si tu t'es jamais souvenu de l'existence de la tienne ! C'est fini, tu comprends ? Fini ! Ne t'approche plus jamais de ma mère ni de moi. Reste au large et veille à ce que ta femme en fasse autant. Sinon, je me chargerai de t'en punir, je te le jure ! Jusqu'au sang !

Sophia lui tourna le dos avant qu'il ait pu se ressaisir, vit le sourire ironique de Kris qui les observait non loin de là et, sans réfléchir, se dirigea droit vers elle.

Elle allait la rejoindre quand elle se sentit empoigner par le bras et entraîner dans la foule.

— Mauvaise idée, murmura Tyler en lui lâchant le bras pour la prendre par la taille. Tuer les membres du personnel pendant la réception de Noël ferait plutôt mauvais effet. Sortons un peu.

— Je ne veux pas sortir.

— Cela te fera du bien. Il fait frais, tu as besoin de te refroidir. Jusqu'à présent, tu n'as amusé qu'une poignée de gens se trouvant assez près pour t'entendre traiter Avano comme il le mérite. Tu avais parfaitement raison, d'ailleurs. Mais avec les nuages de fumée que tu crachais par les oreilles, tu allais finir par te donner en spectacle à toute l'assistance, ajouta-t-il en la poussant dehors sans ménagement.

— Arrête de me secouer ! J'ai horreur de ça.

Elle se dégagea brusquement, brandit les poings avec fureur.

— Vas-y, cogne. La première fois, j'encaisse. Après, je rends coup pour coup.

Elle baissa les bras, prit une profonde inspiration, souffla avec lenteur Sous le clair de lune, sa robe semblait lancer des étincelles. « Sauvage et superbe, pensa Tyler. Et plus dangereuse qu'une cartouche de dynamite à la mèche allumée. »

— Bien, dit-il calmement. Respire encore deux ou trois fois, cela dissipera le voile de sang qui te brouille la vue.

— Le salaud ! gronda-t-elle. L'infâme salaud !

Elle s'éloigna des rires et de la musique pour donner libre cours à sa fureur sous les cyprès jusqu'à ce que ses nerfs se calment. Tyler l'entendait grommeler en italien. Les épithètes qu'il comprenait n'avaient rien de flatteur, les autres ne sonnaient pas mieux.

— Je n'ai pas pu m'en empêcher, dit-elle en revenant vers lui.

— Non, je m'en doute. Tu as toujours été plutôt chipie, répondit-il.

Il lui couvrit les épaules de sa veste.

— Je me fiche pas mal qu'il fricote avec Kris, même si cela doit me compliquer le travail. Les problèmes de ce genre, je m'en charge. Mais qu'il fasse du mal à ma mère, je ne le lui pardonne pas.

Elle avait l'air si malheureuse qu'il enfonça ses mains dans ses poches pour résister à l'envie de la cajoler, de la consoler.

— Pilar encaisse bien, Sophia. Elle s'en est déjà remise. Mais toi, je suis désolé de te voir en souffrir à ce point.

— Si c'était la première fois !... Je devrais te remercier de m'avoir forcée à sortir avant que je m'en prenne aux témoins.

— Si tu parles de Kris, elle est plus coupable que témoin. De toute façon, inutile de me remercier.

Son air gêné, presque intimidé, lui parut si attendrissant qu'elle se hissa sur la pointe des pieds pour l'embrasser sur la joue.

— Merci quand même. Je ne criais pas, au moins ? Quand je suis en colère, je ne me contrôle plus.

— Tu ne criais pas trop fort et l'orchestre faisait du bruit.

— C'est déjà ça. Bon, je n'ai plus rien à faire ici Accompagne-moi à la villa, veux-tu ? Tu m'empêcheras de piquer une nouvelle crise de rage.

— J'essaierai. Veux-tu que j'aille chercher ton manteau ?

— Pas la peine, sourit-elle. J'ai ta veste.

Des milliers de petites lampes illuminaient les jardins de la villa. Sur les terrasses chauffées, décorées de fleurs et de plantes vertes, des tables accueillaient les invités souhaitant savourer les délices du buffet sous les étoiles, au son de la musique qui filtrait par les portes et les fenêtres de la salle de bal.

Pilar sortit respirer un moment avant de retourner remplir ses devoirs de maîtresse de maison. Elle voulait surtout en profiter pour fumer discrètement une cigarette dans la nuit.

— Alors, on se cache ? fit derrière elle une voix étouffée.

Elle sursauta avant de reconnaître Eli MacMillan, son beau-père.

— Je me cachais moi aussi. Tu as la drogue qu'il faut ? chuchota-t-il d'un ton de conspirateur en regardant autour de lui si personne ne les espionnait.

L'éclat de rire qui lui échappa fit le plus grand bien à Pilar.

— Je n'en ai pris qu'une. Nous la partagerons.

— Allume, complice. Ta mère est occupée, nous avons le temps.

Côte à côte à l'écart des lumières, ils se passèrent la cigarette dans un silence amical.

— Une belle soirée, dit-elle enfin.

À leur regret mutuel, Eli tira la dernière bouffée.

— Comme toujours, répondit-il en écrasant le mégot. Ta mère, Sophia et toi vous êtes surpassées, cette année. J'espère que Tereza te dira combien nous apprécions tes efforts.

— Elle l'a déjà fait – à sa manière.

Il l'enlaça, commença à danser.

— Eh bien, laisse-moi te remercier à la mienne. Une belle femme comme toi ne devrait jamais rester une minute sans cavalier.

— Oh ! Eli, qu'est-ce que je ferais sans toi ? Je suis lamentable.

— Non, Pilar. Tu étais déjà mère de famille quand j'ai épousé ta mère. J'ai essayé de ne pas trop me mêler de ta vie.

— Je sais.

— D'ailleurs, Tereza s'en mêle bien assez pour nous deux. Alors, permets-moi maintenant de te dire le fond de mes pensées. Tony Avano n'a jamais été digne de toi. Tu as perdu trop de tes belles années à cause de cet individu. Au moins, tu as réussi à en avoir une merveilleuse fille. Remercie le ciel et ne gâche pas le reste de ta vie à te demander pourquoi ce début a mal tourné.

— Quand je pense qu'il a épousé Renée sans rien me dire…

— Tant mieux. Oui, répéta-t-il en réponse à son mouvement de surprise, tant mieux pour toi, pour Sophia, pour tout le monde. Ces deux-là vont bien ensemble, et leur mariage l'éloigne un peu plus de toi. Si j'avais mon mot à dire, il serait même déjà écarté de nos affaires. Je crois d'ailleurs que cela arrivera avant un an.

— Il fait bien son travail.

— D'autres le feront aussi bien et ne me donneront pas d'indigestions. Ta mère avait ses raisons pour le garder ; ces raisons n'ont plus la même importance aujourd'hui. Laisse-le partir à la dérive, ajouta-t-il en posant un baiser sur son front. Qu'il sombre ou qu'il surnage, peu importe. Cela ne te concerne plus.

De l'ombre du jardin sous la terrasse, Tony n'avait rien perdu de cette conversation. Mortifié d'avoir été agressé par sa propre fille d'une manière selon lui parfaitement injustifiée, il aurait déjà balayé l'incident de sa mémoire s'il ne s'était pas produit en public et, circonstance aggravante, au cours d'une réception professionnelle. « Décidément, soupira-t-il, les affaires ne sont plus ce qu'elles étaient. »

Même après avoir entendu Eli, il ne croyait pas sérieusement que les Giambelli se sépareraient de lui. S'ils étaient forcés de le garder, ils ne se priveraient cependant pas de lui compliquer la vie. Ils le prenaient pour un idiot, un dilettante ? Eh bien, ils se trompaient ! Il avait conçu un plan qui garantissait sa sécurité financière, car Dieu sait s'il avait besoin d'argent ! Renée le saignait à blanc.

Bien sûr, il avait eu tort de se lancer dans cette amourette avec la petite Kris, et il faisait de son mieux pour rompre avec délicatesse. Mais la rupture se révélait plus difficile que prévu. En outre, il trouvait flatteur qu'une jeune et jolie femme comme Kris se soit tant attachée à lui et souffre de son abandon, au point d'avoir téléphoné à Renée au milieu de la nuit pour l'injurier.

Il avait toujours été doué pour escamoter les difficultés. Puisque Renée avait cru Pilar coupable, il s'était abstenu de la détromper – il n'avait d'ailleurs aucune raison de le faire. Quant à Kris, sa promesse de l'aider à évincer Sophia pour lui donner sa place dans l'organigramme Giambelli avait endigué le flot de ses récriminations, tout comme une jolie babiole calmait les scènes de Renée. Il suffisait de savoir exploiter les faiblesses des gens.

Afin de maintenir le train de vie auquel il avait droit, il mettrait à contribution ses sources habituelles. Soutirer un peu plus ici, un peu plus là, voilà tout. Et il pourrait considérer l'avenir avec confiance.

Sophia se cantonna au cercle des amis en évitant la cousine Gina, de plus en plus envahissante et habillée avec un effroyable mauvais goût. Pour sa part, Donato restait près du bar, buvait comme un trou et tentait de se rendre invisible.

Les Moore l'interceptèrent au milieu du grand salon :

— Ta mère tient le coup ? demanda Helen.

— La dernière fois que je l'ai vue, elle allait bien, répondit-elle. Bonsoir, oncle James, ajouta-t-elle en l'embrassant avec affection.

James Moore était un père pour elle. S'il s'était laissé empâter par l'âge et la bonne chère et avait perdu le plus clair de ses cheveux, son regard conservait toute son acuité derrière ses lunettes à monture d'argent. Sous son trompeur aspect bonhomme se cachait l'un des avocats les plus réputés et les plus retors de Californie.

— Tu n'es pas venue me voir depuis des siècles, Sophia.

— Je me rattraperai bientôt. La *Signora* me tue au travail.

— C'est ce que j'ai entendu dire. Nous t'avons apporté un cadeau.

— J'adore les présents. Donne vite !

— Il est là-bas, en train de faire du charme à la jolie rousse.

Sophia regarda dans la direction indiquée et poussa un cri de joie en reconnaissant Lincoln Moore, leur fils.

— Lincoln est venu ? Je le croyais encore à Sacramento.

— Il t'expliquera. Et essaie de le décider à t'épouser, cette fois.

— Ne commence pas, James ! protesta Helen. Laissons les jeunes s'amuser entre eux et allons retrouver Pilar.

Beau, grand et brun, Lincoln Moore était le frère que Sophia aurait voulu avoir. De deux mois plus âgée que lui, elle avait souvent usé sinon abusé à leur avantage mutuel de ce prétendu droit d'aînesse. Grâce à l'amitié qui unissait leurs mères, ils avaient grandi ensemble et, de ce fait, ne s'étaient jamais sentis l'un et l'autre des enfants uniques.

Sophia s'approcha sans bruit derrière lui, glissa un bras sous le sien.

— Est-ce que ce type vous harcèle ? demanda-t-elle à la rousse.

Lincoln se retourna, éclata de rire et la prit dans ses bras.

— Sophia ! Sophia Giambelli, ma sœur adoptive, expliqua-t-il. Andrea Wainwright, ma fiancée. Sois gentille avec elle.

Sophia lui tendit la main en souriant :

— Ravie de vous connaître, Andrea. Nous bavarderons.

— Pas question ! protesta Lincoln. Tu ne racontes que des mensonges sur mon compte.

— Je suis enchantée de faire votre connaissance, répondit Andrea. Lincoln m'a beaucoup parlé de vous.

— Il ment lui aussi comme un arracheur de dents. Vous arrivez tous les deux de Sacramento ?

— Moi non. Je suis interne à l'hôpital St Francis.

— Accident de basket-ball, intervint Lincoln en exhibant sa main droite bandée. Un doigt démis. Andrea m'a soigné avant que je lui saute dessus.

— En réalité, il m'a sauté dessus avant que je le soigne. Mais comme je n'ai pas réussi à lui disloquer les autres doigts, me voilà.

— Je me suis réinstallé à San Francisco, expliqua Lincoln. J'ai pris un job au cabinet de mon père pour acquérir de la pratique. En ce moment, je ne suis rien de plus que la cinquième roue du char de la Loi, mais j'apprends ce qu'il faut pour passer l'examen du barreau.

— Il faut absolument qu'on prenne le temps de se voir. Quand le passes-tu, ton examen ?

— Le mois prochain.

— Il réussira, vous savez, il est génial, dit-elle à Andrea en riant. Mais il le sait trop et devient facilement pénible.

— Ne commence pas, Sophia !

— Je m'arrête et je te quitte. Le devoir m'appelle, ajouta-t-elle en voyant Tyler entrer au salon, l'air malheureux. Ne file pas à l'anglaise sans avoir vu ma mère. Elle t'adore, je me demande bien pourquoi. Et fais-moi signe ! Nous nous reverrons bientôt j'espère, Andrea.

— C'est vrai que tu es génial ? demanda celle-ci quand Sophia se fut éloignée.

— Hélas, oui ! C'est un mauvais sort. Allons danser.

— Souris, MacMillan.

— Pourquoi ?

— Parce que tu vas danser avec moi.

— Pourquoi ? répéta-t-il pendant qu'elle lui saisissait la main. Excuse-moi, j'ai bavardé trop longtemps avec la petite Maddy Cutter. Elle n'arrête pas de poser des questions.

— Vous aviez l'air de bien vous entendre. Nous danserions mieux si tu me touchais.

Tyler se décida à poser une main sur sa taille.

— Tu as raison. As-tu vu mon grand-père ?

— Pas depuis un petit moment. Pourquoi ?

— Je voudrais le saluer, lui et ta grand-mère, avant de pouvoir enfin rentrer chez moi.

— Comme fêtard impénitent, on fait mieux, dit-elle en posant une main sur son épaule et en s'amusant à lui tortiller une mèche de cheveux. Secoue-toi un peu, Tyler ! C'est Noël.

— Pas encore. Il y a beaucoup de travail d'ici Noël. Et autant après, sinon davantage.

Elle lui tira les cheveux afin qu'il cesse de regarder autour de lui à la recherche de son grand-père et baisse enfin les yeux vers elle.

— Hé ! Il n'y a pas de travail ce soir. Et je veux encore te remercier d'avoir volé à mon secours tout à l'heure.

Il ne désirait pas entendre ses remerciements, il voulait plutôt prendre ses distances. Se mettre en sûreté. Il l'avait toujours jugée dangereuse, mais collée contre lui, elle devenait fatale.

— Pas de quoi, grommela-t-il. J'ai encore des statistiques à vérifier avant de me coucher. Quoi ? Qu'est-ce que j'ai dit de si drôle ? voulut-il savoir, vexé de l'entendre pouffer de rire.

— Je me demandais comment tu serais s'il t'arrivait de te laisser aller. Déchaîné, je parie.

— Cela m'arrive.

— Parle-moi, fit-elle en lui caressant la nuque du bout des doigts, enchantée de voir ses yeux bleus briller d'irritation. Trouve un sujet qui n'ait pour une fois rien à voir avec le vin ou le travail.

— Qu'est-ce qu'il y a d'autre ?

— L'art, la littérature, des souvenirs, un désir secret. Que sais-je ?

— Mon seul désir est de partir d'ici. Il n'a rien de secret.

— Allons, tu peux faire mieux ! Tiens, dis-moi la première idée qui te passe par la tête.

— T'enlever ta robe et voir si ton goût vaut ton odeur. Bon, ajouta-t-il après une pause, j'ai enfin réussi à te clouer le bec.

— Temporairement, admit-elle. Le temps de m'interroger sur

ma réaction. Et ton idée pique ma curiosité beaucoup plus que je ne m'y attendais. Pourquoi, à ton avis ?

Elle constata que ses yeux bleus lui plaisaient vraiment, surtout illuminés par des éclairs de colère.

— Assez de questions pour ce soir, bougonna-t-il.

Il reculait déjà quand elle le retint par l'épaule :

— Nous pourrions finir nos politesses ici et aller chez toi ensuite.

— C'est facile pour toi, ce genre de chose ?

— Quelquefois. Cela dépend avec qui.

— Pas pour moi, dit-il avec froideur. Merci quand même. Je vois dans cette pièce assez de gens qui pourraient avantageusement me remplacer si tu cherches une passe pour la nuit. Bonsoir.

Il fallut dix secondes à Sophia pour retrouver son souffle et trois de plus avant que sa fureur n'explose. Ce bref délai avait permis à Tyler de quitter le salon et de descendre la première volée de l'escalier avant qu'elle le rattrape.

— Ah non ! Tu ne t'en tireras pas comme ça ! Entre ici, sifflat-elle entre ses dents serrées.

Elle le poussa vers la porte du petit salon, qu'elle claqua derrière elle.

— Espèce de salaud !

— Tu as raison, l'interrompit-il. Je me suis conduit comme un goujat et je te demande pardon.

La sincérité de ses excuses donna à Sophia envie de pleurer.

— Si je comprends bien, tu me prends pour une traînée parce que je professe sur le sexe le même point de vue que les hommes ?

Il n'avait lâché sa boutade que pour la piquer au vif, comme elle le faisait constamment avec lui, et pouvoir s'en éloigner au plus vite.

— Mais non… Et puis, je n'en sais rien.

— Tu aurais peut-être préféré que je joue les mijaurées, que je fasse semblant de me laisser séduire ? Mais parce que je suis franche, je serais une moins-que-rien ?

— Non… Écoute, tu me provoquais, tu l'as toujours fait. Je n'aurais pas dû te dire ça. Ne pleure pas, je t'en prie !

— Je ne pleure pas !

— Bon, d'accord. Tu es trop belle, tu es trop… tout. J'ai réussi jusqu'à présent à me contrôler, j'entends continuer.

— Autrement dit, tu m'as insultée parce que tu es un froussard ?

— Écoute, Sophia, je vais rentrer chez moi, me plonger la tête dans l'eau froide et me coucher. Demain, nous reprendrons le travail et nous oublierons ce qui s'est passé.

— Sûrement pas ! Je te provoquais, dis-tu ? Et ta seule réaction, c'est de me blesser ?

— J'ai eu tort. Je t'ai déjà dit que je le regrettais.

— Ça ne suffit pas. Essaie plutôt ça.

Avant qu'il ait pu faire un geste, elle se pendit à son cou. Sa bouche était douce, chaude, experte. Son corps souple s'imbriquait dans le sien. Hors d'état de réfléchir, il s'abandonna en constatant que son goût valait largement son odeur. Féminine. Dangereuse. Un miracle...

Un instant, elle l'enveloppait comme une liane. Celui d'après, il était seul, titubant, la tête vidée de son sang jusqu'à la dernière goutte.

— Digère-le, maintenant, lâcha-t-elle en allant rouvrir la porte.

— Pas si vite !

Il l'empoigna par le bras, la fit pivoter. Il ne savait pas au juste ce qu'il allait lui faire, mais ce serait à coup sûr déplaisant.

C'est alors qu'il vit ses traits prendre une expression horrifiée. Sans lui laisser le temps de réagir, elle le bouscula et courut vers la table à l'autre bout de la pièce.

— Dieu tout-puissant ! Qui a pu faire une chose pareille ?

Les trois « anges Giambelli » avaient le visage couvert de rouge, comme si leur sang s'écoulait de profondes blessures. Sur la poitrine de chacun d'eux était tracé avec une matière de la même couleur : GARCE N° 1, GARCE N° 2, GARCE N° 3.

— Assieds-toi, Sophia. Je vais les enlever, inutile que ta mère ou ta grand-mère les voient. Je les nettoierai chez moi.

— Non, je m'en occupe. C'est sans doute du vernis à ongles, un méchant truc de femme. Renée, sans doute. Ou Kris. Elles nous haïssent autant l'une que l'autre, en ce moment.

Elle avait parlé avec plus de tristesse que de colère. Tyler posa les mains sur ses épaules.

— Non, laisse-moi m'en occuper. Celui ou celle qui a fait cela savait qu'il te ferait mal. Je peux les nettoyer et les remettre en place sans que quiconque s'en aperçoive.

Elle aurait voulu mettre les anges en sûreté entre ses grandes mains puissantes et s'y réfugier elle aussi. Justement parce qu'elle en avait envie, elle décida de s'écarter de lui.

— Il s'agit des miens, je m'en charge. Toi, tu as hâte de rentrer chez toi.

— Sophia, voyons…

Son ton était si patient, si plein de vraie bonté qu'elle ne put retenir un soupir de regret.

— Merci, Tyler, mais je dois le faire moi-même. Et j'ai besoin d'être encore un peu en colère contre toi. Va, rentre.

Il la lâcha, la laissa aller. Pourtant, après avoir quitté la pièce à son tour, Tyler remonta vers la salle de bal. Mieux valait rester un moment encore, décida-t-il. Ne serait-ce qu'afin de s'assurer que les anges de bois sculpté seraient ce soir les seules victimes.

Dans sa chambre, Sophia frotta les anges avec du dissolvant. Comme elle s'en doutait, c'était du vernis à ongles. Un acte de vandalisme mesquin, aussi bête que méchant, mais facile à réparer. « Il en faut davantage pour détruire les Giambelli, pensait-elle. Nous sommes plus coriaces qu'on ne le croit. » Assez, en tout cas, pour traiter par le mépris les agissements de ce genre et laisser le coupable ronger son frein de dépit.

Les anges de nouveau propres, elle descendit les remettre à leur place. Ce simple geste lui redonna son calme. Plus facilement, se rendit-elle compte, qu'après ce qui s'était passé entre Tyler et elle.

« Quel idiot ! » songea-t-elle en se repoudrant le nez devant un miroir de Venise. Un idiot qui savait embrasser, mais un idiot quand même. Elle espéra qu'il souffrirait. Qu'il passerait une longue et pénible nuit d'insomnie, seul avec ses remords. Et s'il avait une tête à faire peur le lendemain matin, peut-être lui pardonnerait-elle. Peut-être seulement…

Elle sortait son tube de rouge à lèvres quand la porte s'ouvrit.

— Sophia.

Elle jeta un coup d'œil dans le miroir. Les anges étaient à leur place. Tout avait retrouvé son aspect habituel.

— Juste un petit raccord, *nonna*. Je remonte tout de suite.

— Je t'ai vue courir derrière Tyler, tout à l'heure.

— Ah oui ? répondit-elle en feignant de s'absorber dans le maniement du tube de rouge.

— Ce n'est pas parce que je suis vieille que je n'ai pas reconnu l'expression de ton regard.

— Quelle expression, *nonna* ?

— Celle du sang qui bouillonne.

Avec un geste fataliste, Sophia referma le tube.

— Nous nous disputions.

— Une querelle ne nécessite pas de se remettre du rouge à lèvres.

Cette fois, Sophia éclata de rire.

— Tu as de trop bons yeux, *nonna* ! J'avais décidé, vois-tu, de régler notre dispute à ma façon. Légalement et moralement, j'ai le droit d'embrasser Tyler. Nous ne sommes pas apparentés.

— Je t'aime, Sophia. Et j'aime Tyler.

Ces mots sortaient si rarement de la bouche de Tereza que Sophia en fut attendrie.

— Je sais.

— Je ne vous ai pas mis en équipe pour que vous vous fassiez du mal.

— Pourquoi nous as-tu mis ensemble, alors ?

Tereza s'assit. La journée avait été longue.

— Pour le bien de la famille. Le sang trop chaud peut troubler le jugement. Nous abordons une année cruciale, Sophia. Et déjà les ennuis commencent. Tu es belle, Sophia.

— On dit souvent que je ressemble à ma grand-mère.

Tereza se permit un bref sourire. Elle jeta à son tour un coup d'œil aux trois anges et son regard s'adoucit.

— Un peu, c'est vrai, mais tu tiens surtout de ton grand-père. Il était beau comme un portrait de la Renaissance. Je l'avais épousé par devoir, mais ce devoir était devenu un plaisir car c'était un homme bon. La beauté est une arme, *cara*. Fais attention à la manière dont tu en uses, car sans bonté cette arme peut se retourner contre toi.

Sophia s'assit à son tour près de Tereza.

— Suis-je… dure, *nonna* ?

Tereza posa une main sur celle de sa petite-fille.

— Oui. Ce n'est pas un défaut en soi. Une femme douce est trop facile à influencer, trop facile à blesser. Ta mère a subi les deux, et pourtant elle est ma fille. Je vais te parler franchement, Sophia. Tu n'es pas douce et tu suis ton chemin à ton idée. Je suis contente de toi. Je t'avertis simplement que trop de dureté peut rendre fragile si l'on n'y prend garde. Prends garde à toi.

— Es-tu contente de moi, *nonna*, parce que en suivant mon chemin je suis aussi le tien ?

— Peut-être. Tu es une Giambelli. Le sang ne trompe pas.

— Je suis également une Avano.

— Tu es donc la preuve que notre lignée est la plus forte. Mais tu tiens de ton père pour certaines choses. Il est dissimulé, tu peux l'être. Il est ambitieux, tu l'es. Mais tu n'as pas hérité de ses faiblesses. Sa sécheresse de cœur lui nuit autant que son défaut de courage. Toi, tu ne manques ni de cœur ni de courage, c'est pourquoi tu peux te permettre d'être dure sans être fragile.

— Tu le détestes, je sais. Moi, ce soir, je le hais.

— Haïr est un mot trop fort. Tu ne dois pas le prononcer à propos de ton père, quoi qu'il ait fait, quoi qu'il soit. Non, je ne hais pas Anthony Avano, poursuivit Tereza en se levant. Il ne m'inspire plus aucun sentiment, désormais. En ce qui me concerne, il a fait son choix Nous clarifierons nos rapports une dernière fois et, ensuite, il n'existera plus pour moi.

— Tu comptes le congédier ?

— C'est lui qui l'aura voulu, je te le répète. À lui maintenant d'en tirer les conséquences. Tu n'as aucune raison de t'en soucier Viens, dit-elle en tendant la main. Tu devrais être à la fête. Allons chercher ta mère, et nous leur montrerons à tous ce que valent trois générations de femmes Giambelli.

La nuit était très avancée lorsque Tony s'introduisit dans l'appartement. Il en détenait la clef depuis si longtemps que tout le monde devait l'avoir oublié.

Il s'était muni d'une bouteille de vin choisie avec soin dans sa cave personnelle afin que tout se passe de manière civilisée. Les discussions d'affaires – le terme de chantage ne lui était jamais venu à l'esprit – devaient toujours se dérouler avec élégance.

Il déboucha la bouteille dans la cuisine, la laissa respirer sur un comptoir, sélectionna deux verres dans le placard. Le contenu du réfrigérateur le déçut, mais il y trouva un fromage qui ferait l'affaire. Même à trois heures du matin, la présentation avait de l'importance.

Une chance d'avoir pu fixer ce rendez-vous à une heure aussi tardive. Il avait eu fort à faire pour calmer Renée avant de pouvoir se libérer. Lors de leur retour en ville, elle avait passé plus d'une heure à vitupérer les Giambelli, les affronts qu'elle avait subis, la position de Tony et son avenir dans l'entreprise. Et l'argent, bien entendu. L'argent constituait toujours l'objet principal de ses préoccupations.

Il ne pouvait pas le lui reprocher : ils menaient un train de vie dispendieux. Or, contrairement à Pilar, Renée ne lui apportait pas de ressources inépuisables et, contrairement encore à Pilar, elle dépensait l'argent comme s'il était malsain d'en garder dans ses poches. Mais après tout, estima-t-il en disposant des tranches de fromage et des crackers sur une assiette, il lui suffisait de prendre des mesures, civilisées bien sûr, pour maintenir, voire accroître les liquidités du ménage.

Quand les Giambelli se débarrasseraient de lui, il ne pourrait compter ni sur Pilar ni sur Sophia pour prendre sa défense. Il s'en doutait depuis longtemps, à vrai dire, mais il avait préféré fermer les yeux et croire à un miracle. Ou plutôt, s'avoua-t-il dans le silence de la nuit, il avait laissé Renée l'acculer le dos au mur. Malgré tout, il lui restait des positions de repli. La première n'allait plus tarder à arriver.

Une réputation peut coûter les yeux de la tête, il était bien placé pour le savoir. Sa première « position de repli » n'hésiterait donc pas à consentir un effort important pour préserver la sienne. Moyennant quoi, Tony continuerait à garder le silence sur certaines imprudences de ladite « position de repli ». Car il était un homme de parole. Et la parole d'un homme d'honneur a un prix. Élevé.

Mais la « position de repli » en question ne disposait que de moyens modestes. Aussi, cette première transaction ne pouvait représenter qu'un bouche-trou juste bon à lui faire gagner du temps. Celui de se tourner vers des sources plus prometteuses, qu'il pourrait même diversifier et dont il serait capable d'augmenter le débit. Un homme tel que lui disposait de contacts utiles et possédait du savoir-faire.

Tereza Giambelli allait amèrement regretter de l'avoir sous-estimé. Et elle ne serait pas la seule à s'en mordre les doigts, loin de là. Quant à lui, il finirait par retomber sur ses pieds, comme toujours. Il n'en doutait pas un instant.

De légers coups frappés à la porte firent monter à ses lèvres un sourire satisfait. Avant d'aller ouvrir, il prit le temps de remplir deux verres, de les disposer sur un plateau avec la bouteille et l'assiette de fromage, de poser le tout sur la table basse du salon.

Puis, après avoir tiré sur ses manchettes et s'être lissé les cheveux d'une main experte, il alla vers la porte, prêt pour les négociations.

Deuxième partie

La maturation

« Non pas la pause et le repos, mais la croissance et la maturation, voilà le caractère de la perfection telle que le conçoit la culture. »

Matthew Arnold.

9

— Je ne comprends pas pourquoi il faut revenir ici.

— J'ai besoin de prendre des affaires.

Elle aurait pu s'en dispenser, s'avoua Sophia, mais puisqu'ils allaient à San Francisco, autant en profiter pour passer à son appartement. Et puis, n'avait-elle pas déjà fait à Tyler une énorme concession en conduisant un 4×4 au lieu de son cabriolet ?

— Écoute, reprit-elle, je t'ai déjà expliqué que je devais de temps en temps venir superviser le travail au bureau. Kris ne se privera pas de me mettre des bâtons dans les roues. Il faut qu'elle nous voie ensemble, toi et moi. En équipe.

— Et quelle équipe ! ricana Tyler d'un air sombre.

Sophia se rangea dans sa place de parking, coupa le contact.

— Nous devrions conclure un armistice, Tyler. En ce moment, je n'ai ni le temps ni l'envie de me battre avec toi.

Elle mit pied à terre, claqua la portière.

— Tu as un problème ? demanda-t-il.

— Moi, non. Toi, oui.

Il fit le tour de la voiture, s'accouda au capot. Depuis deux jours, elle était sur les nerfs. Pas à la suite de leur… accrochage de la fête de Noël, non, elle l'avait surmonté.

— Nous formons une équipe, rappelle-toi. Alors, qu'est-ce qu'il y a ?

— Tu veux vraiment le savoir ? Je déteste me lever à l'aube et passer des heures à piétiner dans la boue et dans le froid, pourtant je le fais. Ensuite seulement, je peux me mettre au travail pour lequel je suis douée. Mais je suis obligée de jongler entre la villa et le bureau d'ici, où mon adjointe, non contente de coucher avec mon père, est en train de fomenter une mutinerie.

— Flanque-la à la porte.

— Oh ! quelle bonne idée ! répliqua-t-elle d'un ton sarcastique. Pourquoi n'y ai-je pas pensé plus tôt ? Serait-ce, par hasard, parce que nous sommes en pleine réorganisation et au début d'une campagne de promotion cruciale, pour laquelle je ne dispose d'aucune personne capable d'assurer mon intérim ? Oui, à la réflexion, c'est sans doute la raison pour laquelle il ne m'est pas venu à l'esprit de me débarrasser de cette misérable petite garce.

— Inutile de faire ta chipie. Quand on a des cailloux dans sa chaussure, on s'en débarrasse.

— Je n'ai pas le temps ! – Sophia sortit son agenda de son porte-documents : Tu veux regarder ? Tu veux voir mon planning pour les six semaines à venir ?

— Si tu es débordée, garde tes matinées, fais ce que tu as à faire. Je te couvrirai dans les vignes.

— Personne ne me « couvre », MacMillan ! riposta-t-elle d'un ton cinglant. Quant à être débordée, tu as raison, je suis même submergée. En plus, je suis censée former ma mère, qui ne se passionne pas pour les relations publiques et n'y comprend rien. J'ai été obligée d'annuler trois rendez-vous avec des types intéressants, je n'ai plus de vie sociale. Je n'arrive pas à forcer le barrage de Renée pour parler à mon père, qui n'a pas mis les pieds à son bureau depuis deux jours et que je dois impérativement voir au plus tôt pour lui parler d'un de nos plus importants clients, parce que quelqu'un, et ce ne sera malheureusement pas moi, doit aller à San Diego à une réunion importante prévue dans moins de quarante-huit heures.

— Et Margaret ? Je croyais qu'elle reprenait la plupart des grands comptes.

Sophia traversait déjà le parking souterrain au pas de charge.

— Tu me prends vraiment pour une imbécile ? fulmina-t-elle en martelant le bouton d'appel de l'ascenseur. Tu crois que je n'ai pas essayé ? Elle est partie pour l'Italie hier après-midi. Ni elle ni ses collaborateurs ne sont au courant du dossier Twiner, car il a toujours été la chasse réservée de mon cher père. Comme je ne veux pas que les gens de Twiner s'aperçoivent qu'il y a du flottement, je les fais lanterner depuis des jours.

— Tu dis que personne ne t'a jamais couvert. Mais toi, tu couvres Avano.

— Non, sûrement pas lui. Je fais ça pour Giambelli. J'en ai plus que par-dessus la tête et j'en attrape la migraine.

Tyler lui massa les épaules dans l'ascenseur, ce dont ils furent aussi étonnés l'un que l'autre.

— Prends une double dose d'aspirine et nous examinerons tout cela calmement.

— Cette garce n'a pas le droit de m'empêcher de parler à mon père. Ni à titre personnel, ni à titre professionnel.

« Voilà, pensa Tyler, la vraie cause de la migraine. »

— Non, elle n'en a pas le droit. Mais elle profite de la situation. Elle sera contente uniquement quand tu admettras qu'elle réussit à t'empoisonner la vie. Passe-toi de lui.

— Je suis folle de rage qu'il m'ait mis dans une situation pareille. Si je ne l'ai pas réglée d'ici la fin de la journée…

— Tu la régleras, sois tranquille.

Elle sortit de l'ascenseur à son étage en poussant un soupir.

— Pourquoi es-tu si gentil avec moi ?

— Twiner est un de nos plus gros clients. Je ne passe pas mes journées entières dans les vignes, tu sais, je me renseigne, fit-il en réponse à son regard interrogateur. Si tu m'avais dit que tu cherchais à joindre ton père depuis deux jours, je t'aurais donné un coup de main. Tu n'en as pas parlé à Cutter ?

— Non, mais il se doute sûrement déjà de quelque chose. Il nous mettra le nez dedans bien assez tôt.

— Nous le prendrons de vitesse. Travail d'équipe, souviens-toi.

— Seulement parce qu'il te déplaît encore plus que je ne t'agace.

— Ce qui signifie ?

Sophia pouffa de rire en introduisant la clef dans la serrure.

— Que c'est une raison qui en vaut bien d'autres. Je n'en aurai pas pour longtemps, juste quelques affaires et des dossiers à prendre. Je dois aussi avoir des notes sur le compte Twiner. Rassure-toi, tu seras chez toi à temps pour dîner. À moins, ajouta-t-elle avec un sourire, que tu ne préfères essayer une forme différente du travail d'équipe.

— Arrête ça.

— Tu n'as pas détesté m'embrasser, si je ne me trompe.

— Quand j'étais petit, j'aimais beaucoup les pommes vertes. Je me suis rendu compte depuis qu'elles ne me réussissent pas.

— Je suis mûre, moi.

— C'est le moins qu'on puisse dire, grommela-t-il, la main sur la poignée de la porte.

— Tu commences à me plaire, MacMillan. Comment allons-nous gérer cette situation ?

Sans attendre sa réponse, elle s'avança d'un pas, puis se figea.

— Papa ?

Elle n'eut qu'un bref aperçu de la scène avant que Tyler ne la repousse dehors, mais il resta gravé dans sa mémoire : son père, affalé dans un fauteuil, la chemise couverte de sang séché, la regardait fixement de ses yeux vitreux.

— Mon père... Il est... Il faut que...

Livide, tremblante, elle s'appuya au mur à côté de la porte. Tyler se tenait devant elle.

— Écoute, Sophia. Écoute-moi. Prends ton téléphone portable, appelle la police. Tout de suite.

— Non, une ambulance. Je vais retourner près de lui...

Tyler dut l'empoigner sous les bras afin de la soutenir.

— Tu ne peux plus rien pour lui. Reste ici.

Il renonça à aller examiner Tony de plus près : Sophia ne pouvait pas rester seule dans cet état. Il en avait d'ailleurs assez vu lui-même pour comprendre que nul ne pouvait plus rien.

Il fit asseoir la jeune femme par terre, fouilla son porte-documents, trouva le téléphone et composa le numéro. Elle resta prostrée, la tête sur les genoux, pendant qu'il donnait les indications à l'opérateur. Elle ne pouvait pas, ne voulait pas réfléchir. Elle savait seulement qu'elle devait se ressaisir et tenir le coup.

— Je vais mieux, dit-elle avec un calme que démentaient ses mains tremblantes. Il est mort, je le sais. Il faut que j'aille près de lui.

Tyler s'assit à côté d'elle et posa un bras sur ses épaules, autant pour la réconforter que pour la retenir.

— Non, n'y va pas. Tu ne peux rien faire.

Elle releva la tête, se tourna vers lui. Elle avait les yeux secs, secs et brûlants.

— Il y a toujours quelque chose à faire. On a tué mon père, je ne peux pas rester sans au moins…

Sa voix se brisa, et les larmes qu'elle retenait se mirent à couler.

— Je sais ce qu'il était, reprit-elle. Il était quand même mon père.

Tyler la serra plus fort contre lui, jusqu'à ce qu'elle appuie enfin la tête sur son épaule. « Oui, pensa-t-il, il y a toujours quelque chose à faire. Ne serait-ce qu'attendre. »

Quoi qu'il y ait eu entre eux, constata Sophia, Tyler ne l'avait pas laissée tomber quand elle avait eu besoin de lui. Elle ne l'oublierait pas.

Elle était assise dans le canapé du salon de l'appartement en face du sien, sur le même palier. Elle y était déjà venue pour des soirées, le couple gay qui y vivait recevait de façon charmante. Frankie, le designer, qui restait souvent travailler chez lui, lui avait aussitôt offert l'hospitalité et s'était discrètement retiré dans sa chambre pour la laisser répondre aux questions des policiers. Dès qu'elle aurait le dos tourné, il répandrait sans doute l'histoire du haut en bas de l'immeuble mais, pour le moment, il se conduisait en véritable ami. Cela non plus, elle ne l'oublierait pas.

— Je n'ai aucune idée de ce qu'il faisait dans mon appartement, répéta-t-elle.

Elle tentait de mémoriser le visage de l'homme en face d'elle. Mais, de même que son nom – l'inspecteur Lamont ? Claremont ? –, ses traits s'obstinaient à la fuir.

— Votre père ou quelqu'un d'autre possédait-il une clef ?

Oui, le nom lui revenait. Claremont. Alexander Claremont.

— Non, je… Si. J'en avais donné une à mon père peu après mon emménagement. Il faisait faire des travaux à son domicile et, comme je devais voyager à l'étranger, je lui avais offert de loger chez moi en mon absence. À la réflexion, il ne m'a jamais rendu cette clef, et je n'y ai plus pensé.

— Se servait-il souvent de votre appartement ?

— Non. En fait, quand je le lui avais proposé, il avait préféré prendre une chambre d'hôtel.

C'était du moins ce qu'il lui avait dit. S'était-il servi de l'appartement depuis ? Parfois, au retour de ses voyages, elle avait l'impression d'une présence diffuse. Des objets légèrement déplacés. Des détails.

« Non, c'est absurde », se reprit-elle. Ce ne pouvait être que le service de nettoyage. Son père n'avait aucune raison d'aller chez elle. Il avait son propre appartement. Et Renée.

Oui, lui chuchota une petite voix, mais il trompait ta mère. Et il trompait aussi Renée.

— Mademoiselle Giambelli ?

— Excusez-moi. Que disiez-vous ?

— Veux-tu un verre d'eau ? Autre chose ? intervint Tyler pour lui laisser le temps de se ressaisir.

— Non, ça ira. Je vous demande pardon, inspecteur, je perds le fil.

— Cela ne fait rien. Je vous demandais quand a eu lieu votre dernier contact avec votre père.

— Samedi soir. Nous avions donné une réception, comme tous les ans à cette époque de l'année. Mon père y était.

— À quelle heure est-il parti ?

— Je ne pourrais pas vous le dire. Il y avait beaucoup de monde et il ne m'a pas dit au revoir.

— Y était-il venu seul ?

— Non, avec sa femme. Renée.

— Votre père était remarié ?

— Oui, le matin même de la réception. Renée Fox. Vous n'avez pas pris contact avec elle ?

— J'ignorais son existence. Puis-je la joindre à l'adresse de votre père ?

— Oui, je pense.

— Possédez-vous une arme, mademoiselle Giambelli ?

— Non. Je déteste les armes à feu.

— Votre père en avait-il une ?

— Pas que je sache.

— Quand êtes-vous venue ici pour la dernière fois ?

— Il y a plus d'une semaine. Comme je vous l'ai dit, je dois résider plusieurs mois dans la vallée de Napa. Je suis venue avec M. MacMillan récupérer des effets personnels après être passée à mes bureaux.

— Quels étaient vos rapports avec votre père ?

Assis près d'elle, Tyler la sentit se raidir.

140

— C'était mon père, inspecteur. Laissez-moi vous épargner la peine de me demander si je l'ai tué. Non, je ne l'ai pas tué. Et je ne sais pas qui l'a fait ni pourquoi.

L'inspecteur Claremont ne se démonta pas.

— Votre père avait-il des ennemis ?...

— Manifestement, oui !

— À votre connaissance ? enchaîna-t-il.

— Non. Je vous le répète, je ne connais personne qui aurait eu envie de le tuer.

Claremont baissa les yeux vers son calepin, étudia ses notes.

— Depuis combien de temps vos parents sont-ils divorcés ?

— Ils étaient légalement séparés depuis sept ans. Ils ne vivaient déjà plus ensemble pendant mon enfance.

— Renée Fox serait donc la seconde épouse de votre père ?

— Exact.

— Et ils se sont mariés il y a environ quarante-huit heures ?

— C'est ce que j'ai appris.

— De quand date le divorce de vos parents ? répéta l'inspecteur.

Elle sentit une boule de glace se former dans son ventre.

— Le jugement final a été rendu la veille du remariage de mon père. Ce n'était qu'une formalité, inspecteur.

Elle réussit à se lever en dépit de ses jambes flageolantes :

— Veuillez m'excuser, je dois aller au plus vite avertir ma famille. Je ne veux pas qu'ils apprennent la nouvelle par le journal télévisé ou de la bouche d'un étranger. Pouvez-vous me dire ce qui va se passer maintenant ? Y a-t-il des mesures à prendre ?

— Nous poursuivons notre enquête. Ma collègue travaille dans votre appartement avec l'équipe de la police criminelle. Je discuterai des mesures avec la proche famille.

— Je suis la fille unique de mon père, inspecteur.

— Légalement, mademoiselle Giambelli, son épouse est seule habilitée à prendre des décisions.

Sophia ouvrit la bouche, la referma.

— Oui, bien sûr... Il faut que je rentre à la maison, Tyler.

— Nous partons.

— Un instant, monsieur MacMillan. J'ai aussi quelques questions à vous poser.

— Je vous ai donné mon adresse, lança Tyler par-dessus son

épaule en entraînant Sophia vers la porte. Vous savez où me trouver.

— Oui, je sais, murmura Claremont quand la porte se referma.

Il allait très bientôt devoir faire un tour à la campagne.

En se dirigeant vers la porte de la chambre, il était presque sûr que s'il l'ouvrait sans prévenir le voisin lui tomberait dans les bras, l'oreille encore tendue. Il préféra frapper d'abord. Mieux valait maintenir une atmosphère amicale avant de poser des questions.

Alexander Claremont aimait les vins français, les chaussures italiennes et le blues américain. Il était né et avait grandi à San Francisco, deuxième fils de parents petits-bourgeois qui avaient travaillé dur pour offrir une solide éducation à leurs trois garçons. L'aîné était pédiatre, le cadet professeur à Berkeley. Lui, il avait étudié le droit pour devenir avocat. Sauf qu'il était né pour être policier.

La loi est une entité radicalement différente selon qu'elle est entre les mains d'un policier ou celles d'un avocat. Pour un avocat, elle n'existe qu'afin d'être interprétée, tournée, manipulée dans le but de satisfaire les besoins d'un client. Alexander Claremont le comprenait et allait même jusqu'à respecter les motivations de ceux qui l'entendaient ainsi.

Pour un policier, seule compte la lettre de la loi. Elle pose des principes auxquels nul ne peut déroger. Et Alexander Claremont vénérait ces principes. Deux heures à peine après avoir pénétré sur le théâtre du crime, c'est à eux qu'il réfléchissait.

— Que penses-tu de la fille ?

Il ne répondit pas aussitôt, mais son équipière en avait l'habitude. Elle était au volant car elle avait regagné la voiture la première.

— Riche, répondit-il enfin. De la classe. Dure à cuire. N'a rien dit qu'elle ne voulait pas, mais n'en pensait pas moins. Pensait à des tas de choses, surveillait ses paroles.

Maureen Maguire stoppa à un feu rouge.

— Grande famille, commenta-t-elle en pianotant sur le volant. Gros scandale en perspective.

Claremont et elle avaient des personnalités diamétralement opposées, ce qui, du point de vue de Maureen, expliquait pourquoi ils se complétaient si bien – après leurs premiers heurts trois ans plus tôt – et travaillaient le mieux du monde ensemble. Elle était irlandaise de souche, blonde avec une peau laiteuse parsemée de taches de rousseur, des yeux d'un bleu très doux et une fossette au menton. À trente-six ans, de quatre ans l'aînée de Claremont, elle était douillettement mariée alors qu'il était résolument célibataire, elle habitait une confortable banlieue résidentielle tandis que lui ne jurait que par la ville.

— Personne ne voit le type entrer. Pas de véhicule. Nous vérifions auprès des compagnies de taxis s'il y a eu une course à cette adresse cette nuit-là. D'après l'état du corps, il était mort depuis trente-six heures. Il avait la clef dans sa poche avec trois cents et quelques dollars et une douzaine de cartes de crédit. Rolex et boutons de manchettes en or massif. L'appartement contenait plein d'objets de valeur faciles à emporter. Donc, pas de cambriolage...

— Non, c'est vrai ? l'interrompit-il en riant.

— Je fais ma check-list, poursuivit-elle imperturbable. Deux verres de vin, un plein, l'autre à moitié. Un seul porte des empreintes, les siennes. Il a été tué dans le fauteuil où il était assis. Pas de désordre ni de traces de lutte. D'après l'angle d'entrée du projectile, le tireur était assis en face, sur le canapé. Donc, il connaissait son meurtrier, lui avait probablement donné rendez-vous.

— Il était divorcé et remarié pratiquement le même jour. Une aventure amoureuse qui tourne mal ?

— Possible. Difficile à dire d'après les premiers constats. Trois coups, calibre 25. Une arme qui ne fait pas beaucoup de bruit, mais c'est quand même étonnant que personne n'ait rien remarqué dans un immeuble rupin comme celui-là.

Maureen se gara le long du trottoir devant un autre immeuble, encore plus rupin.

— Bizarre, non ? Le mari épousé le matin ne rentre pas chez lui le soir et la jeune mariée ne signale pas sa disparition.

— Allons apprendre pourquoi.

Renée sortait d'une séance de trois heures à l'institut de beauté. Rien ne lui faisait plus plaisir que de se faire dorloter. Si ce n'est courir les magasins, plaisir qu'elle s'était offert peu auparavant en opérant une razzia chez Neiman-Marcus. Tony, se dit-elle en se versant un vermouth, allait payer – cher – sa bouderie.

Il lui était déjà arrivé de disparaître comme cela, deux ou trois jours d'affilée, quand elle le bousculait un peu trop sur un sujet ou un autre. L'avantage, c'est qu'il revenait toujours avec une jolie babiole pour se faire pardonner et acceptait sans plus de questions l'exigence ayant provoqué sa mini-rébellion. Renée ne s'en plaignait d'ailleurs pas, les fugues épisodiques de Tony lui accordant un peu de répit pour s'occuper d'elle-même. Tout allait donc pour le mieux, surtout maintenant que sa position était consacrée par la loi. Elle était désormais Mme Anthony Avano et avait la ferme intention de le rester. Ou de pressurer Tony au maximum s'il fallait divorcer.

Le coup de sonnette la fit sourire : Tony allait se jeter à ses pieds. Il savait qu'il valait mieux pour lui ne pas se servir de sa clef quand il rentrait au bercail. La dernière fois, elle l'avait reçu en lui braquant un pistolet sous le nez sous prétexte qu'elle le prenait pour un cambrioleur.

Elle ouvrit donc la porte, prête à lui ordonner de ramper, quand elle se trouva nez à nez avec un homme et une femme qui exhibaient des badges.

— Madame Avano ?

— Oui. Qu'est-ce que c'est ?

— Inspecteur Claremont, inspecteur Maguire, brigade criminelle. Pouvons-nous entrer quelques minutes ?

— Pourquoi ?

— Nous vous expliquerons. Pouvons-nous entrer ?

Renée recula d'un pas pour leur laisser le passage.

— Tony est en taule ? gronda-t-elle. Qu'est-ce qu'il a fait ?

— Votre mari n'est pas en prison, madame, intervint Maguire. Je suis désolée de devoir vous apprendre une telle nouvelle, mais M. Avano est mort.

— Mort ? C'est ridicule ! Vous devez vous tromper.

— Ce n'est pas une erreur, madame, l'informa Claremont. Pouvons-nous nous asseoir un instant, je vous prie ?

Renée pâlit, pourtant ses yeux étincelaient de fureur.

— Il a eu un accident ?

— Non, madame. Quand avez-vous vu votre mari pour la dernière fois ?

— Samedi soir, enfin, dans la nuit de samedi à dimanche. Qu'est-ce qui lui est arrivé ?

— Vous ne vous êtes pas inquiétée de rester deux jours sans nouvelles de lui ?

— Nous nous étions disputés. Tony me fait souvent des bouderies de ce genre. Je ne suis pas sa mère, après tout.

— Non, en effet, enchaîna Maguire. Vous vous étiez mariés récemment, je crois ?

— Oui. Mais qu'est-ce qui lui est arrivé ? J'ai le droit de le savoir !

— M. Avano a été tué par une arme à feu.

Renée sursauta mais reprit aussitôt ses couleurs.

— Je le savais ! Je l'avais averti qu'elle aurait un coup de folie, mais il n'a pas voulu m'écouter. Les saintes nitouches de son espèce sont les pires de toutes.

— De qui parlez-vous, madame ?

— De son ex-femme, Pilar Giambelli. C'est cette sale garce qui l'a tué, j'en mettrais ma main au feu ! Elle le poursuivait, elle le harcelait. Et si ce n'est pas elle, c'est sa furie de fille. Qui d'autre voudriez-vous que ce soit ?

Tyler ne savait pas que faire pour l'aider. Sophia occupait la place du passager, les yeux clos, mais elle ne dormait pas. Son calme apparent était un vernis trop fragile pour qu'il risque de le faire craquer par un geste ou un mot malheureux. Il préféra donc garder le silence pendant le long trajet de retour.

Il s'inquiétait surtout de constater que la vitalité dont Sophia débordait toujours semblait éteinte, telle une bougie dont on aurait soufflé la flamme. Peut-être se trouvait-elle dans une sorte de bulle, un vide intermédiaire entre le choc initial et le stade suivant, deuil ou douleur. Il ne connaissait ce genre de sentiments que par ouï-dire ; il n'avait jamais perdu personne d'aussi proche et certainement pas de manière si brutale et soudaine.

Quand il s'engagea dans l'allée de la villa, Sophia ouvrit les yeux comme si elle s'était sentie de retour chez elle. Sur ses genoux, ses mains jointes depuis le départ se crispèrent, blanchirent aux jointures. « La bulle est en train de crever », songea Tyler.

— J'y vais avec toi.

Son premier mouvement fut de refuser. Il lui était dur d'admettre qu'elle n'était plus certaine de pouvoir tout faire seule, tout supporter. Mais il faisait partie de la famille, elle avait besoin de famille.

— Merci. Ma mère… Pour elle, ce sera un coup.

— On croit toujours qu'il faut être fort, Sophia. Ce n'est pas vrai.

— Pour les Giambelli, si. Je suis encore engourdie, Tyler. Inerte. Et j'ai peur de ce qui m'arrivera quand je ne le serai plus. J'ai peur de recommencer à penser. À sentir. Je ne peux que faire un pas à la fois.

— Eh bien, faisons le prochain pas ensemble.

Il stoppa au pied du perron, descendit lui ouvrir la portière et, geste qui l'émut, lui tendit la main pour l'aider à descendre.

La maison était chaude, embaumée du parfum des fleurs de sa mère. Sophia regarda autour d'elle avec les yeux d'une étrangère. Elle vit comme dans un rêve Maria apparaître au fond du hall. L'écho même de ses pas lui semblait irréel.

— Où est ma mère, Maria ?

— En haut, dans votre bureau, mademoiselle Sophia.

— Et ma grand-mère ?

Sentant quelque chose d'anormal, Maria se tourna vers Tyler.

— Dans les vignes avec M. MacMillan.

— Voulez-vous envoyer quelqu'un les chercher, s'il vous plaît ?

— Tout de suite, mademoiselle.

Sophia se dirigea vers l'escalier en agrippant la main de Tyler. Une musique légère et joyeuse émanait de son bureau. Penchée sur le clavier de l'ordinateur, Pilar fulminait contre la machine qui affichait sur l'écran une remontrance pour « manœuvre interdite ».

— Maman ?

— Dieu soit loué, te voilà ! J'ai fait quelque chose, je ne sais pas quoi, mais tout est bloqué. Cela fait plus d'une heure que je m'entraîne et je ne suis toujours bonne à rien.

À un autre moment, Sophia en aurait ri. Là, elle se retint à grand-peine de fondre en larmes. Pilar s'en rendit compte, se leva d'un bond et courut vers elle.

— Qu'y a-t-il, ma chérie ? Que s'est-il passé ?

146

— Maman, c'est… c'est papa.

— Il est blessé ? Malade ?

— Non, il…

Incapable de prononcer le mot, elle lâcha la main de Tyler et prit sa mère entre ses bras. Elle la sentit trembler.

— Oh, mon Dieu ! Non. Non…

— Si, maman. Nous l'avons trouvé à mon appartement. Quelqu'un l'a tué chez moi.

— Quoi ? Attends, je ne comprends pas…

— Assieds-toi, Pilar, intervint Tyler.

— Non, non, c'est impossible. Il faut que je…

— Assieds-toi, répéta Tyler en la poussant avec douceur vers un canapé. Écoute-moi, regarde-moi. Nous avons trouvé Avano chez Sophia, nous ne savons pas ce qu'il y faisait. Sans doute y avait-il rencontré quelqu'un. Il y avait une bouteille de vin sur la table, deux verres. Il est probable que c'est cette personne qui l'a tué. La police a déjà interrogé Sophia.

Pilar agrippa la main de sa fille, la serra de toutes ses forces.

— Sophia ? La police ?

— Ils vont sans doute lui poser d'autres questions. À toi aussi et à nous tous. Tu devrais appeler un avocat.

— Mais je ne veux pas d'un avocat, Tyler, je n'en ai pas besoin ! Tony a été assassiné.

— En effet. Dans l'appartement de sa fille, deux jours après votre divorce et moins de vingt-quatre heures après que Sophia s'en est prise à lui avec véhémence. En public.

— Bon sang, Tyler, si l'une de nous deux avait voulu le tuer, nous l'aurions fait il y a des années ! s'exclama Sophia.

Tyler constata avec soulagement que la colère lui redonnait sa vitalité.

— C'est ce que tu comptes dire à la police ? Ou aux journalistes qui seront bientôt pendus au téléphone ? La publicité, les relations publiques, c'est ton domaine. Réfléchis.

La main de sa mère qui tremblait dans la sienne l'empêcha d'exploser.

— D'accord, mais pas encore. Pas maintenant. Nous avons d'abord le droit de souffrir comme des êtres humains.

Elle se leva avec effort, ouvrit la porte, se ravisa.

— Veux-tu descendre parler à Eli et à *nonna*, Tyler ? Dis-leur ce qu'ils ont besoin de savoir. Je voudrais rester seule avec ma mère.

— Bien sûr.

Il effleura la main de Pilar avant de se retirer. Près de la porte, son regard croisa celui de Sophia. Il ne vit dans ses grands yeux noirs qu'un vide insondable qui lui serra le cœur malgré lui.

10

Tyler ne s'était pas trompé. Sophia était encore avec sa mère, sans même avoir eu le temps de descendre voir sa grand-mère, quand les appels des journalistes commencèrent à affluer. Elle avait déjà décidé quelle attitude adopter envers eux : ni commentaires ni interviews jusqu'à ce qu'elle ait préparé le communiqué officiel. Le meurtre de son père déclenchait un cirque médiatique, mais les Giambelli ne consentiraient sous aucun prétexte à entrer en piste et faire leur numéro.

Avant de téléphoner ses instructions aux autres membres de la famille et aux principaux collaborateurs, Sophia avait averti Helen Moore. Comme Tyler le leur avait rappelé crûment, ils avaient tous besoin de conseils juridiques efficaces.

— J'ai appelé tante Helen, dit-elle à sa grand-mère.

Tereza était assise au salon dans son fauteuil préféré, très droite, l'expression indéchiffrable. Elle prit la main de Sophia, à qui ce simple contact redonna du courage.

— Bien, approuva Tereza. Tyler nous a dit tout ce qu'il savait. Ton chagrin me peine, ma chérie. Et il me déplaît que la police t'ait interrogée avant que tu aies pu prendre contact avec Helen ou James.

— Je n'avais rien à cacher. D'ailleurs, je ne sais rien. Mais puisque mon père a été tué dans mon appartement, je devais dire aux policiers tout ce qui pouvait les aider à démasquer son meurtrier.

— Si tu ne sais rien, tu ne peux rien leur dire d'utile, commenta

Tereza avec impatience. Tyler, va chercher un verre de vin pour Sophia.

La sonnerie du téléphone lui arracha un geste agacé.

— Je m'en occupe, fit Tyler.

— Non, intervint Sophia. Aucun membre de la famille ne doit parler à la presse aujourd'hui. Demande à David de s'en charger. Explique-lui la situation jusqu'à ce que je rédige le communiqué. D'ici là, la famille ne voit ni ne reçoit personne et ne fait pas de commentaires.

— Bon, je vais prévenir David.

En passant devant Sophia, il lui prit le menton, leva son visage :

— Ce n'est pas du vin qu'il te faut, c'est de l'aspirine.

— Je n'ai besoin ni de l'un ni de l'autre. Accorde-moi une heure, ajouta-t-elle en se tournant vers sa grand-mère.

— Prends le temps qu'il te faudra, intervint Eli. Et avale donc cette aspirine.

— D'accord, soupira Sophia. Pour te faire plaisir.

L'aspirine et le travail eurent le résultat souhaité. Au bout d'une heure, Sophia avait récupéré, rédigé le communiqué officiel et informé David de tout ce qu'il devait savoir.

— Je me chargerai de la presse, Sophia. Occupez-vous de vous-même et de votre mère.

— Nous nous en sortirons. Un journaliste entreprenant cherchera sûrement à s'introduire ici et chez MacMillan. Vous avez des enfants, ils seront eux aussi exposés à des pressions.

— Je leur parlerai. Rassurez-vous, ils ne diront rien. Je sais que tout cela est dur à supporter pour votre mère et vous. Si je puis me rendre utile en quoi que ce soit, n'hésitez pas à me le faire savoir.

Sophia l'observa un instant avant de répondre.

— Je vous en remercie. Si mes grands-parents vous accordent leur confiance, c'est parce que vous en êtes digne. Je me fierai donc à vous moi aussi. Je vais vous préparer à la villa un endroit où vous pourrez répondre au téléphone. Je vous aurais volontiers donné mon bureau si je n'en avais pas eu besoin.

— Vous devriez vous reposer.

— Je ne peux pas. Tant que je bouge, je tiens le coup. Je sais ce que les gens pensaient de lui, je sais qu'on en dira du mal dans les cocktails et que la presse le traînera dans la boue. Cela ne peut plus lui nuire, mais peut encore blesser ma mère. Venez, ajouta-t-elle en se dirigeant vers la porte. Le mieux est de vous installer dans la bibliothèque. Vous y serez tranquille et ce sera commode si vous avez besoin de choses auxquelles nous n'aurions pas pensé.

Elle était dans l'escalier quand Maria alla ouvrir en réponse à un coup de sonnette. Les policiers apparurent sur le seuil.

— Mademoiselle Giambelli ! la héla Claremont.

— Bonjour, inspecteur. Laissez, Maria, je m'en occupe. Avez-vous des éléments nouveaux ? demanda-t-elle une fois près d'eux.

— Pas encore. Nous aimerions vous parler, ainsi qu'à votre mère.

— Ma mère se repose. David, je vous présente l'inspecteur Claremont et sa collègue, l'inspecteur Maguire. David Cutter est directeur général de Giambelli-MacMillan.

— Votre mère est-elle chez elle, mademoiselle Giambelli ? insista Claremont.

— Je vous répète qu'elle se repose. Elle n'est pas en état de vous recevoir en ce moment.

— Ça va, Sophia ! dit Pilar du haut de l'escalier. Je parlerai aux inspecteurs et je ferai mon possible pour leur être utile.

Derrière Pilar, Helen Moore s'avança.

— Mme Avano est prête à répondre à vos questions. Vous tiendrez compte, je pense, de l'émotion dans laquelle la plonge ce drame. Je suis le juge Moore, ajouta-t-elle avec un signe de tête fort sec. Une amie de la famille.

Claremont la connaissait de réputation et s'était maintes fois trouvé sous le feu des redoutables contre-interrogatoires de son mari.

— Vous représentez Mme Avano, madame le juge ?

— Je suis à ses côtés pour lui apporter mon amical soutien et mes conseils, si nécessaire.

— Entrez donc vous asseoir, proposa Pilar. Sophia, veux-tu demander à Maria de nous servir le café ?

« Politesse et bonnes manières », pensa Claremont. Il voyait de qui la fille tenait sa classe. Mais les femmes les mieux éduquées peuvent tuer aussi bien que les autres. Surtout quand elles se font plaquer pour le dernier modèle de l'année…

Pilar répondit à ses questions sans marquer de réticences ni d'hésitation. Non, elle n'avait pas revu le défunt depuis la réception ni ne lui avait parlé. Non, elle ne s'était pas rendue à l'appartement de sa fille depuis plus d'un mois. Non, elle n'en détenait pas de clef. Non, elle ne possédait pas d'arme à feu, mais elle admit avant que le juge la fasse taire qu'il y en avait plusieurs dans la maison.

— Vous avez été contrariée que votre mari demande le divorce pour se remarier avec Renée Fox, n'est-ce pas ?

— Oui, le nier serait absurde. On ne fête pas la mort de son mariage, même si ce mariage n'est plus que théorique. Et Tony était le père de ma fille.

— Vous êtes-vous querellés ?

— Non. Il était presque impossible de se quereller avec lui, il avait l'art d'éluder les discussions. Je lui ai accordé ce qu'il voulait. Je n'avais guère d'autre choix, n'est-ce pas ?

— C'est moi qui me suis occupée du divorce de Mme Avano, précisa Helen. Il n'y a eu aucune contestation entre les parties. La procédure s'est limitée à une simple formalité.

— Vous en étiez quand même assez fâchée, intervint Maguire, pour téléphoner chez votre ex-mari la semaine dernière au milieu de la nuit en proférant des menaces et des accusations.

Pour la première fois, une lueur combative s'alluma dans le regard de Pilar.

— Je n'ai jamais rien fait de tel ni parlé à Renée. Elle a supposé que c'était moi.

— Nous pouvons facilement vérifier vos relevés téléphoniques, madame Avano.

Pilar se raidit, son ton se fit plus sec.

— Eh bien, faites-le, je vous en prie. Je n'ai pas l'habitude d'appeler les gens pour menacer ou accuser.

— L'actuelle Mme Avano affirme le contraire.

— Elle se trompe ou elle ment. C'est elle qui m'a téléphoné en pleine nuit pour m'accuser de cet appel et proférer des menaces à mon encontre. Vous en retrouverez la trace sur ses relevés téléphoniques, inspecteur, mais vous ne trouverez rien sur les miens.

— Pourquoi mentirait-elle ?

— Comment le saurais-je ? Peut-être n'a-t-elle pas menti, après tout. Elle a peut-être réellement reçu un appel anonyme et elle me l'a attribué. Elle me détestait par principe.

152

— Savez-vous à quelle heure M. Avano a quitté la réception ?

— Non, je les évitais dans toute la mesure du possible, Renée et lui. Leur présence m'était à la fois pénible et gênante.

— Savez-vous pourquoi il s'est rendu à l'appartement de votre fille à trois heures du matin ? demanda Claremont en consultant ses notes, car la compagnie de taxis avait retrouvé la trace de la course.

— Non.

— Où étiez-vous à cette heure-là ?

— Au lit. La plupart des invités étaient partis et je suis montée me coucher vers deux heures. J'étais fatiguée, la journée avait été longue.

— Veuillez nous accorder un moment, je vous prie, intervint Helen en faisant signe aux policiers de quitter la pièce.

— Il ne faut pas plus d'une heure pour aller d'ici à San Francisco, commenta Maguire dans le vestibule. Et elle a un mobile valable.

— Pourquoi donner rendez-vous à son ex chez leur fille ?

— Pour que tout se passe en famille.

— Possible.

Entendant Helen les rappeler, les policiers rentrèrent au salon.

— Inspecteurs, Mme Avano hésitait à vous livrer certaines informations. Anthony Avano était son mari, elle refusait donc de dire quoi que ce soit susceptible d'entacher sa réputation. Je lui ai néanmoins conseillé de vous communiquer ces éléments, car ils peuvent se révéler utiles à votre enquête. Et puis, ajouta-t-elle en se tournant vers Pilar, la police les aurait appris tôt ou tard par d'autres sources.

Pilar se leva et commença à parler en arpentant la pièce.

— Vous m'avez demandé si j'avais une idée de la raison pour laquelle il était allé à l'appartement de ma fille. Tony avait un faible pour les femmes. Certains boivent, d'autres ont la passion du jeu, lui celle des aventures amoureuses. Il a peut-être donné rendez-vous à quelqu'un chez Sophia pour rompre une liaison ou, au contraire…

Elle laissa sa phrase en suspens.

— Sauriez-vous de qui il s'agissait ?

— Non. J'avais depuis longtemps renoncé à chercher, mais je suis à peu près certaine qu'il avait une liaison. Il savait qui avait appelé Renée cette nuit-là et il était mal à l'aise le soir de la réception, c'était inhabituel chez lui. Il en fallait beaucoup pour le démonter. Il s'est montré presque grossier envers David Cutter et moins liant qu'à son habitude avec les invités, un comportement s'expliquant sans doute par des soucis assez sérieux. Je n'ai pas cherché à en savoir plus. Peut-être aurais-je dû. Mais cela aurait-il changé quelque chose ?

Claremont se leva.

— Nous apprécions votre attitude coopérative, madame. Nous aimerions maintenant nous entretenir avec d'autres membres de votre famille ainsi qu'avec les collaborateurs présents à cette réception.

Il voulait surtout interroger de nouveau Sophia, avec qui il s'isola pendant que Maguire questionnait David Cutter.

— Vous ne m'avez pas dit que vous aviez eu une altercation avec votre père le soir précédant sa mort.

— Vous ne me l'avez pas demandé. Je crois qu'il faut d'abord s'entendre sur la définition du mot. Une altercation a lieu entre deux personnes en désaccord sur un point. Il ne s'agissait pas d'une altercation.

— Comment définissez-vous votre… discussion, alors ?

— Je lui ai craché des mots durs qui me brûlaient les lèvres depuis très longtemps. Je souffre maintenant, inspecteur, de savoir que c'était notre dernier échange. Ces paroles n'exprimaient que la stricte vérité, mais j'en souffre quand même. J'étais en colère contre lui. Il s'était remarié quelques heures après avoir divorcé de ma mère sans même s'être donné la peine de m'informer de ses projets, sans même avoir eu la courtoisie élémentaire d'en toucher un mot à ma mère. Et il s'est présenté à une réunion de famille au bras de sa nouvelle femme. Un tel comportement est une marque de mépris des sentiments d'autrui et de manque de cœur. C'est ce que je lui ai dit.

— Certains témoins affirment que vous l'avez menacé.

— C'est possible. J'étais furieuse, blessée, humiliée. Quelques minutes plus tôt, Renée avait agressé ma mère, verbalement s'entend, attitude parfaitement injustifiée puisqu'elle avait obtenu ce qu'elle voulait. Or, mon père n'a rien fait pour s'y opposer. Il avait un véritable génie pour se tenir à l'écart des événements désagréables et ignorer les dommages qu'ils infligeaient aux autres.

La nouvelle se répandit dans tout le pays, traversa l'Atlantique.

À Venise, dans son cabinet de travail, Donato Giambelli réfléchit à la situation devant un grand verre de cognac. La maison était calme, mais le dernier-né ne tarderait sans doute plus à réclamer en braillant le sein nourricier de sa chère maman encore endormie. Sans cet habituel cirque nocturne, Donato serait sorti depuis des heures afin de passer un moment de détente avec sa dernière conquête.

Ainsi, Tony Avano était mort.

Cet événement justifiait que Donato ajourne son rendez-vous du lendemain matin avec Margaret Bowers. Il gagnerait ainsi du temps. Faire des affaires avec Tony était un plaisir, il savait toujours où il en était. Avec la nouvelle venue, il plongeait dans l'inconnu.

La mort de Tony allait faire des vagues, sinon un raz de marée. Il y aurait des médisances, des problèmes. Cependant, avec un peu d'habileté, il pourrait tourner tout cela à son avantage.

Bien entendu, il devait se précipiter en Californie pour offrir à sa cousine son soutien et sa sympathie. Et jurer à *la Signora* qu'il ferait tout ce qu'elle lui ordonnerait pour maintenir au plus haut niveau la production et la réputation des Giambelli. Comme on était l'avant-veille de Noël, il persuaderait sans peine Gina de rester à la maison pour ne pas traumatiser les enfants. Sa charmante amie lui tiendrait compagnie de façon bien plus agréable et les autres n'y verraient que du feu.

Oui, en un sens, ce drame lui accordait le temps dont il avait besoin pour réfléchir à ce qu'il fallait faire et comment s'y prendre.

« Pauvre Tony, soupira-t-il en avalant une gorgée de cognac. Qu'il repose en paix. »

Jeremy Morney monta le son du journal télévisé et enleva sa veste de smoking. Il avait de la chance de rentrer de bonne heure et d'apprendre la nouvelle seul chez lui plutôt qu'en public, car les langues devaient déjà marcher bon train.

Ainsi, ce misérable salaud de Tony Avano était mort.

Dommage, en un sens. Il était mûr à point, ce que Jerry attendait depuis longtemps. Mais, bah ! Il disposait d'autres pions sur son échiquier.

Avano laissait sans doute derrière lui une ex-femme éplorée, une veuve joyeuse et une fille affligée. Il n'en méritait pas tant.

Tout en finissant de se déshabiller, Jerry se demanda s'il ne devrait pas voler vers la Californie pour faire acte de présence au service funèbre que les Giambelli allaient sans doute organiser. L'idée ne fit toutefois que l'effleurer. Trop de gens se souvenaient encore trop bien que feu Avano avait couché avec sa femme. Leur divorce subséquent s'était déroulé de manière civilisée, bien sûr – à la seule et notable exception de la lèvre tuméfiée dont le mari outragé avait gratifié l'épouse volage. Cela mis à part, les apparences avaient été sauves.

Tout bien pesé, il se bornerait à envoyer à la famille un message de condoléances attristées. Mieux valait garder ses distances pour le moment et ne se manifester à nouveau qu'au moment propice.

Ce soir, en tout cas, il allait déboucher une bouteille de champagne et célébrer comme il convenait ce meurtre providentiel.

Sophia consacra près d'une semaine à gérer la mort de son père comme elle l'aurait fait d'un problème professionnel. Ses sentiments soigneusement muselés, elle passa des coups de téléphone, rédigea du courrier, posa des questions, répondit à d'autres et veilla sur sa mère avec un soin jaloux. Quand elle se heurtait à un obstacle, et ils étaient nombreux, elle le franchissait en force ou le contournait. La police lui serinait toujours les mêmes réponses : l'enquête suivait son cours, aucune piste n'était négligée. On la traitait au mieux comme un journaliste importun, au pire comme un suspect.

Elle avait laissé sur le répondeur de Renée des dizaines de messages, polis, furieux ou amers, qui restaient sans suite. Pourtant, elle était déterminée à ce que son père eût un service funèbre, avec ou sans la coopération de sa veuve. À la fin, n'y tenant plus, elle invoqua auprès de sa mère le prétexte d'un problème urgent au bureau de San Francisco et se prépara à partir.

Elle refermait à peine la porte quand elle vit Tyler arriver en voiture au pied du perron.

— Où vas-tu ?

— J'ai du travail.

— Où ?

Elle voulut se diriger vers le garage, mais il lui barra la route.

— Je n'ai pas de temps à perdre. Va tailler tes vignes.

— Où vas-tu ? répéta Tyler.

Elle se retint de justesse d'éclater.

— Il faut que j'aille en ville. Une affaire urgente.

— Bon. Allons-y dans ma voiture.

— Je n'ai pas besoin de toi aujourd'hui.

— Et le travail d'équipe, tu oublies ?

Elle était visiblement à bout de nerfs. Il n'était pas question pour Tyler de la laisser conduire dans cet état.

— Je suis assez grande pour me débrouiller seule, MacMillan.

— Oui, je sais. Tu te débrouilles toujours. Monte.

— Il ne te vient pas à l'idée que je préfère être seule ?

— Pour ta gouverne, sache que je m'en moque.

D'une main il lui saisit un bras, de l'autre il ouvrit la portière. Puis, pour vaincre sa résistance, il la souleva et l'assit sur le siège.

— Boucle ta ceinture, ordonna-t-il en claquant la portière.

Elle aurait eu envie de la rouvrir à coups de pied avant de le bourrer de coups de pied à son tour, mais elle s'en abstint de peur de ne plus pouvoir s'arrêter tant la rage impuissante qui bouillonnait en elle oblitérait sa lucidité. Et puis, se rappela-t-elle, Tyler avait toujours été présent quand elle avait eu besoin de lui.

En s'asseyant au volant, il lui coula un regard en coin. Était-ce parce qu'il la connaissait depuis toujours, était-ce parce que depuis quelques semaines il lui prêtait plus d'attention qu'au cours des vingt dernières années ? Dans un cas comme dans l'autre, il connaissait presque trop bien son visage. Et son expression si calme n'était qu'un masque fragile.

— Alors, dit-il en démarrant, où vas-tu en réalité ?

— Voir la police. Je ne peux rien en tirer au téléphone.

— D'accord, allons-y.

— Je n'ai pas besoin d'un chien de garde, Tyler. Ni d'une large épaule sur laquelle pleurer.

— Je comprends. Cela me ferait plaisir aussi que tu n'aies pas besoin d'un punching-ball.

Au lieu de répondre, elle se croisa les bras, regarda droit devant elle et se mura dans un silence maussade. La brume qui estompait les montagnes leur conférait le flou artistique d'un paysage impressionniste. Mais la beauté du spectacle ne suffisait pas à lui remonter le moral. Elle n'avait devant les yeux que la page d'un magazine reçue dans son courrier de la veille.

Une photographie de sa grand-mère, de sa mère et d'elle-même, publiée des mois auparavant, avait été profanée de la même manière que les anges Giambelli le soir de la réception, avec de l'encre rouge cette fois. Et le terme de « garces » était assorti du mot « criminelles ». Était-ce la réponse à ses nombreux appels infructueux à Renée ? Cette femme croyait-elle lui faire peur par un moyen aussi puéril ? Ce qu'elle avait éprouvé en brûlant ce torchon de papier dans la cheminée était le dégoût, la colère, mais pas la peur. Le lendemain, pourtant, elle ne pouvait toujours pas s'empêcher d'y penser.

— C'est Eli ou ma grand-mère qui t'a demandé de me servir de nounou ? demanda-t-elle au bout d'un long silence.

— Ni l'un ni l'autre.

— Qui, alors ?

— Écoute, Sophia, j'accepte qu'on me donne des ordres pour le travail quand c'est indispensable, jamais en ce qui concerne ma vie privée. Personne ne m'a rien demandé. Compris ?

— Non. Tu n'aimais pas mon père et tu n'es pas follement amoureux de moi non plus. Pourquoi m'accompagnes-tu ?

— C'est vrai, je n'aimais pas ton père, répéta-t-il. Mais j'aime beaucoup Pilar, et je ne n'aime pas Renée ni le fait qu'elle essaie de lancer les flics sur ta mère et sans doute aussi sur toi.

— Tu seras donc ravi d'apprendre que ma seconde visite sera pour Renée. S'il le faut, je la forcerai à prévoir un service funèbre.

— Eh bien, ça promet ! J'adore le catch féminin.

Le ton sur lequel il dit ces mots tira de Sophia un vrai rire pour la première fois depuis de longs jours.

Sophia n'était jamais entrée dans un commissariat de police, et l'image qu'elle en avait correspondait à ses souvenirs de films ou de séries télévisées. Aussi s'étonna-t-elle, au lieu des couloirs obscurs au linoléum crasseux, des bureaux branlants et des âcres relents de tabac froid qu'elle imaginait, de découvrir des locaux clairs et nets où flottait une vague odeur de désinfectant. Dans le vaste local des inspecteurs, le cliquetis étouffé des claviers d'ordinateurs formait le fond sonore de conversations courtoises et non des vociférations ponctuées de jurons popularisées par les films noirs. Quant aux quelques pistolets dont elle aperçut la crosse dépassant d'un étui, ils ne lui semblèrent pas plus effrayants que des accessoires de théâtre.

Lorsqu'elle entra, son regard croisa celui de Claremont, qui se leva aussitôt et vint à sa rencontre.

— Que puis-je pour vous, mademoiselle Giambelli ?

— Je veux vous parler de mon père, des formalités à accomplir et des progrès de votre enquête.

— Quand je vous ai eue au téléphone…

— Je sais ce que vous m'avez dit, inspecteur : rien. Je crois avoir droit à des explications plus complètes et je veux savoir quand le corps de mon père sera à la disposition de ses proches. Je suis prête à faire jouer toutes mes relations pour obtenir enfin satisfaction. Ma famille en a beaucoup et qui sont très haut placées, vous pouvez me croire.

— Je vous crois volontiers. Entrons dans le bureau du lieutenant, dit-il en désignant une porte, nous serons plus tranquilles.

Il ne put retenir un juron en voyant une autre porte s'ouvrir et sa collègue Maguire en sortir avec Renée.

Elle resplendissait, en noir de la tête aux pieds. Le modèle même de la veuve de grande famille. Elle n'avait cependant pas pu se retenir d'égayer tout ce noir avec une broche de diamants.

— Qu'est-ce que cette fille fait ici ? fulmina-t-elle. Je vous ai dit qu'elle me persécutait ! Elle me bombarde de coups de téléphone, de menaces. Je veux porter plainte, contre elle et les autres. Ils ont tué mon pauvre cher Tony.

— Vous répétez cette comédie depuis longtemps, Renée ? la coupa Sophia d'un ton glacial. Elle n'est pas encore au point.

— Je demande la protection de la police ! Ces Italiens sont liés à la Mafia. Ils ont assassiné mon Tony à cause de moi.

Sophia éclata d'un rire nerveux incontrôlable qui la secoua jusqu'à la forcer à s'asseoir sur un banc le long du mur.

— Mais oui, bien sûr ! Ma grand-mère dirige une bande de dangereux malfaiteurs qu'elle cache dans ses caves. Il fallait un mannequin décati reconvertie en chercheuse d'or pour les démasquer…

Elle ne se rendait pas compte que son rire se muait en sanglots et que les larmes ruisselaient sur ses joues.

— Je veux enterrer mon père, Renée, reprit-elle. Laissez-moi au moins lui rendre ce dernier hommage, j'en ai le droit. Après, nous n'aurons plus jamais besoin de nous revoir.

Le silence était tombé dans la salle. Renée remit dans son sac le mouchoir avec lequel elle feignait de s'éponger les yeux et attendit que Sophia se redresse pour lancer sa réplique :

— Il est à moi, sa dépouille m'appartient. Vous n'avez droit à rien.

— Renée, écoutez…

Sophia lui tendit une main que Renée écarta d'une claque.

— Madame Avano, je vous en prie ! intervint Claremont d'un ton sévère en lui prenant le bras pour l'entraîner.

— Je ne veux pas qu'elle me touche ! clama-t-elle en s'éloignant. Si elle ou un membre de sa famille maudite essaie encore de m'appeler, ils auront affaire à mes avocats !

— Mademoiselle Giambelli, dit l'inspecteur Maguire, venez vous asseoir. Voulez-vous du café ?

— Je ne veux pas de café. Je veux seulement savoir si oui ou non votre enquête progresse.

— Nous n'avons rien de nouveau à vous apprendre, je le regrette.

— Quand pourrons-nous prendre le corps de mon père ?

— La dépouille de votre père a été remise ce matin à sa veuve.

— Je vois. J'ai perdu mon temps et je vous ai fait perdre le vôtre. Excusez-moi.

À peine sortie, elle attrapa son téléphone portable dans son sac et appela Helen Moore, mais on lui répondit que Son Honneur siégeait à l'audience et était indisponible. Elle appela ensuite le cabinet de James Moore, qui était en réunion et ne pouvait être dérangé. En désespoir de cause, elle demanda Lincoln, qui vint aussitôt en ligne.

— Linc ? Sophia. J'ai besoin de ton aide.

Pilar s'assit sur un banc du jardin. Il faisait froid, mais elle avait un tel besoin d'air qu'elle ne s'en rendait même pas compte. Jamais encore elle ne s'était sentie aussi enfermée dans la maison. Piégée par les murs, les fenêtres closes. Gardée par ceux qui l'aimaient. Veillée comme une invalide au bord de l'évanouissement ou de la mort. Ils croyaient tous qu'elle était plongée dans la douleur. Mieux valait leur en laisser l'illusion, car elle n'éprouvait rien.

Rien qu'un affreux sentiment de soulagement.

Le premier choc et son chagrin s'étaient vite dissipés, si vite qu'elle en avait honte au point de fuir sa famille. Honte au point d'avoir passé presque toute la journée de Noël enfermée dans sa chambre, incapable de consoler sa fille de crainte qu'elle ne se rende compte que sa mère la trompait par des paroles mensongères.

Comment, se demanda-t-elle, une femme peut-elle si vite passer de l'amour au désamour et à l'indifférence ? Ce manque de passion et de sensibilité avait-il toujours été en elle ? Était-ce ce qui avait éloigné Tony, ou était-ce plutôt sa négligence tout au long de leur mariage qui avait tué en elle jusqu'à ses facultés de sentir ?

Qu'importait la réponse, après tout, il était mort. Et elle était une coquille vide.

Elle allait reprendre le chemin de la maison quand elle s'arrêta en voyant David s'approcher.

— Je ne voulais pas vous déranger, lui dit-il.

— Vous ne me dérangez pas.

— Je m'efforçais de vous éviter pour ne pas vous importuner.

— Il était inutile de m'éviter.

— Je le pensais, pourtant. Vous avez l'air lasse, Pilar.

« Et très seule », s'abstint-il d'ajouter.

— Nous le sommes tous un peu, je crois. Vous avez dû vous-même ces derniers jours faire beaucoup de choses en plus de vos obligations. Vous savez, je l'espère, combien nous l'apprécions. Comment s'est passé votre Noël ?

— Épuisant. Je serai content quand les enfants iront à l'école en janvier. Puis-je faire quoi que ce soit pour vous ?

— Non, rien, je vous remercie. Je suis tellement inutile ici, David, se surprit-elle à ajouter. Je ne peux pas même venir en aide à Sophia. Elle cherche à oublier son chagrin en travaillant comme une forcenée, elle perd un temps précieux à essayer de me former au bureau, et moi, je fais n'importe quoi et je gâche le travail.

— Vous ne devriez pas dire cela.

— Si, c'est vrai. Je n'ai jamais travaillé dans un bureau, en dehors de quelques semaines il y a vingt-cinq ans. Tout a changé, depuis. Je suis incapable de faire fonctionner ce maudit ordinateur, je ne comprends même pas à quoi il sert. Et elle, au lieu de me taper sur les doigts, elle me caresse la joue pour ne pas me faire de peine ; pourtant c'est elle qui a de la peine et je suis incapable de la réconforter. Alors, poursuivit-elle, je fuis. Je suis très douée pour la fuite. Je suis sortie pour éviter de me trouver en face d'elle. Elle souffre de la mort de Tony, elle essaie d'empêcher Renée de s'approprier son corps, elle se retient de pleurer. Ce n'est pas normal.

— Il faut la laisser réagir à sa manière, vous le savez. Comme vous, vous réagissez à la vôtre.

— Si j'en ai une, j'ignore laquelle. Je dois rentrer, maintenant.

David décida de ne pas la laisser seule.

— Croyez-vous, Pilar, que Sophia ne sache pas ce qu'elle représente pour vous ?

— Elle le sait, comme elle sait qu'elle n'a jamais rien représenté pour son père. Il est pénible pour un enfant de vivre de la sorte.

— Je suis bien placé pour le savoir. Mes enfants le savent aussi.

— Vous arrive-t-il d'avoir peur de ne pas leur suffire ?

— Tous les jours.

— Je devrais avoir honte de l'admettre, mais je suis soulagée de vous l'entendre dire.

Ils se séparèrent devant la maison. Quand elle ouvrit la porte du petit salon, Pilar vit Sophia affalée sur le canapé, livide. Assis à côté d'elle, Lincoln Moore lui tenait la main.

— Qu'y a-t-il ? s'écria-t-elle en courant s'agenouiller devant sa fille. Que s'est-il passé, ma chérie ?

— Nous sommes arrivés trop tard. Lincoln a fait tout ce qu'il a pu, nous avons réussi à obtenir un référé, mais il était trop tard. Elle l'a fait incinérer, maman. Elle avait déjà pris ses dispositions.

— Je suis vraiment désolé, dit Lincoln sans lâcher la main de Sophia. Renée l'avait fait transférer directement au crématorium, tout était fini avant même que nous ayons le document.

— Il est parti, maman. Parti en fumée. Pour toujours.

11

Les vignes restaient plongées dans leur sommeil hivernal. En février, de fortes pluies retardèrent la taille tout en confirmant la promesse d'une bonne récolte. Il ne fallait plus qu'attendre et se fier au bon vouloir de la nature.

Tereza avait aménagé son bureau au deuxième étage de la villa, autant pour se tenir à l'écart du remue-ménage quotidien qu'afin de profiter depuis ses fenêtres de la vue sur ses chers vignobles. Elle s'imposait tous les jours l'exercice de gravir l'escalier et travaillait trois heures. Jamais moins, rarement plus ces derniers temps.

La pièce était confortable, car Tereza estimait qu'un cadre agréable favorisait la productivité. Le vieux bureau de chêne aux tiroirs profonds, celui de son père, y représentait la tradition. Dessus, une batterie de téléphones et un ordinateur surpuissant symbolisaient le progrès. Dessous, la vieille chienne Sally qui ronflait doucement illustrait la paix du foyer domestique. Tereza croyait aux vertus des trois.

Siégeaient avec elle ce matin-là Eli et son petit-fils Tyler, sa fille Pilar et sa petite-fille Sophia, David Cutter et Paul Borelli. « La jeune et la vieille garde, pensa-t-elle. Le passé et l'avenir. »

Le café servi et les aménités échangées, Tereza se croisa les mains, signe que l'on passait aux choses sérieuses.

— Je regrette, commença-t-elle, que nous n'ayons pas été en mesure de nous réunir plus tôt. La perte du père de Sophia et les circonstances de sa mort ainsi que la récente maladie d'Eli expliquent la date tardive de cette conférence.

Tout en parlant, Tereza lui lança un bref coup d'œil inquiet. Un mauvais rhume aggravé, accompagné de fièvre et de quintes de toux, laissait Eli affaibli.

— Je vais très bien, dit-il avec un sourire rassurant. Encore un peu branlant sur mes jambes, mais je me remets. Je ne peux pas faire autrement, avec toutes ces infirmières qui me dorlotent.

Elle sourit pour lui faire plaisir, mais elle avait l'ouïe assez fine pour entendre des râles dans sa poitrine.

— Pendant la convalescence d'Eli, reprit-elle, je me suis tenue au courant de nos affaires. Sophia, j'ai lu ton rapport et tes prévisions sur la campagne du centenaire. Nous en reparlerons en détail, mais j'aimerais que tu en traces les grandes lignes pour tout le monde.

Sophia se leva, distribua des dossiers contenant les maquettes des annonces publicitaires, le plan média, les statistiques de ventes et leur évolution projetée sous forme de graphiques.

— La première phase de la campagne débutera en juin. Nous l'avons conçue comme un trident, si vous me passez la comparaison, afin de toucher simultanément nos trois principales cibles : les grands comptes, le milieu de gamme déjà fidélisé, et les jeunes consommateurs encore ignorants du produit et disposant d'un budget limité.

Tyler n'écoutait déjà plus, il avait subi trop de réunions au cours desquelles la fameuse campagne avait été formulée et décidée. Cette expérience lui avait permis d'apprécier à sa juste valeur le travail de Sophia, mais il ne parvenait pas à s'y intéresser. Pour le moment, il ne pensait qu'aux prévisions de la météo, qui annonçait une tendance au redoux. Un réchauffement trop précoce réveillerait les vignes et les exposerait au risque mortel d'un retour des gelées. Il était prêt à lutter par tous les moyens, mais…

— Je vois que nous troublons la sieste de Tyler.

La phrase ironique de Sophia le fit retomber sur terre.

— Tu ne troubles rien du tout, répliqua-t-il. Tu en es à l'exposé de la deuxième phase, qui prévoit le renforcement des contacts avec le public, avec dégustations, visites des vignes, galas, ventes aux enchères et autres événements générateurs de publicité. Sophia sait ce qu'elle fait et de quoi elle parle, poursuivit-il en se levant pour aller se resservir une tasse de café. Personne ici ne dira le contraire, je pense.

— Et sur le terrain, demanda Tereza, sait-elle ce qu'elle fait ?

Tyler prit le temps de boire un peu de café avant de répondre :

— Pour une apprentie, elle ne s'en tire pas trop mal.

— Je t'en prie, Tyler, des compliments aussi enthousiastes me font rougir, minauda Sophia.

— Bien, fit Tereza en esquissant un sourire. David, vos commentaires sur la campagne de promotion ?

— Je la juge excellente, intelligente, novatrice et exhaustive. Ma seule objection, en tant que père de deux adolescents, porterait sur le fait que les annonces ciblées sur le marché des vingt-trente ans présentent le vin comme un produit désirable qui favorise la joie de vivre.

— Ce qu'il est, affirma Sophia.

— Et ce que nous souhaitons promouvoir, approuva David. Je suis seulement un peu préoccupé par l'impact de cette campagne sur des esprits jeunes et influençables. C'est le père de famille qui parle, je le répète. Je me rappelle néanmoins que quand j'étais encore gamin et que j'avais envie de me soûler, je le faisais sans le concours d'aucune campagne de publicité.

Assis à côté d'elle, David entendit Pilar émettre un léger son, comme si elle avait voulu prendre la parole puis s'était ravisée.

— Un idée sur la question, Pilar ?

— Non, je me disais simplement… Eh bien, la campagne est remarquable, je sais que Sophia, Tyler et toute l'équipe ont beaucoup travaillé pour la mettre au point, mais à mon avis David n'a pas tort. Il est difficile de s'adresser à une tranche d'âge sans risquer d'attirer une frange de clientèle à laquelle le produit n'est pas destiné. Si nous pouvions, par exemple, y inclure une sorte de – quel est le mot exact ? – démenti, avertissement, mise en garde ?

— Les mises en garde dénaturent le message et personne n'en tient compte, il suffit de voir à quoi ils servent sur les paquets de cigarettes, objecta Sophia. À moins de trouver une formule amusante qui responsabilise les consommateurs, ajouta-t-elle. Je vais y réfléchir.

— Bien, approuva Tereza. Paul, où en êtes-vous ?

Sophia écouta d'une oreille distraite le maître de chai parler de nouvelles plantations et d'essais de coupage de différents cépages dans les cuves et les foudres. Quand il eut terminé, ce fut au tour de David d'intervenir. Sophia s'attendait à l'entendre débiter des chiffres, des statistiques de prix de revient, des prévisions, mais Tereza écarta son rapport écrit.

— Nous l'examinerons plus tard, David. Pour le moment, j'aimerais entendre votre évaluation des personnes présentes.

— Je vous ai fait un rapport à ce sujet, madame.

— Je sais.

— Dans ce cas, je résumerai mes observations. Tyler n'a pas besoin de moi dans les vignes et il le sait. Le fait que je sois chargé de superviser l'ensemble des opérations et aussi qualifié que lui sur le terrain n'atténue pas sa résistance. Cette résistance, je la comprends et je ne la lui reproche pas, mais elle crée un obstacle à la bonne marche de l'exploitation. Cela mis à part, les vignobles MacMillan et les vignobles Giambelli sont aussi bien gérés que les meilleurs qu'il m'ait été donné de connaître par ailleurs. Les problèmes d'adaptation à la nouvelle structure sont en voie d'être résolus et Tyler fait un excellent travail pour harmoniser les opérations et coordonner les équipes. Sophia se débrouille sur le terrain bien que ce ne soit pas son fort, de même que la promotion et le marketing ne sont pas ceux de Tyler, mais ils forment une équipe efficace qui fonctionne étonnamment bien. Il y a toutefois un sérieux problème au bureau de San Francisco.

— Je les connais et je m'occupe à les résoudre, coupa Sophia.

— J'ai dit *un* problème, Sophia. Il est dû à une collaboratrice rétive et rancunière qui s'efforce de saper votre autorité.

— J'ai rendez-vous avec Kris demain après-midi. Je connais mes gens et je sais comment il faut les prendre.

— Savez-vous vraiment jusqu'à quel point Kris Drake cherche à vous nuire ? Elle entretient des contacts suivis avec nos concurrents. Elle a envoyé son CV à une douzaine de sociétés depuis quinze jours. Une de mes sources chez Laker m'a informé qu'elle profère à qui veut l'entendre des accusations médisantes, pour ne pas dire calomnieuses, contre notre maison en général et vous-même en particulier.

Sophia marqua le coup, mais se ressaisit aussitôt.

— Bon, réagit-elle au bout d'un instant. Je réglerai la question.

— J'y compte, dit Tereza. Un employé déloyal doit au moins faire preuve de dignité. Nous ne pouvons pas tolérer qu'un membre du personnel nous calomnie dans l'espoir de se faire embaucher par un concurrent. Et Pilar ?

— Elle fait de son mieux, reprit David, mais je pense que vous l'utilisez mal, madame. Votre fille serait plus à sa place dans un rôle de porte-parole de l'entreprise, où son charme et son élégance ne seraient pas gâchés comme ils le sont devant un ordinateur. Vous devriez charger Pilar de conduire les visites et les séances de dégustation, au cours desquelles les visiteurs seraient sensibles au privilège d'être reçus par un membre de la famille proche. Pilar est une piètre employée de bureau, madame, mais une hôtesse de grande classe.

— Vous affirmez que j'ai commis une erreur en désirant que ma fille s'initie à la marche de nos affaires ?

— Oui, madame.

Sa réponse provoqua chez Eli une bruyante quinte de toux.

— Excusez-moi, fit-il en faisant signe à Tyler de lui apporter un verre d'eau. Je n'aurais pas dû essayer de m'empêcher de rire. David a cent fois raison, Tereza, tu le sais aussi bien que moi. Tu te trompes rarement mais tu n'aimes pas avoir tort. Sophia, comment ta mère travaille-t-elle avec toi ?

— Elle a eu à peine le temps de… Oh ! et puis, inutile de mentir, elle est catastrophique, répondit Sophia en riant. Je suis désolée, maman, je n'avais jamais eu d'assistante aussi nulle que toi. En revanche, tu as de bonnes idées, comme à l'instant au sujet de l'avertissement dans la publicité. Mais tu ne les exprimes que quand on t'y force et tu n'essaies même pas de les mettre en pratique. Pire encore, tu es malheureuse comme les pierres dans mon bureau.

— Pourtant, dit Pilar en se levant, je fais des efforts. Manifestement, ils sont insuffisants.

— Écoute, maman…

— Non, inutile de me chercher des excuses. Je préfère que tu sois franche. Je vais donc vous simplifier la vie à tous : je démissionne. Si vous voulez bien m'excuser, je vais me chercher une activité pour laquelle je suis douée. Par exemple m'asseoir dans un coin sans rien faire avec charme et élégance, conclut-elle en quittant la pièce.

— Je vais lui parler…, commença Sophia.

— Non ! coupa Tereza. C'est une adulte, pas une enfant qu'il faut consoler. Rassieds-toi, la réunion n'est pas finie.

Tereza songea qu'il était encourageant de voir enfin sa fille avoir un accès d'humeur et faire preuve d'un peu de caractère. Il était temps. Plus que temps.

Il n'avait pas l'esprit à jouer les consolateurs ni beaucoup de temps à consacrer à l'altruisme, mais comme Pilar s'était vexée en grande partie par sa faute, David partit à sa recherche. Grâce à Maria, avec qui il avait noué de bonnes relations, il la trouva dans la serre, où, en tablier et gants de jardinage, elle rempotait des boutures.

— Vous avez une minute ?

— J'ai tout mon temps, je ne fais rien, répondit-elle froidement sans même lui accorder un regard.

— Dans un bureau, vous ne faites rien qui vous plaise ou qui vous donne un but, ce n'est pas du tout la même chose. Je regrette sincèrement que mon appréciation vous ait blessée, mais…

— Mais les affaires sont les affaires, n'est-ce pas ?

— Si on veut. Avez-vous vraiment envie de continuer à taper du courrier et à classer des dossiers, Pilar ? De vous ennuyer à périr dans des réunions où l'on parle de campagnes de publicité ou de stratégies de marketing ?

Elle jeta rageusement ses outils. La prenaient-ils tous pour une de ses fleurs, une jolie petite chose délicate à laquelle il fallait une température constante et des soins attentifs, un ornement périssable ? Et elle, le croyait-elle aussi ?

— Je suis lasse qu'on me donne l'impression de ne rien avoir à offrir. De ne rien savoir faire, d'être une idiote dénuée de talent.

— Vous n'écoutiez pas mes paroles.

— Oh, si ! Je dois me contenter d'être charmante et élégante, telle une poupée décorative qu'on exhibe dans une vitrine quand on en a besoin et qu'on remet au placard le reste du temps. Eh bien non, merci ! J'ai déjà été trop longtemps enfermée dans un placard.

Elle arracha ses gants, repoussa David pour passer, mais il lui happa une main et, malgré ses efforts pour se dégager, la retint en lui agrippant l'autre.

— Lâchez-moi !

— Dans une minute. D'abord, sachez que le charme est un talent inné, l'élégance un art, et qu'il faut avoir une tête bien faite pour agir de façon adéquate au bon moment afin de mettre les gens à l'aise. Vous excellez dans ces trois domaines, pourquoi ne pas les cultiver ? Ensuite, si vous croyez que recevoir des hordes de curieux ou de conduire une séance de dégustation pour des clients blasés représente une sinécure, vous vous rendrez vite compte du contraire si vous décidez de vous y mettre pour de bon.

— Je n'ai pas besoin de vous pour me dire…

— Apparemment, si.

Jamais on ne lui avait parlé sur ce ton froid, coupant, autoritaire. Il s'était adressé à Tony sur ce même ton le soir de la réception.

— Je vous rappelle que je ne travaille pas pour vous.

— Moi, je vous rappelle que si. Et à moins de faire une nouvelle sortie d'enfant gâtée, vous continuerez.

— Allez au diable !

— Je ne suis pas d'humeur en ce moment pour une excursion en enfer ; je vous demande simplement de m'écouter. Je vous propose de mettre vos talents, bien réels, au service d'une activité importante, trop souvent négligée mais qui vous convient parfaitement. Il faut connaître les rouages de l'affaire pour conduire les visites guidées et avoir la patience de répondre à des questions serinées des centaines de fois. Il faut savoir vendre les produits sans avoir l'air de forcer la main des clients, se montrer à la fois aimable et instructive sans ennuyer son auditoire. Et avant de vous y essayer, vous devrez vous regarder en face et sans complaisance pour cesser de vous voir sous l'aspect pitoyable de l'épouse bafouée d'un homme qui n'a jamais accordé de valeur à rien ni à quiconque que lui-même.

Pilar resta bouche bée un moment avant de pouvoir parler.

— Ce que vous dites est… affreux.

— Peut-être, mais il était grand temps que quelqu'un le dise. Je ne supporte pas le gâchis. Vous avez trop longtemps laissé gaspiller vos dons et vos qualités, cela commence à m'exaspérer.

— Votre position dans la maison ne vous donne pas le droit de vous montrer cruel !

— Ma position ne me donne en effet pas le droit de dire la

vérité comme je la vois. Pas plus que de faire ceci, ajouta-t-il en la prenant dans ses bras. C'est une initiative purement personnelle.

Elle fut trop stupéfaite pour résister, pour émettre la plus timide protestation. Et lorsque les lèvres de David prirent possession des siennes, elle se laissa emporter par un flot de sensations qu'elle croyait ne jamais plus éprouver. Une bouche d'homme, exigeante et brûlante. Des mains d'homme, habiles, puissantes. Un corps d'homme pressé contre le sien, exprimant un désir impérieux...

Son corps et son cœur trop longtemps sevrés de plaisir lui dictèrent leur loi. Ses bras se nouèrent autour de lui. Ils s'étreignirent en titubant, bousculèrent l'établi d'où des piles de pots de grès cascadèrent en se brisant dans un cliquetis d'épées entrechoquées. Des appétits oubliés soudain réveillés au plus profond d'elle-même lancèrent un courant électrique dans ses nerfs survoltés tandis que ses genoux flageolants menaçaient de se dérober sous elle.

— Que faisons-nous ? souffla-t-elle.

— Nous y penserons plus tard.

Il fallait qu'il la touche, qu'il sente le contact de sa peau nue sous ses mains. La pluie crépitait sur la verrière, le discret parfum de Pilar se mêlait dans l'air tiède aux arômes des fleurs et de la terre humide. Il retrouvait les impulsions sensuelles d'un adolescent qui caresse une fille pour la première fois sur la banquette arrière d'une voiture à la sortie d'une boum. Il la sentait frémir contre lui, il entendait au fond de sa gorge de délicieux gémissements de plaisir. Il ne pouvait plus résister au besoin de se fondre en elle.

— Pilar...

S'il n'avait prononcé son nom, elle l'aurait oublié avec tout le reste pour céder aux exigences de son propre corps.

— Non, David... Arrêtez.

Il était hors d'état de cesser, de maîtriser son souffle.

— Pilar, je vous désire.

Depuis quand n'avait-elle plus entendu ces mots ? Depuis combien de temps ne les avait-elle pas vus traduits dans le regard d'un homme ? Si longtemps qu'elle ne pouvait pas se fier à elle-même pour agir avec une ombre de bon sens.

— Non, David. Je ne suis pas prête pour... cela.

Il avait les mains sous son chandail, sur sa peau tiède et encore frémissante.

— Je vous ai désirée dès la première seconde où je vous ai vue. Quand vous m'avez ouvert la porte de la villa.

Elle ne put retenir un frisson de joie, vite chassé par une sorte d'étonnement mêlé de panique.

— Je suis...

— Ne me dites surtout pas que vous êtes flattée.

— Si, bien sûr. Vous êtes un homme très séduisant et... Lâchez-moi, voulez-vous ?

Elle ne pourrait pas réfléchir tant qu'il aurait les mains sur elle.

— D'accord, dit-il à regret. Vous savez, j'espère, que ce qui vient de se passer ne m'arrive pas tout le temps ni avec toutes les femmes.

— Je crois que nous nous sommes tous deux laissé surprendre.

— Voyons, Pilar, nous ne sommes plus des enfants.

— Non, justement. J'ai quarante-huit ans, David. Et vous... eh bien, vous ne les avez pas. Pas encore.

Il n'aurait rien imaginé de drôle dans la situation présente. Pourtant, ces mots de Pilar le firent éclater de rire.

— Vous n'allez pas invoquer l'excuse de quelques malheureuses années de différence entre nous !

— Ce n'est pas une excuse, c'est un fait. Et nous ne nous connaissons que depuis peu.

— Huit semaines et deux jours, très précisément. Et depuis huit semaines et deux jours, je n'ai pas cessé de me voir en train de poser les mains sur vous, murmura-t-il en lui caressant les cheveux. Je n'avais pas prémédité de vous assaillir dans la serre au milieu de vos pots de fleurs, mais cela s'est passé de cette manière. Si vous préférez une rencontre plus conforme aux conventions, je viendrai vous chercher à sept heures pour sortir dîner.

— David ! Mon mari est mort depuis moins de quinze jours...

— Ex-mari, la corrigea-t-il sèchement. Et ne le dressez pas entre nous comme un paravent, Pilar. Je le supporterai mal.

— On ne peut pas effacer trente ans de sa vie du jour au lendemain, quelles qu'en aient été les circonstances.

Il l'empoigna aux épaules, l'attira contre lui avant qu'elle se soit rendu compte à quel point sa défense le mettait en colère.

— Vous n'avez pas le droit de vous réfugier derrière Tony Avano, Pilar. Admettez-le. Et admettez mon existence.

Il lui donna un baiser, long et exigeant, puis la lâcha.

— Ce soir, sept heures, déclara-t-il.

Et il sortit sous la pluie battante.

Le misérable enfant de salaud n'allait pas du fond de sa tombe compliquer sa vie et celle de Pilar ! rageait David. Il y aurait très bientôt un grand déballage de secrets encore tapis dans l'ombre, suivi de mises au point qui n'avaient que trop tardé.

Tout à sa frustration, il fonçait tête baissée droit devant lui. De son côté, Sophia courait en regardant à ses pieds pour éviter les flaques d'eau, si bien que l'inévitable collision se produisit au milieu de l'étroite allée reliant la serre à la maison.

— Je vous croyais rentré chez vous, dit-elle en rattrapant son chapeau délogé par le choc.

— Je voulais d'abord faire quelque chose d'urgent. J'ai essayé de séduire votre mère dans la serre. Cela vous pose un problème ?

Sophia resta un instant bouche bée :

— Pardon ?

— Vous m'avez très bien entendu. Je suis follement amoureux de votre mère, j'ai décidé d'agir en conséquence et j'ai la ferme intention de recommencer à la première occasion. Avez-vous des objections ?

— Euh…

— Quoi ? Pas de réaction immédiate ni de réplique spirituelle ?

— Non, désolée. J'essaie d'assimiler.

— Bon. Quand vous aurez fini, faxez-moi un mémo.

Sophia le regarda s'éloigner au pas de charge en crachant, presque littéralement, de la vapeur par les oreilles. Partagée entre la stupeur et l'inquiétude, elle se précipita vers la serre.

Quand elle y fit irruption, Pilar contemplait son établi de travers, les tessons de pots de fleurs et les boutures piétinées sur le sol. Sophia n'eut aucune peine à imaginer la scène qui s'était déroulée à cet endroit.

Au bruit de la porte, Pilar sursauta et empoigna ses gants de jardinage pour se donner une contenance. Elle avait encore le feu aux joues et les cheveux ébouriffés comme ceux d'une femme après le passage d'une main d'homme.

— Je viens de croiser David, fit Sophia.

Rougissant de plus belle, Pilar laissa tomber ses gants.

— Ah oui ?

— Il m'a dit qu'il avait essayé de te, disons… séduire.

— Il a… quoi ? bégaya-t-elle.

Ce n'était plus la panique qui lui nouait la gorge, mais la honte.

— D'après ce que je vois, il a pris un bon départ.

De plus en plus déconfite, Pilar essaya en vain de remettre son tablier, dont elle ne retrouvait plus l'envers ni l'endroit.

— Nous avons eu une… une dispute, il était… mécontent. Cela ne vaut pas la peine d'en parler.

Sophia lui prit des mains le tablier et les gants, les posa sur l'établi.

— David t'inspire-t-il des sentiments, maman ?

— Quelle question, Sophia !

« Bonne manière d'éviter de répondre », pensa-t-elle.

— Posons-la autrement. T'attire-t-il ?

— C'est un homme séduisant.

— Tu as raison.

— Mais nous ne sommes pas… je ne suis pas… Je suis trop vieille pour ce genre de choses, conclut Pilar, à bout d'arguments.

— Ne raconte pas de bêtises, je t'en prie ! Tu es une femme belle et séduisante. Pourquoi te refuser une idylle amoureuse ?

— Je ne cherche pas d'idylle amoureuse.

— L'amour physique, alors. Le sexe, si tu veux les points sur les i.

— Sophia ! s'exclama Pilar.

— Maman ! l'imita Sophia en la prenant dans ses bras. J'avais peur de te trouver aux cent coups et je te découvre encore rougissante après une séance de flirt un peu poussée avec notre séduisant directeur général. C'est merveilleux !

— Non, Sophia, ce n'est pas merveilleux et cela ne se produira plus. J'ai été mariée près de trente ans, je ne peux quand même pas me jeter si vite dans les bras d'un autre homme.

— Papa est mort, maman. Et vous étiez séparés depuis sept ans. J'ai du mal à m'y faire, mais il n'était jamais là quand toi ou moi avions besoin de lui, il en était incapable. Aujourd'hui, tu as la chance de rencontrer quelqu'un qui t'aime et s'occupera de toi.

Les yeux humides, Pilar lui caressa la joue.

173

— C'est ce que je te souhaite du fond du cœur, poursuivit Sophia. Je serais furieuse et malheureuse si tu repoussais cette chance à cause de quelque chose ou de quelqu'un qui n'a jamais existé. Je t'aime et je veux ton bonheur.

— Je sais, soupira Pilar. Mais il faut du temps pour s'adapter. Tu sais, ma chérie, il ne s'agit pas vraiment de ton père ou de ce qui lui est arrivé, il s'agit de moi. Je ne sais pas comment il faudrait être avec un autre. Je ne sais même pas si je voudrais être avec quelqu'un.

— Comment le sauras-tu si tu n'essaies pas ? Il te plaît, n'est-ce pas ?

— Oui, bien sûr. Il a beaucoup de charme, et c'est un bon père.

— En plus, il a un cul superbe.

— Sophia !

— Ne me dis pas que tu ne l'as pas remarqué, je t'accuserais de mentir. Ah ! je reconnais ce sourire.

— Il a de la bonté dans le regard, murmura rêveusement Pilar.

— Oui, acquiesça Sophia. Vas-tu sortir avec lui ?

— Je ne sais pas.

— Vas-y, bon sang ! Jette-toi à l'eau, expérimente. Vois si cela te plaît. Et prends un préservatif dans ma table de chevet.

— Oh ! Pour l'amour du ciel, ma chérie…

Sophia enlaça tendrement sa mère.

— À la réflexion, dit-elle en pouffant de rire, prends-en deux.

12

Maddy Cutter regardait son père nouer sa cravate grise à rayures bleu marine, celle qu'elle appelait la « cravate premier rendez-vous ». Il avait simplement dit, bien sûr, qu'il sortait dîner avec Mme Giambelli, de manière que Théo et elle croient à une séance de travail, mais la cravate le trahissait. Maddy déciderait plus tard ce qu'il fallait en penser. Pour le moment, il était beaucoup plus amusant et urgent d'asticoter son père.

— C'est une tradition très ancienne, déclara-t-elle.

— Pas dans la famille Cutter. Tu ne te feras pas percer le nez, Madeleine.

Maddy fit la moue en poussant un soupir excédé. En réalité, elle n'avait aucune envie de se faire percer le nez. Elle voulait juste un deuxième trou au lobe de l'oreille gauche. Arriver à l'oreille en partant du nez faisait appel à une stratégie si géniale que son père n'aurait pu faire autrement que l'admirer – s'il avait été au courant.

— Je peux au moins avoir un tatouage ?

— Bien sûr, nous irons tous ensemble nous faire tatouer ce week-end. De quoi ai-je l'air ? ajouta-t-il en se retournant.

Maddy affecta de l'examiner un long moment.

— Hmm… à peine au-dessus de la moyenne.

— Ton soutien moral est très appréciable, Maddy. L'heure tourne, il faut que je m'en aille. Allons-y.

Il l'attrapa par la taille, la souleva et l'emporta dans le couloir en laissant ses pieds traîner par terre. C'était pour Maddy une vieille habitude, presque un rituel, qui ne manquait jamais de lui faire monter une bulle de joie dans la poitrine.

— Si tu ne veux pas que je me fasse percer le nez, est-ce que je peux quand même avoir un trou de plus dans l'oreille gauche ? Juste pour une petite boucle.

— Tu tiens vraiment à être percée de partout comme une passoire ? répondit-il en frappant de sa main libre à la porte de Théo.

— Fous le camp, monstre ! fit la voix de son fils.

David baissa les yeux vers Maddy :

— C'est de toi qu'il s'agit, je suppose ?

En ouvrant, il découvrit Théo vautré sur son lit, le téléphone soudé à l'oreille, au lieu d'être assis à sa table en train de faire ses devoirs. David ne sut s'il devait se fâcher de ce flagrant manquement aux règles ou se réjouir que son fils se soit déjà fait des amis.

— Je te rappelle dans cinq minutes, marmonna Théo en raccrochant. Je faisais juste une petite pause, ajouta-t-il en guise d'excuse.

— Qui dure depuis un mois, commenta Maddy.

— Il y a dans le frigo plein de choses à grignoter pour le dîner, déclara leur père. J'ai laissé le numéro du restaurant à côté du téléphone et vous connaissez mon numéro de portable. N'appelez que si c'est réellement indispensable. Pas de bagarres, pas d'étrangers vêtus ou non, pas d'alcool. Faites tous les deux vos devoirs, ni télévision ni téléphone avant qu'ils soient finis. Et ne mettez pas le feu à la maison. J'ai oublié quelque chose ?

— Pas de sang sur la moquette, suggéra Maddy.

— Exact. Si vous voulez vous entretuer, saignez sur le carrelage. Je serai rentré vers minuit, conclut-il en posant Maddy, qu'il embrassa sur le haut du crâne.

— J'ai besoin d'une voiture, papa, geignit Théo.

— Et moi d'une villa dans le midi de la France. Râlant, non ? Les lumières éteintes à onze heures, pas onze heures une. À tout à l'heure.

— Papa, il me faut une bagnole ! cria Théo avant de lâcher un juron en entendant les pas de son père déjà dans l'escalier. Autant crever dans ce bled quand on n'a pas de bagnole.

— Tu es débile, Théo, fit observer Maddy.

— Et toi trop moche pour parler, rétorqua son frère.

— Tu n'arriveras à rien en le harcelant. Si je t'aide à décrocher la voiture, tu me conduiras en ville aussi souvent que je te le demanderai, sans me casser les oreilles à chaque fois.

— Comment peux-tu le convaincre, débile toi-même ?

Le doute commençait cependant à poindre dans son esprit. Maddy obtenait toujours tout ce qu'elle voulait de leur père.

— Dis-moi d'abord oui. Après, on discutera.

Tereza n'avait jamais estimé que les parents devaient cesser de se mêler de la vie de leurs enfants à partir d'un certain moment et se contenter d'observer leurs faits et gestes sans intervenir. Une mère ne se jette-t-elle pas à l'eau si elle voit son enfant, quel que soit son âge, se noyer sous ses yeux ? L'instinct maternel ne disparaît pas à la majorité de la progéniture. De fait, il ne meurt jamais, que cela plaise ou non au rejeton en question. Le fait que Pilar soit largement adulte et mère de famille n'empêcha donc pas Tereza d'entrer dans la chambre de sa fille tandis qu'elle se préparait à sortir dîner avec David Cutter et de lui exprimer sa pensée sans ambiguïté.

— Les gens vont jaser.

Pilar s'évertuait gauchement à mettre ses boucles d'oreilles. Les gestes les plus simples lui posaient ce soir-là d'immenses difficultés.

— Ce n'est qu'un dîner.

Mais avec un homme séduisant lui ayant manifesté explicitement son intention de coucher avec elle. Seigneur !…

— Les gens clabaudent sur tout et n'importe quoi. Ceux qui te verront avec David s'en donneront à cœur joie.

— Cela te gêne, maman ?

— Et toi ?

— Il n'y a pas de raison. Je n'ai jamais rien fait qui puisse intéresser les autres.

Pilar se battait maintenant avec le fermoir de son collier. Agacée par sa maladresse, Tereza le lui prit des mains et le fixa elle-même.

— Tu es une Giambelli, cela suffit. T'imagines-tu n'avoir rien fait dans la vie parce que tu t'es mariée et que tu as eu une fille ?

— Tu t'es mariée, tu as eu une fille et tu as dirigé un empire.

Par comparaison, je suis loin du compte, on me l'a assez fait sentir aujourd'hui.

— Ce sont des sottises.

— Vraiment, maman ? demanda Pilar avec amertume.

— Tu crois m'avoir déçue ? Eh bien oui, mais pas pour ce que tu viens de dire. Je suis déçue que tu aies laissé un homme diriger ta propre vie, te rabaisser. Et que tu n'aies rien fait pour réagir et changer cet état de choses.

— Je l'ai longtemps aimé. C'était cela mon erreur, mais on ne peut pas dicter à son cœur ses sentiments.

— Crois-tu ? En tout cas, aucune de mes paroles ne te faisait changer d'avis. Et en y repensant, mon erreur à moi a été de te laisser partir à la dérive sans tout tenter pour que tu te ressaisisses. Enfin, c'est fini désormais et tu es trop jeune pour ne pas te donner de nouveaux buts dans la vie. Je veux que tu prennes une part active à ton héritage, à ce qui m'a été transmis et que je dois transmettre à mon tour. J'y tiens, c'est essentiel pour toi et pour la famille.

— Même toi, maman, tu ne pourras pas me transformer en femme d'affaires.

— Trouve-toi un rôle qui te convienne, alors ! répliqua Tereza avec impatience. Cesse de te voir comme le reflet de ce qu'un homme voyait en toi. Sois enfin toi-même ! Je t'ai demandé si cela te dérangeait que les gens jasent. J'aurais aimé t'entendre répondre qu'ils aillent au diable parce que tu te moques des ragots ! D'ailleurs, il est grand temps de leur fournir un sujet de médisances.

— Tu parles comme Sophia, s'étonna Pilar.

— Eh bien, écoute-la ! Si tu veux David Cutter, ne serait-ce que pour un jour ou un mois, prends-le. Une femme qui attend finit généralement les mains vides.

Pilar allait répondre quand Maria vint annoncer que M. Cutter était arrivé et attendait au petit salon. Tereza reconnut et approuva le bref éclair de panique qui traversa le regard de sa fille.

— Tu avais la même expression à seize ans lorsqu'un jeune homme venait te chercher. Je suis heureuse de la revoir. Passe une bonne soirée, dit-elle en l'embrassant avant de se retirer

Pilar se maîtrisa de son mieux. Elle n'avait plus seize ans et il ne s'agissait que d'un dîner. Ce serait simple, courtois, amical, essaya-t-elle de se persuader. Rien de plus.

En haut de l'escalier, elle ouvrit nerveusement son sac pour s'assurer qu'elle n'avait rien oublié et faillit trébucher en sentant sous ses doigts… deux étuis de préservatifs. Un coup de Sophia, comprit-elle aussitôt en se hâtant de refermer le sac. Le rire qui lui montait à la gorge était digne de ses seize ans et lui apportait un sentiment de soulagement parfaitement ridicule – mais très agréable.

« Après tout, songea-t-elle en descendant le sourire aux lèvres, nous verrons bien. »

Elle avait oublié ce qu'éprouve une femme, assise à une table élégante à la douce lumière des bougies, en face d'un homme qui écoute avec attention ses paroles et sourit à ses bons mots. Retrouver un tel souvenir était aussi bon que se faire offrir un verre d'eau fraîche quand on meurt de soif. Non qu'elle eût l'intention de voir ce moment déboucher sur autre chose que, disons, une amitié. Quand elle pensait à ce que sa fille avait glissé dans son sac, ses paumes devenaient moites. Mais nouer une réelle amitié avec un homme séduisant et intelligent, oui. Ce serait… plaisant.

— Pilar ! Quelle joie de vous rencontrer !

Pilar reconnut le nuage de parfum et l'enjouement étudié de la voix avant même de lever les yeux.

— Susan. Toujours aussi ravissante. David Cutter, Susan Manley.

Blonde comme un champ de blé à la veille des moissons et fraîchement remise de son dernier tirage de peau, Susan agita une main couverte de bagues en direction de David.

— Non, non, ne vous levez pas, voyons ! Je retournais à ma table après m'être repoudré le bout du nez quand je vous ai aperçue. Charlie et moi sommes de corvée avec des clients. D'un ennui, les pauvres gens ! Je disais justement l'autre jour à Laura que nous devrions nous voir plus souvent, toutes les trois. Vous avez une mine superbe, Pilar. Je me doute du choc que vous avez dû éprouver, ma pauvre amie. Nous en étions toutes bouleversées.

Pilar sentit le plaisir de cette soirée crever comme un ballon d'enfant victime d'une piqûre d'épingle.

— Merci, Susan. Vos condoléances m'ont beaucoup touchée.

— J'aurais tant voulu faire davantage. Mais ne parlons plus de choses tristes. Votre mère va toujours bien, j'espère ? Il faut que je me sauve, enchaîna-t-elle. Je ne peux pas laisser le pauvre Charlie seul avec ces deux raseurs. Ravie d'avoir fait votre connaissance, monsieur Cutter, conclut-elle en toisant David d'un regard exercé. Je vous appellerai la semaine prochaine, Pilar. Nous déjeunerons ensemble.

— J'y compte, Susan. La vallée entière n'est rien de plus qu'un village, poursuivit-elle quand Susan fut hors de portée de voix. On ne peut aller nulle part sans tomber sur des gens de connaissance.

— Pourquoi vous en excuser ?

Pilar prit son verre de vin, y trempa les lèvres, le reposa.

— C'est un peu… gênant. Comme ma mère l'a prédit, les langues vont aller bon train.

— Dans ce cas, donnons-leur de quoi courir un marathon, répliqua-t-il en portant la main de Pilar à ses lèvres. Cette Susan me plaît, elle m'a offert le prétexte de faire ce dont j'avais envie. Que dira-t-elle à votre amie Laura lorsqu'elle lui téléphonera demain matin, à votre avis ?

Elle retira sa main. Des frissons couraient le long de son bras.

— Je peux facilement l'imaginer, David.

— Moi aussi. Faisons tout de suite quelque chose de scandaleux, ajouta-t-il à voix basse, et il se pencha vers elle.

Pilar sentit le sang lui monter à la tête.

— Quoi ? murmura-t-elle, affolée.

— Commandons le dessert. Un gros dessert.

La respiration qu'elle retenait se mua en gloussement.

— Parfait, parvint-elle à articuler.

Et tout fut parfait, en effet. Le retour sous la lumière de la lune dans un ciel étoilé, la musique douce à la radio de la voiture, la discussion animée sur les mérites d'un livre qu'ils avaient tous deux récemment lu. Chaque fois qu'elle s'en souviendrait par la suite, Pilar s'étonnerait de s'être sentie si détendue et stimulée à la fois.

L'apparition des lumières de la villa lui tira un soupir de regret. Elle avait abordé cette soirée avec appréhension, elle regrettait maintenant qu'elle n'ait pas duré plus longtemps.

— Les enfants ne sont pas couchés, grogna David en voyant

les fenêtres de la maison d'amis illuminées. Il va falloir que je les tue.

— C'est vrai, j'ai remarqué à quel point vous êtes un père brutal et tyrannique avec ses enfants.

— S'ils tremblaient de temps en temps, je ne dirais pas non.

— À mon avis, il est trop tard pour leur faire peur. Votre éducation en a fait de jeunes personnes heureuses et équilibrées.

— J'ai encore du pain sur la planche. Théo avait des problèmes à New York. Vol à l'étalage, fugues, notes désastreuses.

— L'adolescence est souvent dure pour tout le monde, surtout quand on est seul pour élever des enfants. Je pourrais vous raconter sur Sophia au même âge des histoires à faire dresser les cheveux sur la tête. Votre fils est un brave garçon qui se donne des allures de rebelle. Les comportements comme ceux-là sont une manière de s'affirmer face aux adultes.

— En tout cas, ils m'ont donné une secousse salutaire. Par facilité, je laissais trop la bride sur le cou à Théo. Je n'avais jamais assez de temps à lui consacrer ni assez de courage à la fin de la journée pour m'occuper de lui. Maddy souffrait davantage de la désertion de leur mère, et je lui accordais plus d'attention qu'à son frère. C'est une des raisons pour lesquelles j'ai décidé d'acheter le monospace et de traverser le pays en voiture au lieu de nous enfourner tous les trois dans un avion. Rien de tel que cinq mille kilomètres dans un espace restreint pour cimenter un esprit de famille – à condition d'y survivre.

David arrêta la voiture devant le perron de la villa. Pilar posa la main sur la poignée de la portière. Il l'en empêcha.

— Attendez. Il faut finir la soirée convenablement.

Une fois de plus, Pilar sentit ses nerfs se nouer. Que voulait-il dire au juste ? se demanda-t-elle pendant qu'il contournait la voiture. S'attendait-il qu'elle l'invite à entrer pour la lutiner sur le canapé du salon ? Qu'il se contente de la raccompagner jusqu'à la porte. Ils se diraient bonsoir, échangeraient peut-être un petit baiser amical. Rien de plus, se promit-elle quand il ouvrit la portière.

— Merci pour cette charmante soirée, David.

— Je veux vous revoir, Pilar.

— Bien sûr. Nous…

— Non, pas avec tout le monde ni pour parler travail. Seuls.

Il l'enlaça doucement, la tourna vers lui.

— Mais, David…

Ses lèvres prenaient déjà possession de sa bouche. Avec douceur et persuasion, cette fois. Pas avec l'avidité presque brutale qui avait réveillé en elle dans la serre tant de sensations assoupies, mais avec une chaleur qui se répandit lentement jusqu'à dénouer ses nerfs hypertendus et lui donner l'impression de fondre.

Quand il s'écarta enfin, il lui caressa le visage. Sa main s'attarda sur les joues, descendit à la naissance du cou.

— Je vous téléphonerai. Bonne nuit, Pilar.

— Bonne nuit, David.

Elle entra, referma la porte. Et elle avait beau se traiter de sotte, elle flottait sur un nuage en montant l'escalier.

Pour Sophia, les caves avaient toujours été une sorte de caverne d'Ali Baba, pleine de trésors et de mystères. Toute petite, déjà, elle aimait y passer des heures, surtout lorsqu'un des vignerons lui donnait en cachette un petit verre de vin à déguster. On lui avait donc enseigné très tôt, par la vue, l'odorat et le palais, la différence entre un grand cru et un vin ordinaire, à en distinguer les subtilités. Ainsi initiée, elle exigeait la plus haute qualité parce qu'on lui avait appris à ne rien tolérer d'inférieur.

Ce n'était cependant pas au vin qu'elle pensait ce jour-là, mais aux hommes. Elle aimait s'estimer en mesure d'en reconnaître les mérites avec autant de discernement que ceux du vin. Elle distinguait très vite un médiocre coupage d'un cépage, aimable de prime abord, qui laisserait un arrière-goût d'amertume, ou d'un autre encore jeune et susceptible de se bonifier avec le temps. Telle était, croyait-elle, la raison pour laquelle elle n'avait jamais eu de relations durables avec un homme. Chez aucun d'eux elle n'avait encore trouvé le corps, la robe ou le bouquet qui aurait retenu son attention.

Si elle avait la plus entière confiance en sa capacité à mener sans risques ses expériences comparatives et à décider en conséquence, Sophia n'éprouvait pas du tout le même optimisme quant aux facultés de sa mère dans ce domaine.

— C'est la troisième fois en quinze jours qu'ils sortent ensemble.

— Hein ?

Tyler humait un cabernet après en avoir jugé la robe et la clarté à la lumière d'une bougie. À l'instar de son grand-père et de la *Signora*, il restait fidèle aux méthodes éprouvées par la tradition.

— Ma mère et David. Ils sortent encore ce soir. C'est la troisième fois en moins de quinze jours, répéta Sophia.

— Et alors ? En quoi cela me concerne-t-il ?

— Elle est trop sensible. Je ne peux pas dire qu'il me déplaît, au contraire. Je l'ai même encouragée à accepter la première fois parce que je croyais que ce serait juste une... petite aventure.

— Crois-moi si tu veux, Sophia, mais en ce moment je travaille et je n'ai aucune envie de parler de la vie privée de ta mère.

— Ils n'ont même pas couché ensemble.

— Vas-tu te taire, bon sang ? gronda-t-il.

— S'ils l'avaient fait, je ne m'inquiéterais pas parce qu'il s'agirait d'une fantaisie passagère. Là, je crois que cela devient sérieux. Que savons-nous de David, en dehors du plan professionnel ? Nous ne savons pas pourquoi il a divorcé. Et quand on y pense, il a commencé à s'intéresser à ma mère au moment de la mort de mon père.

— Donc, selon toi, elle serait incapable de plaire à un homme pour elle-même ?

Vexée, Sophia prit un échantillon de merlot.

— Pas du tout ! protesta-t-elle. Elle est belle, intelligente, adorable. Elle a tout ce dont un homme puisse rêver – « Mais ce dont mon père n'a fait aucun cas », s'abstint-elle d'ajouter. Si au moins elle me parlait ! poursuivit-elle à haute voix. Tout ce qu'elle me confie, c'est qu'elle apprécie la compagnie de David.

— Non ? Tu crois ?

— Tais-toi, tu n'es pas drôle !

Elle termina sa dégustation, recracha, inscrivit sa note.

— Trop jeune, conclut-elle.

Tyler vérifia son jugement et le confirma.

— Il faudra le laisser vieillir. Beaucoup de choses atteignent le point auquel elles doivent parvenir si on les laisse tranquilles.

— Tu deviens philosophe, à tes moments perdus ?

— Tu veux une opinion objective ou la même que la tienne ?

— Les deux, ce serait trop demander, sans doute ?

— Exact.

Tyler saisit le verre suivant, le leva à la lumière pour l'observer par transparence. En fait, c'était Sophia qu'il regardait. Il avait du mal à ne pas l'admirer, à ne pas se poser de questions. Ils étaient seuls dans la cave. La flambée dans la cheminée créait des ombres dansantes, les senteurs de sarments brûlés se mêlaient à celles de la terre humide. Une atmosphère romantique, pour beaucoup de gens. Beaucoup de gens parmi lesquels il faisait l'effort de ne pas se compter, de même qu'il se donnait depuis longtemps beaucoup de mal pour ne pas la considérer comme une femme. Elle n'était au mieux, se forçait-il à se répéter, qu'une associée dont il se serait volontiers passé. Et en ce moment, son importune associée était rongée d'une inquiétude sans objet car elle fourrait son joli nez dans ce qui ne la regardait pas. Pourtant, il savait avec certitude que Sophia vouait sans restriction à sa mère un amour aussi profond que sincère.

— Sa femme les a plaqués, lui et les enfants, dit-il malgré lui.

Sophia détourna le regard de son verre à dégustation.

— Plaqués ?

— Oui. Elle a décidé un beau jour qu'elle avait le droit d'explorer le vaste monde et ne pourrait pas le faire avec un mari et deux gamins à ses basques. Alors, elle est partie.

— Comment le sais-tu ?

Tyler eut des remords de dévoiler les confidences d'une petite fille. Il n'hésita cependant qu'un bref instant.

— Maddy me parle. Elle ne bavarde pas à tort et à travers, elle laisse simplement un mot échapper de temps en temps. D'après ce que j'ai compris, leur mère ne donne pas souvent de nouvelles, et Cutter se charge de tout depuis son départ. Théo faisait des bêtises à New York, c'est pourquoi Cutter a accepté son job ici, pour l'éloigner de la ville et de ses mauvaises fréquentations.

— Qu'il soit un bon père, d'accord. Cela ne prouve pas qu'il est l'homme idéal pour ma mère.

— C'est à elle de décider, non ? Si tu cherches des défauts à tous les hommes que tu rencontres, tu en trouveras toujours.

— Ce n'est pas du tout ce que je fais !

— C'est exactement ce que tu fais.

— Avec toi, heureusement, je n'ai pas besoin de chercher très loin, fit-elle, suave. Tes défauts sautent aux yeux.

184

— Tant mieux pour nous deux.

— Toi, tu ne cherches même pas. C'est plus facile de s'attacher à des pieds de vigne qu'à des êtres humains.

— Attends, j'ai dû manquer quelque chose. C'est de ma vie sentimentale que tu parles ?

— Impossible, tu n'en as pas.

— Par rapport à la tienne, non, c'est vrai. Mais qui peut soutenir la comparaison ? Tu te conduis avec les hommes comme si tu goûtais du fromage : une tranche, une bouchée et le reste à la poubelle. Si tu crois pouvoir faire adopter les mêmes normes à Pilar, tu te trompes.

Il l'avait blessée, comme son père l'avait si souvent fait. Par désir de le punir, elle se rapprocha.

— Je ne t'ai pas encore découpé en tranches, n'est-ce pas ? Pas même réussi à t'entamer. Serait-ce parce que tu as peur d'essayer une femme capable de penser au sexe de la même manière qu'un homme ?

— Je n'ai pas envie d'essayer une femme qui pense comme un homme sur n'importe quel sujet. J'ai des œillères, dans ce domaine.

— Tu devrais élargir ton champ de vision.

Elle leva son visage vers lui, les lèvres offertes en signe de défi.

— Merci, ça ne m'intéresse pas.

Toujours poussée par son désir de vengeance, elle noua les bras autour de son cou, serra plus fort quand il tenta de les écarter.

— Lequel de nous deux bluffe ? Goûte-moi donc. Tu verras.

Son parfum l'enveloppait, l'enivrait. Elle lui effleura la bouche de ses lèvres. La tentation fut trop forte. Il était conscient de commettre une erreur en y cédant, mais ce ne serait pas la première. Alors, ses mains se posèrent sur les hanches de Sophia, montèrent le long du dos.

Et il prit ce qu'elle lui offrait, mais à sa manière à lui. Lente, profonde, en laissant son goût lui imprégner le palais, rouler sur sa langue tel un vin capiteux dont il avalerait une longue gorgée pour mieux se pénétrer de ses saveurs les plus subtiles.

Jamais Sophia ne s'était sentie déstabilisée à ce point. Par un retournement de situation imprévu, la tentatrice subissait une tentation à laquelle elle était hors d'état de résister. Cette découverte avait cent fois, mille fois plus de force et de valeur que tout ce qui lui avait jamais été offert ou qu'elle eût jamais accepté. Et pendant qu'il l'affolait ainsi, elle le voyait qui l'observait avec la patience d'un chat guettant sa proie, sensation inconnue et vertigineuse.

Il fit redescendre ses larges mains puissantes en lui frôlant les seins, la repoussa et se versa un verre de l'eau dont il se servait entre chaque dégustation pour se rincer le palais.

— Tu me provoques, Sophia. Je n'aime pas ça.

— Un vigneron est aussi un chimiste. As-tu entendu parler des réactions chimiques ?

— Oui, répondit-il en lui tendant la bouteille. Et un bon vigneron prend son temps, car il se méfie de certaines de ces réactions.

Cette pique la déçut autant qu'elle la blessa.

— Tu ne peux pas reconnaître tout simplement que tu as envie de moi ?

— Si, je le peux. J'ai même tellement envie de toi que j'ai du mal à respirer quand je suis trop près. Mais le jour où tu seras dans mon lit, ce ne sera pas pour une fois de plus avec un homme de plus. Ce sera avec moi et tu le sauras.

Elle se sentit frissonner.

— Pourquoi le dis-tu comme si c'était une menace ?

— Parce que c'en est une.

Sur quoi, il tourna les talons, prit le verre suivant dans la rangée et se remit au travail.

13

Pour la énième fois, l'inspecteur Claremont rouvrit le dossier Avano. Il avait déjà consacré un temps considérable à étudier les faits, les indices, la scène du crime, le rapport du médecin légiste. Il pouvait réciter par cœur les dépositions et les témoignages. Pourtant, au bout de huit semaines, l'affaire n'était toujours pas élucidée. Pas de suspects valables, pas de pistes sérieuses, pas d'hypothèses plausibles.

Cet échec lui restait en travers de la gorge. Car l'inspecteur Claremont ne croyait pas au crime parfait, seulement à des éléments négligés ou mal exploités. Lequel ou lesquels lui avaient échappé ?

— Alors Alex, où en es-tu ? s'enquit Maureen Maguire en s'asseyant sur le coin de son bureau.

— Il y a toujours un chaînon manquant. C'est exaspérant.

— Rentre donc chez toi. T'énerver ne t'avancera pas.

Claremont dédaigna le sage conseil de sa collègue.

— Il se sert de l'appartement de sa fille pour un rendez-vous discret. Personne ne le voit arriver, personne n'entend les coups de feu, personne ne voit le meurtrier sortir.

— Il était trois heures du matin, les voisins dormaient. Comme ils sont habitués aux bruits de la ville, ils ne font pas attention aux détonations d'un calibre 25. Cela fait moins de bruit qu'une moto.

— Une arme de femme, reprit Claremont avec obstination. Un rendez-vous nocturne à l'insu de la légitime. La victime avait une réputation de coureur impénitent. Cela sent le crime de femme.

Ou alors, c'est une mise en scène destinée à détourner les soupçons sur une femme et à nous lancer sur de fausses pistes.

— Nous avons aussi regardé du côté des hommes.

— Nous devons peut-être regarder de nouveau. L'ex-Mme Avano, contrairement à la veuve Avano, a été vue à plusieurs reprises en compagnie de David Cutter.

— Preuve que son goût s'est amélioré, estima Maguire.

— Alors, pourquoi est-elle restée légalement mariée trente ans à un enfant de salaud qui la trompait du matin au soir ?

— Elle est italienne et catholique pratiquante. On ne divorce pas quand on est catholique et italienne.

— Elle lui a accordé le divorce quand il le lui a demandé.

— Non, elle l'a laissé en prendre l'initiative. Nuance.

— Possible, mais une catholique divorcée ne peut pas se remarier ni vivre dans le péché avec la bénédiction de l'Église, n'est-ce pas ?

— Et elle l'aurait tué pour déblayer le terrain ? C'est tiré par les cheveux, Alex. Sur l'échelle de gravité des péchés, le meurtre dépasse de loin le divorce ou l'adultère.

— Quelqu'un a pu le faire à sa place. Cutter a été embauché pour coiffer Avano. Et ledit Cutter semble dès le début trouver à son goût la femme séparée et bientôt divorcée dudit Avano.

— Nous avons passé Cutter au peigne fin. Il est blanc comme neige.

— Peut-être n'avait-il pas encore eu l'occasion de se salir les mains. Écoute, selon nos sources, Avano avait de gros soucis d'argent. À moins que la veuve soit une comédienne digne d'un oscar, je dirais que cette découverte lui a causé une forte et pénible surprise. Donc, si nous admettons qu'Avano gardait ses ennuis pour lui et n'était pas du genre à se priver longtemps de caviar, à qui allait-il tendre la main ? Pas à une de ses relations du beau monde, il ne pouvait plus se montrer au prochain bal de charité. Il va donc crier famine auprès des Giambelli, qui l'ont maintenu à flot pendant des années. Peut-être même auprès de son ex.

— Si je poursuis ton raisonnement, Cutter en aurait piqué une crise de rage ou de jalousie, voire les deux, si elle avait accepté ? Et si elle avait refusé, Avano serait devenu méchant et Cutter aurait voulu lui rabattre le caquet ? Entre se fâcher et flanquer trois balles dans un bonhomme, il y a quand même une marge. Une grande marge.

— Je ne dis pas non. Mais nous ferions bien d'avoir demain une petite conversation avec David Cutter, conclut Claremont.

David partageait son temps entre son bureau de San Francisco, le bureau installé chez lui, les vignobles et les chais. Avec ses obligations de père de famille, ses journées dépassaient souvent quatorze heures.

Il n'avait jamais été plus heureux de sa vie.

Chez Laker, il avait passé le plus clair de son temps derrière son bureau. Quand il lui arrivait de s'en éloigner, c'était pour aller s'asseoir devant le bureau de quelqu'un d'autre. Il travaillait néanmoins dans un secteur d'activité qui l'intéressait, lui valait le respect de ses pairs et lui rapportait un salaire confortable.

Il s'y était ennuyé à mourir.

Chez Giambelli-MacMillan, il avait non seulement le droit mais le devoir de mettre la main à la pâte, ce qui donnait à chacune de ses journées un parfum d'aventure. Il se familiarisait ainsi avec des aspects de l'industrie vinicole qu'il ne connaissait jusqu'alors qu'en théorie ou à travers des paperasses administratives : embouteillage, expéditions, distribution, marketing. Il retrouvait surtout ce qui l'avait toujours passionné, la vigne elle-même et le vin qui en était issu. Quand il arpentait les rangées de ceps, il avait l'impression de vivre dans un tableau sur lequel il entendait laisser sa marque à l'aide de ses propres pinceaux. Il redécouvrait un monde à la fois réel et féerique que le verre et l'acier où il était enfermé à New York avaient failli lui faire oublier.

Dans sa vie familiale, les aspérités n'étaient pas encore toutes aplanies. Quotidiennement ou presque, Théo s'insurgeait contre les règles et devait être rappelé à l'ordre. Maddy n'était guère plus facile à vivre. Si elle avait abandonné sa campagne « piercing », c'était pour se faire teindre les cheveux. David n'arrivait pas à comprendre pourquoi une fille de son âge, sensée par ailleurs, pouvait avoir envie d'infliger à son corps des traitements contre nature. Il ignorait comment pénétrer les mystères d'un esprit de quatorze ans et n'était pas sûr de vouloir s'y essayer. Malgré tout, le frère et la sœur paraissaient s'adapter à leur nouvel environnement. Ils nouaient des amitiés et trouvaient peu à peu un rythme de vie.

À sa surprise, ni l'un ni l'autre n'avait encore fait de commentaires sur ses rapports avec Pilar, alors qu'ils l'avaient toujours impitoyablement taquiné dès qu'il sortait avec une femme. Ils croyaient peut-être qu'il était entre eux uniquement question de travail, ce qui valait mieux. Du moins l'espérait-il.

Mais il n'avait pas le temps de rêvasser, comme il s'y abandonnait chaque fois que ses pensées dérivaient vers Pilar. Une réunion était prévue dans vingt minutes avec les chefs de départements et il devait auparavant revoir ses notes. L'arrivée inopinée des policiers le mit donc de méchante humeur.

— Que puis-je pour vous, inspecteurs ?

— Nous ne vous demandons que quelques minutes de votre temps, répondit Claremont.

— Quelques minutes, c'est tout ce dont je dispose. Asseyez-vous, je vous en prie. Je suppose que votre visite concerne Anthony Avano. Votre enquête progresse-t-elle ?

— Elle n'est pas encore conclue, monsieur Cutter. Pouvez-vous décrire vos rapports avec M. Avano ?

— Nous n'en avions aucun, inspecteur.

— Pourtant, vous étiez tous deux cadres dirigeants de la même entreprise et aviez vos bureaux dans le même bâtiment.

— Très brièvement. À la mort d'Avano, j'avais pris mes fonctions depuis moins de quinze jours.

— En quinze jours, on peut se former une opinion, intervint Maguire. Vous avez dû avoir des réunions, parler travail.

— On pourrait le croire, en effet. Mais je n'ai jamais pu le rencontrer au bureau, et notre seule conversation a eu lieu le soir de la réception, la veille de sa mort. Je le voyais en personne pour la première fois et nous n'avons guère eu le temps de parler travail.

— Pourquoi n'avez-vous pas pu vous rencontrer ?

— Nos emplois du temps respectifs étaient incompatibles.

— Le vôtre ou le sien ?

David se carra dans son fauteuil. La tournure que prenait l'interrogatoire lui déplaisait.

— Le sien. Je ne réussissais pas à le joindre. Entre mon arrivée dans l'entreprise et sa mort, Avano a été absent du bureau, du moins quand j'y venais, et il ne se donnait pas la peine de retourner mes appels.

— Cela a dû vous agacer, fit observer Maguire.

— Bien entendu. Je le lui ai dit quand nous avons eu cette conversation le soir de la réception. Je lui ai fait comprendre que j'exigeais de le voir pendant les heures de travail, ce qui n'a jamais pu se produire.

— Et en dehors des heures de travail, l'avez-vous rencontré ?

— Non, inspecteur. Avano était pour moi un parfait inconnu. Je n'avais aucune raison de le trouver personnellement sympathique ou antipathique, ni même de me former une quelconque opinion sur son compte, répliqua David d'un ton signifiant qu'il fallait bientôt conclure. Je comprends que vous deviez examiner toutes les pistes pour mener à bien votre enquête, mais permettez-moi de vous dire que vous faites fausse route si vous me considérez comme un suspect.

— Vous fréquentez, disons amicalement, son ex-femme.

David parvint à rester impassible.

— C'est exact. Mais elle était déjà son ex-femme quand il a été assassiné et quand nous avons commencé à nouer des rapports amicaux. Je ne crois pas ce soit légalement ou moralement répréhensible.

— Selon nos renseignements, Mme Avano n'avait pas l'habitude de fréquenter des hommes jusque très récemment, avança Maguire.

— Elle n'avait sans doute pas encore fait la connaissance d'un homme qu'elle jugeait digne de son amitié. C'est très flatteur pour moi, mais ce n'est pas un mobile de meurtre.

— Être délaissée pour une rivale plus jeune peut l'être.

Maguire ne manqua pas l'éclair de colère qui s'alluma dans les yeux de David. « Il n'éprouve pas pour elle une simple amitié, en déduisit-elle. Il est sérieusement accroché. »

— Comment faut-il le prendre ? Pilar l'aurait tué parce qu'il lui a préféré une autre femme, ou serait-elle sans cœur pour s'intéresser à un autre homme peu de temps après la mort de son ex-mari ? Comment conciliez-vous ces deux interprétations ?

« Il est furieux, mais il sait se dominer », pensa Maguire. Le genre de personnalité capable de déguster un verre de vin tout en pressant la détente d'une arme à feu.

191

— Nous n'accusons personne, nous essayons simplement de clarifier le tableau.

— Dans ce cas, je vais vous aider. Avano a mené sa vie de son côté et à sa manière pendant trente ans. Pilar Giambelli menait seule la sienne avec infiniment plus de dignité. Les affaires d'Avano cette nuit-là n'avaient rien à voir avec Mme Giambelli. Quant à nos rapports, ils ne regardent que nous.

— Vous supposez qu'Avano faisait des affaires cette nuit-là ?

— Je ne suppose rien du tout, répondit David en se levant. Si vous voulez bien m'excuser, j'ai une réunion dans cinq minutes.

Claremont resta assis.

— Saviez-vous que M. Avano avait des difficultés financières ?

— Les finances d'Avano ne me concernaient pas.

— Elles auraient pu, s'il existait un rapport avec celles de Giambelli. Vous ne vous demandiez pas pourquoi Avano vous évitait ?

— Je venais de l'extérieur. Il m'en voulait, je pense, mais nous n'avons jamais eu l'occasion d'en discuter.

Claremont se leva enfin.

— Possédez-vous une arme à feu, monsieur Cutter ?

— Non. J'ai deux enfants, il n'y a jamais eu d'arme chez moi. La nuit de la mort d'Avano, j'étais à la maison avec mes enfants.

— Peuvent-ils le confirmer ?

David serra les poings. Il n'allait pas laisser la police interroger Théo et Maddy à cause d'un propre-à-rien tel que Tony Avano.

— Si j'étais sorti, ils s'en seraient aperçus. Je ne vous dirai rien de plus jusqu'à ce que j'aie consulté mon avocat.

Maguire se leva à son tour.

— C'est votre droit. Merci de nous avoir reçus, monsieur Cutter, fit-elle avant d'abattre ce qu'elle pensait être son atout maître. Nous questionnerons Mme Giambelli sur les finances de son ex-mari.

— Sa veuve en sait probablement davantage.

— Pilar Giambelli a été mariée beaucoup plus longtemps avec lui ; en outre, elle fait partie de l'entreprise dans laquelle il travaillait.

David hésita. Penser à Pilar le décida à parler.

— Elle en sait certainement moins que vous deux sur la

marche de l'affaire, et elle ignore tout de ce que je vais vous dire. Depuis trois ans, Avano escroquait systématiquement la société Giambelli. Notes de frais gonflées, chiffres de ventes falsifiés, frais de voyages fictifs ou effectués pour des raisons personnelles. Jamais de très grosses sommes à la fois et le plus souvent réparties sous plusieurs imputations afin de passer inaperçues. Compte tenu de sa position, professionnelle et personnelle, personne n'aurait ni n'a mis ses chiffres en doute.

— Sauf vous, intervint Claremont.

— En effet. J'avais obtenu le jour de la réception la preuve formelle qu'il puisait régulièrement dans la caisse sous son nom, mais aussi sous celui de Pilar et de sa fille. Il ne se donnait même pas la peine de contrefaire leurs signatures, il signait de sa main les documents comptables. Ses larcins ont dépassé la coquette somme de six cent mille dollars au cours des trois dernières années.

— Et lorsque vous l'avez confronté…, commença Maguire.

— Je n'ai jamais pu. Je lui ai fait part de mes intentions ce soir-là au cours de notre unique discussion, et il a compris que j'avais découvert le pot aux roses. L'entreprise étant victime de ses escroqueries, le problème aurait été réglé au niveau de l'entreprise. J'ai communiqué mes découvertes à Tereza Giambelli et à Eli MacMillan le lendemain de la soirée. Ils m'ont demandé de faire en sorte qu'Avano rembourse les sommes volées et présente sa démission. En cas de refus de sa part, la société l'aurait poursuivi en justice.

— Pourquoi cette information ne nous a-t-elle pas été communiquée ? voulut savoir Claremont.

— Mme Giambelli souhaitait éviter à sa petite-fille l'humiliation de voir dévoiler publiquement les agissements de son père. Elle m'a prié de n'en rien dire, à moins que la question ne me soit directement posée par la police. Pour le moment, Mme Giambelli, M. MacMillan et moi sommes les seules personnes au courant. Avano étant mort, il me paraît inutile d'aggraver le scandale en le dépeignant en voleur aussi bien qu'en coureur de jupons.

— Quand il s'agit de meurtre, déclara Claremont, rien n'est inutile, monsieur Cutter.

David avait à peine refermé la porte derrière les policiers et aspiré une grande bouffée d'air pour se remettre de leur visite que Sophia entra en coup de vent, sans avoir pensé à frapper.

— Qu'est-ce qu'ils voulaient ?

David maîtrisa avec effort sa colère et son inquiétude.

— Nous sommes tous les deux en retard pour la réunion, répondit-il en glissant ses dossiers dans un porte-documents.

Sophia resta adossée à la porte, comme pour l'empêcher de sortir.

— J'aurais pu courir après les policiers et essayer de les faire parler, David. J'espérais que vous seriez plus compréhensif.

— Ils avaient des questions à me poser, Sophia. Ils appellent cela des vérifications, je crois.

— Pourquoi vous interroger vous plutôt que moi ou d'autres personnes dans ces bureaux ? Vous ne connaissiez pas mon père, vous n'avez jamais travaillé ensemble. Que pouviez-vous apprendre à la police sur lui ou sur son meurtre qui n'ait pas déjà été révélé ?

— Presque rien. Je regrette, Sophia, mais il faut remettre cela à plus tard. On nous attend.

— David, ne me prenez pas pour une idiote, je vous en prie ! Ils sont venus directement dans votre bureau et sont restés assez longtemps pour qu'il s'y soit passé quelque chose. J'ai le droit de le savoir.

David réfléchit un instant. Oui, elle avait le droit de le savoir. Et il n'avait pas le droit de le lui dénier. Il décrocha le téléphone :

— Prévenez ces messieurs que Mlle Giambelli et moi allons avoir quelque minutes de retard, lança-t-il à sa secrétaire.

Il se rassit, invita d'un signe Sophia à en faire autant.

— Je préfère rester debout. Comme vous l'avez peut-être déjà remarqué, je ne suis pas fragile.

— Oui, j'ai remarqué. La police avait à me poser des questions portant, en partie, sur le fait que je sors avec votre mère.

— Je vois. Ils vous soupçonnent d'avoir tous les deux une longue liaison secrète et passionnée ? Compte tenu du fait que vous viviez à l'autre bout du pays il y a à peine deux mois, c'est absurde. Et sachant que mon père vivait ouvertement avec une et même d'autres femmes depuis des années, vos quelques dîners en ville sont insignifiants.

— Ils ne négligent aucune hypothèse.

— Vous soupçonnent-ils, ma mère et vous ?

— Ils soupçonnent tout le monde, c'est leur métier. À ce propos, vous n'avez émis aucune opinion, à ma connaissance du moins, sur mes rapports avec votre mère.

— Je ne sais pas encore quelle est au juste mon opinion. Quand je le saurai, je vous en informerai.

— Fort bien. De mon côté, je sais ce que j'éprouve et je vais vous le dire. J'ai une profonde affection pour Pilar et je ne voudrais à aucun prix la troubler ou lui causer la moindre peine. Je ne voudrais pas davantage vous en causer à vous, parce que Pilar vous aime et que vous m'êtes sympathique. Je me suis cependant trouvé tout à l'heure dans une position telle que je devais choisir entre le risque de vous causer de la peine à toutes les deux et celui de laisser la police interroger mes enfants et l'enquête s'engouffrer dans une impasse.

Sophia eut envie de s'asseoir. Par fierté, elle préféra rester debout.

— Qu'avez-vous raconté à la police qui puisse me peiner ?

À l'instar d'un remède désagréable, estima-t-il, il vaut mieux administrer la vérité en une seule et forte dose.

— Votre père escroquait la société depuis plusieurs années. Les sommes dérobées étaient chaque fois modérées et réparties sur divers postes comptables, ce qui explique qu'elles soient passées aussi longtemps inaperçues.

Sophia pâlit mais ne cilla pas.

— Vous ne faites pas erreur ? Non, bien sûr, enchaîna-t-elle aussitôt avec amertume. Vous n'êtes pas homme à vous tromper sur un sujet aussi grave. Depuis quand le savez-vous ?

— J'en ai eu la preuve le jour même de la réception. J'avais l'intention de m'entretenir avec votre père sous quarante-huit heures pour en discuter…

— Pour le renvoyer, corrigea-t-elle.

— Pour lui demander sa démission, conformément aux instructions de vos grands-parents, que j'avais informés des faits le lendemain de la soirée. Nous lui aurions accordé des délais pour rembourser. Ils avaient pris cette décision pour votre mère, pour la réputation de l'entreprise mais surtout pour vous. Je suis vraiment désolé.

Elle se détourna un instant, se frictionna les bras comme pour se réchauffer.

— Je vous remercie de votre franchise.

— Écoutez, Sophia…

— Non, ne vous excusez pas. Je ne vais pas m'évanouir sur la moquette ni piquer une crise de nerfs. Je le soupçonnais déjà d'être un voleur, j'avais vu une broche de ma mère sur le tailleur de Renée. Cette broche était un bijou de famille qui devait me revenir, je savais donc que ma mère ne la lui avait pas donnée. Il ne voyait sûrement pas cela comme un vol, pas plus que puiser dans la caisse de la société. Il considérait que maman était assez riche pour fermer les yeux, n'est-ce pas, et que la société lui devait de petites compensations. Il n'avait pas son pareil pour excuser ses pires malhonnêtetés.

— Si vous préférez rentrer chez vous plutôt que d'assister à cette réunion, Sophia, je vous excuserai.

— Je n'ai aucune intention de manquer la réunion.

Elle se détourna, se dirigea vers la porte, parut se raviser.

— C'est difficile à admettre, mais j'ai su pendant des années ce qu'il infligeait à ma mère – je le voyais. Pourtant, je réussissais à lui pardonner ou, plutôt, à me dire qu'il était comme ça, ce qui rendait son comportement compréhensible, sinon acceptable. J'apprends maintenant qu'il volait de l'argent et des bijoux. C'est moins grave que de dépouiller une personne de sa dignité et de son amour-propre, ainsi qu'il l'a trop longtemps fait subir à ma mère. Mais il m'aura fallu cette nouvelle preuve pour finir de me convaincre qu'il était indigne d'appartenir à l'espèce humaine. Il m'aura fallu tout ce temps pour cesser de me torturer à cause de lui. Je me demande bien pourquoi. À tout de suite, je vous rejoindrai à la réunion.

— Prenez quelques minutes…

— Inutile, je lui ai déjà consacré plus de temps qu'il n'en méritait.

« Elle est le portrait de sa grand-mère », pensa David en la suivant des yeux. Le surnom de « dame de fer » lui irait comme un gant.

Puisque c'était au tour de Sophia de conduire, Tyler garda le silence pendant tout le trajet du retour. Un silence tout relatif, compte tenu du vacarme de la radio. Il avait deux fois baissé le volume, que la jeune femme avait aussitôt remis au maximum. Les réunions comme celle à laquelle il avait été obligé d'assister lui donnaient moins la migraine que l'opéra hurlant dans les haut-parleurs, mais Tyler s'était résigné. Le bruit avait au moins le mérite d'interdire toute conversation.

De toute façon, Sophia ne paraissait pas d'humeur à bavarder. Elle conduisait trop vite, comme d'habitude, de sorte qu'il poussa un soupir de soulagement en voyant apparaître sa maison au bout de l'allée. L'essentiel, c'était d'être de retour chez lui en un seul morceau, de pouvoir enfin se débarrasser de sa tenue de ville et retrouver le silence et la solitude. Même quand elle se taisait, cette fille l'épuisait.

Il s'était réjoui trop vite. La voiture à peine arrêtée, Sophia mit pied à terre avant même qu'il eût ouvert sa portière.

— Qu'est-ce que tu fais ? voulut-il savoir.

— Je m'invite, lui lança-t-elle sans se retourner.

— Pourquoi ?

— Parce que je n'ai pas envie de rentrer chez moi.

Il la rejoignit devant la porte, son trousseau de clefs à la main.

— La journée a été longue et j'ai des choses à faire.

— Ça tombe bien, je cherche quelque chose à faire. Sois gentil, MacMillan, offre-moi à boire.

Résigné, Tyler ouvrit la porte.

— Sers-toi toi-même, tu connais la maison.

Elle entra à sa suite, se dirigea droit vers les casiers à bouteilles.

— Toujours aussi prévenant, à ce que je vois. Ce qui me plaît chez toi, Tyler, c'est que tu es nature : ronchon, grossier et immuable.

Elle prit une bouteille au hasard. Le cépage et le millésime importaient peu dans l'état d'esprit où elle se trouvait. Pendant qu'elle la débouchait, elle regarda autour d'elle. De la pierre et du bois, matériaux simples et rudes servant de cadre à un mobilier aux formes raides. Pas de fleurs, pas de fioritures pour en adoucir l'austérité.

— Prends cette pièce, par exemple. On voit tout de suite qu'un homme vit ici, un vrai mâle qui se fout des apparences. Tu ne t'intéresses pas aux apparences, n'est-ce pas Tyler ?

— Pas particulièrement.

— Tu es un costaud tout d'une pièce, toi, poursuivit-elle en remplissant deux verres. Beaucoup de gens ne vivent que pour les apparences et ils les sauvent jusqu'à leur mort. Pour eux, c'est ça le plus important. Moi, je suis plutôt pour un juste milieu. On ne peut pas se fier à quelqu'un qui a la religion des apparences, et on a tendance à trop faire confiance à ceux qui s'en foutent.

— Si tu veux boire mon vin et squatter mon espace, autant me dire tout de suite ce qui t'a mis dans cette humeur.

Elle vida son verre d'un trait, sans même y goûter, et en remplit aussitôt un deuxième.

— Oh ! J'ai beaucoup d'humeurs. Je suis une femme aux mille facettes. Tu n'en as pas encore vu la moitié, Tyler, susurra-t-elle en s'approchant de lui d'une démarche chaloupée sciemment provocante. Tu veux en voir d'autres ?

— Non.

— Ne mens pas, tu me décevrais. Les mains te démangent de me toucher et il se trouve que j'ai justement envie d'être touchée.

— Autrement dit, tu veux te soûler et coucher avec moi ? Désolé, cela ne fait pas partie de mes projets pour la soirée, dit-il en lui prenant des mains son verre à moitié plein.

— Pourquoi ? Tu voudrais que je t'offre d'abord à dîner ?

— J'ai une meilleure opinion de moi. Et de toi aussi, même si ça t'étonne.

— Bien, je vais chercher quelqu'un de moins contrariant.

Elle avait fait deux pas vers la porte quand il lui empoigna un bras.

— Lâche-moi ! Tu as eu ta chance, c'est trop tard.

— Je te raccompagne chez toi.

— Je ne veux pas rentrer chez moi. Je t'ai dit de me lâcher !

Elle se débattit, prête à sortir ses griffes – et fut la première surprise de s'affaler contre la poitrine de Tyler et de fondre en larmes. Déconcerté, il la souleva dans ses bras et alla au canapé pour l'asseoir sur ses genoux.

— Vas-y, déballe ce que tu as sur le cœur. Après, nous nous sentirons mieux tous les deux.

Tandis qu'elle laissait couler ses larmes, le téléphone portable vibra sous un des coussins du canapé où Tyler l'avait perdu, et la vieille horloge sur la cheminée se mit à sonner l'heure.

Elle n'avait pas honte de pleurer. Après tout, c'était une manifestation passionnelle, bien qu'elle préférât d'autres manières d'extérioriser ses sentiments. Lorsque ses larmes furent taries, elle resta pelotonnée contre la poitrine de Tyler en éprouvant un réconfort inattendu. Il ne la caressait pas, ne la berçait pas ni ne murmurait les niaiseries que la plupart des gens se croient obligés de débiter pour apaiser les crises de larmes. Il se contentait de la tenir avec fermeté en attendant qu'elle se ressaisisse. Et son attitude lui valut la profonde reconnaissance de Sophia.

— Désolée, dit-elle enfin.

— Moi aussi.

Cette réaction la détendit. Elle prit une profonde inspiration, se serra contre lui et s'imprégna de son odeur virile avant de le lâcher.

— Si tu m'avais prise au mot pour faire l'amour à la sauvage, je n'aurais pas trempé ta chemise.

— Eh bien, si j'avais su…

Elle pouffa de rire, posa un instant la tête sur son épaule, puis se remit debout.

— Cela vaut sans doute mieux pour nous deux. Mon père puisait dans la caisse de la société, enchaîna-t-elle. Tu le savais ?

— Non.

— Mais tu n'as pas l'air surpris.

Il se leva à son tour en espérant sincèrement que cette révélation ne serait pas le prélude d'une nouvelle bataille.

— Non, cela ne me surprend pas.

Elle se détourna, fixa des yeux la cheminée, où il ne restait de la flambée de la veille que des cendres froides. Elle se sentait exactement pareille. Vide et froide.

Elle se redressa, essuya ses joues encore humides.

— Je vois, soupira-t-elle. J'ai une dette envers toi, je vais la payer en te préparant à dîner.

Avant de protester, il pesa le pour et le contre : le calme de la solitude ou un dîner chaud ? Elle était bonne cuisinière…

— D'accord. Tu sais où est la cuisine.

— Oui, je sais. Un acompte, fit-elle.

Et elle se hissa sur la pointe des pieds pour lui donner un baiser sur la joue.

Après quoi elle quitta la pièce en enlevant sa veste.

14

— Vous ne m'avez pas rappelée.

Margaret Bowers suivait Tyler pas à pas dans la cave. Depuis son retour de Venise, elle voyait sa carrière progresser et elle se savait en beauté, grâce à ses achats judicieux effectués dans les meilleures boutiques d'Italie avant de regagner la Californie. Elle pensait acquérir chaque jour un peu plus le vernis que les voyages et la vie internationale confèrent à une femme d'affaires. Il lui restait un dernier objectif à atteindre : mettre le grappin sur Tyler MacMillan.

— Désolé. J'étais débordé.

Février est un mois traditionnellement lent dans le monde vini-cole, pourtant le travail ne manquait pas. Sophia avait organisé pour ce soir-là une séance de dégustation dans les chais MacMillan. Si cela n'enthousiasmait guère Tyler, il en reconnais-sait l'utilité et veillait en personne à ce que tout soit en place.

— Je comprends, approuva Margaret. J'ai vu les projets de la campagne du centenaire, vous avez fait un travail sensationnel.

— Pas moi, Sophia.

— Vous êtes trop modeste, Tyler. Quand viendrez-vous voir nos opérations en Italie ? Elles vous impressionneront, j'en suis sûre.

— Il en est question, mais je n'ai pas le temps en ce moment.

— Faites quand même l'effort de venir, je vous ferai visiter la région et je vous inviterai à déjeuner dans une fabuleuse *trattoria* que j'ai découverte. Ils y servent nos vins, et je négocie avec les meilleurs hôtels pour qu'ils les mettent sur leur carte dès l'été prochain.

— Vous n'avez pas chômé, vous non plus.

— J'adore mon travail ! Je sens encore des réticences chez les clients habitués à Tony Avano et à sa manière de traiter les affaires, mais je les récupère peu à peu. La police en sait-elle davantage sur son assassinat ?

— Pas à ma connaissance.

— C'est terrible, ce qui lui est arrivé. Les clients l'aimaient beaucoup, surtout en Italie. Ils sont moins enclins à lamper des verres de grappa et à fumer le cigare avec moi.

— Je vois le tableau, dit Tyler en souriant.

— Soyez tranquille, je sais m'y prendre avec les hommes. Il faut que je retourne là-bas à la fin de la semaine. Je pensais que nous pourrions nous voir avant mon départ. Je vous mitonnerai un bon dîner.

Pourquoi les femmes voulaient-elles à toute force le nourrir ? s'étonna-t-il. Avait-il l'air sous-alimenté ? L'arrivée de Maddy lui épargna la peine de répondre.

— J'ai fait des expériences, déclara-t-elle en brandissant deux pots de confiture pleins d'un liquide sombre. Tu veux goûter ?

— Tu me fais peur. Qu'est-ce que c'est ?

— Du vin. Je l'ai fabriqué moi-même pour les travaux pratiques.

— Vous ne me présentez pas à votre jeune amie ? intervint Margaret.

Non qu'elle soit folle des enfants, sauf à distance respectueuse, mais elle faisait l'impossible pour s'attarder auprès de Tyler.

— Oui, c'est vrai. Maddy Cutter, Margaret Bowers.

— Ah, c'est vous la petite fille de David ? J'ai eu une réunion très intéressante avec votre père, ce matin.

— Moi aussi, tous les jours, ricana Maddy, ulcérée du qualificatif de « petite fille ». Est-ce que je peux venir ce soir à la dégustation ? demanda-t-elle à Tyler en affectant d'ignorer la présence de Margaret. Je dois compléter mon rapport sur le vin pour ma classe de sciences, il faudrait que j'observe.

Tyler déboucha un des pots, renifla.

— Peut-être. J'aimerais observer ça aussi, sourit-il.

— Demain soir, Tyler, ça vous va ? intervint encore Margaret.

— Demain soir ?

— Oui, pour dîner. Il y a un tas de choses dont je voudrais vous parler sur nos opérations en Italie. Vous êtes mieux placé que quiconque pour parfaire mon éducation sur la viticulture.

Tyler était bien plus intrigué par le vin concocté par Maddy.

— Oui, bien sûr, répondit-il distraitement en allant chercher un verre derrière le bar.

— Sept heures, d'accord ? J'ai rapporté de là-bas un délicieux merlot.

Le liquide violacé que Tyler versait avec précaution dans le verre ne deviendrait sûrement pas délicieux, même en vieillissant.

— D'accord.

— Alors, à demain. Ravie d'avoir fait votre connaissance, Maddy.

— Hmm, se borna à grommeler Maddy. Tu es complètement débile, ajouta-t-elle après le départ de Margaret.

— Quoi ?

— Elle te draguait à mort et tu faisais celui qui ne voyait rien.

— Elle ne me draguait pas.

— Bien sûr que si, voyons, affirma Maddy en se hissant sur un tabouret du bar. Les femmes repèrent tout de suite ce genre de choses.

— Possible, mais tu n es pas une femme.

— Si. J'ai mes règles.

Tyler, qui portait le verre à ses lèvres, le reposa précipitamment.

— Je t'en prie !

— C'est une fonction biologique comme les autres. Quand une personne du sexe féminin devient physiquement capable de concevoir, elle est officiellement une femme.

— Bon, d'accord. Maintenant, tais-toi.

Tyler n'avait aucune envie de se lancer dans une discussion de cet ordre. Il reprit son verre, en but une gorgée qu'il garda dans la bouche. Une forte dose de sucre masquait mal l'acidité du breuvage.

— Voilà mon autre expérience, dit Maddy en posant le second pot sur le bar. Pur jus de raisin. Aucun additif.

Courageux, Tyler se versa un fond de verre, l'examina par transparence, le huma, le goûta.

— Intéressant. Trouble, un peu aigre, mais c'est du vin.

— Tu voudras bien lire mon rapport et vérifier mes chiffres quand j'aurai fini ?

— Si tu veux.

— Bon. Je te ferai à dîner pour te remercier.

« Encore ! » pensa Tyler.

— Faut pas rêver, lâcha-t-il, amusé.

— Ah ! Enfin quelqu'un du même avis que moi, lança David, qui entrait à ce moment-là. Cinq minutes, tu te souviens ? ajouta-t-il en attrapant Maddy par le cou.

— On a été retardés. Tyler dit que je peux venir ce soir à la dégustation. Il fera aussi goûter mon vin.

— Vous êtes courageux, MacMillan. Vos connaisseurs soulèveront sans doute des objections.

— Probable. Mais cela leur élargira l'esprit.

— Ou risquera de les empoisonner.

— Je t'en prie, papa, c'est pour la science ! plaida Maddy.

— C'est ce que tu disais aussi au sujet des œufs pourris cachés dans ta chambre. Vous savez, expliqua-t-il à Tyler, nous n'avons pas réellement quitté New York pour des raisons professionnelles. Les nouveaux locataires de mon appartement doivent encore être en train de le désinfecter. D'accord pour ce soir jusqu'à dix heures, pas plus tard. Viens, Théo nous attend dans la voiture. C'est lui qui conduit.

— Je suis trop jeune pour mourir ! protesta Maddy.

— File ! Je te rejoins tout de suite.

Il la souleva du tabouret où elle était perchée et l'expédia dehors avec une tape sur le derrière.

— Je vous suis très reconnaissant de la laisser vous importuner.

— Elle ne me dérange pas, répondit Tyler.

— Je suis sûr que si.

— Un peu, c'est vrai. Mais je n'y vois pas d'inconvénients.

— Je vous crois, sinon je le lui aurais défendu. Je remarque aussi que vous vous entendez mieux avec elle qu'avec moi : je vous importune et vous y voyez beaucoup d'inconvénients.

— Je n'ai pas besoin qu'on me supervise.

— C'est vrai. Seulement, l'entreprise avait et a toujours besoin de sang frais. De quelqu'un venu de l'extérieur, capable de voir avec un regard neuf et de suggérer des idées différentes quand elles sont viables.

— Vous avez des suggestions à me faire, Cutter ?

— Oui. Cessez de tourner tout le temps la tête pour voir si je suis sur votre dos, vous vous éviterez un torticolis. Cela dit, je conduirai Maddy ce soir à la dégustation et je viendrai la rechercher à dix heures.

— Inutile de vous déranger, je pourrai la déposer chez vous.

— Merci, vous me rendrez service. Dites-moi, voudriez-vous m'avertir si… s'il lui venait l'idée d'avoir le béguin pour vous ? Ce serait normal, je sais, mais je préférerais intervenir avant que cela grandisse hors de proportions.

— Ne vous faites pas de souci de ce côté-là. Pour elle, je suis plutôt un grand frère ou un oncle. Votre garçon, en revanche, est en adoration béate devant Sophia.

— Encore ? Je croyais qu'il avait eu cette lubie au début et qu'elle lui était passée au bout de huit jours.

— Ne vous inquiétez pas, elle saura gérer la situation. Pour tout ce qui concerne le genre masculin, elle est imbattable. Elle ne lui fera pas de chagrin.

— Lui, il est très fort pour s'en faire à lui-même.

— Consolez-vous, au moins il a bon goût.

David lui lança un regard perplexe et s'en fut en grommelant quelque chose que Tyler ne comprit pas.

Pilar sélectionna un tailleur vert cendré à revers de satin, sobre et élégant, qui convenait parfaitement, espérait-elle, à son rôle d'hôtesse de la séance de dégustation. Elle assumait ce rôle pour faire ses preuves à l'égard de sa famille, de David et, plus encore, d'elle-même.

Elle venait de passer une semaine à s'entraîner avec les membres du personnel chargés de guider les visites et avait constaté, non sans désarroi, qu'elle en savait trop peu sur les vignobles, le processus d'élaboration du vin, les lieux ouverts au public et le fonctionnement de la vente au détail. Il lui faudrait à coup sûr plus d'une semaine pour apprendre comment se débrouiller seule, mais elle était capable de recevoir un club de dégustation et elle allait le démontrer. Elle apprendrait aussi à dominer beaucoup d'autres choses, y compris son existence. Et une partie de son existence comprenait l'amour physique.

À peine l'eut-elle pensé qu'elle dut s'asseoir, saisie par la panique. L'idée de faire l'amour avec David la terrifiait. Cette frayeur irrationnelle l'exaspérait. Ainsi tiraillée entre la peur et la colère, elle était au bord de la dépression.

Au son d'un coup à sa porte, elle se releva en hâte, attrapa sa brosse à cheveux et se posta devant le miroir avec une expression qu'elle espéra confiante et désinvolte.

— Entrez !

En voyant Helen Moore, elle soupira de soulagement.

— C'est toi, Dieu merci ! J'en ai plus qu'assez de faire semblant d'être une femme du XXIe siècle.

— Tu en as pourtant l'air. Ravissant, ton tailleur.

— Dessous, j'ai la chair de poule. James et toi êtes venus me soutenir le moral, heureusement.

— Nous avons même amené Lincoln en renfort. Sa chère et tendre du moment travaille cette nuit.

— Toujours interne à l'hôpital ?

Helen s'installa confortablement dans un fauteuil.

— Oui. Je commence à croire que cela devient sérieux.

— Et alors ?

— Alors, je ne sais pas. Elle est gentille, intelligente, bien élevée. Énergique, ce qui ne fera pas de mal à Lincoln. Et financièrement indépendante, ce que j'apprécie.

— Mais Lincoln est toujours ton bébé, n'est-ce pas ?

— Oui, soupira Helen. Le petit garçon en culottes courtes et aux genoux couronnés me manque tant, c'est toujours lui que je vois dans le beau grand avocat en costumes trois-pièces qui fait de temps en temps une apparition éclair dans ma vie. Je vieillis, sans doute… Et ton bébé à toi, il tient le coup ?

— Tu es au courant de ce qu'a fait Tony ?

— Ta mère m'en a parlé pour que je puisse intervenir sur le plan juridique en cas de besoin. Je suis vraiment désolée, Pilar.

— Moi aussi. C'était tellement inutile. Et tellement dans sa manière. C'est sans doute ton avis ?

— Peu importe mon avis, à moins que tu ne te croies encore une fois obligée de te le reprocher.

— Pas cette fois et jamais plus, j'espère. Mais c'est dur, très dur pour Sophia.

— Elle s'en remettra. Nos bébés sont devenus des adultes forts et responsables pendant que nous avions le dos tourné, Pilar.

— Je sais. Ça ne nous empêche pas de nous faire du souci pour eux.

— Cela n'a jamais de fin. En arrivant, nous avons croisé Sophia qui allait chez MacMillan. Elle a emmené Lincoln pour l'aider s'il y avait des choses lourdes à porter. Il la distraira. Et maintenant, viens t'asseoir à côté de moi et parle-moi de ton idylle avec David Cutter. Avec trente ans de mariage derrière moi, je ne peux plus compter que sur les aventures d'autrui pour m'exciter.

— Ce n'est pas une idylle, Helen. Nous nous plaisons ensemble, voilà tout.

— Quoi ? Vous n'avez pas encore fait l'amour ?

— Helen ! s'écria Pilar, rouge pivoine. Comment voudrais-tu que je fasse l'amour avec lui ?

— Si tu as oublié le mode d'emploi, il y a des livres sur la question, sans compter les vidéos et les sites Internet. Je t'en donnerai la liste.

— Je parle sérieusement !

— Moi aussi. C'est très instructif, crois-moi.

— Arrête ! dit Pilar en pouffant de rire. David se montre très patient, mais je ne suis pas complètement idiote. Il ne se contentera pas de m'embrasser sur le perron.

— Allons, Pilar ! Des détails. Tous les détails !

— Disons qu'il a une bouche... pleine d'imagination et que, quand il m'embrasse, je me souviens de mes vingt ans.

— Ah ! Enfin quelque chose de concret.

— Mais je n'ai plus vingt ans, Helen. Comment me mettre nue devant lui ? Mes seins s'écroulent.

— Les miens aussi. James ne s'en formalise pas.

— Justement, vous êtes mariés depuis trente ans, vous avez changé ensemble. Le pire, c'est que David est plus jeune que moi.

— Le pire ? Je connais des situations plus dramatiques.

— Essaie de me comprendre, à la fin ! Il a quarante-trois ans, j'en ai quarante-huit. Cinq ans, c'est énorme. Un homme de son âge cherche plutôt des femmes jeunes, avec des corps fermes.

— Des corps qui font illusion et des têtes vides, enchaîna

Helen. Écoute, Pilar, il te fait la cour, c'est un fait. Si tu as honte de ton corps à ce point, bien que ça m'énerve quand je pense au mien par comparaison, faites l'amour dans le noir la première fois.

— Tu es vraiment d'un grand secours !

— Parfaitement. S'il est dégoûté par des seins qui n'ont plus vingt ans, il ne mérite pas une minute de plus de ton attention. Alors, mieux vaut t'en rendre compte le plus vite possible au lieu de continuer à te perdre en conjectures et de te faire du mauvais sang pour rien. As-tu envie de coucher avec lui, oui ou non ?

— Euh… Oui.

— Eh bien, achète-toi ce qui se fait de plus affriolant en matière de dessous et fonce. Tête baissée.

Pilar hésita, se mordilla les lèvres.

— J'ai déjà acheté de la lingerie, avoua-t-elle en rougissant encore.

Helen éclata d'un rire franc et massif :

— Et tu jouais les pucelles effarouchées ? Montre-moi ça, vite !

Le lendemain de la séance de dégustation, Tyler riait encore au souvenir des dignes œnologues du club exposés de plein fouet au choc de ce qu'il avait baptisé la « cuvée de Madeleine ».

Dans son bureau de la villa, Sophia examinait les photos de mannequins sélectionnées par Kris pour les publicités.

— Essaie de contenir ton hilarité, grogna-t-elle, agacée. Et la prochaine fois que tu ajouteras à la dégustation une cuvée mystère, j'apprécierais que tu m'en informes à l'avance.

— C'était une candidature de dernière minute. Au nom de la science.

— Les dégustations se font au nom de la tradition, de la réputation et de la promotion. Bon, d'accord, c'était drôle, poursuivit-elle en cédant à la bonne humeur de Tyler. Nous pourrons en faire un petit article amusant dans notre lettre hebdomadaire.

— Tu ne te nourris que de publicité ?

— Oui ; heureusement pour nous tous parce que certains membres du club se seraient vexés si je n'avais pas rattrapé le coup.

— Ce ne sont que des pisse-froid et de pompeux imbéciles.

— Peut-être, mais ces pompeux imbéciles nous achètent

beaucoup de vin et en parlent à leurs relations. La prochaine fois que tu te livreras à des expériences de ce genre, préviens-moi, je te le répète.

— Relax, Giambelli.

— Venant de toi, c'est à mourir de rire. Que penses-tu de celle-là ? questionna-t-elle en lui tendant une photo.

Tyler étudia un instant le visage d'une blonde aux yeux de biche.

— Tu as son téléphone ?

— Trop sexy, c'est bien ce que je pensais. J'avais pourtant spécifié à Kris que je voulais des jolies filles, simples et sportives. Il va falloir me résoudre à la flanquer à la porte. Elle n'obéit plus aux ordres, elle empoisonne la vie de toute l'équipe. Selon mes informateurs, elle a encore rencontré Jerry Morney la semaine dernière.

— Si les choses en sont là, pourquoi hésites-tu à t'en débarrasser ? Elle n'est pas irremplaçable.

— J'hésite encore, en réalité, parce qu'elle connaît la campagne en détail, la plupart de nos projets à long terme, et qu'elle serait capable d'entraîner d'autres membres de l'équipe chez des concurrents. En plus, elle couchait avec mon père. Si je la renvoie, elle pourrait provoquer un nouveau scandale en le révélant. Quoi que je décide, la garder ou la mettre dehors, cela se passera mal. Il faut quand même trancher dans le vif, ajouta-t-elle en soupirant. Je le ferai dès demain.

— Je peux le faire à ta place.

— C'est gentil, mais c'est à moi de m'en charger. En la renvoyant, nous hériterons tous d'une surcharge de travail, surtout depuis que ma mère a décidé de ne plus s'en mêler. Je me demande si je ne pourrais pas proposer un job à Théo. Avoir un coursier deux ou trois fois par semaine nous rendrait service.

— Riche idée. Il pourrait te couver du regard à heures fixes en bavant de convoitise.

— Plus il me verra de près, plus vite il guérira. Rien de tel que la cohabitation pour refroidir les amoureux transis.

— Tu crois ? s'enquit Tyler d'un air innocent.

— Est-ce un compliment détourné, MacMillan, ou une manière de me faire comprendre que je te chatouille le système ?

— Ni l'un ni l'autre. Je n'aime que les blondes pulpeuses.

— Ah, les hommes ! Je les adore. Tu es trop mignon.

Sophia se leva, contourna son bureau et alla lui planter un baiser sur la bouche. Il lui happa une main, tira un coup sec, la fit asseoir sur ses genoux et la serra dans ses bras.

Un instant plus tard, le rire de Sophia avait cessé et son cœur battait la chamade. Il ne l'avait jamais encore embrassée avec autant d'impatience, de chaleur, d'avidité, comme s'il ne pouvait se rassasier d'elle, comme s'il en voulait toujours davantage.

Elle frémit de surprise avant de se laisser emporter par un élan de tous ses sens. Elle en voulait plus, elle aussi. Toujours plus. Leurs bouches ne s'écartèrent que pour se reprendre avec moins de brutalité et se repaître l'une de l'autre. Il imaginait trop bien ce qu'il éprouverait en se fondant en elle, en donnant enfin libre cours à ce désir qui le tenaillait depuis des jours, des semaines. Quelque chose le retenait, pourtant. Après y avoir goûté, un homme pouvait-il s'en libérer, ou même s'en éloigner intact ?

Un instant plus tard, ils glissèrent tous deux sur la moquette. Il s'attaqua aux boutons du chemisier de Sophia tandis qu'elle lui dégrafait maladroitement la ceinture de son jean.

— Vite, murmura-t-elle dans un souffle. Viens.

Vite… Un accouplement furieux, un déchaînement de sensualité à l'état brut. Elle le demandait, il le voulait aussi. L'exigence du désir partagé occultait tout le reste. Leurs bouches soudées l'une à l'autre, leurs souffles mêlés promettaient déjà l'assouvissement lorsque la porte du bureau s'ouvrit.

— Tyler, je voudrais te demander…

Eli s'arrêta net en découvrant son petit-fils et celle qu'il considérait comme sa petite-fille enchevêtrés sur la moquette. Il recula d'un pas, le rouge aux joues.

— Excusez-moi, bredouilla-t-il.

Tyler se relevait déjà quand la porte claqua. L'esprit en déroute, il s'enfouit le visage dans ses mains.

— Parfait. Parfait, répéta-t-il.

— La barbe ! lâcha Sophia.

Désarçonné par sa réaction, Tyler écarta les doigts.

— La barbe ? répéta-t-il.

— Je n'ai pas trouvé mieux. Je suis un peu prise au dépourvu, tu en conviendras. Pour une réunion de famille, on fait mieux. Seigneur ! Comment allons-nous arranger ça ?

Elle s'assit, rajusta tant bien que mal son chemisier, son pantalon, posa la tête sur ses genoux relevés.

— Je ne sais pas. Il faudrait que j'aille lui parler, suggéra Tyler.

— Tu veux que je le fasse ?

— Licencie les employés fautifs, je me charge des grands-pères scandalisés.

— D'accord. Je suis désolée, Tyler. Je ne voulais vraiment pas faire de peine à Eli ni causer de frictions entre vous.

— Je sais.

Il se remit debout, lui tendit la main pour l'aider à se relever.

— Je veux seulement faire l'amour avec toi.

— Moi aussi. Nous le savons maintenant assez clairement tous les deux. Ce que j'ignore, c'est ce que nous devons faire dans l'immédiat. Je vais le rejoindre.

— Oui. Vas-y, essaie de lui expliquer…

Quand il eut quitté la pièce, Sophia alla se poster devant la fenêtre, les bras croisés. Elle regrettait de n'avoir rien à faire d'aussi concret. Il ne lui restait qu'à réfléchir.

Tyler rattrapa son grand-père sur le chemin des vignes, la fidèle Sally sur ses talons. N'ayant pas eu le temps ni la présence d'esprit de préparer quelque chose à lui dire, il se mit à son pas et garda le silence.

— Il faut nous attendre à une alerte aux gelées, commenta Eli au bout d'un moment. Le redoux a réveillé les vignes.

— Oui, je m'en occupe déjà.

Aussi gênés l'un que l'autre, ils cherchaient désespérément comment aborder le sujet.

— J'aurais dû frapper, lâcha enfin Eli.

Tyler caressa Sally pour gagner du temps.

— C'est moi qui n'aurais pas dû… C'est arrivé, juste comme ça…

Eli se racla la gorge. Tyler n'avait certes pas besoin d'éducation sexuelle ni d'être instruit de ses responsabilités, Eli les lui avait inculquées depuis longtemps. Malgré tout…

— Enfin, bon sang, Sophia et toi ?

— C'est arrivé comme ça, répéta Tyler. Nous n'aurions pas dû et je devrais sans doute te dire que ça ne se produira plus.

— Ça ne me regarde pas, mon garçon. Quand même, vous deux… Vous avez pratiquement été élevés ensemble. Vous n'êtes pas liés par le sang, je sais, rien ne vous empêche de faire… de faire ce que vous voulez. J'ai été surpris, c'est tout.

— Nous aussi.

Ils firent quelques pas en silence.

— Tu l'aimes ? demanda Eli.

Tyler sentit la culpabilité lui nouer l'estomac.

— Il ne s'agit pas toujours d'amour, grand-père.

— Mon outillage est peut-être plus ancien que le tien, mon garçon, mais il fonctionne de la même manière. Je le sais bien qu'il n'est pas toujours question d'amour dans ces cas-là. Je te posais la question, voilà tout.

— Disons que nous avons eu en même temps ce coup de… de chaleur. Écoute, j'aimerais autant ne pas en parler maintenant.

— Oh ! Je ne te tirerai pas les vers du nez. Vous êtes adultes, vous avez la tête bien faite et vous avez été aussi bien élevés l'un que l'autre, donc ça vous regarde. Seulement, la prochaine fois, fermez d'abord cette foutue porte !

Il était près de six heures du soir quand Tyler rentra enfin chez lui. Épuisé et furieux contre lui-même, il n'avait envie que d'une bière bien fraîche et d'une douche pour se remettre d'aplomb. C'est en ouvrant le réfrigérateur qu'il vit le Post-it collé sur la porte depuis la veille au soir et lâcha un juron : *Dîner chez Margaret. Sept heures.*

En se dépêchant, il devait pouvoir y aller sans être trop en retard, mais il ne s'en sentit pas le courage. Il n'était surtout pas d'humeur à parler travail, même si un bon dîner et une compagnie somme toute agréable tenaient lieu de compensations.

Le téléphone n'était pas sur le comptoir où il était convaincu de l'avoir posé. Lâchant une nouvelle bordée de jurons, il pêcha une bière dans le frigo. Alors il le vit, coincé entre un carton de lait et un paquet de beurre.

« Je revaudrai ça à Margaret, pensa-t-il en cherchant son numéro sur son carnet d'adresses. Je l'inviterai à déjeuner ou à dîner avant son départ. Mais pas ce soir. »

Margaret chantait sous la douche et n'entendit pas le téléphone sonner. Elle avait passé la journée dans l'impatience de cette soirée. En rentrant, elle s'était arrêtée au supermarché afin d'acheter un steak gargantuesque, des légumes et une tarte succulente, dont elle avait l'intention de prétendre qu'elle était de ses mains. Un homme n'avait pas besoin de tout savoir, après tout.

Elle avait déjà dressé le couvert, allumé les bougies, choisi la musique. La séduisante tenue qu'elle avait sélectionnée était étalée sur son lit, lui-même pourvu de draps frais et couvert de coussins moelleux. Tyler et elle étaient déjà sortis deux ou trois fois ensemble, mais juste en collègues, selon lui. Cette fois, elle avait la ferme intention de le faire changer d'avis.

Margaret sortit de la douche et commença à se préparer, s'imaginant déjà séduire Tyler MacMillan après le dessert.

Elle avait toujours eu un faible pour lui, pensa-t-elle tandis qu'elle vérifiait si tout était en place. Sa promotion, son travail, ses voyages, ses nouvelles responsabilités lui avaient donné assez de confiance en elle-même pour la décider à passer à l'acte.

En allant chercher la bouteille de vin apportée d'Italie pour cette occasion mémorable, elle vit clignoter le voyant de son répondeur et écouta le message enregistré : « Margaret, ici Tyler. Écoutez, il va falloir que nous remettions le dîner à un autre jour. J'aurais dû vous appeler plus tôt, mais il y a eu un problème au bureau. Vraiment désolé. Je vous rappellerai demain. Si vous n'avez pas d'autres projets, je vous inviterai à déjeuner ou à dîner, nous pourrons parler de tout à tête reposée. Je regrette sincèrement de n'avoir pas pu vous avertir plus tôt de ce contretemps. À demain. »

Sa première réaction fut de vouloir jeter la machine par terre, de la piétiner, de la réduire en miettes. Bien sûr, cela n'arrangerait rien ; en outre, elle avait trop de bon sens pour se permettre une puérile crise de rage. Trop de sens pratique aussi, jugea-t-elle en sentant les larmes lui monter aux yeux, pour laisser perdre tant de bonnes choses et de bon vin à cause d'un imbécile, d'un mufle qui lui posait un lapin.

Qu'il aille au diable ! Il y en avait d'autres, des dizaines d'autres qui le valaient bien ! Elle ouvrit rageusement le gril pour y jeter le steak. Elle en avait rencontré d'intéressants en Italie. Dès son retour, elle en essaierait un ou deux, pour voir.

Mais pour le moment, elle allait déboucher sa bonne bouteille et noyer sa déception dans des flots de vin.

15

Sous sa surface rugueuse, Pilar avait découvert en Théo un garçon attachant et à l'esprit éveillé, qui avait le plus grand besoin de l'influence apaisante d'une mère. La fait que sa compagnie semblait lui plaire et non l'importuner quand il venait nager dans la piscine de la villa la touchait. Elle avait même réussi à l'entraîner au salon de musique et à lui faire jouer du piano. Le dialogue s'était ensuite amorcé sans difficulté. Elle espérait qu'il y prenait autant de plaisir qu'elle.

Il en allait tout autrement avec Maddy, qui était polie mais gardait une certaine froideur. Pilar se sentait constamment observée, moins par hostilité de la part de la jeune fille qu'en vue d'une évaluation sur la nature de ses rapports avec David. Si cet aspect de la question paraissait échapper complètement à Théo, Pilar avait reconnu sans peine dans le regard de Maddy l'examen critique auquel une femme soumet une autre femme. Elle se demandait si David était aussi peu conscient que son fils du fait que Maddy protégeait son territoire.

En se rendant ce jour-là à la maison d'amis, elle avait dans son sac de petits cadeaux pour le frère et la sœur. Elle était décidée à ne pas s'attarder trop longtemps, même si elle espérait secrètement qu'ils la prieraient de rester leur préparer à déjeuner et écouter leurs bavardages, par exemple.

Pilar souffrait de n'avoir personne à materner. Si le destin en avait décidé autrement, elle aurait eu une maison pleine d'enfants, avec un gros chien faisant des saletés partout, des écorchures à soigner, des vêtements à raccommoder. Au lieu de la smala dont elle rêvait, elle avait eu une seule fille, belle et intelligente, qui n'avait pour ainsi dire pas besoin de ses soins. À quarante-huit ans, elle devait donc se résigner à élever des fleurs au lieu d'une famille. Si les enfants de David lui offraient un prétexte à exercer son instinct maternel frustré, ils ne remplaceraient jamais la réalité.

Mais s'apitoyer sur son sort n'attire pas la sympathie des autres, surtout des jeunes. C'est donc avec un grand sourire qu'elle frappa à la porte de la cuisine, sourire que la surprise figea lorsque David ouvrit, une tasse de café à la main.

— Vous tombez à pic, dit-il en lui prenant la main pour la faire entrer. Je pensais justement à vous.

— Je ne savais pas que vous seriez à la maison. Je n'ai pas vu votre voiture garée à son endroit habituel et…

Il ne lui lâcha pas la main, autant par envie que parce que cela la désarçonnait.

— Aujourd'hui, je travaille ici. Un jour sans école, c'est le cauchemar de tous les parents. Théo et Maddy se sont ligués contre moi. J'ai donc fini par donner les clefs de la voiture à Théo, qui a emmené sa sœur au cinéma et faire du lèche-vitrines toute la journée. Voilà pourquoi votre visite ne pouvait pas mieux tomber.

— Vraiment ? – Pilar réussit à dégager sa main.

— Oui, votre présence m'empêchera d'imaginer les catastrophes qui risqueraient de leur arriver. Un café ?

Pilar était désemparée de se trouver seule avec lui dans la maison, ce qu'elle avait toujours réussi à éviter.

— Non, merci, je dois… J'étais juste venue déposer des petits cadeaux pour les enfants. Maddy s'intéresse tellement au vin que j'ai pensé que cela lui ferait plaisir de lire l'histoire des Giambelli, dit-elle en sortant le livre de son sac.

— Elle sera d'autant plus ravie qu'elle en profitera pour nous bombarder, Tyler et moi, de nouvelles questions.

— J'ai aussi apporté cette partition pour Théo. Il est plongé dans la techno, mais je crois que cela l'amusera d'essayer les classiques.

— *Sergent Pepper* ? s'étonna David. Où l'avez-vous pêché ?

— Je le jouais tout le temps, je rendais folle ma pauvre mère.

— Vous portiez des colliers et des pattes d'eph, en vraie hippie ?

— Bien sûr, opina Pilar en riant. Je cousais mes vêtements moi-même, quand j'avais l'âge de Maddy.

— Que de talents cachés ! Et vous n'avez pas de cadeau pour moi ?

— Désolée, je ne savais pas que vous seriez ici. Il faut que je m'en aille, je dois guider un groupe tout à l'heure.

— À quelle heure ?

— Deux heures et demie.

David leva les yeux vers l'horloge de la cuisine.

— Cela nous laisse une heure et demie. Comment pourrions-nous l'occuper, à votre avis ?

— Avez-vous déjeuné ? Je peux vous préparer…

— J'ai une meilleure idée.

Il la prit par la taille, l'entraîna vers la porte.

— David !…

— Il n'y a personne ici, juste vous et moi, souffla-t-il en lui mordillant l'oreille et en l'embrassant dans le cou. Vous savez à quoi je pensais, l'autre jour ?

— Non.

— La vie est parfois compliquée : ma petite amie vit chez sa mère et moi avec mes enfants. Nulle part où aller pour faire tout ce que j'ai déjà imaginé.

Elle rit malgré elle. Sa « petite amie » !…

— Voyons, David, nous sommes au milieu de la journée !

— Oui, mais l'occasion est unique. J'ai horreur de laisser passer les bonnes occasions. Pas vous ?

Elle gravit l'escalier, exploit miraculeux compte tenu de l'état de liquéfaction de ses genoux. La panique la gagnait à chaque marche. Comment faire, sans dessous affriolants, pour exposer sa nudité à la cruelle lumière du jour ?

— Je ne m'attendais pas… Je ne suis pas préparée…

Il la fit taire d'un baiser.

— David, je ne suis plus jeune…

— Moi non plus. Vous m'inspirez beaucoup de sentiments complexes, Pilar. Un qui ne l'est pas, c'est la certitude que je vous désire. Vous seule, telle que vous êtes et tout entière.

Sur ces mots, il ouvrit la porte de sa chambre, la fit entrer.

— David, il faut que vous sachiez. Tony a été le premier, le

216

dernier aussi. Alors... je n'ai plus l'habitude, lâcha-t-elle piteusement.

— Savoir qu'il n'y a eu personne d'autre me flatte, Pilar. Et m'excite encore plus.

Il lui donna un nouveau baiser, la poussa doucement vers le lit. Elle tremblait et le sentait trembler aussi. Comme la première fois, pensa-t-elle. Pour elle. Pour lui. Aussi effrayant, aussi merveilleux à la fois. Elle oublia l'éclat du soleil et les défauts qu'il allait révéler pour éprouver uniquement un sentiment de joie et de plénitude à l'idée de se donner enfin à l'homme qu'elle aimait.

Le soleil qui brillait aussi à San Francisco aggravait la migraine de Sophia. Kris était assise en face d'elle. Comment, se demandait-elle avec effarement, comment avait-elle fait pour ne rien voir venir ? Comment avait-elle pu ignorer les avertissements, les directives, les rappels à l'ordre qui débouchaient sur cette confrontation ?

— Tu ne veux plus travailler ici, Kris, c'est clair.

— J'ai fait un meilleur travail que n'importe qui dans toute la boîte ! Tu le sais, je le sais et c'est ça qui te déplaît.

— J'ai toujours respecté ta compétence, au contraire.

— Ne me raconte pas de salades.

Sophia dut prendre sur elle pour garder son calme.

— Tu as beaucoup de talent, et je l'admire. Ce que je n'admire pas du tout et qui n'est plus tolérable, c'est ton rejet constant des politiques de l'entreprise et ton mépris de l'autorité.

— Si Tony était encore de ce monde, c'est moi qui serais assise derrière ce bureau, pas toi.

— Il t'avait promis ma place ? C'est avec cela qu'il a réussi à te mettre dans son lit ? répondit Sophia d'un ton sarcastique. C'était peut-être habile de sa part, mais naïf de la tienne. Mon père ne dirigeait pas la société et n'avait aucun pouvoir dans ce service.

— Vous avez tout fait pour lui couper les ailes, vous, les Giambelli !

— Non, il l'a fait lui-même. Mais ne nous écartons pas du sujet. C'est moi qui dirige ce service et tu ne travailles plus pour moi. Tu recevras les indemnités de licenciement habituelles. Tu devras débarrasser ton bureau de tes affaires personnelles et le remettre à notre disposition d'ici la fin de la journée.

Elles se levèrent en même temps. Sophia eut l'impression que, sans l'obstacle du bureau entre elles, Kris aurait usé d'arguments autres que verbaux – et elle regretta presque de ne pas pouvoir lui rendre coup pour coup.

— Parfait. Je ne serai pas en peine de retrouver un emploi, plusieurs propositions m'attendent. Tout le monde dans le métier sait qui détient le vrai pouvoir, ici, le pouvoir créatif.

— J'espère que Laker saura reconnaître tes mérites. Mais oui, poursuivit-elle en réponse à la mine stupéfaite de Kris, il n'y a pas de secrets dans notre métier. C'est pourquoi je te conseille de ne pas oublier la clause de confidentialité qui figure dans le contrat que tu as signé en entrant dans cette société. Si tu communiques à nos concurrents des informations confidentielles sur Giambelli, tu seras poursuivie en justice.

— Je n'ai pas besoin de divulguer quoi que ce soit. Ta fameuse campagne du centenaire est pitoyable. J'en ai honte.

— Eh bien, tant mieux pour toi, tu as la chance de ne plus y participer. Je crois que nous n'avons plus rien à nous dire, conclut Sophia en ouvrant la porte.

— Ce prétendu service de publicité sombrera avec mon départ, parce que beaucoup d'autres me suivront. Nous verrons bien si tu réussiras à le remettre à flot, toi et ton paysan. Tony et moi avons bien ri en parlant de vous deux.

— Je m'étonne que tu aies trouvé avec lui le temps de parler de quelqu'un d'autre que de lui-même.

— Il me respectait, au moins ! riposta haineusement Kris. Il m'en a raconté de belles sur ton compte, garce numéro trois !

Sophia lui empoigna un bras, le serra de toutes ses forces.

— Le minable vandalisme et les lettres anonymes, c'était donc toi ? Estime-toi heureuse que je ne te fasse pas arrêter.

— Vas-y, appelle les flics et essaie de le prouver ! J'aurai une dernière occasion de rigoler !

Sur quoi, Kris dégagea son bras et s'éloigna.

Sophia laissa sa porte ouverte et téléphona immédiatement au service de sécurité pour intimer l'ordre d'envoyer deux gardes au bureau de Kris et de l'escorter jusqu'à la sortie.

Son accès de colère passé, elle ne s'étonnait pas que Kris se soit livrée à d'aussi mesquines vengeances, elle éprouvait juste du dégoût. Elle ne pouvait plus rien y faire, de même qu'elle ne pouvait rien faire si Kris avait déjà copié des dossiers confidentiels. La présence des gardes interdirait cependant des larcins de dernière minute.

Il lui restait encore une corvée. Elle redécrocha son téléphone et pria ses deux plus proches collaborateurs, P.J. et Tracy, de la rejoindre dans son bureau.

Elle faisait les cent pas quand Tyler entra.

— J'ai croisé Kris dans le couloir, dit-il en prenant place confortablement dans un fauteuil. La fumée lui sortait par le nez et les oreilles. Elle m'a traité de bouseux à la cervelle atrophiée et autres gracieusetés.

— Ta cervelle fonctionne parfaitement. Je suis folle de rage !

— C'est ce que j'ai cru comprendre.

— J'espérais qu'elle me flanquerait un coup de poing pour que je puisse l'aplatir ; je me sentirais mieux si elle l'avait fait. Et elle m'a traitée de garce numéro trois ! J'aurais voulu lui montrer ce dont est capable une garce italienne quand on la pousse trop loin ! Du vernis à ongles sur nos anges, des lettres anonymes !…

— Attends. Quelles lettres anonymes ?

— Rien, répondit Sophia avec un geste évasif. Une vieille photo des trois femmes Giambelli parue dans un magazine il y a plusieurs mois. Cette fois, elle nous avait badigeonnées à l'encre rouge.

— Pourquoi ne m'as-tu rien dit ?

— Parce qu'il y avait mon nom sur l'enveloppe, parce que j'étais furieuse et parce que je ne voulais pas donner à l'expéditeur la satisfaction de parler à quelqu'un de sa bêtise et de sa méchanceté.

— S'il y en a d'autres, tu me préviendras. Compris ?

— Oui, bon, d'accord, répondit Sophia avec impatience. Elle m'a dit aussi que mon père lui avait promis de l'aider à prendre ma place. Il n'avait pas plus de scrupule à disposer des postes d'autrui qu'à voler les bijoux de ma mère pour les offrir à Renée.

« Même mort, songea Tyler en voyant son expression, cette ordure d'Avano réussit à lui faire du mal. »

— Ils étaient bien faits l'un pour l'autre, ces deux-là ! Bon, il faut que je me calme. Il faut que je me calme, répéta Sophia. C'est fini, bien fini, et cela ne sert à rien de se faire encore du mauvais sang. Je dois parler à Tracy et à P.J., calmement et dignement.

— Tu veux que je te laisse seule avec eux ?

— Non, reste. Travail d'équipe, tu te rappelles ? J'aurais dû la flanquer dehors il y a des semaines, poursuivit-elle en ouvrant un tiroir pour y prendre de l'aspirine. Tu avais raison et j'avais tort.

— Vite, l'écrire noir sur blanc ! s'exclama Tyler en éclatant de rire. Tu peux me prêter un stylo ?

— Tais-toi donc ! répliqua-t-elle dans un sourire, rassérénée par son calme. Dis-moi la vérité, Tyler. Que penses-tu de ma campagne du centenaire ? Honnêtement.

— Combien de fois faut-il te répéter que ce n'est pas mon fort ?

— Mets-toi dans la peau du consommateur, bon sang ! Tu as un avis sur à peu près tout, pourquoi pas là-dessus ?

— Je pense qu'elle est bien ficelée. Tu veux savoir autre chose ?

Sophia déboucha une bouteille d'eau, avala deux comprimés d'aspirine, une longue gorgée d'eau, et s'assit sur le coin de son bureau.

— Non, cela me suffit. Elle a réussi à piquer mon amour-propre et ça me fait mal. Qu'est-ce qu'ils font, les deux autres ? ajouta-t-elle, agacée, en jetant un coup d'œil à sa montre. Je voudrais en avoir terminé avec eux avant de parler à Margaret.

Tyler éprouva un pincement de remords.

— Je devais la voir hier soir, je me suis décommandé et je n'arrive pas à la joindre. Je peux me servir de ton téléphone ?

— Bien sûr. Son bureau est au sixième, répondit Sophia avant de sortir un instant pour demander du café à sa secrétaire.

— Elle n'y est pas, dit Tyler quand elle revint. Elle a manqué deux réunions ce matin.

— Ça ne lui ressemble pas. Essaie chez elle.

Tracy et P.J. entrèrent à ce moment-là. Sophia les pria de s'asseoir et alla fermer la porte.

— J'ai dû me séparer de Kris, commença-t-elle.

Les deux autres échangèrent un regard en coin.

— Cela ne paraît pas vous surprendre.

Faute de réponse, Sophia se décida à jouer cartes sur table.

— J'espère que vous savez combien je vous apprécie et combien votre collaboration est précieuse à l'entreprise comme à moi-même. Je sais que certains des changements décidés à la fin de l'année dernière vous ont déplu ou gêné. Si l'un ou l'autre a des problèmes ou souhaite faire des commentaires, je suis prête à discuter.

— Une question, fit Tracy. Qui va remplacer Kris ?

— Personne.

— Personne de l'extérieur ?

— Non. Je préfère que vous vous partagiez son travail, son titre et son autorité.

— Et son bureau ? s'enquit P.J. Je le prends, ajouta-t-elle vite.

Tracy manifesta sa réprobation par un grognement. La secrétaire apporta un plateau, distribua les cafés. Quand elle fut partie, Sophia revint s'asseoir sur le coin de son bureau.

— Reprenons. Non seulement vous ne me paraissez pas étonnés, mais pas particulièrement déçus ni troublés.

— Ce serait méchant de dire du mal de quelqu'un dans son dos, déclara P.J., mais tu n'étais pas souvent au bureau. Nous, si.

— Et alors ?

— Alors, enchaîna Tracy, P.J. essaie de dire poliment que Kris est difficile à vivre et pire encore dans le travail. Quand tu n'étais pas là, elle se prenait pour la patronne et nous n'étions que ses esclaves. Pour ma part, j'en avais assez d'être traité comme ça et j'ai cherché du travail ailleurs.

— Tu aurais pu m'en parler d'abord, Tracy !

— J'allais le faire avant de prendre une décision. Maintenant, le problème est résolu. Sauf que P.J. et moi devrions tirer à pile ou face pour savoir qui hérite du bureau.

— J'ai parlé en premier, déclara P.J. Écoute, Sophia, Kris essaie de fomenter une mutinerie depuis un bout de temps. Tu vas perdre quelques bons éléments avec elle.

— Compris. Je convoquerai une réunion générale cet après-midi pour mettre les choses au point. Je regrette sincèrement que tout cela m'ait échappé. Quand nous aurons fait le point, j'aimerais que vous me fassiez des suggestions, que vous me proposiez des promotions ou des changements de postes afin de satisfaire tout le monde. À partir de maintenant, vous êtes codirecteurs. Je fais régulariser les contrats dans ce sens.

— Chic alors ! s'exclama P.J. Je voudrais vous dire, poursuivit-elle en se tournant vers Tyler, que votre personnage calme et taciturne nous plaît. Kris était vexée que vous n'ayez pas

221

cherché à vous imposer pour finir par vous ridiculiser. Vous ne parlez jamais pour ne rien dire et quand vous dites quelque chose, c'est toujours sensé.

— Moi, j'aime bien travailler ici et avec vous, affirma Tracy. J'aurais vraiment regretté que les choses tournent différemment.

Sur quoi, les deux jeunes gens se retirèrent.

— Alors, tu te sens mieux ? s'enquit Tyler.

— Oui. Encore fâchée contre moi-même d'avoir laissé la situation se détériorer à ce point, mais beaucoup mieux dans l'ensemble.

— Bien. Pendant que tu organises ta réunion générale, je vais essayer de retrouver Margaret. Un dîner te convient, si elle insiste ?

— À moi oui, mais pas à elle. Elle a un gros béguin pour toi.

— Va travailler et fiche-moi la paix ! gronda Tyler.

« Ah, les femmes ! pensa-t-il en cherchant le numéro personnel de Margaret sur le carnet de Sophia. Et elles accusent les hommes d'être des obsédés… »

Il eut la surprise d'entendre une voix d'homme répondre à la troisième sonnerie.

— Je cherche à joindre Margaret Bowers.

— De la part de qui ?

— Tyler MacMillan.

— Bonjour, monsieur MacMillan. Je suis l'inspecteur Claremont.

— Inspecteur Claremont ? Excusez-moi, j'ai dû me tromper de numéro.

— Non, monsieur MacMillan. Je suis en ce moment dans l'appartement de Mlle Bowers. Elle est morte…

Troisième partie

La floraison

« Les fleurs appellent l'amour ; l'amour est une fleur. L'amitié est l'arbre qui les abrite. »

Samuel Taylor Coleridge.

16

Porté par des vents polaires qui durcissaient le sol et secouaient rudement les vignes encore nues, mars fit irruption dans la vallée. Les brumes de l'aube mordaient jusqu'à l'os. D'ici à l'arrivée de la vraie douceur du printemps, les sujets d'inquiétude ne manqueraient pas.

Il y en aurait d'autres.

Sophia fut déçue de ne pas trouver Tyler en train d'arpenter les rangs de vigne à la recherche de bourgeons précoces. Mars était un mois particulièrement critique. Le hersage, qui devait briser les mottes pour aérer la terre et y enfouir les plants de moutarde gorgés d'azote, aurait dû bientôt commencer. Par son retour en force dans la vallée, l'hiver condamnait ses habitants à l'inaction et leur donnait trop de temps pour ressasser leurs pensées.

Tyler aussi devait ruminer les siennes, bien entendu. Sophia l'imagina dans son bureau, occupé à vérifier pour la énième fois ses registres et ses statistiques, sans cesser de retourner les mêmes choses dans sa tête. Il était temps d'y mettre un terme.

Elle obliqua sur la maison, leva la main vers la sonnette et se ravisa. Mieux valait ne pas lui fournir le prétexte de faire le mort. Elle entra donc avec décision, enleva son manteau, le jeta au passage sur la rampe d'escalier et se dirigea vers le bureau.

— J'ai du travail, grogna Tyler sans même lever les yeux quand elle ouvrit la porte.

Une minute plus tôt, il était à la fenêtre. Il l'avait vue dans les vignes, puis prendre la direction de la maison. Il avait même eu envie d'aller fermer la porte à clef, mais cela aurait été aussi mesquin qu'inutile. Il connaissait Sophia depuis trop longtemps pour pouvoir ignorer qu'aucune serrure ne l'empêcherait d'entrer.

Elle s'assit en face de lui et attendit sans mot dire que le silence l'agace suffisamment pour le pousser à prendre la parole.

— Quoi, encore ?

— Tu as une tête à faire peur.

— Merci du compliment.

— Rien de nouveau du côté de la police ?

— S'il y en avait, tu le saurais.

L'attente lui mettait à elle aussi les nerfs à vif. Une semaine s'était écoulée depuis que le corps de Margaret avait été trouvé chez elle, gisant près d'une table avec deux couverts, un steak intact, des bougies consumées et une bouteille de vin presque vide. Sophia savait ce qui rongeait Tyler : le second couvert était prévu pour lui.

— J'ai parlé aux parents de Margaret. Ils vont transférer le corps à Columbus pour les obsèques. C'est dur pour eux. Pour toi aussi.

— Si je ne m'étais pas décommandé…

Sophia se posta derrière lui et lui massa les épaules.

— Tu ne peux pas savoir si ta présence aurait changé quoi que ce soit. Si elle avait une maladie cardiaque dont personne n'était au courant, elle aurait pu avoir une crise n'importe quand.

— Mais si j'avais été là…

— « Si » et « peut-être » sont des mots qui peuvent rendre fou, crois-moi sur parole, coupa-t-elle en posant un petit baiser sur sa tête.

— Elle était trop jeune pour mourir d'une crise cardiaque ! Et ne me sors pas encore ces fichues statistiques. La police cherche et ne dit rien. Cela signifie quelque chose, non ?

— Cela signifie seulement qu'elle est morte sans témoin et que, à travers Giambelli, sa mort est peut-être liée à celle de mon père. Pour la police, c'est la routine.

— Selon toi, elle avait le béguin pour moi.

Si elle avait pu revenir en arrière, Sophia se serait coupé la langue plutôt que de lâcher cette remarque irréfléchie.

— Je l'ai dit pour te taquiner, voilà tout.

— Non, tu avais raison. Je n'avais rien vu. Elle ne m'intéressait pas et je préférais ne rien voir.

— Tu n'y es pour rien ; te torturer est inutile. J'ai beaucoup de peine. Je l'aimais bien, Margaret.

— Moi aussi.

D'un élan instinctif, elle noua les bras autour des épaules de Tyler et posa la joue sur sa tête.

— Viens, je vais te faire de la soupe.

— Pourquoi ?

— Parce que cela nous occupera au lieu de nous vautrer dans des pensées morbides. En plus, j'ai des potins à raconter et personne d'autre que toi pour m'écouter.

— Je n'aime pas les potins.

Elle lui saisit une main pour le forcer à se lever. Il ne résista pas.

— Je te l'apprends quand même. Ma mère a couché avec David.

— Bon sang, Sophia, pourquoi me raconter des choses pareilles ?

— Parce qu'on ne peut pas répandre ce genre de nouvelles en dehors de la famille, et je ne me vois pas en discuter avec *nonna* au petit déjeuner.

— Mais tu te vois en discuter avec moi au dîner ? Je ne comprendrai jamais les femmes. Comment le sais-tu ?

Elle le prit par le bras, l'entraîna vers l'escalier.

— Voyons, Tyler, tu n'es pas bouché à ce point ? D'abord, je connais maman, un seul coup d'œil m'a suffi pour comprendre. Ensuite, je les ai vus ensemble hier et cela crevait les yeux.

Il ne lui demanda pas pourquoi « cela crevait les yeux », elle aurait été trop heureuse de le lui expliquer en détail.

— Qu'en penses-tu, toi ?

— Je ne sais pas. D'un côté, je suis enchantée pour elle. De l'autre, je me dis que ma mère n'est pas censée faire l'amour avec un homme qui n'est pas son mari. C'est un manque de maturité de ma part, mais je me soigne.

— Tu es une bonne fille, affirma-t-il en lui prenant le menton. Et tu n'es pas une trop mauvaise personne, tout bien considéré.

— Oh ! je peux être très mauvaise si je veux. David s'en rendra compte s'il lui fait de la peine.

— Je le tiendrai pendant que tu l'écorcheras vif.

— Marché conclu.

227

Ils se regardaient dans les yeux. Sophia sentit son sang courir plus vite et posa une main sur sa joue quand il se pencha vers elle.

Le coup de sonnette leur fit lâcher une bordée de jurons.

— Décidément, on nous a jeté un sort !

Aussi agacé qu'elle par cette interruption, il alla ouvrir la porte et sentit son estomac se nouer en voyant Claremont et Maguire.

— Pouvons-nous entrer, monsieur MacMillan ?

Tyler les introduisit au salon, sans manifester d'embarras devant le désordre qui y régnait. Sophia vint s'asseoir sur le bras du fauteuil où il prit place, comme pour mieux faire bloc face aux policiers.

Claremont consulta ses notes et ouvrit l'interrogatoire :

— Vous avez déclaré avoir fréquenté Margaret Bowers.

— Non, j'ai dit que nous étions sortis deux ou trois fois ensemble.

— Vous deviez dîner avec elle le soir de sa mort, n'est-ce pas ?

Claremont l'avait prononcé d'un ton neutre, mais Tyler en souffrit.

— Oui. Comme vous le savez déjà, j'étais retardé, j'ai téléphoné chez elle vers six heures. Je suis tombé sur son répondeur et j'ai laissé un message pour me décommander.

— Qu'est-ce qui vous a retardé ? demanda Maguire.

— Le travail.

— À la villa ?

— Je n'avais pas vu le temps passer et je ne me suis souvenu de ce dîner qu'en rentrant chez moi.

— À six heures, vous aviez encore le temps. Vous auriez pu l'avertir que vous seriez en retard et y aller quand même.

— J'aurais pu, je ne l'ai pas fait. Je n'étais pas d'humeur ce soir-là à conduire jusqu'en ville. Cela pose un problème ?

— Oui, en ce sens que Mlle Bowers est morte devant une table dressée pour deux, fit observer Claremont.

— Inspecteur, intervint Sophia, Tyler reste un peu vague car il craint, je crois, de m'embarrasser en étant plus précis. Nous avions eu, disons, un moment d'intimité dans le bureau de la villa ce soir-là.

— Sophia, je t'en prie !

— Mais si, Tyler. Les inspecteurs comprendront mieux pourquoi tu n'avais pas envie d'aller à San Francisco dîner avec une femme alors que tu venais de te rouler par terre avec une autre. L'arrivée inopinée de son grand-père a interrompu nos ébats, il vous le confirmera s'il est indispensable que vous le lui demandiez. Dans ces conditions, le peu d'empressement de Tyler à se rendre à un repas de travail avec Margaret est compréhensible, je crois. À moins d'être complètement idiote, il me semble que son absence chez elle prouve qu'il n'est pour rien dans cette épouvantable histoire.

Claremont nota avec intérêt que sa première impression sur les deux jeunes gens se précisait et que, si ces révélations mettaient MacMillan mal à l'aise, Giambelli semblait au contraire s'amuser beaucoup.

— Aviez-vous déjà dîné chez Mlle Bowers ?

— Non, j'y étais passé une seule fois la chercher pour l'emmener à un repas d'affaires. C'était il y a un an, environ.

— Pourquoi ne pas lui demander s'il a couché avec elle ? coupa Sophia. Sois franc, Tyler. Margaret et toi, non ? Jamais ?

Aussi gêné qu'exaspéré, il lui lança un regard furieux.

— Bien sûr que non ! Sophia, ça suffit.

— Elle avait un gros béguin pour lui, enchaîna Sophia avant qu'il eût repris contenance. Lui, bien entendu, n'avait rien compris. Les hommes sont souvent obtus dans ce domaine, et Tyler l'est plus que la moyenne. J'essaie de le décider à coucher avec moi depuis...

— Tu vas arrêter, oui ou non ? explosa Tyler. Écoutez, je suis profondément peiné de ce qui est arrivé à Margaret. C'était une fille bien. Si je ne m'étais pas décommandé ce soir-là, j'aurais pu appeler les urgences quand elle a eu sa crise cardiaque. Mais je ne vois pas le rapport entre les faits et vos questions.

— Avez-vous jamais offert des bouteilles de vin à Mlle Bowers ?

— Je ne sais pas. Peut-être. J'en fais cadeau à beaucoup de gens, à des relations d'affaires. Dans le métier, c'est normal.

— Du vin sous l'étiquette Giambelli, l'étiquette italienne ?

— Non, uniquement les miennes. Pourquoi ?

— Le soir de ce dîner, Mlle Bowers a bu à elle seule une bouteille presque entière de merlot *Castello di Giambelli* 1992. Cette bouteille contenait de la digitaline.

— Je ne comprends pas...

Sophia lui agrippa l'épaule pour le forcer à rester assis :

— Vous voulez dire qu'elle a été assassinée ? Empoisonnée, Margaret ? Mais alors... tu aurais pu boire de ce vin toi aussi !

— Si chacun de vous deux en avait consommé une plus petite quantité, les conséquences auraient été moins graves, déclara Claremont. Or Mlle Bowers a presque vidé la bouteille dans un temps relativement court. Auriez-vous l'un ou l'autre une idée de la manière dont une bouteille provenant d'Italie aurait pu être altérée par de la digitaline et se trouver en possession de Mlle Bowers ?

— Je dois avertir ma grand-mère, décréta Sophia en se levant. S'il s'agit de sabotage, nous devons intervenir sans tarder. Il me faut toutes les indications figurant sur l'étiquette de cette bouteille.

— Votre grand-mère en a déjà été informée, intervint Maguire. Nous avons également alerté les autorités italiennes. La malveillance est probable, et nous ignorons comment Mlle Bowers s'est procuré cette bouteille. Nous ne pouvons pas non plus affirmer qu'elle n'a pas elle-même introduit la digitaline dans cette bouteille.

— Margaret, se suicider ? C'est ridicule ! lança Tyler en se levant à son tour. Elle remplissait ses nouvelles fonctions à la perfection, elle était très heureuse de ses responsabilités, de ses voyages.

— Vous connaissez-vous des ennemis, monsieur MacMillan ? Quelqu'un qui aurait été au courant de votre projet de dîner chez Mlle Bowers ce soir-là ?

— Non, et je n'aurais pas été victime de ce genre d'attentat. Rien qu'à l'odeur, j'aurais tout de suite décelé l'altération de la bouteille.

— Justement..., commença Maguire.

— Tyler, tu as répondu à assez de questions, l'interrompit Sophia. Nous allons d'abord consulter un avocat.

— Je n'ai pas besoin d'un avocat ! protesta Tyler.

— Si. J'appelle oncle James. Tout de suite.

— C'est votre droit, fit Claremont en se levant. Une dernière question, mademoiselle Giambelli. Que savez-vous des rapports entre votre père et Mlle Bowers ?

Sophia sentit son sang se glacer dans ses veines.

— À ma connaissance, ils n'en avaient aucun en dehors du travail.

— Bien. Je vous remercie.

— Mon père et Margaret ? répéta Sophia pour la énième fois après le départ des policiers.

— Claremont allait sans doute à la pêche, supposa Tyler.

— S'il y avait vraiment eu quelque chose entre eux et qu'il y ait un rapport entre leurs morts...

— Arrête, Sophia.

Tyler négocia à vive allure le virage de l'allée menant à la villa. Quand elle n'avait pas soulevé d'objection pour lui laisser le volant, il avait compris à quel point Sophia était bouleversée.

— S'il s'agit de sabotage, si d'autres bouteilles ont été...

— Arrête. Il faut d'abord tout vérifier en détail. Nous n'avons pas le droit de paniquer, parce que si c'est un acte de sabotage, le coupable cherche précisément à provoquer un scandale et à nous pousser à la panique, nous et nos clients.

— Je sais. Le scandale, je m'en charge, c'est mon métier. Je trouverai un moyen de tourner la contre-publicité à notre profit. Mais mon père et Margaret, Tyler... Si, je dois l'envisager, insista-t-elle en réponse à sa moue sceptique. Était-il au courant de ce sabotage ? Combien de fois par an allait-il en Italie ? Huit, dix ?

— Ne t'engage pas sur cette piste, Sophia.

— Pourquoi pas ? Tu y penses toi aussi, je le vois bien. Si tu y penses, d'autres y penseront. Je veux, je dois aller jusqu'au bout, parce que je refuse de le croire capable de cela. Le reste, oui, je l'accepte, mais pas cela. Je ne peux pas.

— Tu vas trop loin et trop vite. Du calme, Sophia. Les faits, un point c'est tout. Vérifions d'abord les faits.

— Deux morts, voilà les faits. Margaret avait repris le plus gros des responsabilités et de la clientèle de mon père. Qu'il y ait eu ou non d'autres rapports entre eux, ceux-là au-moins sont réels.

Tyler arrêta la voiture devant la villa. Il aurait aimé offrir à Sophia un peu de chaleur et de réconfort, mais elle semblait d'humeur à n'accepter qu'une froide logique.

— D'accord, dit-il pendant qu'ils gravissaient le perron. Nous examinerons ce lien entre eux et nous verrons où il nous mènera. Mais d'abord, le vin. Ensuite, nous nous soucierons des retombés.

La famille était réunie au salon ; David téléphonait. Droite, impassible, Tereza buvait du café. Elle salua l'entrée de Sophia et de Tyler d'un signe de tête et les invita d'un geste à s'asseoir. Eli faisait les cent pas devant la cheminée. Cette nouvelle épreuve paraissait l'avoir tassé et vieilli.

— James est averti, grogna-t-il, nous l'attendons. David est en communication avec l'Italie, il prend les premières mesures.

Pilar s'était déjà levée pour servir le café aux deux nouveaux arrivants. Sophia alla la rejoindre près de la table roulante.

— Maman, demanda-t-elle à mi-voix, sais-tu quelque chose sur papa et Margaret ?

La main qui tenait la cafetière ne trembla pas.

— Non, rien. J'avais pourtant l'impression que Renée le tenait au bout d'une courte laisse.

— Pas assez courte. Il couchait avec une fille de mon bureau.

Pilar laissa échapper un soupir.

— Je voudrais pouvoir te renseigner, ma chérie, mais je ne sais rien. Je suis désolée.

En entendant la voix de sa grand-mère, Sophia se retourna.

— Comprenez tous bien ceci : s'il y avait quelque chose entre Tony Avano et Margaret Bowers, la police soupçonnera chacun d'entre nous, je dis bien chacun, d'être mêlé à leur mort. Nous sommes une famille, nous resterons unis et nous nous soutiendrons jusqu'à ce que cette affaire soit close. Alors ? ajouta-t-elle en se tournant vers David, qui raccrochait le téléphone.

— Les recherches ont commencé. Nous rappellerons toutes les bouteilles de merlot de cette année-là et nous devrions pouvoir déterminer assez vite de quel lot provient la bouteille altérée. Je prendrai l'avion demain matin.

— Non, c'est Eli et moi qui partirons demain matin, déclara Tereza. Cela me concerne. Je vous laisse le soin de veiller à ce qu'il ne se produise rien en Californie. Tyler et vous devrez vous en assurer.

— Paul et moi nous occuperons des chais, proposa Tyler. David supervisera l'embouteillage.

— D'accord, approuva David. Mais nous examinerons ensemble tous les dossiers du personnel, vous les connaissez mieux que moi. Il est probable que le problème est limité à l'Italie, mais nous ne pouvons négliger aucune précaution en Californie.

Sophia prenait déjà des notes.

— J'aurai des communiqués de presse en anglais et en italien prêts à sortir d'ici une heure. Il me faudra tous les détails de l'opération de rappel des bouteilles. Nous publierons également un exposé sur le processus de vinification en vigueur chez Giambelli-MacMillan, pour démontrer à quel point il est exigeant et sûr. Nous subirons sûrement des revers en Italie, mais nous souffrirons sans doute moins ici. Il faudra faire venir des équipes de reportage et des caméras dans les vignobles, les chais et les caves. Puisque Eli et *nonna* vont en Italie, nous pourrons démontrer que Giambelli-MacMillan reste une affaire familiale dirigée par les membres de la famille et que la *Signora* continue d'y consacrer tous ses soins.

— C'est une évidence, intervint Tereza.

— Je sais, répondit Sophia. Nous le savons. Mais il est important que la presse et la clientèle en soient elles aussi convaincues et en gardent une impression durable. Maman, Tyler et moi montrerons l'intérêt que prend la famille entière au maintien, au renforcement d'une tradition centenaire de qualité et de responsabilité. Je sais comment il faut faire passer le message.

Personne ne fut plus étonné que Sophia quand Tyler prit la parole à son tour.

— Elle a raison. Pour ma part, je me fiche éperdument de la publicité et de l'opinion publique, c'est d'ailleurs pourquoi vous m'y avez jeté de force, ajouta-t-il à l'adresse des grands-parents. Je préférerais un nuage de sauterelles à une horde de journalistes dans mes vignes. Mais maintenant que j'en sais un peu plus, je suis sûr que Sophia trouvera le moyen d'amortir le choc, de minimiser les dégâts et même de retourner la situation au profit de la compagnie. Elle réussira, parce qu'elle y tient plus que n'importe qui.

— Bien parlé, approuva Tereza. Nous ferons donc tous de notre mieux. Mais nous n'agirons qu'après avoir vu James Moore. Ce ne sont pas seulement notre réputation et nos personnes qu'il faut protéger, mais l'existence même de notre maison. Sophia, va rédiger tes communiqués, David t'aidera pour les détails. Nous les ferons ensuite examiner par les hommes de loi, comme tout le reste.

Sa fierté blessée, voilà le plus douloureux, pensait Tereza debout devant la fenêtre de son bureau. Son bien profané. L'ouvrage d'une vie souillé pour une bouteille de vin. Et maintenant, elle devait se reposer sur d'autres pour sauver son héritage.

— Nous réglerons le problème, Tereza.

Elle prit la main d'Eli posée sur son épaule.

— Je sais. Je me rappelais ce que me disait mon grand-père en marchant avec moi dans les vignes, quand j'étais petite. Il disait qu'il ne suffisait pas de planter. Que ce que nous plantions devait être chéri, soigné, nourri, protégé, discipliné. Les vignes étaient ses enfants. Elles sont devenues les miennes.

— Tu les as bien élevées.

— Et j'en ai payé le prix. J'ai été une femme moins présente que je ne l'aurais dû pour mon premier époux, une moins bonne mère pour ma fille. Je ne pensais qu'à la responsabilité qui m'avait été transmise. Et à l'ambition. Trop d'ambition, Eli ! Aurais-je eu plus d'enfants si je n'avais tant souhaité que mes vignes soient fertiles ? Ma fille aurait-elle fait le même mauvais choix d'un homme si j'avais mieux rempli mes devoirs de mère ?

— Dans la vie, les choses arrivent comme elles doivent arriver.

— Tu parles en Écossais pragmatique. Nous autres, Italiens, croyons plutôt au destin, à la chance. Et à la sanction.

— Ce qui arrive maintenant n'est pas une sanction, Tereza. Il s'agit soit d'un terrible accident, soit d'un acte criminel. Tu n'en es responsable ni dans un cas ni dans l'autre.

— Je suis responsable de tout ce qui concerne Giambelli depuis que j'en assume la charge, assena-t-elle en parcourant du regard les rangées de vigne. Ne suis-je pas responsable d'avoir poussé Sophia et Tyler l'un vers l'autre ? Je pensais uniquement à l'entreprise, sans avoir jamais imaginé ce qui pouvait survenir entre eux sur un autre plan.

— Écoute, Tereza, vouloir les faire travailler ensemble ne veut pas dire imposer à deux adultes jeunes et vigoureux de se rouler par terre sur le tapis du bureau !

— Non, soupira-t-elle, mais cela prouve que je n'ai pas pris en compte tous les éléments. Je m'attendais plutôt à ce qu'ils se battent. Le reste, je ne l'avais pas prévu. Seigneur ! Je me sens comme une vieille, tout d'un coup.

— Voyons, Tereza, nous *sommes* des vieux !

Il avait prononcé ces mots pour la faire rire et elle rit pour lui faire plaisir.

— Espérons qu'ils ont hérité un peu de nous deux.

— Je t'aime, Tereza.

— Je sais, Eli. Mais je ne t'ai pas épousé par amour.

— Je le sais, ma chérie.

— Je t'ai épousé pour nos affaires. C'était une sage décision, mûrement réfléchie. Je te respectais, j'avais pour toi de l'amitié, je me plaisais en ta compagnie. Et au lieu d'être punie d'avoir agi par calcul, j'en ai été récompensée. Je t'aime de tout mon cœur, Eli. J'espère que tu le sais, maintenant.

— Oui, je le sais. Nous surmonterons cette épreuve ensemble.

— Je n'ai pas besoin de toi à mes côtés, mais je tiens à ce que tu y sois. Je te veux toujours avec moi, près de moi. C'est plus fort que tous les mots, je crois.

Eli prit la main qu'elle lui tendait.

— Descendons, veux-tu ? James va bientôt arriver.

James Moore lut avec attention le projet de communiqué de presse de Sophia et hocha la tête en signe d'approbation.

— C'est bon. Clair, calme, avec une touche personnelle. Du point de vue strictement juridique, il n'y a rien à changer.

— Merci. Je vais tout de suite le mettre au propre, le diffuser et envoyer nos troupes en campagne.

— Emmène Lincoln avec toi. C'est un bon factotum.

James attendit qu'ils aient quitté la pièce pour reprendre :

— Je contacte vos avocats en Italie. Jusqu'à présent, vous avez traité le problème avec diligence et fermeté, cela devrait réduire les risques d'actions en justice ; cependant il faut quand même vous attendre à quelques procès. J'essaierai d'obtenir le maximum d'informations de la police mais, à moins qu'il ne soit prouvé que le produit toxique a été introduit dans la bouteille avant son débouchage, vous n'avez rien à craindre de plus grave qu'une contre-publicité. Si Giambelli devait être poursuivi pour négligence ou imprudence, nous avons de quoi contre-attaquer avec efficacité.

— Ce n'est pas la négligence qui m'inquiète, James. Si ce vin a été empoisonné avant d'être débouché, c'est un crime.

— Pour le moment, ce n'est encore qu'une hypothèse. D'après les questions qu'ils vous ont posées à tous, les policiers n'en sont eux aussi qu'aux hypothèses. Ils ignorent quand la digitaline a été introduite dans la bouteille. D'un point de vue juridique, Giambelli est donc à l'écart du problème.

— Le problème, intervint Tyler, c'est la mort d'une femme.

— Il concerne la police. Et que cela vous plaise ou non, je vous demande de ne plus répondre à une seule question sans la présence d'un avocat. C'est le travail de la police de mener l'enquête et de la conclure, pas le vôtre.

— Je la connaissais !

— C'est exact. Elle avait préparé un petit dîner romantique pour deux personnes le soir de sa mort, dîner auquel vous n'étiez pas présent. En ce moment, la police se demande jusqu'à quel point vous la connaissiez. Laissez-les chercher. Et pendant qu'ils se posent ces questions, nous allons nous renseigner sur Margaret Bowers pour savoir exactement qui elle était, qui elle connaissait et ce qu'elle voulait.

— Un vrai bourbier, commenta Lincoln.

— Oui, il nous faudra un bon moment pour l'éponger, répondit Sophia.

— Et des tonnes d'éponges. Mais tu as papa dans ton camp, c'est lui le meilleur. Maman voudra aussi s'en mêler. Et en plus, tu as moi. Moore, Moore et Moore. Que demander de mieux ?

Sophia finit de se relire à l'écran et faxa le communiqué à P.J.

— Il vaut mieux l'émettre du bureau de San Francisco plutôt que de la villa, expliqua-t-elle. Tout en gardant un ton personnel, nous ne voulons pas donner l'impression que la famille essaie d'étouffer l'affaire. J'ai rédigé un premier jet des communiqués à suivre et des projets d'échos. Veux-tu y jeter le regard du génie juridique et t'assurer que j'ai bien couvert mes arrières ?

— Bien sûr. J'ai toujours beaucoup aimé tes arrières.

— Très drôle ! La doctoresse va bien ?

Sophia se leva pour lui céder sa place devant l'ordinateur.

— Elle suit son bonhomme de chemin. Trouve-toi un copain

sortable et viens nous rejoindre un de ces soirs. On sortira dans des endroits sympa. Tu aurais grand besoin de te distraire un peu.

— Ne m'en parle pas ! Je n'ai plus de vie sociale, quant à mon avenir…

— Toi, la reine de la fête ?

Sophia décrocha le téléphone et composa le numéro du bureau de San Francisco.

— La reine a perdu sa couronne, figure-toi. Je n'ai pas le temps de m'amuser. Je n'ai même plus le temps de souffler sans m'angoisser en pensant à la prochaine tuile qui me tombera sur la tête. Depuis trois mois, je fais des journées de douze heures, j'ai les mains calleuses, j'ai été obligée de flanquer à la porte une de mes collaboratrices et, par-dessus le marché, je n'ai pas fait l'amour depuis plus de six mois.

— Arrête, je vais sangloter ! Je t'aurais volontiers rendu service sur ce dernier point, mais j'ai peur que le docteur ne soit pas content.

— Autant me mettre au yoga… P.J. ? poursuivit-elle en entendant décrocher au bout de la ligne. Bien reçu mon fax ? Transmets tout de suite aux agences de presse… Quoi ? Bon Dieu, quand ?… Bon, d'accord. Rassemble le maximum d'informations, je prépare une réponse. Aucun commentaire en dehors des termes du communiqué, copie à tous les chefs de département et tiens-moi au courant. O.K. ?

Elle raccrocha lentement, se tourna vers Lincoln.

— Il y a eu une fuite. La nouvelle est déjà dans la presse.

17

« Une nouvelle crise frappe Giambelli-MacMillan, le géant de l'industrie vinicole. Nous apprenons que le récent décès de Margaret Bowers, cadre commercial de l'entreprise, est attribué à la consommation d'une bouteille de vin contenant une substance toxique. La police envisageant l'hypothèse d'un acte de sabotage, Giambelli-MacMillan procède au retrait de toutes les bouteilles de merlot *Castello di Giambelli* 1992. Depuis leur fusion en décembre dernier… »

« Parfait ! » jubila Jerry Morney en regardant le journal télévisé. Ils allaient contre-attaquer, bien entendu. Mais les mots « Giambelli », « vin » et « mort violente » ne manqueraient pas d'être associés dans l'esprit du public. Par centaines, des bouteilles allaient être vidées dans les éviers. Par milliers, d'autres resteraient invendues chez les cavistes. Commandes annulées, parts de marché perdues, profits en chute libre, le tout moissonné par Laker. Quelle satisfaction, professionnelle autant que personnelle !

Personnelle, surtout.

Il y avait deux morts à la clef, certes. Mais il n'en était pas responsable, pas directement du moins. Et lorsque la police mettrait la main sur le coupable, la réputation de Giambelli recevrait un coup mortel. Il suffisait d'attendre. De jouir du spectacle. Puis, le moment venu, de passer un nouveau coup de téléphone anonyme. Mais pas aux médias, cette fois. À la police.

— La digitaline est extraite de la digitale pourprée, déclara Maddy.

— Hein ?

David leva distraitement les yeux de la montagne de papiers sur son bureau, rédigés en italien pour la plupart. S'il parlait bien la langue, la lire était autrement plus ardu.

— Est-ce qu'ils font pousser de la digitale en plus des plants de moutarde entre les vignes, pour mettre de l'azote dans la terre ? Ils devraient savoir que c'est une erreur.

— Je ne sais pas, Maddy, et ce n'est pas à toi de t'en inquiéter.

— Pourquoi ? Tu t'en inquiètes, toi.

— C'est mon métier.

— Je pourrais t'aider.

— Si tu veux m'aider, ma chérie, laisse-moi tranquille, je t'en prie. Va faire tes devoirs.

— Ils sont finis.

— Eh bien, va aider Théo à faire les siens. Ou trouve autre chose.

Ulcérée, Maddy sortit en claquant la porte. Il ne voulait jamais de son aide pour les choses importantes. « Va faire tes devoirs, va ranger ta chambre », toujours le même refrain ! Il ne disait sûrement pas à Pilar Giambelli de trouver quelque chose à faire. De toute façon, elle était nulle en sciences. La musique, la peinture, se pomponner, elle ne savait rien faire d'autre. Des trucs de fille, sans aucun intérêt.

Elle entra en coup de vent dans la chambre de Théo, vautré sur son lit, le téléphone à l'oreille et la hi-fi à plein régime. D'après son expression idiote, il devait être en train de parler à une fille. « Les hommes sont vraiment tous pareils, pensa-t-elle rageusement. Débiles. »

— Papa veut que tu finisses tes devoirs.

— Fous le camp ! Non c'est rien, juste mon idiote de sœur.

Une fraction de seconde plus tard, Théo hurla de douleur en recevant à la fois un coup de téléphone sur la mâchoire et un coup de genou dans ses parties les plus sensibles.

— Tu es folle ou quoi ? Je te rappelle tout à l'heure, parvint-il à bredouiller dans le combiné rattrapé de justesse.

Une lutte confuse s'ensuivit jusqu'à ce qu'il réussisse à

immobiliser sa sœur. Elle ne se battait pas comme une fille, mais il pesait quand même quelques kilos de plus qu'elle.

— Alors je ne suis *rien*, moi ? cria-t-elle en tentant une nouvelle fois d'user de son genou contre les attributs fraternels.

— Si, tu es complètement cinglée. Et je saigne ! ajouta-t-il en se passant la main sur le menton. Quand je le dirai à papa...

— Tu ne lui diras rien du tout. Il n'écoute qu'elle.

— Qui ça, elle ?

— Tu sais bien qui. Lâche-moi, tas de graisse ! Tu ne vaux pas mieux que lui, à roucouler dans l'oreille d'une fille sans vouloir écouter personne d'autre.

— Je soutenais une conversation intelligente, déclara Théo avec une dignité censée effacer l'opprobre du « roucoulement ». Et si tu me donnes encore n'importe où un coup de n'importe quoi, je te réduis en bouillie, même si papa me punit. Tu as un problème ?

— Moi non, mais les hommes de la famille se couvrent de ridicule en bavant devant les femmes de la villa. C'est obscène. J'en ai honte.

Théo épongea le sang de son menton meurtri. Il n'allait pas laisser sa gourde de petite sœur lui gâcher les fantasmes exaltants que Sophia lui inspirait.

— Tu es jalouse. Parce que tu es maigre comme un clou et que tu n'as pas de seins.

— J'aime mieux avoir un cerveau que des seins.

— Tant mieux pour toi. Je ne vois pas pourquoi tu piques une crise parce que papa est gâteux devant Pilar. Ça lui est déjà arrivé.

— Tu es vraiment un débile profond. Tu ne comprends donc rien ? Il n'est pas seulement gâteux, il est amoureux.

— Qu'est-ce que tu en sais ? Fous-moi la paix avec tes salades, ça n'y change rien.

Il n'empêche que cette révélation provoqua un curieux sursaut dans son estomac.

— Tu es vraiment bouché ! Ça change tout, au contraire. Rien ne sera jamais plus comme avant.

— Rien n'a jamais été pareil depuis que maman nous a largués.

— Tout va mieux, c'est vrai !

240

Et elle se sauva en courant pour ne pas laisser couler devant son frère les larmes qui lui montaient aux yeux.

— Ouais, grommela Théo. Mieux, ce n'est pas pareil.

Sophia sortit dans l'espoir que l'air froid et pur dissiperait les brumes obscurcissant son esprit. Elle devait réfléchir, vite et bien.

Quelle qu'ait été la source de la fuite, la révélation des médias leur avait causé du tort. La première impression est trop souvent celle qui demeure dans l'esprit du public. Son travail consistait désormais à modifier cette impression. À prouver que Giambelli était victime d'un viol sans rien avoir fait pour nuire au public. Pour atteindre cet objectif, il fallait plus que des mots. Il fallait des actes concrets.

Si ses grands-parents ne l'avaient pas déjà décidé, elle les aurait poussés à aller en Italie afin d'attaquer le problème à sa racine. À ne pas se réfugier derrière le classique « Pas de commentaires » mais, au contraire, à offrir des commentaires nombreux et précisément ciblés. À répéter aussi souvent que nécessaire le nom de la compagnie, à mettre l'accent sur leur engagement personnel dans sa bonne marche. Il faudrait aussi se montrer prudent au sujet de Margaret Bowers. Exprimer sa sympathie, mais pas au point de laisser croire à une part de responsabilité dans sa mort tragique. Pour y parvenir, pour aider ses grands-parents, Sophia devait cesser de penser à Margaret comme à une personne proche et dont elle appréciait les qualités. Si cela exigeait de la froideur ou de la dureté de cœur, elle devrait se forcer à être froide et à s'endurcir le cœur.

Sophia marqua une pause à l'entrée de la vigne. Elle était protégée contre les parasites, les maladies, les caprices du ciel. Tout ce qui la menaçait devait être combattu. Le cas présent n'était pas différent. Elle mènerait ce combat à sa manière, sans rien regretter des actes qu'elle devrait commettre pour obtenir la victoire.

Elle vit du coin de l'œil quelque chose bouger dans l'ombre.

— Qui va là ?

Un saboteur ? Un criminel ? Sans hésiter, elle se rua à l'attaque et ceintura… une fillette qui se débattait furieusement.

— Lâche-moi ! J'ai le droit de venir ici !

— Excuse-moi, je suis désolée. Tu m'as fait peur.

Pourtant, elle avait une allure à faire peur plutôt qu'à avoir peur, selon Maddy.

— Je ne fais rien de mal !

— Je sais, j'ai juste dit que tu m'avais fait peur. Nous sommes tous un peu sur les nerfs, en ce moment. J'étais sortie m'éclaircir les idées. Il se passe trop de choses depuis quelques jours.

— Mon père travaille, fit Maddy sur un ton défensif qui piqua la curiosité de Sophia.

— Il subit beaucoup de pressions, lui comme les autres. Mes grands-parents partent pour l'Italie demain matin. Je me fais du souci pour eux, ils ne sont plus jeunes.

Cette confidence adoucit l'humiliante rebuffade de son père. Maddy accorda son pas à celui de Sophia.

— Ils ne se conduisent pas comme des vieux. Ils n'ont pas l'air décrépits, en tout cas.

— Non, c'est vrai. Quand même, j'aurais préféré partir à leur place s'ils n'avaient pas eu besoin de moi ici.

Maddy regarda avec hargne les lumières de la maison d'amis. Personne n'avait jamais besoin d'elle. Nulle part.

— Toi, au moins, tu as quelque chose à faire.

Maddy était visiblement énervée et ulcérée. Sophia n'eut pas besoin de fouiller longtemps dans sa mémoire pour se rappeler que les occasions de s'énerver et de se sentir frustré ne manquent pas quand on a quatorze ans. Ces gros chagrins de l'adolescence font souvent paraître les crises professionnelles comme d'aimables plaisanteries.

— Nous sommes dans le même bateau, toi et moi. Ma mère, ton père… C'est un peu dérangeant.

— Il faut que je rentre, soupira Maddy avec un haussement d'épaules fataliste.

— Avant, je voudrais te dire quelque chose. Entre femmes, entre filles, comme tu voudras. Ma mère est restée très long-temps, trop longtemps seule, sans un homme digne de ce nom qui la considère comme elle le mérite. Je ne sais pas comment cela s'est passé pour toi, pour ton frère, pour ton père. Mais pour moi, maintenant que j'ai digéré l'étrangeté de la situation, je suis contente qu'elle ait rencontré un homme bon et solide capable de la rendre heureuse. J'espère que tu ne l'empêcheras pas de profiter de cette chance.

— Rien de ce que je fais, de ce que je pense ou de ce que je dis ne compte jamais.

Le défi pour cacher la tristesse. Oui, cela aussi elle s'en souvenait.

— Si, ce qu'on dit et ce qu'on pense comptent beaucoup pour ceux qui nous aiment. Je crois d'ailleurs connaître quelqu'un qui t'aime, ajouta-t-elle en entendant se rapprocher un bruit de pas précipités.

— Maddy ! Qu'est-ce que tu fais là ? Tu ne peux pas sortir comme cela toute seule dans le noir !

Hors d'haleine, David la souleva dans ses bras en réussissant à l'embrasser et à la secouer en même temps.

— J'avais envie de marcher.

— Et de m'enlever un an de vie ? Bats-toi avec ton frère tant que tu voudras, mais ne quitte plus la maison sans prévenir. Compris ?

— Je ne pensais pas que tu t'en apercevrais.

— Pense un peu mieux, veux-tu ?

Sophia avait déjà remarqué et jalousé leurs gestes d'affection mutuels. Jamais son père ne les avait eus avec elle.

— C'est en partie ma faute, dit-elle. Je l'ai gardée trop longtemps. Maddy est une auditrice parfaite quand on ne sait pas à qui parler. J'avais trop d'idées qui se bousculaient dans ma tête.

— Vous devriez la reposer, votre pauvre tête. Vous aurez besoin demain de tous vos circuits en ordre de marche. Votre mère est libre ?

— Oui, je crois. Pourquoi ?

— Je suis noyé sous les notes et les rapports en italien. J'irais plus vite si quelqu'un de qualifié m'aidait à les traduire.

— Je le lui dirai. Elle acceptera sûrement de vous aider.

— Merci. Maintenant, je vais remporter ce colis à la maison. À demain matin huit heures.

— J'y serai. Bonne nuit, Maddy.

Elle les suivit des yeux jusqu'à ce que leurs ombres si proches l'une de l'autre n'en forment plus qu'une.

On ne pouvait pas reprocher à Maddy de vouloir maintenir cet état de choses. Il est toujours difficile de s'adapter au changement. De faire place à de nouveaux venus dans sa vie alors que celle-ci vous convient telle qu'elle est.

Pourtant, les changements surviennent. Mieux valait en prendre son parti ou, mieux encore, en être l'instigatrice.

Tyler n'avait allumé ni la radio ni la télévision et restait sourd à la sonnerie du téléphone. S'il voulait maîtriser ses réactions face aux médias, le meilleur moyen consistait à s'en tenir à l'écart, pour quelques heures du moins. Dans cette tranquillité relative, il allait vérifier les dossiers, les registres, tous les documents à sa disposition. Il lui incombait de s'assurer que la moitié MacMillan de Giambelli-MacMillan était à l'abri des risques, et il entendait mener cette mission à bien.

Ce qu'il ne pouvait contrôler, en revanche, c'étaient les questions qu'il ne cessait de se poser au sujet de Margaret. Accident, suicide, crime ? Aucune de ces éventualités n'était plaisante à envisager.

La thèse du suicide pouvait toutefois être écartée. Ce n'était pas le genre de Margaret, et Tyler n'était pas affligé d'une vanité assez hypertrophiée pour s'imaginer qu'elle se serait suicidée par désespoir parce qu'il lui avait fait faux bond. Margaret avait eu des visées sur lui, dont il avait négligé les indices car elle ne l'intéressait pas et, surtout, afin d'éviter les complications. La vie était déjà bien assez compliquée sans y ajouter le mélange détonant des aventures amoureuses et des relations de travail.

De toute façon, elle n'était pas du tout son type. Il n'éprouvait aucun attrait pour les femmes d'affaires obsédées par leur carrière et leurs objectifs. Il fallait une énergie surhumaine pour vivre avec une telle femme, ne serait-ce que quelques semaines.

Sophia, par exemple…

Seigneur ! Il commençait à craindre d'éclater s'il ne faisait pas l'amour avec Sophia. Penser à elle sous cet angle ne servait qu'à lui brouiller le cerveau, à lui imposer sur son corps un contrôle épuisant et à embrouiller une association déjà trop complexe. Se concentrer sur son travail était plus que jamais essentiel. La crise actuelle ne pouvait pas plus mal tomber, exigeant qu'il y consacre son temps et ses forces alors qu'il aurait dû s'occuper des vignes en priorité. Les prévisions météo à long terme annonçaient des gelées tardives. Le contenu de plusieurs cuves était prêt pour la mise en bouteilles. Le hersage débutait. Il n'avait pas le temps de se soucier de problèmes tels que les enquêtes de police ou les menaces de procès. Ou même une femme.

De tous ces problèmes, c'était pourtant la femme qu'il avait le plus de mal à bannir de son esprit. Elle s'était insinuée dans son système et refusait d'en déloger jusqu'à ce qu'il réussisse à l'en éliminer lui-même. Pour cela, une seule méthode : aller à la villa, monter les marches de sa chambre et se guérir de son obsession en l'assouvissant. Une bonne fois pour toutes.

C'était puéril, il le savait. Mais il le ferait quand même.

Il empoigna une veste, ouvrit la porte... et se trouva nez à nez avec Sophia, qui gravissait le perron.

— Je ne supporte pas les machos au mauvais caractère, déclara-t-elle en claquant la porte derrière elle.

— J'ai horreur des femmes agressives et dominatrices.

Ils se ruèrent littéralement dans les bras l'un de l'autre.

— Je veux un lit cette fois, parvint-elle à dire alors même que leurs lèvres étaient soudées. On essaiera le tapis la prochaine fois.

— Moi, je te veux nue. N'importe où.

Elle se pendit à son cou, noua les jambes autour de sa taille et il s'engagea dans l'escalier en titubant.

— Tu as un goût d'homme, souffla-t-elle en parcourant des lèvres son visage et son cou.

Il s'adossa au mur pour lui enlever son sweater, lui reprit la bouche, descendit vers la naissance des seins.

— Nous n'arriverons pas jusqu'au lit, murmura-t-il.

— Tant pis. La prochaine fois.

Elle retomba sur ses pieds, ou du moins le crut-elle car, dans le geyser de sensualité qui jaillissait en elle, elle ne savait plus où elle était, qui elle était. Leurs mains arrachaient des vêtements sans distinguer lesquels, leurs bouches se croisaient sur leurs peaux nues. Tout se troublait, tout se fondait dans une onde de désir brûlante.

À peine Tyler l'eut-il effleurée qu'elle fut secouée par un orgasme si ravageur qu'elle se sentit sur le point de fondre, vidée de ses forces. Mais l'aurait-elle voulu qu'elle ne pouvait plus s'arrêter. Agrippée à lui, elle laissa leur passion se déchaîner. Quand elle vit ses yeux se voiler, elle sut qu'elle était la cause de son éblouissement et elle éprouva la joie inattendue d'avoir réussi à briser ses défenses.

Son deuxième orgasme fut encore plus sauvage que le premier. Et Tyler, découvrant avec elle la plénitude d'un plaisir inimaginable, s'abandonna à son tour à une sorte d'ivresse qui lui fit perdre toute notion du temps et de l'espace.

Allongée sur lui, encore haletante et le cœur affolé, Sophia ne put s'empêcher de rire.

— *Grazie a Dio* ! Aucun raffinement, mais quelle énergie !

— Nous raffinerons quand je ne serai pas sur le point de hurler à la lune.

— Je ne me plaignais pas, répondit-elle en lui effleurant la bouche de ses lèvres de manière provocante. Je ne me suis jamais sentie mieux. Je le pense, du moins.

— Moi aussi. Mais crevé.

— Nous sommes deux dans le même cas. Tu as vraiment fini ?

— Pas le moins du monde.

— Tant mieux, moi non plus.

Il recommençait déjà à la caresser. Elle avait la peau si douce…

— Nous devrions peut-être établir quelque règles.

— Pas maintenant.

— D'accord. Alors, le lit ? ajouta-t-elle.

Il la reprit dans ses bras, roula par terre avec elle.

— La prochaine fois.

Il était près de minuit quand elle se réveilla à plat ventre sur le lit de Tyler, entortillée dans les draps. Elle avait l'impression que ses os s'étaient liquéfiés. Même au bout d'une si longue abstinence, elle avait peine à croire que le corps humain soit capable de se recharger en si peu de temps d'une aussi incroyable énergie.

— À boire, grogna-t-elle. Tout ce que tu voudras, les faveurs sexuelles les plus folles, pour un verre d'eau.

— Tu m'as déjà accordé les faveurs les plus folles.

— C'est vrai ? Alors sois gentil, MacMillan. Je veux bien mourir de n'importe quoi, sauf de soif.

— D'accord. Où sommes-nous ?

— Sur ton lit. Nous avons quand même fini par y arriver.

— Je reviens tout de suite.

Il se leva avec peine, tituba et se cogna violemment contre une chaise. Sophia l'écouta jurer en souriant. Son premier jugement avait été le bon. Sous ses dehors rugueux, il était adorable, plus intelligent qu'il n'en donnait l'impression. Et au lit, ou même par terre, il était l'as des as. Elle ne se souvenait d'aucun autre homme qui l'eût comblée à ce point sur tant de niveaux – surtout en sachant qu'il fallait presque lui braquer un pistolet sur la tempe pour le décider à mettre une cravate. Ce qui, pensa-t-elle, le rendait probablement sexy à ce point. L'homme des cavernes qui découvre la civilisation…

Le contact d'un verre glacé sur son épaule nue lui fit pousser un cri d'horreur.

— Très drôle !

Elle prit pourtant le verre avec reconnaissance et en vida d'un trait plus de la moitié.

— Hé ! On partage !

— Je n'ai jamais prononcé le mot « partage ».

— Dans ce cas, j'exige de nouvelles faveurs.

— Ah oui ? dit-elle en riant. Tu ne pourrais plus !

— Tu sais combien j'aime te prouver que tu as tort.

— C'est vrai, soupira-t-elle en lui tendant le reste du verre d'eau. J'en ai peut-être encore la force, mais il faut que je rentre à la maison. On a une réunion de bonne heure demain matin.

Tyler vida le verre, le posa sur une table.

— Ce n'est pas le moment d'y penser, objecta-t-il en la prenant par la taille et en roulant sur elle. J'ai mieux à te proposer.

Il y avait longtemps qu'elle n'était pas rentrée en cachette à deux heures du matin. Mais c'est une de ces techniques, comme faire de la bicyclette – ou l'amour –, qui, une fois acquises, ne s'oublient jamais.

Elle éteignit ses phares avant que leur lumière se reflète sur les vitres, roula au point mort en passant devant la maison et rentra sans bruit sa voiture au garage. Dehors, elle resta un instant dans la nuit froide sous la voûte étoilée. Elle était fatiguée au-delà de l'imaginable et se sentait merveilleusement, miraculeusement débordante de vie.

Tyler MacMillan, estima-t-elle, était plein de surprises, de recoins secrets et d'une énergie digne d'admiration. Elle avait beaucoup appris à son sujet ces derniers mois, et il lui restait encore plus à découvrir. Mais dans l'immédiat, il fallait qu'elle dorme si elle voulait être bonne à quelque chose le lendemain.

Curieusement, pensa-t-elle en s'approchant à pas de loup de la porte de la cuisine, elle aurait voulu rester avec lui. Dormir près de lui, blottie contre son grand corps ferme et chaud. En sûreté.

Elle s'était entraînée au fil du temps à neutraliser ses sentiments après avoir fait l'amour. Une attitude d'homme, aimait-elle se dire. S'endormir et se réveiller dans le même lit après les ébats sexuels pouvait se révéler gênant, inconfortable – ou créer une intimité encore plus importune. Elle avait donc toujours pris soin de l'éviter.

Cette fois, pourtant, elle avait dû se forcer pour quitter le lit de Tyler. Parce qu'elle était morte de fatigue et avait eu une journée difficile, essaya-t-elle de se convaincre. En fin de compte, rien avec lui n'avait été très différent de ses précédentes expériences. Ou alors, elle avait pour lui un penchant plus fort qu'elle ne l'avait d'abord cru et s'y était même attendue. Peut-être lui avait-il fait éprouver des sensations aussi différentes parce qu'il était… neuf. Mais ce vernis de nouveauté finirait par se ternir avec le temps et ce serait bien ainsi. Chercher chaque fois le grand amour qui dure la vie entière ne peut apporter que des déceptions. Mieux vaut saisir l'instant présent, en tirer la quintessence et passer ensuite à autre chose.

Elle en était là de ses réflexions quand elle se trouva nez à nez avec sa mère au détour d'un buisson. Aussi interloquées l'une que l'autre, elles restèrent un moment à se dévisager sans mot dire.

— Euh… belle nuit, commenta enfin Sophia.

— Oui, très belle. J'étais juste. . enfin… David avait besoin d'aide pour quelques… traductions, bégaya Pilar avec un geste vague.

Sophia eut le plus grand mal à maîtriser le fou rire qu'elle sentait monter dans sa gorge.

— Ah, bon ? C'est le terme qu'on employait dans ta génération ? Rentrons, ajouta-t-elle. Nous pourrions geler sur place avant d'avoir trouvé des excuses plausibles.

— Mais je t'assure, je traduisais ! protesta Pilar en ouvrant maladroitement la porte. Il y avait une pile de rapports…

— Oh ! maman, je t'en prie ! l'interrompit Sophia sans plus pouvoir retenir son rire.

Pilar rajusta sa coiffure. Elle se savait échevelée comme une femme tombée du lit – du canapé du salon, en l'occurrence. Au lieu d'une défense inutile, la sagesse lui suggéra de passer à l'offensive.

— Tu rentres bien tard, fit-elle d'un ton qu'elle tenta en vain de rendre sévère.

— Oui. Je « traduisais », moi aussi. Avec Tyler.

— Avec ?… Oh !

Sophia ouvrit la porte du réfrigérateur.

— Je meurs de faim. Pas toi ? Je n'ai pas trouvé le temps de dîner. Tyler et moi, ça te pose un problème ?

— Non… Oui… Je ne sais pas. Je ne sais absolument pas comment je suis censée prendre cette nouvelle.

— Il reste de la tarte. Tu en veux ? Tu as une mine resplendissante, maman.

— C'est impossible, dit Pilar en se passant la main dans ses cheveux en désordre. Je dois avoir une tête à faire peur.

— Au contraire. Je m'étais posé des questions sur toi et David, tu sais. Je n'avais pas l'habitude de voir en toi… bref, je ne te voyais même plus. Mais quand je te surprends en train de rentrer clandestinement au milieu de la nuit avec une mine pareille, je suis ravie de te voir enfin en femme heureuse et épanouie.

— Je n'ai pas besoin de rentrer chez moi en cachette, Sophia.

Sophia coupa deux gros morceaux de tarte, les posa sur deux assiettes, prit des couverts dans un tiroir.

— Vraiment ? Pourquoi le fais-tu, alors ?

— Parce que… Mangeons.

Le silence retomba un instant.

— La journée était longue et pénible, soupira enfin Sophia. Au moins, elle se termine bien.

— Oui. Sauf que tu m'as fait une peur bleue, dehors.

— Moi ? Imagine plutôt ma surprise de tomber sur ma propre mère alors que je revivais mes aventures de jeunesse ! Mais ne nous attardons pas sur le passé. Ton David est un sacré numéro.

— Sophia, voyons !

— Si. Une carrure d'athlète, une jolie frimousse de petit garçon sage, la tête bien faite. Tu as décroché la timbale, maman.

— D'abord, David n'est pas un trophée. Et j'espère que tu ne considères pas non plus Tyler de cette façon.

— Il a un cul superbe.

— C'est vrai.

— Je parle de celui de Tyler.

— Je sais. Me prends-tu pour une aveugle ? s'exclama Pilar avec un éclat de rire égrillard inattendu de sa part. Allons, poursuivit-elle en reprenant son sérieux, tout cela est ridicule, de mauvais goût et...

— Drôle comme tout, enchaîna Sophia. Nous partageons le même intérêt pour la mode et les affaires, depuis peu en ce qui te concerne. Pourquoi ne pas nous intéresser à... *nonna !*

— Bien sûr que nous nous intéressons à...

Pilar suivit le regard de Sophia et en laissa tomber sa fourchette.

— Maman ! Qu'est-ce que tu fais debout à cette heure-ci ?

— Croyez-vous par hasard l'une et l'autre que j'ignore quand les gens entrent ou sortent de chez moi ? Quoi, pas de vin ?

— C'est-à-dire... nous avions faim, parvint à répondre Sophia.

— Tu ne m'étonnes pas. L'amour est un exercice qui ouvre l'appétit quand on le pratique comme il faut. J'ai très faim moi-même.

Sophia se couvrit la bouche d'une main, mais il était trop tard pour étouffer son gloussement. Impassible, Tereza prit le dernier morceau de tarte pendant que Pilar, les épaules secouées d'un fou rire mal maîtrisé, gardait les yeux baissés sur son assiette.

— Il faut boire du vin, déclara Tereza, l'occasion le mérite. C'est la première fois, je crois, que trois générations de femmes Giambelli se retrouvent la nuit à la cuisine après avoir fait l'amour. Ne prends donc pas cette mine stupéfaite, Pilar. L'amour physique est une fonction tout à fait naturelle. Et puisque tu as enfin choisi un partenaire digne de toi, nous allons célébrer l'événement.

Elle alla chercher une bouteille de sauvignon dans le casier et la déboucha elle-même.

— Nous traversons des temps difficiles, reprit-elle après avoir rempli leurs trois verres. Il y en a déjà eu, il y en aura encore. Il est donc essentiel que nous poursuivions le cours normal de notre vie afin de mieux surmonter les épreuves. J'approuve tes relations avec David Cutter, si tu attaches du prix à mon approbation.

— Merci, maman. Elle a pour moi une grande importance.

Sophia se mordait les lèvres pour s'empêcher de sourire quand sa grand-mère se tourna vers elle.

— Toi, si tu fais de la peine à Tyler, je t'en voudrai et tu me décevras profondément. Je l'aime comme un fils.

Déconfite, Sophia reposa sa fourchette.

— Je n'ai aucune envie de lui faire de la peine.

— Souviens-toi de cela, c'est tout. Demain, nous lutterons pour ce que nous sommes et pour ce que nous possédons. Cette nuit, nous célébrons. À notre santé, conclut-elle en levant son verre.

18

La guerre faisait rage. Sophia menait ses combats à la fois sur les ondes, au téléphone, sur le papier. Chaque jour, elle émettait des communiqués, donnait des interviews, rassurait les clients. Chaque jour, elle s'évertuait à étouffer les rumeurs malveillantes, les insinuations venimeuses ou les hypothèses absurdes qui renaissaient sans trêve. Jusqu'à la victoire finale, il n'était plus question pour elle de travailler dans les vignes, et elle acceptait mal de devoir déserter ce champ de bataille où Tyler, désormais, luttait seul.

Elle s'inquiétait aussi pour ses grands-parents, en première ligne sur le front italien. Leurs rapports quotidiens confirmaient que le rappel des bouteilles se poursuivait. Bientôt, chaque bouteille serait analysée. Elle ne voulait même pas penser au coût d'une telle opération, elle laissait David assumer ce souci-là.

Quand le stress devenait trop éprouvant, elle passait quelques instants devant sa fenêtre à contempler les vignes et les hommes au travail. L'année serait exceptionnelle, se jurait-elle.

Il fallait seulement y survivre…

Ce jour-là, à la énième sonnerie du téléphone, elle refréna son envie de faire comme si elle n'avait pas entendu. Dix minutes plus tard, elle raccrocha en donnant libre cours à sa fureur par un chapelet des jurons les plus expressifs que permet la langue italienne.

— Cela te soulage ? s'enquit Pilar depuis le pas de la porte.

— Pas assez ! Je suis contente que tu sois là. Viens t'asseoir. Peux-tu me consacrer une minute ?

— Quinze si tu veux, j'ai fini une visite. Ils arrivent en troupeaux. Des curieux, pour la plupart. Quelques journalistes aussi, moins toutefois depuis ta dernière conférence de presse.

— Ils vont revenir. J'étais au téléphone avec le producteur du *Larry Mann Show*.

— Larry Mann ? C'est le pire de la télévision-poubelle. Tu ne leur donneras rien, j'espère ?

— Ils ont déjà quelque chose : Renée, répondit Sophia en se levant, au comble de l'énervement. Elle doit enregistrer un show demain, sous prétexte de révéler la vérité sur la mort de papa, en réalité pour nous couvrir de boue. Ils voudraient que toi ou moi ou toutes les deux y participions pour faire entendre notre son de cloche.

— C'est impossible, Sophia. Si satisfaisant que puisse être le plaisir de la remettre publiquement à sa place, ce n'est pas de cette manière qu'il faut s'y prendre, encore moins dans une telle émission.

— Pourquoi crois-tu que je jurais comme une gardeuse de cochons ? J'aimerais pouvoir me battre dans une mare de boue avec cette garce ! Elle donne des interviews à tous les journaux et ne rate pas une occasion de nous faire du tort. J'ai consulté tante Helen et oncle James pour savoir si nous pouvons la poursuivre en justice.

— Ne t'engage pas dans cette voie-là.

— Nous n'allons quand même pas lui permettre de continuer à cracher sur la famille et à nous diffamer ! Si je ne peux pas lui arracher les cheveux et lui lacérer les joues à coups de griffes, je peux au moins contre-attaquer légalement.

— Écoute-moi, Sophia. Lui faire un procès en ce moment, alors que nous avons à livrer des combats autrement plus importants, ne pourrait que donner du poids à ses allégations. Je sais, ton instinct te pousse à lutter alors que le mien est plutôt de battre en retraite, mais nous ne ferons cette fois-ci ni l'un ni l'autre. Il faut prendre de la hauteur et la traiter par le mépris.

— J'y ai pensé, bien sûr. J'ai étudié le problème sous tous les angles. Mais je persiste à croire que le feu se combat par le feu.

— Pas toujours, ma chérie. Il est souvent plus efficace de le noyer.

Depuis le début de la conversation, Sophia n'avait pas cessé d'arpenter nerveusement son bureau. Elle s'arrêta, respira à fond. Derrière elle, le fax crissait sans qu'elle y prête attention.

— Bonne idée, dit-elle enfin. Noyer Renée dans notre bon vin. Nous allons donner un grand bal de printemps, tenue de soirée de rigueur. Combien de temps te faut-il pour l'organiser ?

Pilar cilla imperceptiblement.

— Trois semaines.

— Bon. Prépare les invitations. Dès qu'elles seront envoyées, je lancerai des échos dans la presse. Puisque Renée se complaît dans les poubelles, choisissons l'élégance.

— Un bal ? As-tu entendu parler de Néron et de son violon ?

Tyler devait élever la voix pour couvrir le vacarme.

— Ce n'est pas Rome qui brûle, répondit Sophia en l'entraînant à l'écart, c'est nous. Écoute, Giambelli prend ses responsabilités au sérieux… Bon sang ! s'exclama-t-elle en entendant vibrer son téléphone portable. Une seconde.

Il la suivit des yeux tandis qu'elle s'éloignait de quelques pas en parlant italien. Autour d'eux, les tracteurs procédaient au hersage avec un grondement assourdissant. La tiédeur des jours provoquait l'éclosion des bourgeons alors même que la bise descendue des montagnes faisait craindre des gelées nocturnes. Et au centre de cette activité incessante, de ce cycle immuable, se tenait Sophia.

Peut-être était-elle éternelle, elle aussi…

Tyler ne s'étonna pas de sentir craquer son dernier verrou intérieur, il s'y était même préparé. Oui, il était amoureux d'elle. Il en était fou. Dément. Irrécupérable. Et il allait devoir décider comment gérer la situation.

Sophia rangea le téléphone dans sa poche et revint vers lui.

— Désolée de cette interruption. Le service de publicité en Italie demandait des détails. Maintenant, où en étions ?…

Elle laissa sa phrase en suspens, l'observa avec surprise.

— Pourquoi ce sourire béat ? s'étonna-t-elle.

— Tu n'es pas désagréable à regarder, même en accéléré.

— L'accéléré est la seule vitesse convenable en ce moment. Revenons au bal. Il s'intégrera dans les célébrations du centenaire. Le premier grand gala est prévu en été. Nous traiterons donc celui-ci de manière plus intime, pour faire montre de notre solidarité familiale, de notre confiance et de notre sens des responsabilités. Nous sommes intervenus avec efficacité dès le début du problème. Tandis que nos efforts se poursuivent, nous restons à l'écoute des autres et maintenons nos contacts avec l'extérieur. Si Renée n'est capable que de remuer les ordures, nous montrons notre distinction.

— Notre distinction… Si nous sommes aussi distingués, je ne vois pas pourquoi je dois perdre mon temps à patauger dans la boue avec des équipes de télévision.

— Pour illustrer le zèle et le travail qui concourent à la production de chaque bouteille de vin. Ne fais pas ton grincheux, MacMillan.

— Je le serais moins s'il n'y avait pas autant d'intrus.

— Ferais-je partie du lot ?

Il détourna son regard des vignes pour le poser sur son visage, qui lui parut plus enchanteur que jamais.

— Je n'en ai pas l'impression, grommela-t-il.

— Alors, pourquoi n'es-tu pas encore entré par la porte-fenêtre de ma chambre au milieu de la nuit ?

— J'y ai pensé, répondit-il avec un léger sourire.

— Pense un peu plus fort. Quoi ? Tu as la migraine ? demanda-t-elle quand il recula d'un pas alors qu'elle se rapprochait.

— Non, un public. J'aimerais autant ne pas crier sur les toits que je couche avec ma coéquipière.

— Le travail n'a rien à voir avec le fait de coucher ensemble, répliqua-t-elle avec froideur. Maintenant, si tu en as honte…

Le temps qu'il surmonte sa répugnance innée à se donner en spectacle, elle s'était éloignée de quelques pas. Il la rattrapa en trois enjambées et l'empoigna par un bras.

— Je n'ai honte de rien, seulement j'aime préserver ma vie privée. Il court assez de racontars, inutile d'en rajouter. Et si je ne suis pas capable de me concentrer sur mon travail, je ne peux pas demander à mes hommes de… Ah ! et puis, merde !

Il lui prit l'autre bras, la souleva de terre et lui donna un baiser presque sauvage. Un délicieux frisson parcourut Sophia.

— Ça va comme ça ? grogna-t-il en la reposant sur ses pieds.

— Presque.

Les deux mains sur sa poitrine, elle le sentit trembler. Leurs lèvres se frôlèrent, se joignirent à nouveau tandis qu'il la serrait contre lui et qu'elle nouait les bras autour de sa nuque.

— Voilà, dit-elle enfin. C'était beaucoup mieux.

— Ne ferme pas ta porte-fenêtre à clef ce soir.

— Elle ne l'est pas.

— Il faut que je retourne au travail.

— Moi aussi.

Et pourtant ils restèrent immobiles, leurs lèvres séparées d'un souffle. Elle sentait se produire en elle quelque chose de nouveau, non pas le frémissement des sens qui accompagne le désir, mais une sorte de contraction du cœur, plus douleur que plaisir. Fascinée par cette sensation inconnue, elle allait y céder quand le téléphone se remit à vibrer dans sa poche.

— Bon, eh bien... À tout à l'heure.

Elle s'écarta à regret, porta le téléphone à son oreille. Elle penserait plus tard à Tyler et à beaucoup d'autres choses.

— *Nonna ?* Je suis contente que tu m'aies eue, j'ai essayé de t'appeler, mais...

Le ton de sa grand-mère la fit taire. En dépit du soleil, elle eut la chair de poule. Un instant plus tard, elle revint sur ses pas en courant.

— Tyler !

Alarmé, il se retourna :

— Que se passe-t-il ?

— Ils ont encore trouvé deux bouteilles empoisonnées.

— Nous nous y attendions. Nous savions que c'était du sabotage.

— Oui, mais ce n'est pas tout et ce pourrait être pire. Il y avait un vieux monsieur qui travaillait pour le grand-père de *nonna* depuis tout jeune. Il a pris sa retraite et il est mort l'année dernière. Il avait le cœur malade.

Tyler avait déjà compris.

— Continue.

— Sa petite-fille l'a trouvé mort. Selon elle, il avait bu de notre merlot ce soir-là. Elle est allée voir ma grand-mère après avoir appris le rappel des bouteilles. La police fait exhumer son corps et fera procéder à une autopsie.

— Il s'appelait Bernardo Baptista, expliqua Sophia sans consulter ses notes, qu'elle connaissait déjà par cœur. Il est mort d'une crise cardiaque à l'âge de soixante-treize ans après avoir mangé un repas frugal et bu plusieurs verres de notre merlot 1992.

« Comme Margaret Bowers », pensa David.

— Vous disiez qu'il avait le cœur fragile.

— Il avait eu quelques problèmes assez bénins et souffrait au moment de sa mort d'un mauvais rhume, qui a peut-être aggravé la situation. Baptista travaillait au domaine depuis soixante ans et il était connu pour la finesse de son nez. À cause de ce rhume, il n'a sans doute pas pu déceler une altération dans le bouquet du vin. Sa petite-fille affirme qu'il n'avait pas débouché la bouteille avant cette soirée-là, elle l'avait vue intacte en lui rendant visite dans l'après-midi. Il la gardait sur une étagère comme un trophée, avec d'autres cadeaux reçus au moment de son départ en retraite. Il était très fier d'avoir été un collaborateur des Giambelli.

— Cette bouteille était donc un cadeau ?

— D'après elle, oui.

— De qui ?

— Elle ne sait pas. J'ai vérifié la liste des cadeaux officiellement offerts par la maison, ce vin n'y figure pas. Il aurait dû recevoir une caisse de cabernet et une de blanc, je crois, mais il arrive souvent qu'un fidèle employé puisse choisir autre chose selon ses préférences, ou que ses collègues lui fassent des cadeaux à titre personnel.

— Quand sauront-ils si c'est bien ce vin qui a causé sa mort ?

— D'ici quelques jours, je pense.

— Bon. Entre-temps, je compte suggérer à vos grands-parents d'engager un enquêteur privé.

— De mon côté, je prépare un communiqué. Il vaut mieux que nous annoncions nous-mêmes ces nouveaux développements, en mettant l'accent sur la volonté de Giambelli de faire toute la lumière. Je ne veux plus être à la traîne du scoop de quelqu'un d'autre.

— Dis-moi ce que je peux faire pour t'aider, intervint Pilar.

— Prépare la liste d'invitations le plus vite possible.

— Voyons, ma chérie, tu ne penses pas sérieusement organiser un bal dans les circonstances présentes ?

Le souvenir du vieux vigneron pour qui elle avait eu de l'affection renforça sa détermination.

— Plus que jamais, au contraire, déclara-t-elle en jetant ses idées sur le papier à mesure qu'elle parlait. Il suffira de le présenter sous un autre angle. Ce bal sera donné au profit d'une œuvre caritative, ce ne sera pas la première fois, et je veux que les gens s'en souviennent. Mille dollars par tête. Le dîner, le vin seront offerts par Giambelli-MacMillan et la recette ira aux sans-abri. Nous connaissons beaucoup de gens qui doivent à la *Signora* bien plus que mille dollars pour un dîner de gala. S'il faut le leur rappeler, je m'en chargerai.

— C'est vous la spécialiste dans ce domaine, commenta David après un instant de réflexion. Vous marchez sur la corde raide, mais vous avez, je crois, un bon sens de l'équilibre.

— Merci. D'ici là, nous affecterons l'indifférence envers les calomnies que Renée répand dans la presse. Parce que même si ses attaques sont personnelles, elles ont des retombées sur nos affaires.

Pilar prit place à une table discrète au fond du bar des Quatre Saisons. Si elle avait annoncé ses intentions à quiconque, on lui aurait répondu à coup sûr qu'elle commettait une grossière erreur. C'était sans doute vrai – sauf que ce qu'elle faisait ce jour-là, elle aurait dû le faire depuis longtemps.

Elle commanda une eau minérale et se prépara à attendre. Elle ne doutait pas que Renée viendrait au rendez-vous, mais elle arriverait en retard, autant pour le plaisir de faire une entrée spectaculaire que pour celui d'affronter une ennemie qu'elle croyait en état de faiblesse.

Fidèle à son image, Renée arriva un quart d'heure plus tard en somptueux manteau de fourrure malgré la douceur de la température. Elle avait une mine resplendissante, reposée, sûre d'elle-même et de sa beauté. Trop souvent, par le passé, Pilar avait observé cette femme plus jeune et s'était sentie… dépassée. Il était facile de comprendre pourquoi elle avait attiré Tony et pourquoi il s'était laissé prendre. Renée n'était pas une poupée Barbie sans cervelle, mais une prédatrice résolue, implacable, sachant s'emparer de ce qu'elle voulait et garder sa proie.

— Bonjour Pilar.

— Bonjour Renée. Merci d'être venue.

Renée jeta négligemment son manteau sur une chaise, se glissa avec souplesse dans un fauteuil.

— Oh ! Comment aurais-je pu résister ? Champagne cocktail, dit-elle sans lever les yeux vers la serveuse. Vous avez l'air fatiguée.

L'estomac de Pilar ne se révolta pas, comme il l'aurait fait naguère encore.

— Pas vous. Vos vacances en Europe paraissent vous avoir réussi.

— Tony et moi avions prévu d'y faire un plus long séjour. Même mort, il n'aurait pas voulu que je reste seule à la maison à me ronger les sangs. C'est vous qui vous complaisiez dans ce rôle.

— Écoutez, Renée, je n'étais pas plus une rivale pour vous que vous ne l'étiez pour moi. J'étais sortie de la scène longtemps avant votre rencontre avec Tony.

— Vous n'êtes jamais sortie de la scène. Votre famille et vous gardiez Tony dans vos griffes et faisiez en sorte qu'il n'obtienne en aucun cas ce qu'il méritait. Maintenant qu'il est mort, vous allez me payer ce que vous lui devez. Pensez-vous que j'allais vous laisser traîner dans la boue son nom et le mien ?

Pilar s'accorda un bref délai pour se ressaisir en se croisant les mains sur la table.

— Curieux, j'allais vous poser la même question. Quoi qu'il y ait eu entre nous, il était le père de ma fille et je n'ai jamais voulu salir son nom ou sa réputation. Je souhaite au plus haut point découvrir qui l'a tué et pourquoi.

— Vous-même, d'une manière ou d'une autre, en le chassant de votre société. Il n'a pas rencontré une autre femme, cette nuit-là. Il n'aurait pas osé. Je lui suffisais, plus et mieux que vous.

— Je ne lui ai jamais suffi, c'est vrai. J'ignore qui il a vu cette nuit-là et pour quelle raison, mais…

— Je vais vous le dire, moi, l'interrompit Renée. Tony savait quelque chose de compromettant sur votre famille et vous. Pour le réduire au silence, vous l'avez fait tuer. Vous vous êtes peut-être même servis de cette petite idiote de Margaret pour l'assassiner à votre place, c'est pourquoi vous l'avez supprimée ensuite.

— C'est grotesque, même venant de vous. Si vous avez

l'intention de proférer ce genre d'âneries devant des journalistes ou à la télévision, vous vous exposez à des procès.

— Me prenez-vous pour une idiote ? J'ai consulté un avocat, je sais ce que je peux dire et comment. Vous avez fait en sorte que Tony soit jeté à la rue et qu'il ne me reste rien. J'ai l'intention de récupérer ce dont vous m'avez dépouillée.

— Vraiment ? Si nous sommes d'aussi dangereux criminels, vous ne craignez pas notre vengeance ?

Renée indiqua du regard une table voisine, où deux hommes à la large carrure sirotaient de l'eau minérale.

— Mes gardes du corps me protègent vingt-quatre heures sur vingt-quatre. N'essayez pas de me menacer.

— Puisque vous semblez vous complaire dans vos fantasmes, libre à vous. Je regrette sincèrement que la mort vous prive de Tony, vous étiez faits l'un pour l'autre. C'est pourquoi j'étais venue avec l'intention de vous demander d'être raisonnable, de faire preuve d'un peu de décence envers ma famille et moi, de penser à la fille de Tony avant de parler à tort et à travers. Je constate maintenant que j'ai perdu mon temps, et je vous ai fait perdre le vôtre. Je croyais que vous l'aimiez, je m'étais trompée. Je vous dirai donc ceci.

Pilar se pencha vers Renée, qui eut un mouvement de recul en découvrant dans son regard une soudaine lueur glacée.

— Faites ce que bon vous semble, affirmez ce que vous voulez, vous ne ferez que vous ridiculiser et j'y prendrai plaisir, je ne m'en cache pas. Restez dans ce rôle de veuve vindicative, il vous va à merveille. De même que ces boucles d'oreilles tape-à-l'œil ; elles vous conviennent beaucoup mieux qu'à moi quand Tony me les avait offertes pour notre cinquième anniversaire de mariage, poursuivit Pilar en prenant dans son sac un billet de vingt dollars qu'elle jeta sur la table. Je les considère, comme tout le reste de ce qui m'appartenait et qu'il s'est approprié au fil des ans, comme paiement pour solde de tout compte. Vous n'obtiendrez jamais rien de plus, ni de moi ni de Giambelli.

Pilar se leva, s'éloigna d'un pas mesuré. En passant près des gardes du corps, elle laissa tomber un autre billet sur leur table.

— Ma tournée.

Et elle sortit en riant de bon cœur.

260

— J'ai fait bonne figure et je crois vraiment avoir gagné le match. Mais j'étais tellement furieuse ! Cette femme braque un canon sur la famille et, en plus, elle a le culot d'arborer mes boucles d'oreilles !

Pilar arpentait le salon d'Helen Moore, à qui elle était venue rendre compte de son affrontement avec Renée.

— Tu as les photos de tes bijoux, les polices d'assurance. Nous pouvons agir.

— Je détestais ces boucles d'oreilles. Tony me les avait données en gage de paix après une de ses liaisons. J'en ai aussi payé la facture, bien sûr. Avoir été si souvent aussi bête me reste en travers de la gorge.

— Eh bien, recrache. Tu es sûre que tu ne veux rien boire ?

— Non, je conduis et je devrais déjà être sur la route. Mais il fallait d'abord que je lâche la pression.

— Si tu veux mon avis, tu as bien fait de l'affronter. Beaucoup de gens t'auraient dit le contraire, je sais, mais ils ne te connaissent pas aussi bien que moi, dit Helen en se versant un verre de vodka. Tu as même attendu trop longtemps pour lui donner ton opinion.

— Cela ne changera rien.

— Pour elle peut-être. Mais pour toi, si : tu es enfin sortie de ton trou et j'aurais payé cher pour t'entendre lui sortir ses quatre vérités. Pendant son numéro à cette pitoyable émission de télévision, elle se fera probablement rembarrer par des spectatrices qui n'apprécieront pas son tailleur de haute couture et ses dix kilos de quincaillerie. Des femmes trompées ou plaquées pour des grues comme elle la déchireront à belles dents avant la fin de l'émission, crois-moi. Et tu peux parier que Larry Mann et son producteur comptent précisément sur ce genre de spectacle.

— Tu as sans doute raison. Mais c'est pour la famille que je me tracasse, pour Sophia. Si je savais comment lui clouer le bec…

— Tu peux lui imposer un contrôle judiciaire, je sais comment il faut s'y prendre, ou la poursuivre en diffamation, tu gagnerais à coup sûr. Mais en tant que ta conseillère et amie, je te recommande plutôt de la laisser tresser la corde pour se pendre. Car elle s'y pendra tôt ou tard.

— Le plus tôt serait le mieux, Helen. Si elle insinue que nous avons organisé le meurtre de Tony ou que Margaret y était

261

mêlée… La police nous a déjà interrogés sur les relations entre Tony et elle, j'ai de quoi m'inquiéter.

— Margaret a été la victime d'un fou criminel. Empoisonner des bouteilles de vin n'est pas dirigé contre une personne déterminée, c'est pourquoi il faut être fou pour tuer au hasard. Ces deux morts n'ont rien à voir l'une avec l'autre et tu ne devrais pas les rapprocher, pas même envisager un lien entre elles.

— La presse les rapproche, elle.

— Les journalistes rapprocheraient un singe d'un éléphant si cela faisait grimper l'audience ou le tirage de leurs canards.

— Tu as raison, une fois de plus. Je vais t'avouer quelque chose, Helen. Pendant que je parlais à Renée, je me suis rendu compte que pour la première fois, j'y attachais de l'importance. Pour la première fois, je me sentais obligée de prendre position.

— Et alors ?

— Alors, j'ai pris conscience que je ne l'avais encore jamais fait, ni avec elle ni avec une des innombrables maîtresses de Tony, parce que cela m'était devenu complètement indifférent. Je n'avais pas de position à prendre, encore moins à défendre. C'est triste, mais ce n'était pas entièrement la faute de Tony. Si, je t'assure ! dit-elle pour prévenir l'objection de son amie. Il faut être deux pour qu'un mariage marche et je n'avais jamais exigé de Tony qu'il soit un mari digne de ce nom.

— Il a démoli ton amour-propre dès le début, voyons !

— C'est vrai, fit Pilar en prenant distraitement le verre d'Helen pour en boire une gorgée. Mais je suis responsable de beaucoup de ce qui s'est passé ou, plutôt, ne s'est pas passé entre nous. Je ne regarde pas derrière moi par regret, Helen, mais pour être sûre de ne plus commettre les mêmes erreurs.

— Tant mieux ! répondit Helen en récupérant son verre. Je bois à la nouvelle Pilar. Et puisque tu as décidé de repartir du bon pied, parle-moi de tes aventures sexuelles, sentimentales ou les deux. Et ne me cache rien !

Sophia s'était préparée avec soin. Épuisée, les nerfs à vif, elle avait commencé par nager plusieurs longueurs de piscine, exercice suivi d'une séance de Jacuzzi afin de détendre ses muscles tétanisés. Pour couronner le traitement, elle s'était longuement plongée dans un bain chaud additionné d'huiles odorantes. Elle avait allumé des bougies parfumées dans sa chambre, choisi une chemise de nuit de satin noir au décolleté plongeant. Une bouteille de chardonnay rafraîchissait dans un seau à glace. En attendant l'arrivée de Tyler, elle se pelotonna dans un fauteuil.

Et tomba profondément endormie deux secondes plus tard.

S'introduire en cachette dans une maison où il avait toujours été accueilli à bras ouverts procura à Tyler un sentiment bizarre. Bizarre et excitant. Depuis sa jeunesse, il s'était parfois imaginé en train de se glisser clandestinement la nuit dans la chambre de Sophia – quel homme digne de ce nom n'en aurait pas rêvé ? Mais le faire en se sachant attendu valait mille fois mieux que tous les rêves érotiques.

Derrière les vitres, le reflet des bougies dansait, sensuel, exotique. La poignée de la porte tourna sans bruit dans sa main. Il entra, le goût de ses lèvres déjà sur les siennes. Alors il la vit endormie au creux du fauteuil, écrasée de fatigue.

— Pauvre chou, murmura-t-il.

Il s'approcha sur la pointe des pieds, s'accroupit près d'elle et fit ce qu'il n'avait encore jamais eu l'occasion de faire : il l'observa à son insu. La peau soyeuse où des touches d'or rehaussaient le rose. Les cils noirs épais et veloutés. Les lèvres modelées pour le baiser.

— Tu as encore trop présumé de tes forces, chuchota-t-il.

Il avait vu les bougies qui créaient une atmosphère romantique, le vin au frais, le lit ouvert, les coussins moelleux.

— Pour ce soir, il faudra se contenter d'y penser. Allons, ajouta-t-il en la soulevant dans ses bras, viens te coucher.

Elle bougea à peine, se laissa emporter. « Il faudrait créer une médaille, pensa-t-il, pour récompenser l'héroïsme de l'homme capable de mettre au lit une femme si belle et sentant si bon en résistant à l'envie de s'allonger près d'elle. »

— Hmm… Tyler ?

— Bien deviné ? Rendors-toi.

Elle entrouvrit les yeux quand il rabattit la couverture sur elle.

— Que fais-tu ? Où vas-tu ?

— Faire une longue marche solitaire dans la nuit, répondit-il en déposant un chaste baiser sur son front, suivie de la douche froide de rigueur en pareil cas.

Elle lui prit la main, la glissa sous sa joue.

— Pourquoi ? Ici, il fait bon et chaud.

— Une autre fois. Tu es épuisée, ma chérie.

— Reste, je t'en prie. Je ne veux pas que tu me quittes.

— Je reviendrai.

Il se pencha dans l'intention de lui donner un simple petit baiser. Mais ses lèvres étaient si douces qu'il ne put résister à leur invite tandis qu'elle l'attirait contre elle.

— Ne pars pas. Faisons l'amour, ce sera comme un rêve.

Oui, comme un rêve. Les parfums, les ombres dansantes, les soupirs étouffés. La tendresse inattendue qu'ils n'auraient pas pensé pouvoir se demander l'un à l'autre. Il se coula dans le lit, leurs lèvres se joignirent à nouveau sans la passion, la hâte, l'avidité auxquelles ils s'étaient accoutumés. Cette nuit-là était faite pour savourer, pour apaiser. Pour donner et pour recevoir.

Leur premier élan les hissa tous deux sur un nuage. Avec un long soupir de contentement, elle lui frôla les cheveux du bout des doigts, regarda leur couleur changer au gré des ombres et des reflets. « Comme lui », pensait-elle. Il y avait tant de facettes en lui, elle les découvrait chaque fois avec le même émerveillement.

Cette nuit-là, il lui en dévoilait encore une autre.

Leurs bouches s'unirent à nouveau. Il vit dans les lacs sombres de ses yeux les flammes des bougies poser des reflets d'or tandis qu'il se fondait en elle.

— Tout est différent ce soir, dit-il à mi-voix sans interrompre leur baiser. Hier, je te désirais. Cette nuit, j'ai besoin de toi.

Des larmes de bonheur troublèrent la vision de Sophia. Ses lèvres tremblèrent sous la poussée de mots qu'elle ne savait pas prononcer. Elle se sentit soudain si comblée qu'elle ne put que gémir son nom et s'abandonner de tout son être.

19

Quel point commun entre un vigneron italien de soixante-treize ans à la retraite et une cadre commerciale californienne de trente-six ans en pleine activité ? Giambelli. Les circonstances de leur mort mises à part, c'était le seul lien entre eux.

L'autopsie du corps de Bernardo Baptista avait confirmé la présence d'une dose potentiellement mortelle de digitaline. Ce ne pouvait pas être une simple coïncidence. Des deux côtés de l'Atlantique, la police employait le terme d'homicide et désignait le vin Giambelli comme ayant été l'arme du crime.

Pourquoi ? se demanda David pour la énième fois. Quel mobile aurait poussé un criminel à tuer Baptista et Margaret Bowers ?

Après s'être assuré que les enfants dormaient, il fit une dernière tournée d'inspection du vignoble Giambelli et prit sa voiture pour aller voir si tout se passait bien dans les vignes MacMillan. Plus tôt, ce soir-là, Paul et lui avaient ouvert les sprinklers qui projetaient sur les tendres pousses une brume formant une fine pellicule d'eau destinée à les protéger des gelées attendues à l'aube.

Car les vignes pouvaient être assassinées aussi vite et aussi impitoyablement que les hommes. Cette brutalité de la nature, David la comprenait. Il savait lutter contre ses menaces. Mais comment un être humain normalement doué de raison pouvait-il tuer de sang-froid et frapper ses victimes au hasard ? Cela, il ne l'admettait pas.

Les vignes MacMillan baignaient elles aussi dans un halo vaporeux. La froide lumière de la lune faisait briller les gouttelettes tels des millions d'éclats de diamant. David arrêta sa voiture, enfila ses gants, saisit sa Thermos de café et alla rejoindre Tyler, assis sur une caisse vide, qui buvait au goulot de sa bouteille isotherme.

— Je pensais que vous viendriez, dit Tyler en cognant du bout du pied contre une autre caisse vide. Prenez un siège.

Vêtu d'un chaud blouson matelassé et coiffé d'un bonnet de ski, David s'assit sur la caisse et déboucha sa Thermos.

— Où est votre contremaître ?

— Je l'ai envoyé se coucher il y a un petit moment. Inutile d'être deux à passer une nuit blanche.

En réalité, Tyler aimait se retrouver seul à ruminer ses pensées, bercé par le chuintement des sprinklers.

— Paul monte la garde chez Giambelli. Nous avons reçu l'alerte un peu après minuit. Heureusement, nous étions prêts.

— Des gelées comme celle-ci sont rares à la fin mars. D'habitude, elles surviennent fin avril, début mai. Si vous voulez aller dormir un peu, je resterai surveiller.

— Personne ne dort beaucoup, en ce moment. Vous aviez connu Baptista ? ajouta David.

— Moi, très peu. Mon grand-père, oui. La *Signora* accuse le coup. Sans le montrer, bien sûr, surtout aux étrangers. Mais elle est secouée, et les autres femmes de la famille aussi. Sa mort les touche personnellement. Elles étaient toutes allées à son enterrement, l'année dernière. Sophia l'aimait bien. Il lui donnait des bonbons en cachette quand elle était petite. Pauvre vieux bonhomme…

— Je n'ai pas arrêté d'y penser, fit David, qui serrait son gobelet entre ses mains pour se réchauffer. Je n'ai trouvé aucun lien, aucune piste. De toute façon, je perdais mon temps. Je suis un bureaucrate, pas un détective.

— D'après ce que j'ai vu jusqu'à présent, vous ne perdez pas souvent votre temps. Et pour un bureaucrate, vous n'êtes pas si mauvais.

David leva son gobelet en riant.

— Dans votre bouche, c'est un beau compliment.

— C'est vrai.

— En tout cas, Margaret n'avait jamais rencontré Baptista, il était mort avant qu'elle aille en Italie reprendre la clientèle d'Avano.

— Cela ne veut rien dire s'ils ont été tués au hasard.

— Oui, mais cela peut signifier beaucoup dans le cas contraire.

— J'y ai pensé aussi. Ils travaillaient tous les deux pour Giambelli, ils connaissaient personnellement la famille. Et Avano.

Tyler se leva pour se dégourdir les jambes et les deux hommes se mirent à marcher côte à côte entre les vignes. Tyler ne nourrissait plus de rancune envers David. C'était une perte de temps et de forces ; il y avait mieux à faire et ils se trouvaient dans le même bateau.

— Il était mort, lui aussi, avant que Margaret débouche cette bouteille, bien que nous ne sachions pas depuis combien de temps elle l'avait. Avano avait de bonnes raisons de se débarrasser d'elle.

— Avano était un connard, déclara Tyler. Un connard doublé d'un franc salaud. Mais je ne le vois pas dans la peau d'un tueur. Tuer demande trop d'efforts, trop de réflexion. Du courage, aussi.

— Charmant portrait ! Qui l'aimait, à votre avis ?

— Sophia, du moins elle faisait son possible. En fait, il était très populaire, pas seulement auprès des femmes. Il n'avait pas son pareil pour entortiller les gens. Il était de ceux qui vivent impunément aux crochets des autres et en marchant sur les pieds de tout le monde sans se soucier des conséquences, jugea Tyler, qui s'abstint d'ajouter que Tony Avano lui rappelait fâcheusement son propre père.

— Pourtant, la *Signora* le gardait.

— Pour Pilar, pour Sophia. Par esprit de famille, si vous préférez. Dans le travail, il savait plaire à ses clients.

— S'il faut en croire ses notes de frais, il les traitait royalement. Alors, quand Margaret lui est passé par-dessus la tête, il a dû être furieux de perdre son prétexte de mener la grande vie aux frais de Giambelli.

— Il l'aurait séduite plutôt que de la tuer, c'était son style.

Tyler s'arrêta un instant pour balayer du regard les rangs de vigne. Son instinct de terrien l'avertissait que la température oscillait dangereusement entre moins trois et moins quatre degrés.

— Je ne suis pas bureaucrate, reprit-il, mais j'imagine que toutes ces salades doivent coûter cher en termes de profits comme en termes d'image de marque. Si quelqu'un de malintentionné cherchait à causer un tort sérieux à la famille, il ne s'y prendrait pas autrement.

— Entre le rappel des produits, la panique des consommateurs et leur méfiance à long terme, on peut déjà chiffrer le préjudice en millions de dollars. La perte de parts de marché entraînera une chute des bénéfices qui affectera aussi votre moitié de la société.

— Oui, je sais. Mais je crois Sophia capable de récupérer la confiance des clients sur le long terme.

— Elle devra être plus que capable. Géniale.

— Elle l'est. C'est ce qui la rend parfois insupportable.

— Vous l'avez dans la peau, n'est-ce pas ? Excusez-moi, la question est trop personnelle.

— Je me demande qui la pose : le bureaucrate, le collègue ou le type qui couche avec sa mère ?

— Pourquoi pas l'ami ?

— Oui, pourquoi pas ? répondit Tyler après avoir réfléchi un instant. Cela simplifie les choses. En fait, je l'ai dans la peau par intermittence depuis mes vingt ans. Sophia à quinze ans, c'était un éclair. La foudre ! Et elle le savait. Ça m'exaspérait.

David eut l'agréable surprise de voir Tyler sortir de sa poche une flasque de cognac, qu'il lui tendit.

— Quand je faisais mes études, dit-il après avoir pris le temps de boire une gorgée, j'ai bien connu une fille. Isabelle Roux, une Française. Des jambes interminables, un sourire… Chère Isabelle. Elle me flanquait une frousse de tous les diables.

— Une fille qui a cette allure-là, qui *est* comme ça, finit par vous épuiser, répliqua Tyler en prenant la flasque à son tour. Pour ma part, j'estime que si on est accroché par une fille, ce qui est déjà agaçant en soi, autant qu'elle soit d'une fréquentation agréable et ne vous mette pas les nerfs en boule les trois quarts du temps. Je n'arrête pas d'y réfléchir depuis dix ans, mais je ne suis pas plus avancé.

— Je le suis un peu plus que vous, je crois. J'avais une femme, deux gosses, de braves gosses. Nous poursuivions ensemble le « rêve américain ». Le rêve est tombé à l'égout, mais il me restait les enfants. Je me suis peut-être trompé de temps en temps avec eux, cela fait partie des risques du métier. Je me concentrais sur un objectif : leur offrir une vie convenable, être un bon père. Quant aux femmes… Être un bon père ne veut pas dire nécessairement vivre comme un moine, mais presque. Donc, plus de relations sérieuses, plus rien de durable. Et puis, un beau jour, Pilar m'ouvre la porte avec une gerbe de fleurs dans les bras. Dans la vie, voyez-vous, il y a toutes sortes de coups de foudre.

— Possible. Ils vous grillent quand même le cerveau.

Dans les petites heures les plus froides, celles qui précèdent l'aube, les deux hommes continuèrent à marcher entre les ceps dont les jeunes feuilles, sauvées du gel, brillaient comme de l'argent.

Deux cent cinquante convives, un dîner assis de sept plats, chacun accompagné du vin approprié, suivi d'un concert dans la salle de bal rendue ensuite aux danseurs. Sophia attribuait à sa mère tout le mérite de la réussite totale de la soirée. Elle s'accordait tout de même un satisfecit pour avoir ajouté à la liste d'invitations un certain nombre de noms et de visages connus, venus du monde entier. « L'ONU n'aurait pas fait mieux que les Giambelli », se disait-elle en écoutant, avec les apparences de la plus grande sérénité, la célèbre soprano italienne ayant bien voulu prêter son concours à la fête.

La récolte d'un quart de million de dollars ne servait pas seulement une bonne cause, elle constituait une excellente opération de relations publiques. D'autant meilleure que la famille au grand complet était rassemblée pour l'occasion, y compris le grand-oncle ecclésiastique, venu de Venise sur l'insistance pressante de sa sœur Tereza.

Unité, solidarité, responsabilité, tradition, tels étaient les mots clefs serinés par Sophia aux médias. À ces mots elle ajoutait des images. La villa ouvrant ses portes à tous les gens soucieux de venir en aide aux plus démunis. Quatre générations d'une famille liée par le sang, le vin et la vision d'un homme dont le courage le disputait à l'énergie. Car elle exploitait sans complexes la mémoire de Cesare Giambelli, l'humble vigneron ayant fondé un empire sur sa sueur et ses rêves. Et si Sophia n'espérait pas que cela suffirait à stopper la déferlante de l'adversité, au moins pouvait-elle se féliciter d'avoir évité le pire.

La présence de Kris Drake apportait la seule fausse note à la soirée. Afin de démontrer l'ouverture d'esprit des Giambelli, Sophia avait volontairement invité Jerry Morney et quelques autres concurrents. Elle n'avait pas prévu que Jerry se ferait accompagner par une ancienne employée de la maison. Elle aurait dû, songea-t-elle avec dépit. Une telle provocation était bien dans la manière de Morney. Et elle devait, malgré elle, rendre hommage à l'incroyable culot de Kris. Si elle admettait avoir perdu ce round, elle égalisait le score en se montrant d'une amabilité irréprochable envers les deux importuns.

— Tu n'écoutes pas, lui souffla Tyler à l'oreille. Si je dois faire semblant d'aimer ça, tu peux au moins en faire autant.

— Je n'en perds pas une note, mais je peux rédiger un mémo en même temps. Le cerveau a deux moitiés.

— Le tien en a plus. Combien de temps ça dure ?

L'atmosphère vibrait d'un trille de la cantatrice.

— Elle est sublime et elle a bientôt fini. Un peu de respect, je te prie. Elle chante la tragédie d'un cœur brisé.

— Je croyais qu'il était question d'amour.

— C'est la même chose.

Tyler remarqua alors une larme qui perlait au coin d'une paupière de Sophia.

— C'est vrai ou c'est pour la galerie ?

— Tais-toi. Tu es un plouc.

Elle glissa sa main dans la sienne et, pour quelques instants, ne voulut plus penser qu'à la musique. Lorsque la dernière note s'éteignit, elle se leva avec toute l'assistance pour une vibrante ovation.

— Pouvons-nous sortir cinq minutes ? lui chuchota Tyler.

— Pire qu'un plouc : un barbare ! répondit-elle entre deux « Bravo ! ». Vas-y, je dois rester jouer mon rôle d'hôtesse. Oncle James a l'air aussi malheureux que toi. Emmène-le boire quelque chose et fumer un cigare entre hommes.

Elle le regarda prendre la fuite avec empressement avant de s'avancer vers la diva, les mains tendues et le sourire aux lèvres.

Pilar faisait elle aussi son devoir mais, plutôt que de musique et de retombées publicitaires, son esprit n'était occupé que des détails de l'organisation : veiller à l'enlèvement rapide des chaises pour rendre la salle de bal à sa destination, faire ouvrir au bon moment les portes-fenêtres de la terrasse où était installé l'orchestre de danse. Mais aussi attendre que la diva ait son content des félicitations de ses admirateurs, dont la file d'attente diminuait lentement.

Le moment enfin venu, elle faisait signe aux serviteurs de commencer à dégager la salle quand elle vit sa cousine Francesca toujours assise à sa place et profondément endormie. « Encore trop de vin ou de tranquillisants, sinon les deux », pensa Pilar en se hâtant vers la mère de Donato, qu'elle harponna au passage. À eux deux, ils parvinrent à accompagner Francesca à jusqu'à sa chambre sans se faire remarquer par les invités. Puis, après avoir confié Francesca à une femme de chambre, elle redescendit remplir ses obligations.

— Un problème ? s'enquit Sophia, qui s'étonnait de son absence.

— Francesca, soupira Pilar.

— Toujours aussi distrayante, la chère femme. La présence du digne prêtre de la famille devrait compenser l'intempérance de sa nièce. Sommes-nous prêts ?

— Oui, répondit Pilar en baissant les lumières.

À ce signal, les portes-fenêtres de la terrasse s'ouvrirent et la musique se répandit dans la salle. Pendant que Tereza et Eli ouvraient le bal, Sophia prit sa mère par la taille.

— Bravo. Tu as fait un excellent travail.

— Que Dieu nous bénisse tous. Je boirais volontiers quelque chose pour me remonter.

— Quand ce sera fini, nous liquiderons chacune une bouteille de champagne. Mais pour le moment, allons danser.

Ce que certains prenaient pour des mondanités était en réalité un vrai travail. Afficher sa confiance, répondre à toutes les questions, subtiles ou brutales, sincères ou insidieuses, des invités comme des journalistes, tout en faisant passer le message que Giambelli-MacMillan résistait aux coups du sort et continuait à faire le meilleur vin, exigeait à la fois attention, présence d'esprit, lucidité et maîtrise de soi qui ne devaient être prises en défaut sous aucun prétexte. Et dans cet art, car c'en était un, Sophia restait inégalée.

Sa maîtrise de soi allait cependant être mise à rude épreuve par l'attitude de Mme Elliott, propriétaire avec son mari d'un grand restaurant et prétendue « amie de toujours ». Tout en protestant de ses bonnes intentions, elle avait annulé ses commandes et refusait de rendre sa confiance à Giambelli tant que l'absolue pureté de ses produits ne serait pas définitivement garantie.

— Trois bouteilles sur combien de milliers ? avait répondu Sophia, à bout d'arguments.

— Une seule aurait déjà été de trop. Désolée, ma chère Sophia, mais il faut voir les choses en face.

Sophia héla un serveur qui passait, prit un verre de vin sur le plateau et le but d'un trait pendant que l'« amie de toujours » se retirait avec un sourire pincé.

— Tu as l'air stressée, dit Kris, soudain à côté d'elle. Cela doit te changer de travailler pour gagner ta vie.

— Erreur, répliqua Sophia d'un ton à glacer un ours blanc. Je ne travaille pas pour gagner ma vie mais parce que j'aime ça.

Avec un sourire satisfait, Kris leva sa flûte de champagne. Elle s'était assigné un seul objectif pour la soirée : exaspérer Sophia.

— Voilà qui est parler en vraie princesse. Tony t'appelait bien sa princesse, si je ne me trompe ?

— Non.

— Peu importe, Tony disparu et les affaires entre tes mains et celles de ton garçon de ferme, la famille se trouve au bord du gouffre. Avec ta robe du soir et tes bijoux, tu essaies d'attendrir les clients et de cacher tes erreurs. Exactement comme le paumé qui fait la manche au coin de la rue, sauf que lui, il est franc.

Sophia posa son verre et s'approcha d'un pas, mais avant qu'elle ait pu parler, Jerry Morney apparut et saisit Kris par le bras.

— Kris, un peu de tenue je vous prie. Désolé, Sophia.

— Je n'ai pas besoin qu'on s'excuse à ma place. Je ne fais plus partie de la boîte, je suis ici pour mon propre compte, grommela Kris.

— Vos excuses, à l'un ou à l'autre, ne m'intéressent pas. Tu es ici notre hôte, Kris. Tant que tu te conduiras correctement, tu seras traitée en conséquence. Si tu m'insultes ou te montres grossière avec un membre de ma famille, je te ferai expulser de cette maison, comme je t'ai déjà fait expulser de ton bureau. Je n'hésiterais pas un instant à provoquer un scandale public s'il le fallait, crois-moi.

— Chiche ! La presse se régalerait, ricana Kris.

— Tu veux essayer ? répliqua Sophia. Nous verrons demain laquelle aura l'air d'une idiote. Et je n'ai pas l'impression que cela plairait beaucoup à ton nouveau patron. N'est-ce pas, Jerry ?

— Sophia ! Je te cherchais. Vous nous excusez ?

Helen Moore survint derrière Sophia, la prit aux épaules en serrant fort et l'entraîna à l'écart.

— Tu veux bien éteindre cette lueur de meurtre dans tes yeux, ma chérie ? Tu vas faire paniquer tout le monde.

— J'aimerais bien tuer Kris de mes mains. Et Jerry avec.

— Ils n'en valent pas la peine, mon chou.

— Je sais. Elle ne m'aurait pas mise autant hors de moi si cette garce d'Anne Elliott n'avait pas commencé.

— Allons nous repoudrer le bout du nez, cela te donnera le temps de te calmer. Et dis-toi bien que ta soirée est un triomphe. Tu fais une grosse impression.

— Pas assez grosse pour le prix.

— Tu trembles, Sophia.

— De colère. De peur aussi, admit-elle. Écoute, tante Helen, j'ai englouti une fortune dans cette fichue soirée, ce n'était pourtant pas le moment. Quand je pense que les Elliott refusent de faire un geste ! Et Kris qui me tombe dessus comme un vautour attiré par l'odeur de cadavre…

— C'est juste une des passades de Tony. Elle ne mérite pas que tu gaspilles ton temps et ton énergie.

— Sans doute, mais elle sait comment je pense, comment je travaille. J'aurais dû trouver le moyen de la garder pour mieux la neutraliser.

— Arrête ! Ne te culpabilise pas à son sujet. D'ailleurs, tout le monde voit bien qu'elle est jalouse de toi à en crever. J'ai parlé à des tas de gens qui te soutiennent et sont effarés de ce qui arrive.

— Je sais. Mais il y en a trop d'autres qui battent en retraite. D'après les serveurs, beaucoup d'invités refusent le vin ou surveillent ceux qui en boivent. C'est abominable ! Et quelle épreuve pour *nonna*. Je commence à m'en rendre compte et je m'inquiète pour elle.

— Voyons, Sophia, une société qui existe depuis cent ans est obligée de subir des crises. Celle-ci en est une parmi d'autres.

— Aucune n'a jamais été aussi grave. Nous perdons des clients par dizaines, par centaines, tu le sais bien, tante Helen. Et tu as entendu les mauvaises plaisanteries qui courent. « Votre femme vous pose problème ? N'allez pas voir un avocat, donnez-lui une bouteille de Giambelli. »

273

— Tu prends tout cela beaucoup trop à cœur.

Helen découvrait cependant avec tristesse que Sophia était plus profondément affectée qu'elle ne l'avait cru.

— C'est mon travail de maintenir l'image, pas seulement parce que je représente la nouvelle génération, mais aussi parce que je suis un cadre responsable. Si je me casse le nez... J'ai mis ce soir trop de mes œufs dans le même panier, je sais, et je souffre d'en voir casser.

— Quelques-uns, peut-être. Mais pas tous, loin de là.

— Pourtant, je n'arrive pas à faire passer le message. Les victimes, c'est nous ! Ils ne comprennent pas ? Nous sommes agressés dans nos finances, nos sentiments. Quant à la police... J'ai entendu des rumeurs sur le fait que Margaret et papa étaient complices de Dieu sait quelle sombre machination et que maman était au courant.

— Des âneries de Renée, je suppose.

— Oui, mais si la police les prend au sérieux et l'interroge comme suspecte et non plus comme témoin, qu'allons-nous faire ?

— Cela n'arrivera pas.

— Voyons, tante Helen, avec toutes les immondices que Renée répand et l'enquête qui n'aboutit pas, on peut craindre le pire. Maman est toujours en tête de la liste des suspects. Moi aussi.

Helen le savait, mais l'entendre dire aussi crûment lui donna la chair de poule.

– Écoute-moi bien, Sophia. Personne n'accusera ta mère ou toi de quoi que ce soit. Si la police ne néglige aucun angle, elle ne fait que son métier. Si elle va trop loin, elle nous trouvera James et moi sur son chemin. Sans oublier Lincoln. Ne t'inquiète pas, ma chérie, conclut-elle en prenant Sophia dans ses bras.

Le secret professionnel lui interdisait, Dieu merci, d'aggraver les craintes de Sophia. Car Helen avait appris que, le matin même, les archives financières de l'entreprise avaient été saisies.

Le nez repoudré, le rouge à lèvres rafraîchi, Sophia se redressa. Nul ne voyait plus la peur et le désespoir qui assombrissaient son visage quelques instants plus tôt. Redevenue éblouissante, c'est avec un rire insouciant qu'elle retourna se mêler aux invités. Tout en dansant et en flirtant avec les uns et les autres, elle reprenait sa campagne de charme. Son moral remontait d'un cran chaque fois qu'elle réussissait à convaincre un client de lever son boycott de la gamme Giambelli.

Tyler l'intercepta entre deux danses et l'entraîna dans un coin.

— Te voilà enfin. Je ne tiens plus, je déserte.

Sophia constata que la foule restait encore dense. C'était bon signe.

— Souffre encore une heure, je te le revaudrai.

— Mon prix de l'heure est exorbitant.

— Je sais. Va faire danser Bettina Renaldi. Elle a de beaux restes, une grosse influence et un goût prononcé pour les jeunes gens au postérieur bien galbé. Dis-lui combien nous apprécions sa fidélité.

— Si elle me pince les fesses, je me vengerai sur toi.

— J'y compte bien.

Elle se retourna à temps pour repérer une dispute sur le point d'éclater entre Gina et Donato et se hâta de les rejoindre.

— Pas ici, de grâce, pria-t-elle en les prenant chacun par un bras avec un geste pouvant passer pour affectueux. Inutile de fournir des sujets de médisance aux mauvaises langues.

Gina se débattait avec fureur, mais Sophia tenait bon.

— Ce n'est pas toi qui me diras comment je dois me conduire ! Avec un père gigolo et une famille sans honneur…

— Attention, Gina ! l'interrompit-elle. C'est la famille qui te nourrit. Allons discuter dehors.

— Va au diable, toi et les tiens ! cria Gina d'une voix perçante qui fit tourner des têtes.

Sophia parvint à l'entraîner jusqu'à la porte, où Gina réussit à se dégager.

— Si tu fais un esclandre ici, souffla Sophia, tu en subiras les conséquences autant que nous. Tes enfants portent le nom de Giambelli, ne l'oublie pas.

— Ne l'oublie pas, toi. Ni toi non plus ! cria-t-elle à Donato avant de partir en courant. N'oubliez pas vous deux que tout ce que je fais, je le fais pour eux.

— Rattrape-la, Donato, ordonna Sophia. Calme-la.

Donato tira un mouchoir de sa poche, s'épongea le front.

— Je ne peux pas, elle ne veut pas m'écouter, geignit-il. Elle est encore enceinte, ajouta-t-il en guise d'explication.

— Ah ? Félicitations, fit Sophia, partagée entre le soulagement et l'exaspération.

— Je ne voulais pas d'un autre enfant. Elle le savait, nous nous étions assez souvent disputés à ce sujet. Et puis elle m'a lancé sa bombe ce soir, pendant que nous nous préparions et que les mômes hurlaient à me casser la tête. Elle s'imaginait que j'allais être fou de joie ; alors elle est devenue enragée quand je lui ai dit que non.

— Je suis désolée de cette histoire, Donato, mais nous devons à tout prix faire bonne impression ce soir. Que cela te plaise ou non, il faut arranger les choses. Dans son état, elle a les nerfs à vif. En outre, elle n'est pas devenue enceinte toute seule. Va la rejoindre.

— Je ne peux pas, répéta-t-il, elle ne veut plus me parler. J'étais contrarié, elle me rabâchait que c'était la volonté de Dieu, une bénédiction pour la famille. Il fallait que je prenne le large, tu comprends. J'avais besoin de cinq minutes pour respirer un peu sans cette furie sur mon dos. Alors, je suis allé téléphoner à… à une autre femme.

— Une de tes maîtresses ? C'est le comble !

— Je ne savais pas que Gina se cacherait pour me suivre et m'écouter. Elle a attendu que je sois rentré pour me traiter plus bas que terre, m'accabler de reproches. Maintenant, elle refuse de m'adresser la parole.

— Vous avez bien choisi votre moment, tous les deux.

— Écoute, je sais ce que je dois faire et je le ferai. Mais je t'en prie, promets-moi de ne rien dire à tante Tereza.

— Tu crois que je cours toujours tout lui raconter ? Pour qui me prends-tu ?

— Je n'ai jamais pensé cela, Sophia, répondit-il, soulagé, en lui prenant affectueusement les mains. Je m'arrangerai avec Gina, je te le promets. Si tu pouvais juste la retrouver, la convaincre de ne rien faire sous le coup de la colère, d'avoir un peu de patience. Je suis déjà assez stressé avec l'enquête en cours…

— Il ne s'agit pas de toi, Donato ! s'écria Sophia en dégageant ses mains avec brusquerie. Tu es juste un coureur de jupons de plus. C'est la famille Giambelli qui est en cause. Je verrai ce que je peux faire pour calmer Gina. Pour une fois, je compatis à ses malheurs. Mais toi, tu vas rompre avec cette femme et te consacrer sérieusement à ton ménage et à tes enfants.

— Je l'aime, Sophia. Tu sais ce que c'est d'être amoureux, non ?

— Je sais seulement que tu as trois enfants et un quatrième en route. Tu assumeras tes responsabilités, tu te conduiras comme un homme ou tu le paieras, j'y veillerai personnellement.

— Tu m'as promis de ne rien avouer à *zia* Tereza…

— *Nonna* n'est pas la seule femme de la famille à savoir comment traiter les coureurs, les menteurs et les lâches.

— Tu es impitoyable, cousine, balbutia Donato, très pâle.

— Tu ne sais pas à quel point ; aussi je te conseille de ne pas me pousser à bout. Maintenant, va annoncer avec le sourire à ta tante que la famille s'agrandit grâce à toi et évite-moi jusqu'à ce que je puisse supporter de jeter les yeux sur toi sans vomir.

Sophia tourna les talons en laissant Donato tremblant de fureur. « Impitoyable ? » pensa-t-elle. Peut-être parce que sa colère était nourrie par le souvenir de son père, lui aussi coureur, menteur et irresponsable. Pour certains, le sacrement du mariage n'a aucune valeur. Ce n'est qu'un jeu auquel on s'amuse à tricher.

Elle parcourut l'aile de la maison réservée à la famille sans y trouver Gina, entrouvrit la chambre des enfants, qui dormaient paisiblement sous la garde d'une nurse. Gina était sans doute sortie passer ses nerfs au jardin, aussi Sophia se rendit dans sa chambre dans le but de sortir par sa terrasse. La musique de la salle de bal se dissipait dans la nuit. Elle aurait donné cher, elle aussi, pour s'évaporer comme les notes. Femmes outragées, maris infidèles, policiers trop curieux, elle était lasse de tout et de tous. Elle avait un seul désir : rejoindre Tyler, se jeter dans ses bras, danser avec lui, la tête sur son épaule. Se décharger de ses soucis sur quelqu'un d'autre, pour quelques heures du moins.

Au prix d'un effort, elle s'ordonnait de rentrer faire son devoir quand elle entendit un léger bruit derrière elle.

— Gina ?

Sans avoir eu le temps de se retourner, elle se sentit brutalement pousser dans le dos. Ses fines chaussures dérapèrent sur le

277

sol dallé, elle perdit l'équilibre, aperçut au cours de sa chute une forme indistincte. Et quand sa tête heurta avec violence la balustrade de pierre, un éclair éblouissant explosa dans sa tête et elle sombra dans l'inconscience.

20

Avant de rentrer enfin chez lui, Tyler fit danser Tereza, moins par simple politesse qu'en signe de réelle affection.

— Comment faites-vous pour ne pas être épuisée ? s'étonna-t-il.

— Je le serai après le départ du dernier invité.

Tyler balaya la pièce du regard. À minuit passé, la foule commençait à peine à se clairsemer.

— Eh bien, jetons-les dehors.

— Toujours sociable, c'est ce que j'aime chez toi. Ces toilettes, ces bavardages, ce luxe, rien n'a de valeur pour toi, bien sûr.

— Pas la moindre.

— Et pourtant tu es venu. Pour faire plaisir à ton grand-père ?

— Pour lui, mais aussi pour vous et pour… pour la famille. Si rien de tout cela ne comptait, j'aurais pris le large l'année dernière quand vous avez réorganisé ma vie sans me demander mon avis.

— Tu ne me l'as pas encore pardonné ? dit-elle en riant.

— Pas tout à fait, répondit-il en lui baisant la main.

— Si tu avais déserté, j'aurais trouvé le moyen de te faire revenir parce que nous avons besoin de toi, ici. Je vais t'apprendre quelque chose dont ton grand-père préfère ne pas te parler, ajouta-t-elle.

— Il n'est pas malade, au moins ?

— Ne regarde pas de son côté, regarde-moi, ordonna Tereza. Il ne faut pas qu'il se doute de quoi nous parlons.

— Qu'est-ce qu'il a ? A-t-il vu un médecin ?

— Sa maladie n'est pas physique. Ton père l'a appelé.

— Il veut encore de l'argent, j'imagine ?

Tereza aurait gardé le secret si elle n'avait jugé qu'il avait le droit de savoir. Le droit, aussi, de défendre les siens même contre son propre père.

— Non, il n'obtiendra rien de nous et il le sait. Il est dans tous ses états. Il prétend que nos récents scandales lui causent un tort considérable dans sa vie sociale. La police s'est renseignée à son sujet, paraît-il, et il accable Eli de reproches.

— Il ne l'appellera plus, j'en fais mon affaire.

— Je le savais. Tu es un bon garçon, Tyler.

— Vraiment ? fit-il en se forçant à sourire.

— Oui. J'aurais préféré ne pas te transmettre ce fardeau, mais Eli a le cœur tendre et ce coup lui a fait du mal.

— Et moi, je n'ai pas le cœur tendre ?

— Si, juste assez. Je compte sur toi, mon petit, conclut-elle en lui caressant la joue. Et maintenant, je te rends ta liberté. Va chercher Sophia et enlève-la.

— Elle ne se laisse pas enlever facilement.

— Tu sais comment t'y prendre avec elle, peu d'autres en sont capables. Retrouve-la et empêche-la pendant quelques heures de penser au travail.

Dans la bouche de Tereza, c'était une sorte de bénédiction.

Sophia n'était pas dans la salle de bal, ni sur la grande terrasse. Tyler s'abstint de demander aux uns ou aux autres s'ils l'avaient vue, il serait passé pour un grand benêt d'amoureux transi – ce qu'il était d'ailleurs, du moins jusqu'à un certain point. Il parcourut quand même les couloirs, passa la tête par la porte d'un petit salon où les invités se retiraient pour parler au calme. Il y trouva les Moore. Helen buvait du thé, James fumait un gros cigare en discourant sur une affaire qui avait fait jurisprudence du temps de sa jeunesse. Lincoln et Andrea, qu'il avait cru voir prendre congé plus d'une heure auparavant, étaient blottis sur un canapé, soit pris en otage par les parents, soit réellement captivés par la science juridique de James.

— Entrez donc, Tyler, venez fumer un cigare avec nous.

— Non merci. La *Signora* m'a demandé de retrouver Sophia.

— Je ne l'ai pas vue depuis un moment, dit Lincoln. Oh ! Vous avez vu l'heure ? Il faut que nous partions.

— Elle est peut-être descendue se rafraîchir ou souffler un peu, suggéra Helen.

— C'est possible.

Tyler s'engagea dans l'escalier, où il croisa Pilar.

— Où est Sophia ? Ta mère se demande où elle est passée.

— Je l'ai vue il y a une bonne demi-heure. Je viens de parlementer avec Gina à travers la porte de sa chambre. Elle s'y est enfermée pour se quereller avec Donato, elle pleure, elle hurle, elle jette des objets par terre et, avec tout ce tintamarre, elle a réveillé les enfants, qui braillent à qui mieux mieux.

— Merci de l'avertissement, j'éviterai cette partie de la maison.

— J'ai quand même réussi à tirer de Gina que Sophia avait essayé de jouer les arbitres. Essaie sa chambre, elle est peut-être en train de s'en remettre. Est-ce que David est encore dans la salle de bal ?

— Je ne sais pas, il ne doit pas être loin.

Tyler se dirigea vers la chambre de Sophia. Si elle y était, il envisagea d'en fermer la porte à clef et de l'empêcher de penser au travail, ainsi qu'il en avait reçu l'ordre.

Il frappa un léger coup, entrouvrit la porte. La chambre était sombre et froide. Avec un claquement de langue agacé, il traversa la pièce pour refermer la porte-fenêtre.

— Tu vas geler ton ravissant derrière, grommela-t-il.

C'est alors qu'il entendit dehors un gémissement étouffé. Étonné, il sortit sur la petite terrasse. Dans un rayon de lumière tombant de la salle de bal, il vit Sophia, étendue de tout son long, qui tentait de se soulever sur un coude. Il se précipita, s'agenouilla près d'elle.

— Ne bouge pas. Qu'est-ce qui s'est passé ?

— Je ne sais pas…

— Bon sang, tu es glacée. Viens, je vais te rentrer.

— Laisse, ça va. Un peu sonnée, c'est tout.

— Tu as reçu un coup, Sophia. Tu saignes.

— Je saigne ?

Elle porta la main à sa tête, regarda avec étonnement ses doigts rouges et poisseux. Le cœur battant, Tyler la souleva avec délicatesse. Elle était livide, le sang suintait de la blessure de son front.

— Voilà ce que tu as gagné avec ces talons ridicules. Je n'ai jamais compris comment les femmes pouvaient marcher avec ça sans se casser les chevilles.

Il la déposa sur le lit, alla fermer la porte-fenêtre sans cesser de parler, autant pour la tenir en éveil que pour se rassurer lui-même.

— Réchauffe-toi d'abord. Après, nous examinerons les dégâts.

Quand il rabattit la couverture sur elle, elle le retint par la main. Malgré la douleur, elle sentait revenir sa lucidité.

— Tyler, écoute. Je ne suis pas tombée. On m'a poussée. J'ai mal partout.

— Chut ! Ne bouge pas. Laisse-moi regarder.

Avec toute la douceur dont il était capable, il examina ses blessures. Elle avait la tempe droite vilainement écorchée et enflée, une autre écorchure au bras droit, juste au-dessous de l'épaule. Après s'être débattu avec la fermeture de sa robe, il constata avec soulagement qu'elle n'avait rien de plus grave qu'un genou éraflé. Celui ou celle qui l'avait poussée allait payer son geste criminel, et le payer cher.

— Ce n'est pas trop catastrophique, annonça-t-il d'un ton faussement désinvolte. Tu as de la chance, c'est ta tête qui a le plus souffert.

— Manière amusante de me dire que j'ai la tête dure. Je ne suis pas tombée, on m'a poussée, répéta-t-elle.

— Je sais, j'ai entendu. Nous y viendrons après que j'aurai nettoyé tes plaies, répondit-il en se levant pour aller dans la salle de bains.

— Pendant que tu y es, rapporte-moi de l'aspirine.

— Tu ne devrais rien prendre avant l'hôpital.

— Pas question d'aller à l'hôpital pour une bosse et deux écorchures ! Si tu m'y forces, poursuivit-elle en haussant la voix pour couvrir le bruit de l'eau qui coulait dans le lavabo, je deviendrai odieuse, je ferai une scène et je te culpabiliserai à mort ! Et ne prends pas mes belles serviettes, les ordinaires sont dans le placard.

— Tais-toi, Sophia !

Il revint près d'elle avec un fragile bol de Murano plein d'eau, dans lequel trempait une de ses plus belles serviettes brodées.

— Qu'as-tu fait du pot-pourri qu'il y avait dans ce bol ?

— Ne t'inquiète pas pour ça. Maintenant, on va jouer au docteur.

— Donne-moi d'abord de l'aspirine, je t'en prie.

Il lui tendit le tube pendant qu'il commençait à nettoyer la plaie de sa tempe de la poussière qui y était incrustée.

— Qui t'a poussée ? demanda-t-il enfin.

— Je ne sais pas. Je cherchais Gina, Donato et elle se querellaient. Comme je ne la trouvais pas, je suis passée par ma chambre pour sortir dans le jardin par la terrasse. Dehors, j'ai entendu du bruit derrière moi et avant de me rendre compte de ce qui m'arrivait, j'ai dérapé, je suis tombée et puis… plus rien. Je suis très abîmée ?

— La figure, rien de grave. Tu as une écorchure et une grosse bosse à la racine des cheveux, ça ne se verra pas trop. As-tu vu qui t'avait poussée ? Homme, femme ?

— Non. Tout s'est passé trop vite et il faisait noir. Je ne serais pas étonnée que ce soit Gina ou Donato. Ils étaient tous les deux furieux contre moi.

— Si c'est l'un d'eux, il sera autrement plus amoché que toi quand j'aurai fini de m'en occuper.

Cette déclaration, assenée d'un ton convaincu, provoqua chez Sophia un petit battement de cœur.

— Mon héros ! Mais je ne sais pas si ce sont vraiment eux. Ça pourrait aussi bien être quelqu'un venu fouiller dans ma chambre qui m'aurait bousculée afin que je ne le poursuive pas.

— Nous allons regarder s'il ne manque rien. Serre les dents.

— Pourquoi ?

— Serre les dents !

Sur quoi, il lui tamponna le front avec le désinfectant dont il s'était muni.

— Monstre ! Bourreau ! Brute !

— J'étais ton héros il n'y a pas une minute… Tu iras mieux dans dix secondes. Laisse-moi m'occuper du reste.

— Va-t'en ! Fiche-moi la paix ! Ne me touche pas !

— Allons, sois une brave grande fille. Je te donnerai une

sucette quand j'aurai fini, dit-il en rabattant la couverture avant de traiter les autres écorchures de la même manière.

Il exhiba ensuite un tube de pommade cicatrisante et du sparadrap.

— Maintenant, badigeonne-toi avec ça et pose ces bandages dessus. Comment va ta vision ?

— Assez bien pour voir que tu t'amuses, sadique !

— Je suis une âme simple, un rien me distrait. Cite-moi les noms des premiers présidents des États-Unis.

— Atchoum, Grincheux, Simplet, Timide…

— Bon, tu ne dois pas avoir de traumatisme crânien. Et voilà, mon chou, c'est fini, dit-il en posant un baiser sur ses lèvres.

— Je veux ma sucette.

— Tout à l'heure. Tu m'as fait une de ces peurs, tu sais.

Elle sentit son cœur battre à nouveau.

— Au fond, tu n'es pas vraiment une brute sadique.

— Encore mal ?

— Non.

— Comment on dit « menteuse » en italien ?

— Je me sens mieux quand tu es à côté de moi, c'est tout. Merci.

— Tout le plaisir est pour moi. Où ranges-tu ta quincaillerie ?

— Les bijoux fantaisie sont dans la commode, les vrais au coffre. Tu crois que j'ai surpris un cambrioleur ?

— C'est facile à vérifier.

Tyler se leva pour aller allumer le lustre.

À peine eut-il fait la lumière que Sophia, malgré ses douleurs, bondit de son lit, folle de rage de découvrir le message gribouillé en rouge sur son miroir : GARCE N° 3.

— Kris ! J'aurais dû m'en douter, c'est bien dans sa manière. Si elle s'imagine que je la laisserai s'en tirer sans… Numéro 3. Mais alors, maman et *nonna* aussi…

— Recouche-toi et ferme ta porte à clef. Je vais aller voir.

— Ah non ! Nous irons ensemble. Personne n'a encore essayé de me faire peur sans que je réagisse. Personne !

Elle enfila en hâte un sweater et un pantalon. Ils découvrirent les mêmes inscriptions sur les miroirs de Pilar et de Tereza, mais Kris Drake s'était déjà envolée.

— On doit quand même pouvoir faire autre chose !

Sophia frottait son miroir avec fureur. La police était venue, avait recueilli leurs dépositions, constaté le vandalisme, mais n'avait rien dit qu'elle ne sût déjà. La même personne qui s'était introduite dans les trois chambres pour écrire le message injurieux avec un tube de rouge à lèvres l'avait, selon toute probabilité, violemment bousculée.

— On ne peut rien faire de plus ce soir, Sophia. Elle sera convoquée par la police, il faudra bien qu'elle s'explique.

— Et elle avouera tout sans se faire prier, bien entendu ? C'est rageant ! La police ne pourra sans doute rien prouver, mais moi je sais que c'est elle. Et un jour ou l'autre, elle me le paiera.

— En attendant, couche-toi.

— Je suis incapable de dormir.

Il la prit par la main, l'entraîna jusqu'à son lit, la poussa avec douceur, s'étendit près d'elle et releva les couvertures.

Un instant, elle resta immobile et silencieuse, étonnée qu'il ne fasse aucun geste, qu'il ne la touche pas. Qu'il n'essaie même pas de prendre la récompense qu'elle voulait lui accorder.

— Tyler ?

— Oui.

— J'ai moins mal quand tu me prends dans tes bras.

— Tant mieux. Endors-toi.

Elle se blottit contre lui, la tête sur son épaule. Et s'endormit trente secondes plus tard.

L'inspecteur Claremont écouta sa collègue Maguire lire le rapport de la police locale.

— Alors, qu'en penses-tu ?

— À première vue, répondit-elle en reposant le rapport, cela a l'allure d'une mauvaise plaisanterie. Une vacherie de femme.

— Et à deuxième vue ?

— Sophia Giambelli s'en est bien tirée, mais si sa grand-mère était arrivée au mauvais moment, les choses auraient pu mal tourner. À son âge, on a les os fragiles. Et d'après les témoignages, la petite-fille est restée inconsciente un quart d'heure, vingt minutes dehors dans le froid. Elle y serait restée plus longtemps si son amoureux n'était pas parti à sa recherche. Il s'agit

285

donc de la très mauvaise plaisanterie de quelqu'un qui leur en veut et les harcèle par tous les moyens.

— D'après la jeune Giambelli, Kris Drake correspondrait à cette description.

— Elle l'a nié, bien entendu, dit Maguire sans conviction. Personne ne l'a vue dans cette aile de la maison et il n'y a aucune empreinte susceptible de l'incriminer.

— Alors, Sophia mentirait ? Ou se serait trompée ?

— Non, je ne crois pas. Elle n'aurait pas de raison de mentir, et ce n'est pas le genre de fille à faire quoi que ce soit sans raison. Elle est prudente, aussi. Elle n'aurait pas lancé d'accusation sans être sûre d'elle-même. Ou bien Drake a voulu lui jouer un méchant tour par dépit, ou bien il y a autre chose de plus sérieux.

— C'est ce qui me gêne. Quelqu'un qui prend la peine et le risque d'empoisonner des bouteilles de vin, quelqu'un prêt à tuer commettrait-il un acte aussi absurde qu'écrire des insultes sur des miroirs ?

— Nous ne savons pas s'il s'agit de la même personne.

— Une hypothèse pour relier les deux faits. Pourrait-il y avoir une vendetta contre les Giambelli ?

— Du genre : « Vous donnez une grande fête pour montrer que tout va bien ? Eh bien, prenez ça dans les dents. » Mmouais…

— Pas impossible. Drake est un maillon. Elle a travaillé pour la maison, elle couchait avec Avano. Si elle en a assez gros sur le cœur pour faire des enfantillages à la soirée, elle en avait peut-être encore plus gros pour tirer deux balles sur un amant qui la plaquait.

— Franchement, répondit Maguire, nous n'avions rien sur elle à ce moment-là, et je ne vois pas comment ces enfantillages, comme tu dis, pourraient suffire à lui coller le meurtre d'Avano sur le dos. Cela n'implique pas la même démarche ni la même mentalité.

— C'est quand même intéressant. Les Giambelli passent des dizaines d'années sans problèmes sérieux. Et depuis quelques mois, ils accumulent les tuiles. Il y a de quoi réfléchir, non ?

Pour une fois, Tyler appréciait son téléphone portable. Il étouffait à l'intérieur quand il parlait à son père, et la Californie entière lui paraissait même trop exiguë. C'est donc au grand air qu'il avait choisi de lui téléphoner. Il ne parlait pas beaucoup, à vrai dire, il se contentait d'écouter la litanie habituelle des plaintes et jérémiades paternelles, qu'il laissait entrer par une oreille et sortir aussitôt par l'autre.

L'épouse du moment – Tyler avait perdu le compte de ses belles-mères successives – avait été gravement humiliée à son club. Des invitations attendues n'étaient jamais parvenues, etc. Il fallait faire le nécessaire, vite. Il incombait à Eli de maintenir le nom de la famille au-dessus de tout soupçon, responsabilité qu'il avait foulée aux pieds en se mariant avec cette Italienne. Mais puisque le mal était fait, il fallait impérativement dissocier de toute urgence le nom et les vignobles MacMillan des Giambelli. Son père attendait donc de Tyler qu'il use de toute son influence pour en convaincre Eli avant qu'il ne soit trop tard. De toute façon, celui-ci avait depuis longtemps passé l'âge de la retraite et, à l'évidence, ne disposait plus de toutes ses facultés.

Tyler profita de ce que son père reprenait haleine pour interrompre le monologue.

— C'est fini ? Bon. Je vais t'expliquer, moi, comment ça va se passer. À partir de maintenant, c'est à moi que tu adresseras tes jérémiades et tes récriminations. Si tu harcèles encore une fois grand-père, je me chargerai d'annuler par tous les moyens légaux la rente grâce à laquelle tu vis sans rien faire depuis plus de trente ans.

— Tu n'as pas le droit de !...

— Non, c'est toi qui n'as aucun droit. Tu n'as jamais travaillé une heure pour la maison MacMillan, de même que ma mère et toi n'avez jamais fait l'effort d'être des parents. Jusqu'à ce qu'il décide de se retirer, c'est Eli MacMillan le seul patron. Quand il l'aura décidé, je prendrai sa place et je ne serai pas aussi patient que lui, tu peux me croire. Si tu lui causes encore un seul ennui, si tu lui fais la moindre peine, nous n'aurons pas une simple conversation téléphonique.

— Oserais-tu me menacer ? As-tu l'intention de payer quelqu'un pour me supprimer, comme Tony Avano ?

— Inutile, je sais comment te faire mal. En supprimant tes cartes de crédit, par exemple. N'oublie pas que tu n'auras plus affaire à un vieux père indulgent, mais à moi. Et moi, tu ne me rouleras pas dans la farine.

Tyler coupait la communication quand il vit Sophia au pied du perron. S'il avait eu l'air simplement furieux, elle n'aurait rien dit. Mais il semblait malheureux et elle savait trop bien ce qu'il éprouvait. Alors, elle s'approcha, lui prit le visage entre ses mains.

— Désolée, je ne voulais pas écouter aux portes. Pauvre chou...

— Ce n'était rien, une petite discussion avec mon cher père. Qu'est-ce que tu veux ?

— J'ai entendu le bulletin météo, il y aura des gelées cette nuit. Veux-tu que je te tienne compagnie ?

— Non merci, inutile d'attraper froid. Montre, ajouta-t-il en soulevant une mèche de cheveux pour dégager la cicatrice. Ravissant.

— Ces trucs-là enlaidissent toujours au bout de quelques jours. Au moins, je ne suis plus aussi raide quand je me réveille. Tyler, dis-moi. Qu'est-ce qui ne va pas ?

— Rien, je te répète. J'ai réglé la question.

— Je sais, tu règles toujours les questions pénibles. Comme moi. Mais quand j'ai eu mal, je te l'ai dit. Alors, à ton tour.

Tyler hésita.

— Mon père harcèle grand-père, il lui reproche ce qui se passe, la presse, la police, les rumeurs. Ça le dérange, paraît-il. Je lui ai conseillé de se faire oublier.

— Et il se tiendra tranquille ?

— S'il insiste, je demanderai à Helen de lui couper les vivres, ça devrait le faire taire. Ce salaud n'a jamais rien fichu de sa vie, jamais manifesté la moindre reconnaissance pour tout ce qu'on lui a donné. Il se contente de prendre des deux mains et de pleurnicher dès qu'il y a un pépin. Pas étonnant que ton père et lui se soient si bien entendus... Excuse-moi, je n'aurais pas dû.

— Si, tu as raison.

Leurs pères indignes constituaient entre eux un lien auquel ils évitaient de faire allusion. Il était temps d'en parler, estima-t-elle.

— As-tu jamais pensé à la chance que nous avons, toi et moi, que certains gènes aient sauté une génération ? Tu es le portrait d'Eli. Ne te laisse pas abattre par le maillon faible entre ton grand-père et toi.

Tyler sentit sa colère s'apaiser.

— Je n'ai jamais eu besoin de mon père. Je ne lui ai jamais rien demandé.

— J'ai trop attendu du mien trop longtemps sans jamais rien recevoir. C'est sans doute ce qui nous a rendus tels que nous sommes, en partie du moins. Et ce que nous sommes devenus me plaît.

— Tu n'es pas trop mal réussie, c'est vrai, sourit-il. Merci, ajouta-t-il en posant un léger baiser dans ses cheveux. À la réflexion, je ne refuserais pas de la compagnie, cette nuit.

— D'accord. J'apporterai le café.

21

Les journées rallongeaient, le soleil déjà chaud couvrait les vignes de bourgeons. La terre labourée, aérée, se préparait à accueillir les nouvelles plantations. Dans les bois alentour, les arbres montraient timidement leurs premières feuilles de printemps, les œufs remplissaient les nids. Dans les mares et les rivières, les canes surveillaient leurs canetons fraîchement éclos. Avril marquait le renouveau de la nature et l'espoir de voir enfin l'hiver s'avouer vaincu, pensait Tereza, qui faisait avec Eli sa promenade matinale rituelle.

— Les oies du Canada n'ont pas fini de couver, fit observer Eli.

Tereza avait toujours entendu son père se référer à ces signes naturels pour évaluer l'avancement de la récolte. Avec lui, elle avait appris à observer le ciel, les oiseaux, les plantes autant que les vignes.

— L'année sera bonne. Nous avons eu un hiver pluvieux.

— Des gelées sont encore à craindre une quinzaine de jours, mais je crois que nous avons bien calculé la plantation des jeunes ceps.

Avec l'accord de Tyler, ils avaient greffé dans leurs deux vignobles des cépages d'Europe sur les robustes souches américaines.

— Nous les verrons porter leurs fruits dans quatre ou cinq ans. Tout ce que nous avons planté ensemble depuis un quart de siècle nous a bien payé de notre peine, Eli.

— Ces vendanges seront mes dernières, Tereza. Rassure-toi,

dit-il en voyant sa soudaine inquiétude, je ne me sens pas près de mourir, j'ai seulement l'intention de me retirer. J'y pense sérieusement depuis notre voyage en Italie. Nous sommes trop enchaînés par ce que nous possédons, ici et là-bas. Terminons ensemble nos dernières plantations et laissons nos enfants les faire fructifier. Il est temps.

— Nous en avons déjà parlé, Eli. Il fallait cinq ans pour assurer la transition avant de nous retirer complètement.

— Je sais. Mais ces derniers mois m'ont rendu conscient de la brièveté d'une vie et même d'un mode de vie. Il y a beaucoup de lieux dans ce monde que j'ai envie de voir avant de le quitter et je veux les découvrir avec toi, Tereza. Je suis las de vivre une existence tributaire des exigences des saisons.

— J'ai consacré ma vie entière à la terre, à la vigne, au vin. Pourrais-je m'en détourner maintenant qu'ils souffrent ? Comment transmettre à nos enfants un héritage compromis ?

— Parce que nous leur faisons confiance. Parce que nous avons foi en eux. Et surtout, Tereza, parce qu'ils le méritent.

Elle s'éloigna d'un pas, caressa un frêle bourgeon.

— Je ne sais que répondre à cela, dit-elle enfin.

— Penses-y, nous avons le temps jusqu'aux vendanges. J'ai réfléchi, tu sais. Je ne veux pas que Tyler attende mon décès pour hériter de ce que je lui lègue par testament, je préfère le lui donner de mon vivant. Il y a eu assez de morts autour de nous cette année. Laissons aux hommes comme aux plantes le temps de croître.

Tereza contemplait les vignes en l'écoutant. Quand il eut terminé, elle se tourna vers lui. En cet homme grand, imposant, tanné par le soleil et le vent, avec qui s'étaient écoulées les plus belles années de sa vie, elle vit un sage mûri par l'expérience.

— Je ne sais pas encore si je suis capable de t'accorder ce que tu me demandes, Eli. Mais je te promets d'y réfléchir.

Pilar guidait un groupe de visiteurs, auxquels elle expliquait le processus de la double fermentation du champagne, découvert par dom Pérignon au XVIIᵉ siècle.

— La découverte de dom Pérignon était due au hasard. Mais le hasard n'a désormais plus droit de cité. De nos jours…

L'arrivée discrète de David à l'arrière du groupe lui causa une brève angoisse qu'elle surmonta aussitôt.

— De nos jours, reprit-elle, nous employons la méthode champenoise, perfectionnée au cours des siècles par les vignerons français, qui seule permet de produire les vins de la plus haute qualité.

Elle poursuivit la visite en montrant le dépôt qui se forme dans la bouteille pendant la fermentation, puis le remuage à la main de chaque bouteille, grâce auquel le dépôt se concentre dans le goulot.

— S'ils boivent cette saloperie, pas étonnant qu'ils en crèvent.

Le commentaire avait été murmuré assez fort pour éveiller l'écho de la cave. Il y eut un silence lourd de malaise.

— À ce stade, enchaîna Pilar en se dominant, le goulot est gelé dans une solution de saumure, la bouteille débouchée et le sédiment enlevé, opération appelée le dégorgement. Avant de placer le bouchon définitif, on ajoute au vin un peu de marc ou de sucre, selon que l'on veut obtenir un brut ou un moelleux.

— Ou un peu de digitaline, fit la même voix.

Des murmures s'élevèrent dans le groupe des visiteurs. David s'avança de quelques pas, prêt à intervenir. D'un signe de tête, Pilar lui signifia qu'elle maîtrisait la situation.

— Des contrôles de qualité et de sécurité sont effectués pendant toute la durée du processus de vinification de l'ensemble de notre production. En ce qui concerne le champagne, ce processus dure de deux à quatre ans, parfois plus dans le cas de grands millésimes. Il existe, bien entendu, des méthodes moins contraignantes et moins coûteuses pour produire des vins mousseux, mais nous considérons chez Giambelli-MacMillan que le respect des traditions, le constant souci de la qualité et l'attention aux moindres détails sont essentiels pour ne livrer aux consommateurs que les meilleurs produits. Vous pourrez d'ailleurs en juger par vous-mêmes dans notre salle de dégustation à la fin de la visite, conclut-elle en souriant.

Pendant que les visiteurs bavardaient entre eux en savourant les vins dans la salle de dégustation, Pilar allait des uns aux autres, répondait à leurs questions. Depuis qu'elle avait entrepris de guider les visites, elle se rendait compte que ses fonctions étaient très semblable à celles d'une hôtesse, rôle qu'elle avait toujours rempli à la perfection. Elle découvrait surtout qu'elle se sentait ainsi plus qu'un membre de la famille : elle était réellement intégrée à l'équipe.

— Bon travail, malgré cet énergumène, dit David près d'elle.

— Merci, mais ce n'était pas le premier. Je commence à m'y habituer, je n'ai plus les paumes moites. J'ai encore des progrès à...

Un homme accoudé au bar suffoqua tout à coup en s'étreignant la gorge à deux mains. Pilar se précipitait quand l'individu éclata d'un rire gras. David reconnut le mauvais plaisant de la cave. Avant qu'il puisse intervenir, Pilar avait déjà pris la situation en main.

— Auriez-vous avalé de travers, monsieur ? Voulez-vous un verre d'eau ? demanda-t-elle sèchement.

— J'aimerais mieux de la bière, répondit-il en riant de plus belle.

— Arrête ça, Barry, gronda sa femme, et elle lui lança un coup de coude dans les côtes.

— Ben quoi, c'était drôle, non ?

— L'humour est une notion souvent subjective, dit Pilar. Nous avons du mal à trouver amusante la mort de deux des nôtres, mais j'apprécie votre tentative pour égayer l'atmosphère.

— Espèce d'imbécile ! lui jeta sa femme en se dirigeant vers la sortie. Tu me fais honte, je ne t'emmènerai plus nulle part.

— Alors quoi, on n'a plus le droit de rigoler un peu ? geignit Barry derrière elle.

Les autres visiteurs avaient assisté à la scène les yeux écarquillés ou affectant de regarder ailleurs. Pilar se tourna vers eux avec son plus beau sourire :

— Hormis cet intermède comique, j'espère que la visite vous a intéressés et je vous invite à faire une halte à notre boutique de vente au détail, où vous trouverez les vins que vous venez de déguster ainsi que l'ensemble de notre gamme. Nous espérons vous revoir bientôt et vous souhaitons une bonne journée.

David attendit que les derniers visiteurs soient partis, puis il prit le bras de Pilar pour l'entraîner dehors.

— Je n'aurais pas dû dire bon travail, tout à l'heure. Tu as été fabuleuse ! Pour ma part, j'aurais volontiers cassé une bouteille de vin sur le crâne de cet imbécile plutôt que de lui en offrir.

— Moi aussi. Je le fais d'ailleurs souvent par la pensée, il nous en arrive un comme lui au moins une ou deux fois par semaine. Réagir par la politesse et la froideur marche à chaque fois. Et puis, savoir que je suis de la famille les impressionne, je crois.

— Ne t'imagine surtout pas que je t'épie, c'est d'ailleurs pourquoi je m'étais abstenu de venir ici jusqu'à présent. Tu es une hôtesse admirable, madame Giambelli.

— Je le crois aussi, répondit-elle avec un large sourire. Et tu as eu raison de me pousser à le faire.

— Je ne t'ai pas poussée, j'ai ouvert une porte et tu l'as franchie. Mais si tu tiens à m'en être reconnaissante, disons que je t'ai tenu la porte pendant que tu passais. Surtout, ajouta-t-il en lui prenant la main, si tu as envie de me manifester cette reconnaissance d'une manière ou d'une autre.

— Je crois que oui, sourit-elle en prenant plaisir à flirter avec lui en plein jour. Nous pourrions commencer par un dîner, par exemple.

— J'ai trouvé une charmante auberge aux environs.

— Tu as bon goût, je sais. Mais je pensais plutôt à vous préparer à dîner. Pour les enfants et toi.

— Toi, un dîner ? Pour nous tous ?

— Je suis excellent cordon-bleu et je n'ai pas souvent l'occasion d'avoir une cuisine à ma disposition. La tienne me conviendrait tout à fait. Mais si tu penses que les enfants n'apprécieraient pas ou se sentiraient mal à l'aise avec moi, d'accord pour la charmante auberge.

David resta un instant bouche bée avant d'éclater de rire :

— Tu veux dire que c'est toi qui préparerais le repas ? Pour de vrai, dans des casseroles ? Quand passons-nous à table ?

Pilar nous régalera de sa cuisine au dîner. Je ne connais pas encore le menu, mais vous l'aimerez ! Soyez de retour à six heures au plus tard. D'ici là, essayez de vous conduire comme des êtres humains et pas comme des mutants que j'aurais gagnés en trichant au poker.

Bisous. Papa.

Maddy fit la grimace en lisant la note paternelle scotchée sur le frigo. Pourquoi inviter quelqu'un ? Et pourquoi n'avait-elle jamais son mot à dire ? S'imaginait-il vraiment que Théo et elle étaient demeurés au point de vouloir leur faire croire qu'une femme qui vient se pavaner dans la cuisine d'un homme n'a pas d'autre idée derrière la tête que mijoter de bons petits plats ?

Le billet à la main, elle escalada les marches et entra en coup de vent dans la chambre de son frère. Comme d'habitude, Théo était vautré sur son lit, le téléphone à l'oreille et la stéréo à plein régime, avec des sachets de chips et autres horreurs à portée de main.

— Mme Pilar Giambelli vient faire la cuisine, annonça-t-elle.

— Fous-moi la paix, je téléphone.

— Tu n'es pas censé téléphoner avant d'avoir fini tes devoirs. Je te répète que la Giambelli vient dîner et que tu ferais mieux de travailler, elle serait capable de raconter à papa que tu ne fiches rien.

— Écoute, je te rappelle. Ma sœur est encore en train de m'empoisonner, il faut que je la tue. Oui, à plus. Qui est-ce qui vient dîner ? enchaîna-t-il. Sophia ?

— Non, débile. Celle qui couche avec papa vient faire la cuisine.

— De la vraie cuisine ? Sur le fourneau ? s'enquit Théo avec gourmandise.

— Tu n'y comprends vraiment rien ? C'est une tactique. Elle cherche à s'imposer.

— Oh ! Je n'ai rien contre quelqu'un qui s'impose à la cuisine et sait préparer des choses mangeables. Qu'est-ce qu'il y aura ?

— Ce n'est pas le problème, débile ! Elle pousse son avantage, tu n'as pas encore pigé ? Elle vient faire le repas pour lui montrer qu'elle est bien gentille et qu'avec elle nous formerions une grande famille heureuse.

— Je me fous de tout ça tant que je peux manger décemment. Laisse tomber, Maddy. Papa a le droit d'avoir une copine.

— Il peut en avoir dix si ça l'amuse. Mais qu'est-ce qu'on va devenir, nous, s'il décide d'en faire sa femme ?

Théo s'accorda le temps de la réflexion en mastiquant des chips.

— J'sais pas, bredouilla-t-il la bouche pleine.

— J'sais pas ! imita Maddy. Moi, je sais. Elle changera les règles, elle se croira la patronne. Nous ne compterons plus, nous.

— Mme Giambelli est cool, protesta Théo.

— Oh oui, bien sûr ! Pour le moment, elle est tout sucre et tout miel. Mais quand elle aura ce qu'elle veut, elle n'aura plus besoin de faire semblant. Elle nous ordonnera de nous conduire de telle ou telle façon, sans nous demander notre avis. Tiens, ajouta-t-elle en entendant la porte s'ouvrir et se refermer, elle entre déjà ici comme dans un moulin. Nous ne sommes même plus chez nous.

Outrée de l'inconscience de son frère, Maddy sortit en claquant la porte et alla s'enfermer dans sa chambre. Elle avait la ferme intention de ne pas en sortir avant le retour de son père.

Maddy résista une heure. Elle entendait la musique et les rires de son frère, descendu rejoindre Pilar cinq minutes après son arrivée. L'ignoble traître ! Le plus rageant, c'est que personne ne venait la consoler ou, au moins, essayer de mettre fin à sa bouderie. Elle allait leur montrer que ça ne la touchait pas. Mais alors, pas du tout !

Elle entra à la cuisine le nez en l'air. Cela sentait bon, ce qui était, de son point de vue, un grief supplémentaire. Pilar faisait étalage de ses talents de cuisinière, rien de plus. Voir Théo attablé avec un sourire béat devant son clavier électronique lui fit grincer des dents.

Théo aimait jouer sa musique pour Pilar, parce qu'elle l'écoutait avec attention. Quand c'était mauvais, elle le lui disait gentiment. Sa mère ne faisait jamais attention à lui. Ni à rien d'autre, d'ailleurs.

Pilar se détourna un instant du fourneau :

— Bonsoir, Maddy. La dissertation avance bien ?

— Quelle disserte ?

Un regard incendiaire de Théo la rappela à l'ordre. Elle hésita entre la fureur et la reconnaissance. De quoi se mêlait-il ? Elle n'avait pas besoin de s'excuser ! Elle ouvrit le réfrigérateur, prit tout son temps pour choisir une boîte de soda.

— Ah oui, la disserte. Ouais, ça va.

— Ton père m'a appris que vous aimiez tous les deux la cuisine italienne, j'espère que ça te plaira.

— Je ne mange pas de féculents. De toute façon, je ne dînerai pas ici ce soir, je suis invitée chez une amie.

— C'est dommage. Ton père ne m'en avait pas parlé.

— Il n'est pas obligé de tout vous dire.

Jamais encore Maddy n'avait été aussi délibérément odieuse avec elle. Pilar comprit qu'il était urgent de réagir.

— Rien ni personne ne l'y oblige, en effet. Et tu as le droit de manger ce que tu aimes où et quand cela te plaît. Théo, voudrais-tu être assez gentil pour nous laisser seules une minute, Maddy et moi ?

— Pas de problème.

Théo prit son clavier et décocha à sa sœur un regard écœuré.

— Qui c'est le débile ? lui souffla-t-il en passant près d'elle.

— Asseyons-nous donc, proposa Pilar.

Maddy avait l'estomac noué et la gorge en feu.

— Je n'ai pas le temps de m'asseoir et de bavarder, je suis juste venue prendre quelque chose à boire. Il faut que je finisse ma disserte.

— Tu n'as pas de dissertation ce soir, Maddy. Assieds-toi donc.

Maddy obtempéra de mauvaise grâce. Vautrée sur une chaise, les coudes étalés sur la table, elle afficha une expression d'ennui et d'indifférence. Elle ne se gênerait pas pour faire comprendre à cette intruse qu'elle n'avait pas le droit de la sermonner. Pilar alla posément se verser un espresso et vint s'asseoir en face d'elle.

— Je dois d'abord te dire que j'ai un avantage sur toi, car j'ai eu moi aussi quatorze ans et que ma fille a eu ton âge.

— Vous n'êtes pas ma mère.

— Non, je sais. C'est dur, n'est-ce pas, de voir une autre femme arriver comme cela chez soi ? Dans une telle situation, j'aurais sans doute réagi de la même manière que toi. Pour Théo, c'est plus facile. Les garçons ne savent pas ce que nous savons, nous autres.

Maddy ouvrit la bouche et la referma, comprenant qu'elle n'avait rien à répondre à une telle entrée en matière.

— Tu es depuis longtemps la force dominante de la famille. Tes hommes ne seraient pas d'accord, bien sûr, et ils seraient même vexés de l'entendre, poursuivit Pilar en voyant avec plaisir les lèvres de Maddy esquisser une moue de supériorité. Mais c'est presque toujours la femme qui trace la ligne de conduite et prend les décisions importantes. Tu as fait un très bon travail et je n'ai pas du tout l'intention de te priver de ton contrôle sur eux, crois-moi.

— Vous changez déjà tout. Toute action entraîne une réaction, c'est scientifique et je ne suis pas une imbécile.

« Non, mais une pauvre petite fille terrifiée dotée d'une intelligence supérieure à celle de bien des adultes », pensa Pilar avec tristesse.

— Tu es très intelligente, je sais. J'ai toujours voulu être intelligente, mais je n'ai jamais eu l'impression de l'être suffisamment. J'ai compensé cette lacune en étant gentille, discrète, conciliante.

— Quand on est discret, personne n'écoute.

— Tu as raison. Grâce à ton père, vois-tu, je me sens assez intelligente et assez forte pour dire ce que je pense et ce que je ressens. C'est un sentiment intense, tu le sais sûrement.

— Peut-être.

— Je l'admire, Maddy. J'admire l'homme, j'admire le père. Je n'attends pas que tu déroules le tapis rouge pour m'accueillir, mais j'espère que tu ne me fermeras pas la porte au nez.

— Pourquoi vous intéresser à ce que je fais ou pas ?

— D'abord, parce que je t'aime bien – désolée, c'est vrai. J'apprécie ton esprit indépendant, ta loyauté envers ta famille. Si je n'étais rien pour ton père ni lui pour moi, nous nous entendrions sans doute bien, toi et moi. Mais comme nous sommes attirés l'un vers l'autre, je te prive d'une partie de son temps et de ses attentions. Je ne te dirai pas que je le regrette, ce ne serait pas vrai. J'ai envie, j'ai besoin moi aussi de son temps et de ses attentions. Si je m'intéresse à ce que tu fais, Maddy, c'est aussi parce que j'aime ton père.

À mesure que Pilar parlait, Maddy s'était redressée peu à peu.

— Ma mère l'aimait, elle aussi. Assez pour l'épouser.

— Je suis sûre qu'elle…

— Non, ne lui cherchez pas d'excuses, il n'y en a pas. Quand elle a vu que les choses ne tournaient pas exactement comme elle le voulait, elle nous a plaqués, un point c'est tout. Elle ne pensait qu'à elle-même. Nous ne comptions pas pour elle.

Le premier instinct de Pilar la poussait à consoler, à réconforter. Mais la petite fille en face d'elle, à la mine butée et aux yeux humides, ne voulait pas entendre de consolations. Et ce n'était ni le moment ni l'endroit pour lui tendre une main secourable qu'elle repousserait par défi.

— Tu as raison, vous ne comptiez pas assez pour elle. Je sais ce que c'est de ne pas compter pour quelqu'un d'autre, Maddy. Je sais quelle tristesse, quelle rancune ce sentiment provoque, je sais quels doutes, quelles interrogations, quels souhaits passent par la tête pendant une nuit d'insomnie.

— Les adultes peuvent aller où ils veulent quand ils veulent. Pas les enfants.

— C'est vrai. Mais ton père ne vous a pas quittés, lui. Parce que vous comptez pour lui. Théo et toi comptez plus que tout au monde et aucun de mes actes ou de mes paroles ne pourrait changer cela.

— Beaucoup d'autres choses peuvent changer. Et un changement en entraîne toujours d'autres, c'est la loi de la causalité.

— Je ne peux pas te promettre, bien sûr, que rien ne changera jamais. Les choses, les gens ne sont pas immuables. Mais en ce moment, ton père me rend heureuse, je le rends heureux et je ne veux pas que notre bonheur te fasse de peine. Je peux simplement te promettre de faire l'impossible pour ne jamais vous blesser, Théo et toi. De respecter vos pensées et vos sentiments.

— Il était et il est d'abord mon père.

— Et il le restera toujours, Maddy. Même si je voulais y changer quelque chose, je ne le pourrais pas. Sais-tu au moins combien il t'aime ? Tu pourrais le forcer à choisir. Regarde-moi, Maddy. Si tu y tiens vraiment, tu peux lui demander de choisir entre toi et moi et je n'aurais pas la moindre chance. Tout ce que je te demande, c'est de m'en laisser une. Si tu ne peux vraiment pas, je trouverai un prétexte, je ferai place nette et je serai partie avant son retour.

Maddy essuya furtivement une larme.

— Pourquoi ?

— Parce que je ne veux pas lui faire de peine à lui non plus.

Maddy renifla, baissa les yeux.

— Je peux y goûter ? dit-elle en montrant l'espresso.

Pilar poussa la tasse vers elle à travers la table. Maddy y trempa les lèvres en faisant la grimace.

— C'est infect. Comment peut-on boire un truc pareil ?

— On y prend goût. Tu le trouveras meilleur dans le tiramisu.

Maddy repoussa la tasse en direction de Pilar.

— Peut-être. Je veux bien essayer.

La cuisine de Pilar fit l'unanimité. Elle n'avait pas préparé de repas familial depuis assez longtemps pour éprouver un plaisir quasi enfantin à voir tout le monde dévorer et à entendre les compliments enthousiastes que les Cutter ne lui ménageaient pas.

Elle avait servi dans la salle à manger, estimant que Maddy accepterait mieux sa présence entourée d'un certain décorum que dans le cadre trop familier de la cuisine. Mais la glace fut brisée dès le début du repas, et celui-ci se poursuivit dans une franche bonne humeur entretenue par Théo, qui faisait presque tous les frais de la conversation.

— Un repas extraordinaire, déclara David quand la dernière bouchée du tiramisu eut été avalée. En mon nom et en celui de mes deux gloutons, je te présente nos remerciements émus.

— Je les accepte avec plaisir, mais au nom de tes deux gloutons, je te signale que tu as dévoré à toi seul plus que nous trois.

— J'ai un métabolisme très rapide.

Pilar se leva en riant et commença à ramasser les assiettes.

— C'est ce que tous les hommes prétendent.

— Ah, non ! intervint David en posant une main sur la sienne. Ici, celui qui cuisine ne lave pas la vaisselle. C'est une loi.

— Voilà une loi à laquelle je me soumets volontiers. Tiens, dit-elle en lui tendant les assiettes, amuse-toi bien.

— Deuxième loi, décréta David tandis que Théo éclatait d'un rire bruyant. Le père a le privilège de déléguer ses prérogatives. Théo et Maddy seront ravis de s'occuper de la vaisselle.

— Je l'aurais parié, soupira Maddy. Et toi, qu'est-ce que tu fais ?

— Je m'impose le sacrifice de brûler les calories de ce succulent dîner en me promenant à pied avec le chef, répondit David, qui embrassa Pilar pour tester la réaction des enfants. Tout le monde est d'accord ?

Pilar sortit, heureuse d'être avec lui dans la nuit de printemps.

— Nous leur laissons beaucoup de désordre, observa-t-elle.

— Cela leur forme le caractère. Et puis, ils auront le temps de discuter sur la manière dont je t'ai enlevée pour te faire la cour.

— Je me suis laissé enlever, moi ?

— Mais oui. Tu ne t'en es pas rendu compte ?

Ils échangèrent un long baiser plein de tendresse.

— Nous n'avons pas eu beaucoup le temps d'être ensemble, ces jours-ci.

— Il se passe tant de choses, soupira-t-elle. Je ne quitte pas Sophia. Je ne peux pas m'empêcher d'être inquiète. Penser qu'elle a été attaquée dans la maison. Que quelqu'un s'est introduit dans sa chambre, dans la mienne, dans celle de ma mère... Je me réveille parfois au milieu de la nuit, l'oreille tendue. Cela ne m'était jamais arrivé.

— Certaines nuits, quand je ne peux pas dormir, je vois par ma fenêtre ta lumière allumée. Je voudrais pouvoir te dire de ne pas t'inquiéter, mais jusqu'à ce que cette sombre affaire soit terminée, nous avons tous des raisons d'être inquiets.

— Et moi, en voyant tes lumières, je suis réconfortée de te savoir aussi proche.

Il l'attira contre lui, posa le front contre le sien.

— Écoute, Pilar... Il y a des problèmes en Italie. L'audit a relevé un certain nombre de discordances suspectes dans les chiffres. Il va falloir que j'aille y passer quelques jours. Je n'aime pas être obligé de m'absenter en ce moment.

— Les enfants s'installeront à la villa pendant ce temps. Nous nous occuperons d'eux, tu n'as pas de souci à te faire à leur sujet.

— Non, je sais. Ta mère me l'a déjà proposé. Mais cela me déplaît quand même de partir. De te laisser seule, aussi. Viens avec moi.

Pilar eut un élan de joie. L'Italie au printemps, les nuits tièdes, un amant... Sa vie si terne et si triste avait subi une telle métamorphose qu'un rêve pareil pouvait devenir réalité.

— Oh, David ! Je ne demanderais pas mieux, mais c'est impossible. Je ne peux pas abandonner ma mère et Sophia en ce moment. Et toi, tu travailleras mieux et plus vite en sachant que je m'occupe de tes enfants.

— Faut-il que tu aies toujours l'esprit pratique ?

— Ce n'est pas par goût, tu sais. J'aimerais pouvoir te dire oui, partir sans arrière-pensées, faire l'amour avec toi dans un des grands lits du Castello. Passer des soirées à Venise, danser sur la place Saint-Marc, te voler des baisers en gondole à l'ombre des ponts. Redemande-le-moi, veux-tu ? Quand tout cela sera fini, je te dirai oui.

— Pourquoi attendre ? Viendras-tu avec moi à Venise quand les problèmes seront réglés ?

Elle se jeta dans ses bras.

— Oui. Je t'aime, David.

De surprise, il se figea.

— Qu'as-tu dit ?

— Je t'aime. C'est trop rapide, je sais, mais je ne peux pas m'empêcher de t'aimer. Je ne veux même pas m'en empêcher.

— Je voulais juste t'entendre le répéter, murmura-t-il en la serrant plus fort contre lui. Je m'étais fait un pari et je suis heureux de l'avoir perdu. J'avais estimé, vois-tu, qu'il faudrait au moins deux mois de plus pour t'amener à tomber amoureuse de moi. J'avais du mal à m'y résoudre, poursuivit-il en lui couvrant le visage de baisers, parce que moi, j'étais déjà fou de toi. J'aurais dû savoir que tu ne me ferais pas souffrir trop longtemps.

Aimer, être aimée… Jamais elle n'aurait cru connaître pareil bonheur.

— Qu'as-tu dit ? l'imita-t-elle.

— Je vais te le répéter sous une forme un peu différente. Je t'aime, Pilar. Un regard, un seul regard sur toi m'a redonné l'espoir et la foi en l'avenir. Désormais, tu es à moi comme je suis à toi.

22

Venise est une femme, une *prima donna* séduisante dans sa maturité, sensuelle dans ses courbes liquides, mystérieuse dans ses ombres et ses lumières. Elle échauffe le sang de celui qui la découvre, mirant dans le Grand Canal ses palais aux façades rapiécées telles de vieilles robes de bal aux couleurs fanées. La lumière crue du soleil se dissout dans les détours secrets de ses canaux et de ses ruelles. Venise n'est pas une ville où perdre son temps avec des juristes et des comptables, une ville où un homme supporte de rester enfermé dans un bureau tandis que le printemps chante sa romance de séduction derrière la pierre et le verre d'une cage, même dorée.

Savoir que Venise devait sa splendeur au négoce ne consolait cependant pas David. Savoir aussi que ses ruelles et ses placettes grouillaient en ce moment même de touristes flambant leurs cartes de crédit dans des échoppes où les gadgets de mauvais goût sont présentés comme des œuvres d'art ne le dissuadait pas de vouloir se joindre à eux. Il se consumait du regret de ne pas arpenter ces ruelles avec Pilar pour lui acheter quelque babiole dont ils riraient des années. Il aurait pris un plaisir immense à voir Théo engloutir des *gelati* par douzaines, à écouter Maddy assommer un infortuné gondolier de questions sur l'histoire des canaux ou la construction de son embarcation. Sa famille lui manquait, la femme qu'il aimait lui manquait plus cruellement encore. Et il les avait quittées depuis trois jours à peine…

Le comptable parlait italien à une vitesse exigeant une attention soutenue. David se rappela à l'ordre. Il n'était pas à Venise pour rêver.

— *Scusi*, dit-il en tournant une page de l'épais rapport. Pouvons-nous revenir sur ce point ? Je voudrais être sûr d'avoir tout compris.

Il avait prononcé ces mots avec une lenteur et un accent volontairement laborieux. Comme il l'espérait, sa tactique fut efficace et son interlocuteur fit l'effort de s'exprimer de manière plus intelligible.

— Vous pouvez donc constater que les chiffres ne s'accordent pas ici et là, conclut le comptable.

— Cela m'intrigue. Mais je suis bien plus intrigué par le compte Cardialini. Tout semble concorder, commandes, expéditions, imputations de salaires et de frais. Sauf qu'il n'existe aucun client de ce nom, pas plus qu'il n'y a d'entrepôts Cardialini à l'adresse de Rome qui figure au dossier. S'il n'existe ni client ni entrepôts, où pensez-vous que toutes ces commandes ont été livrées depuis trois ans ?

Déconcerté, le comptable cligna des yeux à plusieurs reprises.

— Je ne saurais le dire, *signor* Cutter. Il doit y avoir une erreur quelque part.

David était désormais certain de savoir qui l'avait commise.

— Une grosse erreur, en effet. *Signor avvocato*, enchaîna-t-il en se tournant vers l'homme de loi, avez-vous eu le temps d'examiner les documents que je vous ai remis hier ?

— Oui.

— Vous savez donc qui était le responsable chargé de ce client.

— En effet. Anthony Avano.

— Les factures, la correspondance, les notes de frais et autres documents concernant ce compte portaient sa signature ?

— Oui, jusqu'en décembre de l'année dernière. La signature de Margaret Bowers apparaît ensuite dans le dossier.

— Nous désirons que ces deux signatures soient vérifiées pour nous assurer de leur authenticité. De même que la signature de Donato Giambelli en ce qui concerne les ordres d'expédition et les autorisations de dépenses imputées à ce compte.

— Je ferai expertiser ces trois signatures, *signor* Cutter, et je vous informerai de votre position et des recours légaux dont vous pourrez disposer. Auparavant, je tiens toutefois à solliciter l'autorisation formelle de la *signora* Giambelli. La situation pourrait être embarrassante.

— J'en suis conscient, c'est d'ailleurs la raison pour laquelle Donato Giambelli n'a pas été invité à cette réunion. La famille Giambelli tient à éviter un nouveau scandale, vous le comprendrez aisément. Si vous voulez bien m'accorder quelques instants, je vais appeler la *signora* Giambelli en Californie et lui rapporter nos entretiens.

Il est toujours scabreux pour quelqu'un venu du dehors de mettre en cause l'honnêteté d'un membre du cercle. David n'était pas italien ni ne faisait partie de la famille. Le fait de n'avoir été intégré à l'entreprise que depuis quatre mois constituait un troisième handicap. S'attaquer de front à Donato Giambelli serait à tout le moins délicat.

Il avait le choix entre deux tactiques : jouer ses atouts avec précaution et laisser à l'adversaire le temps de se refaire une main, ou les abattre d'entrée de jeu et se démunir trop vite. L'analogie lui était venue d'elle-même à l'esprit. Les affaires étaient-elles rien d'autre qu'un jeu ? Un jeu où la stratégie, l'habileté, la chance, le bluff aussi, constituaient, comme au poker, les indispensables clefs de la réussite.

La secrétaire annonça que le *signor* Giambelli était arrivé.

— Merci. Dites-lui que je le reçois tout de suite.

« Laissons-le mijoter un peu », pensa David. Si les bruits se répandaient ici aussi vite que dans tous les bureaux du monde, Donato devait être déjà au courant de sa conférence avec l'expert-comptable et l'avocat. Il devait se poser des questions, s'inquiéter. S'il était intelligent, il aurait des réponses toutes prêtes, un bouc émissaire à lui jeter en pâture. Il feindrait la colère, il affecterait d'être atteint dans son honneur. Il invoquerait les liens du sang et l'esprit de famille pour se tirer de ce mauvais pas. Il faudrait jouer serré.

David alla lui-même ouvrir la porte et vit Donato tourner dans l'antichambre comme un ours en cage.

— Merci d'être venu, Donato. Désolé de vous avoir fait attendre.

Donato se détendit visiblement en constatant qu'il n'y avait personne d'autre dans le bureau.

— Si j'avais été prévenu de votre arrivée, j'aurais libéré mon emploi du temps pour vous accueillir et vous faire visiter Venise.

— Mon voyage s'est décidé assez rapidement, mais je connaissais déjà Venise. Je me réjouis, toutefois, de découvrir bientôt le *castello* et les vignes. Asseyez-vous donc.

— Si vous m'informez de la date de votre déplacement, je me ferai un plaisir de vous y accompagner. J'y vais d'ailleurs régulièrement vérifier si tout se passe bien. Alors, que puis-je pour vous ?

Attaquer bille en tête, décida David en s'asseyant à son bureau. Sa nervosité le rend facile à déstabiliser.

— Eh bien, pour commencer, parlez-moi du compte Cardialini.

Donato se figea et parvint à sourire d'un air étonné.

— Je ne comprends pas.

— Moi non plus, répondit David aimablement. C'est pourquoi je vous demande de m'éclairer sur ce sujet.

— Ma foi, David, vous m'attribuez une mémoire que je n'ai pas. Je ne peux pas me rappeler en détail les comptes de tous nos clients. Si vous me laissez le temps de consulter le dossier…

Ni intelligent ni habile, s'étonna David. Pas même préparé.

— Inutile, je l'ai déjà, dit-il en montrant l'épaisse chemise sur son bureau. Votre signature figure sur nombre d'autorisations de paiement, de bons de caisse, de courriers et autres documents.

Donato commençait à transpirer.

— Ma signature figure sur une quantité de paperasses. Je ne peux pas me souvenir de tout.

— Ce compte-ci devrait pourtant vous avoir frappé, puisqu'il n'existe pas. Il n'y a aucun client du nom de Cardialini, Donato. Ce compte fictif a cependant produit une incroyable quantité de paperasses, comme vous dites, et des mouvements de fonds. Il y a des factures, des dépenses, mais pas de client. Aucun personnage portant le nom de Giorgio Cardialini, poursuivit-il en consultant une feuille de papier à en-tête Giambelli, avec lequel vous avez pourtant entretenu une correspondance suivie ces dernières années. Il n'existe pas plus que ses prétendus entrepôts de Rome, où des expéditions de vin sont pourtant censées avoir été livrées et où vous vous êtes vous-même rendu en déplacement professionnel, aux frais de la maison, deux fois depuis huit mois. Comment l'expliquez-vous ?

Donato se leva d'un bond. Ni furieux ni outragé, il paraissait au contraire terrifié.

— Je n'y comprends rien ! De quoi m'accusez-vous ?

— De rien, pour le moment. Je vous demande simplement des explications.

— Je n'en ai aucune ! J'ignore tout de ce client ou de ce dossier.

— Comment se fait-il, alors, que votre signature y apparaisse ? Comment se fait-il que vos frais de déplacement et de représentation relatifs à ce client se montent à plusieurs millions de lires ?

— C'est un faux ! s'exclama Donato après avoir lu la lettre à en-tête. Il ne peut s'agir que d'un faux ! On a imité ma signature. Quelqu'un se sert de moi pour voler de l'argent à ma famille. Ma famille ! répéta-t-il en se frappant la poitrine d'un geste théâtral. Je vais immédiatement enquêter sur cette sombre affaire.

« Décidément ni intelligent ni habile, pensa David. Un imbécile qui se sait démasqué et crève de frousse. »

— Soit, dit-il. Vous avez quarante-huit heures.

— Quoi ? Vous osez me poser un ultimatum alors qu'on détrousse ma propre famille ?

— L'ultimatum, pour reprendre votre terme, émane de la *Signora* elle-même. Elle exige vos explications sous quarante-huit heures. Entre-temps, il va sans dire que ce compte est gelé. Dans deux jours, tous les documents concernant cette affaire seront remis à la police.

Donato devint livide.

— À la police ? répéta-t-il d'une voix tremblante. C'est insensé ! S'il s'agit d'un problème interne à la maison, il doit être réglé discrètement. Nous voulons éviter la publicité…

— La *Signora* veut des résultats. Quel qu'en soit le prix.

Donato marqua une pause, tel l'imprudent qui titube au bord d'un gouffre et cherche désespérément à quoi se raccrocher.

— Anthony Avano était responsable de ce dossier. Il est donc facile de déterminer la source du problème.

— En effet. Mais je ne vous ai pas dit qu'il en était chargé.

Donato épongea son front ruisselant de sueur.

— Eh bien, j'ai... j'ai naturellement supposé que... Dans le cas d'un client de cette importance, c'était lui qui...

— Je n'ai pas mentionné non plus si Cardialini était ou non un client important. Prenez vos deux jours pour clarifier cette affaire. Et acceptez un bon conseil : pensez à votre femme et à vos enfants. La *Signora* sera plus portée à l'indulgence si vous endossez vos responsabilités et agissez pour le bien de votre famille.

— Ne me donnez pas d'ordres au sujet de ma famille ! Je suis un Giambelli, moi, et je le serai longtemps après que vous aurez décampé ! Donnez-moi ce dossier.

David referma le dossier, affectant de ne pas voir la main de Donato impérieusement tendue.

— Vous l'aurez si vous voulez. Dans quarante-huit heures.

L'évidente impréparation, voire l'ignorance, de Donato plongeait David dans la perplexité tandis qu'il traversait la place Saint-Marc. Donato n'était pas innocent pour autant. Qu'il se soit rempli les poches à deux mains était certain, mais ce n'était pas lui le cerveau de l'escroquerie. Qui, alors ? Avano peut-être ; cependant les sommes détournées sous son nom n'atteignaient pas le dixième de ce qu'avait raflé Donato. Et Avano était mort depuis maintenant quatre mois.

Ce nouvel élément intéresserait à coup sûr les policiers chargés de l'enquête criminelle. Mais cet éclairage malsain rejaillirait-il sur Pilar ? Plus inquiet qu'il ne voulait l'admettre, David se dirigea vers une des terrasses de la place. Pour quelques instants, au moins, il voulait s'accorder un peu de loisir, regarder les grappes de touristes entrer et sortir de Saint-Marc et des boutiques avoisinantes.

Avano avait puisé dans les caisses de la maison, c'était un fait avéré. Donato, comme les documents contenus dans le cartable de David en apportaient la preuve, avait hissé le chapardage au niveau du pillage caractérisé. Et Margaret ? Rien n'indiquait qu'elle en ait eu connaissance ou y ait participé avant sa promotion. S'était-elle laissé entraîner par cupidité ? Ou avait-elle, au contraire, découvert la vérité sur le client fictif et signé ainsi son arrêt de mort ?

Quelle que soit la réponse, restait la question la plus épineuse : qui tirait désormais les ficelles ? Qui Donato, dans sa panique, était-il en train d'appeler au secours, à qui demandait-il des instructions ? Ce personnage de l'ombre serait-il aussi crédule que Donato en s'affolant à l'idée que la *Signora* remettrait le dossier à la police, ou garderait-il la tête assez froide pour reconnaître un bluff ? De toute façon, Donato Giambelli sortirait de la scène dans deux jours au plus tard ; cela n'arrangeait cependant rien au casse-tête de David, car il fallait le remplacer d'urgence et poursuivre l'enquête intérieure avec diligence jusqu'à ce que toutes les brèches soient colmatées. Dans ces conditions, David devait se résigner à prolonger son séjour en Italie, alors même qu'il aurait le plus chèrement désiré être auprès de ses proches.

Il commanda une consommation puis, après avoir consulté sa montre, prit son téléphone dans sa poche et composa le numéro de la villa. Pendant que Maria allait chercher Pilar, il essaya d'imaginer dans quelle pièce elle était, ce qu'elle faisait. La veille de son départ, ils avaient fait l'amour dans sa voiture auprès des vignes, tels deux adolescents insatiables de caresses et émerveillés de se sentir amoureux. Son cœur se serra à ce souvenir encore frais.

Mieux valait l'imaginer assise en face de lui, dans le soleil déclinant de la fin de l'après-midi qui frappait les coupoles de Saint-Marc comme une flèche d'or, dans l'air tiède empli du bruissement de l'envol des pigeons. « Dès que tout cela sera terminé, se promit-il, nous transformerons ce rêve en réalité. »

— David ?

Il sourit en l'entendant hors d'haleine. Elle avait dû courir.

— Je suis assis à une terrasse de la place Saint-Marc, je bois un chianti très agréable et je pense à toi.

— Y a-t-il de la musique ?

— Un petit orchestre de l'autre côté de la place, mais il joue des airs américains. Cela gâte un peu l'ambiance.

— Pas pour moi, si j'y étais.

— Comment vont les enfants ?

— Très bien. Maddy et moi avons fait la paix et, à mon avis, nous progressons vers l'amitié. Elle m'a rejointe dans la serre hier en sortant de l'école et j'ai eu droit à un cours magistral sur la photosynthèse auquel j'avoue n'avoir rien compris. Théo a rompu avec sa petite amie.

— Julie ?

— Mais non, David, il faut te tenir au courant. Julie date de l'hiver dernier. Celle-ci s'appelait Carrie. Théo s'est lamenté dix minutes avant de jurer qu'il abandonnait à jamais les filles afin de se consacrer exclusivement à la musique.

— Rien de nouveau. Cela durera vingt-quatre heures.

— C'est bien possible. Comment va le travail, là-bas ?

— Mieux depuis que je te parle. Dis aux enfants que je les appellerai ce soir vers six heures, heure de Californie.

— Je leur dirai. Tu ne sais pas encore quand tu pourras rentrer, je suppose ?

— Pas encore. Il y a des complications. Tu me manques, Pilar.

— Toi aussi. Veux-tu me faire plaisir ?

— Quelle question ! Bien sûr.

— Reste un moment où tu es, écoute la musique, regarde le soleil baisser, la lumière changer. Je me croirai avec toi.

— Je penserai très fort à toi. À bientôt.

Après avoir raccroché, il prit le temps de regarder la lumière changer, comme Pilar le lui avait demandé. Il ne se souvenait pas d'avoir parlé de ses enfants à une femme capable de les comprendre, de les apprécier à leur juste valeur. Il retrouvait, non, il découvrait plutôt la sensation d'avoir une famille. Oui, il voulait se remarier. Il voulait une femme. Il voulait Pilar.

Est-ce trop demander ? Brûler les étapes ? Non, conclut-il. De quelque côté qu'il aborde la question, c'était juste. Logique, même. Ils étaient adultes, ils avaient la moitié de leur vie derrière eux. À quoi bon perdre davantage d'un temps chaque jour plus précieux sous prétexte de respecter les convenances ?

David se leva, laissa des lires sur la table. Il n'allait pas perdre une minute de plus. Quel endroit mieux choisi que Venise pour acheter un bijou à la femme aimée ?

Quand il se retourna, la première boutique sur laquelle son regard se posa était une bijouterie. Il y vit un signe du destin.

L'achat ne fut pas aussi facile qu'il se l'imaginait. Il ne voulait pas de diamants, Avano lui en avait sans doute déjà offert, et il éprouvait une grande répugnance à donner à Pilar un objet évoquant son passé avec cet individu. Il désirait un bijou qui soit bien à eux, qui lui montre qu'il la comprenait comme personne n'en avait été capable ni ne le serait jamais. Il n'acceptait pas la concurrence, même virtuelle. Il était macho ? Eh bien, soit. Pourquoi pas ?

Il s'engagea sur le pont du Rialto. Les touristes se bousculaient entre les deux rangées de boutiques. Il dépassa des marchands d'articles en cuir, des étalages de ridicules tee-shirts imprimés. Les bijoutiers exhibaient des montagnes d'or et de pierreries en toc qui le déconcertaient de plus en plus, au point qu'il faillit abandonner. Il pouvait attendre le lendemain et demander à sa secrétaire de lui recommander un fournisseur sérieux.

C'est dans la dernière vitrine qu'il repéra la bague idéale, sertie de cinq pierres taillées en forme de cœur aux couleurs harmonieusement alternées. « Comme ses fleurs », pensa-t-il. Cinq pierres, une pour chacun d'eux et chacun de leurs enfants respectifs. La pierre bleue devait être un saphir, la verte une émeraude, la rouge un rubis. La violette et la dorée lui étaient inconnues, mais c'était sans importance. L'ensemble était parfait.

David quitta la boutique une demi-heure plus tard, muni de la bague et de sa description détaillée – les deux dernières pierres étaient une améthyste et une citrine. Il avait fait graver la date de son achat, ainsi Pilar se souviendrait qu'il avait trouvé ce bijou le jour même où il lui parlait de la place Saint-Marc en regardant la lumière changer.

D'un pas plus léger, il s'enfonça dans le lacis des ruelles en s'offrant le luxe de marcher sans but. Le crépuscule transformait l'eau des canaux en un miroir sombre. La foule était moins dense, le silence gagnait. Par moments, il pouvait même entendre l'écho de ses pas sur les pavés et le clapotis de l'eau sous un pont.

Au lieu de rentrer à son appartement, où le travail aurait gâché le plaisir de sa soirée, il s'arrêta dans une sympathique *trattoria*, commanda un simple poisson grillé, un vin blanc jeune et frais. Il dîna sans hâte, en prenant le temps de sourire au jeune couple visiblement en voyage de noces, au petit garçon qui échappait à la surveillance de ses parents pour se faire offrir par les serveurs un deuxième dessert en cachette. Quand on est amoureux, se dit-il, le monde entier semble être un jardin des délices. Et pendant qu'il s'attardait devant son espresso, il pensa à ce qu'il dirait à Pilar à l'instant de lui offrir la bague.

La ville était presque déserte lorsqu'il reprit le chemin de son appartement. De temps à autre, il voyait le fanal d'une gondole glissant sur l'eau noire, il entendait une voix ou un rire dont l'écho se réverbérait entre les murs des rues étroites. Heureux d'avoir Venise à lui seul, il flânait en laissant le stress de la journée glisser de ses épaules.

Il traversa encore un pont, s'engagea dans une ruelle ombreuse. La lumière jaillissant d'une fenêtre ouverte lui fit lever les yeux et il aperçut une jeune femme occupée à rentrer sa lessive. Ses cheveux noirs tombaient en cascade sur ses épaules, un bracelet d'or luisait à son fin poignet. D'appétissantes odeurs de cuisine flottaient dans l'air du soir. Malgré l'heure tardive, la jeune femme chantait gaiement d'une voix claire qui résonnait dans la ruelle. David sourit.

Le tableau resta gravé dans sa mémoire.

L'inconnue le regarda passer et lui rendit son sourire accompagné d'un éclat de rire joyeux. David s'arrêta, se retourna pour lui dire un ou deux mots – sans se douter qu'il venait ainsi de se sauver la vie.

Il éprouva une soudaine et horrible douleur à l'épaule, entendit une détonation étouffée, vit s'estomper le visage de la jeune femme. Et il se sentit tomber avec lenteur tandis que retentissaient autour de lui des cris et des bruits de pas précipités qui ne s'éteignirent que lorsqu'il perdit connaissance sur le froid pavé de la ruelle.

David ne resta pas longtemps inconscient. Il revint à lui enveloppé d'une sorte de brume rouge d'où lui parvenaient des voix et des sons incompréhensibles. La douleur lui donnait l'impression d'être léché par des flammes, et sa première pensée consciente fut de comprendre, avec stupeur, qu'on lui avait tiré dessus.

Quelqu'un tenta de le bouger, ce qui réveilla sa douleur. Il voulut protester, mais ne put que pousser des gémissements inarticulés avant de replonger dans le noir. Quand sa vision redevint nette, il reconnut le visage de la jeune femme à la lessive, penchée vers lui.

— Vous avez travaillé tard, ce soir, pensa-t-il clairement sans pouvoir l'articuler.

Il lui fallut un effort démesuré pour comprendre qu'elle l'adjurait de rester tranquille, que l'aide allait arriver d'un instant à l'autre. « C'est gentil de sa part, pensa-t-il. Mais pourquoi de l'aide ? Ah oui, c'est vrai, j'ai reçu une balle dans l'épaule. »

— Il faut que j'appelle mes enfants, parvint-il à bredouiller. Leur dire que je suis vivant. Avez-vous un téléphone ?

Et il retomba dans le néant.

— Vous avez de la chance, monsieur Cutter.

David essaya de discerner plus nettement le visage de l'homme. Les drogues administrées par les médecins devaient être d'une efficacité peu commune car il ne souffrait pas. De fait, il n'avait pour ainsi dire plus aucune sensation.

— Permettez-moi de ne pas être entièrement d'accord, monsieur… Excusez-moi, j'ai oublié votre nom.

— Lieutenant De Marco. Votre médecin m'a informé que vous aviez besoin de repos, mais je voudrais juste vous poser quelques questions. Pouvez-vous me dire ce que vous vous rappelez ?

Il se souvenait d'une jolie jeune femme rentrant la lessive qui séchait à sa fenêtre, des reflets sur l'eau du canal et sur les pavés.

— Je marchais…, commença-t-il avant de se redresser avec effort. La bague. Je venais d'acheter une bague.

— Nous l'avons, rassurez-vous. Nous avons aussi retrouvé votre portefeuille et votre montre. Vos possessions sont en sûreté.

David se rappela que les gens de la rue avaient appelé la police. Ce lieutenant De Marco était d'âge mûr, un peu bedonnant et une épaisse moustache noire compensait son début de calvitie. Il parlait un anglais précis, presque scolaire.

— Je flânais en regagnant mon appartement. J'ai acheté la bague après avoir quitté mon bureau, j'ai dîné en ville je ne sais plus où. La soirée était belle et j'avais passé la journée enfermé au bureau. À un moment, j'ai vu une jeune femme à sa fenêtre qui rentrait sa lessive en chantant. Elle faisait un joli tableau. Je me suis arrêté pour lui dire bonsoir et puis… j'ai senti un choc et je me suis retrouvé couché sur le pavé. J'ai été blessé par balle, n'est-ce pas ?

— En effet. L'aviez-vous déjà été ?

— Non, mais je n'ai pas eu trop de peine à le comprendre. La jeune femme était près de moi quand j'ai repris connaissance.

— Avez-vous vu votre agresseur ?

— Je n'ai rien vu que les pavés me sauter à la figure.

— Pourquoi vous aurait-on tiré dessus, monsieur Cutter ? Avez-vous une idée sur la question ?

— Non, aucune. Pour me voler, peut-être.

— Aucun de vos objets de valeur n'a disparu. Quelles sont vos activités à Venise ?

— Je suis directeur général de Giambelli-MacMillan. Je suis venu à Venise pour des réunions de travail.

— Ah ! Vous travaillez pour la *Signora*. J'ai appris qu'elle avait des ennuis en Amérique.

— Il y a eu quelques problèmes, c'est vrai, mais je ne vois pas le rapport avec le fait que je sois agressé à Venise. Il faut que je téléphone à mes enfants.

— Nous nous en occupons. Connaissez-vous quelqu'un à Venise qui vous voudrait du mal, monsieur Cutter ?

« Oui, s'abstint-il de répondre, Donato Giambelli. »

— Non. Je ne connais personne capable de me tirer dessus dans la rue. Vous m'avez dit que vous aviez mes objets personnels, lieutenant. La bague, mon portefeuille, ma montre. Mon cartable, aussi ?

De Marco marqua une pause. La femme qui avait assisté à l'agression avait témoigné, en effet, que la victime portait une mallette.

— Nous n'avons pas trouvé de cartable. Que contenait-il ?

— Des dossiers du bureau. Rien que des papiers.

Il est difficile de résister à autant de coups. Sous une telle succession d'attaques, le courage commence à flancher, pensait Tereza en entrant avec Eli au petit salon où les enfants attendaient l'appel de leur père. Ils ne se doutaient encore de rien. Maddy était allongée sur un canapé, le nez dans un livre. Théo jouait du piano. Pourquoi leur innocence devait-elle voler si vite en éclats ?

Pilar leva les yeux de la broderie à laquelle elle travaillait et sentit son sang se figer à la vue du visage de sa mère.

— Maman ?…

— Rassieds-toi, ordonna Tereza en faisant signe à Théo de cesser de jouer. Je veux d'abord vous rassurer tous les deux, votre père va bien.

Maddy abandonna sa lecture, se leva.

— Il lui est arrivé quelque chose, c'est pour cela qu'il ne nous a pas appelés comme convenu, n'est-ce pas ? Il n'est jamais en retard pour nous téléphoner.

— Il est blessé, mais hors de danger. Il est encore à l'hôpital.

— Que lui est-il arrivé ? Un accident ? voulut savoir Pilar.

Elle se rapprocha de Maddy, posa une main sur son épaule. Au lieu de la repousser, comme elle l'aurait sans doute fait la veille, la jeune fille se serra contre elle.

— Il ne s'agit pas d'un accident. Il a été victime d'un coup de feu.

— Un quoi ? s'exclama Théo en se levant d'un bond. Ce n'est pas possible ! Papa ne se fait pas tirer dessus !

— Il a été immédiatement emmené à l'hôpital, reprit Tereza. J'ai parlé au médecin qui le soigne, votre père est hors de danger.

— Écoutez, intervint Eli après avoir pris Théo et Maddy par la main, nous ne vous dirions pas qu'il va bien si ce n'était pas vrai. Je sais que vous avez peur et que vous êtes inquiets. Nous le sommes nous aussi. Mais le médecin est formel, votre père est un homme robuste et en bonne santé, sa blessure est superficielle, il guérira très vite.

— Je veux qu'il revienne à la maison, gémit Maddy. Je veux qu'il revienne tout de suite.

— Il reviendra dès qu'il pourra quitter l'hôpital, la rassura Tereza. Je fais déjà le nécessaire. Ton père t'aime, n'est-ce pas ?

— Bien sûr qu'il m'aime.

— Sais-tu quels soucis il se fait en ce moment même pour ton frère et toi ? Ces soucis l'empêchent de se reposer et retardent peut-être sa guérison. Pour son bien, vous devez être forts.

À la première sonnerie du téléphone, Maddy bondit dessus.

— Allô, papa ?

Les joues ruisselantes de larmes et tremblante de la tête aux pieds, elle repoussa Théo qui essayait de s'emparer du combiné.

— Oui, ça va, ça va… Dis, tu peux garder la balle en souvenir ?

Elle écouta son père les yeux fixés sur Tereza, qui hochait la tête d'un air approbateur.

— Oui, je parle bizarrement parce que Théo me bouscule pour me prendre le téléphone. Je peux lui taper dessus ?… Trop tard, c'est déjà fait. Oui, je te le passe quand même.

— Tu es une jeune fille courageuse, affirma Tereza. Ton père doit être fier de toi.

— Faites-le revenir le plus vite possible, d'accord ? répondit Maddy en reniflant. Faites-le revenir.

Et elle courut se blottir dans les bras de Pilar pour pleurer.

23

Quand elle s'assit à son bureau, Tereza souffrait moins de la migraine qui lui martelait le crâne que de la peine qui lui serrait le cœur. Malgré les objections d'Eli et de Pilar, elle avait permis aux jeunes Cutter d'assister à cette réunion. Elle était toujours chef de la famille Giambelli et, à ce titre, elle avait le devoir d'informer les enfants des raisons pour lesquelles leur père avait été victime d'une agression. Un devoir d'autant plus impérieux que le responsable était de son sang.

— J'ai pu m'entretenir avec David et ses médecins, commença-t-elle. Avec leur accord, il pourra rentrer à la maison dans quelques jours. La police a ouvert une enquête. Je me suis également entretenue avec l'homme qui en est chargé. Il y a plusieurs témoins, mais aucun n'a pu donner de description précise de l'agresseur. J'ignore si la police le retrouvera, c'est de toute façon sans grande importance.

— Comment ? s'indigna Maddy. Il a voulu tuer mon père !

Sa réaction lui valut l'approbation de Tereza.

— Il a été payé, comme on achète un outil, pour s'emparer de dossiers en possession de ton père. C'est un acte méprisable commis par quelqu'un cherchant à se protéger. Nous avions découvert des irrégularités dans la comptabilité et acquis la preuve, grâce au travail accompli par David, que mon petit-neveu Donato volait l'argent de notre compagnie par le biais d'un compte fictif.

— Donato ? s'écria Sophia. Donato vous volait ?

— *Nous* volait, précisa Tereza. David l'a convoqué à Venise sur mon ordre. Comprenant que ses malversations étaient découvertes, il a réagi ainsi. Un membre de ma famille est responsable de votre peine, ajouta-t-elle à l'adresse de Théo et de Maddy. En tant que chef de cette famille, j'en assume la responsabilité.

— Papa travaille pour vous, il faisait son devoir, dit Théo. C'est la faute de ce salaud, pas la vôtre. Est-ce qu'il est en prison ?

— Non, on ne l'a pas retrouvé. Il a pris la fuite, répondit Tereza avec mépris. Il a abandonné sa femme et ses enfants et détalé comme un lapin. Je vous promets que nous le retrouverons et qu'il sera châtié, j'y veillerai personnellement.

— Il aura besoin d'argent, de complicités, fit observer Tyler.

— Il faut quelqu'un sur place à Venise pour suivre la question, déclara Sophia. Je pars dès ce soir.

— Je ne veux plus qu'un des miens s'expose au danger.

— Voyons, *nonna*, si Donato nous volait au moyen d'un compte fictif, il n'était pas seul. Si son complice était mon père, il s'agit de mon sang autant que du tien. Tu ne peux pas me dénier le droit d'en assumer moi aussi la responsabilité. Je partirai ce soir même.

— *Nous* partirons ce soir même, intervint Tyler.

— Je n'ai pas besoin d'un chaperon.

— Tu crois ? Écoute, Giambelli, nous sommes aussi impliqués l'un que l'autre dans cette affaire. Si tu y vas, j'y vais. Je vérifierai les vignes et les chais, ajouta-t-il en se tournant vers Tereza. S'il y a un problème, je le verrai tout de suite. Sophia s'occupera de la paperasse.

Tereza lança à Eli un regard complice qui signifiait : le cycle suit son cours, nous transmettons le fardeau aux jeunes.

— Je suis d'accord, dit-elle sans tenir compte du soupir excédé de Sophia. Ta mère s'inquiétera moins si tu ne pars pas seule.

— Je me ferai du souci pour trois personnes au lieu d'une, commenta Pilar. Que vont devenir Gina et les enfants, maman ?

— Nous ne les abandonnerons pas. Les enfants n'ont pas à subir les conséquences des fautes de leur père, conclut-elle, son regard planté dans celui de Sophia.

La première chose que fit David à sa sortie de l'hôpital fut d'acheter des fleurs. Le premier bouquet lui paraissant insuffisant, il en acheta un deuxième, puis un troisième. Porter une énorme gerbe de fleurs avec un bras en écharpe en louvoyant dans les rues bondées n'était pas facile, mais il s'en sortit, comme il réussit à retrouver le lieu de son agression.

Il s'était préparé à un choc, sans prévoir que la fureur s'en mêlerait. Quelqu'un avait jugé sa vie sans valeur, troué sa peau, répandu son sang et failli rendre ses enfants orphelins ! Ce quelqu'un allait payer, se jura-t-il en arrivant devant la tache sombre encore visible sur les pavés, quels que soient le temps et les moyens qu'il faudrait.

Il n'y avait pas de linge pendu à la fenêtre, mais celle-ci était ouverte et il décida d'entrer dans la maison. L'ascension de l'unique étage l'épuisa. Les jambes flageolantes, essoufflé, couvert de sueur, il dut s'appuyer au mur du palier. Comment allait-il regagner l'appartement Giambelli, faire ses bagages et retenir un billet d'avion s'il n'était même pas fichu de monter un étage sans risquer de défaillir ? se demanda-t-il avec rage. Le fait que le médecin lui ait affirmé la même chose quand il avait exigé de quitter l'hôpital malgré son avis défavorable ne fit que l'agacer davantage.

Encore haletant, il frappa à la porte. Il n'espérait pas trouver la jeune femme chez elle et s'apprêtait soit à laisser les fleurs sur son paillasson, soit à demander à un voisin serviable de les lui remettre. Il fut agréablement surpris de la voir lui ouvrir.

Elle ne le reconnut pas tout de suite, puis son visage s'illumina d'un large sourire.

— *Signor* Cutter ! Quelles belles fleurs ! Merci, merci. J'ai appelé l'hôpital ce matin, on m'a dit que vous vous reposiez. J'ai eu si peur ! Je ne pouvais pas croire qu'une chose pareille arrive sous ma fenêtre.

— C'est moi qui dois vous remercier.

— Me remercier, moi ? Je n'ai rien fait, voyons. Vous êtes tout pâle. Entrez, venez vous asseoir.

David regarda autour de lui. L'appartement était modeste, mais joliment décoré.

— Si vous n'aviez pas été là, si je ne m'étais pas arrêté pour admirer le ravissant tableau que vous faisiez avec votre linge, je serais peut-être mort. *Mille grazie, signorina.*

— De rien. Quelle histoire ! Je vais vous faire un café.

— Ne vous donnez pas cette peine.

— Si ! Puisque je vous ai sauvé la vie, je dois m'en occuper, dit-elle par-dessus son épaule en emportant les fleurs à la cuisine.

— Je me promenais tard parce que j'avais couru les boutiques avant le dîner. Je venais d'acheter une bague de fiançailles pour la femme que j'aime.

— Dommage pour moi, soupira-t-elle. Elle a bien de la chance. Je vais quand même vous faire du café.

— Il me fera du bien, merci mademoiselle, euh… je ne connais pas votre nom.

— Elena.

— Eh bien, Elena, ne le prenez pas mal, mais vous êtes la deuxième plus belle femme au monde.

Elle pouffa de rire tout en arrangeant les fleurs dans un vase.

— Merci. La première a vraiment beaucoup de chance.

David voua à tous les diables les médecins et les piétons des rues de Venise. Quand il arriva enfin à l'appartement, il était à bout de forces et se savait hors d'état de prendre ce même soir le chemin du retour. Se déshabiller et se coucher poserait déjà un problème.

L'épaule en feu, les jambes en coton, il lâcha une bordée de jurons tandis qu'il tâtonnait de la main gauche pour introduire la clef dans la serrure. Son poing se dressa cependant, prêt à frapper, quand la porte s'ouvrit soudain devant lui.

— Vous voilà enfin ! s'exclama Sophia. Avez-vous complètement perdu la raison ? Sortir de l'hôpital sans l'autorisation des médecins, traîner tout seul en ville. Regardez-vous, vous êtes blanc comme un linge ! Ah, les hommes ! Tous des imbéciles.

— Merci mille fois. Je peux entrer ? Ma chambre est toujours ici, si je ne me trompe.

Sophia saisit son bras valide pour le soutenir.

— Tyler vous cherche partout. Nous sommes fous d'inquiétude depuis que l'hôpital nous a appris que vous étiez sorti.

David s'affala dans un fauteuil.

— Les hôpitaux sont incapables de nourrir leurs patients convenablement, même en Italie. Je ne tenais pas à mourir de faim. De toute façon, je n'attendais personne aussi tôt. Comment avez-vous fait ? Vous avez chevauché un rayon laser ?

— Nous sommes partis hier soir. J'ai voyagé trop longtemps

sans fermer l'œil et me suis fait trop de mauvais sang à votre sujet. Alors, ne m'énervez pas. Avalez, ordonna-t-elle en lui tendant un cachet.

— Qu'est-ce que c'est ?

— Un analgésique. Vous avez quitté l'hôpital sans même prendre vos médicaments.

— Et vous me les avez apportés ? Une bonne fée ! Voulez-vous m'épouser ?

— Tous des imbéciles, c'est bien ce que je disais. Enfin, David, où étiez-vous ? Qu'est-ce que vous fabriquiez ?

— Je suis allé porter des fleurs à une femme.

— Quoi ? Vous étiez chez une femme ?

— Oui, celle qui m'a sauvé la vie. La remercier avec des fleurs était la moindre des choses. Elle m'a offert un café.

Sophia l'examina en réprimant un sourire. Il avait l'air épuisé et terriblement romantique, avec son bras en écharpe et ses yeux bleus soulignés de cernes noirs.

— Bon, vous êtes pardonné. Est-elle jolie, au moins ?

— Je lui ai révélé qu'elle était la deuxième plus belle femme au monde, mais je la rétrograderais avec plaisir à la troisième place si vous vous décidiez à me donner de l'eau pour faire passer cette pilule.

Sophia alla chercher un verre d'eau, puis s'accroupit près de lui.

— Tenez. Je suis catastrophée de ce qui vous arrive, David.

— Moi aussi, figurez-vous. Les enfants vont bien ?

— Oui. Inquiets, bien sûr, mais assez rassurés pour que Théo commence à être fier que son père se soit fait tirer dessus. Ce n'est pas le cas pour tous les pères et…

— Ne rouvrez pas cette blessure-là, Sophia.

— Non, je ne rouvre rien. Maddy plaisante au sujet de la balle. Elle vous a demandé au téléphone de la garder, je crois ? D'après ma mère, elle a l'intention de l'analyser.

— Cela ne m'étonne pas d'elle.

— Vos enfants sont merveilleux, David. Sans doute parce qu'ils ont un père qui pense à offrir des fleurs à une femme alors même qu'il est au trente-sixième dessous. Allons, venez vous coucher.

— Bizarre, c'est ce qu'elles me disent toutes.

Le sourire qui accompagnait sa boutade indiqua à Sophia que le remède faisait son effet.

— Ça va mieux ?

— Disons, moins mal. Pilar n'est pas trop retournée par cette histoire, au moins ?

— Bien sûr que si. Mais elle se remettra d'aplomb quand vous serez rentré et qu'elle pourra vous dorloter.

Elle l'aida à se lever et il dut s'appuyer sur elle pour gagner la chambre. Il aurait juré qu'il flottait.

— J'ai hâte de rentrer. Mais comment vais-je faire mes bagages avec une seule main ?

— Ne vous inquiétez pas, je les ferai à votre place.

— Vraiment ? C'est trop gentil.

Il voulut lui plaquer un baiser sur la joue et manqua sa cible.

— Nous y sommes presque. Là, étendez-vous, doucement. Tenez-moi bien, je ne veux pas vous faire mal… Oh ! pardon.

— Ce n'est pas vous, c'est la boîte dans ma poche. J'ai roulé dessus.

Il essaya en vain de la prendre. Sophia la récupéra.

— Tiens, tiens, vous écumez les bijouteries ? dit-elle en ouvrant l'écrin. Oh ! La jolie bague !

David se releva un peu sur les oreillers, s'étendit de nouveau.

— Je l'ai achetée pour votre mère. J'ai l'intention de lui demander sa main. Avez-vous une objection ?

Les yeux humides, Sophia s'assit au bord du lit.

— Oui, espèce d'affreux coureur inconstant : vous m'avez demandé la mienne il y a cinq minutes. Cette bague est superbe, David. Maman l'adorera. Elle vous adore déjà.

— Elle incarne tout ce que j'ai toujours rêvé de trouver chez une femme. Pilar est aussi belle à l'intérieur qu'à l'extérieur. Avec elle, je commencerai une nouvelle vie. Je prendrai bien soin d'elle.

— Je sais, David. L'année n'est pas encore à moitié écoulée, mais je vois déjà beaucoup de choses bouger dans la bonne direction. Et maintenant, murmura-t-elle en se penchant pour l'embrasser sur la joue, fermez les yeux. Papa.

Quand Tyler revint, Sophia préparait un minestrone. Il éprouvait toujours le même étonnement de la voir s'activer dans une cuisine.

— Il est rentré, lança-t-elle sans se retourner. Il dort.

— Je t'avais dit qu'il était capable de se débrouiller tout seul.

— Oui, en se faisant tirer comme un lapin. Pas touche à cette soupe ! s'exclama-t-elle quand il se pencha sur la casserole. Elle est pour David.

— Il y en a assez pour trois.

— Elle n'a pas fini de cuire. Tu devrais aller dès maintenant au vignoble et passer la nuit au château. Je me fais transmettre les dossiers, je travaillerai ici sur l'ordinateur.

— Tu as déjà tout décidé, n'est-ce pas ?

— Nous ne sommes pas venus à Venise faire du tourisme.

Elle sortit de la cuisine. Tyler attendit que son exaspération soit un peu calmée avant de la rejoindre dans le petit bureau.

— Tu m'expliques une bonne fois ce qui te chiffonne ?

— Rien du tout.

— Je sais pourquoi tu ne voulais pas que je t'accompagne.

Elle alluma l'ordinateur.

— Vraiment ? Serait-ce parce que j'ai trop à faire en trop peu de temps ?

— Ou plutôt parce que tu te sens trahie et blessée ? Quand tu as mal, tu es vulnérable, tes défenses s'abaissent et tu as peur que je sois trop près de toi. Tu ne veux pas de moi trop près de toi, n'est-ce pas Sophia ? Tu ne l'as jamais voulu.

Il lui prit le menton, la força à le regarder dans les yeux.

— Nous sommes assez proches l'un de l'autre, à mon avis. Et c'est moi qui en ai pris l'initiative.

— Le sexe, c'est facile. Lève-toi.

— J'ai du travail, Tyler, et je ne suis pas d'humeur a me rouler sur le tapis du bureau.

Il la souleva par les deux bras si vite et si brusquement qu'il renversa sa chaise.

— Ne ramène pas tout à ça, je te prie !

Tout allait trop vite pour elle. Elle n'arrivait pas à maintenir le cap qu'elle s'était fixé.

— Je ne cherche rien de plus. Le reste demande trop d'effort. J'ai du travail, je te l'ai déjà dit. Et tu me fais mal.

— Je ne t'ai pas fait mal, répondit-il en relâchant la pression. C'est peut-être ça, le problème. Tu ne t'es jamais demandé pourquoi tu tombes toujours sur le même genre de types ? De ceux qui ne cherchent rien de plus, justement, et filent dès que tu leur montres la porte. Je ne suis pas du genre à me contenter de peu et à m'éclipser sans protester, Sophia. Prends le temps d'y penser. À tout à l'heure.

— Ne te presse pas de revenir ! lança-t-elle pendant qu'il refermait la porte derrière lui.

Elle envoya un coup de pied rageur dans le bureau.

« Quelle brute ! » grogna-t-elle. Elle avait sûrement des bleus sur les bras. Pourquoi ne pouvait-il jamais faire ce qu'elle attendait de lui ? Elle avait pensé qu'il se lasserait au bout de deux réunions de relations publiques, mais il n'en avait pas raté une. Il y avait même pris goût. Ils faisaient l'amour d'une manière époustouflante, c'est vrai. Mais elle avait cru que, dans ce domaine-là aussi, il finirait par se lasser. Eh bien, non !

Et si elle s'inquiétait parce qu'elle ne s'en lassait pas, elle non plus ? Elle avait pris certaines habitudes, tout le monde en prend. Mais elle n'avait jamais eu l'intention de laisser ses sentiments pour Tyler MacMillan devenir sérieux à ce point. Or, ils l'étaient devenus.

De quoi rager !

Le pire, c'est qu'il ne s'était pas trompé d'un iota. Oui, elle était blessée, elle se sentait trahie, vulnérable et elle aurait voulu que, dans l'état d'infériorité où elle se trouvait, Tyler soit en Californie, à l'autre bout du monde. Justement parce qu'elle souhaitait, au plus profond d'elle-même, qu'il soit ici, avec elle. Prêt à la soutenir si elle flanchait.

Mais elle ne flancherait pas. Sa famille se désintégrait, la compagnie qu'elle était destinée à diriger traversait une crise grave. Et l'homme qui serait bientôt son beau-père dormait dans la pièce voisine avec une blessure par balle dans l'épaule droite.

N'avait-elle pas assez de sujets d'inquiétude pour se tracasser, en plus, sur ses réticences à s'engager envers un homme ? Non qu'elle répugne vraiment à s'engager. Mais si c'était le cas, jugea-t-elle en se rasseyant devant l'ordinateur, il serait toujours temps d'y penser plus tard.

Au bout de deux heures de sommeil, David se réveilla conscient d'être blessé et d'en avoir réchappé. Assis dans son lit avec un bol de minestrone, il décida que son cerveau était en état de fonctionner.

— Vous avez repris des couleurs, remarqua Sophia.

— Ma tête aussi. Pouvez-vous me dire où nous en sommes ?

— Oui pour ce qui a été fait et ce que je sais, mais je ne peux pas boucher tous les trous. Donato est recherché par la police et par un détective privé engagé par mes grands-parents. Ils ont interrogé Gina. Elle est hystérique et affirme ne rien savoir. Je la crois. Si elle savait où se cache Donato alors qu'il la plaque avec les enfants, elle ferait tout pour lui causer les pires ennuis. On ne connaît pas encore l'identité de sa maîtresse. S'il l'aime, comme il me l'a dit, il est possible qu'il l'ait emmenée pour avoir de la compagnie.

— Pauvre Gina, commenta David.

— Oui, pauvre Gina. Donato ne m'était pas antipathique et je ne supportais pas Gina, encore moins sa progéniture. Maintenant qu'elle est abandonnée par son voleur et peut-être criminel de mari volage, je devrais avoir pitié d'elle. Pourtant, j'en suis incapable.

— Aurait-elle trop exigé financièrement de Donato, ce qui l'aurait poussé à puiser dans la caisse ?

— Même si c'était le cas, il est seul responsable de ses actes. De toute façon, je ne peux pas la souffrir. Je suis horrible, n'est-ce pas ? Les enquêteurs supposent que Donato avait mis de l'argent de côté. Assez pour tenir un certain temps mais, franchement, je ne le crois pas assez intelligent pour rester longtemps dans la clandestinité.

— C'est probable. Il a bénéficié de complicités dans cette affaire.

— Oui, celle de mon père.

— Jusqu'à un certain point. Peut-être celle de Margaret Bowers ensuite. Mais leur butin, s'ils en avaient un, se monte à peu de chose. Pas suffisamment, en tout cas, pour croire que l'un ou l'autre ait tenu la vedette.

Sophia réfléchit un instant.

— À votre avis, ils étaient exploités plutôt qu'exploiteurs ?

— À mon avis, votre père se contentait de fermer les yeux.

Quant à Margaret, elle n'avait pas encore trouvé sa vitesse de croisière.

— Et elle a été tuée. Mon père aussi. Tout semble tourner autour de ce même pivot.

— Ce n'est pas impossible. Malgré tout, Donato n'a pas la tête assez froide ni l'intelligence nécessaire pour monter une escroquerie de cette envergure étalée sur plusieurs années. Il était l'homme de l'intérieur, celui qui dispose des contacts. Mais quelqu'un d'autre tirait les ficelles et lui donnait des ordres. Sa maîtresse, peut-être ?

— Peut-être. En tout cas, ils le retrouveront. Ou bien lézardant au soleil au bord d'un lagon tropical, ou bien flottant sur le ventre dans le même lagon. Entre-temps, nous devons reconstituer le puzzle.

Depuis cinq minutes, Sophia arpentait nerveusement la pièce. Elle revint s'asseoir au chevet du lit.

— Donato aurait pu injecter le poison dans les bouteilles ou payer quelqu'un pour le faire, reprit-elle.

— Je sais.

— C'est la raison qui m'échappe. La vengeance ? Pourquoi compromettre la réputation, donc la solidité financière, de l'entreprise qui vous nourrit ? Et pourquoi tuer ? Je sais, les scrupules ne l'étouffent pas dans ce domaine, ajouta-t-elle en regardant le pansement de David. Il se peut qu'il ait tout fait lui-même. Qu'il ait tué mon père : Renée lui coûtait cher, il avait de gros besoins d'argent. Il se savait sur le point de perdre sa place chez Giambelli, il avait coupé les ponts avec maman et je lui avais fait comprendre que celui qui subsistait entre nous allait s'effondrer d'un jour à l'autre.

— Votre père était seul responsable de ses actes, Sophia, dit-il en reprenant volontairement ses propres termes.

— Je sais, je m'y suis résignée. Il a peut-être mis la pression sur Donato pour obtenir une plus grosse part et je ne m'étonnerais pas qu'il ait eu recours au chantage – d'une manière très civilisée, bien entendu. Il avait dû apprendre la vérité sur le pauvre vieux Baptista. Quant à Margaret, elle en voulait peut-être davantage elle aussi, ou elle avait découvert l'escroquerie. Et Donato a cherché à vous supprimer quand il s'est rendu compte qu'il était pris au piège.

— Pourquoi voler les dossiers ?

— Je n'en sais rien, David. Il ne devait plus être capable de raisonner. Peut-être croyait-il s'en tirer en vous éliminant et en récupérant les dossiers. Avez-vous déjà pensé à nous laisser tomber et à réintégrer Laker ? Ce serait plus tranquille.

— Non, Sophia, jamais. Vous devriez goûter à votre soupe. Elle est délicieuse.

— Oui, papa... Excusez-moi. Le décalage horaire et le manque de sommeil me rendent méchante. Je vais plutôt commencer à faire vos bagages. Puisque vous persistez à vous priver de ma brillante compagnie, vous prendrez le premier vol demain matin.

Donato suait à grosses gouttes. L'air frais du lac de Côme qui entrait par les portes-fenêtres ouvertes sur la terrasse ne stoppait pas sa transpiration. Il la glaçait.

Il avait attendu que sa maîtresse soit endormie pour se glisser hors du lit et aller au salon. Il avait été incapable de l'honorer, elle avait prétendu que c'était sans importance, mais son humiliation n'était pas moins douloureuse. Comment un homme, il est vrai, peut-il avoir une érection dans une situation pareille ?

Peut-être n'y attachait-elle pas trop d'importance, après tout. Elle était tellement ravie d'être enfin dans l'élégante station du lac de Côme – voyage qu'il lui promettait depuis si longtemps – qu'elle fermait les yeux sur le reste. Il lui avait aussi donné une épaisse liasse de billets afin qu'elle paie la note. Il était inconnu dans ce palace, lui avait-il expliqué, et il ne fallait pas que son nom apparaisse. Si on apprenait qu'il y était venu avec une autre femme que la sienne, le scandale les éclabousserait tous les deux. Elle l'avait bien compris.

Il s'était cru très habile, jusqu'à ce qu'il voie sa photo apparaître au journal télévisé. Dieu merci, sa maîtresse n'était pas au salon à ce moment et il n'aurait aucun mal à la tenir à l'écart des journaux et de la télévision. Malgré tout, il ne pouvait pas rester plus longtemps. Maintenant que sa photo était diffusée, n'importe qui pouvait le reconnaître, le dénoncer.

Il lui fallait de l'aide.

Ses mains tremblaient si fort qu'il dut s'y reprendre plusieurs fois pour composer le numéro de New York.

— Donato à l'appareil, s'annonça-t-il.

— Je m'y attendais, répondit Jerry Morney. Vous avez eu un emploi du temps bien rempli, Donato.

— Ils croient que j'ai tiré sur David Cutter.

— Je sais. Qu'est-ce qui vous a pris de faire une chose pareille ?

— Ce n'est pas moi ! Je n'ai rien fait ! Quand je vous ai rapporté ma conversation avec Cutter, vous m'avez conseillé de quitter Venise sur-le-champ. C'est ce que j'ai fait. Je ne suis même pas repassé chez moi, je peux le prouver. Je peux prouver, répéta-t-il, que je n'étais plus à Venise à l'heure de l'agression contre Cutter.

— Vraiment ? Cela ne vous servirait pas à grand-chose, Donato. J'ai entendu dire que vous aviez engagé un homme de main.

— Engagé un… quoi ? On prétend que j'ai payé un tueur pour me débarrasser de Cutter ? Mais pourquoi ? C'est absurde ! Le mal était déjà fait, vous me l'avez expliqué vous-même.

Donato bafouillait de terreur. Jerry ne put retenir un sourire satisfait. Tout se passait cent fois, mille fois mieux qu'il n'aurait osé l'espérer.

— Voulez-vous savoir comment je vois la situation ? Vous avez déjà tué deux personnes, sans doute trois en comptant Avano. Vous vouliez éliminer Cutter. Un de plus, un de moins, au point où vous en êtes, c'est peu de chose, n'est-ce pas ? Vous vous êtes fichu dans un sacré pétrin.

— J'ai besoin d'aide ! Il faut que je quitte le pays. Il me faut de l'argent, je n'en ai pas assez sur moi. Un passeport, un autre nom. Je devrai aussi changer de visage.

— C'est évident. Mais pourquoi me le dire à moi ?

— Vous pouvez m'obtenir tout cela.

— Vous surestimez mes pouvoirs et aussi l'intérêt que je vous porte. Considérons plutôt cette conversation comme la résiliation de nos accords.

— Vous ne pouvez pas me faire ça ! Si je tombe, vous tomberez avec moi !

— Je ne crois pas. Il n'existe aucun lien entre nous, j'ai pris mes précautions à ce sujet. De fait, dès que nous aurons raccroché, j'ai l'intention d'appeler la police, de raconter que vous avez pris contact avec moi et que j'ai vainement essayé de vous convaincre de vous constituer prisonnier. Il ne leur faudra sans doute pas très longtemps pour retrouver la trace de votre appel. Remerciez-moi de cette mise en garde. À votre place, je me perdrais très vite dans la nature.

— Rien de tout cela ne me serait arrivé sans vous ! C'est vous qui avez eu l'idée de…

— J'ai toujours beaucoup d'idées. Je me permettrai néanmoins de vous faire remarquer que je n'ai jamais tué personne, moi. Servez-vous de votre tête si vous en êtes capable, Donato. Disparaissez.

Sur quoi, Jerry Morney raccrocha, se versa un verre de vin, alluma un cigare. Puis, après avoir savouré quelques bouffées de l'un et quelques gorgées de l'autre, il décrocha de nouveau son téléphone et composa le numéro de la police.

24

C'est avec un soulagement mêlé de regret que David prit congé de Venise.

— Vous n'auriez pas dû vous tirer du lit d'aussi bonne heure, dit-il à Tyler dans la vedette-taxi qui les emmenait à l'aéroport. Je n'ai pas besoin de baby-sitter, je sais prendre l'avion tout seul.

— Je suis chargé de vous mettre dedans, on vous récupère à l'autre bout. Pas de discussion.

David examina Tyler avec curiosité et, sans se l'expliquer, se sentit ragaillardi de le voir pas rasé, les yeux cernés et la mine sombre.

— Rude nuit ?

— J'en ai connu de meilleures.

— Vous pourrez rentrer seul ? Votre italien est plutôt sommaire.

— Allez vous faire voir.

David éclata de rire.

— Je me sens mieux. Sophia vous mène la vie dure ?

— Elle me la rend intenable depuis vingt ans. Je n'en fais plus une maladie.

— Si je vous donne un bon conseil, vous ne me jetterez pas par-dessus bord ? Je suis blessé, j'ai droit à des égards.

— Je n'ai pas besoin de conseils en ce qui concerne Sophia. Alors ? ajouta-t-il après avoir marqué une pause.

— Insistez, brutalisez-la un peu. À mon avis, personne ne l'a encore poussée dans ses retranchements. Aucun homme, en tout cas. Si elle ne vous trucide pas, elle est à vous.

— Merci, mais je n'ai peut-être pas envie de l'avoir.

— Oh, si ! répondit David, hilare. Vous en mourez d'envie.

David avait raison, s'avoua Tyler. C'est pourquoi il prenait le risque d'encourir la fureur de Sophia. Elle avait horreur qu'on touche à ses affaires. Elle n'admettait pas qu'on décide à sa place, même – non, se corrigea-t-il en empaquetant l'équipement de bureau dont elle ne se séparait jamais, *surtout* si cette décision était la meilleure.

— Qu'est-ce que tu fabriques ?

Tyler leva les yeux. Elle sortait de la douche, rouge d'indignation.

— Je boucle ton barda, partenaire. On s'en va.

Elle lui arracha des mains son ordinateur portable, qu'elle serra sur sa poitrine tel un bébé tendrement aimé.

— Ne pose pas tes grosses pattes sur mes affaires ! Je viens d'arriver, je ne vais nulle part et j'ai du travail.

— Moi, je pars pour le *castello*. Où je vais, tu vas. Y a-t-il une bonne raison pour laquelle tu ne pourrais pas travailler là-bas ?

— Oui, plusieurs.

— Lesquelles ?

— Je trouverai.

— Pendant que tu cherches, finis tes bagages.

— J'ai à peine fini de les déballer !

— Ça tombe bien, tu te rappelleras où tu les as rangés.

Sur cette déclaration à la logique irréprochable, il quitta la pièce d'une allure dégagée.

Il lui forçait la main alors qu'elle avait l'esprit encore engourdi par une nuit blanche. Le plus agaçant, c'est qu'elle avait précisément eu l'intention d'aller passer deux ou trois jours au château. Pis encore, elle jugeait ridicule et mesquin de lui en tenir rigueur en gardant un silence maussade le long de la route. Et, pour couronner le tout, il affectait de ne pas même se rendre compte de sa mauvaise humeur.

— Nous prendrons chacun notre chambre, dit-elle enfin. Il serait temps de freiner un peu dans ce domaine-là.

— D'accord.

Elle avait déjà ouvert la bouche pour le rabrouer quand sa réponse désinvolte la laissa sans voix.

— Très bien, parvint-elle à bougonner.

Le silence retomba. Tyler quitta la nationale pour emprunter la route secondaire qui serpentait dans les coteaux.

— Beau pays, commenta-t-il. Je n'y étais pas venu depuis des années, et jamais aussi tôt au printemps.

Elle si, mais elle avait presque oublié le vert tendre des coteaux, l'harmonie des maisons aux couleurs subtiles, les rangs de vigne qui montaient à l'assaut des pentes, les montagnes se détachant au loin comme un décor de théâtre. La foule de Venise, l'agitation urbaine de Milan lui paraissaient plus lointaines qu'à quelques kilomètres d'autoroute. Ici, elle sentait battre le cœur d'une Italie rurale, encore intacte. Ici, au sein de ces vignobles, plongeaient les racines de sa destinée dont le cours avait été tracé lorsque Cesare Giambelli avait planté son premier cep. Un rêve simple porteur d'un projet ambitieux. Une modeste entreprise ayant donné le jour à un empire international. À présent qu'il était menacé, comment s'étonner qu'elle y consacre toutes ses forces, toutes ses facultés ? Qu'elle veuille le défendre par tous les moyens ?

Le chai apparut en premier. Son arrière-grand-père en avait lui-même posé les pierres. Son fils l'avait agrandi, puis la fille de son fils. Un jour, se dit-elle, elle y imprimerait elle aussi sa marque.

Au sommet se dressait le *castello*, entouré de ses vignes étalées telle une parure. Imposant et accueillant à la fois par son architecture classique, ses balcons et ses hautes fenêtres, il témoignait du rêve qu'un homme avait réalisé par sa ténacité. « Cesare aussi se serait battu, pensa Sophia. Moins pour sauver ses profits que sa terre et son nom. » Cette évidence la frappa plus clairement, plus intensément qu'entre les murs de la villa, des bureaux ou des salles de conférence de Californie. Ici, un homme seul avait changé le cours de son existence et, du même coup, forgé celui de sa descendance.

Tyler franchit la grille, traversa le premier jardin et arrêta la voiture face à la maison.

— Bel endroit, fit-il sobrement en mettant pied à terre.

Sophia descendit à son tour, se laissa pénétrer par la beauté du spectacle tout en s'emplissant les poumons de l'air tiède et parfumé. Des vignes vierges cascadaient sur les murs décorés de mosaïques. Un vieux poirier commençait à perdre ses fleurs, qui formaient comme un tapis de neige à son pied. Le souvenir lui revint d'un coup de la douce et franche saveur de ses fruits, dont elle se régalait en parcourant les rangs de vigne avec sa mère.

Elle se tourna vers Tyler, debout de l'autre côté du capot.

— Tu voulais que je retrouve ces impressions, ces sentiments, n'est-ce pas ? Croyais-tu que je ne le désirais pas aussi ?

— Je crois que tu éprouves toutes sortes d'émotions et de sentiments, Sophia. Certains d'entre eux peuvent se noyer dans les soucis et dans le présent. Quand on est obsédé par les soucis et par le présent, on perd de vue l'ensemble du tableau.

— C'est pourquoi tu m'as sortie de force de Venise pour me faire admirer le tableau ?

— En partie, oui. Nous sommes au temps de la floraison, Sophia. Quoi qu'il arrive, la floraison est là. Tu n'aurais pas voulu la manquer.

Il alla ouvrir le coffre. Sophia l'y rejoignit.

— Tu t'exprimes par métaphores, maintenant ?

— Un simple paysan comme moi ne connaît rien aux métaphores.

Elle prit son ordinateur d'une main, son cartable de l'autre.

— Un simple paysan, tu parles !

— Peux-tu m'expliquer, reprit-il en soulevant le bagage de Sophia, pourquoi ta valise est deux fois plus grosse et trois fois plus lourde que la mienne ? Je suis plus grand et plus lourd que toi.

— Je suis une fille et les filles ont toujours besoin d'un tas de choses inutiles. Je suppose, ajouta-t-elle, que je devrais m'excuser d'avoir été odieuse avec toi.

— Pourquoi ? Tu ne le faisais pas exprès.

— Si, en partie. Donne, je vais t'aider.

Elle attrapa sa petite mallette de produits de beauté et se dirigea à pas lents vers l'entrée du château.

Pilar ouvrit la porte aux policiers. Cette fois, elle les attendait.

— Inspecteur Claremont, inspecteur Maguire, merci d'avoir répondu à mon appel, dit-elle en les précédant au salon. Malgré le beau temps qui incite à la promenade, je sais combien vous êtes occupés, c'est pourquoi j'apprécie d'autant plus que vous soyez venus.

Elle avait déjà prévu le café et les biscuits ; elle leur en servit dès qu'ils eurent pris place.

— Que pouvons-nous faire pour vous, madame Giambelli ? demanda Maguire.

— Me rassurer, du moins je l'espère, car cela ne fait pas partie de vos obligations.

— Sur quoi voudriez-vous être rassurée ? s'enquit Claremont.

— Je sais que vous êtes en liaison avec la police italienne, commença Pilar en s'asseyant à son tour. Le lieutenant De Marco nous a communiqué les renseignements dont il disposait. J'ai ainsi appris que mon neveu Donato a pris contact avec Jeremy Morney et que Jerry a informé la police de New York de cet appel. Il était même assez soucieux à ce sujet pour en avertir personnellement M. MacMillan, mon beau-père. La police italienne a pu localiser l'appel de Donato au bord du lac de Côme, mais il avait déjà disparu quand on est venu l'arrêter.

— Vous êtes bien informée, aussi je ne vois pas ce que nous pouvons faire de plus.

— Il s'agit de ma famille, inspecteur Claremont. Ce que je vous demande, c'est si, à votre avis, mon neveu aurait pu tuer mon… enfin, Anthony Avano.

— Notre métier ne nous demande pas de supposer, madame Giambelli, intervint Maguire, mais de réunir des preuves.

— Écoutez, nous nous connaissons depuis des mois. Vous avez scruté ma vie privée, vous n'en ignorez plus un détail. Je comprends que votre profession exige de garder ses distances, je vous demande simplement un peu de sympathie. Donato se trouve peut-être encore en Italie. Un homme pour qui j'éprouve les sentiments les plus profonds y a échappé de peu à la mort. Celui avec lequel j'étais mariée a été assassiné. Ma fille unique est là-bas en ce moment. Ne me laissez pas me ronger d'inquiétude sans rien me révéler, je vous en prie.

Claremont ouvrit la bouche, Maguire lui imposa silence.

— Je suis désolée, coupa-t-elle, nous ne pouvons absolument pas vous donner les réponses que vous souhaiteriez entendre, nous n'en avons nous-mêmes aucune. Vous connaissez votre neveu mieux que nous, dites-nous ce que vous savez de lui.

— Je voudrais pouvoir vous apprendre que je connaissais les secrets de son cœur et de son esprit, mais ce n'est pas le cas. Il y a encore une semaine, je vous aurais répondu que Donato était tête en l'air mais possédait un bon fond. Nous savons aujourd'hui que c'était un voleur, qu'il était de connivence avec mon ex-mari pour escroquer ma mère, grâce à qui ils gagnaient leur vie. Pour me voler, moi aussi. Pour voler ma fille. Malgré tout, je ne le vois pas assis en face d'un homme qu'il connaissait depuis toujours et le tuer de sang-froid. Je ne sais si c'est parce que je n'imagine pas Donato armé d'un pistolet ou parce que je ne me résigne pas à l'en croire capable.

— Pourtant, vous craignez qu'il s'attaque à votre fille. Pourquoi le ferait-il ? Aurait-il des raisons ?

— S'il a réellement commis les crimes dont on le soupçonne, sa seule existence ne serait-elle pas une raison suffisante ?

Seule dans son bureau, derrière la porte close, Kris Drake donnait libre cours à sa rage. Les Giambelli, à commencer par cette sale petite garce de Sophia, n'en finissaient pas de s'acharner sur elle. Oser lui envoyer les flics ! Essayer de lui coller sur le dos l'assassinat de Tony et le poison dans les bouteilles de vin ! Et même de la lier d'une manière ou d'une autre au petit accident de Cutter à Venise ! Elles ne l'emporteraient pas en paradis, ah non !

Tremblante de fureur, elle déboucha un tube de tranquillisants et en avala une double dose. On ne pourrait jamais prouver qu'elle avait bousculé Sophia sur sa terrasse. On ne pouvait rien prouver contre elle. Elle couchait avec Tony, bon. Et alors ? Ce n'était tout de même pas un crime ! Il la comprenait, lui, il reconnaissait sa valeur, il encourageait ses ambitions. Il lui avait fait des promesses que ces garces de Giambelli l'avaient empêché de tenir. « Vieux chenapan », pensa-t-elle avec affection. Ils auraient fait une sacrée équipe, tous les deux, s'il l'avait écoutée ! S'il ne s'était pas laissé entortiller par cette espèce de mégère qui avait réussi à se faire épouser.

Tout remontait quand même aux Giambelli. Elles l'avaient dénoncée à la Renée Fox ! Maintenant, son nom traînait dans la presse à scandales et ses collègues de travail la regardaient de travers. Comme au temps où elle était chez Giambelli.

Elle était allée trop loin, elle avait travaillé trop dur pour laisser ces maudites Italiennes détruire sa carrière. Sans le soutien de Jerry, elle se serait peut-être déjà ramassée. Mais Jerry ne la lâchait pas, Dieu merci, il comprenait que c'était elle la victime. Que les Giambelli essaient donc de la poursuivre en justice ! Laker lutterait avec elle, Jerry l'avait clairement affirmé dès le début. Chez Laker, au moins, on appréciait ses qualités professionnelles.

Grâce à Laker, elle obtiendrait tout ce dont elle avait toujours eu envie : argent, pouvoir, prestige. Avant ses quarante ans, elle serait en bonne position sur la liste des cent premières femmes d'affaires des États-Unis. Elle serait même élue femme de l'année. Pas parce qu'on lui aurait fait cadeau de sa position au berceau, non. Parce qu'elle l'aurait gagnée seule, à la force du poignet.

Mais elle ne se contenterait pas de cela. Les Giambelli devraient payer pour ses interrogatoires par la police, sa réputation ternie dans la presse, le dédain de Sophia quand elle travaillait pour elle.

Giambelli dégringolait, c'était déjà une bonne chose. Mais il y avait des moyens de les faire trembler de peur pendant la chute.

La traversée de l'Atlantique et du continent américain lui parut interminable, même dans le luxueux jet privé Giambelli. David dormit durant la plus grande partie du trajet. Quand il se réveilla et recouvra sa lucidité à l'aide d'un double café, il téléphona à la villa. Eli le mit au courant de ce qui s'était passé en Italie depuis son départ, mais il eut la déception de ne pas pouvoir parler à Pilar ni aux enfants. Il avait tellement hâte de se retrouver chez lui que, lorsque l'avion se posa enfin sur le petit aéroport de Napa, il était fou d'impatience à l'idée de devoir encore parcourir quelques kilomètres avant d'y être.

En traversant le tarmac vers la limousine venu le chercher, son impatience n'eut plus d'objet.

— Papa !

Théo et Maddy jaillirent en même temps de la voiture, chacun par une portière. David en lâcha son cartable d'émotion, étreignit Maddy de son bras valide et ne put retenir un cri de douleur en essayant d'en faire autant de l'autre avec Théo. La surprise et la joie lui nouèrent la gorge quand Théo l'embrassa. Il ne se rappelait pas le jour où son garçon – ce jeune homme – l'avait fait pour la dernière fois.

— Je suis si heureux, bégaya-t-il, les embrassant à tour de rôle. Si heureux de vous revoir enfin.

— Ne nous fais plus jamais ça, gémit Maddy, le visage serré contre sa poitrine où elle entendait battre son cœur. Jamais, jamais plus.

— Promis, ma chérie. Ne pleure pas, tout va bien maintenant.

Craignant de fondre en larmes lui aussi, Théo se ressaisit.

— Tu nous as rapporté quelque chose ?

— J'ai réussi à trouver deux ou trois bricoles qui tenaient dans mes valises. Tiens, les voilà, ajouta-t-il en désignant le steward occupé à les extraire de la soute. Si tu veux bien les porter en bon esclave discipliné, nous ferons du shopping chez les marchands de voitures ce week-end.

Théo en resta bouche bée.

— C'est… c'est vrai ?

— Vrai.

— Cool ! s'exclama le jeune homme. Dis donc, pourquoi as-tu attendu si longtemps pour te faire descendre ?

— Voyou ! C'est bon de rentrer chez soi. Allons-y et…

Il s'interrompit à la vue de Pilar, qui descendait à son tour de la limousine. Leurs regards se croisèrent, elle se dirigea vers lui, lentement d'abord, puis courant au bout de trois pas.

Maddy les regarda s'enlacer et s'écarta pour les laisser seuls. Pilar sanglotait sur l'épaule de David.

— Pourquoi elle pleure maintenant ? s'étonna Théo.

— Les femmes attendent toujours que ce soit fini pour pleurer, surtout quand il s'agit de quelque chose d'important, répondit doctement Maddy. Et ça, figure-toi, c'est important.

Une heure plus tard, installé dans le canapé du salon, David se laissait servir le thé. Assise par terre à ses pieds, la tête posée sur ses genoux, Maddy ne cessait de tripoter le collier rapporté de Venise. Ce n'était pas un colifichet de petite fille, elle l'aurait ressenti comme un affront, mais un vrai bijou. Théo n'avait pas quitté ses superbes lunettes de soleil et s'admirait sans arrêt dans la glace.

Derrière le canapé, Pilar se pencha sur le dossier et effleura d'un baiser les cheveux de David.

— À présent que tout le monde va bien, je peux m'en aller.

David leva son bras valide pour la retenir par la main.

— Pourquoi tant de hâte ?

— Tu as eu une longue journée, il faut te reposer. Vous nous manquerez à la villa, vous deux, ajouta-t-elle à l'adresse des enfants. J'espère que vous nous rendrez visite de temps en temps.

— Tu n'as pas rapporté de cadeau à Mme Giambelli, papa ? voulut savoir Maddy.

— Si.

— Tant mieux, dit Pilar. Tu me le donneras demain, quand tu te seras bien reposé.

— Je me suis reposé pendant dix mille kilomètres et je ne peux plus avaler une goutte de thé. Sois gentille, Pilar, emporte le plateau à la cuisine, laisse-moi seul une minute avec ces petits monstres.

— Bien sûr. Je prendrai de tes nouvelles demain.

— Je ne t'ai pas demandé de partir ! Attends.

Pendant qu'elle rangeait les tasses et le plateau, David réfléchit aux paroles qu'il désirait prononcer.

— Écoutez, vous deux... Théo, assieds-toi une minute, veux-tu ?

L'esprit tout occupé de visions de voitures de sport, même d'occasion, Théo s'exécuta sans protester.

— Papa, on pourra aller voir des décapotables ? Les filles adorent...

— Tu es débile, Théo, l'interrompit Maddy, toujours assise aux pieds de son père. Il ne te paiera pas un cabriolet si tu dis que c'est pour draguer. De toute façon, tais-toi et laisse papa nous expliquer comment il demandera à Mme Giambelli de se marier avec lui.

Le sourire de David fit place à l'effarement.

— Comment le sais-tu ?

— Simple logique. C'est bien ce que tu voulais nous annoncer, non ?

— Je voulais au moins vous en parler.

— C'est supercool, papa ! déclara Théo en assenant une claque virile sur son épaule valide.

— Merci, Théo. Et toi, Maddy ?

— Quand on a une famille, on est censé rester avec. Quelquefois, il y a des gens qui...

338

— Maddy, pas de ça je te prie.

— Bon. Eh bien, je crois qu'elle restera, elle, parce qu'elle le veut. Et c'est tant mieux.

Quelques minutes plus tard, David raccompagna Pilar. La lune se levait sur les vignes.

— Je connais le chemin, David. Tu ne devrais pas sortir, il fait encore frais à la nuit tombée.

— J'avais besoin d'air et d'exercice. Et surtout d'être un peu seul avec toi.

— Maddy et Théo commencent à être rassurés.

— Et toi ?

Elle lui prit la main.

— Je me sens mieux. Je ne voulais pas fondre en larmes à l'aéroport, tu sais. Je n'aurais pas dû me laisser aller.

— Tu veux la vérité ? J'étais ravi. Rien de tel pour l'ego d'un homme que de voir une femme pleurer à cause de lui.

À l'entrée du jardin, il porta leurs mains jointes à ses lèvres, posa un baiser sur ses phalanges.

— Te souviens-tu de notre première rencontre ici ? Dieu, que tu étais belle ! Et furieuse au point de parler toute seule.

— Oui, je fumais en cachette pour me calmer les nerfs. J'étais honteuse d'avoir été surprise par le nouveau directeur général.

— Ce soir-là, je mourais d'envie de te toucher, de t'embrasser. Maintenant, je peux, dit-il en lui caressant la joue. Je t'aime, Pilar.

— Je t'aime aussi, David.

— Te rappelles-tu aussi quand je t'ai appelée de la place Saint-Marc ? Je te parlais pendant que l'orchestre jouait et que la lumière baissait.

— Bien sûr que je m'en souviens. C'est ce soir-là que…

— Chut. Après avoir raccroché, je suis restée assis à penser à toi. Et c'est là que j'ai su ce que je devais faire.

Il prit l'écrin dans sa poche. Pilar eut un instant de panique.

— Non, David. Attends…

— Arrête d'être raisonnable. Marions-nous, dis oui. Je n'arrive pas à ouvrir cette fichue boîte d'une seule main. Veux-tu m'aider ?

La lune posait des reflets d'argent sur sa chevelure blonde, ses yeux bleus pétillaient d'amour et de gaieté. Le jasmin et les roses embaumaient l'air du soir. « L'instant est parfait », pensa-t-elle. Trop parfait pour ne pas faire peur.

— Nous sommes déjà passés par là tous les deux, David. Nous savons que cela ne marche pas toujours comme nous voudrions. Tu as deux enfants encore jeunes et ils ont souffert…

— Oui, nous sommes déjà passés par là et nous savons qu'il faut être deux à le vouloir pour qu'un mariage réussisse. Tu ne feras pas de peine à mes enfants parce que, comme vient de me le dire ma chère fille au cerveau bizarre mais merveilleusement organisé, tu ne resteras pas avec nous par obligation mais parce que tu voudras rester. Et ce sera tant mieux.

Pilar sentit un poids glisser de sa poitrine.

— Elle a vraiment dit cela ?

— Oui. Théo, en homme économe de ses mots, a simplement déclaré que c'était supercool.

Elle sentit sa vision se troubler et se força à ravaler ses larmes.

— Si tu lui achètes une voiture, il te racontera tout ce que tu as envie d'entendre.

— Comprends-tu pourquoi je t'aime ? Tu as mis à nu les ressorts de sa cupidité.

— J'aurai bientôt cinquante ans, David.

— Oui. Et alors ?

— Alors, je… Il fallait que je le dise encore une fois, c'est tout.

— D'accord, tu es vieille et décrépite. C'est noté.

— Quand même pas beaucoup plus vieille que… Oh, je déraille !

Il éclata d'un rire franc.

— Laisse-moi mettre les choses au point, Pilar. Quelle que soit la date inscrite sur ton acte de naissance, quoi que tu aies fait ou n'aies pas fait jusqu'à présent, je t'aime. Je veux passer avec toi le reste de mes jours, je veux partager ma famille avec toi et partager la tienne. Alors, vas-tu enfin m'aider à ouvrir ce maudit écrin ?

Le poids avait disparu de sa poitrine, elle se sentait merveilleusement légère. Elle ouvrit l'écrin d'une main qui ne tremblait pas, compta les pierres et comprit aussitôt le symbole.

— Quelle belle bague ! Elle est parfaite.

David prit la bague et la lui passa au doigt.

— C'est bien ce que je pensais quand je l'ai achetée.

Lorsque Pilar rentra à la villa, Eli préparait du thé à la cuisine.

— Comment va David ?

— Bien. Mieux que je ne craignais. Il a simplement besoin de repos, fit-elle en caressant du pouce la bague à son annulaire.

— Il n'est pas le seul, soupira Eli. Ta mère est dans son bureau. Elle m'inquiète, Pilar. Elle n'a presque rien mangé de la journée.

— Je vais lui porter son thé avec quelque chose de solide. Nous surmonterons ces épreuves, Eli.

— Je le sais, j'y crois, mais je me demande si le prix n'en est pas excessif. Elle en souffre terriblement dans sa fierté.

L'inquiétude d'Eli gagna Pilar tandis qu'elle montait l'escalier vers le bureau de sa mère. Elle prit conscience que, pour la deuxième fois de la soirée, elle apportait du thé à quelqu'un qui n'en voulait sans doute pas. Mais il fallait le considérer comme un geste consolateur et elle ferait de son mieux.

Tereza était penchée sur des registres au moment où Pilar entra.

— Tu ne devrais pas tant travailler, maman. Tu nous couvres tous de honte.

— Je ne suis pas d'humeur pour du thé ou de la conversation, Pilar.

— Moi, si, répondit sa fille en remplissant les tasses. David se porte aussi bien que possible, tu le constateras toi-même demain.

— Ce qui me couvre de honte, c'est qu'un des nôtres ait pu commettre un acte si révoltant.

— Et tu en es responsable, n'est-ce pas ? Comme toujours ?

— Qui d'autre en serait responsable ?

— Celui qui a tiré sur David. J'en étais arrivée à me considérer comme responsable des honteux agissements de Tony.

— Vous n'étiez pas du même sang.

— Je l'avais choisi, c'est bien pire. Mais je n'étais pour rien dans ses actes. Ma seule responsabilité, c'est de l'avoir laissé faire du mal, à Sophia et à moi. Giambelli n'est pas seulement du vin et un nom sur des étiquettes.

— Je le sais. Tu n'as pas besoin de me le dire.

— Si. Tu as besoin qu'on te rappelle tout le bien qu'a fait la famille, les millions de dollars qu'elle a distribués aux œuvres, les innombrables familles qui gagnent leur vie grâce à elle. Vignerons, grossistes, détaillants, ouvriers, employés, ils dépendent tous de nous. Chaque année, poursuivit-elle en constatant avec plaisir que sa mère l'écoutait attentivement, nous travaillons, nous nous inquiétons des caprices du temps et de la nature, nous parions sur l'avenir, mais nous faisons de notre mieux et nous gardons la foi. Rien de tout cela n'a changé ni ne changera jamais.

— Ai-je été injuste envers Donato, Pilar ?

— Tu doutes de tes jugements, maintenant ? Je comprends pourquoi Eli se soucie. Si je te dis la vérité, me croiras-tu ?

Tereza se leva avec lassitude, se tourna vers la fenêtre. Si l'obscurité lui cachait les vignes, elle les voyait par l'esprit.

— Tu n'as jamais menti. Pourquoi ne te croirais-je pas ?

— Tu es parfois dure. Quand j'étais petite, je te voyais arpenter les rangs de vigne comme un général inspecte ses troupes, avec raideur et sévérité. Et puis, tu t'arrêtais pour parler à un homme et tu savais toujours son nom. Tu les connaissais tous par leur nom.

— Un bon général doit connaître ses soldats.

— Non, maman, beaucoup les ignorent. Les hommes ne sont pour eux que des pions sans visages et sans noms. Toi, tu les connaissais personnellement, parce que leur personnalité a toujours compté pour toi. Pour Sophia aussi. C'est de toi qu'elle tient ce don.

— Tu me consoles.

— Je l'espère. Je te le rappelle pour te faire comprendre que tu n'as jamais été injuste envers quiconque, pas plus Donato qu'un autre. Tu n'es nullement responsable de la cruauté, de la cupidité et de l'égoïsme de ceux pour qui les hommes sont juste des pions.

Tereza appuya son front contre la vitre, geste de lassitude si rare de sa part que Pilar se hâta de s'approcher d'elle.

— Le pauvre Baptista, Pilar… Son souvenir me hante.

— Allons, maman, il n'aurait jamais rien reproché à la *Signora*. Il serait même déçu que tu te réprimandes à son sujet.

— Tu as raison. Je vais boire ton thé, en fin de compte, dit-elle en lui caressant la joue. Tu as un grand, un bon cœur, Pilar. Je l'ai toujours su. Mais tu as une meilleure vision du monde et des gens que je ne l'avais cru.

— Plus large, peut-être. Il m'a fallu longtemps pour avoir le courage de me débarrasser de mes œillères. Cela m'a changé la vie.

— Je réfléchirai à tes paroles.

En se tournant, elle vit la lumière se réfléchir sur la bague de Pilar, qui lança un éclair.

— Qu'est-ce que c'est ?

— Une bague.

— Je vois bien que c'est une bague. Mais ce n'est pas celle que tu avais achetée pour remplacer l'ancienne.

— Non. Celle-ci, je ne l'ai pas achetée et elle ne remplace rien.

— Tu ne la portais pas tout à l'heure, quand tu es allée chercher David à l'aéroport.

— Ta vue est toujours aussi bonne, même si tu te ronges les sangs. C'est vrai, mais je voulais d'abord appeler Sophia, lui annoncer que... Voilà, maman. David m'a demandé de l'épouser. J'ai accepté.

— Je vois.

— C'est tout ? Tu n'as rien d'autre à me dire ?

Tereza leva la main de Pilar vers la lampe, examina la bague. Elle comprit aussitôt le symbole des cinq pierres et l'apprécia.

— C'est une famille qu'il a mise à ton doigt.

— Oui. La sienne et la mienne. La nôtre.

— Une femme avec un cœur comme le tien ne peut pas refuser un don pareil. Tu as déjà dit oui à un homme qui t'avait demandé ta main, mais tu n'étais encore qu'une toute jeune fille. Maintenant tu es une femme, et tu choisis un homme qui vaut cent fois mieux. Je suis heureuse pour toi, ma chérie, affirma-t-elle en prenant le visage de Pilar entre ses mains et en lui embrassant les joues. Encore une question.

— Laquelle ?

— Pourquoi l'as-tu raccompagné chez lui avant de m'apporter du thé ? Pourquoi ne l'as-tu pas amené pour demander ma bénédiction et celle d'Eli en sablant le champagne, comme il se doit ? Peu importe, appelle-le tout de suite. Demande-leur de venir tous les trois.

— Il est fatigué, maman ! Il souffre encore.

— Pas si fatigué que ça : il a eu la force de te décoiffer et d'effacer ton rouge à lèvres de ses baisers. Appelle-le, ordonna-t-elle d'un ton sans réplique. Nous devons célébrer dignement, en famille. Nous allons descendre au grand salon, déboucher notre meilleur millésime et téléphoner tous ensemble à Sophia. Ses enfants me plaisent. Je donnerai à la petite les perles de ma mère et les boutons de manchettes en or de mon père au garçon.

— Merci, maman.

— Merci à toi, ma fille. Tu m'offres, tu nous offres à tous l'occasion de nous réjouir et d'être heureux. Dis-leur de se dépêcher.

Et Tereza dévala l'escalier avec la fougue d'une jeune fille pour préparer avec Maria le champagne et les flûtes en cristal.

Quatrième partie

Le fruit

« Qui achèterait une minute de joie par une semaine de malheur ?
Qui vendrait l'éternité pour posséder un jouet ?
Qui détruirait une vigne pour un grain de raisin ? »

William Shakespeare.

25

Tyler était crasseux. Il avait mal au dos et la main gauche en sang. Pourtant il était au septième ciel.

Les montagnes n'étaient guère différentes des Vacas de la vallée de Napa. Le sol était plus rocheux, mais d'un taux d'acidité très voisin, favorable à la vigne. Il comprenait pourquoi Cesare Giambelli avait décidé d'enraciner son rêve dans ce coin de terre. La rude beauté des collines lançait un défi que seuls certains hommes savaient relever. Ici, la nature ne se domestiquait pas, il fallait l'accepter telle quelle et en faire son alliée. S'il devait s'exiler de son propre vignoble, il choisirait ce lieu au climat idéal, aux journées longues et douces.

Le responsable du *castello* s'était montré tout disposé à profiter du temps et de l'expertise d'un autre vigneron. De ses muscles, aussi, estimait Tyler en regagnant la grande maison. Il avait passé le plus clair de la journée avec l'équipe qui installait les tuyaux d'irrigation des nouvelles plantations. Le système était habilement conçu, bien réalisé. Ses heures en compagnie des hommes lui avaient offert l'occasion de participer activement à la vie de cette moitié de l'entreprise – et de se renseigner discrètement sur le compte de Donato.

La barrière de la langue s'était révélée moins infranchissable qu'il ne l'avait craint. Ceux qui ne connaissaient pas l'anglais parlaient toutefois volontiers. À l'aide de gestes, de mimiques expressives et du truchement de quelques interprètes, ils avaient pu se comprendre.

À l'unanimité, les hommes considéraient Donato au mieux comme un plaisantin, au pire comme un incapable.

Au jardin, les hortensias étaient en pleine floraison. Ici, une allée bordée d'impatientes roses menait à une rocaille. Là, une fontaine bruissait sous la garde de Poséidon. Les Italiens adorent mettre en scène les dieux de l'Antiquité, les eaux, les fleurs. Cesare Giambelli avait usé à profusion des uns et des autres pour orner son palais. « Car c'est bien un palais », pensa Tyler en regardant autour de lui. Un palais qu'un homme ambitieux pourvu d'une femme cupide aimerait s'approprier.

S'il le visitait avec plaisir, il n'aurait pas aimé y vivre. Trop de pièces, trop de personnel. À lui seul, l'entretien des jardins, des pelouses, des arbres, de la piscine et des statues exigeait une véritable armée. Certains hommes, il est vrai, aiment avoir une armée à leur disposition.

Tyler poursuivit son chemin entre des murs ornés de mosaïques et de bas-reliefs, dépassa une pièce d'eau couverte de nymphéas. De là, on ne voyait pas les vignes, ou, plus précisément, les travailleurs dans les vignes ne pouvaient pas voir ce qui se passait ici. À l'évidence, Cesare s'était réservé quelques coins d'intimité dans son empire.

Ce qu'on voyait, en revanche, au-delà des massifs de fleurs et des balustrades des terrasses, c'était la piscine. Et Sophia qui en sortait telle Vénus émergeant des ondes. Il la contempla un instant, partagé entre le désir pur et... oui, s'avoua-t-il, la tendresse.

Dans un simple maillot noir qui la moulait avec la même fluidité que l'eau ruisselant de son corps, elle incarnait la perfection féminine. Tandis qu'il s'approchait en luttant contre le réveil impérieux de sa sensualité, il se demanda s'il existait rien de plus déstabilisant au monde que la perfection chez une femme. Oui, conclut-il au terme d'une brève réflexion. Être amoureux de cette femme au point d'en devenir idiot.

— L'eau doit être froide.

Surprise de son arrivée silencieuse, elle se figea un instant, le visage dans la serviette qu'elle venait de ramasser.

— J'avais envie d'eau froide.

Elle reposa la serviette, endossa lentement un peignoir. Elle savait qu'il la regardait, l'examinait avec sa patience coutumière.

Elle avait d'ailleurs voulu, préparé cet examen. Chaque fois qu'elle passait devant une fenêtre au cours de la journée, elle s'arrêtait pour l'observer dans les vignes et avait plongé dans la piscine au moment où elle l'avait vu prendre le chemin du retour.

— Tu es répugnant, fit-elle observer.

Sale, luisant de sueur, plus primitif qu'un sauvage et séduisant comme il ne devrait pas être permis.

— Je sais.

— Et cela te fait plaisir. Qu'as-tu fait à ta main ?

— Un peu de peau arrachée. Je boirais bien quelque chose.

— Tu pourrais d'abord prendre une douche, mon chou.

— Pourquoi pas les deux ? Je me lave et je te rejoins dans la cour centrale dans une heure. Nous déboucherons une bonne bouteille et nous raconterons nos journées respectives. Il y a deux ou trois choses dont je voudrais te parler.

— D'accord. J'ai moi aussi pas mal de choses à te dire.

— Fais-toi belle, veux-tu ? lança-t-il pendant qu'elle s'éloignait. Ce n'est pas parce que je ne touche pas que je n'aime pas regarder.

Il ramassa la serviette humide, respira le parfum dont elle était imprégnée. Il ne voulait pas plus domestiquer Sophia que plier la nature à ses volontés. Il était temps, grand temps pour tous deux, de s'accepter l'un l'autre tels qu'ils étaient.

Elle allait lui donner beaucoup à voir. À désirer, aussi. Elle était, après tout, aussi experte en conditionnement qu'en marketing.

Elle choisit une robe au décolleté qui dévoilait la naissance de ses seins, à l'ourlet assez haut placé pour mettre en valeur le galbe irréprochable de ses cuisses. Avec un saphir au bout d'une mince chaîne sertie de brillants, des escarpins à talons aiguilles, quelques touches de parfum aux endroits stratégiques, elle s'estima prête à partir en campagne et se jeta un dernier coup d'œil dans le miroir.

Pourquoi se sentait-elle si malheureuse ? Les événements avaient de quoi la troubler, certes, mais ils n'étaient pas la cause de cette sorte de dépression qu'elle ne parvenait pas à surmonter. Tout allait bien quand elle travaillait, quand elle se concentrait sur sa tâche et sur la meilleure manière de la réaliser. Mais dès qu'elle arrêtait, cette sourde tristesse reprenait possession d'elle et lui sapait le moral. Il s'y mêlait une colère, un ressentiment dont elle ne parvenait pas à identifier la cause. Elle ne savait pas contre qui tourner cette colère. Donato, son père, elle-même ? Tyler ? « Peu importe après tout », se dit-elle. Elle ferait le nécessaire et se soucierait du reste plus tard. Dans l'immédiat, elle se contenterait de boire du bon vin, de mettre Tyler au courant de ce qu'elle avait appris dans la journée et, à titre de bonus, de l'affoler sans scrupules. Tout compte fait, la soirée ne s'annonçait pas trop désagréable.

— Je me déteste, jeta-t-elle à son image dans le miroir. Et je ne sais pas pourquoi.

Elle le fit attendre, mais il s'y attendait et ce retard lui permit de mettre de l'ordre dans ses propres pensées. L'ombre envahissait l'atrium, que n'éclairaient plus que les bougies sur la table et les torchères plantées dans les massifs. Il avait choisi un vin blanc jeune et fruité et obtenu sans mal de la cuisine la préparation de quelques canapés. Le personnel vouait à Sophia une vraie dévotion, il s'en était rendu compte. La perspective d'une belle aventure romantique entre elle et lui avait incité les employées à soigner les détails, à disséminer des petits vases de fleurs fraîches et même à diffuser de la musique en sourdine par les haut-parleurs dissimulés dans des niches. Il espérait ne pas les décevoir.

Il entendit le claquement de ses talons sur les dalles mais ne se leva pas. Sophia était trop habituée à voir les hommes se dresser tels des pantins à son approche, ou tomber à ses pieds.

— En quel honneur ? s'enquit-elle en désignant le décor.

— Le personnel s'est surpassé. Demande un verre à boire, tu as droit au traitement royal. Et regarde ce que j'obtiens en te priant de te faire belle. La vie de château a du bon.

— Ce n'est pas précisément ton genre, mais tu t'y adaptes.

Il servit le vin, lui tendit un verre. Ils trinquèrent.

— Manier la pelle et la pioche m'a mis de bonne humeur. *Salute*.

— J'ai un peu creusé moi aussi, aujourd'hui. Le personnel est une mine d'informations. Donato rendait au château des visites régulières et discrètes. S'il ne venait jamais seul, Gina l'accompagnait rarement.

— Son nid d'amoureux ?

— Exact. Sa maîtresse est une certaine *signorina* Chezzo. Elle est jeune, blonde, sotte et aime prendre son petit déjeuner au lit. Elle vient régulièrement avec lui depuis plusieurs années. Donato a fait un affront aux domestiques en les payant pour qu'ils se taisent, mais comme ils n'éprouvent aucune affection pour Gina, ils ont pris l'argent et gardé le silence. Ils seraient restés discrets sans cela de toute façon.

— Je le crois volontiers. Ont-ils parlé d'autres visiteurs ?

— Oui. Mon père, nous le savions déjà, et une femme venue une fois avec lui. Ce n'était pas Renée, mais Kris.

— On ne me l'a pas signalé dans les vignes.

— Le personnel du château est mieux renseigné ; il est aux premières loges. Quoi qu'il en soit, c'est de l'histoire ancienne. Je me félicite d'autant plus de savoir que ma mère a enfin trouvé un homme apte à la rendre heureuse, un homme en qui elle puisse avoir confiance. Nous aussi, même en sachant qu'il a travaillé chez Laker. Ce n'est pas tout. Jerry Morney est venu ici, lui aussi.

— Je m'en doutais. Les gars de l'équipe m'en ont parlé, mais ils n'ont pu que me le décrire. Ils font plus attention aux femmes qu'aux hommes en costume-cravate. Tout cela prend tournure.

— Pas si sûr. Jerry haïssait mon père.

— Pourquoi ?

— Il y a plusieurs années, mon père a eu une liaison torride avec la femme de Jerry. Elle l'a quitté ensuite ou il l'a flanquée dehors, selon les versions. Mon père et Jerry étaient bons amis jusque-là, leurs rapports se sont refroidis, tu t'en doutes. Mais le feu couvait sous la glace, comme j'ai pu m'en rendre compte il y a deux ans quand Jerry m'a draguée.

— Il t'a draguée, lui ?

— Sans y mettre les formes. Je l'ai rembarré, il s'est vexé et m'a couverte de propos désobligeants sur mon père, ma famille et moi.

— Bon sang, Sophia, pourquoi ne m'en as-tu pas parlé plus tôt ?

— Il est venu me voir le lendemain avec une gerbe de fleurs et une tonne d'excuses. Son divorce l'affectait plus qu'il ne l'aurait cru, il était honteux de s'en être pris à moi qui n'y étais pour rien, il se rendait compte que son mariage avait sombré bien avant tout cela, etc. Ses propos étaient raisonnables, compréhensibles, il avait l'air sincère et je n'y ai plus pensé.

— Pourquoi y penses-tu maintenant, alors ?

— Parce que je découvre un triangle vicieux : mon père, Kris, Jerry. Lequel se servait des autres, je l'ignore, mais je crois désormais que Jerry est impliqué, ou au moins au courant de l'escroquerie, peut-être même du sabotage. Laker pouvait tirer profit des problèmes de Giambelli et en profite encore. En plus, Kris leur servait sur un plateau mes plans de campagne avant même qu'ils soient mis en œuvre. Sabotage, espionnage, ce n'est pas rare dans les affaires.

— Le meurtre, si.

— C'est ce qui me chiffonne. Donato aurait pu tuer mon père, mais je vois mieux un pistolet dans la main de mon père que dans celle de Donato. Il y a loin, comme tu dis, de l'espionnage industriel au crime. Pourtant...

— Pourtant ? répéta Tyler.

— En repensant à ce que Jerry m'a dit la première fois et, surtout, à la manière dont il s'exprimait, je l'ai perçu comme un homme sur le point de craquer. Douze heures plus tard, il était redevenu maître de lui, charmant, poli et malgré tout, d'une manière tout à fait subtile et civilisée, il me draguait encore. J'aurais dû comprendre qu'il dévoilait la première fois son vrai visage et la suivante une façade. Pourtant, je n'ai rien vu. Parce que je suis habituée à me faire draguer, sans doute. Et j'avoue m'en servir sans scrupules quand cela me sert à obtenir ce que je veux, ajouta-t-elle d'un air contrit.

— Pourquoi le regretter ? Tu as le droit d'user des outils à ta disposition. Si un type s'y laisse prendre, c'est son problème, pas le tien.

— Ça alors ! dit-elle en riant. Je ne m'attendais pas à entendre cela dans la bouche d'un homme victime de mes « outils ».

Tyler allongea les jambes, se croisa les chevilles avec désinvolture. C'était son tour à elle de se poser des questions.

— Je n'en ai pas souffert. En tout cas, le type correspondant à la description de Jerry a passé du temps dans les chais et à l'atelier de mise en bouteilles. Avec Donato.

— Je vois. Le triangle se transforme donc en carré. Jerry se relie à Donato, Donato à mon père. Jerry et papa à Kris. Touchante intimité.

— Que vas-tu faire ?

— Tout expliquer à la police, ici et en Californie. Je voudrais aussi en parler à David, il en sait plus que nous sur le travail de Jerry chez Laker. Demain, j'irai à Venise. J'ai accepté quelques interviews, j'en profiterai pour charger Donato au maximum. La honte de la famille, traître aux fidèles collaborateurs et clients de Giambelli, etc. J'exprimerai notre état de choc à la découverte de ses forfaits, nos regrets, notre désir de pleinement collaborer avec les autorités dans l'espoir qu'il sera vite livré à la justice et épargnera ainsi de nouvelles épreuves à son épouse bafouée, à ses enfants innocents et à sa pauvre mère. Cela te paraît dur et méchant, je suppose ? conclut-elle en remplissant son verre.

— Non, je crois plutôt que c'est dur pour toi. Ce n'est pas facile de proférer des mots pareils en gardant la tête droite. Tu as hérité de la force de caractère de ta grand-mère, Sophia.

— Je ne m'attendais pas ce compliment-là non plus, mais merci quand même. Je m'occuperai aussi de Gina et de ma tante. Si elles veulent que la famille continue à les soutenir, moralement et financièrement, elles devront coopérer. En public, au moins.

— À quelle heure partirons-nous ?

— Je n'aurai pas besoin de toi.

— Pas de bêtises. MacMillan est autant dans le bain que Giambelli et aussi vulnérable. Nous ferons meilleure figure dans la presse si nous nous présentons en équipe. Tu sais, la famille, la solidarité, les grands sentiments…

— Bien. Départ à sept heures précises. Je préparerai un communiqué et les réponses que tu fourniras. Tu les liras en route, elles seront fraîches dans ta mémoire quand on te posera des questions.

— D'accord, mais n'essaie pas de me faire dire autre chose que ce que je voudrai déclarer.

Tyler remplit son verre à son tour, lui tendit une assiette de canapés, se servit au passage.

— Changeons de sujet, reprit-il. Ta mère et David, qu'en penses-tu ?

— J'en suis enchantée. Pas toi ?

— Si. Seulement tu me sembles contrariée depuis qu'ils nous ont annoncé la nouvelle au téléphone.

— J'ai le droit de l'être un peu, compte tenu des circonstances. Mais c'est au moins un événement dont je peux me réjouir. J'en suis sincèrement heureuse pour elle. Pour eux. Pour les enfants, aussi. Elle a toujours voulu des enfants. Maintenant, elle en aura, même s'ils sont presque adultes.

— J'étais déjà grand quand je suis arrivé dans ta famille, et elle a été plus une mère pour moi que la mienne.

— Elle t'aime beaucoup, tu sais.

— Je le lui rends bien. Pourquoi souris-tu ?

— Je ne sais pas. Peut-être parce j'étais de mauvaise humeur presque toute la journée et que je ne m'attendais pas à la finir avec toi de façon aussi détendue. Cela m'a fait du bien de me soulager en parlant à haute voix de toutes ces horreurs et de passer ensuite à un sujet agréable. Un sujet sur lequel nous sommes d'accord.

— Selon moi, nous sommes d'accord sur beaucoup plus de sujets que nous ne le pensions l'année dernière.

— C'est vrai. Mais ce qui me frappe, c'est qu'au lieu d'avoir cette conversation à l'intérieur, avec toi qui poserais tes bottes sur un coin de bureau, nous sommes ici. Du bon vin, des fleurs, de la musique. Je suis agréablement étonnée de constater que tu es capable d'apprécier un cadre plaisant pour parler d'affaires et de choses pénibles.

— Je voulais surtout un cadre plaisant, comme tu dis, pour te séduire.

Sophia faillit s'étrangler avec sa gorgée de vin.

— Me séduire ? répéta-t-elle en pouffant de rire. Quand as-tu prévu cette intéressante activité ?

— Tout de suite. Ta robe me plaît, dit-il, et il lui caressa la cuisse juste au-dessous de l'ourlet.

— Merci. Je l'ai mise pour te torturer.

— Je m'en doutais. Dans le mille.

Elle se pencha vers la bouteille, remplit leurs verres. Pour les jeux de la séduction, elle se rangeait parmi les experts.

— Nous étions pourtant d'accord pour considérer que ce chapitre-là de nos rapports était clos.

— Non. Tu piquais une crise à propos de je ne sais quoi et je t'ai laissée dire.

— Je ne suis pas sujette aux crises.

— Oh, si ! Sans cesse. Tu as toujours été chipie, une chipie sexy, mais une chipie quand même. D'accord, ces derniers temps, tu as eu quelques raisons de piquer des crises.

— Je n'ai besoin ni de ta compassion ni de ta compréhension, MacMillan, le rabroua-t-elle sèchement.

— Tu vois ? fit-il avec un sourire calculé pour la mettre hors d'elle. Tu te prépares à en piquer une.

— Si tu t'y prends de cette manière pour séduire les filles, je m'étonne que tu y sois jamais arrivé.

— Il y a une différence entre les hommes que tu fréquentes et moi. Je ne tiens pas de comptabilité. Je ne te considère pas comme un trophée ou comme une croix de plus sur un tableau de chasse.

— C'est vrai, j'oubliais. Tyler MacMillan, le parangon des vertus et de la moralité.

Le sourire qu'il lui décocha était cette fois franchement amusé.

— Tu crois m'insulter ? Tu te sers simplement de ton mauvais caractère comme moyen de défense, c'est typique de ta part. La plupart du temps, je ne me prive pas de te rendre la pareille, mais je ne suis pas d'humeur ce soir à entamer une dispute. Je veux te faire la cour, te faire l'amour et finir avec toi dans le beau grand lit de ta chambre.

— Quand je voudrai de toi dans mon lit, je te le ferai savoir.

Il se leva sans se presser, la tira par les deux mains.

— C'est bien ce que je disais. Tu es folle de moi, n'est-ce pas ?

— Folle de toi ? Arrête, je t'en prie, tu te couvres de ridicule.

Il la prit par la taille, l'attira contre lui, éclata de rire quand elle essaya de le repousser.

— Je t'ai vue plusieurs fois aujourd'hui me guetter par la fenêtre.

— N'importe quoi ! J'ai regardé deux ou trois fois par la fenêtre. Bon. Et alors ?

— C'est moi que tu regardais. Moi aussi je te regardais, poursuivit-il en l'attirant plus près de lui. Tu avais envie de moi et j'avais envie de toi. Mais il y a plus que du désir entre nous.

Il voulut l'embrasser, elle se détourna.

— Non, il n'y a rien…

La bouche de Tyler s'écrasant sur la sienne la réduisit au silence.

— S'il n'y avait rien d'autre, tu n'aurais pas aussi peur, souffla-t-il après s'être écarté.

— Je n'ai peur de rien.

— Si, de beaucoup de choses et de beaucoup de gens. Avec moi, tu n'as pas besoin d'avoir peur. Je ne te ferai pas de peine.

Il l'embrassa, avec douceur cette fois, une tendresse qui la fit fondre malgré elle. « Non, songea-t-elle, il ne me fera pas de peine, lui. C'est moi qui lui ferai mal, même sans le vouloir. » Elle se débattit de nouveau, sans conviction. La chaleur qu'il lui apportait lui manquerait, elle le savait. Avec lui, elle n'arrivait pas à résoudre ses contradictions : crainte du risque, attrait de la sécurité.

— Nous commettons une erreur, Tyler.

— Pas à mon avis. Tu sais quoi ? poursuivit-il en la soulevant dans ses bras. C'est idiot de discuter, nous savons tous les deux que j'ai raison.

— Arrête ! Tu ne vas pas me porter dans la maison, les employées vont en bavarder des semaines.

— Elles ont déjà fait des paris sur la manière dont cela finirait. Et si tu ne veux pas que le personnel bavarde, il ne faut pas en avoir. Quand nous serons rentrés, tu devrais venir t'installer chez moi. Personne ne se mêlera de nos affaires.

— M'installer chez toi ? Tu deviens fou ? Repose-moi, Tyler ! Je ne vais pas me laisser porter dans l'escalier comme une héroïne de roman à l'eau de rose.

— La manière dont je te porte ne te plaît pas ? Essayons celle-ci, alors, dit-il avant de la jeter sur son épaule tel un sac de farine. C'est mieux ?

— Tu n'es pas drôle !

— Mais si, mon chou, répondit-il en lui tapotant le derrière. De toute façon, il y a plein de place chez moi pour tes affaires. J'ai trois chambres libres et des tas de placards vides. Cela devrait te suffire.

— Je ne m'installerai pas chez toi.

— Mais si.

Il entra dans la chambre, referma la porte du pied. Il devait rendre hommage au personnel : il n'avait vu ni entendu personne pendant la traversée de la maison et l'ascension de l'escalier. Sophia s'était elle aussi bien tenue : pas de cris, pas de coups de pied. Sa bonne éducation résistait aux circonstances. Sans la lâcher, il alluma les bougies réparties dans la pièce.

— Je ne m'installerai pas chez toi, répéta-t-elle.

Les bougies allumées, il fit glisser Sophia de son épaule et la remit sur ses pieds, en face de lui.

— Si, déclara-t-il, je le veux.

— Si tu crois que ce que tu veux m'impressionne…

— Je suis aussi fou de toi que tu es folle de moi, l'interrompit-il en lui effleurant la joue du bout des doigts. Ah ! Tu en restes muette ? Il est grand temps, Sophia, de regarder la réalité en face. Ce qu'il y a entre nous existe depuis longtemps. Voyons au moins où cela nous mènera, nous deux. Rien que nous deux, ajouta-t-il, posant ses lèvres sur les siennes.

« Rien que lui », pensa-t-elle. Elle voulait y croire, elle voulait se fier aux sentiments qu'il remuait en elle. Elle voulait aimer un homme fort et loyal. Elle voulait être capable de l'aimer. De le mériter. Elle voulait être aimée d'un homme honnête qui tiendrait ses promesses. Qui prendrait soin d'elle, même quand elle ne le mériterait pas.

Ce serait un miracle. Et elle voulait croire aux miracles.

Leur baiser qui s'attardait, plein de feu et de tendresse, éveillait en elle le désir. Cette vague irrésistible de passion lui apporta un soulagement. Désir, passion, elle les comprenait. Elle pouvait s'y fier. Et elle pouvait les donner.

C'est de son plein gré qu'elle se laissa allonger sur le lit. Cette fois, elle ne se méprenait pas sur ce qui survenait entre eux. Ils accompliraient un acte d'amour vrai, généreux et doux. Un acte destiné à se produire ici, dans le vieux grand lit du *castello* d'où tout était parti un siècle plus tôt. Où prenait place un nouveau départ, une nouvelle promesse. Un nouveau rêve.

Et Tyler le comprit dans les yeux de Sophia.

— Le temps de la floraison, dit-il à mi-voix. La nôtre.

Il la dévêtit lentement, contemplant la douce lumière des bougies danser sur sa peau nue, écoutant le rythme de sa respiration changer. Il savait que les barrières encore dressées entre eux tombaient les unes après les autres. Il discerna l'instant où le corps de Sophia céda enfin à son cœur.

Alors, elle s'abandonna aux sensations qu'il éveillait en elle et qui se répandaient dans ses veines tel un vin capiteux.

— Je t'aime, Sophia, murmura-t-il.

Une vague de peur mêlée de bonheur la submergea.

— Non, Tyler. Ne le dis pas.

Il n'avait pas cessé de la regarder dans les yeux. Ses merveilleux yeux noirs où il voyait perler des larmes.

— Si. Je t'aime. Dis-le, toi aussi.

Elle sentit son cœur battre plus vite. Trop vite. Elle résista.

— *Ti amo*, laissa-t-elle échapper.

— J'aime la musique de ces mots. Répète-les.

Elle secoua la tête.

— Tu l'as dit, insista-t-il. Ne le nie pas.

— On dit n'importe quoi dans le feu de la passion.

— Le feu de la passion ! Tu parles par clichés, maintenant ? Répète-le, ce sera moins difficile que la première fois, crois-moi.

Elle le repoussa, se redressa. Pour la première fois, sa nudité la mit mal à l'aise.

— Je veux d'abord que tu m'écoutes. Quels que soient les sentiments que j'éprouve en ce moment, ils ne signifient pas... Arrête de me regarder avec cette indulgence ironique, elle est vexante.

— Ne change pas de sujet, je ne me disputerai pas avec toi. Je te demande seulement de répéter ces mots.

— Tu n'y comprends donc rien ? Je sais ce dont je suis capable. Je connais mes qualités et mes défauts. Je suis aussi la fille de mon père, ajouta-t-elle si bas qu'il l'entendit à peine. Je gâcherai tout.

— Je ne te laisserai rien gâcher.

— Tu me sous-estimes, MacMillan.

— Non, c'est toi qui te sous-estimes.

Cette foi en elle, cette confiance plus solide que celle qu'elle avait en elle-même la laissa désemparée.

— Personne ne m'a jamais dit une chose pareille. Tu es le seul. C'est peut-être la raison pour laquelle...

— Vas-y, continue. Tu y es presque.

— Tu insistes. Tu me pousses. Personne ne m'a jamais poussée dans mes retranchements.

— Parce que personne ne t'a jamais assez aimée. Tu refuses devant l'obstacle, Sophia. Comme un mauvais cheval.

Elle l'observa dans les yeux, ses grands yeux bleus et calmes. Un peu ironiques, peut-être ?... Non, se rendit-elle compte. Elle discerna derrière leur calme de l'inquiétude, de la nervosité. Et pourtant, il attendait sans impatience qu'elle lui donne ce qu'il attendait.

— Tu n'es pas le premier homme avec qui j'ai couché, lâcha-t-elle.

Il lui saisit le menton, se pencha vers elle. Elle vit avec plaisir que le calme et la patience de son expression cédaient devant la colère.

— Stoppez les presses ! Voici un flash de dernière minute : je te garantis que je serai le dernier.

Exactement ce qu'elle voulait entendre !

— Bon. Alors écoute, Tyler. Jamais je n'ai dit « Je t'aime » à un autre homme. Je n'ai jamais eu besoin de me surveiller, parce qu'il n'en avait jamais été question. Je ne te rends sûrement pas service en te le disant, mais puisque tu y tiens, débrouille-toi avec. Je t'aime.

Un intense soulagement le submergea.

— En italien. Répète-le. C'est beaucoup plus beau, en italien.

— Idiot, va ! *Ti amo.*

Et elle se jeta sur lui en éclatant d'un rire joyeux.

26

— Je vous remercie d'être venue me voir, *signorina*, fit le lieutenant De Marco en se lissant la moustache. Les informations que le *signor* MacMillan et vous me communiquez sont du plus haut intérêt. Nous les étudierons avec attention.

— Que signifie « nous les étudierons » ? Je vous apprends que mon cousin allait secrètement au *castello* avec sa maîtresse et y tenait des rencontres clandestines avec un concurrent et une employée que j'avais moi-même congédiée. Cela mérite mieux qu'une étude !

— Rien de tout cela n'est strictement illégal. Intéressant, certes, et même suspect, c'est pourquoi nous nous pencherons sur vos déclarations. Je vous ferai toutefois observer que ces rencontres n'étaient ni tout à fait secrètes ni vraiment clandestines, puisque de nombreux employés du *castello* et des vignobles en étaient témoins.

La sentant prête à exploser, Tyler posa une main sur celle de Sophia et prit la parole à sa place.

— Ils ignoraient l'identité de Jeremy Morney et sa position chez Laker. Il est logique d'en déduire que Morney était sinon complice, du moins informé du sabotage ayant provoqué la mort de deux personnes. Il n'est pas impossible non plus que d'autres collaborateurs de Laker aient été eux aussi au courant des faits.

Ne pouvant dégager sa main de celle de Tyler, qui la retenait fermement, Sophia dut se contenter de serrer le poing et expliqua :

— Jerry Morney est le petit-neveu du président de Laker et l'un des dirigeants de la firme. C'est un homme intelligent et ambitieux, qui nourrit un fort ressentiment contre mon père et, probablement, toute notre famille. Chaque part de marché perdue par Giambelli depuis le début de cette crise profitait et profite encore à Laker. Morney en bénéficie donc directement, sans parler de la satisfaction personnelle qu'il éprouve devant les déboires d'un concurrent.

— Lorsqu'elles auront connaissance de ces informations, les autorités compétentes voudront sans doute entendre ce M. Morney, répondit le lieutenant. Mais comme il est citoyen américain et domicilié à New York, je ne puis l'interroger moi-même. Mon premier souci, dans l'immédiat, est d'appréhender Donato Giambelli.

— Qui vous échappe depuis près d'une semaine, commenta Sophia.

— Nous n'avons déterminé qu'hier l'identité de sa compagne de voyage ou, devrais-je dire, de la personne présumée l'accompagner dans sa fuite. Il s'agit d'une *signorina* Chezzo, dont la carte bancaire a enregistré des dépenses importantes. Je compte bientôt recevoir de nouvelles informations à ce sujet.

— Il s'est servi de la carte de sa maîtresse plutôt que de la sienne, c'est évident ! intervint Sophia, agacée. Donato est un imbécile, mais il n'est pas naïf à ce point. Je le crois même assez intelligent pour avoir su brouiller sa piste et quitter l'Italie au plus vite, sans doute vers la Suisse. Son dernier appel téléphonique a été localisé près du lac de Côme, la frontière est à quelques kilomètres. S'il n'était pas encore recherché, son passeport n'a même pas été contrôlé.

— Nous le savons. Les autorités suisses coopèrent avec nous. Le retrouver n'est plus qu'une question de temps.

— Pour nous, lieutenant, le temps est précieux. Ma famille souffre depuis des mois sur le plan personnel, émotionnel, financier. Nous n'aurons un peu de répit qu'une fois Donato appréhendé et interrogé afin d'avoir l'assurance qu'il n'y aura pas de nouveaux sabotages. Mon père y a lui-même vraisemblablement participé, j'ignore dans quelles proportions. Pouvez-vous comprendre ce que je ressens ?

— Oui, *signorina*, je puis tout à fait vous comprendre.

— Mon père est mort de mort violente. Je veux savoir qui l'a tué et pourquoi. Si je dois moi-même traquer Donato, si je dois affronter seule Jerry Morney et toute l'organisation Laker pour obtenir ces réponses, je n'hésiterai pas une seconde à le faire, croyez-moi.

— Ne soyez pas aussi impatiente, *signorina*.

— Je fais preuve, au contraire, d'une patience admirable, déclara Sophia en se levant. Il me faut des résultats, lieutenant. Et vite.

La sonnerie du téléphone retentit. De Marco lui fit signe d'attendre pendant qu'il écoutait avec attention.

— Vous avez vos résultats, dit-il en raccrochant. La police suisse a procédé à l'arrestation de votre cousin. Il est incarcéré.

Tyler n'ouvrit plus la bouche, il n'aurait d'ailleurs pas pu placer un mot s'il l'avait voulu. Sophia bombarda De Marco de questions et d'exigences sans cesser de prendre des notes. Quand ils quittèrent les bureaux de la police, Tyler dut allonger le pas pour ne pas se laisser distancer. Le téléphone vissé à l'oreille, Sophia marchait avec la vitesse et la précision d'une fusée gagnant son orbite.

Elle passait sans transition de l'italien au français, avec de temps à autre quelques ordres brefs en anglais, et Tyler ne comprenait pas la moitié de ses mots. Elle fonçait droit devant elle dans la foule des touristes, qui s'écartaient sur son passage, elle traversait des places, des ponts sans jamais cesser de parler, sans jamais ralentir son allure. Elle dépassait des dizaines de boutiques sans leur accorder un regard. Tyler songea que si elle ne marquait même pas une pause d'une seconde devant la vitrine d'Armani, rien ne l'arrêterait.

Sur un quai du Grand Canal, elle sauta dans une vedette-taxi. Il reconnut le mot *aeroporto* et s'estima heureux d'avoir eu l'idée de garder son passeport sur lui, sinon il serait resté sur le carreau.

Une fois à bord, elle resta debout, appuyée au siège du pilote, en continuant de lancer des appels. Fasciné, Tyler ne la quittait pas des yeux. Le vent ébouriffait sa courte chevelure, le soleil se réfléchissait dans ses lunettes noires, Venise déroulait son décor suranné derrière la silhouette de cette jeune femme de son siècle dont rien ne semblait pouvoir endiguer l'inépuisable énergie.

Comment s'étonner qu'il en soit amoureux fou ?

Tyler se carra du mieux qu'il put sur la banquette, croisa les bras et décida de profiter des dernières images de Venise. Car s'il connaissait Sophia, et il la connaissait bien, leur prochaine étape serait quelque part dans les Alpes.

— Tyler, combien d'argent as-tu sur toi ? En liquide ?

— Je ne sais pas. Dans les deux cent mille lires et peut-être une centaine de dollars.

— Bien. Paie le taxi.

L'embarcation était à peine à l'appontement qu'elle avait déjà sauté à terre. Elle traversa l'aéroport comme elle avait traversé la ville, telle une fusée. Sur son ordre, le jet Giambelli avait fait le plein de carburant et déclaré son plan de vol. Une heure à peine après avoir appris l'arrestation de son cousin, Sophia boucla sa ceinture pour le décollage. Et pour la première fois en une heure, elle éteignit son téléphone, ferma les yeux et se permit de reprendre haleine.

Donato s'était fait cueillir près de la frontière autrichienne, dans une petite station de sports d'hiver rendue déserte par l'arrivée du printemps. Il n'avait rien prévu au-delà du franchissement de cette frontière, ou peut-être de celle du Liechtenstein, l'essentiel étant de mettre un maximum de frontières entre l'Italie et lui.

Mais tandis qu'il cherchait son salut en regardant vers le nord, il négligeait de baisser les yeux près de lui. Sa chère et tendre maîtresse n'était pas aussi sotte ni aussi loyale qu'il se l'imaginait. Un jour, en regardant la télévision pour se distraire pendant son bain, elle avait entendu le nom et vu le visage de son amant dans un journal télévisé et en avait tiré de fructueuses conclusions. Après avoir découvert sans peine la cachette de son magot au fond d'une valise, elle avait empoché le tout, retenu une place d'avion et lancé de l'aéroport un bref coup de téléphone anonyme. Elle était déjà en France, sous le soleil de la Côte d'Azur, quand la police de la Confédération avait fait irruption dans la chambre de Donato pour l'extraire de son lit.

Il se trouvait à présent dans la cellule d'une prison helvétique, gémissant sur son sort et maudissant les femmes. Il n'avait plus un sou pour payer un avocat, dont il aurait pourtant eu le plus pressant besoin s'il voulait éviter ou du moins retarder son extradition et réfléchir au moyen de se sortir de cet effroyable guêpier.

Il se jetterait aux pieds de la *Signora* et implorerait son pardon. Il s'évaderait et fuirait en Bulgarie. Il réussirait à convaincre les autorités qu'il n'avait rien à se reprocher de plus répréhensible qu'un adultère. Il resterait pourrir dans un cachot jusqu'à la fin de ses jours…

Ces sombres pensées tournaient et retournaient dans sa tête quand un gardien l'informa qu'il avait une visite. Donato se leva péniblement sur ses jambes flageolantes. Les Suisses avaient eu au moins la décence de lui laisser ses vêtements, bien qu'ils lui eussent confisqué sa cravate, sa ceinture et ses lacets de chaussures. Il était donc à peu près présentable pour recevoir ce visiteur. Peu lui importait de qui il s'agissait du moment qu'une oreille compatissante l'écouterait.

Quand il vit Sophia derrière la vitre du parloir, son cœur bondit de joie. « La famille ne m'abandonne pas, pensa-t-il. Les liens du sang auront raison de l'adversité. »

— Sophia, c'est toi ! *Grazie a Dio !*

Il saisit le téléphone et se lança aussitôt dans des protestations éperdues de son innocence et de son désespoir, le tout assaisonné de mensonges qu'il espérait convaincants. Plus il parlait, plus Sophia sentait son cœur s'endurcir. Au bout de cinq minutes, elle n'y tint plus.

— Tais-toi.

Le ton de sa voix, la froideur impitoyable de son expression étaient trop semblables à ceux de sa grand-mère pour que Donato puisse réprimer un frisson de frayeur.

— Tes excuses ne me touchent pas, Donato. Je ne suis pas venue ici pour t'entendre parler d'une regrettable erreur ni écouter tes pitoyables mensonges. Ne me demande pas de t'aider. Je vais te poser des questions auxquelles tu me donneras des réponses précises. Je déciderai ensuite ce qu'il conviendra de faire. Est-ce clair ?

— Tu dois m'écouter, Sophia…

— Non. Rien ne m'y oblige. Je peux me lever et sortir d'ici. Toi, non. Est-ce toi qui as tué mon père ?

— Non ! Jamais de la vie ! Au nom du ciel, comment peux-tu croire une chose pareille ?

— Compte tenu des circonstances, je la crois facilement. Tu as volé la famille.

Prêt à nier, il s'arrêta en voyant Sophia reposer le téléphone et se lever. Affolé, il tapa du poing contre la vitre, lui cria de ne pas partir. Sophia fit signe aux gardiens de ne pas intervenir et revint s'asseoir.

— Qu'allais-tu dire ?

— Oui, oui, j'ai volé. J'ai eu tort, j'étais stupide. Gina me rendait fou. Elle me harcelait, elle en voulait toujours plus, plus d'enfants, plus d'argent, plus de tout. Oui, j'ai pris de l'argent, mais je pensais que c'était sans importance puisque je fais partie de la famille. Je t'en prie, Sophia, je t'en supplie, ne les laisse pas me garder en prison pour une vulgaire question d'argent !

— Si. Ma grand-mère se laisserait peut-être attendrir, moi pas. Car il ne s'agit pas seulement d'argent. Tu as mis du poison dans notre vin. Tu as tué un pauvre vieil homme innocent. Pour de l'argent. Combien sa vie valait-elle, pour toi ?

— C'était une erreur, un accident, je te le jure ! Je devais simplement le rendre un peu malade. Il savait, il avait vu…

— Qu'avait-il vu ? Que savait-il ?

— Ma maîtresse. Il n'approuvait pas ma conduite, j'avais peur qu'il en parle à *zia* Tereza.

— Si tu continues à me prendre pour une idiote, je te laisse moisir ici. Je veux la vérité, Donato. Toute la vérité.

— C'était une erreur, te dis-je ! J'ai écouté de mauvais conseils. Je devais être payé pour cela, j'avais besoin d'argent. Si la société avait des ennuis, des procès, de la contre-publicité, je devais toucher davantage. Le vieux Baptista avait vu les… les gens avec qui je parlais. Comprends-moi, Sophia, j'étais furieux, frustré. J'avais travaillé toute ma vie et la *Signora* ne reconnaissait pas mes compétences. On a sa fierté, quand même ! On aime être apprécié à sa juste valeur.

— Tuer un innocent et détruire la réputation de ma grand-mère constituaient la réponse ?

— La mort du vieux était un accident. Et ce n'était pas sa réputation à elle, mais celle de la compagnie.

— C'est la même chose, tu aurais dû le savoir.

— Je me disais que s'il y avait des problèmes, j'aiderais à les résoudre et je me ferais bien voir.

— Et tu toucherais de l'argent des deux côtés ? jeta-t-elle avec mépris. Mais tes beaux projets ont échoué, Donato. Le pauvre

Baptista en est mort et *nonna* a réorganisé la société. Frustrant, n'est-ce pas ?

— Oui ! Comment me récompense-t-elle de mes années de bons et loyaux services ? glapit-il avec un coup de poing sur la tablette. En engageant un étranger, Cutter. En donnant une promotion à cette Américaine de malheur qui avait le droit de me poser des questions.

— Donc, tu as tué Margaret et essayé de tuer Cutter.

— Mais non ! Margaret aussi était un accident ! J'étais désespéré. Elle épluchait les comptes, les factures, fourrait son nez partout. Je voulais simplement la... la retarder un peu. Comment pouvais-je deviner qu'elle boirait une bouteille entière ? Avec un verre ou deux, elle aurait simplement été malade.

— Quel mauvais goût de sa part de gâter tes projets ! Tu as glissé du poison dans d'autres bouteilles, tu as mis en danger des innocents.

— Je n'avais pas le choix, comprends-tu ? Pas le choix.

— Mon père était-il au courant de ce sabotage ?

— Non. Tony ne pensait qu'à ses affaires. Il ne savait rien du client fictif parce qu'il ne s'était jamais donné la peine de vérifier les comptes. Il ne connaissait pas Baptista parce qu'il méprisait les employés. Tout ce qui se passait ici dépendait uniquement de moi.

Sophia marqua une pause. Son père avait été un mauvais mari, un mauvais père, un homme sans scrupules ni caractère. Apprendre qu'il était innocent du sabotage et des crimes était une piètre consolation, mais une consolation quand même.

— Tu as fait venir Morney au *castello*, tu l'as emmené dans les chais, dans les caves. Tu as accepté l'argent qu'il t'offrait pour trahir ta propre famille.

Donato baissa la voix.

— Écoute-moi, Sophia, reste à l'écart de Morney, c'est un homme dangereux. Il faut me croire. J'ai fait des bêtises, c'est vrai, mais je n'ai jamais cherché à te nuire. Lui, il ne recule devant rien. Devant rien.

— Pas même le crime ? Est-ce lui qui a tué mon père ?

— Je ne sais pas, je te le jure. Il veut ruiner notre famille et il s'est servi de moi pour parvenir à ses fins. Écoute, j'ai pris son argent, j'ai volé, j'ai mis de la digitaline dans le vin comme il me l'avait commandé. Et maintenant, il m'envoie au gibet alors que j'agissais sur ses ordres. Pour ton bien, je te supplie d'éviter cet homme. Quand Cutter m'a démasqué, j'ai pris la fuite. Je n'ai rien fait d'autre que fuir, Sophia, je te le jure. On prétend que j'ai engagé un malfrat pour abattre Cutter et lui voler ses dossiers, c'est faux. Pourquoi l'aurais-je fait ? Tout était déjà fini, pour moi. Je suis un homme fini.

Il faudrait du temps et de la lucidité pour dénouer le tissu de mensonges et de demi-vérités ourdi par Donato. Malgré tout, Sophia ne pouvait tout à fait réprimer la pitié méprisante qu'il lui inspirait.

— Tu veux mon aide, Donato ? Alors, apprends-moi tout ce que tu sais sur Jerry Morney. Absolument tout. Si tes informations sont satisfaisantes, je demanderai que Giambelli se charge de tes frais judiciaires et procure à ta famille assistance et protection.

Quand elle rejoignit Tyler une heure plus tard, Sophia était épuisée.

— Ne me demande rien, je t'en prie, Tyler. Je téléphonerai de l'avion, tu écouteras. Je ne me sens pas capable de tout raconter plus d'une fois.

Il la prit dans ses bras, la serra très fort contre lui.

— Ça te fait du bien ? Un peu ?

— Beaucoup. Peux-tu te passer quelques jours des affaires que tu as laissées au château ? Je les ferai expédier à la maison. Il faut que nous rentrions, Tyler. J'ai besoin d'être chez nous.

— Voilà enfin une bonne nouvelle, fit-il en lui donnant un baiser. En route.

Tyler attendit sans un mot qu'elle ait terminé le rapport complet de sa visite à Donato et que la communication soit coupée.

— Crois-tu ce qu'il t'a dit ?

— C'est un imbécile, un faible et un égoïste qui s'est lui-même persuadé par lâcheté que la mort de Baptista et celle de Margaret ne sont que de fâcheux accidents. Il s'est fait exploiter pour de l'argent par quelqu'un d'infiniment plus fort que lui. Il le regrette, mais il est encore plus désolé de s'être fait prendre. Je le crois volontiers quand il affirme avoir peur de Jerry. Je crois aussi que ce n'est pas lui qui a tué mon père et essayé de tuer David.

— Morney, alors ?

— Qui d'autre ? Mais ce ne sera pas facile à prouver. L'impliquer de près ou de loin dans toute l'affaire sera encore plus difficile. As-tu une autre idée ? J'ai vu que tu n'étais pas d'accord pendant que je parlais, et tu as encore l'air sceptique.

— Je ne sais pas, mon cerveau travaille moins vite que le tien. Mais je n'arrive pas à m'expliquer pourquoi ton père aurait donné un rendez-vous secret à Jerry dans ton appartement s'il savait que Jerry le haïssait depuis longtemps. Et pourquoi Jerry l'aurait-il tué ? Pourquoi prendre un tel risque ? Pour moi, cela ne colle pas. Mais je ne suis pas flic, toi non plus.

— La police l'interrogera. Même sur le seul témoignage d'un propre-à-rien comme Donato, ils ne pourront pas faire moins. Jerry se défilera, bien sûr, il donnera des alibis, mais… Au fait, nous devons faire escale à New York pour le plein de carburant.

— Tu ne tireras rien de lui, Sophia.

— Je pourrai au moins lui cracher à la figure.

Tyler ne demanderait pas mieux que d'assister à la scène.

— Tu sais où le trouver ? New York est une grande ville.

— Le contact est une de mes spécialités. Tu l'as oublié ?

Elle sortit son carnet d'adresses de son sac.

— Je me contente de suivre le mouvement.

— C'est vrai. Depuis ce matin, pendant que je me démenais pour dénouer ce sac de nœuds, que je téléphonais à droite et à gauche, que je donnais des ordres, que je prenais des rendez-vous, tu ne m'as jamais interrompue, jamais posé de questions, jamais dit de te laisser faire à ma place.

— Je ne parle pas trois langues.

— Ce n'est pas la vraie raison. Il ne t'est pas venu à l'esprit d'exhiber tes muscles, de me montrer que tu étais aussi capable que moi, sinon plus, de prendre la situation en main. Et tu ne te sentais pas froissé dans ton amour-propre de voir que je faisais le nécessaire et par quels moyens. Toi, tu n'as pas besoin d'exhiber tes muscles, tu sais qu'ils existent et tu n'as pas besoin de le prouver.

— Peut-être aussi que j'aime te voir exhiber les tiens.

Elle se leva de son siège pour se blottir sur ses genoux.

— Toute ma vie, je n'ai cherché que des hommes inconsistants. Une façade et rien derrière. Maintenant, regarde ce qui m'arrive !

Et, la tête sur son épaule, elle trouva enfin le repos.

Pendant ce temps, Jerry Morney avait lui aussi passé un certain nombre de coups de téléphone. Donato ne constituait pas pour lui un problème, tout au plus un désagrément. De toute façon, il ne le serait plus pour longtemps. Il avait rempli son office, inutile de s'en embarrasser davantage.

Giambelli se débattait dans une nouvelle crise qui, cette fois, touchait la famille même. La confiance de la clientèle continuait à tomber en chute libre – pour son plus grand profit à lui, sur tous les plans. Aucun de ses actes, rien du moins de ce qui pouvait être prouvé, n'était illégal. Il avait simplement agi en homme d'affaires avisé et saisi les occasions qui se présentaient en sachant faire taire ses scrupules. Qui songerait à le lui reprocher ?

Aussi fut-il plus amusé qu'irrité lorsque le portier lui annonça ses visiteurs. Après avoir ordonné de les faire monter, il se tourna vers la jeune femme assise sur le canapé du salon.

— Nous avons de la visite. Une vieille amie à toi.

— Voyons, Jerry, il nous reste au moins deux heures de travail à terminer d'ici ce soir ! répondit Kris, agacée. Qui est-ce ?

— Ton ancienne patronne. Ouvre donc une bouteille de pouilly-fuissé 1996, c'était une bonne année.

— Quoi ? s'exclama-t-elle en se levant d'un bond. Sophia ici ? Pourquoi ?

Le timbre tinta à la porte de l'appartement.

— Nous allons bientôt le savoir. Sois gentille, veux-tu ? Va chercher le vin. Quelle bonne surprise ! s'écria-t-il en ouvrant. Je ne savais pas que vous étiez en ville.

Il se penchait vers Sophia pour un amical baiser sur la joue quand, avant qu'elle eût pu réagir, Tyler le stoppa d'une claque sur la poitrine.

— Ne commencez pas à faire l'idiot.

Jerry leva les mains en signe de paix et recula d'un pas.

— Désolé, je ne me rendais pas compte que vos rapports avaient évolué à ce point. Entrez donc, j'allais justement déboucher une bonne bouteille. Vous connaissez Kris, bien sûr.

— Touchante amitié, dit Sophia. Nous n'avons pas soif, merci. De toute façon, ce ne sera pas long. Tu t'entends bien avec ton nouveau patron à ce que je vois, Kris.

— Je préfère son genre à celui de l'ancienne.

— Mesdemoiselles, je vous en prie ! plaida Jerry. Nous sommes entre professionnels, nous savons que les cadres de valeur changent souvent d'employeurs. Vous n'allez pas m'en vouloir de vous avoir débauché une de vos collaboratrices, pas plus que je ne vous en veux de nous avoir privés l'année dernière d'un de nos plus brillants éléments. Comment va David, au fait ? J'ai appris qu'il avait eu des problèmes à Venise ces derniers temps.

— Il se porte bien, merci. Heureusement pour Kris, la politique d'entreprise de Giambelli exclut de tuer les anciens employés.

— Cette louable politique ne va pas jusqu'à prévenir les querelles intestines. J'ai été choqué d'apprendre les agissements de Donato. Extrêmement choqué, répéta-t-il.

— Nous n'avons pas de micros cachés, Morney, intervint Tyler en retenant Sophia prête à bondir. Inutile par conséquent de jouer la comédie. Nous avons rendu visite à Donato avant de quitter l'Europe. Il nous a révélé des choses très intéressantes à votre sujet. Je crois que la police n'arrivera pas très longtemps après nous.

Jerry croyait avoir réagi vite. Pas assez vite, à l'évidence.

— Vraiment ? Je fais assez confiance à notre système judiciaire pour penser que la police n'ajoutera pas foi aux divagations d'un individu capable de voler sa propre famille. Cette situation doit vous être pénible, Sophia. Si je puis faire quelque chose pour. .

— Oui, filer tout droit en enfer si on y veut bien de vous. Vous auriez dû vous montrer plus prudents tous les deux, dit-elle en désignant Kris du menton. Aller au *castello* au vu et au su du personnel, visiter les chais, les ateliers d'embouteillage. Quelle imprudence.

— Les visites amicales entre concurrents sont monnaie courante, dans notre profession. D'ailleurs, nous étions invités. Vous êtes vous-mêmes les bienvenus chez Laker quand vous voudrez. Nous n'avons rien à cacher ni aucun secret de fabrication à protéger.

— Vous vous serviez de Donato.

— Sur ce point, je plaide coupable, mais cela n'a rien d'illégal. C'est lui qui avait pris contact avec moi. Il était mécontent depuis longtemps de la manière dont Giambelli le traitait. Nous avions même envisagé pour lui un poste important chez Laker.

— Vous lui avez ordonné de saboter le vin et montré comment s'y prendre.

— Non seulement c'est ridicule, mais c'est injurieux ! Mesurez vos paroles, Sophia. Je comprends que ces récents événements vous troublent le jugement, cependant essayer de me faire porter la responsabilité des ennuis de votre famille ne représente pas une solution.

Tyler s'assit, se mit à son aise. Il avait répété son intervention dans l'avion, il n'attendait que le moment de passer à l'action.

— Je vais vous dire comment je vois les choses, commença-t-il. Vous vouliez créer des ennuis à Giambelli. Avano couchait avec votre femme, ce qui n'est jamais agréable pour un homme même si cet homme couche avec toutes les femmes passant à portée de sa main. Mais comme Avano avait le génie de ne se laisser démonter par rien et qu'il gardait sa femme au frais pour préserver sa position dans la maison, vous l'aviez de plus en plus mauvaise.

— La vie de mon ex-femme ne vous regarde pas, MacMillan !

— Mais vous, si. Celle d'Avano aussi. Et vous vous disiez que si ces maudits Giambelli laissaient la bride sur le cou à cet enfant de salaud, autant se servir de cette bride pour les étrangler tous à la fois. Vous saviez peut-être, ou peut-être pas, qu'Avano puisait dans la caisse. Mais vous en saviez assez pour vous intéresser à Donato, qui trompait sa femme lui aussi et était copain avec Avano. C'était donc un jeu d'enfant de vous rapprocher de Donato, de lui faire miroiter un bon job chez Laker, de l'argent, de l'influence. Bref, de le caresser dans le sens du poil. Et quand vous avez découvert le coup du client fictif, vous avez su que vous le teniez.

— Vous allez à la pêche, MacMillan. La pêche m'ennuie.

— Attendez, le poisson va mordre. Avano qui fait des gros câlins à l'adjointe de Sophia, voilà un fait nouveau intéressant, non ? Il suffit de lui fourrer une belle carotte sous le nez pour la décider à vous fournir des informations confidentielles, c'est classique. Qu'est-ce qu'il vous proposait, Kris ? De l'argent, ou juste un beau grand bureau avec une plaque de cuivre sur la porte ?

— Je ne sais pas de quoi vous parlez. Mes rapports avec Tony n'ont rien à voir avec ma situation actuelle chez Laker.

— Sans blague ? Entre-temps, Morney, vous continuez d'entortiller Donato. Vous le mouillez de plus en plus, jusqu'au cou. Il a des problèmes d'argent. Qui n'en a pas ? Vous lui consentez un petit prêt amical, en tout bien tout honneur. Vous lui faites toujours miroiter un beau job chez Laker. Mais il fallait qu'il y mette du sien, n'est-ce pas ? Des informations confidentielles ? Non, cela ne fait pas le poids. Vous exigez quelque chose de plus substantiel.

— Mon entreprise n'a pas besoin d'informations confidentielles sur ses concurrents.

— Ce n'est pas *votre* entreprise, vous voudriez seulement vous l'approprier, déclara Tyler en constatant avec plaisir un éclair de rage s'allumer dans les yeux de Jerry. Mais poursuivons. Vous persuadez Donato de saboter quelques bouteilles, vous lui montrez comment il pourra ensuite régler le problème et se faire passer pour un héros. Comme vous-même deviendrez un héros chez Laker en raflant les parts de marché de Giambelli. Rien de bien grave dans tout cela, personne n'en mourra, c'est du moins ce que vous affirmez à Donato. Le but de l'opération consiste simplement à discréditer Giambelli.

— C'est grotesque ! cracha Morney. Personne de sensé n'ajoutera foi à vos élucubrations.

— La police les trouvera quand même distrayantes, pour ne pas dire plus. Je termine. Donato calcule mal son coup, le vieux vigneron y perd la vie. Vous, bien sûr, vous n'y perdez rien, au contraire, puisque vous tenez maintenant Donato pour de bon. S'il parle, il s'accuse lui-même d'un crime. Pendant ce temps, Giambelli n'a pas encore mis un genou à terre, Avano s'obstine à vous glisser entre les doigts et l'un des vôtres, et non des moindres, passe à l'ennemi.

Sous sa chemise de soie, Morney sentait ruisseler la sueur.

— Nous nous privons fort bien des talents de David Cutter. Et vous, vous m'avez assez fait perdre mon temps.

— Encore un peu de patience, j'ai presque fini. Vous ouvrez donc un second front en courtisant cette précieuse collaboratrice de Giambelli, vous attisez ses rancunes, ses jalousies. Quand la crise éclatera, sa défection précipitera la débâcle.

Depuis quelques minutes, Kris s'écartait de Morney. Elle se leva, empoigna son cartable, y fourra ses dossiers à la hâte.

— Je ne comprends pas un mot de ces salades ! Je n'ai rien à voir dans ce que vous racontez !

— Peut-être pas, en effet. Votre genre, c'est plutôt le coup de poignard dans le dos.

— Je me fous de ce que vous pensez et de ce que vous dites ! Je n'ai plus rien à faire ici.

Elle sortit en courant et claqua la porte derrière elle. Son départ laissa Jerry indifférent. Kris n'était qu'un pion qu'il pouvait sacrifier en cas de besoin.

— À votre place, reprit Tyler, je ne compterais pas trop sur sa loyauté envers son employeur. Vous sous-estimiez Sophia, Morney, tout comme vous vous surestimiez vous-même. Vous avez déclenché la crise, vous avez eu votre pinte de sang, O.K. Mais cela ne vous suffisait pas. Vous en prendre à Cutter était une idiotie. Les services juridiques possédaient des copies des dossiers, Donato le savait.

— Il a quand même cédé à la panique. Un homme qui a tué une fois n'a pas de scrupules à tuer encore.

— Exact. Seulement ce cher Donato est convaincu de n'avoir tué personne, lui, c'est le vin empoisonné qu'il incrimine. De plus, il était beaucoup trop occupé à mettre sa précieuse peau en lieu sûr pour s'occuper de David. Je me demande qui vous a averti de leur rencontre à Venise et de la précipitation de Donato à vider son compte en banque aussitôt après. La police s'y intéressera sûrement et n'aura pas trop de mal à remonter jusqu'à vous, je crois. Vous allez devoir répondre à beaucoup de questions, Morney. Vos propres relations publiques vont tourner au cauchemar. Laker va se hâter de vous cisailler, comme on coupe une branche malade. Car vous vous imaginez peut-être avoir brouillé toutes vos pistes, poursuivit Tyler en se levant. Personne n'y est jamais arrivé. Et quand Donato plongera, il vous noiera avec lui. Je n'en aurai pas un gros chagrin, je l'avoue. Je n'ai jamais eu d'estime pour Avano. C'était un imbécile, un égoïste incapable d'apprécier ce qu'il avait. Donato est du même genre. Mais vous, Morney, vous êtes un lâche qui paie des gens pour faire le sale boulot à sa place. Pas étonnant que votre femme ait cherché ailleurs un homme, un vrai.

Quand Jerry se rua sur lui, Tyler ne chercha même pas à esquiver son coup de poing à la mâchoire. Il encaissa même un second coup qui le fit reculer jusqu'à la porte.

— Tu as vu ? demanda-t-il calmement à Sophia. Cet individu m'a frappé. Je vais lui demander poliment de cesser. Vous entendez, Morney ? Je vous demande poliment d'arrêter.

— Espèce de salopard !

Son poing aurait dû terminer sa course dans le ventre de Tyler s'il n'avait été stoppé juste avant sa cible et écrasé comme dans un étau. La douleur fut telle que Morney tomba à genoux.

— Vous devriez faire radiographier votre main, dit calmement Tyler en accompagnant ses mots d'une légère poussée qui envoya l'autre s'étaler sur le tapis. J'ai entendu des os craquer. Prête, Sophia ?

Effarée, elle se laissa entraîner jusqu'à l'ascenseur, où elle expulsa enfin le souffle qu'elle retenait depuis un moment sans s'en être rendu compte.

— J'aimerais te faire remarquer quelque chose, fit-elle quand elle eut repris haleine.

Tyler pressa le bouton du rez-de-chaussée.

— Je t'écoute.

— Je ne t'ai pas interrompu, je n'ai pas posé de questions. Je n'ai pas exhibé mes muscles ni cherché à te prouver que j'étais capable de dominer la situation. Je te le signale, c'est tout.

Tyler esquissa un sourire amusé. Il passa un bras autour des épaules de la jeune femme.

— Compris. Tu as ta spécialité et moi la mienne. Et maintenant, rentrons chez nous.

27

— Je n'ai pas eu le temps de voir ce qui s'est passé, Tyler a réagi comme l'éclair, raconta Sophia. Sans même faire ouf ! Après, il a poliment conseillé à l'autre de se faire radiographier la main.

Sophia reprit des lasagnes pour la troisième fois, remplit son verre de vin. Depuis qu'elle avait franchi la porte de la villa, elle se sentait un appétit d'ogre.

— J'ai entendu cet horrible petit bruit, celui d'une brindille cassée, poursuivit-elle sans cesser de manger. La scène était à la fois si excitante et si sadique, en un sens, que... Bref, je n'ai pas honte d'avouer que je lui ai sauté dessus quand nous sommes remontés dans l'avion.

— Sophia, je t'en prie ! protesta Tyler. Tais-toi et mange.

— Tu n'étais pas gêné, sur le moment. Reste-t-il de la glace ?

— Je t'en apporte, dit Pilar. Tu es un brave garçon, Tyler, ajouta-t-elle en l'embrassant quand elle passa devant lui.

— Son coup de poing ne t'a pas beaucoup marqué la mâchoire, fit observer Eli.

— Ce type est un connard... Oh ! pardon, fit-il en rougissant.

— Tu as raison de t'excuser, répondit Tereza avec un sourire, je n'aime pas ce langage à ma table. Mais je ferme les yeux pour cette fois, car je te dois beaucoup.

— Vous ne me devez rien du tout.

— Si. Quelqu'un de mon propre sang nous a trahis. Des jours durant, j'ai ressenti un vide en moi-même. Je doutais de ce que j'avais fait, de ce que je n'avais pas fait. Ce soir, je vois ensemble la fille de ma fille et le garçon qu'Eli a accueilli dans notre famille et ce vide se comble. Je ne regrette plus rien, je n'ai plus honte de rien. Quoi qu'il arrive désormais, nous suivrons notre chemin. Nous avons un mariage à préparer, une affaire à gérer, des vignes à cultiver. Buvons, conclut-elle en levant son verre. À la famille. À nous tous.

Sophia dormit comme une souche et se réveilla à l'aube. À six heures du matin, elle s'installa dans son bureau afin de rédiger des communiqués de presse. Elle téléphona ensuite aux principaux clients en Europe et sur la côte est, prenant soin de ne pas prononcer le nom de Jerry ni de l'accuser de concurrence frauduleuse, mais distillant des sous-entendus à propos desquels nul ne pouvait se méprendre.

À huit heures, elle appela les Moore.

— Désolée de téléphoner d'aussi bonne heure, tante Helen.

— Tu appelles cela de bonne heure ? J'étais prête à partir. Tu es encore à Venise ?

— Non, je suis de retour à la maison et j'ai besoin de conseils sur plusieurs points, surtout en droit international.

Elle relata rapidement l'arrestation de Donato et ses accusations contre un concurrent américain dont elle ne cita pas le nom.

— Cet individu était de toute évidence au courant du sabotage et de l'escroquerie de Donato, il en était sans doute même l'instigateur. Peut-on le poursuivre pour complicité ? La mort de Margaret étant survenue aux États-Unis…

— Pas si vite, Sophia ! D'abord, la justice prend son temps. Ensuite, tu te fondes sur les paroles de Donato. Il n'est pas très crédible dans les circonstances actuelles.

— Il le sera. Je te demande juste un avis motivé.

— Je ne suis pas spécialiste du droit international ni même du droit pénal. Il vaut mieux que tu t'adresses à James, je te le passe dans une minute. Mais auparavant, je te donne un conseil d'amie. Laisse la police mener l'enquête. N'agis pas sans nous consulter et fais très attention à ce que tu diras et écriras si tu ne veux pas te coller sur le dos des procès en diffamation.

— J'ai rédigé des communiqués de presse. Je peux te les faxer ?

— Absolument. Je te passe James. Et ne fais plus rien, compris ?

Sophia se mordit les lèvres. Elle se demanda ce que le digne juge aurait pensé de la manière dont s'était déroulée la visite que Tyler et elle avaient rendue la veille à Jerry Morney.

Vers le milieu de la matinée, David arpentait les vignes MacMillan. Il se sentait inutile, dépassé par les événements et paniqué d'avoir vu son fils d'à peine plus de seize ans partir pour l'école au volant d'une décapotable d'occasion.

— Pas de paperasses, ce matin ? s'enquit ironiquement Tyler. Dans ce cas, allez donc faire un tour de cave. Nous devons déguster le merlot 1993.

— Je déguste, vous vous bagarrez. C'est bien ça ?

— Exact. Mais ce n'était pas une vraie bagarre.

— Selon Pilar, vous l'avez aplati d'une seule main. Quand je pense que j'ai travaillé des années pour ce sinistre individu ! J'ai tenu des réunions avec lui, déjeuné avec lui, passé des nuits à mettre au point avec lui des plans de campagne pour rafler des clients à Giambelli et à vous-même. Les affaires sont les affaires, n'est-ce pas ?

— Bien sûr.

— Quand Laker a décroché l'exclusivité des vols transatlantiques d'Allied Airlines, j'ai arrosé l'événement avec lui. Je me suis félicité pendant des jours tellement j'étais fier de nous parce que je croyais que nous avions enlevé le marché sur nos seuls mérites. Maintenant, je me rends compte que nous avions triché. Donato avait communiqué à Morney l'offre Giambelli.

— Beaucoup de gens font des affaires de cette manière.

— Pas moi.

Tyler considérait de plus en plus David en ami, presque en membre de la famille. Il s'en sentait assez proche, en tout cas, pour comprendre ses remords et sa frustration.

— Personne ne vous reproche rien, David.

— Non, je sais. Mais moi je me rappelle à quel point je voulais enlever ce marché et la joie que j'en avais éprouvée. Merde !

— Avez-vous bientôt fini de vous frapper la poitrine et de vous couvrir la tête de cendres, David ? Au lieu de vous écouter, j'ai du retard à rattraper dans mon travail après avoir dû aller en Italie éponger votre sang sur les pavés. On n'a pas idée, non plus, de se faire descendre dans la rue comme un mafioso.

— C'est sur ce ton-là que vous avez suggéré à Morney de se faire radiographier la main ?

— Probable. C'est celui dont je me sers avec les gens qui m'agacent en débitant des âneries.

Un éclair amusé apparut pour la première fois dans le regard de David.

— Vous mériteriez que je vous casse la figure, mais vous êtes plus fort que moi. De toute façon, je vois Sophia s'approcher et je ne voudrais pas lui infliger le triste spectacle de son futur beau-père en train de botter le derrière de son amoureux. Je vais bouder dans les caves. Et puis... merci, Tyler.

David s'éloigna vers les chais.

— De rien, répondit Tyler en allant au-devant de Sophia. Tu es en retard, comme d'habitude.

— Je parais au plus pressé. Où va David ? Je voulais prendre de ses nouvelles.

— Laisse tomber, il est à cran. À quel plus pressé parais-tu ?

— Remonter le moral des clients, intoxiquer la presse, consulter les juristes. La routine, quoi. Comment ça se passe, de ton côté ?

— Les nuits sont humides, le mildiou va revenir. Nous referons un soufrage, mais je ne suis pas inquiet.

— Tant mieux. Reprenons donc notre travail d'équipe. Au fait, pourquoi ne m'as-tu pas encore embrassée ?

— Parce que je travaille et que j'ai encore des tas de choses à faire avant de déménager tes affaires chez moi. Mais puisque tu es là, tu as quand même droit à ton baiser, dit-il et il lui effleura les lèvres.

— Je ne t'ai jamais dit oui pour le déménagement ! On en discutera... un peu plus tard, ajouta-t-elle en entendant le téléphone sonner dans sa poche. Allô ? C'est le lieutenant De Marco, souffla-t-elle à Tyler. Donato a été transféré de Suisse en Italie... Comment ? Je n'ai pas compris. Donato est quoi ?... Mort ?

Tyler lui prit le téléphone des mains et, après s'être identifié, demanda comment et de quoi Donato Giambelli était mort.

Sophia arpentait nerveusement la pièce.

— Une crise cardiaque ! Il n'avait pas quarante ans. C'est ma faute. J'ai provoqué Jerry, autant dessiner une cible sur le dos de Donato.

— Tu n'étais pas seule, lui rappela Tyler. C'est moi qui ai rudoyé Morney.

— Arrêtez, vous deux, intervint Tereza. S'ils découvrent que la mort de Donato est due à une drogue et qu'il a été assassiné sous la garde de la police, ce n'est la faute de personne. Donato s'est mis lui-même en danger, mais la police avait le devoir de le protéger après son arrestation. La famille est sans reproche dans ce dernier drame. Il m'a profondément déçue, ajouta-t-elle. Je n'oublie quand même pas qu'il avait été un gentil petit garçon avec un beau sourire. C'est du petit garçon que je porterai le deuil.

— J'irai en Italie représenter la famille, *nonna*.

— Non, tu n'as pas encore pris ma place de chef de famille, que je sache, et ta présence est plus utile ici. Eli et moi nous rendrons aux funérailles. Je ramènerai Francesca, Gina et les enfants s'ils le veulent. Mais que Dieu nous protège s'ils acceptent ! conclut-elle en se levant.

Le bureau de Lincoln Moore tenait plus du placard que du lieu de travail. Au moins, estima Sophia, on ne pouvait pas accuser son père de favoritisme.

— L'avantage de débuter en bas de l'échelle, c'est qu'on ne peut pas descendre plus bas, dit-il en riant. Si je travaille bien, j'aurai droit à ma propre agrafeuse. Assieds-toi où tu peux.

— Quand je vois cette accumulation de dossiers, j'ai des remords d'aggraver ton surmenage. As-tu quand même eu le temps de regarder les papiers que je t'ai envoyés ?

— Je me suis permis de changer un mot ici ou là dans tes communiqués de presse, il faut bien justifier mes monstrueux honoraires, n'est-ce pas ? Mais dans l'ensemble, c'est bon. Tu agis en tant que porte-parole officiel de Giambelli-MacMillan, si je comprends bien ?

— Oui, du moins tant que *nonna* et Eli seront en Italie. L'enterrement de Donato a lieu aujourd'hui. Je m'en veux d'avoir été si froide et si méchante avec lui.

— Tu ne peux pas endosser tous les péchés de la Terre, Sophia.

Les parents m'ont mis au courant de ses agissements, ce qui m'amène au chapitre Morney et Laker. Évite soigneusement de mentionner l'un ou l'autre nom dans tes déclarations. Si on t'en parle, réponds par le classique « Pas de commentaires ».

— J'en aurais pourtant, Dieu sait !

— Si tu veux des procès en cascade... Écoute, laisse le système judiciaire faire son travail. Il y mettra le temps, mais il remontera jusqu'à Morney. Les aveux de Donato sont insuffisants, tu n'as pas de preuves solides contre lui. Les spécialistes sauront les dénicher.

— N'empêche que la presse ne se privera pas de fouiner. La liaison entre sa femme et mon père ressortira tôt ou tard et ajoutera à son humiliation. Il nous hait, Lincoln, je l'ai compris quand je l'ai vu à New York. Il en fait une affaire personnelle.

— Ne te laisse pas entraîner sur ce terrain, il est dangereux.

— Soit. As-tu vu notre dernière annonce publicitaire ?

— Celle du jeune couple sur sa terrasse, les deux verres de vin, le coucher de soleil sur un lac ? Oui, romantique en diable. Elle porte ta marque plus encore que celle de la société.

— Merci du compliment. Regarde ce que j'ai reçu hier.

Sophia sortit de son cartable une photo qu'elle lui tendit. Il reconnut l'annonce parue dans tous les grands magazines – sauf que l'image avait été altérée par ordinateur. La tête en arrière, la jeune femme avait les yeux révulsés et la bouche ouverte en un hurlement de terreur. Du sang se répandait d'un des verres renversé. L'accroche de l'annonce était remplacée par un texte en capitales :

LE MOMENT DE TA MORT EST VENU

— Bon sang, Sophia, c'est ignoble ! Où est l'enveloppe ?

— Je l'ai gardée. Elle a été postée à San Francisco. J'ai d'abord pensé à Kris Drake, c'est son style, mais je ne crois pas qu'elle ait fait ça. Elle prend ses distances d'avec Jerry pour s'abriter des retombées. Je ne sais pas si Jerry était dans les parages ces jours-ci, mais je suis à peu près sûre que c'est lui.

— Il faut montrer cela à la police.

— J'ai porté l'original ce matin, ceci est une photocopie. Ils vont s'en occuper, mais à mon avis il ne s'agit pour eux que d'une mauvaise plaisanterie. Peux-tu demander à votre détective privé d'enquêter sérieusement ? Je te demande aussi de n'en parler à personne d'autre.

— D'accord pour la première partie, mais la seconde est absurde.

— Non, ce n'est pas absurde. Ma mère prépare son mariage, ma grand-mère et Eli ont fort à faire en ce moment, Tyler et David aussi. Et c'est à moi personnellement que cette horreur a été envoyée. Je veux donc régler moi-même la question.

— Tu ne peux quand même pas tout prendre sur toi ! C'est une menace de mort.

— Je serai très prudente, crois-moi. Mais je refuse d'inquiéter ma mère en ce moment, elle a assez longtemps attendu d'être heureuse. Je ne veux pas non plus ajouter aux soucis de mes grands-parents. Et je n'en parle pas à Tyler, pas encore du moins, parce que je ne pourrais pas contrôler sa réaction. Il faut donc que cette affaire reste strictement entre nous, Lincoln. Je compte sur toi.

Elle se leva, lui tendit la main. Il hésita à la prendre.

— Écoute, voilà ce que je peux faire. Je mets notre enquêteur sur le coup et je lui donne quarante-huit heures avant d'en parler. Si tu reçois un autre courrier de ce genre entre-temps, tu me préviens immédiatement. Promis ?

— Oui, mais quarante-huit heures…

— À prendre ou à laisser, dit-il en se levant à son tour. J'accepte ce compromis parce que je t'aime et que je sais ce que tu éprouves. Mais je ne t'accorde pas plus longtemps, parce que je t'aime et que je sais ce que j'éprouve, moi.

— D'accord, si tu y tiens… Ce n'est pas une bravade stupide de ma part, Lincoln. Je suis têtue, oui, mais pas idiote. S'il cherche à me faire peur et à déstabiliser ma famille, il n'y arrivera pas. Et maintenant, je vais rejoindre ta mère et la mienne. Nous allons acheter une robe de mariée.

Maddy se préparait à mourir d'ennui à l'idée de devoir passer la journée avec trois femmes dans des boutiques de modes. Elle avait quand même calculé qu'en acceptant d'y aller son père lui permettrait enfin de se faire teindre les mèches ainsi qu'elle le convoitait depuis longtemps. En jouant ses cartes habilement, elle pourrait aussi extorquer à Pilar des compensations. Chez une future belle-mère, selon ses théories, scrupules et remords se traduisent mathématiquement en paquets cadeaux. Elle était d'ailleurs censée l'appeler Pilar, à présent, et plus Mme Giambelli. Un peu gênant, au début, mais mieux que « mère » ou autre chose du même genre.

Aussi eut-elle la surprise de sa vie en constatant que non seulement elle ne s'ennuyait pas, mais qu'elle trouvait amusant de courir les boutiques. Et quand elle vit arriver Sophia, décoiffée et les joues roses d'avoir couru, Maddy eut une révélation.

Ressembler à Sophia Giambelli n'avait rien de rebutant, au contraire. Car elle était la preuve vivante qu'une femme peut être intelligente, faire dans ce monde exactement ce qu'elle veut et comme elle le veut et être belle en même temps. Sophia ne s'habillait pas pour se faire remarquer, elle attirait les regards sans effort.

— Tu n'as encore rien essayé, j'espère ? demanda Sophia à Pilar.

— Non, ma chérie, nous t'attendions. Que penses-tu de ce bleu ?

— Pas mal, pas mal du tout. Bonjour, tante Helen. Salut, Maddy.

Tout en détaillant les robes, Pilar gardait une main sur l'épaule de Sophia. Distraitement, observa Maddy, juste pour le plaisir, le besoin de se toucher, d'établir le contact. Sa mère ne l'avait jamais touchée distraitement. Il n'y avait jamais eu de contact entre elles. S'il y en avait eu, elle ne serait pas partie si facilement.

— Essaie ces deux-là, décida Sophia d'un ton sans réplique. Et celle-ci aussi, la rose que tante Helen a choisie.

Pendant que Pilar disparaissait dans la cabine d'essayage avec la vendeuse, Sophia se tourna vers Maddy.

— À ton tour.

Étonnée, Maddy cligna des yeux.

— Mais… c'est une boutique pour adultes.

— Et alors ? Tu es à peu près de la même taille que moi. Maman choisit des couleurs pastel, restons dans cette gamme.

— J'aime le noir, répondit Maddy pour le principe.

— Je sais et il te va bien. Mais il faut élargir tes horizons. Tiens, que penses-tu de celle-ci ? dit Sophia en avisant un fourreau gris-bleu.

— Elle t'irait bien.

— Je parle de toi.

— Moi ? Tu plaisantes.

— Pas du tout. Avec les cheveux relevés pour dégager ton cou et tes épaules, tu ferais sensation.

— Et si je les coupais, mes cheveux ?

Les yeux mi-clos, Sophia étudia son visage.

— Oui, pourquoi pas ? Court sur les côtés, un peu plus long derrière. Quelques touches claires.

Maddy en resta muette de joie.

— Tu veux dire… des mèches teintes ?

— Oui, mais à peine. Parles-en à ton père, je t'emmènerai chez mon coiffeur, il est parfait.

— Je n'ai pas besoin de demander à mon père. Mes cheveux sont à moi, je peux en faire ce que je veux

— Tu n'as pas tort. Va essayer la robe, je vais voir avec le salon de coiffure si on peut te prendre avant notre retour. Oh, maman !

— Qu'en penses-tu ? sollicita Pilar. Sois franche.

— Tu es sublime ! Tante Helen, viens vite voir maman !

— Une jeune mariée, approuva Helen. J'en suis tellement émue que je fais couler mon Rimmel.

— Et toi, Maddy ? questionna Sophia. Ton avis ?

— Superbe. Les yeux de papa vont lui sauter des orbites.

— Merci, mes chéries, dit Pilar. Nous avons eu de la chance de tomber juste la première fois.

Ce n'était pourtant pas fini. Il fallut ensuite chercher les chaussures, les bijoux, les sacs et même les sous-vêtements appropriés. Le soir tombait quand elles remontèrent dans le 4×4 avec une pile impressionnante de sacs et de boîtes. Maddy se retrouvait elle aussi pourvue de vêtements neufs, de chaussures et de boucles d'oreilles « supercool » que sa nouvelle coupe de cheveux mettait en valeur. Les sorties entre filles avaient décidément de bons côtés, jugea-t-elle.

— Maddy a un potentiel de top model, maman, dit Sophia quand elles furent sur la route.

— Je suis d'accord, mais je refuse d'endosser la responsabilité des chaussures aux semelles de vingt centimètres d'épaisseur. Tu t'arrangeras toi-même avec David.

— Les semelles font à peine dix centimètres, protesta Maddy.

— Je me demande comment on peut marcher avec de pareils instruments de torture, soupira Pilar. Mais vous aviez raison toutes les deux, tes cheveux courts te vont à merveille.

— Si papa pique une crise en me voyant, tu le calmeras ?

— Ma foi… Je ne voudrais pas te donner de conseils, Sophia, poursuivit Pilar en entendant les pneus crisser dans un virage, mais je crois que tu devrais ralentir.

Les mains crispées sur le volant, Sophia ne répondit pas aussitôt.

— Serrez bien vos ceintures. J'ai un problème avec les freins.

— Grand Dieu ! Tu as bien bouclé ta ceinture ? demanda Pilar en se retournant vers Maddy.

Maddy se cramponna au dossier devant elle tandis que la voiture prenait un nouveau virage.

— Oui, ça va. Sophia, serre le frein à main.

— Serre-le, maman, j'ai besoin de mes deux mains.

Elle se forçait à refouler sa peur, à se concentrer sur la conduite à l'exclusion de toute autre pensée. Pilar tira à fond sur le frein à main, la voiture amorça un dérapage mais ne ralentit pas.

— Tu pourrais couper le contact, suggéra Pilar.

— Non, cela bloquerait la direction, intervint Maddy.

Sophia sortit du virage, mordit sur le bas-côté.

— Maman, prends mon téléphone, appelle les urgences.

Le réservoir était à moitié plein. Qu'arriverait-il, songea-t-elle avec angoisse, si elle ne réussissait pas à maîtriser la voiture à cette vitesse dans la série de virages qui s'annonçait ?

— Essaie de rétrograder ! cria Maddy de la banquette arrière.

— Maman, prends le levier de vitesses et passe en troisième quand je te le dirai. Je ne peux pas lâcher le volant.

— Je le tiens.

— Bon. Vas-y.

Sophia débraya, la voiture fut secouée quand elle rembraya, mais ne ralentit pas sensiblement. Sophia faisait de son mieux pour garder son calme. Elle sentait un ruisseau de sueur lui couler dans le dos.

— En seconde, maintenant. Vas-y.

La secousse fut plus forte, au point que Sophia craignit que les airbags ne se déploient et ne précipitent la catastrophe.

— On va quand même moins vite, fit-elle sans trembler. Bien pensé, Maddy. Nous allons encore descendre sur quelques centaines de mètres, je pourrai négocier les virages. Ensuite, il y a un peu de plat et la route remonte. Garde mon téléphone à portée de la main en cas de besoin, maman. Et cramponnez-vous, toutes les deux.

Elle ne baissait pas les yeux vers le compteur de vitesse, elle ne regardait que le bitume se déroulant devant elle et anticipait les virages de la route qu'elle connaissait par cœur. Ses phares balayaient la chaussée, les bas-côtés se rapprochaient ou s'éloignaient selon la trajectoire qu'elle s'efforçait de maintenir. Des coups d'avertisseurs furieux retentissaient quand elle franchissait la ligne jaune.

— Nous y sommes presque.

Un coup de volant à gauche, un à droite. La pente s'adoucit avant la remontée. Mais la vitesse était encore trop forte.

— En première, maman. Vas-y.

D'horribles grincements suivis de claquements métalliques précédèrent un choc brutal, comme si un poing géant s'était abattu sur le capot. La vitesse diminua. Sophia parcourut les derniers mètres sur le bas-côté herbeux, dont le sol plus meuble immobilisa enfin la voiture.

Personne ne souffla mot. Une voiture les dépassa sans ralentir, une autre les croisa. Le silence retomba.

— Tout le monde va bien ?

De ses doigts engourdis, Pilar déboucla tant bien que mal sa ceinture. Maddy essuya ses joues ruisselantes de larmes.

— Oui, ça va, répondit Maddy. Il faudrait descendre.

— Bonne idée. Et toi, Sophia chérie ?

— Oui. Sortons, on ne sait jamais.

Elle mit pied à terre, tituba, se raccrocha au capot. Sa respiration faisait un bruit de soufflet de forge.

— Tu conduis comme un champion, la félicita Maddy.

— Merci, parvint-elle à articuler.

Lorsqu'un tremblement convulsif la saisit enfin, Pilar la serra sur sa poitrine et fit signe à Maddy de joindre le cercle de réconfort qu'elle leur offrait entre ses bras.

28

David sortit en courant au bruit de la voiture de police. Elle n'était pas encore arrêtée qu'il ouvrait la portière et prenait Maddy dans ses bras. Les bras noués autour du cou de son père, elle se sentit enfin de retour dans un univers normal.

— Tu vas bien, ma chérie ? Tu vas bien ? répéta-t-il en la couvrant de baisers.

— Mais oui, je n'ai rien du tout. Sophia a conduit comme un de ces pilotes que Théo et toi regardez à la télévision. C'était cool.

— Tu parles d'une course, commenta Théo, qui maîtrisait de son mieux une boule d'angoisse due autant au fait de voir son père craquer qu'à sa propre inquiétude pour sa sœur. Je vais la porter, papa, tu vas t'esquinter le bras.

La gorge nouée, David fit un signe de dénégation, tout à la joie de retrouver sa petite fille qu'il avait cru perdre.

— Je n'ai rien, papa, le rassura Maddy. Et je peux marcher, tu sais. On a eu peur, mais c'est fini. Théo portera les paquets, on a fait une vraie razzia dans les boutiques. N'est-ce pas, Pilar ?

— C'est vrai. Théo me prêtera la main.

Maddy se débattit jusqu'à ce que son père la repose par terre.

— Qu'as-tu fait à tes cheveux ? demanda-t-il en découvrant sa nouvelle coiffure.

— Je m'en suis débarrassée. Qu'est-ce que tu en penses ?

— Tu as l'air d'une grande fille, maintenant. J'aurais préféré que tu attendes encore un peu, ma chérie, dit-il avec un baiser sur ses cheveux courts. Je t'aime tant, tu sais. Promets-moi de ne plus me faire des peurs pareilles.

— Je n'en ai pas l'intention. Attends de voir ma nouvelle robe. Elle va avec la coiffure.

— D'accord. Prends ton butin et rentre à la maison.

— Tu restes, Pilar ? s'enquit Maddy.

— Oui, si tu veux.

— J'y tiens.

Et elle suivit Théo, qui avait déjà empoigné les sacs.

— Oh, David…, commença Pilar.

— Ne dis rien, laisse-moi te regarder.

Il prit son visage entre ses mains. Elle avait les joues glacées, les yeux encore cernés par la peur, mais elle était indemne. Il la serra contre lui.

— Je vais bien, rassure-toi.

— Et Sophia ?

Ses nerfs, qui avaient tenu jusque-là, craquèrent tout à coup. Elle enfouit son visage contre la poitrine de David en s'efforçant de réprimer ses sanglots.

— Elle n'a rien.. Oh, David, nos enfants, nos bébés. Je n'ai jamais eu aussi peur de ma vie. Et le temps qu'a duré ce cauchemar, elles ont été merveilleuses toutes les deux. Je ne voulais pas laisser Sophia sur la route pour attendre la police, mais je ne voulais pas non plus laisser Maddy rentrer seule.

— Tyler est déjà parti la rejoindre.

— Je m'en doutais. Tant mieux.

Elle parvint à se ressaisir, s'essuya les yeux. David l'entraîna vers la maison.

— Rentrons, maintenant. Tu me raconteras tout.

Tyler stoppa avec un crissement de freins. Dans les éclairs des gyrophares, Sophia le vit traverser la route au pas de charge. Le plus calmement qu'elle put, elle se détourna du policier qui finissait de prendre sa déposition et marcha à sa rencontre.

Il la saisit et l'attira contre lui avec une brutalité qui lui fit éprouver un merveilleux sentiment de sécurité.

— Tu n'as rien ?

— Moi, non. Mais le 4 × 4 … J'ai bien peur d'avoir fait sauter la boîte de vitesses. Je n'avais plus de freins du tout, Tyler. Plus rien. La police va la remorquer et l'examiner, mais je sais déjà que ce n'était pas un accident ni une panne mécanique. Quelqu'un a voulu me tuer, sans se soucier de ma mère ni de Maddy. Ce n'est encore qu'une petite fille, bon sang ! Solide, forte, brillante, tu sais. C'est elle qui m'a conseillé de rétrograder et elle ne sait même pas conduire.

Tyler domina sa fureur. Plus tard, il casserait quelque chose, il flanquerait des coups de poing, mais pour le moment, Sophia tremblait dans ses bras. Il fallait d'abord s'occuper d'elle.

— Les gamins savent tout sur tout, de nos jours. Monte dans ma voiture. Ce n'est pas toi qui prendras le volant, pour une fois.

Encore assommée, elle lança un regard en direction des policiers.

— Euh… je crois qu'ils n'avaient pas fini de me parler.

— Ils te parleront demain. Viens à la maison.

— J'ai aussi pas mal de paquets…

Il sourit malgré lui et desserra son étreinte, qui devint une caresse.

— Je m'en doutais, figure-toi.

En disant « Viens à la maison », il voulait dire chez lui. Et quand Sophia ne protesta pas en arrivant, il comprit qu'elle était plus secouée qu'elle ne voulait l'admettre. Il posa les boîtes dans le vestibule et ne sut trop ce qu'il fallait faire pour elle.

— Tu veux boire quelque chose ? Un bain chaud ?

— Pourquoi pas quelque chose à boire dans un bain chaud ?

— Je m'en occupe. Tu devrais appeler ta mère, la prévenir que tu es rentrée. Et que tu resteras ici.

— Si tu veux. Merci.

Il vida la moitié d'un tube de bain moussant datant de Noël en pensant qu'elle aimerait les bulles. Il alluma deux bougies sur le lavabo : les femmes, croyait-il, aimaient prendre un bain aux chandelles, pour des raisons qui lui échappaient. Il servit un verre de vin, le posa sur le rebord de la baignoire. Il se demandait ce qu'il pourrait préparer de plus quand Sophia entra dans la salle de bains et poussa un soupir d'appréciation.

— MacMillan, je t'aime.

— Oui, tu me l'as déjà dit.

— Non, je t'aime en ce moment précis. Je t'aime comme

personne ne t'a aimé ni ne t'aimera jamais. Je t'aime assez pour te laisser entrer dans la baignoire avec moi.

Lui, dans une baignoire pleine de mousse ? Pas question ! Et s'il était prêt à avaler cette humiliation au vu des agréments qu'il en retirerait, elle avait l'air trop lasse pour qu'il se laisse convaincre.

— La prochaine fois. Déshabille-toi et entre là-dedans.

— Toujours aussi romantique, à ce que je vois. Une demi-heure dans l'eau chaude et je me sentirai de nouveau humaine.

Il descendit chercher ses affaires pour les porter dans la chambre, en pensant que si l'envie de partir la reprenait elle hésiterait peut-être. Chargé de son sac à main, de son cartable et de quatre gros sacs pleins de paquets, il remonta l'escalier. Tant qu'il aurait de quoi s'occuper, il se sentait capable de résister à la fureur qui l'étranglait encore.

Il jeta le tout en vrac sur le lit avec le sentiment du devoir accompli. Le cartable glissa, il le rattrapa de justesse, mais à l'envers, de sorte que le contenu se répandit sur le sol. En lâchant un juron, il se mit à quatre pattes et entreprit de ramasser des objets hétéroclites dont la quantité dépassa son entendement.

Il trouva une bouteille d'eau, un agenda, un agenda électronique, une demi-douzaine de stylos, un tube de rouge à lèvres, des ciseaux à ongles, un bloc de Post-it, des trombones, un tube d'aspirine, un poudrier, une lime à ongles et autres articles de toilette non identifiés. Il ramassa enfin des pastilles de menthe, un rouleau de bonbons intact, un mini-magnétophone, plusieurs disquettes, des dossiers et un flacon de vernis à ongles incolore.

Cet inventaire le stupéfia : comment ne marchait-elle pas de travers avec un tel fardeau pendu à l'épaule ? Par curiosité, il feuilleta les dossiers, repéra les communiqués de presse, qu'il parcourut, et les jugea habilement rédigés et solidement argumentés.

C'est en finissant de tout remettre en place qu'il découvrit les photocopies de l'annonce trafiquée et de l'enveloppe.

Les deux feuilles à la main, il fonça vers la salle de bains.

— Qu'est-ce que c'est ? gronda-t-il.

Sophia s'était presque endormie dans l'eau chaude. Elle ouvrit les yeux, vit son air enragé et les papiers dans sa main.

— Qui t'a permis de fouiller mon cartable ?

— Peu importe. Quand as-tu reçu ça ?

Elle hésita assez pour qu'il comprenne qu'elle cherchait à éluder une réponse franche.

— N'essaie pas de te défiler, Sophia. Quand ?

— Hier.

— Et quand avais-tu l'intention de me le montrer ?

— D'ici deux jours. Écoute, laisse-moi finir mon bain avant de continuer cette discussion.

— D'ici deux jours ?

— Oui, je voulais d'abord réfléchir. Je l'ai porté ce matin à la police et j'ai demandé conseil à Lincoln. Je suis capable de m'en occuper moi-même, Tyler.

Dans la mousse jusqu'au menton, elle avait les traits tirés et l'air si lasse qu'il sentit son cœur se serrer.

— C'est vrai, tu t'occupes toujours de tout. J'avais oublié.

Puis il sortit sans ajouter un mot.

— Tyler !

Elle bondit de la baignoire, se drapa à la hâte dans une serviette, sans prendre le temps de se sécher, courut derrière lui en laissant un sillage d'eau et de mousse, et arriva sur le palier à temps pour entendre claquer la porte d'entrée. Elle dévala les marches, alluma la lumière extérieure, le vit qui s'éloignait à grands pas vers les vignes. Furieuse, elle rajusta la serviette autour d'elle et se lança à sa poursuite en débitant des bordées d'injures, jusqu'au moment où elle se rendit compte qu'elle les proférait en italien et qu'elles sonnaient peut-être à ses oreilles comme des déclaration d'amour enflammées.

— Tyler, espèce d'idiot, froussard ! Arrête-toi et viens te battre comme un homme !

Il stoppa si brusquement qu'elle évita la collision de justesse.

— Où vas-tu ? demanda-t-elle, hors d'haleine.

— Il vaut mieux que tu ne restes pas près de moi ce soir.

— Tu te trompes ! dit-elle en lui lançant un coup de poing dans la poitrine. Si tu veux me taper dessus, vas-y. Mieux vaut un homme qui se bat qu'un homme qui fuit.

— C'est tentant, car je suis d'humeur à taper sur n'importe qui. Mais je ne bats pas les femmes, ce n'est pas dans mes habitudes. Rentre, tu es mouillée et à moitié nue.

— Je rentrerai quand tu rentreras. Entre-temps, nous pouvons parler. Tu es furieux contre moi parce que je n'ai pas couru te montrer cette horreur. Désolée, j'ai fait ce que j'estimais être pour le mieux.

— Tu n'en as fait qu'à ta tête, comme toujours, mais tu n'es pas désolée. Je m'étonne que tu te sois donné la peine de m'appeler à ton aide tout à l'heure.

— Ce n'est pas la même chose, Tyler. Il ne s'agissait que d'une photo trafiquée. Je ne voulais pas me laisser impressionner ni inquiéter quelqu'un d'autre, toi y compris.

— L'esprit d'équipe, pour toi, ça ne veut rien dire ?

Pour la première fois, elle l'entendait crier, événement si rare qu'elle en resta un instant bouche bée.

— Tu décides toujours de tout ! reprit-il. Tu ne demandes l'avis de personne et tout le monde est censé se plier à tes décisions ! Eh bien, merde, Sophia ! Je ne plie pas, moi. Je t'aime, bon Dieu ! Tu es la femme de ma vie. Tu es tout pour moi. Si ce n'est pas pareil pour toi, alors ça ne signifie plus rien, comprends-tu ? Plus rien ! Maintenant, ajouta-t-il d'un ton normal, va te rhabiller. Je te ramène chez toi.

Elle se sentit reprise par un tremblement convulsif, mais cette fois ce n'était pas parce qu'elle avait peur pour sa vie. Ce qu'elle risquait de perdre était infiniment plus précieux.

— Non, je t'en prie ! Ne me laisse pas. Ne me quitte pas. Je suis sincèrement, profondément désolée de t'avoir blessé car je ne voulais pas t'inquiéter. Je suis tellement habituée à m'occuper de moi-même, à prendre mes décisions…

— Si tu ne peux pas te résoudre à compter aussi sur moi, nous perdons notre temps.

— Tu as raison et j'ai eu tort. Engueule-moi, bats-moi, injurie-moi, mais ne me quitte pas.

— Tu as froid, rentrons.

— Attends, écoute-moi. Je croyais pouvoir régler cette question-là moi-même pour éviter de t'inquiéter. Je me rends compte à cet instant que, si tu avais fait la même chose, je serais aussi furieuse contre toi. Je t'aime, Tyler. C'est peut-être le seul sentiment que je ne suis pas encore capable de maîtriser. Laisse-moi le temps de m'y habituer. Je te demande seulement de ne pas me quitter, je ne le supporterais pas. Il n'y a rien de pire au monde que d'aimer quelqu'un, d'avoir besoin de lui et de le voir s'éloigner.

Il lui prit le menton, vit dans ses yeux des larmes qu'elle essayait bravement de refouler.

— Je ne suis pas ton père, Sophia. Que je sois près de toi, avec toi, prêt à te décharger d'une partie de tes fardeaux ne te rend pas plus faible ni n'enlève quoi que ce soit à ta valeur.

— Je suis consciente que j'écarte les autres pour affronter seule mes problèmes, Tyler. Je sais que c'est idiot et vaniteux. Mais je ne suis pas toujours capable de m'en empêcher.

— Eh bien, entraîne-toi. Je t'avais dit que je m'accrocherais, non ?

— Oui. Je n'ai jamais vraiment compté pour personne jusqu'à présent. Personne n'avait jamais vraiment compté pour moi. Je crois que tu es le premier. Et le seul.

— C'est vrai pour moi aussi. Alors, nous sommes d'accord ?

Avec lui, tout paraissait toujours si simple…

— Oui. Quelle nuit ! soupira-t-elle.

— Allons la finir mieux qu'elle n'a commencé.

Il la prit par la taille, elle appuya la tête sur son épaule et ils retournèrent vers la maison du même pas.

Pilar fut très étonnée le lendemain matin de voir arriver Tyler chez les Cutter, un bouquet de fleurs à la main.

— Euh… Je ne m'attendais pas à te trouver ici, dit-il d'un air penaud, sinon j'en aurais apporté… enfin, un autre bouquet.

— Parce que celles-ci sont pour Maddy ? Tyler, tu es un amour.

— Oui, bon… Ça va, à part ça ?

Avant de répondre, Pilar héla Maddy du bas de l'escalier.

— Très bien. Je suis encore stupéfiée par Sophia. Un roc.

— Le mot lui va comme un gant. Je l'ai laissée faire la grasse matinée, elle en avait besoin. Salut, Maddy.

— Salut. Qu'est-ce que c'est ?

— Des fleurs, il me semble. Pour toi.

Elle fronça les sourcils, déconcertée.

— Pour moi ?

— Il faut que je m'en aille, dit Pilar. Je vais juste dire au revoir à David et Théo. À tout à l'heure.

Elle embrassa Maddy qui rougit, Tyler ne sut si c'était de plaisir ou d'embarras.

— À plus, répondit-elle distraitement. Pourquoi tu m'as apporté des fleurs ? demanda-t-elle à Tyler.

— Parce qu'il paraît que tu t'es bien conduite, hier soir. Tu en veux ou pas ?

— Oui, j'en veux. Personne ne m'avait encore donné des fleurs, ajouta-t-elle avec un étonnement teinté de mélancolie.

— Ne t'inquiète pas, cela viendra. Je voulais aussi te donner quelque chose de plus intellectuel, mais je n'ai pas eu le temps de trouver. Tu veux m'accompagner dans les vignes ? Je dois vérifier si le mildiou est éliminé et voir comment le travail avance à la distillerie.

— D'accord. Je voulais justement te demander quelque chose.

— Va prévenir ton père et rejoins-moi dehors, je t'attends.

Maddy sortit de la maison quelques minutes plus tard en arborant un sourire mystérieux.

— Alors ? dit Tyler quand elle fut en voiture. Qu'est-ce que tu voulais me demander ?

— C'est plutôt une idée dont je veux te parler. La vinothérapie.

— Vino… quoi ?

— Vinothérapie. J'ai lu des articles sur le sujet. Des crèmes et des trucs à base de pépins de raisin. J'ai pensé qu'on pourrait lancer une nouvelle gamme de produits.

— Qui ça, on ? Nous ? Et comment ?

— J'ai encore des recherches et des expériences à faire, mais il y a déjà des gens qui ont démarré en France. Ici, nous serions les premiers. On sait que le vin rouge contient des antioxydants…

— Oui, je le sais moi aussi.

— Bon. Mais les pépins qu'on jette contiennent eux aussi des antioxydants qui sont très bons pour la peau. Je pense qu'on pourrait aussi prévoir des traitements internes avec des herbes, par exemple. Toute une gamme de produits de santé et de beauté.

Des produits de beauté ? fulmina Tyler. Et quoi encore ?

— Écoute Maddy, je produis du vin, moi, pas des pommades.

— Tu as tout ce qu'il faut pour ça ! insista-t-elle. Je te demande seulement de me garder des pépins après les vendanges et de me donner un endroit pour faire mes expériences. Tu m'as dit tout à l'heure que tu voulais me faire un cadeau intellectuel. Offre-moi celui-ci.

— Bon, bon, j'y réfléchirai, grommela Tyler avec la ferme intention de laisser la réflexion pour beaucoup plus tard.

C'était sans compter avec Maddy.

Sophia était déjà dans les vignes. À peine l'eut-elle vue que Maddy se précipita vers elle sans lui laisser le temps de placer un mot.

— Nous allons nous lancer dans la vinothérapie comme ces Français de la région de Bordeaux, déclara-t-elle.

— Vraiment ? Ce que tu dis m'intéresse d'autant plus que j'y pense moi-même depuis un moment. J'ai déjà essayé leur masque facial, il est merveilleux.

— Nous sommes vignerons…, commença Tyler.

— Et nous le serons toujours, enchaîna Sophia. Mais cela ne nous interdit pas d'aborder d'autres domaines. Les produits de beauté naturels représentent un énorme marché. Je n'en avais pas encore parlé parce que nous avions des problèmes plus urgents à régler, mais le moment est peut-être venu de nous pencher sur la question. Mieux vaut nous développer que réparer les dégâts. Il faudra réunir les données, bien entendu.

— Je m'en charge, intervint Maddy. La recherche, c'est mon fort.

— Accordé. Et puis, quand nous passerons au stade des expériences, ajouta-t-elle, il nous faudra un cobaye.

Et elles se tournèrent avec ensemble vers Tyler, qui pâlit.

— Pas question !

— Froussard ! dit Sophia en riant.

Son rire s'éteignit en reconnaissant les deux silhouettes qui s'avançaient vers eux.

— Claremont et Maguire, reprit-elle à mi voix. Cela m'étonnerait qu'ils nous apportent de bonnes nouvelles.

Il s'agissait bien d'un sabotage des freins, apprit Sophia le lendemain des inspecteurs Claremont et Maguire, venus chez Tyler rendre compte de l'expertise. Elle s'en doutait déjà, mais l'entendre confirmer par des faits précis lui redonna froid dans le dos.

— Je me sers assez souvent de ce véhicule, répondit-elle à une question. Je préfère prendre ma voiture quand je vais en ville, mais elle n'a que deux places. Cette fois, nous devions passer la journée à San Francisco, faire des courses pour le mariage de ma mère, nous avions donc besoin d'une voiture plus grande.

— Qui était au courant de vos projets ? demanda Maguire.

— Plusieurs personnes. Ma famille, bien sûr. Celle du juge Moore aussi, puisqu'elle devait nous rejoindre.

— Aviez-vous d'autres rendez-vous ?

— Non. Je me suis arrêtée consulter Lincoln Moore avant de retrouver les autres à l'heure du déjeuner, c'est tout.

— Quel est le dernier endroit où vous avez stationné un certain temps ? s'enquit Claremont.

— Nous avons dîné dans un restaurant de Washington Square avant de rentrer. La voiture est restée garée là entre sept heures et huit heures et demie du soir, environ.

— Sauriez-vous qui vous veut du mal à ce point, mademoiselle Giambelli ?

— Oui, Jeremy Morney. Il est impliqué dans le sabotage des bouteilles de vin, dans l'escroquerie de mon cousin, dans tous les problèmes de ma famille depuis un an. Je suis persuadée qu'il en est responsable, qu'il a tout manigancé, qu'il s'est servi de mon cousin et d'autres personnes pour parvenir à ses fins. Comme je l'en ai accusé formellement, il a des raisons de m'en vouloir.

— M. Morney a été interrogé par nos services.

— Et il a sûrement fourni beaucoup de bonnes réponses. Je persiste à le croire responsable de tout.

Frustré, Tyler se leva.

— Vous avez vu ce qu'il a envoyé à Sophia ! C'est une menace de mort, il l'a mise à exécution.

Maguire suivit des yeux Tyler, qui arpentait la pièce. « Avec de pareils battoirs, pensa-t-elle, Morney a dû craquer comme du plâtre. »

— Nous n'avons pas de preuve. Nous avons reçu confirmation qu'il était à New York quand l'enveloppe a été postée à San Francisco.

— C'est quand même lui. Trouvez-en la preuve, c'est votre métier.

— Je crois aussi, déclara Sophia, qu'il a tué mon père. Sa haine envers mon père est à la racine de tous ces événements. Il peut invoquer le prétexte de la concurrence en affaires, mais il s'agit bel et bien d'une vengeance personnelle.

— Si elle se fonde sur la liaison de M. Avano et de l'ex-Mme Morney, il aura attendu longtemps pour se venger.

— Non, intervint Maddy. Ce n'est pas long si on veut que la vengeance soit complète et englobe le plus de gens possible.

Sans manifester sa surprise de cette interruption, Claremont fit signe à Maddy de poursuivre son raisonnement.

— S'il s'en était pris au père de Sophia tout de suite après son divorce, tout le monde aurait compris qu'il était furieux. C'est comme moi, quand mon frère me fait une crasse. Je ne réagis pas tout de suite, j'analyse le problème et je cherche le meilleur moyen de lui rendre la monnaie de sa pièce. Alors, quand je le fais, il ne s'y attend pas et ne sait même plus pourquoi je m'en prends à lui. C'est scientifique et beaucoup plus gratifiant.

— Cette gamine a du génie, commenta Tyler.

— La vengeance est un plat qui se mange froid, fit observer Claremont sur la route du retour. Cela correspond au profil de Morney. Il est décontracté, maître de lui, cultivé. Il a de l'argent, un standing social. Je l'imagine très bien montant une embuscade, calculant, planifiant, tirant des ficelles. Je ne le vois pourtant pas risquer de perdre sa position pour un simple divorce. Comment réagirais-tu si ton mari te trompait ?

— Je lui taperais dessus, je le plumerais jusqu'à son dernier sou et je ferais du restant de ses jours un enfer, même s'il fallait planter des aiguilles aux endroits les plus sensibles dans une poupée de cire à son image. Mais moi, je ne suis pas cultivée et je n'ai pas de standing, répliqua Maguire.

— Et on s'étonne que je ne sois pas marié… Si nous retournions voir Kristin Drake ? Elle devrait avoir des choses à nous dire.

Rien de plus rageant que de recevoir la police à son bureau. Les collègues ne se priveraient pas de faire des commentaires désobligeants dans son dos et Kris était sûre de devoir cette nouvelle humiliation à Sophia.

— Si vous voulez mon avis, les problèmes de Giambelli proviennent essentiellement du fait que Sophia cherche à se promouvoir elle-même plutôt que l'entreprise et ses collaborateurs.

— Et cet égocentrisme, selon vous, aurait entraîné la mort de quatre personnes, une agression à l'arme à feu et un accident mortel, évité de justesse, dont elle aurait elle-même été victime ainsi que sa mère et une adolescente ?

Kris ne pouvait pas oublier la fureur de Jerry quand Sophia et son garçon de ferme l'avaient coincé à New York. Mais ce n'était pas son problème à elle.

— Manifestement, elle s'est créé des inimitiés.

— En plus de la vôtre, mademoiselle Drake ? demanda Maguire.

— Que j'aie quitté Giambelli en mauvais termes à cause de Sophia n'est un secret pour personne. Je ne l'aime pas, c'est vrai. Je n'ai pas apprécié qu'elle ait pris une place qui me revenait par l'ancienneté et l'expérience et j'entends le lui faire payer. Sur le marché.

— Combien de temps Morney et Laker vous ont-ils fait des avances alors que vous étiez encore payée par Giambelli ?

— Aucune loi n'interdit de considérer les offres d'une entreprise quand on travaille dans une autre. C'est monnaie courante.

— Combien de temps ? répéta Claremont.

— J'ai été contactée à l'automne dernier.

— Par Morney ?

— Oui. Selon lui, Laker souhaitait me prendre dans leur équipe. Il m'a fait une proposition à laquelle j'ai réfléchi.

— Qu'est-ce qui vous a décidée à l'accepter ?

— Je me suis rendu compte que je ne pouvais pas rester chez Giambelli. J'étais étouffée sur le plan créatif.

— Vous y avez pourtant « étouffé » plusieurs mois, pendant lesquels Morney et vous aviez des contacts suivis.

— Aucune loi ne…

— Mademoiselle Drake, l'interrompit Claremont, nous procédons à une enquête criminelle. Vous simplifieriez les choses, pour vous comme pour nous, en nous donnant des réponses claires. Nous avons préféré venir vous poser des questions ici, dans un cadre où vous êtes à votre aise, plutôt que vous emmener au commissariat, où l'atmosphère est sensiblement moins agréable. Je répète donc : aviez-vous des contacts suivis avec Morney pendant ce laps de temps ?

— Oui. Et alors ?

397

— À l'occasion de ces contacts, avez-vous fourni à Morney des informations confidentielles sur Giambelli : politique commerciale, campagnes de promotion ou même renseignements personnels sur certains membres de la famille ?

Kris sentit une sueur froide lui couler dans le dos.

— Je veux appeler un avocat.

— C'est votre droit. Toutefois, vous pouvez répondre à nos questions et nous aider dans notre enquête, même si vous deviez reconnaître des pratiques de concurrence déloyale, qui ne nous concernent pas et que nous ne retiendrons pas contre vous. Ou alors vous réfugier derrière la procédure et prendre le risque d'être inculpée de complicité de meurtre.

— De meurtre ? Mais je ne sais rien ! Et si Jerry… Seigneur !

Elle transpirait maintenant de la tête aux pieds. Combien de fois s'était-elle répété le scénario catastrophe que Tyler avait débité dans le salon de Jerry ? Combien de fois s'était-elle demandé s'il était vrai, même en partie ? Dans ce cas, il était urgent de s'en désolidariser.

— Je n'hésite pas à jouer gros et à être dure en affaires pour obtenir ce que je veux. Mais je ne suis pour rien dans des crimes ou du sabotage. Oui, j'ai communiqué quelques informations à Jerry, je lui ai donné la primeur des projets de Sophia pour sa campagne du centenaire. S'il me posait parfois des questions personnelles, cela ne dépassait jamais le niveau des ragots de couloir. Et s'il a eu une quelconque responsabilité dans la mort de Tony… Croyez-moi ou non, je m'en moque, poursuivit-elle en ravalant les larmes qui lui montaient aux yeux, mais je tenais à Tony. Au début, je le voyais plutôt pour défier Sophia, je l'admets. Mais nos rapports ont vite changé.

— Vous l'aimiez ? s'enquit Maguire avec sympathie.

— Je tenais à lui. Il m'avait fait des promesses pour ma position chez Giambelli et il les aurait tenues s'il avait vécu, j'en suis sûre. Je l'ai rencontré plusieurs fois dans l'appartement de Sophia, vous le savez déjà. Mais pas la nuit où il a été tué. Nous avions décidé de garder quelque temps nos distances. J'étais furieuse à ce sujet-là, je l'admets. Renée le tenait trop serré dans ses griffes.

— Son mariage vous a donc fait de la peine ?

— J'étais folle de rage. Je ne cherchais pas à me faire épouser, moi. Qui veut s'encombrer d'un mariage ? Mais j'étais bien avec lui, il était un bon partenaire au lit et il appréciait mes qualités à leur juste valeur. Je ne m'intéressais pas non plus à son argent, je suis capable d'en gagner toute seule. Renée n'est qu'une putain aux doigts crochus.

— C'est ce que vous lui avez dit quand vous avez téléphoné chez elle en décembre dernier, déclara Maguire.

— Peut-être bien, oui. Je ne regrette pas de l'avoir insultée. Mais il y a un monde entre injurier quelqu'un et commettre un crime. Quant à mes rapports avec Jerry, ils sont toujours restés sur un plan strictement professionnel. S'il a quelque chose à voir avec la mort de Tony ou de quelqu'un d'autre, cela ne concerne que lui. Je ne joue pas à ce genre de jeu, moi.

— Un jeu pourri, commenta Maguire en prenant place au volant. Je préfère un franc « J'ai tué cet enfant de salaud parce qu'il m'a fait une queue de poisson sur l'autoroute ».

— Drake s'affole, et elle n'a pas tout à fait tort. Elle comprend que Morney a tout manigancé et qu'elle risque de tomber à cause de lui.

— C'est un salaud, mais un malin.

— Oui. Remettons-lui la pression. En le serrant un peu plus fort, il finira bien par lâcher le morceau.

29

C'était intolérable ! Pour s'acharner sur lui de cette manière, ces imbéciles de flics devaient être à la solde des Giambelli ! Ils ne pouvaient rien prouver, bien sûr, il avait pris ses précautions. Toutes ses précautions. Mais la question n'était pas là. Les Giambelli l'avaient déjà humilié une fois. L'aventure de sa femme avec Avano avait fait jaser et l'avait forcé, lui, à changer de vie. Il ne pouvait pas rester marié à cette garce infidèle, trop de gens étaient au courant de son infortune. Plus grave, sa position et son prestige dans la compagnie en avaient pâti. Pour son grand-oncle, un homme qui se fait souffler sa femme par un concurrent peut tout aussi facilement perdre des clients au profit du même concurrent. C'est ainsi que Jerry Morney, l'héritier naturel de Laker, surtout à ses propres yeux, avait été rétrogradé comme un vulgaire salarié.

Les femmes Giambelli n'en avaient pas souffert, elles. Elles étaient restées au-dessus de la mêlée. On ne parlait de Pilar qu'avec une respectueuse compassion, de Sophia qu'avec admiration. Et nul n'aurait osé proférer la moindre critique contre *la Signora*.

Du moins jusqu'à ce que Jerry s'en soit mêlé.

Mûrie pendant des années, conçue avec soin, exécutée en grand style, sa vengeance avait tranché dans leur chair avec la précision d'un scalpel. Honte, scandale, discrédit, pertes colossales, le tout par la faute d'un des leurs. Pouvait-on rêver mieux ?

Et voilà qu'en dépit de sa stratégie et de sa prudence elles essayaient de retourner la situation contre lui ! Se sachant vaincues, elles se démenaient pour l'entraîner dans leur chute. Il ne pouvait pas les laisser faire. À aucun prix. S'imaginaient-elles qu'il tolérerait de voir ses collègues et ses proches douter de lui, un Morney ?

Car sa propre famille l'avait questionné, avait mis en cause ses méthodes de travail. Les hypocrites ! Ils ne posaient pas de questions quand ils voyaient croître leurs parts de marché. Mais au premier signe avant-coureur d'une vaguelette sur leur mare fétide, c'était lui le bouc émissaire ! Il n'avait pas besoin d'eux ni de leurs prêchi-prêcha sur l'« éthique douteuse de ses méthodes » ou la « légitimité de ses objectifs ». Il avait même hâte qu'ils se décident à lui demander sa démission, s'ils en avaient le culot ; ses économies lui permettaient de voir venir sans se faire de souci. Et puis, s'éloigner un moment des affaires lui ferait du bien. Prendre de longues vacances, changer d'air. En Europe, sur sa seule réputation, il trouverait sans mal un poste prestigieux dans la société de son choix quand il serait prêt à se remettre au travail. Prêt à faire payer sa traîtrise à Laker.

Mais avant de restructurer sa vie une fois de plus, il allait terminer ce qu'il avait commencé – personnellement, cette fois. MacMillan croyait qu'il n'avait pas le courage d'appuyer lui-même sur la détente ? Il leur ferait voir, à lui et aux autres, de quoi il était capable.

Les Giambelli l'avaient offensé, elles allaient le payer cher.

Sophia aurait préféré consulter les e-mails, les rapports journaliers et les notes de service dans son bureau de San Francisco, mais elle avait reçu, à l'unanimité, l'interdiction formelle de se rendre seule en ville.

Tyler ne sortait pas des vignes. Le sulfatage était encore en cours et il voulait surveiller une invasion de parasites, sans réelle gravité mais susceptible de donner lieu à des rumeurs malintentionnées, du genre « une récolte entière détruite par les insectes ». Dans la conjoncture actuelle, mieux valait éviter tout ce qui risquait d'inquiéter les clients. Tyler refusait donc de se laisser détourner de son travail. Quand il aurait réussi à s'en libérer, Sophia serait elle-même débordée par les derniers préparatifs du mariage de sa mère et, par conséquent, hors d'état d'aller passer une journée au bureau, encore moins dans le vignoble. Après le mariage viendraient les vendanges. Plus personne n'aurait alors le temps de se consacrer à rien d'autre.

Sa charge de travail avait au moins le mérite de détourner ses pensées de l'enquête de police. Deux semaines pleines s'étaient écoulées depuis qu'elle avait dérapé sans freins sur une route sinueuse, et l'enquête paraissait toujours au point mort.

Il n'en allait pas tout à fait de même à propos de Jerry Morney. Sophia disposait, elle aussi, de sources bien informées qui lui relayaient les bruits courant sur son compte. Elle savait donc qu'il avait été interrogé à plusieurs reprises par la police et, plus mortifiant encore, morigéné par ses supérieurs. Elle ne se refusait pas la satisfaction de le savoir mis sur la sellette par le conseil d'administration que présidait son grand-oncle. À lui, maintenant, de se débattre dans l'étau de la médisance et du soupçon.

Elle cliqua sur l'e-mail suivant, ouvrit le fichier joint.

Et le regarda avec horreur se dérouler sur l'écran.

L'image était celle de l'annonce devant paraître en août. La scène représentait un pique-nique en famille à l'ombre d'un grand chêne. Autour d'une table de bois chargée de victuailles et, bien entendu, de bouteilles de vin, plusieurs générations étaient réunies : une jeune mère avec un bébé dans les bras, un petit garçon qui jouait dans l'herbe avec un chien, un père portant sa fille sur ses épaules. À la tête de la table, le patriarche levait son verre en souriant. Le physique des figurants, l'atmosphère joyeuse, le cadre bucolique illustraient la continuité familiale et l'amour des traditions.

L'altération subie par l'image était d'autant plus atroce qu'elle était subtile et habilement réalisée. Les visages de sa grand-mère, de sa mère et d'elle-même remplaçaient ceux de trois des personnages féminins. Le sien avait les yeux écarquillés de terreur, la bouche béante d'un hurlement. Et une bouteille de vin était plantée dans sa poitrine tel un poignard.

LE MOMENT EST VENU.
TU MOURRAS, TOI ET LES TIENS.

— Salopard ! Fumier ! s'exclama-t-elle.

Elle commanda l'impression de l'écran, sauvegarda le fichier en mémoire, le referma et glissa la copie imprimée dans un dossier.

Non, il ne l'intimiderait pas, se promit-elle. Et il ne menacerait pas sa famille impunément. Elle allait lui régler son compte.

« Rien de plus agréable que de travailler dans les vignes par une belle journée de l'été naissant », pensait Tyler. Le soleil était chaud sans excès, la brise légère comme une caresse. À l'arrière-plan, sous le dôme du ciel bleu, les collines déroulaient leur tapis de verdure.

Les grappes atteignaient la moitié de leur maturité. Bientôt, les cépages de raisin noir allaient changer de couleur et passer peu à peu du vert au pourpre. Mais si chaque stade de cette évolution magique apportait la promesse d'une bonne récolte, il exigeait les soins attentifs du viticulteur.

Lorsque Sophia s'accroupit près de lui, Tyler ne relâcha pas son attention.

— Je croyais que tu allais rester enfermée toute la journée sans profiter de ce beau soleil, dit-il sans se retourner. Tu fais un métier de forçat, si tu veux mon avis.

— Où est ton chapeau ? s'étonna-t-elle en passant une main dans ses cheveux décolorés par le soleil.

— J'ai dû le laisser tomber quelque part. Le pinot noir sera le premier à mûrir. Paul parie qu'il nous donnera notre meilleur millésime depuis plus de cinq ans. Que s'est-il passé, ma chérie ? demanda-t-il en remarquant enfin sa mine soucieuse.

— J'ai reçu une nouvelle photo trafiquée. Elle était jointe à un e-mail du bureau sous le mot de passe de P.J. Je l'ai tout de suite appelée, elle a affirmé ne m'avoir rien envoyé aujourd'hui. Ou bien quelqu'un s'est servi de son ordinateur, ou bien ce quelqu'un s'est branché sur le réseau et a piraté son code et son mot de passe. Dans ce cas, le message peut venir de n'importe où.

— Qu'en as-tu fait ?

— Je l'ai imprimé et rangé sous clef dans un tiroir. Je vais le communiquer à la police, bien entendu, seulement je voulais d'abord t'en parler. L'idée me déplaît, mais je pense que nous devrions convoquer une assemblée générale de la famille pour que tout le monde soit sur ses gardes. Qu'en penses-tu ?

Tyler resta un moment accroupi au pied du cep. Un nuage qui passait filtra l'éclat du soleil.

— Je voudrais tenir cet enfant de salaud et lui arracher la peau avec un couteau émoussé. Mais jusqu'à ce que je puisse m'offrir ce plaisir, je veux que tu me promettes quelque chose.

— Si je peux.

— Non, Sophia, pas de si. Tu n'iras plus nulle part seule, pas même d'ici à la villa. Pas même pour te promener dans le jardin, ni même faire un saut au supermarché voisin. Je suis sérieux.

— Je comprends que tu sois inquiet, pourtant...

— Tu ne peux pas comprendre, parce que c'est irrationnel, insista-t-il en lui prenant la main entre les siennes. Quand je me réveille au milieu de la nuit et que tu n'es pas là, j'ai des sueurs froides.

— Écoute, Tyler...

Il se releva et se mit à marcher de long en large pour se calmer.

— Tais-toi ! Je n'ai jamais aimé personne jusqu'à maintenant. Je ne m'attendais pas à ce que ce soit toi, mais c'est toi, un point c'est tout. Tu ne feras rien qui puisse me priver du seul amour de ma vie. Tu comprends ?

— Oui, heureusement pour toi. Je n'ai l'intention ni de te priver de moi, ni de me priver de toi.

— Bon. Allons déménager tes affaires.

— Je ne m'installerai pas chez toi, Tyler.

— Pourquoi, bon sang ? explosa-t-il. Tu y passes déjà la moitié du temps. Et ne me raconte surtout pas que tu veux rester à la villa pour aider ta mère à préparer son mariage, c'est un mauvais prétexte.

— Ce n'est pas un prétexte, c'est une raison. Qu'elle ne soit pas très bonne, je l'admets. Je ne veux pas vivre chez toi, c'est tout.

— Pourquoi ? Dis-moi au moins pourquoi !

— Parce que j'ai des principes...

— Toi, des principes ? Allons donc !

— Laisse-moi finir. J'ai des principes dans ce domaine-là. Nous ne pouvons pas vivre ensemble. Il faut nous marier d'abord.

— Encore un pré...

Il s'interrompit, bouche bée de stupeur.

— Génial ! cria-t-il.

— Bon. Sur cette brillante réponse, je rentre à la maison appeler la police.

— Il faudra qu'un de ces jours tu me laisses le temps

404

d'assimiler certaines choses à mon rythme à moi, pas au tien. Puisque nous n'en sommes pas encore là, tu pourrais au moins me le demander d'une manière plus… traditionnelle.

— Tu veux que je te demande ta main ? Soit. Tyler, veux-tu m'épouser ?

— Bien sûr. En novembre, ce sera parfait. C'est d'ailleurs à ce moment-là que je comptais te le demander, mais il faut toujours que tu fasses tout avant les autres. Je me disais qu'on pourrait se marier après les vendanges, faire un beau voyage de noces et être de retour pour la taille. Ce serait symbolique, tu ne crois pas ?

— Je ne sais pas, il faudra que j'y réfléchisse. *Culo !*

— La même chose, ma chérie.

Il la souleva de terre, lui donna un long baiser gourmand puis la reposa sur ses pieds.

— Laisse-moi finir ce cep, nous irons ensuite appeler les flics et prévenir la famille.

— Tyler ?

— Quoi, encore ?

— Ce n'est pas parce que j'ai pris l'initiative de te demander en mariage que je ne veux pas d'une belle bague.

— Oui, je sais. Je m'en occuperai.

— Je la choisirai, d'accord ?

— Pas question.

— Pourquoi ? C'est moi qui la porterai.

— Tu portes ta figure, mais ce n'est pas toi qui l'as choisie.

Avec un soupir, elle s'agenouilla près de lui.

— Ce que tu viens de dire ne tient pas debout… Tu sais, poursuivit-elle en posant la tête sur son épaule, quand je suis venue te rejoindre, j'avais peur et j'étais en colère. Maintenant, j'ai peur, je suis en colère et je suis heureuse. C'est mieux. Beaucoup mieux.

Ils dînaient dehors tous ensemble, comme les personnages de la publicité. Tereza l'avait voulu ainsi, pour signifier qu'ils ne craignaient pas les menaces. La soirée était douce, le soleil n'en finissait pas de se coucher. Dans le vignoble, au-delà des pelouses et des jardins, les raisins mûrissaient. Ainsi que l'avait prédit Tyler, le pinot noir changeait de couleur le premier. Les vendanges débuteraient donc dans quarante jours, telle était la coutume adoptée depuis des temps immémoriaux.

Dans quarante jours, réfléchissait Sophia, sa mère serait mariée et revenue de son voyage de noces. Maddy et Théo, ses frère et sœur désormais, retourneraient en classe. Et elle préparerait son propre mariage, qu'elle avait supplié Tyler de ne pas encore annoncer.

La vie pouvait continuer, *la Signora* en avait décidé ainsi.

— Quand l'adversité nous frappe, disait Tereza. nous nous serrons les coudes, famille, amis, tous ensemble. L'année écoulée nous a apporte des problèmes, des chagrins, mais des joies aussi. Dans quelques semaines, Eli et moi aurons un nouveau fils, deux petits-enfants de plus et une nouvelle entreprise que je crois prometteuse, ajouta-t-elle en adressant un sourire à Maddy. Ces derniers mois, nous avons été l'objet de menaces. J'ai longuement réfléchi a ce qui pouvait et devait être fait. Votre avis sur nos options, James ?

James Moore marqua une pause avant de répondre.

— Si de nombreuses pistes semblent indiquer que Morney était mêlé aux escroqueries et aux sabotages, sinon leur instigateur, nous n'en avons aucune preuve exploitable. Les déclarations de Donato sont insuffisantes pour convaincre le procureur d'engager des poursuites contre lui, ni pour ces deux derniers points, ni pour la mort de Tony Avano. Morney était à New York le jour où la voiture de Sophia a été sabotée, ce fait est démontré.

— Il a pu payer quelqu'un, avança David.

— C'est possible, j'en conviens, mais la police ne pourra rien faire tant qu'elle ne détiendra pas de preuves. Vous ne pourrez rien faire non plus. Je suis d'avis de laisser la justice suivre son cours.

— Sans vouloir critiquer ta chère justice, oncle James, elle n'a guère été efficace ces derniers temps, intervint Sophia. Donato a été empoisonné quand il était sous la garde de la police et David s'est fait tirer dessus en pleine rue.

— Ces deux points précis sont du ressort des autorités italiennes, Sophia. Nous avons les mains liées là-bas plus qu'ici.

— Il menace Sophia avec ces annonces trafiquées, fit Tyler avec colère. Pourquoi ne pouvons-nous pas remonter jusqu'à lui ?

— J'aimerais pouvoir répondre avec assurance. Cet homme n'est pas un imbécile. S'il est responsable de tout, il s'est entouré d'un luxe de précautions et s'est ménagé des alibis.

— Il est entré une nuit dans mon appartement et a tué mon père à bout portant ! Ce n'est pas un signe de prudence ni d'intelligence. Il doit être traqué, harcelé, menacé comme il a traqué, harcelé et menacé notre famille. Il doit être puni.

— Sophia, ma chérie, coupa Helen, la justice n'est pas toujours rendue comme nous le souhaiterions.

Tereza prit alors la parole.

— Il a cherché à nous ruiner, dit-elle calmement, il n'y est pas parvenu. Il nous a causé du tort, oui, et il paiera pour cela. Selon mes sources, Laker lui a demandé sa démission aujourd'hui même. J'aime à croire que les conversations qu'Eli et moi avons eues avec certains membres du conseil d'administration et que les interventions de David auprès des principaux dirigeants de l'entreprise ont eu cet heureux résultat. L'on m'a appris, poursuivit-elle, qu'il a fort mal vécu sa disgrâce. J'userai maintenant de l'influence dont je dispose pour m'assurer qu'il n'obtiendra pas d'emploi dans les maisons sérieuses. Professionnellement, c'est un homme fini.

— Ce n'est pas encore assez, déclara Sophia.

— C'est peut-être trop, repartit Helen. S'il est aussi dangereux que tu le crois, il le deviendra plus encore le dos au mur. Sa haine et sa soif de vengeance redoubleront. En juriste, en amie, je te demande, je vous demande à tous d'en rester là.

— Allons, maman ! protesta Lincoln. Tu le pourrais, toi ?

— Oui, répondit-elle avec force. Afin de protéger ce à quoi je tiens et ceux qui me sont chers, je m'abstiendrais d'aller plus loin. Votre fille est sur le point de se marier, Tereza. Elle a enfin trouvé le bonheur qu'elle mérite. Elle a, vous avez tous essuyé une tempête. Le moment est venu de rendre grâce, de célébrer, de regarder devant soi plutôt que de s'obnubiler sur l'amertume et la vengeance.

— Chacun à notre manière, nous cherchons à protéger ce qui nous est le plus cher, Helen. Le soleil se couche. Allume les chandelles, Tyler, et profitons de cette belle soirée. Tu paries toujours sur ton pinot noir contre mon chenin blanc ?

— Bien sûr, affirma-t-il en allant de candélabre en candélabre le long de la table. De toute façon, ce sera une partie nulle puisque nous avons fusionné. À propos de fusion, ajouta-t-il lorsqu'il

407

atteignit la place de Tereza au bout de la table, Sophia et moi allons nous marier.

— Bon sang, Tyler, je t'avais dit de…

— Du calme, l'interrompit-il avec tant de désinvolture qu'elle en resta muette. En fait, c'est elle qui me l'a demandé et j'ai trouvé que ce n'était pas une mauvaise idée.

— Oh, ma chérie ! s'exclama Pilar, qui se leva d'un bond pour aller prendre Sophia dans ses bras.

— Je voulais attendre après ton mariage pour te l'annoncer, mais cet idiot est incapable de tenir sa langue.

— Sophia n'a pas souvent tort, poursuivit Tyler. Mais quand ça lui arrive, c'est impossible de le lui faire comprendre, elle a la tête trop dure. Moi, j'estime qu'on n'annonce jamais assez de bonnes nouvelles.

Il lui saisit la main, sortit de sa poche un solitaire d'une taille et d'un éclat exceptionnels et le lui glissa au doigt.

— Voilà, maintenant c'est officiel.

— Oh, Tyler… Tu ne devrais pas, il est trop beau !

— Il appartenait à ma grand-mère. De MacMillan à Giambelli. De Giambelli à MacMillan, fit-il en portant sa main à ses lèvres. Le marché me paraît honnête.

— Je te déteste quand tu as raison, dit Sophia avec un éclat de rire.

« La vengeance provoque des unions plus étranges encore que la politique », songea Jerry, amusé. La leur n'était pas encore consommée dans un lit, mais cela ne saurait tarder. Renée était très facile à manœuvrer, finalement.

— Je vous suis reconnaissant d'avoir bien voulu me recevoir et m'écouter. Je craignais que vous n'ayez cru toutes ces rumeurs malveillantes que les Giambelli répandent sur mon compte.

— Je ne crois jamais un mot de ces gens-là, affirma Renée.

Jerry ne lâchant pas la main qu'il lui avait prise dans un élan de sincérité, elle ne la retira pas et s'installa commodément sur le canapé.

Son flair pour renifler un homme riche passait avant sa haine des Giambelli. Elle commençait à tirer le diable par la queue. Tony lui avait caché l'état véritable de ses finances, elle avait déjà dû vendre des bijoux. Si elle ne harponnait pas très vite un gros poisson, elle se verrait forcée de se remettre au travail, pensait-elle en écoutant d'une oreille distraite Jerry énumérer ses déboires.

— Vos propos me rappellent la manière dont les Giambelli traitaient Tony, dit-elle avec un ricanement amer.

« Cette femme est un don du ciel », pensa-t-il.

— Exactement. Donato me fournissait des informations plus ou moins confidentielles, je ne m'en cache pas. Les affaires sont les affaires, n'est-ce pas ? Dans notre profession, la concurrence est souvent féroce. Mais les Giambelli ne digèrent pas d'avoir été trahies par un des leurs, c'est donc moi qui l'ai menacé, corrompu, que sais-je ? Bien sûr, je prenais ce qu'il m'apportait, mais je ne lui ai jamais mis le pistolet sur la tempe... Oh ! Je vous demande pardon ! Quel imbécile je suis !

— Ce n'est pas grave. Si Tony ne m'avait pas menti, s'il ne m'avait pas trompée avec cette petite garce qui travaillait pour la Giambelli, il serait encore en vie aujourd'hui.

« Et je ne serais pas aussi fauchée », s'abstint-elle d'ajouter.

— Vous voulez dire Kris Drake ? demanda-t-il, jouant la surprise offusquée. J'ignorais tout de ses rapports avec Tony quand je l'ai engagée ! Penser qu'elle a peut-être eu quelque chose à voir avec sa mort...

Il ne finit pas sa phrase, comme si l'idée lui était insoutenable.

— Si c'est le cas, elle travaillait encore pour Giambelli. Elles sont derrière toutes les magouilles. Toutes !

Aurait-il pu rêver mieux ? Il s'en voulut de n'avoir pas pensé plus tôt à se servir de Renée.

— Elles ont réussi à détruire ma réputation, reprit-il. J'en suis peut-être en partie responsable, je l'avoue. Je n'aurais pas dû vouloir trop gagner.

— Gagner, il n'y a que ça de vrai, fit observer Renée.

— Et j'ai horreur de perdre, enchaîna-t-il avec son plus séduisant sourire. Si je peux être franc, quand je vous ai vue pour la première fois, je me suis senti très attiré, mais... Bref, je n'ai jamais eu la chance de me mettre sur les rangs, donc je ne vous ai pas vraiment perdue.

— C'est gentil, ça. J'avais été séduite par le charme de Tony, je l'avoue. J'admirais ce que je prenais chez lui pour de l'ambition. J'ai toujours admiré les hommes d'affaires intelligents.

Elle se rapprocha un peu.

— J'en étais un, soupira-t-il.

— Allons, Jerry, vous l'êtes toujours ! Ne vous laissez pas décourager, vous retomberez sur vos pieds.

— J'aimerais le croire. Je pense m'établir en France pour quelques années, j'ai des propositions intéressantes là-bas. Dieu merci, je n'ai pas besoin d'argent, je peux prendre mon temps. Cela me fera du bien de voyager, de me délasser au bout de tant d'années de travail.

— J'adore voyager, ronronna-t-elle.

— Mais je ne peux pas partir avant d'avoir réglé cette pénible situation. En toute franchise, Renée, j'entends faire payer aux Giambelli le tort qu'elles m'ont causé par leurs calomnies.

— Comme je vous comprends ! exhala-t-elle. Elles m'ont toujours traitée de haut, comme si je n'existais pas. Je les hais, conclut-elle en réussissant à tirer quelques larmes de ses yeux.

— Eh bien, Renée, je crois que nous tenons le moyen de leur rendre la monnaie de leur pièce. Vous et moi.

Plus tard ce soir-là, tandis qu'elle reposait nue dans son lit, la tête sur son épaule, Jerry arborait un sourire triomphant. La veuve de Tony allait lui ouvrir la voie jusqu'au cœur de la forteresse Giambelli. Et ce cœur, il allait l'arracher et le réduire en poussière.

Renée s'habilla avec soin pour jouer son rôle. Tailleur sombre, maquillage léger. Jerry et elle avaient répété sa démarche, prévu chacune de ses répliques. Il lui avait paru un peu trop exigeant, mais elle se faisait fort de le remettre à sa place – si elle le gardait assez longtemps pour le façonner à sa guise. Pour le moment, il la distrayait, il lui était utile. Et puis, comme tous les autres, il la sous-estimait. Il ne se rendait pas compte qu'elle l'avait percé à jour et savait pertinemment qu'il se servait d'elle pour parvenir à ses propres fins.

Renée Fox n'était pas née de la dernière pluie.

Jerry Morney était dans le bain jusqu'à son nœud de cravate Hermès. Si ce n'était pas lui qui avait tiré toutes les ficelles, elle était prête à ne plus s'habiller qu'en confection jusqu'à la fin de ses jours. Grâce à lui, en tout cas, elle allait flanquer un bon coup de pied au derrière collectif de ces garces de Giambelli. Dommage qu'elle n'eût pas connu plus tôt un homme aussi vicieux que lui.

Son entrée dans les locaux de la brigade criminelle constituait, à ses yeux, le premier pas vers des lendemains lucratifs. Le fait d'y repérer aussitôt l'inspecteur Claremont lui parut un signe du destin. Elle s'arrangeait toujours mieux avec les hommes.

— Ah, inspecteur ! Il faut que je vous voie tout de suite. C'est très, très urgent, commença-t-elle d'un air bouleversé. Y a-t-il un endroit plus tranquille où nous pourrions parler ?

— Bien sûr. Venez dans mon bureau. Voulez-vous un café ?

— Je serais incapable de l'avaler. Je n'ai pas dormi de la nuit, j'ai l'estomac noué.

— Alors, madame Avano, expliquez-moi ce qui vous tracasse.

Toute à sa représentation, Renée ne remarqua pas que Claremont faisait signe à sa collègue Maguire de les rejoindre. Elle posa sur le bureau la boîte métallique qu'elle serrait sous son bras et la repoussa comme si son contact lui faisait horreur.

— Eh bien, voilà... Ah, madame Maguire ? Je suis contente que vous soyez là vous aussi, mentit-elle. Je suis tellement bouleversée, vous me comprendrez sûrement. Ces jours-ci, je me suis attelée à la tâche de trier les papiers de mon pauvre Tony, j'étais incapable de le faire jusque-là. J'ai trouvé cette boîte sur une étagère de son placard, cachée derrière des dossiers. Je me suis demandé ce qu'elle pouvait bien contenir, j'avais déjà trouvé les documents les plus importants, les polices d'assurance, les papiers de ce genre. Et puis, je me suis rappelé avoir vu une petite clef dans l'écrin de ses boutons de manchettes. Cette clef était celle de cette boîte. Ouvrez-la, je vous en prie. Je ne veux plus y jeter les yeux, c'est trop pénible.

Claremont fit jouer la serrure, souleva le couvercle et commença à inventorier le contenu de la boîte.

— Ce sont des pièces comptables, des lettres, commenta Renée à mesure. Elles ont trait à un compte fictif ouvert par les Giambelli pour alimenter une caisse noire ou je ne sais quoi. Tony avait découvert le pot aux roses, c'est pourquoi elles l'ont tué. Il avait sans doute réuni les preuves pendant plusieurs mois et s'apprêtait à faire son devoir. Son honnêteté lui a coûté la vie.

Claremont passait les papiers un par un à Maguire.

— Vous pensez donc que votre mari a été assassiné à cause de ces documents ?

— C'est évident ! dit-elle avec impatience. Je crains pour ma propre vie, poursuivit-elle en baissant la voix. Je ne veux pas vous donner l'impression d'être paranoïaque, mais je suis persuadée qu'elles me font surveiller. J'ai dû sortir de chez moi comme une voleuse et faire des détours continuels pour venir ici sans être suivie.

— Qui vous fait surveiller ?

— Les femmes Giambelli, voyons ! Elles cherchent à me nuire et n'attendent qu'un prétexte. Si elles apprennent que j'ai découvert ces papiers la nuit dernière, elles me tueront, j'en suis sûre. Parce que maintenant, je sais tout. J'ai tout compris.

— Qu'avez-vous donc compris ?

— C'est Sophia qui a tué mon Tony.

Par souci de la mise en scène, Renée sacrifia son maquillage en versant quelques larmes.

— C'est une sérieuse accusation, avertit Maguire en lui tendant une boîte de mouchoirs. Qu'est-ce qui vous amène à la porter ?

— Quand j'ai découvert ces documents, je me suis souvenue qu'en rentrant chez nous un soir, il y a de cela près d'un an, j'ai entendu Sophia et son père se quereller. Elle était furieuse, il essayait de la calmer. Ils n'étaient pas au courant de ma présence, j'étais restée dans la cuisine d'où je l'entendais crier qu'elle n'accepterait jamais, que cela ne le regardait pas, le tout mêlé à des torrents d'injures. Je n'entendais pas les réponses de Tony, il n'élevait jamais la voix contre elle. Il l'adorait, ce pauvre Tony, alors qu'elle en était venue à le haïr à cause de moi. Bref, elle a cité un nom italien, Cardialini ou Cardianili, je n'y avais pas prêté attention sur le moment, en précisant que s'il s'en mêlait il le paierait cher. Elle a dit mot pour mot : « Si tu y fourres encore ton nez, je te tuerai ! » J'ai alors décidé de remettre cette furie à sa place. Je sortais de la cuisine quand elle a dévalé l'escalier, m'a jeté au passage des injures en italien et a claqué la porte.

Renée ponctua son soliloque d'un soupir à fendre l'âme.

— J'ai demandé ensuite des explications à Tony, mais il a éludé mes questions en disant qu'il s'agissait d'un problème sans importance, que Sophia était sur les nerfs, etc. Je n'ai pas insisté ; je n'aurais jamais pensé, à l'époque, que la menace était sérieuse. Tony la savait complice d'une escroquerie. Et c'est pour éviter la honte d'être démasquée qu'elle n'a pas hésité à tuer son propre père.

— Tu as cru un mot de cette fable ? demanda Maguire à Clare-mont après le départ de Renée.

— Pour quelqu'un qui n'a pas fermé l'œil de la nuit, elle m'a paru très éveillée. Et trembler pour sa peau, comme elle le prétend, ne l'a pas empêchée d'assortir ses chaussures à son sac.

— Tu devrais te reconvertir dans la mode. Il est invraisem-blable qu'elle n'ait découvert ces papiers qu'hier soir. Elle a sûre-ment passé au peigne fin les moindres recoins de l'appartement dès le lendemain de la mort d'Avano, au cas où il y aurait caché de l'argent.

— Je te soupçonne de ne pas aimer la veuve Avano, Maguire.

— Je n'aime pas les gens qui me prennent pour une imbécile. Première question : si elle détenait ces documents depuis le début, pourquoi nous les apporter maintenant ? Seconde question : si elle ne les avait pas, qui les lui a donnés ?

— Morney est à San Francisco en ce moment. Je me demande depuis quand la veuve et lui sont de mèche.

— Ce qui est sûr, c'est qu'ils en veulent tous les deux aux Giambelli. La veuve veut à tout prix flanquer Sophia dans le pétrin.

— Au point de faire un faux témoignage à la police ?

— Elle s'amusait, c'était visible à l'œil nu. Et elle est assez futée pour n'avoir rien déclaré que nous puissions retenir contre elle. Nous ne pouvons pas prouver où et quand elle a retrouvé les papiers. Quant à la prétendue dispute entre Sophia et son père, c'est la parole de l'une contre celle de l'autre puisqu'il n'y avait pas de témoins.

— Ouais… Il aurait été absurde qu'elle tue Avano le lende-main de leur mariage, elle n'y aurait rien gagné. Or, il n'y a que cela qui l'intéresse. Quelque chose ne colle pas dans cette histoire.

— Elle ne cherche sans doute qu'à se venger grâce à nous. C'est du moins l'impression que je retire de son petit numéro.

— Probable. Et Morney aussi. Voyons si nous pouvons creuser un peu pour découvrir ce qui les rattache, ces deux-là.

30

Renée se coula sur le canapé à côté de Jerry. Il lui tendit une flûte de champagne dans laquelle elle trempa les lèvres.

— J'ai récolté des renseignements très intéressants chez mon coiffeur, ce matin, déclara-t-elle.

— Lesquels ?

— Je te les dirai, mais ils te coûteront quelque chose.

— Avec joie, ma chère, souffla-t-il en lui baisant galamment le poignet.

— C'est gentil. En attendant, je suis lasse d'être toujours enfermée. Sortons, allons dans un club avec des gens qui s'amusent, de la musique. J'ai besoin de me changer les idées.

— Je ne demanderais pas mieux, ma chérie, mais il est encore trop tôt pour nous montrer ensemble en public. Ce serait imprudent. Un peu de patience, tu ne le regretteras pas. Quand nous aurons fini nos affaires, je t'emmènerai à Paris. Alors, qu'as-tu appris aujourd'hui ?

— Pour reprendre le lexique de cette catin de Kris, Garce numéro 3 organise une fête pour Garce numéro 2 vendredi soir, la veille de son mariage. Une soirée entre filles exclusivement. Elle a monté une véritable thalasso à la villa, paraît-il. Bains, massages et tout et tout.

— Et que feront les hommes pendant ce temps ?

— Ils auront leur soirée chez MacMillan. Les mariés ne sont pas censés baiser la veille de leur mariage. Hypocrites !

— Voilà qui est intéressant. Nous saurons donc où chacun se trouvera. Renée, tu es une perle rare.

— Je préfère en avoir deux rangs qu'en être une seule.

— Dans une semaine, ma douce, nous serons à Paris et je m'en occuperai. D'ici là, nous irons passer la soirée de vendredi à la villa Giambelli. Ce sera très amusant, tu verras.

Sophia désirait que la fête soit inoubliable et elle avait tout prévu, jusqu'aux moindres détails. Dans vingt-quatre heures, Pilar s'habillerait pour la cérémonie. Mais pour sa dernière soirée de femme seule, elle allait se laisser dorloter.

— On pourra parler de sexe ? s'enquit Maddy.

— Bien sûr, nous n'allons pas nous contenter de recettes de cuisine. Ah ! La reine de la soirée.

Drapée dans un long peignoir blanc, Pilar apparut au bord de la piscine intérieure.

— Je n'en crois pas mes yeux, ma chérie, dit-elle en embrassant Sophia. Tout est superbe.

Ici et là, des coins de repos ou de conversation avaient été aménagés avec des chaises longues et des meubles confortables. Des buffets chargés de fruits, de chocolats et autres friandises offraient leurs tentations. Une fontaine ruisselait harmonieusement dans la piscine.

— J'ai essayé de recréer une atmosphère de thermes romains. Cela te plaît vraiment ?

— C'est merveilleux. Je me sens comme une reine.

— Tout à l'heure, tu seras une déesse. Où sont les autres ?

— Là-haut. Je vais les chercher.

— Pas question ! Ce soir, tu n'as pas le droit de lever le petit doigt. Maddy, sers un verre de vin à maman. Je me charge de battre le rappel.

Maddy resta bavarder avec Pilar. Tout en parlant, celle-ci posa distraitement une main sur son épaule, geste de tendresse qui fit pousser à la jeune fille un soupir de bonheur.

Elle avait désormais mieux qu'une mère. Une amie.

— Vous bluffez ! déclara David en fusillant Eli du regard

— Vraiment ? Demandez plutôt à voir, mon garçon

David jeta ses jetons sur la table.

— Montrez.

— Trois petits deux…, commença Eli en souriant de ·'éclair

415

de triomphe dans le regard de David. Qui gardent deux belles dames.

— Un full ! soupira David en lâchant un juron.

— Sachez qu'un Écossais ne bluffe jamais quand il joue de l'argent, dit Eli qui ramassa le pot en jubilant.

— Cet individu m'a si souvent plumé que je ne m'assieds plus en face de lui les cartes à la main sans mettre une cotte de mailles, commenta James Moore dans un éclat de rire général.

— Pour distraire une femme, tu es un champion, reconnut Renée.

— Tu n'as encore rien vu, ma belle, répondit Jerry. Nous n'oublierons pas cette soirée de sitôt. Les autres non plus, d'ailleurs.

Ils s'approchaient de la villa à travers les vignes après avoir laissé la voiture à l'abri des regards. Jerry portait un sac qui lui paraissait un peu plus lourd à chaque pas, mais il ne regrettait pas de faire le travail lui-même. Il en éprouvait un sentiment de satisfaction mille fois plus fort que lorsqu'il laissait à d'autres le soin d'exécuter ses ordres.

Si, par extraordinaire, les choses tournaient mal, il n'aurait qu'à sacrifier Renée. Mais son plan était si bien conçu que rien ne pouvait mal tourner. Pour avoir comparé ses propres observations à celles de Donato et de Kris, il connaissait le système de sécurité. Il suffisait d'un peu d'attention pour éviter de déclencher les alarmes. Avant la fin de la nuit, Giambelli serait en ruine, au propre comme au figuré.

— Ne traîne pas, recommanda-t-il.

— Je te suis. Mais sans vouloir jouer les trouble-fête, je me demande si ça marchera aussi bien que tu le prétends.

— Je sais ce que je fais. Une fois le chai en feu, ils sortiront de la villa en courant comme des cafards qui fuient l'insecticide.

— Tu peux bien flanquer le feu à la villa pendant que tu y seras, je ne veux pas me faire prendre, c'est tout.

— Fais ce que je te dis et tu ne te feras pas prendre. Pendant qu'ils seront tous en train d'essayer d'éteindre les flammes, nous entrerons dans la maison, déposerons le paquet dans la chambre de Sophia et remonterons en voiture cinq minutes après. Je n'aurai qu'à passer à la police un appel anonyme d'une cabine sur la route, et nous serons de retour chez toi à sabler le champagne avant que la fumée se dissipe.

— La vieille a les flics à sa solde, elle ne laissera pas sa précieuse petite-fille aller en prison.

— Peut-être, mais ce sera quand même la ruine, complète et définitive. C'est bien ce que tu veux, non ?

Arrivé au chai, Jerry prit dans sa poche les clefs dont Donato avait eu la bonne idée de faire faire un double.

— Nous les jetterons dans la baie, commenta-t-il. Ils auront du mal à expliquer à la police et aux assurances comment le feu aura pu prendre dans un bâtiment fermé à clef.

Et il introduisit la première clef dans la première serrure.

Couchée sur une table de massage, Sophia regardait les étoiles.

— Dis-moi, maman, est-ce que j'ai des idées fixes ?

— Parfois, oui.

— C'est mauvais, n'est-ce pas ?

— Agaçant, sans plus. Pourquoi cette question ?

— Je me demandais si je devais changer mon caractère, sur certains points du moins.

— Je n'y changerais rien, à ta place.

— Parce que tu me trouves parfaite ? s'enquit-elle en riant.

— Non, parce que tu es ma fille. Tu penses à Tyler ?

— Non, à moi. Jusqu'il y a… je ne sais pas quand au juste, mais jusqu'il y a quelque temps, j'étais toujours sûre de ce que je voulais et de la manière d'y parvenir.

— Tu n'en es plus sûre ?

— Oh, si ! Je suis toujours sûre de ce que je veux. C'est ce que je veux qui change. Je me demande si j'ai toujours désiré les mêmes choses sans le savoir… Pouvez-vous nous laisser une minute ? demanda-t-elle au masseur.

Celui-ci parti, elle se redressa en relevant le drap sur sa poitrine.

— Il n'y a pas si longtemps, reprit-elle, je souhaitais que papa et toi vous remettiez ensemble. Je le désirais car je croyais que s'il revenait, il deviendrait ce que je voulais qu'il soit et dont j'avais besoin, moi. Le détail m'obsédait, m'aveuglait sur l'ensemble du tableau. Voilà ce que je devrais modifier dans mon caractère.

— Je n'y changerais rien, je te le répète. Tu n'es pas responsable de ses erreurs, ma chérie.

— Merci, maman. Tu me fais du bien.

Elle l'embrassa, s'étendit de nouveau. Le regard tourné vers le ciel, elle remarqua une étrange lueur et se releva d'un bond.

— Qu'est-ce que c'est ? Mon Dieu ! Le chai brûle ! Le chai est en flammes ! Maria ! Appelez les pompiers ! Le chai est en flammes !

Comme Jerry l'avait prévu, ils sortirent tous de la maison en courant. Tapi dans l'ombre des jardins, il dénombra les silhouettes qui passaient devant lui.

— On entre et on sort, souffla-t-il à l'oreille de Renée. Ce sera du gâteau. Passe devant, montre-moi le chemin.

Elle lui avait fait un plan en marquant l'emplacement de la chambre de Sophia, mais il préférait quand même qu'elle ouvre la voie, pour le cas où elle se serait trompée. Il n'était bien entendu pas question d'allumer les lumières. Sa torche électrique suffirait toutefois largement pour déposer le paquet dans un placard, où le plus obtus des policiers ne pourrait pas faire autrement que de le trouver.

Il gravit derrière Renée l'escalier de la terrasse. La lumière rouge orangé de l'incendie illuminait la nuit, et ce spectacle le comblait de joie. Les autres finiraient par l'éteindre, mais il leur faudrait du temps pour réagir après avoir découvert que les circuits d'eau étaient coupés. Assez de temps, à coup sûr, pour regarder, impuissants, leurs précieuses bouteilles exploser en rafales, leur coûteux matériel réduit en cendres. Leurs traditions anéanties.

Il n'avait pas le courage de faire lui-même le travail, prétendait ce paysan de MacMillan ? Ils verraient au lever du soleil ce qu'il leur en coûtait de l'humilier !

— Bon sang, Jerry, ce n'est pas un spectacle son et lumière pour les touristes ! siffla Renée du haut de la terrasse. Viens ! Il faut se dépêcher.

— On peut toujours s'accorder un instant de plaisir, ma chérie. Tu es sûre que c'est cette chambre ?

— Oui, j'y suis déjà venue une fois.

Il poussa le double vantail de la porte-fenêtre... au moment même où Sophia entrait en coup de vent par la porte intérieure et actionnait l'interrupteur.

418

Aveuglé par l'éclat soudain de la lumière, il se figea. Il n'avait pas encore repris ses esprits quand il reçut de plein fouet le choc de cinquante-cinq kilos de fureur déchaînée qui se ruaient sur lui.

Avec une violence incontrôlée, Sophia ne pensa qu'à faire mal, à infliger les plus douloureuses blessures. Elle planta les dents dans son cou, elle essaya de lui crever les yeux, les manqua d'extrême justesse et lui ratissa les joues avec ses ongles fraîchement manucurés, aiguisés comme des griffes.

Enragé par la douleur et l'odeur de son propre sang, il se débattit, parvint à la repousser contre Renée, qui tomba en hurlant. Sophia se relevait déjà et se préparait à bondir de nouveau sur lui quand il sortit un pistolet de sa poche et le braqua, un doigt sur la détente. Sophia stoppa net. Dans ses yeux, la rage fit place à une peur mêlée d'incrédulité.

Ainsi, réalisa-t-il avec une joie mauvaise, ils étaient enfin face à face. Le hasard le servait mieux qu'il ne l'espérait.

— Voilà qui est intéressant. Pourquoi ne courez-vous pas dehors avec les autres, Sophia ? Votre destin voulait peut-être que vous mouriez comme votre vaurien de père. D'une balle dans le cœur.

— Il faut partir, Jerry ! glapit Renée en se relevant péniblement. Tu ne vas pas la tuer, quand même !

— Pourquoi pas ?

— C'est de la folie ! C'est un crime ! Je ne veux pas être mêlée à un crime, moi ! Je file tout de suite. Donne-moi les clefs de la voiture. Tu entends ? Donne-moi ces clefs !

— Ferme-la, dit-il calmement en lui assenant un coup de crosse sur la tempe.

Il ne baissa même pas les yeux vers son corps inerte étalé sur le tapis.

— C'est une emmerdeuse, nous sommes d'accord sur ce point, mais elle m'a rendu des services. Admirez comme tout s'arrange bien, Sophia. Renée a allumé l'incendie, elle rêvait depuis longtemps de se venger. Après être allée voir la police il y a quelques jours afin de vous accuser d'avoir tué votre père, elle vient ce soir mettre le feu chez vous, s'introduit dans votre chambre pour y cacher les preuves de votre culpabilité. Vous la surprenez, vous vous battez, le coup de feu part. C'est le pistolet qui a tiré sur David Cutter, ajouta-t-il, je me le suis fait envoyer. Prévoyant, n'est-ce pas ? Je me débarrasse de deux emmerdeuses d'un coup. Vous êtes morte, et c'est elle qui passera sur la chaise électrique. La perfection ! Personne ne s'en prend à moi impunément. Vous, les Giambelli, vous pensiez tout avoir et vous n'aurez plus rien.

— Et tout cela à cause de mon père ? Parce qu'il vous a humilié ?

— Humilié ? Il m'a tout volé, ma femme, ma fierté, ma vie ! Et qu'avez-vous perdu, vous autres ? Rien. Je me serais contenté de vous ruiner, mais vous tuer est encore plus satisfaisant. C'est vous la clef de voûte. Tereza est une vieille femme. Votre mère est incapable de faire remonter la pente à une entreprise en faillite. Vous êtes le cerveau. Je me demande comment vous pouvez être la fille d'un incapable, d'un menteur et d'un tricheur.

Sophia savait que personne ne viendrait à son secours car personne ne savait qu'elle était encore à la villa. Elle devait affronter la mort toute seule.

— Il était ce que vous dites. Vous l'êtes aussi, en plus vil.

— Nous en discuterions si nous avions le temps, mais je suis un peu pressé, figurez-vous. *Ciao, bella*, conclut-il en remontant le canon de son arme.

Sophia lâcha une série de malédictions en italien. Elle aurait voulu trouver dans sa mémoire une prière, fermer les yeux pour emporter une belle image de la vie. Pourtant, elle les garda ouverts.

Quand la détonation retentit, elle tituba… et vit avec stupeur le sang couler d'un petit trou rond dans la chemise de Jerry. Un second coup de feu le fit tomber à genoux.

Sur le pas de la porte, Helen Moore baissa son arme.

— Tante Helen ? Il voulait me tuer…

Les jambes en coton, Sophia se traîna jusqu'à son lit et s'y laissa choir, inerte. Helen entra, s'assit lourdement près d'elle.

— Je sais. J'étais venue te prévenir que les hommes étaient accourus au chai. J'ai tout vu.

— Il allait me tuer, comme il a tué mon père !

— Non, ma chérie. Ce n'est pas lui qui a tué ton père, c'est moi. C'est moi, répéta-t-elle.

Elle lâcha son arme.

— Mais… non ! Pas toi, c'est impossible !

— Je l'ai tué avec ce pistolet. C'était celui de mon père. Je ne sais pas pourquoi j'avais pensé à m'en munir cette nuit-là. Je n'avais pourtant pas l'intention de le tuer, je ne pensais à rien. Il voulait de l'argent. Encore de l'argent. Cela n'allait jamais cesser. Sophia se redressa, la prit par les épaules.

— Mais de quoi parles-tu ? Qu'est-ce que tu racontes ?

— Lincoln… Il se servait de Lincoln pour me faire chanter. Que Dieu me pardonne, Sophia. Lincoln est le fils de Tony.

— Ils ont réussi à maîtriser l'incendie…

Pilar, qui arrivait en courant par la porte-fenêtre, s'arrêta net à la vue de la scène.

— Sophia ! Mon Dieu, qu'est-ce que ?…

Sophia recouvra en une seconde toute sa présence d'esprit.

— Non, n'entre pas, ne touche à rien ! Tante Helen, viens avec moi. Viens tout de suite, nous ne pouvons pas rester ici.

Elle entraîna Helen sur la terrasse, où Pilar attendait, effarée.

— Dis-nous tout. Parle vite, nous n'avons pas beaucoup de temps.

— J'ai tué Tony, Pilar. Je t'ai trahie, je me suis trahie moi-même. J'ai trahi tout ce en quoi je croyais.

— C'est impossible ! Et d'abord, qu'est-il arrivé ici ?

— Elle m'a sauvé la vie, maman. Il était sur le point de me tuer avec le pistolet qui a tiré sur David. Comment cela s'est-il passé avec mon père, tante Helen ?

— Il voulait de l'argent. Des années, il m'en a demandé quand il en avait besoin. Il n'exigeait pas, il ne me menaçait pas, non, il se contentait de parler de Lincoln, d'affirmer qu'il était un beau et bon garçon, avec un bel avenir devant lui. Après, il disait qu'il aurait besoin d'un petit prêt pour le dépanner… Oui, poursuivit Helen en pleurant, j'ai couché avec Tony. Nous étions jeunes, à l'époque. James et moi avions des problèmes. J'étais en colère contre lui, je voulais me venger. Nous nous étions même séparés quelques semaines.

— Je m'en souviens, murmura Pilar.

— Un jour, j'ai rencontré Tony par hasard. Je lui ai parlé de mes problèmes conjugaux, il s'est montré compréhensif, compatissant. Vous ne vous entendiez déjà plus, lui et toi, vous envisagiez la séparation. Je ne cherche aucune excuse, j'ai tellement honte de moi. J'ai découvert ensuite que j'étais enceinte, et ce ne pouvait pas être de James. C'est alors que j'ai commis ma seconde

421

erreur fatale : je l'ai dit à Tony et il a réagi de la manière la plus typique. Pas question pour lui de payer les conséquences d'une simple passade. Alors, c'est moi qui ai payé, payé et encore payé.

— Lincoln est le fils de Tony ?

— Non, Pilar, il est le fils de James, répondit Helen. En tout, pour tout sauf sur un point : celui de sa conception. Ni James ni lui ne sont au courant. J'ai tenté l'impossible depuis pour me faire pardonner mon égarement. Je l'ai fait pour James, pour Lincoln. Pour toi aussi, Pilar. Coucher avec le mari de sa meilleure amie est inexcusable. J'étais jeune, idiote, je ne me le suis jamais pardonné et j'ai tout mis en œuvre pour tenter de garder le secret. Je lui ai donné de l'argent chaque fois qu'il m'en demandait, j'en ai même perdu le compte. Il était insatiable.

— Et la dernière fois, tu ne pouvais plus lui en donner.

— Le soir de la réception, il m'a dit qu'il voulait me voir et m'a fixé le rendez-vous. Pour la première fois, j'ai refusé. Il s'est fâché, il m'a menacée d'entrer dans la salle et de tout dire à James, à Lincoln et à toi. Alors, j'ai eu peur. Comment pouvais-je prendre un tel risque ? De retour chez moi, j'ai sorti le pistolet du coffre-fort où il était depuis des années. Je ne sais pas pourquoi l'idée m'en était venue, j'avais un voile noir devant les yeux. Tony m'a reçue dans l'appartement de Sophia avec de la musique, une bonne bouteille de vin. Il m'a exposé ses ennuis financiers comme à une vieille amie à qui on se confie. Je ne me souviens pas de toutes ses paroles, je ne suis même pas sûre de l'avoir bien entendu. Je me rappelle seulement qu'il avait besoin d'un nouveau « prêt », deux cent mille dollars cette fois ! Ce n'était pas trop demander, n'est-ce pas, sachant qu'il m'avait donné un fils aussi accompli…

Helen dut s'interrompre. Sophia et Pilar gardèrent le silence.

— Je ne sais pas comment le pistolet s'est trouvé dans ma main. Je n'ai même pas eu conscience de m'en être servie jusqu'à ce que je voie le sang sur sa chemise de smoking. Il me regardait, l'air étonné, un peu agacé. Je m'attendais presque qu'il me dise : « Voyons, Helen, tu as abîmé mon plastron. » Mais il n'a rien dit, bien sûr, il était déjà mort. Alors, je suis rentrée chez moi et j'ai essayé de me persuader qu'il ne s'était rien passé. Depuis, je garde toujours le pistolet sur moi. Je l'emmène partout où je vais.

— Tu aurais pu t'en débarrasser, fit remarquer Pilar.

— Qu'aurais-je fait si l'un de vous avait été soupçonné du crime ? Il me fallait la preuve que je l'avais commis moi-même. Je dois aller parler à James et à Lincoln avant l'arrivée de la police.

« Les cercles vicieux doivent être brisés », décida Sophia.

— Si tu ne t'étais pas servie de cette arme ce soir pour me sauver la vie, tante Helen, tu n'aurais pas besoin de leur dire quoi que ce soit, ni à eux ni à la police.

— Je t'aime, ma chérie, répondit simplement Helen.

— Je sais. Alors, voilà exactement ce qui s'est passé ici. Écoute-moi bien : tu es revenue me prévenir que les hommes étaient arrivés à la rescousse, tu as vu Jerry me menacer. Il avait apporté les deux armes avec lui pour les cacher dans ma chambre afin de m'incriminer dans les deux meurtres. Nous nous sommes battus et le second pistolet, celui qui a tué mon père, est tombé près de la porte. Tu l'as ramassé et tu as tiré sur lui avant qu'il me tue.

— Voyons, Sophia...

Elle prit la main d'Helen, celle de sa mère, les joignit.

— Les faits sont les faits, il n'y a rien à y changer. N'est-ce pas, maman ?

— Absolument. Tu as sauvé ma fille, Helen. Crois-tu que je ne sauverais pas ton enfant si je le pouvais ?

— Je ne peux pas accepter...

— Si, tu le dois. Tu veux te faire pardonner de m'avoir trompée avec Tony ? Eh bien, je vais te dire comment. Je me moque de ce qui s'est passé entre vous il y a trente ans, je ne pense qu'à ce qui s'est passé ici ce soir. Ce que tu as été pour moi la plus grande partie de ma vie, ce que tu es encore pour moi compte plus que tout. Je n'admettrais pas qu'une personne que j'aime se laisse détruire. Pour quoi ? Pour l'argent, l'orgueil, une réputation ? Si tu m'aimes, si tu veux vraiment effacer cette erreur de jeunesse, tu feras exactement ce que Sophia te conseille de faire. Tony était son père. Qui mieux qu'elle a le droit de décider ?

— Jerry Morney est mort, enchaîna Sophia. Il a tué, il a détruit à cause de l'égoïsme et de l'inconscience de mon père. Maintenant, c'est fini. Je vais appeler la police. Quelqu'un devrait peut-être jeter un coup d'œil à Renée, ajouta-t-elle, il l'a salement amochée, je crois. Merci, tante Helen, fit-elle en se penchant vers elle pour l'embrasser sur la joue. Je te remercierai jusqu'à la fin de ma vie.

Très tard cette nuit-là, Sophia se remontait avec du thé généreusement arrosé de cognac. Elle avait fait sa déposition aux policiers et tenu la main d'Helen pendant que celle-ci déposait à son tour.

La justice, avait dit Helen, n'est pas toujours rendue comme on s'y attend ou comme on le souhaite. Cette fois, si – et d'une manière inespérée. Que Renée ait cédé à l'hystérie et raconté à qui voulait l'entendre, y compris Claremont et Maguire, que Jerry Morney était un fou dangereux, un criminel qui l'avait forcée à l'accompagner sous la menace de son arme avait ajouté une forte dose de crédibilité à la version des événements présentée par Sophia.

La police était partie, la maison avait retrouvé son calme. Sophia leva les yeux quand sa mère et sa grand-mère la rejoignirent.

— Tante Helen ? s'inquiéta-t-elle.

— Elle est enfin endormie, répondit Pilar. Nous avons parlé, elle s'estime moralement obligée de démissionner de ses fonctions de juge. J'ai tout raconté à maman, Sophia. Elle a le droit de savoir.

Sophia tendit la main vers celle de Tereza.

— Ai-je eu raison, *nonna* ?

— Ce que tu as fait, tu l'as fait par amour, et l'amour est plus important que la raison. Tu as été courageuse, Sophia. Je suis fière de toi. Helen a pris une vie, elle en a rendu une autre, poursuivit-elle en soupirant. La boucle est bouclée, nous n'en parlerons plus jamais. Demain, ma fille se marie, la joie reviendra dans cette maison. Bientôt auront lieu les vendanges, une autre saison s'achèvera. La prochaine sera la tienne, Sophia. La tienne et celle de Tyler. Eli et moi nous retirerons au prochain nouvel an.

— Mais, *nonna*...

— Il faut transmettre le flambeau. Accepte ce que je te donne.

Le ton agacé sur lequel sa grand-mère avait prononcé ces mots la fit sourire.

— Je l'accepte. Merci, *nonna*.

Tereza se leva.

— Il est tard, la mariée a besoin de repos et moi aussi. Ton amoureux est retourné au chai. Tu n'as pas besoin d'autant de sommeil que nous.

C'est vrai, pensait Sophia en courant vers le chai. Elle se sentait si pleine de vie, si débordante d'énergie qu'elle croyait ne plus jamais avoir besoin de sommeil.

Tyler avait installé des projecteurs. En s'approchant, Sophia vit scintiller les éclats des vitres brisées, les traînées noires de la fumée sur les murs, les poutres calcinées de la charpente. Mais le vieux bâtiment était toujours debout. Indestructible, lui semblait-il.

Tyler avait-il senti sa présence ? Elle se plut à le croire quand il franchit la porte défoncée pour venir au-devant d'elle. Elle se jeta dans ses bras, il la serra très fort contre lui en la soulevant de terre.

— Te voilà, Sophia. Je pensais te laisser passer un moment avec ta mère avant d'aller te chercher.

— Je suis d'abord venue vers toi, tu vois. Tiens-moi, ne me lâche pas. Ne me lâche plus jamais.

— Tu peux y compter. Bon sang ! quand je pense que…

Il se sentit frissonner du froid de la terreur.

— N'y pense pas.

Elle lui offrit ses lèvres. Ils échangèrent un long baiser silencieux.

— Je ne te perdrai plus des yeux pour au moins, disons, dix ou quinze ans, dit-il en souriant.

— Le programme me convient. Tu es seul ?

— Oui. David devait ramener les enfants à la maison et j'ai renvoyé grand-père avant qu'il s'écroule, il était épuisé. James était plutôt secoué, alors j'ai proposé à Lincoln de l'emmener se coucher chez moi puisque Helen est avec ta mère.

— Parfait, chacun et chaque chose à sa place. Cela aurait pu être pire, ajouta-t-elle en regardant le chai incendié.

Il posa ses lèvres sur sa joue tuméfiée.

— Cent fois pire.

— Si tu avais vu dans quel état était l'autre.

— Tu es sadique ! dit-il en riant.

— Je me sens sadique, en ce moment. Je l'ai marqué et il est mort avec mes stigmates. Je suis heureuse de l'avoir fait souffrir. À présent, je peux oublier ces horreurs et ne plus penser qu'à l'avenir. La vie recommence, Tyler. Nous rebâtirons le chai, nous reconstruirons nos vies, les nôtres, rien qu'à nous. Giambelli-MacMillan renaîtra, plus grand et plus fort que jamais. Voilà ce que je veux.

— Cela tombe bien, vois-tu, parce que je le veux aussi. Rentrons chez nous, Sophia.

Elle glissa sa main dans la sienne, ils s'éloignèrent du même pas. Les premières lueurs de l'aube s'allumaient au levant.

« Quand le soleil se lèvera, pensa-t-elle, sa lumière illuminera le plus beau des commencements. »

Impression réalisée sur CAMERON par

BUSSIÈRE CAMEDAN IMPRIMERIES

GROUPE CPI

à Saint-Amand-Montrond (Cher)
en mai 2001

Edition exclusivement réservée
aux adhérents du Club
Le Grand Livre du Mois
15 rue des Sablons
75116 Paris
réalisée avec l'autorisation des éditions Belfond.

N° d'impression : 012412/1
Dépôt légal : mai 2001.

ISBN : 2-7028-6589-5

Imprimé en France